王志冲译尼古拉·奥斯特洛夫斯基全集

钢铁是怎样炼成的

[苏]尼古拉·奥斯特洛夫斯基 著

王志冲 译

华夏出版社
HUAXIA PUBLISHING HOUSE

主要人物表

保尔·柯察金(保夫卡　保夫卢沙　保夫卢什卡)　工人、战士、干部、作家

玛丽娅·雅科夫列夫娜　保尔的母亲

阿尔乔姆·柯察金　保尔的哥哥,钳工、市苏维埃主席

塔娅(塔尤莎·柯察金娜)　保尔的妻子,女工

谢廖扎·布鲁扎克(谢尔盖　谢廖日卡)　红军战士、团区委书记

丽塔·乌斯季诺维奇　红军师政治部工作人员、共青团省委委员

伊万·扎尔基(万尼亚　万卡)　孤儿,红军战士,共青团区委书记

伊格纳特·潘克拉托夫(根卡)　装卸工,货运码头共青团书记

瓦莉娅·布鲁扎克(瓦莉尤莎)　谢廖扎的姐姐,烈士

尼古拉·奥库涅夫(科利亚)　机车库共青团书记,共青团区委书记

安娜·博哈特　宣传站站长、区党委妇女部长、党中央妇女部工作人员

冬妮亚·图马诺娃(托涅奇卡)　少年保尔的女友

费奥多尔·朱赫来　水兵、党的地下工作者、省肃反委员会主席、军区特勤处副处长

多林尼克　木匠、党的地下工作者、市革委会主席

阿基姆　共青团省委书记、乌克兰共青团中央委员会书记

托卡列夫　钳工、筑路工程队队长、区党委书记

列杰尼奥夫　老布尔什维克,高层领导干部

扎哈尔·布鲁扎克　谢廖扎的父亲,火车司机

波利托夫斯基　火车司机

德米特里·杜巴瓦(米佳伊)　共青团区委书记,托派

图夫塔(沃洛奇卡)　共青团省委登记分配处处长,托派

茨韦塔耶夫　铁路工厂团委书记,托派

维克托·列辛斯基　波兰世袭贵族,七年制学校学生,告密者

第一部

第一章

"你们当中节前上我家补考的——都站起来!"

虚胖的瓦西里神父身穿圣衣,脖子上挂着厚重的十字架,气势汹汹地把全班同学扫视了一遍。

六个同学——四个男生、两个女生,从凳子上站了起来。这时神父的两只小眼睛射出凶光,像要把他们都刺穿似的。孩子们惴惴不安地望着他。

"你们坐下。"神父朝两个女生挥挥手。

她们赶紧坐下,松了一口气。

瓦西里神父的一对小眼睛死死盯着四个男生。

"过来,你们这些活宝!"

瓦西里神父站起来,挪开椅子,走到挤成一团的男生跟前。

"小捣蛋们,你们谁抽烟?"

四个男生小声回答:"神父,我们不会抽。"

神父脸涨得通红。

"小坏蛋们,你们不会抽烟,那么是谁往发面里撒烟末的?不会抽烟吗?咱们这就来瞧瞧!把口袋翻过来!嘿,快点!没听见我的话吗?翻过来!"

三个孩子各自动起手来，掏出口袋里的东西放到桌子上。

神父仔细检查口袋的线缝，寻找烟丝的碎屑，但什么也没发现，便转而逼视着第四个孩子。这个男孩长着一对黑眼睛，穿着灰衬衣和蓝裤子，两个膝盖上打着补丁。

"你干吗像个木头人似的站着不动？"

黑眼睛的男孩按捺住心头的仇恨，瞧了他一眼，压低声音回答："我没有口袋。"说着，伸手摸摸缝死了的袋口。

"哼，没有口袋！你以为这么着，我就弄不清是谁搞的这种恶作剧——糟蹋发面了！你以为这次自己还能留在学校里吗？不，小宝贝，没那么容易。上次是你妈妈恳求把你留下的，现在可休想了。给我滚出去！"他狠狠地揪住男孩的耳朵，把他推到走廊里，随即关上了门。

教室里沉寂下来，学生们个个耷拉着脑袋。谁也不明白，保夫卡·柯察金①为什么被撵出学校。只有保夫卡的好朋友谢廖日卡·布鲁扎克明白事情的缘由。那天他们六个考试不及格的学生上神父家去补考，在厨房里等候神父的时候，他看见保夫卡掏出一撮烟末，撒进神父家做复活节蛋糕用的发面里。

被赶出校门的保夫卡，坐在大门口最下面的一级台阶上。他想，妈妈在税务官家里当厨娘，每天从清早做到深夜，对他又那样关爱，这下怎么回家向妈妈说呢？

泪水哽住了保夫卡的喉咙。

"现在我该怎么办呢？全怪那个该死的神父。可我干吗撒烟末呢？是谢廖日卡撺掇我干的。他说：'来，咱们给恶毒的家伙撒一

---

① 即保尔·柯察金。保夫卡是保尔的昵称。

撮.'这不,真的撒了。谢廖日卡啥事儿也没有,我却多半要被开除。"

保夫卡和瓦西里神父是老冤家了。有一天他跟列夫丘科夫·米什卡打架,为此神父不准他回家,罚他"饿一顿"。一位老师生怕他在空教室里淘气,把他带到高年级的教室。保夫卡在后面的凳子上坐了下来。

这位老师瘦骨嶙峋,穿着黑上衣,在讲解地球和天体。他说地球已经存在了好几百万年,星星也和地球类似。保夫卡听着,惊讶得张大了嘴巴。他觉得听到的内容太新奇了,真想站起来对老师说:"《圣经》里可不是这样说的。"但有些胆怯,生怕挨训。

神学课神父是一向给保尔打满分的。所有的祭祷歌、《新约》和《旧约》,他都背得很熟;上帝在哪一天创造了什么,他记得清清楚楚。保夫卡决定向瓦西里神父问个明白。下一堂神学课刚开始,神父刚坐到椅子上,保夫卡就举起了手。得到允许,他便站起来问:"神父,为什么高年级的老师说,地球存在了好几百万年,并不像《圣经》里说的五千……"冷不防,他被瓦西里神父的尖叫打断了话头。

"浑蛋,你胡扯些什么?原来你是这样学《圣经》的!"

保夫卡还没来得及辩解,神父已经揪住他的两只耳朵,把他的脑袋往墙上撞。一分钟后,保夫卡鼻青脸肿,吓得半死,被推到了走廊里。

回到家,保夫卡又遭到妈妈狠狠一顿斥责。

第二天妈妈到学校去,恳求瓦西里神父让她的儿子回校念书。打那以后,保夫卡恨透了神父。既恨又怕。他不容任何人对他稍加侮辱,当然也不会忘记神父没来由的这顿体罚。他把仇恨埋在心底,不露声色。

后来这男孩又一再受到瓦西里神父的歧视凌辱,往往为了鸡毛蒜皮的小事,就被撵出教室,接连几个星期罚立墙角,而且神父从此不再关心他的功课。这样一来,到了复活节前,他不得不和几个考试不及格的同学一起到神父家去补考。而在神父家的厨房,他把烟末撒进了做复活节蛋糕用的发面里。

没有人发现,但神父还是一下子就猜出是谁干的。

……下课了,同学们都拥到院子里,围住保夫卡。他脸色阴沉,一声不吭。谢廖日卡没有从教室里出来,他觉得自己也有过错,可是想不出任何办法来帮助伙伴。

校长叶夫列姆·瓦西里耶维奇从教师办公室打开的窗户里探出脑袋,他那低沉的嗓音把保夫卡吓得打了个哆嗦。

"让柯察金马上到我这儿来!"他喊道。

于是保夫卡心儿怦怦直跳,朝教师办公室走去。

车站食堂的老板已上了年纪,脸色苍白,一双淡色的眼睛毫无精神。他朝站在旁边的保夫卡瞥了一眼。

"他多大啦?"

"十二岁。"妈妈回答。

"也行,让他留下吧。条件是这样:每月八卢布,干活的日子管饭,干一个昼夜,回家歇一个昼夜,可不准偷东西。"

"决不会的!决不会的!他不会偷东西的,我敢担保。"妈妈急忙说。

"那让他今天就上工吧。"老板吩咐,随即转身关照身旁一个站柜台的女招待:"济娜,领这男孩到洗碗间去,让弗罗霞给他派活,顶替格里什卡。"

女招待正在切火腿,她放下刀,冲保夫卡点点头,就穿过大厅,朝通向洗碗间的边门走去。保夫卡跟着她走去,妈妈急忙紧随其后,低声叮嘱保夫卡:"保夫卢什卡,你可要勤快,别丢脸!"

她以忧郁的目光送走了儿子,然后朝大门口走去。

洗碗间里忙得不可开交:桌子上碗碟刀叉堆得高高的,几个女工肩头搭着毛巾,不停地在擦这些餐具。

有个男孩年龄比保夫卡稍大点,长着一头蓬松的火红色头发,正在两个大茶炉跟前忙碌着。

洗碗碟的大木盆里开水冒着蒸汽,弄得满屋子白蒙蒙的,保夫卡刚进来,连女工们的脸也分辨不清。他愣在那里,不知道该干什么,也不知道该站在哪儿。

女招待济娜走到一个在洗碗碟的女工跟前,抓住她的肩膀,说:"弗罗霞,瞧,给你们派来一个新伙计,顶替格里什卡。"

济娜回过头来,指着那个名叫弗罗霞的女工,对保夫卡说:"她是这儿的领班。她让你干什么,你就干什么。"说完,转身回厨房去了。

"知道了。"保夫卡轻轻回答,然后对站在面前的弗罗霞望了一眼,等她派活。弗罗霞擦了擦额头上的汗,从上到下把他打量了一番,似乎在估摸他的干活能力,接着卷起胳膊上往下滑的衣袖,用悦耳动听的浑厚嗓音说:"小家伙,你干点杂活儿:瞧,这口大水锅,你清早就把水烧开,让锅里一直有开水。当然,木柴也得劈。还有这两个大茶炉,也由你照看。到了太忙的时候,再擦擦刀叉,倒倒脏水。小家伙,活儿够多的,你会忙得满头大汗的。"她讲的是一口科斯特罗马方言,"a"发音很重。保夫卡听见这种方言,又看到她红通通的脸上，长着翘起的小鼻子，不知怎么有些快活起来。

"这位大婶看样子挺和气。"他心里琢磨，于是壮起胆问弗罗霞，"大婶，这会儿我该干什么呀？"

他突然顿住了。洗碗间的女工们哄然大笑，淹没了他的话。

"哈——哈——哈！……弗罗霞认了个大侄子……"

"哈——哈！……"弗罗霞自个儿笑得最欢。

由于屋子里水汽弥漫，保夫卡看不清弗罗霞的脸，其实她也只有十八岁。

保夫卡一时十分窘迫，转身问一个男孩："我这会儿该干什么呀？"

那男孩一个劲儿地窃笑："去问你的大婶吧，她会一件件告诉你的，我在这儿只是临时帮忙。"说完，转过身跨进了厨房的门。

"过来，帮着擦叉子吧。"保夫卡听到一个年纪不轻的洗碗女工的声音，"你们笑什么？这孩子说了什么啦？……给，拿着，"她递给保夫卡一条毛巾，"把毛巾一头咬住，一头拉紧。把叉齿在这上头来回蹭，叉齿上一点脏东西也别留下。咱们这儿就讲究这个。那些老爷对叉子总是看得很仔细，万一发现上面有点脏东西，那就糟了：老板娘马上叫你滚蛋。"

"哪个老板娘？"保尔莫名其妙，"雇我的老板是男的。"

那女工纵声大笑："孩子，咱们的老板简直像摆设，是个窝囊废。这儿什么都是老板娘说了算。她今天不在，你干一阵就会看见她的。"

洗碗间的门开了，三个堂倌进来，都端着一大堆肮脏的碗碟刀叉。

其中一个宽肩膀、匕斜眼、四方大脸的堂倌说:"快干,十二点一趟的火车眼看就到,你们还慢腾腾的。"

他看见了保夫卡问:"你是谁?"

"他是新来的。"弗罗霞回答。

"哦,新来的。"他说,"喂,这么着,"他伸出一只粗大有力的手按住保夫卡的肩头,把他推到大茶炉跟前,说:"这两个大茶炉你得一直照管好,可你瞧,一个熄火了,另一个也光冒烟。今天马马虎虎,饶你一回,要是明天再这样,就叫你挨耳光。明白吗?"

保夫卡一声不吭,动手烧茶炉。

他的劳动生涯就这样开始了。他从来没有像第一天干活这样勤奋卖力。他知道,在家里可以不听妈妈的话,这儿可不是家里。匕斜眼说得毫不含糊,不听话就得挨耳光。

保夫卡脱下一只靴子,套在炉筒上,鼓起风来,立刻从两只能装四桶水的大肚子茶炉里飞溅出火星。接着他提起两桶脏水,飞快地跑去倒进污水池,然后往大水锅底下添些劈柴,把一些湿毛巾搭在烧开的茶炉上烘干。他简直一刻不停,叫干什么就干什么。深夜,他到下面的厨房里去,已是疲惫不堪。有个上了年纪的女工阿尼西娅,望着他出去刚掩上的门,说:"嚯,这孩子不一般,干起活来像发疯似的,准是家里揭不开锅了,才打发他来做工的。"

"没错儿,是个懂事的孩子,"弗罗霞说,"干活儿用不着别人在后面盯着。"

"很快就会吃不消的,"卢莎不以为然,"开头都很卖劲……"

保夫卡干了一个通宵,精疲力竭,早晨七点,他把两个烧开的茶炉交给接班的——一个脸儿胖胖、小眼睛显得流里流气的男孩。

这个男孩看到一切都已经弄得妥妥帖帖,茶炉也已烧开,便两手往口袋里一插，从咬紧的牙缝里挤出唾沫，发出嗤嗤响声，神气活现地白了保夫卡一眼，用不容违拗的口吻说："喂，傻瓜蛋！明天早晨六点来接班。"

"干吗六点？"保夫卡问，"七点换班呀。"

"人家七点换班是人家的事，你得六点来。再啰嗦，马上叫你脑袋上起个大包。你这小东西，要开窍，别一来就犟头倔脑。"

刚交完班的女工们挺有兴趣地听着两个孩子对话。那个男孩的无赖腔调和挑衅架势激怒了保夫卡。他朝对方逼近一步，真想狠狠揍他一顿，但是又怕头一天上工就被开除，才强忍作罢。他铁青着脸说："你别吼，别吓唬人，要不然就自讨苦吃。明天我七点来，要打架，我不会输给你。想试试的话，我愿奉陪。"

对手朝大水锅跟前倒退一步，吃惊地瞧着怒容满面的保夫卡。他没料到会碰上这么个硬钉子，倒有点不知所措了。

"哼，咱们走着瞧。"他嘟哝着。

头一天平安无事地过去了。保夫卡走在回家的路上，觉得自己已经是个大人，用诚实的劳动挣得了休息。现在他也劳动了，谁也不能说他是个吃闲饭的了。

一轮朝阳从锯木厂高大的厂房后面冉冉升起。保夫卡家的小屋子快要看得见了。瞧，不远了，就在列辛斯基家的宅院后面。

"妈妈大概起来了，我呢，下工回家了。"保夫卡心里想，一边吹口哨，一边加快脚步，"学校把我撵出来，结果倒也不错。在那里反正那个该死的神父不会让我安生；现在我真恨不得啐他一口唾沫。"保夫卡这样思忖着，走到了家门口。推开篱笆门时，又想起来，"对，还有那个黄毛小子，非揍他一顿不可，非揍他一顿不可。"

母亲正在院子里生茶炊,一见儿子回来,就惊慌地问:"哎,怎么样?"

"挺好。"保夫卡回答。

母亲像要提醒他什么,可他已经明白了。这时敞开的窗户里露出了阿尔乔姆哥哥宽阔的脊背。

"怎么,阿尔乔姆回来了?"他问,心里一阵发慌。

"昨天回来的,留下不走了。要在机车库干活。"

保夫卡犹犹豫豫地推门进屋。

身材魁梧的阿尔乔姆背对保夫卡坐在桌旁。这时他扭过头瞧着弟弟,从浓眉底下射出两道严厉的目光。

"啊,撒烟末的好小子回来了?嗬,你真了不起!"

保夫卡预感到,回家来的哥哥准得剋他一顿。

"阿尔乔姆已经全都知道了,"保夫卡心里想,"他准会骂我、打我一顿。"

保夫卡有点怕阿尔乔姆。

但是看样子,阿尔乔姆没打算揍他。哥哥坐在凳子上,两只胳膊肘抵着桌子,两眼凝视着保夫卡,不知是嘲讽还是鄙视。

"这么说,你已经大学毕业,满肚子的学问,现在却干起倒泔水的活儿来了?"阿尔乔姆说。

保夫卡两眼盯着一块裂开的地板,注意力集中在一颗戳出来的钉子上。阿尔乔姆从桌旁站起来,走进了厨房。

"看来不会挨打了。"保夫卡松了口气。

喝茶的时候,阿尔乔姆心平气和地向保夫卡询问了班上发生的事情。

保夫卡一五一十地说出了事情的经过。

"你这样胡闹下去,长大了怎么办?"母亲担忧地说,"唉,咱们拿他怎么办?他长得像谁?我的上帝,这孩子让我操碎了心!"母亲抱怨道。

阿尔乔姆推开空茶杯,转过身对保夫卡说:"就这样吧,弟弟。过去的事就让它过去吧,往后可得小心,干活别调皮,该干的,都要干好。要是再给撵出来,可要揍得你没脸往外走。这点你要记住。妈妈够烦心的了。你这小捣蛋,到哪儿都惹事,到哪儿都闯祸。今后再也不准这样。你先干一年,我再求人让你进机车库当学徒,因为光是倒泔水,你不会有出息的。应该学一门手艺。眼下你还太小,一年后人家也许肯收。我转到这里来了,要在这儿干活。妈妈再也不能去侍候人,再也不能对什么样的坏蛋都点头哈腰了。可你得注意点,保夫卡,要好好做人。"

他站起来,挺直魁伟的身子,拿起搭在椅背上的上衣穿好,然后告诉妈妈:"我出去办点事儿,个把钟头。"说完,在门楣前弯下腰,走出门去了。已经到了院子里,他走过窗外,又说:"我给你带来一双靴子和一把小刀,妈妈会交给你的。"

车站食堂一天二十四小时不间断营业。

这儿是个枢纽站,有五条铁路线在这儿交轨。车站上总是人头攒动,只有深夜,在两趟车的间隙,才清静两三个小时。在这儿的车站上,几百列军车驶来,又驶向四面八方。这些军列或从前线开来,或开往前线。从前线拉来的,是缺胳膊断腿的伤员;而送往前线的,则是一批又一批身穿一色灰军大衣的新兵。

保夫卡在车站食堂里干了两年。这期间,他所能看到的只有厨房和洗碗间。厨房是个大地下室——里面忙得不可开交,有二十多人在干活。十个堂倌从大堂到厨房来回奔忙。

保夫卡的工钱已经从八卢布加到十卢布。两年来，他长高了，身子也结实了。这段时间里，他吃了不少苦，在厨房里当下手，烟熏火燎地干了半年，又被撵回洗碗间——一个很有权势的厨子头把他撵走的。他不喜欢这个倔强的小伙计，怕他为过去挨打而捅他一刀。要不是干活特别卖劲，他早就被解雇了。但他不知疲劳，干得比谁都多。

食堂最繁忙的时候，他端着托盘，一跨四五级台阶，拼命地往下面的厨房跑，随即又往上跑。

每天夜里，等到两个大堂里都消停下来，堂倌们就聚集在下面厨房的储藏室里，打纸牌"二十一点"和"九点"，赌得昏天黑地。保夫卡不止一次看见，赌台上放着一沓沓纸币。这么多钱并不使保夫卡吃惊。他知道他们当中每个人当一昼夜的班，能挣三十到四十卢布的小费。客人每次一给就是一卢布或半卢布。然后他们就狂饮滥喝，打牌聚赌。保夫卡非常憎恶这帮人。

"该死的浑蛋！"他暗想，"瞧，阿尔乔姆——一个顶呱呱的钳工，可是每月收入才四十八卢布。我呢，每月十卢布。他们一天一夜就捞这么多钱，凭什么呢？他们无非也就是把菜盘子端上去，然后再把空盘子端下来。然后举杯猛喝，大赌特赌。"

保夫卡认为，他们和老板一样，是他的异己，是他的对头。"这帮家伙在这儿侍候人，老婆孩子却在城里过着阔绰的日子。"

他们常常把身穿中学生制服的儿子带来，把吃得肥头大耳的老婆带来。"他们的钱，八成比他们侍候的那些老爷还要多。"保夫卡心里想。

夜晚，厨房的角落里、食堂的仓库里经常发生事情，对此，保夫卡已经不觉得惊讶。他清楚地知道，任何一个洗碗女工和女招待，如果不向这里有权势的人出卖自己的肉体，以换取几个卢布，那她们在车站食堂是干不长的。

保夫卡窥见了生活的最深处，生活的底层，那里的霉烂味和泥沼的恶臭扑面而来，他渴望一个未知的全新的世界。

阿尔乔姆想安排弟弟进机车库当学徒，但没有办成：不收未满十五岁的少年。保夫卡期待着有一天能离开这儿，机车库那熏黑了的石砌大房子吸引着他。

他常常待在阿尔乔姆身旁，跟他一块儿去检查车辆，尽量帮着干点活儿。

弗罗霞不来干活以后，保夫卡越发感到憋闷烦躁。

这个爱说爱笑、性情愉快的姑娘已经不见了，于是保夫卡更深刻地体会到，自己和她的友谊是多么深厚。早晨来到洗碗间，听见从难民中招来的女工们在大声嚷嚷，他便感到某种空寂和孤独。

夜间稍稍清静的一段时间，保夫卡蹲在打开的炉门前，往炉膛里添劈柴。他眯缝起眼睛，望着炉火——炉内散发出热气，真舒服。洗碗间里没别人了。

不知不觉，他脑海中又浮现出不久前发生的事情，他回想起弗罗霞，当时的情景历历在目。

那是个星期六，在夜间小憩的时候，保夫卡沿着梯子往下走，要到厨房去。在拐弯处，他出于好奇，爬上劈柴堆，往经常聚赌的小储藏室里张望一下。

那儿正赌得十分起劲。扎利瓦诺夫坐庄，激奋得脸色通红。

梯子上响起脚步声。保夫卡回过头，见是堂倌普罗霍什卡正往下走。保夫卡钻到梯子底下，等待他过去走进厨房。梯子底下黑漆漆的，普罗霍什卡看不见他。

普罗霍什卡拐弯往下走，保夫卡却看见了他的宽肩背和大脑袋。

上面又有谁下来，脚步轻轻而又急促。保夫卡听到了一个熟悉的嗓音。

"普罗霍什卡。等一下。"

普罗霍什卡站住停下来，回头朝上望。

"你有什么事？"他嘟哝道。

那个人走下梯子，保夫卡认出是弗罗霞。

她拉住堂倌的衣袖，压低嗓门，结结巴巴地说："普罗霍什卡，中尉给你的钱呢？"

普罗霍什卡猛地缩回了手。

"什么？钱？难道我没给你？"他恶狠狠地说。

"可人家给了你三百卢布呢。"弗罗霞强忍着，没有号哭。

"你说是三百卢布？"普罗霍什卡冷嘲热讽地说，"怎么，想全拿去？千金小姐，一个洗碗女工的身价能值那么多？依我看，给了你五十卢布是足够了。想想吧，你多么走运！那些年轻的太太比你干净，又有文化——也拿不到这么多钱。睡一夜，就得到整整五十卢布，你该谢天谢地。这样的傻瓜客人是不多的。算了，我以后再给你十卢布、二十卢布吧。你别死盯着要钱，钱还可以挣，我会替你拉客的。"普罗霍什卡甩下最后这句话，转身进厨房去了。

"流氓，坏蛋！"弗罗霞追着他骂道，然后靠在劈柴堆上呜呜地哭。

保夫卡站在梯子底下的暗处，听到这番话，又看见弗罗霞浑身哆嗦，脑袋往劈柴堆上撞。此时此刻，他的感受真是无法描绘，无法表达。他没有露面，不作声，只是痉挛地紧紧抓住梯子的铁栏杆，脑子里掠过一个明白无误的念头："连她也被出卖了，这帮该死的家伙。唉，弗罗霞，弗罗霞！……"

保夫卡心头对普罗霍什卡的憎恨变得更深刻更强烈了，周围的一切简直令人厌恶、令人憎恨。"哼，如果我身强力壮，非把这个坏蛋揍死不可！为什么我不像阿尔乔姆长得那样高大健壮呢？"

炉膛里的火焰减弱了，红红的火苗颤动着，汇成一条长长的、蓝莹莹的火舌。保夫卡觉得，仿佛有人在朝他吐舌头，嘲弄和讥讽他。

屋子里静悄悄的，只听见炉子里的噼啪声和水龙头均匀的滴水声。

克利姆卡把最后一只擦得锃亮的平底锅放到搁架上，擦干净双手。厨房里没有别人。当班的厨师和干杂活的女工们都在更衣室里睡觉。每天夜里厨房里有三小时的空闲时间，克利姆卡总是上来跟保夫卡待在一起消磨这段时光。这个厨房小徒工和黑眼睛的小烧水工交上了朋友。克利姆卡上来看见保夫卡蹲在打开的炉门跟前。保夫卡看见墙上熟悉的、头发蓬松的人影，没回头就招呼："克利姆卡，坐下。"

厨房小徒工爬到劈柴堆上躺下，瞧瞧蹲着不开口的保夫卡，笑着说："你怎么了，在对火施魔法吗？"

保夫卡好不容易才把目光从火舌上移开。他那炯炯闪亮的大眼睛直视着克利姆卡。克利姆卡从中发现有一种无法言传的哀伤。他在伙伴的眼神里发现这种哀伤还是头一次。

"保夫卡，你今天怎么怪模怪样的……"他沉默了一会儿，又问："你出了什么事儿？"

保夫卡站起身来,坐到克利姆卡身边。

"没出什么事儿。"他闷声闷气地回答,"克利姆卡,在这种地方我感到难受。"他放在膝上的两只手这时攥成了拳头。

"今天你究竟怎么了?"克利姆卡用胳膊肘支着欠起身子,继续问。

"你问今天怎么了?我到这儿来干活,从一开始心里就憋得慌。你瞧瞧这儿的情形!咱们像牛马一样干活,得到的回报呢,是谁高兴都可以打你嘴巴子,而且没人替你说一句。老板雇咱们来替他干活,可随便哪个只要有力气,都有权打你。咱们这么干,即便有分身法,也不能把每个人都侍候得满意。可只要有一个不满意,你就免不了挨揍。你就这么拼命干,规规矩矩的,让谁也挑不出毛病,忙得团团转,可总会给某人端得慢了一点,结果脖颈上又挨揍……"

克利姆卡惊恐地打断他的话:"你别这样嚷嚷,要不然,人家走过会听见的。"

保夫卡一跃而起:"听见就听见,反正我要离开这儿!在轨道上扫雪也比这儿强。这种地方……简直像坟墓,骗子流氓成堆。他们手里都有大把大把的钱!把咱们当畜生。对姑娘们,他们想怎么样就怎么样;哪个长得俊,不顺从他们,就马上被撵走。她们躲得开魔爪吗?又招一批女工——一批没地方住、没东西吃的女难民。她们需要填饱肚子,在这儿多少能吃到一点东西,她们为了不挨饿,什么事儿都干。"

保夫卡讲这番话时神情是那么激愤,克利姆卡真怕有人会听见。他跳起身来,去关上通厨房的门,保夫卡却依旧在倾吐积郁在心头的忿恨。

"就说你吧，克利姆卡，他们揍你，你不吭声。为什么不吭声呢？"

保夫卡坐到桌旁的小板凳上，疲倦地用两手支着头。克利姆卡往炉膛里添了些劈柴，也在桌旁坐下。

"今天咱们读书吗？"他问保夫卡。

"没有书，"保夫卡回答，"书亭关门了。"

"怎么，书亭今天不做生意？"克利姆卡觉得纳闷。

"卖书的被宪兵抓去了。从他那儿搜出了什么东西。"保夫卡回答。

"凭什么抓人？"

"说是搞政治。"

克利姆卡困惑地望望保夫卡。

"什么叫政治呀？"

保夫卡耸耸肩膀，说："鬼才知道！听说，谁反对沙皇，谁就是在搞政治。"

克利姆卡惊恐地打了个冷战。

"难道有这样的人吗？"

"不知道。"保夫卡回答。

门开了，格拉莎睡眼惺忪地走进洗碗间。

"小家伙，你们干吗不睡觉？趁火车没来，可以睡他一个钟头。去吧，保夫卡，我替你照看大水锅。"

保夫卡不干这份工作比他自己预料的时间要早些。离开食堂的原因，也出乎他的意料。

寒冷的一月份。一天，保夫卡干完了当班活儿，正准备回家，但是接班的小伙子没来。保夫卡去找老板娘，说要回家了，然而老板娘不放他走。疲惫不堪的保夫卡不得不留下再干一天一夜。天黑时，他已经筋疲力尽了。在稍稍清静的那段时间里，他还得灌满几锅水，赶在三点钟火车进站前烧开。

保夫卡拧开龙头——没有一滴水。看来是水塔不放水。他让龙头开着，自己倒在劈柴堆上歇一会儿。谁知倦意袭来，他竟呼呼地睡着了。

几分钟后，龙头咕噜咕噜响了一阵，水哗哗地来了，流进水槽，很快就漫溢出来。水顺着瓷砖流淌到洗碗间的地板上。这段时间洗碗间里照例没有人。水越积越多，漫过地板，从门底下流到大堂里。

一股股水流悄然淌到正在熟睡的旅客的包袱和手提箱底下。谁也没有发觉。直到睡在地板上的一个旅客被水浸湿，猛跳起来，大叫大嚷，人们才赶紧扑向各自的行李。人们顿时乱成一团。

水还在往这儿流，越流越猛。

普罗霍什卡正在另一个大堂里收拾桌子，听到旅客的叫嚷，跳过积水，奔到门前，使劲把门打开。原先被门挡住的水，哗的一下全涌进了大堂。

叫嚷声更响了。几个当班的堂倌跑进洗碗间。普罗霍什卡朝酣睡的保夫卡直冲过去。

这男孩头上遭到一阵猛打，打得他都懵了。

他从睡梦中醒来，什么也不明白。眼前金星直冒，浑身剧痛难忍。

他挨了一顿痛打，一步一瘸，勉强走回家。

早晨阿尔乔姆阴沉着脸，让保夫卡把发生的事情说一说。

保夫卡述说了事情的经过。

"打你的是谁？"阿尔乔姆瓮声瓮气地问。

"普罗霍什卡。"

"好吧，你躺着。"

阿尔乔姆披上羊皮袄，一言不发，走了出去。

"我要见堂倌普罗霍尔，可以吗？"一个陌生的工人问格拉莎。

"他一会儿就来，请稍等。"格拉莎回答。

这个工人将魁梧的身躯朝门框上一靠。

"行，我等着。"

普罗霍尔端着一大堆杯盘刀叉，用脚踹开门，走进洗碗间。

"这就是普罗霍尔。"格拉莎指着普罗霍尔说。

阿尔乔姆跨前一步，一只手重重地按住堂倌的肩膀，目光逼视着他，问："你干吗打我的弟弟保夫卡？"

普罗霍尔刚想挣脱肩膀，但已经挨了重重的一拳，跌倒在地。他挣扎着要站起来，然而第二拳更厉害，打得他趴着动弹不得。

洗碗间里的女工们都吓坏了，纷纷躲闪。

阿尔乔姆转身往外走。

普罗霍尔被打得满脸是血，在地板上翻滚。

当晚，阿尔乔姆没有从机车库回家。

后来母亲打听到，他被关进了宪兵队。

六天后的晚上，阿尔乔姆回来了，这时母亲已经睡下。阿尔乔姆走到坐在床上的保夫卡跟前，关切地问："怎么样，弟弟，好点了吗？"他在旁边坐下，"比这更倒霉的事常常有。"他顿了顿，又接着说，"没关系，你到发电厂去干活。我已经替你说好了。在那儿，你能学到一门手艺。"

保夫卡伸出双手，紧紧握住阿尔乔姆的大手。

第二章

一个惊人的消息旋风般地刮进了小城:"沙皇被推翻了!"

城里的人都不敢相信。一列火车在暴风雪中缓缓驶进车站,从车上下来两个身穿军大衣、扛着步枪的大学生和一队戴着红袖章的革命士兵。他们逮捕了车站上的宪兵、年老的上校和警备队长。小城居民这才相信消息是真的。于是几千人沿着一条条积雪的街道涌向广场。

大家如饥似渴地倾听着一串新名词:自由、平等、博爱。

喧闹的、充满激奋和喜悦的日子很快过去了,又恢复了平静。只有孟什维克和崩得分子①把持着的市政管理局大楼顶上的那面红旗表明这儿发生过变动。除此之外,一切照旧。

冬末,有个近卫骑兵团进驻小城。每天早晨,几个连的骑兵到车站上去抓那些来自西南前线的逃兵。

近卫骑兵们长得高大健壮,脸儿胖胖的。军官不是伯爵,就是公爵,肩章是金色的,马裤上的绦子是银色的,一切都和沙皇时代相同——好像没发生过革命似的。

---

① 即"立陶宛、波兰和俄罗斯犹太工人总联盟"的成员。

一九一七年过去了。在保夫卡、克利姆卡和谢廖日卡·布鲁扎克看来，没有任何变化。老板依然是原先的老板。到了多雨的十一月，情况才有些异常。车站上活动着一群新人，其中大都是从前沿阵地回来的士兵，都带有新奇的称号：布尔什维克。

这种响亮有力的称号是从哪儿来的——谁也弄不清楚。

近卫骑兵们要抓来自前线的逃兵并不那么容易。车站上枪声不断，玻璃窗频频被击碎。士兵成群结队地从前线逃回来，遇到阻拦，便以刺刀相见。到了十二月初，他们竟一列车一列车地涌来。

近卫骑兵守住车站，试图拦截，却遭到机枪的猛烈扫射。那些习惯于出生入死的人从车厢里往外冲。

身穿灰军装、来自前线的那帮士兵把近卫骑兵逼回了城中。然后他们又回到车站，于是火车一列接着一列继续向前驶去。

一九一八年春天，三个朋友在谢廖扎·布鲁扎克家玩了一阵"六十六点"，然后跑了出来。他们顺路拐入柯察金家的园子，躺在草地上。无聊透了，常玩的游戏玩腻了。大家动起脑筋，怎样更好地消磨这大半天。背后响起马蹄的嘚嘚声，一人骑马从大路上疾驰而来。公路和园子的矮栅栏之间有一条排水沟，那马一跃而过。马背上的人挥着鞭子，招呼躺着的保夫卡和克利姆卡："喂，小家伙，你们过来！"

保夫卡和克利姆卡跃起身，跑到栅栏跟前。骑马的人满身灰尘，歪戴在后脑勺上的军帽和保护色的军便服上都积了一层厚厚的灰尘。结实的军用皮带上挂着纳甘式转轮手枪和两颗德国造的手榴弹。

"小朋友，去弄点水来让我喝！"骑马的人请求道。保夫卡跑进屋去取水的时候,他转身问正瞧着他的谢廖日卡:"小朋友,城里现在谁掌权?"

谢廖日卡急急忙忙地把城里的各种新闻告诉他。

"我们这儿已经两个星期没有掌权的了。有个自卫队管着。夜里,居民轮流守护城镇。您是什么人?"他反过来问。

"嗨,事情知道得太多,人很快就会变老的!"骑马的人微笑着回答。

保夫卡从屋子里跑出来,端着一大杯水。

骑马的人咕嘟咕嘟一下子把水喝光,把杯子还给保夫卡,然后一勒缰绳,策马朝松林那边疾驰而去。

"这是谁呀?"保夫卡困惑地问克利姆卡。

"我怎么知道?"克利姆卡耸耸肩膀,回答。

"八成又要换政府了。怪不得昨天列辛斯基一家都跑了。有钱人纷纷逃走,可见来的将是游击队。"谢廖日卡对这个政治问题作出了断然、彻底的解释。

他的理由十分令人信服,所以保夫卡和克利姆卡立即表示赞同。

三个孩子对这个问题还没来得及好好谈下去,公路上又响起嘚嘚的马蹄声。他们一齐朝栅栏跑去。

三个孩子依稀看见树林里、林务官家的屋子后面有人群和车辆在移动,而紧靠着公路,则有约摸十五个骑马的人,步枪搁在马鞍上。走在最前面的两人一个已过中年,身穿保护色军装,系着军官腰带,胸前挂着望远镜,另一个和他并肩而行,正是孩子们刚才见到的那个骑马的人。上了年纪的人军装上缀着一个红花结。

"我说什么来着?"谢廖日卡用胳膊肘碰碰保夫卡的腰。"你瞧，红花结。是游击队呀。我绝对没看错——是游击队……"说着，高兴得大喊一声，小鸟似的越过栅栏，跑出去了。

两个朋友紧跟其后。现在三个人站在公路边，看着开过来的队伍。

两个骑马的人策马走到紧跟前。那个老相识朝孩子们点点头，用鞭子指指列辛斯基家的宅院，问："谁住在这幢屋子里？"

保夫卡竭力紧跟在他马后，说："是列辛斯基律师。他昨天跑了。显然，怕你们……"

"你怎么知道我们是什么队伍？"上了年纪的人微微一笑，问。

保夫卡指着花结回答："这是什么呀？一眼就看出……"

居民们纷纷拥上街头，好奇地打量开进城镇的队伍。我们的三个朋友站在公路旁，也细瞧着浑身尘土、满脸倦容的红军战士。

这支部队仅有一辆炮车沿着石铺路隆隆驶去，载着机枪的马车也辘辘驶过去了，三个孩子便尾随着游击队员们，直到队伍在城中心停下，战士们四下分散到各户去住宿，他们才各自回家。

晚上，充作游击队司令部的列辛斯基家的大客厅里，在一张四脚雕花的大桌子旁边，坐着四个人：已上了年纪、头发斑白的游击队队长布尔加科夫和另外三个指挥部成员。

布尔加科夫在桌上摊开本省地图，一边用指甲在图上划着路线，一边跟坐在对面的长着一口结实的牙齿、颧骨高耸的人说话。

"你说应该在这里打一仗，叶尔马钦科同志，我却认为，应该天亮就撤离。最好今夜就撤，但现在人困马乏。咱们的任务是赶在德国人之前撤至卡扎京。凭咱们目前的兵力去阻击敌人，简直是开玩笑……一门炮，三十发炮弹，两百个步兵，六十个骑兵——哪能顶得住呀……德国人如同一股铁水，滚滚而来。咱们只有和其他后撤的红军部队会合，才能作战。同志，咱们必须估计到，除了德军，沿途还有许多各式各样的反革命匪帮。我的意见是明天一早就撤离，同时把车站后面的小桥炸毁。德国人修桥，得花上两三天。这样，他们沿铁路线推进的行动就将延迟。同志们，你们认为怎么样？咱们作出决定吧，"他向在座的人征求意见。

坐在布尔加科夫斜对面的斯特鲁日科夫，抿紧嘴唇，看了看地图，又瞧瞧布尔加科夫，终于费力地从嗓子眼里挤出一句话："我……赞……赞成布尔加科夫的看法。"

最年轻的、穿工装的那个人也表示同意："布尔加科夫说得在理。"

只有叶尔马钦科，就是白天跟三个小伙伴说过话的那个，摇头反对。

"那咱们何必建立这支队伍呢？为了碰上德国人就不战而退吗？依我看，我们应当在这里同他们拼一拼。老是往后跑，心里憋得慌……要是我说了算，那我就一定要在这里打一仗。"他猛地推开椅子，站起身来，在客厅里踱来踱去。

布尔加科夫不以为然地瞧瞧他："叶尔马钦科同志，打要打得有道理。让战士去硬拼，去送死——这样做是不行的。这简直是开玩笑。咱们后面，敌人是整整一个师，配备着重炮和装甲车……叶尔马钦科同志，可不能耍小孩子脾气……"接着，他转而对另外两个同志说，"就这样定了，明天一早撤离……接下来谈建立联系的问题。"布尔加科夫继续说，"既然咱们是最后撤离的，那就理应担当起组织敌后工作的任务。这个小城镇有两个车站，是重要的铁路枢纽。我们必须安排一个可以信赖的同志在车站上工作。现在咱们决定一下,让谁留在这里开展工作。大家提名吧。"

"我认为,应当留下水兵朱赫来。"叶尔马钦科走到桌前说,"第一,朱赫来是本地人;第二,他是钳工,又是电工,在车站找份工作容易。没有谁看见过他和咱们的队伍待在一起——他要在深夜才赶来。这个小伙子善于开动脑筋,在这里能做好工作。依我看,他是最合适的人选。"

布尔加科夫点点头。

"对,叶尔马钦科,我赞同你的意见。同志们,有反对的吗?"他问另外两个人。"没有。那就这样定了。咱们给朱赫来留下一笔钱和工作指令……同志们,现在讨论第三个,也是最后一个问题,"布尔加科夫说,"就是处理本城存放着的武器问题。这里有一大批步枪——两万支之多,早在沙皇打仗时遗留下来的。这批步枪堆放在一户农民的板棚里,日子久了,人们都忘了。板棚的主人——一个农民向我报告了这件事情。他希望能处理掉……这一大批步枪,当然不能留给德国人。我认为应该销毁,而且得马上动手,赶在天亮前处理掉。但是焚烧有危险:板棚就在城边上,周围全是穷苦人的住宅。做起来,可能会把农民的房子也烧掉。"

斯特鲁日科夫身子敦实,胡子粗硬,很久没刮了。他动了动身子,说:"为……为什么要烧……烧掉?我认……认为应当把……把武器分发给老百姓。"

布尔加科夫倏地朝他转过脸去:"你是说分发下去?"

"对。这样才对!"叶尔马钦科兴奋地扬声说,"把这些步枪分发给工人和其他愿意要的老百姓。他们被逼得走投无路的时候,这些枪至少可以让德国人心惊肉跳。德国人肯定会来残酷地欺压老百姓。年轻的一代忍无可忍,准会拿起武器来。斯特鲁日科夫讲得对：把枪分发下去！最好是把枪运到乡下去。庄稼汉会把枪藏得更加严实，到了德国人横征暴敛、弄得他们倾家荡产的时候，他们就十分需要这些步枪了。"

布尔加科夫笑了："是呀，不过德国人准会下令，让大家上交武器，这样一来，这些枪又交出去了。"

叶尔马钦科反驳道："不，不会都交出去的。有人交，也有人不交。"

布尔加科夫以征询的目光把在座的人扫了一遍。

"分发下去，咱们把枪分发下去吧。"年轻的工人支持叶尔马钦科和斯特鲁日科夫。

"那就这样，咱们把枪分发下去。"布尔加科夫表示同意，"问题讨论完了。"他一边说，一边从桌旁站起身来。"现在咱们可以休息到天亮。朱赫来一到，就让他来见我。我要跟他谈谈。叶尔马钦科，你去查一下岗。"

剩下布尔加科夫一个人了。他走进客厅隔壁旧主人的卧室，把军大衣铺在褥垫上，躺了下去。

早晨，保夫卡从发电厂下班回家。他当锅炉工助手，已经整整一年了。

小城里热闹得异乎寻常。这种热闹情景，立即映入了他的眼帘。一路上，他频频遇见扛着步枪的居民，有的扛着一支，也有的扛着两三支。保夫卡急匆匆回家，闹不明白是怎么回事。在列辛斯基家的宅院附近，他昨天见过的那些人正纷纷跨上马背。

保夫卡跑到家里，匆忙洗了脸，从妈妈口中得知，阿尔乔姆还没回来，于是便飞也似的往外跑，直奔城镇的另一头，去找住在那儿的谢廖日卡·布鲁扎克。

谢廖日卡是火车副司机的儿子。他父亲有一所自己的小屋，还有一份微薄的家产。

谢廖日卡不在家。他的妈妈，一个脸儿白净的胖女人，不满地瞧了保夫卡一眼。

"鬼知道他在哪儿！天刚亮，就出去疯了。听说什么地方在发枪，多半他也去了那儿。你们这帮流鼻涕的野小子，就该挨树条抽。顽皮得出奇，真拿你们没办法。个儿比瓦罐才高两寸，也跑去领枪。你去告诉小调皮鬼：他哪怕带一颗子弹回家，我也要揪下他的脑袋！什么乱七八糟的东西都往家里拖，以后倒霉的是大人。你怎么，也要到那儿去？"

可这时保夫卡早已不听谢廖日卡妈妈的唠叨，一溜烟地跑了。

公路上走来一个男人，两肩各扛着一支步枪。

"叔叔，在哪儿领的枪？"保夫卡飞跑到他跟前问。

"在那儿，韦尔霍维纳街，正在分发呢。"

保夫卡按那人的指点飞奔而去。他跑过两条街，撞上一个拖着一支上了刺刀的、沉甸甸的步枪的男孩。

"哪儿领的枪？"保夫卡拦住他。

"游击队在学校对面分发，不过已经发光了。全都领走了。发了一整夜，只剩下一些空箱子。我呀，拿的是第二支了。"男孩骄傲地说。

听到这样的消息，保夫卡不禁垂头丧气。

"唉，见鬼，早知这样，应该不回家，直接跑到那儿去！"他懊丧地想，"我怎么竟然错过了机会呢？"

蓦地，他灵机一动，来个急转身，三步并作两步跑去追赶已经走过去的男孩，使劲儿从他手里夺下步枪。

"你已经有一支——够了。这支给我。"保夫卡说，口气是不容违抗的。

大白天遭到抢劫，男孩被激怒了。他朝保夫卡扑过去，但保夫卡后退一步，端起刺刀，大喝一声："闪开，要不刺刀扎上去了！"

男孩伤心地哭了，转身跑去，一边无可奈何地咒骂着。保夫卡心满意足，飞快地往家里奔。他越过栅栏，跑进小板棚，把步枪藏在棚顶底下的横梁上，然后快活地吹着口哨，走进屋子。

在乌克兰，像舍佩托夫卡这样的小城镇——中心是市区，四郊是乡村——夏季的夜晚多么令人舒心。

在这样恬静的夏夜，年轻人都跑到室外。姑娘和小伙子们一对对、一群群，有的在自家的台阶上，有的在小花园或庭院里，有的索性来到街头巷尾，坐在盖房用的原木堆上，笑语不断，歌声阵阵。

花香浓郁，空气微微颤动。星星如同萤火虫，在深邃的天空闪烁，人声传得很远很远……

保夫卡有一架维也纳造的双排键的手风琴，音色悦耳动听。他非常喜欢，总是爱怜地搁在膝上。灵活的手指一触摸到键盘，便迅捷地自上而下滑过。低音一声鸣响，随即奏出欢快嘹亮的旋律……

手风琴拉了起来，琴声飞扬，此时此刻，你能不翩然起舞吗？你会忍不住的，双脚会自动跳起来。手风琴的琴声充满激情——生活在世界上有多么美好！

今天晚上特别快活。一群年轻人聚集在保夫卡家旁边的原木堆上，说笑逗乐，而保夫卡的女邻居加洛奇卡嗓门最高。这个石匠的女儿喜欢跟男孩子们一起唱歌跳舞。她是女中音，嗓音嘹亮而圆润。

加洛奇卡伶牙俐齿的，保夫卡有点怕她。这会儿加洛奇卡挨着保夫卡坐在原木堆上，紧紧地搂住他，纵声笑着说："哟，你这个手风琴手真行！可惜，年龄小了点儿，要不然倒是我的如意郎君，我就爱手风琴手，听到手风琴声，我的心都陶醉了。"

保夫卡脸涨得通红———幸亏是晚上，谁也看不见。他想推开调皮的姑娘，可她紧搂着他不放。

"哦，亲爱的，你往哪儿躲？你真是我的好未婚夫。"她打趣地说。

保夫卡感觉到她那富有弹性的胸脯贴着自己的肩膀，不由得惶惶然，坐立不安，而笑声散播到周围的街道上，打破了平时的宁静。

保夫卡伸手抵住加洛奇卡的肩膀，说："你妨碍我拉琴，身子移过去点儿。"

于是又引起一阵哄笑、戏谑和逗趣。

玛鲁霞插嘴了："保夫卡，拉一个深沉些的曲子，要扣人心弦。"

手风琴的风箱缓缓地拉开，手指轻柔地来回移动。响起一首大家熟知的家乡小调。加林娜[①]头一个随着琴声唱了起来，玛鲁霞和其他人也附和着唱道：

  所有的纤夫，

---

① 加洛奇卡的正式名字。

都回到故乡的小屋，

这里多么亲切，

这里多么可爱，

我们深情地歌唱。

年轻人响亮的歌声传向遥远的树林。

"保夫卡！"阿尔乔姆喊道。

保夫卡合起手风琴的风箱，扣好皮带。

"在叫我，我得走了。"

玛鲁霞恳求他："再坐坐，再拉一会儿吧。回家来得及。"

可是，保夫卡急着要走。

"不，明天再玩，现在该回家了。阿尔乔姆在叫我。"说着，他穿过大街，朝家跑去。

他推门进屋，看到阿尔乔姆的同事罗曼坐在桌旁，另外还有一个陌生人。

"你叫我吗？"保夫卡问。

阿尔乔姆冲着保夫卡点点头，转而对陌生人说："瞧，这就是我弟弟。"

那人向保夫卡伸出一只青筋毕露的手。

"保夫卡，是这样，"阿尔乔姆对弟弟说，"你说过你们发电厂的一个电工病了。明天你打听一下，厂里要不要雇个在行的来替代他。如果要，就来告诉我。"

陌生人接过话茬："不，我跟他一块儿去吧。我自己同厂主谈。"

"当然要雇人的。今天发电机都停了，因为斯坦科维奇病倒了。

厂主跑来两趟，急着要找个替换的，可就是找不到。叫锅炉工来照管发电机组，他又不敢。那电工害的是伤寒。"

"这样的话，事情准能办成。"陌生人说，"明天我来找你，咱俩一块儿去。"他转身对保夫卡说。

"好的。"

保夫卡的两眼与陌生人安详的灰色眼睛相遇了，后者正在审视他。那执拗而凝神的目光使保夫卡有点局促不安。灰色的短上衣从上到下都扣着纽扣，紧紧地裹住宽阔厚实的脊背，显然嫌小了。脖颈粗壮得像牛脖子，整个身躯宛如一棵矮墩墩的老橡树，充满着力量。

分手的时候，阿尔乔姆说："朱赫来，祝你一切顺利。明天跟我弟弟一块儿去，把事情办妥。"

游击队撤走以后过了三天，德国兵进城了。几天来冷冷清清的车站上，响起火车头的汽笛声，预示着他们就要抵达。消息在城里迅速传开："德国人来了。"

全城顿时骚动起来，犹如捅开的蚂蚁窝，尽管大家早就知道德国兵一定会来，不过人们总有些将信将疑。瞧，这些可怕的德国兵果然已经不是在别处，而是到了这儿的城里。

居民们都凑近栅栏和篱笆门朝外张望。大家不敢上街。

德国兵让开公路中央，成单行沿公路两侧走着。他们身穿墨绿色军装，平端着步枪，枪上都上了宽阔的刺刀，头戴沉重的钢盔，背着大背包。从车站到市区，他们的行军队伍连绵不断，宛如一条带子。他们小心翼翼地走着，随时准备应付抵抗，虽说路上没有遇到一个人抵抗。

两名军官手握毛瑟枪,走在前头。一名黑特曼①小头目兼翻译官,身穿蓝色的乌克兰短上衣,头戴羊皮高帽,走在公路中间。

德国兵在市中心的广场上列成方阵。他们擂起军鼓。一些大胆的居民围拢来,聚成一小堆。身穿乌克兰短上衣的黑特曼小头目,登上一家药房的台阶,高声宣读城防司令科尔夫少校的命令。

命令如下:

本司令宣布:

一、本城全体公民,限于二十四小时内交出所有的火器及冷兵器。违令者枪决。

二、全城实行戒严,晚上八时后实行宵禁。

城防司令科尔夫少校

德军城防司令部安顿在从前是市政管理局所在地、革命后归工人代表苏维埃使用的那幢楼房里。楼房的台阶旁,站着一名哨兵。哨兵头上戴的已不是钢盔,而是大檐帽,上面缀着一个大大的鹰形帝国徽章。就在那儿的院子里,辟出一块场地用来堆放收缴的武器。

居民被要枪毙吓坏了,整天都有人来交武器。成年人不敢露面,来送武器的都是小青年和孩子。德军没有扣押一个人。

有些不愿意送来的人,在夜里干脆把武器抛在马路上。第二天早晨,德军巡逻队捡起这些武器,堆放到军用马车上,运回司

---

① 黑特曼,指1918年4月至11月奥地利—德国军队占领乌克兰时期的伪政权。

令部。

中午十二点后,规定的期限一过,德国兵清点缴获品。交来的步枪共有一千四百支。也就是说,还有六千支没有收缴上来。他们挨家挨户搜查,但是几乎毫无结果。

次日拂晓,在城外古老的犹太人墓地旁,有两个铁路工人被枪杀,因为搜出了他们藏匿的步枪。

阿尔乔姆听到那个命令,就急匆匆赶回家来。在院子里他遇到保夫卡,他抓住弟弟的肩膀,悄声地、但坚决地问:"你有没有带什么回来藏着?"

保夫卡本想闭口不说步枪的事,可又不愿意对哥哥撒谎,结果就全说了。

弟兄俩一同走进小板棚。阿尔乔姆取下搁在横梁上的步枪,卸掉枪栓和刺刀,抓住枪筒,竭尽全力往栅栏的柱子上猛砸。枪托四分五裂了。砸下的碎块被远远地扔到小花园外面的荒地里。阿尔乔姆又把刺刀和枪栓丢进粪坑。

做完这一切,阿尔乔姆告诫弟弟:"保夫卡,你已经不小了,该懂得私藏武器可不是闹着玩的。我警告你:什么也不准往家里拿。你要知道,现在为了这种事会断送性命的。记住,别瞒着我,不然的话,你拖回家来,他们发现了,头一个被抓去枪毙的准是我。你这个小东西他们倒不会碰的。眼下正是狗杂种们横行霸道的时候,你明白吗?"

保夫卡答应以后不把任何东西往家里拿了。

他俩穿过院子,正要进屋,这当儿只见一辆四轮马车在列辛斯基家的大门口停了下来。律师和妻子,还有他们的女儿涅莉、儿子维克托从车上下来。

"候鸟飞回来了,"阿尔乔姆气咻咻地说,"嘿,又要抛头露面了,真令人恶心!"说着,他走进屋子。

保夫卡为砸了枪,难过了一整天。就在同一天,他的朋友谢廖日卡在一个废弃的破棚子里的墙脚挥动铁锹,拼命挖土。他终于挖了一个大坑。谢廖日卡把三支领来的步枪用破布包好,放了进去。把这些枪交给德国人,他可不甘心——翻来覆去苦思冥想了一整夜,他实在舍不得扔掉自己心爱的东西。

然后他往坑里填土,踩实,又弄来一大堆垃圾和破烂,覆在新土上。完了,他仔细看了一遍,觉得非常满意,这才摘下帽子,擦擦额头上的汗珠。

"嗯,这下让他们搜吧。即使搜到,也不知这是谁家的棚子。"

一晃,朱赫来已经在发电厂工作了一个月,不知不觉,保夫卡和这个不苟言笑的电工交往很深了。

朱赫来给锅炉工助手讲解发电机的构造,教他如何干活。

水兵朱赫来挺喜欢这个机灵的男孩。他哪天有空,就去看望阿尔乔姆。水兵持重而通情达理,总是耐心地听他们讲述日常的琐事,特别是在保夫卡的母亲向他诉说保夫卡如何淘气的时候。他有办法劝慰玛丽娅·雅科夫列夫娜,使她忘却不幸,振作精神。

有一天,在发电厂院子里的劈柴堆之间,朱赫来叫住保夫卡,微笑着说:"你妈妈说你爱打架。她说:'哎哟,我那孩子像公鸡一样好斗。'"朱赫来赞赏地放声大笑。"打架不一定是坏事,不过要弄清楚打的是谁,为什么打他。"

保夫卡不知道朱赫来是取笑他,还是对他说正经的,便回答:

"我从不无缘无故打架,总是有道理才打的。"

朱赫来出其不意地发问:"打架得有一套真功夫,愿不愿意我来教你?"

保夫卡纳闷地望望他,说:"怎样才算有真功夫呢?"

"喏,那就让你见识见识。"

朱赫来简明扼要地讲解一番英国式拳击,让保夫卡略知点皮毛。

保夫卡为学这种本领苦头没少吃,但学得挺不错。他一次次地被朱赫来打得趴下,不知摔了多少个跟头,但是这个学生依旧勤奋努力,坚持学下去。

有一个大热天,保夫卡从克利姆卡家回来,在屋子里转悠了一阵,见没什么活好干,就打算到屋后小园子角落里的小棚子顶上去——那是他喜欢的地方。他穿过院子,进入小园子,来到板棚跟前,踩着墙上的凸出处,爬上了棚顶。他拨开板棚上面繁茂的樱桃树枝,爬到棚顶当中,躺下晒太阳。

棚子的一面朝着列辛斯基家的花园,如果爬到棚顶的边沿,他家的整个花园和房屋就尽收眼底。保夫卡探头朝墙那边张望,看到了一部分院子和停在那里的一辆四轮马车。只见住在列辛斯基家的德国中尉的那个勤务兵,正拿着刷子在刷他长官的衣物。保夫卡曾不止一次在列辛斯基家的大门口看到过这个中尉。

中尉身子敦实,脸色红润,蓄着修剪得齐整的唇髭,戴一副夹鼻眼镜和有漆皮帽舌的军帽。保夫卡知道,中尉住的是厢房,窗子朝着花园,从棚顶上看得见。

这时候中尉坐在桌边写东西,然后拿起写好的东西走了出去。他把一封信递给勤务兵,随即沿着花园的小径,朝临街的篱笆门走去。走到亭子旁边，中尉站住了——显然在跟谁说话。涅莉·列辛斯卡娅从亭子里走了出来。中尉挽起她的胳膊一块儿向篱笆门走去，两人出门走到街上。

这一切保夫卡全看在眼里。他正准备打个盹儿，又看见勤务兵走进厢房，把中尉的军服挂到衣架上，打开朝花园的窗子，收拾一下房间，又走出门去，随手关上了门。一会儿保夫卡看见他来到拴着马匹的马厩旁。

从开着的窗户里保夫卡清楚地看见整个房间里的东西。桌上放着一副皮带，还有一件亮闪闪的东西。

保夫卡按捺不住强烈的好奇心，悄悄地从棚顶攀到樱桃树上，哧溜一声下到了列辛斯基家的花园里。他弯着腰，连蹦带跳几步就跑到敞开的窗子跟前，朝房间里张望起来。桌子上放着一副武装带，还有一支插在皮套里的非常漂亮的十二发的曼利赫尔手枪。

保夫卡紧张得屏住了呼吸。有几秒钟，脑子里斗争得厉害，但终于被好奇心所驱使，不顾一切地探进身去，抓起枪套，拔出乌黑闪亮的新手枪，随即又退回到花园里。他四下打量了一下，小心翼翼地把手枪塞进裤袋，飞快地穿过花园，跑到樱桃树跟前。他像猴子似的，迅捷地攀登到棚顶上，还回过头来瞧瞧。勤务兵正安闲地跟马夫聊天。花园里一片静谧……他从板棚上下来，撒腿跑回家去。

妈妈在厨房里忙着做饭，没有注意到他。

保夫卡捡起箱子后面的一块抹布，塞进裤袋，悄无声息地溜出屋门，跑过花园，翻过栅栏，走上通向树林的大道。他用手按住裤袋里那支猛烈地撞击着他大腿的手枪，朝一座废弃的旧砖厂飞奔而去。

他的步子快得几乎脚不沾地,只闻耳边风声呼呼。

旧砖厂附近,寂然无声。木板屋顶有的地方已经坍塌;碎砖堆积如山;一座座砖窑已遭毁坏,到处野草丛生,呈现一片凄凉景象。只有他们三个朋友偶尔到这儿来玩耍。保夫卡知道很多隐蔽之处,可以藏匿他偷来的宝贝。

他钻进一座破窑的豁口,谨慎地回头张望一下。大路上空无一人。松林发出飒飒的响声,微风吹来,刮起路边的尘土。空气中散发着浓烈的松脂味儿。

保夫卡用破布裹好手枪,放在破窑最底层的一角,再覆上一大堆旧砖头。他钻出破窑,用砖头堵死豁口,并用一块砖作了标记,这才走上大路,慢慢往回走。

一路上他的两条腿微微打颤。

"这事结局会怎么样呢?"他思忖着,惶惑得心儿都揪紧了。

他提早出门去发电厂上班,免得待在家里。他从看门人手里接过钥匙,打开大门,走进安置着发动机的机房。他擦拭风道,往锅炉里放水,然后生火,一边心里忖度:"列辛斯基家里现在情况不知怎么样?"

已经很晚了,十一点左右,朱赫来走到保夫卡身旁,把他叫到院子里,压低嗓音问:"今天为什么你们家被搜查?"

保夫卡不禁打了个冷战。

"什么?搜查?"

"是的,情况不妙。你不知道他们搜查什么吗?"

保夫卡当然知道搜查什么,但是不敢把偷枪的事情告诉朱赫来。他浑身哆嗦,忐忑不安地问:"阿尔乔姆被抓走了吗?"

"没有人被抓走,不过家里的东西都被翻了个底朝天。"

听到这话,保夫卡稍稍松了口气,然而心里依旧惴惴不安。有几分钟,他们俩在想各自的心事。一个知道搜查的原因,担心结果会不知怎样;另一个不知原因,因而倒警觉起来。

"见鬼,莫非他们发现我露出了马脚?阿尔乔姆对我的所作所为一无所知,他家里怎么会遭到搜查呢?得更加小心。"朱赫来心里想。

他们默默地分手,各自干活去了。

这时,列辛斯基家里乱成了一锅粥。

中尉发现不见了手枪,叫来勤务兵问。得知手枪确实丢失了,这个平时彬彬有礼、沉稳持重的人便抡起胳膊,猛抽了勤务兵一个耳光。勤务兵被打得身子摇晃了一下,但马上又挺直身子,认罪地眨眨眼,恭顺地等着继续挨打。

律师被叫来盘问,他也很生气,向中尉连连道歉,因为在他家里发生了这样不愉快的事情。

这时在场的维克托·列辛斯基对父亲说出自己的猜测:偷手枪的可能是邻居,尤其是野小子保尔·柯察金最有可能。父亲赶紧把儿子的想法告诉中尉。中尉听后立即下令去搜查。

搜查没有任何结果。窃枪事件使得保夫卡相信,即使如此冒险的举动,结局有时也会安然无恙的。

第三章

冬妮亚站在敞开的窗口。她悒悒不乐地望着熟悉的、她心爱的花园，望着花园四周那些高大挺拔、迎着微风轻轻颤动的白杨，真不敢相信，她已经整整一年没看到亲爱的家园了。她似乎觉得昨天刚刚离开这些童年就熟知的地方，而今天乘早车又回来了。

这儿一切依然如故：还是一排排修剪得整整齐齐的马林丛，还是一条条纵横交错的小径，两旁栽种着妈妈喜欢的三色堇。花园里，一切都收拾得整洁有序，处处显示出一位学究式林学家的匠心独运。然而，这些洁净的、交叉得体的小径眼下却使冬妮亚觉得索然乏味。

冬妮亚拿起一本没看完的小说，打开通向回廊的门，走下台阶，进入花园。她推开油漆过的篱笆门，朝着车站水塔旁边的池塘缓步走去。

她走过一座小桥，上了大路。大路宛若公园里的林荫道。右边是池塘，四周长着垂柳和茂密的柳树。左边蜿蜒着一片树林。

她刚要朝池塘、朝旧采石场走去，蓦地看见下方的池塘边甩起一根钓竿，便停住了脚步。

她对着一棵歪斜的垂柳俯下身去，伸出一只手拨开柳丛的枝条，便看到一个晒得黝黑、光着脚板、裤腿卷到膝盖以上的小伙子。他身旁放着一只盛蚯蚓的锈铁罐子。小伙子正全神贯注地钓鱼，没有发觉凝视着他的冬妮亚。

"这儿怎么钓得着鱼呢？"

保夫卡生气地回头瞧瞧。

一个陌生姑娘站在那里，手扶着垂柳，身子探向水面。她穿着蓝条纹领子的白色水兵服和浅灰色短裙。花边短袜紧裹着晒黑的、匀称的小腿，脚上是一双棕色便鞋。栗色的头发梳成一条粗大的辫子。

拿钓竿的手微微一颤，鹅毛管鱼漂在平静如镜的水面上点了一下，漾起了一圈圈涟漪。

背后传来焦急不安的嗓音："咬钩了，瞧，咬钩了……"

保夫卡手忙脚乱，拉起了钓竿。鱼钩上的蚯蚓打着旋儿蹦出水面，甩出点点水珠。

"唉，见鬼，这下还钓什么！怎么碰到这么个妖精。"保夫卡恼火地想，接着为了掩饰自己的窘态，他把鱼钩往更远的水面甩去，甩到两丛牛蒡之间，那恰恰是不该下钩的地方：鱼钩可能会挂住水下的树根。

保夫卡猜到是怎么回事，却头也不回，对站在上方的姑娘嘀咕道："哇啦哇啦叫什么呀？这么一来，鱼儿全都吓跑了。"

上方立刻传来挖苦嘲笑的话："鱼儿见到您，早就吓跑了。大白天哪能钓到鱼？哎呀，您这个不中用的渔夫。"

这可太过分了，竭力保持礼貌的保夫卡受不了啦。他站起身来，把帽子拉到前额上，这是他历来表示恼怒的动作，然后挑选最客气的字眼说："小姐，请您走远点儿，行不行？"

冬妮亚的两眼稍稍眯缝起来，接着又含笑盈盈。

"我真的妨碍您了吗？"

她的嗓音里已经没有嘲讽的意味，却是一种友好、和解的口吻。保夫卡本想冲这个不知从哪儿跑来的"小姐"说几句粗话，这时反而无从发作了。

"好吧，您要看，就看吧。您待在哪儿，我管不着。"他和婉地表示，随即坐下，重又瞧着鱼漂。鱼漂紧挨着牛蒡不动，很清楚，鱼钩被牛蒡的根挂住了。保夫卡不敢起竿。

"要是挂住了，就脱不了钩了。而这个人，准会笑话我。但愿她离开。"保夫卡琢磨着。

冬妮亚却在微微晃动的、歪斜的垂柳树干上坐得更舒适些，把一本书搁在膝头上，抬眼审视晒得黝黑的、黑眼睛的野孩子。他刚才对她不礼貌，这会儿又故意不理睬她。

保夫卡在平静如镜的水面上清晰地看见姑娘端坐着的倒影。她在看书，保夫卡便悄悄地拽那挂住的钓丝。鱼漂在往下沉，钓丝拽直了，紧绷着。

"确实挂住了，该死的！"他脑海里闪过一个念头，乜斜着眼看到水面上映照出一张笑吟吟的脸。

这时有两个年轻人——七年级学生从水塔旁的小桥上走过。一个是机车库主任苏哈里科工程师的儿子，今年十七岁。他头发浅色，满脸雀斑，呆头呆脑，吊儿郎当，同学给他起了个绰号叫麻子舒尔卡。他拿着一根漂亮的钓竿，嘴上叼着香烟，神态令人厌恶。走在他身旁的是维克托·列辛斯基，一个身材匀称、细皮嫩肉的青年。

苏哈里科弯腰凑近维克托，挤眉弄眼地说："这个女孩真诱人，本地找不出第二个。我敢担保，她是个挺浪漫的人物。她在基辅读六年级，到父亲这儿来过暑假的。她父亲是本地的林务官。她跟我的妹妹丽莎很熟。我曾写给她一封辞藻绝对华丽的情书。我说我已爱得如痴如狂，颤栗地等待着她的回信。我甚至适时地摘抄了纳德松①的一首诗。"

"结果怎么样呢？"维克托好奇地问。

苏哈里科略显窘迫地说："嗨，无非是装出一本正经的模样，摆摆架子罢了。她说别再糟蹋信纸了。这种事开头总是这样的。干这种事儿我可是老手。我不愿意久久地献殷勤，瞎折腾。只要晚上到简陋的工棚那儿去一趟，花上三卢布，就能挑一个让你艳羡已久的美人儿，这才叫方便呢。而且人家一点也不忸怩作态。我跟瓦利卡·吉洪诺夫一块儿去过，他是铁路上的工头，你认识吗？"

维克托蔑视地皱紧眉头，说："舒拉，你竟干这种下流勾当？"

舒拉嚼嚼纸烟，吐了一口唾沫，讥讽地说："你装什么正人君子。其实你干些什么，我们都知道……"

维克托打断他的话头，问："那你把眼前这个介绍给我，行吗？"

"当然行。趁她没走，咱们快过去。昨天早晨，她也钓过鱼。"

两个朋友走到冬妮亚跟前。苏哈里科取下嘴里叼着的纸烟，恭敬地鞠了一躬。

"您好，图马诺娃小姐。哦，您在钓鱼？"

"不，我在看别人钓鱼。"冬妮亚回答。

"你们还不认识吧？"苏哈里科拉住维克托的手，急急地说，

---

① 纳德松（1862—1887），俄国诗人。

"他是我的朋友维克托·列辛斯基。"

维克托局促地把手递给冬妮亚。

"今天您怎么不钓鱼?"苏哈里科竭力没话找话。

"我没带钓竿。"冬妮亚回答。

"我马上再去拿一副来,"苏哈里科赶紧说,"您先用我的钓吧,我一会儿就拿来。"

苏哈里科履行了对维克托许下的诺言,让他跟冬妮亚认识,此刻要设法让他们俩待在一起。

"不,我们会妨碍别人的。这儿已经有人在钓了。"冬妮亚回答。

"妨碍谁?"苏哈里科问,"噢,这个家伙吗?"他这才发现坐在灌木丛旁的保夫卡。"瞧,我立刻叫这家伙滚开。"

冬妮亚没来得及阻拦苏哈里科。他往下走去,来到正在钓鱼的保夫卡身旁。

"快收起钓竿,马上滚蛋!"苏哈里科冲着保夫卡吆喝。"喂,快滚,快滚!"见保夫卡安然地继续钓鱼,他又喊道。

保夫卡抬起头,瞥了他一眼,毫不示弱。

"你小点声。龇牙咧嘴地嚷什么?"

"什——么?"苏哈里科冒火了,"臭小子,你竟敢回嘴顶撞!还不给我滚!"说着,使劲用皮鞋尖朝蚯蚓罐子踢去。铁皮罐子在空中翻滚了几下,扑通一声,掉进了水里,激起的水珠溅到了冬妮亚的脸上。

"苏哈里科,您怎么不害臊!"她扬声说。

保夫卡跳了起来。他知道,苏哈里科是机车库主任的儿子,阿尔乔姆就在那儿干活,如果他此刻挥拳打这张虚胖的丑脸,那这个小子一定会去向他老子告状，事情肯定会连累阿尔乔姆。正是这个原因，保夫卡才强忍着，没有立即惩治对方。

苏哈里科以为保夫卡会立即还手打他，所以往前扑去，伸出双手对着站在水边的保夫卡当胸推去。保夫卡两手一扬，身子一仰，但稳住脚步，没有掉进水里。

苏哈里科比保夫卡大两岁，而且以寻衅滋事、打架斗殴出了名。

保夫卡当胸挨了这一下，便按捺不住，不顾一切了。

"啊，这么欺侮人！那好吧，我奉陪！"他猛地挥起手，朝苏哈里科的脸击去。紧接着，没让对方回过神来，就死死地揪住他的学生上装，使劲一拽，把他拽到了水里。

苏哈里科站在齐膝深的水中，锃亮的皮鞋，还有裤子，全浸湿了。他竭尽全力，拼命从保夫卡铁钳般的手中挣脱开来。保夫卡把他拖到水里后，自己跳上了岸。

狂怒的苏哈里科朝保夫卡猛扑过来，真想把他撕成碎片。

保夫卡跳到岸上，迅速转过身面对猛扑过来的苏哈里科，这时他想起一条要领："左腿在后支住全身，右腿向前稍弯，呈马步状，这样，不仅能用手，而且能以全身的力量，从下往上，打对方的下巴。"

猛击一拳！……

咯的一声，苏哈里科上下牙对撞。由于下巴和咬破的舌头钻心地疼，他发出尖叫，双手乱摆，随后扑通一声，整个身子沉重地倒在水里。

冬妮亚在岸上禁不住纵声大笑。

"真棒！真棒！"她击着掌喊，"太精彩了！"

保夫卡抓起钓竿，使劲一拉，扯断了挂住的钓丝，跳上了大道。

临走，他听见维克托对冬妮亚说："这是个十足的小流氓，叫保夫卡·柯察金。"

车站上变得躁动不安。铁路沿线传来消息，说铁路工人开始罢工了。邻近的一个大站上，机车库工人也闹开了。德国人怀疑两名火车司机传送号召书，便逮捕了他们。那些和农村有联系的工人满腔愤怒，因为德军在那里横征暴敛，地主也返回了庄园。

黑特曼村警的皮鞭，把庄稼汉的脊背打得伤痕累累。游击运动席卷全省。布尔什维克组织的游击队已经发展到十个。

这些日子朱赫来忙得不可开交。自到这个小城以来，他做了大量工作。他结识了许多铁路工人，经常参加年轻人的聚会，在机车库钳工和锯木厂工人中间建立了一个牢靠的组织。他也曾试探过阿尔乔姆，问他对布尔什维克党及其事业有什么看法，这个健壮的钳工回答他说："费奥多尔，你知道，我对这些党派一向弄不大清楚。不过以后如果需要我帮忙，我随时都会出力。你可以相信我。"

费奥多尔听到这样的话，也感到满意了。他知道阿尔乔姆是自己人，是个说到做到的小伙子。"至于入党，看来，他还没达到标准。没关系，如今这种年月，他很快就会觉悟的。"水兵心里想。

费奥多尔·朱赫来已经从发电厂转到机车库干活。这样更便于开展工作，因为在发电厂里，他对铁路上的情况很隔膜。

眼下铁路运输特别繁忙。德国人用成千上万节车皮往德国本土运送他们在乌克兰掠夺到的一切：黑麦、小麦、牲口……

黑特曼警备队突然在车站上抓走了报务员波诺马连科。他在警备队队部遭到严刑拷打，看来，他供出了阿尔乔姆在机车库的同事罗曼·西多连科进行过鼓动宣传的事。

当时罗曼正在干活，两个德国兵和一个黑特曼警备队员——德军驻车站警备队长的助手——就来抓他了。黑特曼警备队员走到罗曼的虎钳台前，二话不说，举起马鞭朝罗曼的脸上抽去。

"畜生，跟我们走！到那里再跟你说。"他说，接着凶神恶煞地揪住钳工的袖子，"也到我们那儿去煽动煽动嘛。"

正在旁边的虎钳台上干活的阿尔乔姆把锉刀一扔，俨如巨人，逼近黑特曼警备队员，强压住心头的怒火，嗓音沙哑地说："狗东西，你敢打人？"

黑特曼警备队员倒退一步，同时去解枪套。一个短腿矮个儿的德国兵从肩上摘下上了宽刺刀的、笨重的步枪，咔的一声，把子弹推上膛。

"不准动！"他吼叫道。只要对方一动，他就会开枪。

大高个儿的钳工面对这个矮小的德国兵，束手无策。

他们俩都被抓走了。一小时后，阿尔乔姆被放了出来，罗曼被关进堆放行李的地下室。

过了十分钟，机车库里谁也不干活了。机车库的工人都聚集在车站的花园里。其他工人，包括扳道工和材料库的工人也都纷纷赶来。大家异常激愤。有人写了请愿书，要求释放罗曼和波诺马连科。

黑特曼军官带着一伙警备队员，急急忙忙赶到花园，挥舞着手枪大声喊叫："要是再不去干活，马上统统逮捕！再不然，枪毙几个。"

这时群情更加激愤。

怒不可遏的工人的阵阵吼声,迫使黑特曼军官溜进站房。不一会儿几辆满载着德国兵的卡车,沿着公路从城里疾驶而至。他们是驻车站警备队长调来的。

工人们四下散去,各自回家。大伙儿都罢工了,连车站值班员也走了。朱赫来的工作显示出成效。这是车站上第一次群众示威。

德国兵在站台下架起重机枪。它活像一条伺伏在那里随时要出动的猎狗。有个德军军士蹲在一边,手按着枪把。

车站上阒无一人。

当夜开始大搜捕。阿尔乔姆也被抓去了。朱赫来没在家过夜,因而没被他们抓到。

德军把所有抓去的人都关在一个大仓库里,并且发出最后通牒:要么复工,要么送交军事法庭。

沿线的铁路工人几乎都罢工了。一昼夜没有一列火车通过,而在一百二十公里外,却发生了一场战斗,一支庞大的游击队切断了铁路线,炸毁了几座桥梁。

夜间,一列德国军用列车驶进车站,但很快司机、副司机和司炉都逃离了机车。车站上除了这趟军用列车,还有两列火车急等着发车。

仓库两扇沉重的门打开了,车站警备队长、德军中尉、他的助手,还有一群德国人走了进来。

警备队长的助手喊道:"柯察金、波利托夫斯基、布鲁扎克,你们三个为一司机组,立刻去开车。违抗者就地枪毙。你们去不去?"

三个工人无可奈何地点点头。他们被押到机车跟前。这时车站警备队长的助手又在点名叫一名司机、一名副司机和一名司炉,要他们去开另一列火车。

机车愤怒地喷出闪亮的火星,喘着粗气,冲破黑暗,沿着铁轨驶向夜色苍茫的远方。阿尔乔姆往炉膛里添了煤,一脚踹上小铁炉门,从箱柜上拿起茶壶,喝了一口水,转身问老司机波利托夫斯基:"大伯,你说,我们就这样开吗?"

波利托夫斯基怒气冲冲地横眉眨眨眼,说:"嗯,既然刺刀顶着你的脊梁,你就开。"

"扔下一切,跳车跑吧。"布鲁扎克说,同时打眼梢瞧瞧坐在煤水车上的德国兵。

"我也这么想,"阿尔乔姆低声附和,"可那个家伙在背后盯着呢。"

"就是……"布鲁扎克含糊地拖长声调说,同时把头探出车窗。

波利托夫斯基凑近阿尔乔姆,低声说:"咱们不能往前开了,明白吗?前面正在打仗,起义者炸毁了铁路。可咱们反倒往那里运这帮狗杂种,让他们去迅速消灭起义者。你知道,孩子,在沙皇时代,我在罢工期间没开过车运过兵。现在我也不能运。把敌人运去打自己人,将是一辈子的耻辱。原先开这列车的司机组工人硬是跑了。明知冒生命危险,那些小伙子还是跑了。咱们千万不能把车开到那里去。你认为怎么样?"

"大伯,我同意,可怎么对付这个家伙?"说着,阿尔乔姆瞥了德国兵一眼。

司机皱紧眉头,用一团麻絮擦掉额上的汗,一双红肿的眼睛瞧着气压表,似乎想从这儿找到难题的答案。然后,他激愤地、恶狠狠地骂了一通。

阿尔乔姆又拿起茶壶喝水。这时他们两人在琢磨同一件事，可谁也不想先开口。阿尔乔姆想起朱赫来曾问过他的话："老弟，你对布尔什维克党和共产主义思想有什么看法？"

当时，阿尔乔姆回答："我随时都会出力相助的，你可以相信我……"

"这下可真出大力了，竟运送讨伐队……"

波利托夫斯基弯下腰，俯身在工具箱上，紧挨着阿尔乔姆，费力地说："得干掉这家伙。明白吗？"

阿尔乔姆打了个寒战。波利托夫斯基牙齿咬得格格响，接着说："没别的办法。咱们干掉他，把调节器扔进炉膛，把操纵杆也扔进炉膛，列车减速了，就跳下机车逃走。"

阿尔乔姆似乎卸下了肩上沉甸甸的袋子，说："行。"

阿尔乔姆弯腰凑近布鲁扎克，把这个决定告诉副司机。

布鲁扎克没有立刻回答。他们这样做，都要冒极大的风险。三个人都有家眷。尤其是波利托夫斯基家人口多：一大家子有九口人。然而，三个人都意识到，不能再往前开了。

"那行，我同意，"布鲁扎克说，"可谁去……"他没说完，阿尔乔姆已经明白了他的意思。

阿尔乔姆转过身去，朝正在调节器旁忙碌着的老司机点点头，示意布鲁扎克已赞同他们的想法。但是随即又碰到一个伤脑筋的难题，于是他又凑到波利托夫斯基跟前，问："可咱们怎么干呢？"

老司机瞧瞧阿尔乔姆，说："你先动手。你力气最大。抡起铁钎给他一下就完了。"老头儿异常激动。

阿尔乔姆皱紧了眉头，说："这我可不行。我有点下不了手。仔细想想，这个士兵是无辜的，他也是让刺刀给逼来的。"

波利托夫斯基双目炯炯闪亮，说："你说他是无辜的？可咱们也是被逼来的，也是无辜的呀。然而，眼下咱们在运送讨伐队。这些无辜的人要去枪杀游击队员，难道游击队员有罪过吗？……唉，你呀，糊涂虫！……健壮如牛，可脑子太不开窍……"

"好吧。"阿尔乔姆声音沙哑地说，一边伸手去拿铁钎。

但是，波利托夫斯基压低嗓门说："我来吧，我更有把握。你拿上铁锹，到煤水车上去铲煤。万一有必要，就挥起铁锹向德国兵头上砸。我这就装着去砸煤块。"

布鲁扎克点点头。

"行，老人家。"说着，他站到了调节器旁边。

那个头戴镶红边的无檐呢帽的德国兵，坐在煤水车的边沿，两腿夹着步枪，在抽雪茄，偶尔抬眼看看在机车上忙碌的工人。

阿尔乔姆爬到煤堆上去扒煤，这时德国兵并没有特别留意。接着，波利托夫斯基装作要从煤水车边上扒下一些大煤块，做手势要德国兵挪开，德国兵也顺从地往下让到司机室的门边。

这时铁钎向德国兵头上猛地砸去，发出沉闷而短促的声响，德国兵的头骨顿时碎裂。阿尔乔姆和布鲁扎克闻声大惊，仿佛被火燎着了似的。德国兵的尸体，如同一袋东西，倒在通道上。

灰色的无檐呢帽立刻浸透了鲜血。步枪撞在车帮的铁板上，发出铿锵的响声。

"完了。"波利托夫斯基扔掉铁钎，低声说。接着，脸上抽搐了一下，又补了一句，"这下咱们没有退路了。"

他的嗓音骤然中断，但马上又打破令人压抑的沉默，高声关照他们。

"拧下调节器，快！"他喊道。

十分钟后，一切办妥了。失去控制的机车在逐渐减速。

铁路两旁黑乎乎的树木阴沉沉地扑进车灯明亮的光圈，随即又消失在茫茫的夜色中。车灯竭力要穿透黑暗，但是被浓重的夜幕挡住，只能照出十来米远。机车似乎耗尽了最后的力量，呼吸越来越弱。

"跳吧，孩子！"阿尔乔姆听见波利托夫斯基在背后喊，就放开了紧握着的扶手。由于惯性，他那粗壮的身躯不由得向前飞去，双脚硬撅撅地踩到急速后移的地面。阿尔乔姆跑了两步，重重地摔下去，翻了个跟头。

紧接着，又有两个身影从机车两侧的踏板上跃下。

布鲁扎克家里笼罩着一片阴云。谢廖扎的母亲安东尼娜·瓦西里耶夫娜近四天来明显地憔悴了。丈夫一点消息也没有。她知道，丈夫和柯察金、波利托夫斯基一起被德国人抓去开火车了。昨天来过三个黑特曼警备队员，骂骂咧咧，粗暴地盘问她。

从他们的问话中，她隐约地猜到出了什么事。等警备队员一走，这个满腹焦虑的妇女裹上头巾，打算去找玛丽娅·雅科夫列夫娜，希望从她口中打听到丈夫的消息。

大女儿瓦莉娅正在厨房里收拾餐具，见母亲要出门，便问："妈妈，你要出远门吗？"

安东尼娜·瓦西里耶夫娜满含泪水，看了看女儿，回答说："我上柯察金家去。也许从他们那儿能打听到你父亲的消息。如果谢廖日卡回来，你让他去车站，到波利托夫斯基家问问。"

瓦莉娅亲昵地搂住妈妈的肩膀，送她到门口，一边安慰她说："妈妈，你别太着急。"

玛丽娅·雅科夫列夫娜跟往常一样，热情地接待安东尼娜·瓦西里耶夫娜。两个女人都期待着从对方口中听到一些新消息，可是才交谈了几句，就都失望了。

昨夜，柯察金家也遭到搜查。他们要抓阿尔乔姆。临走，他们还命令玛丽娅·雅科夫列夫娜，大儿子一回来，立刻到警备队报告。

保夫卡的妈妈被夜间的搜查吓坏了。她独自一人在家，保夫卡和平时一样，在发电厂上夜班。

第二天清早，保夫卡回来了。听说警备队夜里来搜捕阿尔乔姆，他不由得全身心紧张，为哥哥担惊受怕。尽管他与哥哥性格各异，阿尔乔姆似乎相当严厉，其实兄弟俩手足情深。这是一种深沉的爱，不露在表面。保夫卡心里也清楚，一旦哥哥需要，他会毫不犹豫地作出任何牺牲。

他没顾上歇一下，就跑到车站的机车库去找朱赫来，但没找着，从熟悉的工人们口中，也打听不到开车出去那几个人的任何消息。火车司机波利托夫斯基家里的人也什么都不知道。保夫卡在院子里遇到波利托夫斯基的小儿子鲍里斯。从他嘴里得知，夜间警备队也搜查了他们家。他们要抓他的爸爸。

保夫卡回来了，没给母亲带来任何消息。他疲乏地倒在床上，立刻沉入骚动不安的梦境。

瓦莉娅听到敲门声，扭过头来。

"谁呀？"她问，随即摘下搭钩。

门打开，看见的是克利姆卡那一头蓬乱的火红头发。显然，他是飞奔而来的。他气喘吁吁，满脸通红。

"你妈妈在家吗？"他问瓦莉娅。

"不在,出去了。"

"去哪儿了?"

"好像到柯察金家去了。你找我妈妈有什么事?"克利姆卡转身要跑,瓦莉娅一把抓住他的衣袖。

克利姆卡犹豫不决地瞧了瞧姑娘。

"要知道,我有事找她。"

"什么事?"瓦莉娅扯住小伙子不放,"嗨,快说呀,你这个红毛熊,说呀,要不,我都快急死了。"姑娘的口气俨然是命令。

克利姆卡顿时忘了朱赫来的事先警告,忘了朱赫来再三叮嘱,纸条只能交给安东尼娜①·瓦西里耶夫娜本人,却从口袋里掏出一张脏兮兮的纸片,交给了姑娘。他无法拒绝谢廖日卡这个浅色头发的姐姐的一再请求。因为和这个可爱的姑娘打交道,红头发的克利姆卡总会身不由己。自然,这憨厚的小厨工甚至对自己也不敢承认喜欢谢廖扎的姐姐。他把纸片递给瓦莉娅,瓦莉娅急忙看了起来。

亲爱的冬妮亚:

不要担心。一切都好。我们平安无事。详情你很快就会知道。转告另外两家,一切顺利,不用担心。阅后即烧掉纸条。

扎哈尔

瓦莉娅看完纸条,便朝克利姆卡身上扑去:"红毛熊,我亲爱的,你这是从哪儿拿到的?说呀,小笨熊,你从哪儿拿到的?"瓦莉娅使劲拽住不知所措的克利姆卡,以致他一时又糊涂了,犯下第

---

① 安东尼娜系冬妮亚的本名。

二个错误。

"是朱赫来在车站上交给我的。"说毕，他这才想起不该说，赶紧添上一句："他关照过：可不要交给旁人。"

"嗯，好的，好的！"瓦莉娅不由得笑了，"我决不告诉任何人。红毛，你快到保夫卡家去，在那儿会碰到我妈妈的。"

她在小厨工的背上轻轻推了一下。一眨眼，克利姆卡的红头发脑袋在栅栏外一闪而过。

三个开火车的工人没有一个回到家里。这天晚上，朱赫来来到柯察金家，对玛丽娅·雅科夫列夫娜述说了机车上发生的一切。他竭力安慰这个吓慌了的妇女，说他们三个跑得远远的，到了一个偏僻的村庄，在布鲁扎克叔叔家栖身。他说他们在那里没有危险，只是，当然不能马上回来。但眼下德国人处境不妙，时局很快就会发生变化。

所发生的这一切，使有人外逃避难的三个家庭关系更密切了。偶尔家里来了封信，大家都欣喜若狂地一起看，不过平时各家都显得空落、冷清。

有一天，朱赫来似乎顺便去看望波利托夫斯基的年老的妻子，把一笔钱交给她，说："大妈，这是大伯捎给您的。不过要小心，对谁也别说。"

老大娘感激地握住他的手。

"多谢了，要不然，孩子们一点儿吃的也没有，家里揭不开锅了。"

这笔钱是从布尔加科夫留下的经费里提取的。

"哼，走着瞧。这次罢工虽遭失败，在枪杀的威胁下，工人虽然也复工了，但是烈火已经燃起，就休想把它扑灭。那三个工人真是好样的,这才叫无产阶级。"水兵离开波利托夫斯基家回机车库,一路上兴奋地想着。

在麻雀谷村外大道边的一座陈旧破烂、墙壁熏得漆黑的铁匠铺里,波利托夫斯基待在熊熊燃烧的炉火旁,被灼热的亮光刺得稍稍眯缝起两眼,用长柄钳子不断地翻动已经烧得通红的铁块。

阿尔乔姆按住吊在横梁上的杆棒,鼓动皮风箱,往炉子里送风。

老司机暗暗发出温和的笑声,说:"眼下干手艺活的人在村子里是不会活不下去的,总有活儿可干的。瞧着吧,干上一两个星期,恐怕就能往家里捎些脂油和面粉了。孩子,庄稼人向来尊重铁匠。在这儿,咱们吃的喝的就跟资本家似的,嘿——嘿。要说扎哈尔,就不一样了,他在气质上更接近农民,所以他跟叔叔一起种地去了。这大概是很明白的事。咱们俩呢,阿尔乔姆,既无一块地,又无一间屋,只有两个肩膀一双手,就像大家说的,是真正的无产阶级,嘿——嘿。扎哈尔却是脚踩两头,一只脚踩在火车头上,另一只脚踩在庄稼地里。"他把钳着的炽热的铁块翻动一下,又认真地、若有所思地继续说:"孩子,咱们的情况有点不妙。如果不能很快把德国人撵走,咱们就不得不逃往叶卡捷琳诺斯拉夫①或者罗斯托夫去。要不然,他们准会把咱们绳捆索绑,吊在半空中折磨的。"

"没错。"阿尔乔姆瓮声瓮气地说。

"家里人现在不知道怎么样了,那帮乡警是否还盯着他们

---

① 第聂伯罗彼得罗夫斯克的旧称。

不放？"

"是的，大伯，事情闹得这么大，现在顾不上家了。"

老司机从炉子里钳出蓝幽幽的炽热的铁块，迅速地放到铁砧上。

"来吧，孩子，使劲儿锤！"

阿尔乔姆抓起铁砧旁的大锤，用力举过头顶又往下砸。大片耀眼的火星带着轻微的噬噬声，在铺子里四下飞溅，一刹那照亮了各个黑乎乎的角落。

随着大锤猛砸下来的节奏，波利托夫斯基不断转动着炽热的铁块，这时铁块如同软化的蜡一样，服服帖帖地给锤平了。

黑夜，一阵阵暖风吹进铁匠铺敞开的大门。

下方有一个湖泊，湖面宽阔，水色发暗；四周松树环绕，茂密的树梢不住地点着头。

"像活的一样。"冬妮亚心里想。她躺在花岗石岸边一片凹陷下去的草地上。在高高的上方，在草地后面有一片松林，而下方，在悬崖脚下，是一个湖。环湖的峭壁的阴影使湖面变得分外幽深。

这是冬妮亚喜欢的去处。这儿，离车站有一俄里①，是昔日的采石场，后来从废弃了的深坑里涌出泉水，如今便成了三个活水湖。下方，湖水拍岸，传来阵阵溅水声。冬妮亚抬起头来，伸手拨开树枝往下看，只见一个晒得黝黑的人，使劲地划着水，身子一屈一伸，从湖岸朝着湖心游去。冬妮亚看到游水者黑里透红的脊背和一头黑发。这人跟海象似的打着响鼻，时而划臂打水地游，时而左

---

① 1俄里等于1.06公里。

右翻滚，时而又潜入水下。终于，他累了，仰卧在水面上，双臂张开，身子微屈，一动不动；由于阳光强烈，他两眼眯缝着。冬妮亚放开了树枝。"这样可不太雅观。"她暗暗发笑，随即读起书来。

冬妮亚聚精会神地读着列辛斯基借给她的书，没有察觉有人爬过草地和松林之间一块突兀的岩石，直到那人踩落的一颗小石子滚落到她书上，她才猛然一震，把头一抬，看见站在草地上的保夫卡·柯察金。保夫卡因不期而遇而觉得惊异，也感到发窘，打算离开。

"刚才是他在游泳。"冬妮亚瞥见保夫卡头发湿漉漉的，暗自猜想。

"怎么，吓着您了吧？我不知道您在这儿，不是有意来的。"保夫卡说着，伸手攀住突出的岩石。他也认出了冬妮亚。

"您没有妨碍我。如果您愿意，咱们甚至可以随便聊聊。"

保夫卡惊奇地瞧着冬妮亚。

"我跟您聊什么呢？"

冬妮亚嫣然一笑。

"哎，您怎么老站着？可以坐到这儿来。"说着，她指指一块石头，"请问您叫什么名字？"

"我叫保夫卡·柯察金。"

"我叫冬妮亚。瞧，咱们这就认识了。"

保夫卡窘迫地揉着帽子。

"那么，您叫保夫卡喽？"冬妮亚打破沉默，"为什么叫保夫卡呢？这不太好听，还是叫保尔好些。以后我就叫您保尔。您常到这儿来……"她本想说洗澡，但不愿意让对方知道自己刚才看到他洗澡，所以改口说："散步吗？"

"不,不常来,有空才来。"保尔回答。

"那么您在哪儿上班呢?"冬妮亚又问。

"在发电厂,烧锅炉的。"

"您说说,您打架很在行,这是在哪儿学的?"突然冬妮亚提出一个出人意料的问题。

"我打架,跟您有什么相干?"保尔不满地嘀咕道。

"您别见怪,柯察金,"她说,发觉保夫卡对她这样的问话感到不满,"我觉得挺有意思。那一拳打得太棒了!只是出手不能那么狠。"说完,她放声大笑。

"怎么,您可怜他吗?"保尔问。

"不,恰恰相反,一点儿也不可怜他。苏哈里科挨打是活该。那个场面真叫我高兴。听说,您常打架。"

"谁说的?"保尔警觉起来。

"嗯,就是那个维克托·列辛斯基说的,他说您是打架大王。"

保尔脸色沉了下来。

"维克托这个浑蛋、寄生虫。那天没挨揍,算他走运。我听见他讲我坏话,只是怕弄脏了手,才没揍他。"

"您为什么这样骂人呢,保尔?这可不好。"冬妮亚打断他的话。

保尔听了怏怏不乐。

"见鬼,我跟这怪人闲扯些什么呀?嚯,竟对我指手画脚:一会儿觉得'保夫卡'这名字不好听,一会儿又要我别骂人。"他思忖道。

"您为什么这样恨列辛斯基?"冬妮亚问。

"那个娇生惯养的小少爷,不男不女,没有灵魂的东西!我看到这种家伙，手就痒痒，想要揍他。他仗着有钱，总想欺侮人，以为可以为所欲为。我才不管他钱多不多呢，要是他敢碰我，马上给他点厉害瞧瞧。对这样的人，非用拳头教训不可。"他激愤地说。

冬妮亚后悔在交谈中提到维克托的名字。显而易见，这小伙子跟那个娇生惯养的中学生有宿仇。于是，她话锋一转，改了个能平心静气交谈的题目：问起保尔的家庭和工作情况。

这时保尔打消了要走的念头，不知不觉地、详细地回答姑娘提出的问题。

"请问，您为什么不继续上学呢？"冬妮亚问。

"我被学校开除了。"

"什么原因？"

保尔脸红了。

"我把烟末撒在神父家的发面里。就这样，我被撵走了。那神父凶神恶煞的，实在让人受不了。"接着，保尔把事情发生的经过详详细细地告诉了她。

冬妮亚十分好奇地听着。保夫卡已不感到局促不安了，好像对老熟人似的，把哥哥没有回家的事也跟她说了。两个人谈得很投缘，兴致勃勃，竟都没有发觉他们在草地上已经坐了几个小时。末了，保夫卡突然想起该上班了，他跳起身来。

"我该去上班了。瞧，我只顾闲扯，得去生火烧锅炉了。这下，丹尼拉准会发脾气。"他惴惴不安地说，"哦，再见，小姐，现在我必须快步跑回城里。"

冬妮亚霍地站起来，穿上外衣。

"我也该回去了，一块儿走吧。"

"不行，我得快跑，您跟不上的。"

"为什么？咱们一块儿跑，比比看谁跑得快。"

保夫卡轻蔑地看了她一眼。

"赛跑吗？您哪能跑得过我！"

"那就等着瞧，咱们先从这儿走出去。"

保尔先跃过石头，接着向冬妮亚伸出手，拉她也跳了过去，然后他们跑到林中一条通往车站的又宽又平的大路上。

冬妮亚在大路中央站停下来。

"好，现在开始跑：一，二，三，来追我呀！"说罢，她旋风般地向前跑去。只见皮鞋的后跟一闪一闪，蓝色的外衣迎风飘动。

保尔在她后面疾步紧追。

"三两步就能撵上。"他估摸着，在飘拂的蓝色外衣后面飞跑。但是一直跑到这条大路的尽头，离车站不远的地方才追上。他飞奔过去，紧紧抓住冬妮亚的肩膀。

"哇，小鸟给逮住喽！"他喘着粗气，欣喜地喊道。

"放开，疼死我了。"冬妮亚推拒着。

他们俩都站着，气喘吁吁，心怦怦乱跳。由于一阵疯狂地奔跑而精疲力竭的冬妮亚仿佛不经意地稍稍倚在保夫卡身上，保夫卡觉得她变得更亲近了。这事转瞬即逝，但经久难忘。

"没人赶得上我。"她说，拿开了保夫卡的双手。

不一会儿他们便分手了。保尔挥了一下帽子向她告别，朝城里跑去。

保尔推开锅炉房的门，已经在锅炉旁忙忙碌碌的锅炉工丹尼拉气冲冲地转过身来，说："你最好再晚一点来。我该替你生火，是不是？"

保夫卡却笑嘻嘻地拍拍锅炉工的肩头，和解地说："老人家，我立刻把火生旺。"说着,他在劈柴堆旁忙活起来。

半夜时分,丹尼拉躺在劈柴堆上鼾声如雷地睡着了,这时保尔上上下下给发动机的各部件上好油,用一团棉纱把双手擦干净,然后从箱柜里取出第六十二卷《朱塞佩·加里波第》①,埋头阅读起来,书中那不勒斯②"红衫军"传奇式的领袖加里波第的无数冒险故事,使保尔看得津津有味。

"她那美丽的蓝眼睛对公爵瞟了一眼……"

"她刚好也有一双蓝眼睛,"保尔想起了冬妮亚,"她有些特别,跟别的千金小姐不一样。"他思忖着,"跑起来飞快。"

保尔陶醉在白天和冬妮亚邂逅的回忆里,没有听见发动机的响声越来越大。发动机暴躁地抖动,巨大的飞轮疯狂地旋转,连水泥底座也被震得猛烈地颤动。

保尔朝压力计一瞧:指针已经越过表示危险的红线好几度。

"哎哟,坏了!"保尔从箱子上跳下,冲向排气阀,慌忙扳动两次。顿时,锅炉房墙外的排气管朝河里排气了,发出咝咝声。保尔放下排气阀,把皮带套到带动水泵的轮子上。

保尔回头望望丹尼拉,见他睡得挺香,嘴巴张得老大,鼻子里鼾声如雷。

半分钟后,压力计的指针回到了原先的位置。

冬妮亚跟保尔分手后,便回家了。她回想着刚才同那个黑眼睛少年相遇的情景,连自己也没有想到,她会觉得很开心。

---

① 《朱塞佩·加里波第》是意大利民族解放运动的领袖加里波第(1807—1882)的一部传记小说。

② 意大利南部城市。

"他多么热情,又多么倔强呵!他一点也不像我以前想象的那么粗野。至少,完全不同于那帮垂涎三尺的中学生……"

他是另一种类型的人,来自冬妮亚至今从未接近过的阶层。"可以让他听话的,"她暗想,"这将是一种挺有意思的友谊。"

快到家的时候,冬妮亚看见丽莎·苏哈里科、涅莉·列辛斯卡娅和维克托·列辛斯基都坐在花园里。维克托在看书。显然,他们正等着她。

冬妮亚跟大家打过招呼,坐到长凳上。他们谈天说地,漫无边际。维克托·列辛斯基凑到冬妮亚旁边坐下,轻轻地问:"长篇小说您看完了吧?"

"哎呀,对,那本小说!"冬妮亚想起来了,"我把它……"她差一点说出把书忘在湖边了。

"您喜欢吗?"维克托眼睛盯着她问。

冬妮亚想了想,用鞋尖在小径的沙土上慢慢地勾勒出神秘的图形,然后抬头瞥了维克托一眼,说:"不喜欢。我已经在看另外一本,比您借给我的那本有意思得多。"

"原来是这样。"维克托委屈地拉长声音说,"那本书的作者是谁呢?"他问。

冬妮亚双眸闪出光彩,嘲弄地冲着维克托瞟了一眼。

"没有作者……"

"冬妮亚,招呼客人进屋吧,给你们准备好茶了!"冬妮亚的母亲站在阳台上喊。

冬妮亚挽着两个女友的胳膊,往屋里走。维克托跟在后面,揣摩着冬妮亚说的话,百思不得其解。

一种从未有过的、蒙蒙眬眬的感情，悄然潜入年轻锅炉工的生活。这种感情是那样新鲜，那样说不清道不明，令人焦躁不安。它使淘气的、不安分的少年心神不宁。

冬妮亚是林务官的女儿。在保尔心目中，林务官和律师列辛斯基是同一类人。

保尔在贫困和饥饿中长大，对于他认为是富有的人怀着敌意。他对自己萌生的这种感情也不免既警觉又害怕。他无法把冬妮亚等同于石匠的女儿加林娜，后者是单纯的、可以理解的自己人。他对冬妮亚并不信任。如果这个受过教育的俊俏姑娘敢嘲笑或蔑视他这个锅炉工，那他随时准备反唇相讥。

整整一个星期没看到林务官的女儿了，保尔决定今天去湖边。他故意从她家经过，希望能见到她。他沿着宅院的栅栏慢慢走去，发现花园的尽头出现了熟悉的水手服。他捡起栅栏边的一个松球，对准白衣服扔去。冬妮亚倏地转过身来，见是保尔，就跑到栅栏跟前，眉开眼笑地把手伸给他。

"您到底来了。"她高兴地说，"这么多天，上哪儿去啦？我去过湖边。我把书忘在那儿了。我想您一定会来的。请进，到我家花园里来吧。"

保尔摇摇头。

"我不进来。"

"为什么？"她惊讶地扬起眉毛。

"您爸爸多半会骂的。您也得为我挨训。他会问，干吗带这傻小子进来？"

"保尔，您瞎说。"冬妮亚生气了，"快进来吧。我爸爸决不会说什么，待会儿您自己会看到的。进来吧。"

她跑去开了花园门。保尔迟迟疑疑地跟在她后面,走进花园。

他们在一张桌腿埋在地里的圆桌旁坐下。冬妮亚问:"您喜欢看书吗?"

"可喜欢了。"保尔活跃起来了。

"在读过的书里,您最喜欢哪一本?"

"《朱塞帕·加里波第》。"

"《朱塞佩·加里波第》。"冬妮亚纠正说,"您很喜欢这部书吗?"

"是的,我已经看完六十八卷。每次领到工钱,就买五卷。加里波第真了不起!"保尔称赞说,"真是个英雄!我钦佩这样的人!他同敌人打过多少仗,每次都得胜。他到过世界各国!唉,要是他现在还活着,我一定去投奔他。他把手艺人召集在自己周围,他总是为穷人而战斗。"

"让您看看我家的图书室,好吗?"冬妮亚说着挽起他的手。

"哦,不要,我不进屋。"保尔一口拒绝。

"您为什么这样固执?或者是胆怯吧?"

保尔瞧瞧自己的光脚板,挺脏的,于是又搔搔后脑勺。

"您的爸爸妈妈不会撵我吗?"

"别再这样胡说了,要不然我真的生气了。"冬妮亚满脸不高兴。

"好吧。可列辛斯基家是不让进屋的,有话就在厨房里跟我们说。我有事曾到他们家去,涅莉根本不让进屋,也许是怕我弄脏他们的地毯。鬼知道她是怎么想的。"保尔说着,笑了。

"走吧,走吧。"冬妮亚按住他的肩膀,友善地把他推上阳台。

冬妮亚带他穿过饭厅,走进摆着一个大橡木书橱的房间。冬妮亚打开书橱门。保尔看到书橱里整整齐齐地摆着几百本书。他从没见过这么多的书,感到很吃惊。

"咱们这就挑一本您喜欢的。您得答应以后经常来我家借书,好不好?"

保尔欣喜地点点头。

"我就是爱看书。"

他们在一起快快乐乐地度过了几个小时。冬妮亚介绍他跟母亲认识。这场面也并不那么可怕。保尔觉得冬妮亚的母亲挺和蔼。

冬妮亚把保尔带到自己的房间,给他看一些书和课本。

小梳妆台旁边,竖着一面不大的镜子。冬妮亚把保尔拉到镜子跟前,笑着说:"您的头发怎么这样乱蓬蓬的?从来不理也不梳吗?"

"长了就自己剪剪光呗,还能怎么样呢?"保尔不好意思地辩解着。

冬妮亚笑眯眯地从梳妆台上拿起梳子,三下两下,把他的一头乱发梳顺了。

"这下完全变样了。"她端详着保尔说,"头发就该理得漂漂亮亮,要不您会像个野人。"

冬妮亚以挑剔的目光看看他那褪成红褐色的衬衫和破旧的裤子,不过没再说什么。

保尔觉察到了这种眼神,他为身上的衣着感到不自在。

分手的时候,冬妮亚请他常来玩,还说定了过两天一块儿去钓鱼。

保尔一下子从窗户跳进花园:他不想再次穿过房间,跟冬妮亚的母亲相遇。

阿尔乔姆走后，柯察金家的日子就更艰难了：保尔的工钱是不够开销的。

玛丽娅·雅科夫列夫娜决定跟儿子商量：是不是她重新出去干点活，正巧列辛斯基家要雇个厨娘。但是保尔不同意："不，妈妈，我再找一份活干。锯木厂需要雇人搬木板。我上那儿干半天，这样咱俩的开支就够了。你千万别出去干活，要不，阿尔乔姆会生我的气：他会怪我不想办法，倒让妈妈去干活。"

母亲竭力说明她为什么必须出去干活，但是保尔执意不肯，母亲也就依了他。

第二天，保尔就去锯木厂做工，把刚锯开的木板铺开晾着。他在那里遇见两个熟人，一个是同学米什卡·列夫丘科夫，另一个叫库利绍夫·瓦尼亚。他和米什卡一块儿干计件活，收入相当不错。就这样，保尔白天在锯木厂做工，傍晚赶往发电厂。

十天以后，保尔把领回的工钱交给母亲，犹豫了好一会儿，才吞吞吐吐地要求："妈妈，听我说，给我买件缎纹布衬衫吧，蓝色的。记得吧，就像我去年穿过的那件。这些钱的一半就够了。钱我还会挣的，你别担心。我身上这件太旧了。"他解释着，似乎在请母亲原谅他提出这种要求。

"当然，当然，保夫卢沙，我会买的。今天就去买布，明天给你做好。是的，你连一件新衬衫也没有。"她疼爱地瞧瞧儿子。

保尔在理发店门口站住，捏捏口袋里的一个卢布，走进门去。

理发师是个机灵的小伙子，见有人进来，就习惯地朝椅子那边点头示意："请坐。"

保尔坐到宽大舒适的椅子上，在镜子里看见了自己尴尬、慌张的脸。

"要吹风吗？"理发师问。

"哎。哦，不，我是说，就这么简单地剪一下。喏，你们管这个叫什么来着？"说着，他做了个夸张的手势。

"明白了。"理发师笑笑。

一刻钟以后，保尔走出理发店，浑身大汗，狼狈不堪，可头发是剪过梳过，整整齐齐的了。理发师在他这堆倔强的头发上面着实花了一番工夫，水和梳子终于将它制服，头发变得服帖漂亮了。

来到街上，保尔轻松地舒了口气，把帽子拉低一些。

"妈妈看到了，会说什么呢？"

保尔失约没去钓鱼，惹得冬妮亚生气了。

"这个小伙夫不大会体贴人。"她恼怒地想，可保尔接连几天没来，她又感到寂寞。

这天她正要出去散步，母亲推开她的房门，说："托涅奇卡，有客人找你。让他进来吗？"

保尔站在门口。冬妮亚第一眼没认出他来。

他身上穿着新的缎纹布蓝衬衫、黑裤子。皮鞋也擦得锃亮。而且，冬妮亚立刻发现他理过发，再也不像原先那样乱蓬蓬的。总之，黑黝黝的小伙夫完全变了个样。

冬妮亚本想说几句表示惊叹的话，但看见小伙子已经局促不安，她不想使他更窘迫，于是装作没有看见他身上这种惊人的变化。

她只是埋怨他："您怎么好意思！为什么不来找我去钓鱼呢？

您就是这样守信用的吗?"

"这些日子我在锯木厂干活,没法来。"

他不便直说,为了买这身衣裤,这些天干活累得要命。

然而冬妮亚已经猜到了这一点,她对保尔的满腹怨恨也就烟消云散了。

"咱们到池塘边散步吧。"她提议。于是两人走进花园,再由那儿上了大路。

保尔对待冬妮亚如同好朋友,连偷德国中尉手枪这样的秘密,也告诉了她,还答应最近和她一同到树林深处去放枪。

"你要小心,别泄露了我的秘密。"保尔突然把"您"改成了"你"。

"我永远不会把你的秘密泄露给任何人。"冬妮亚郑重地允诺。

第四章 [1]

残酷激烈的阶级斗争席卷乌克兰。拿起武器的人越来越多,每一场战斗又孕育出新的参加者。

小市民过惯的闲适日子,已经成了遥远的过去。

风雪漫天飞舞,炮声震撼着破旧的小屋。平民百姓蜷缩在地窖的墙根底下,或者躲进自家挖的避弹壕。

各式各样的彼得留拉匪帮——什么戈卢布、阿尔汉格尔、安格尔、戈尔季这类大小头目的队伍,以及其他数不清的土匪——如同雪崩一般在全省逞凶肆虐。

昔日的军官、右翼和左翼的乌克兰社会革命党徒——任何一个冒险分子,只要纠集一伙亡命之徒,就都自封为首领,有时还打出彼得留拉的蓝黄旗,竭尽全力,抓住一切机会夺取政权。

这样一些乌七八糟的匪帮,加上富农的武装,加上由头目科诺瓦利茨指挥的攻城军的加里西亚团队,便构成了"总头目"彼得留拉的团和师。红色游击队不断地向这些社会革命党和富农组成的乌合之众发起猛烈进攻,于是,在成千上万只马蹄的踩踏下,在马车和炮车轮子的碾压下,大地不住地颤抖着。

在动乱的一九一九年四月,如同惊弓之鸟的小市民早晨起来揉着惺忪的睡眼，推开陋屋的窗子，忐忑不安地向起得更早的邻居探问："阿夫托诺姆·彼得罗维奇，今天城里哪一派掌权？"

阿夫托诺姆·彼得罗维奇提一提裤子，战战兢兢，东张西望地回答："不知道啊，阿法纳斯·基里洛维奇。昨夜有一些队伍开到。咱们瞧着吧：如果抢劫犹太人，那准是彼得留拉的部下；如果口称'同志们'，那只要一听说话就立即明白了。这不，我正在观察呢，想弄清楚该挂谁的肖像，免得弄错了，大难临头。您知道吧，我的邻居格拉西姆·列昂季耶维奇，没有弄清楚就挂出列宁的肖像，偏巧有三个人闯到他家，原来是彼得留拉队伍里的。他们一见列宁的肖像，就一把揪住屋主人！哎哟，抽了他二十鞭哪。他们骂着：'狗崽子，瞧你的嘴脸就是个共产党，我们要扒掉你七层皮。'他竭力辩解，又哭又喊，全不顶用。"

小市民发现公路上走着一伙武装人员，就关上窗，躲藏起来。兵荒马乱的年月呵……

工人们却是满怀仇恨，望着彼得留拉暴徒的蓝黄旗。他们要抗击沙文主义的独立浊浪，还缺乏力量。只有当红军部队艰苦地击退"蓝黄兵"的围攻，途经这里，楔子般插入小城时，他们才活跃起来。有一两天，在市政管理局的屋顶上，令人感到亲切的旗子闪耀着鲜红的光芒，可是红军部队一走，黑暗便重又袭来。

现在，小城的主人是戈卢布上校，他是外第聂伯师的"荣耀和骄傲"。

他的队伍由两千名亡命之徒组成，昨天趾高气扬地开进了城区。上校老爷骑着黑色的高头大马，走在队伍前面。尽管四月的太阳暖洋洋的，他却依旧披着高加索毡斗篷，里面是切尔克斯长袍，头戴扎波罗什哥萨克的红顶羔皮帽。他全副武装：又是短剑，又是镶银马刀。

戈卢布上校是美男子：白脸膛、黑眉毛，但由于酗酒，面皮透出一层微黄。他嘴边常叼着乌克兰烟袋。革命前，上校老爷在制糖厂的种植园里当一名农艺师，但那种生活单调乏味，跟当军队头目的显赫地位无法相比。于是，在全国泛滥的滚滚浊流中，这个农艺师冒了出来，摇身一变，成了戈卢布上校。

为了欢迎刚来的队伍，在小城唯一的剧场里举行了盛大的晚会。彼得留拉派的知识界"精英"都到场了：几名乌克兰教师，神父的两个女儿——大女儿"美人儿"阿尼娅、小女儿季娜，一些小地主，波托茨基伯爵过去的几名管家，一群自称"自由哥萨克"的市侩和乌克兰社会革命党的余孽。

剧场里人头济济。女教师、神父的女儿、市侩的太太们都穿着色彩艳丽、绣着花的乌克兰民族服装，戴着五彩缤纷的项链和饰带。围着她们跳舞的是一大群马刺叮当作响的军官，他们的模样就像古画上的扎波罗什哥萨克。

军乐队奏着震耳的乐曲。舞台上忙忙碌碌，准备演出乌克兰戏剧《纳扎尔·斯托多利亚》。

但是没有电。此事报告了在指挥部里的上校老爷。他正打算亲自光临，给晚会锦上添花。听了副官——哥萨克少尉帕利亚内查、其实就是昔日的沙俄陆军少尉波良采夫的汇报后，他以漫不经心同时又是不容违拗的口吻说："电灯必须亮。你豁出命去，也得找到电工，让电厂发电。"

"遵命，上校老爷。"

帕利亚内查并没有豁出命，就找到了电工。

一小时以后，两名彼得留拉匪兵把保尔押进了发电厂。用同样的办法，他们又抓来了电工和机务工。

帕利亚内查干脆地说："要是七点钟灯还不亮，我把你们三个通通吊死！"他手指一根铁梁说。

这直截了当的命令果然奏效，到了指定的时间，灯就亮了。

上校老爷带着情妇出现的时候，晚会进入了高潮。这情妇，就是他的房东——酒店老板的女儿，一个胸部丰满、披着浅褐色头发的女郎。

富裕的酒店老板曾把这个女儿送进省城的中学念过书。

上校老爷在靠近舞台的贵宾席就座以后，示意可以开始了。于是，帷幕立即拉开。观众看到了匆匆跑向后台的导演的背影。

演出过程中，军官们带着各自的女伴，在酒吧里猛吃猛喝，享用神通广大的帕利亚内查搞来的各种上等私酒，还有强行征收到的美味佳肴。到剧终的时候，大家都醉得东倒西歪了。

帕利亚内查跳上舞台，演戏似的把手一扬，用乌克兰话宣布："尊敬的先生们，现在开始跳舞！"

满场掌声四起。大家走到院子里，让担任晚会警卫的彼得留拉士兵往外搬椅子，清理出舞场。

半小时后，剧场里又喧闹起来。

彼得留拉的军官们兴致勃勃，搂着热得满脸通红的当地美人疯狂地跳着戈巴克舞。他们重重地跺脚，震得旧剧场的墙壁都在颤动。

正在这时候，一支骑兵队伍从磨坊那边朝小城开来。

戈卢布部队在城边设有哨卡，配备着机枪。哨兵发现行进的骑兵，紧张起来，扑到机枪跟前，卡啦啦推上枪机。夜空里响起刺耳的喝问："站住！来的是什么人？"

黑暗中冒出两个模糊的人影，其中一个走近哨卡，醉鬼似的，扯开瓮声瓮气的嗓门大吼："我是头目帕夫柳克，带着自己的队伍。你们是戈卢布的人吧？"

"对。"一名军官迎上去答话。

"我把部队安顿到哪儿？"帕夫柳克问。

"我这就打电话问指挥部。"军官回答，立即钻进大路边的小屋。

过了一分钟，他从小屋里跑出来，下令说："弟兄们，把大路上的机枪挪开，给帕夫柳克老爷让路。"

帕夫柳克勒住缰绳，停在灯火通明的剧场旁边。这时候，剧场外面人头攒动，很是热闹。

"哟，这儿好快活。"他说，转身招呼停在身旁的二头目，"古克马奇，下马吧，咱们凑热闹，也乐一乐。这里娘儿们成堆，咱们挑两个中意的。喂，斯塔列日科，"他高声喊道，"你安排弟兄们住到各家去！咱们就留在这里。卫队随我来。"他笨重地翻身跳下马，坐骑因而也摇晃了一下。

在剧场入门处，戈卢布的两名武装士兵拦住了帕夫柳克。

"票？"

帕夫柳克鄙夷地瞧瞧他们，肩膀一拱，把一个士兵撞开。他身后十二个人也这样推推搡搡地往里拥。他们的马匹留在外面，拴在栅栏旁。

新来的这群人立刻引起大家的注意，帕夫柳克尤其显眼。他个子高大，身穿高级呢料军官上装和蓝色的近卫军裤子，头戴毛茸茸的高加索皮帽，毛瑟枪斜挎在肩头，衣袋里还露出一颗手榴弹。

"这个人是谁？"站在圈外的人们交头接耳地打听。这时候圈子里戈卢布的助手正在跳疯狂的密切里查舞。

他的舞伴是神父的大女儿。她跳得如醉如狂，裙子像扇子般展开，露出丝织的紧身衬裤，使得丘八们欣喜欲狂。

帕夫柳克用肩膀挤开人群，走到圈子中央。

他混浊的目光盯着神父女儿的大腿，舔舔干燥的嘴唇，又挤出圈子，径直朝乐队走去，在舞台脚灯前站住，挥一下马鞭。

"奏戈巴克舞曲，快一些！"

乐队指挥没有答理他。

当下，帕夫柳克一扬马鞭，猛地对准指挥的背上抽去。那人像挨了蜇似的跳起来。

音乐声戛然而止，全场顿时一片寂静。

"太放肆了！"酒店老板的女儿怒容满面。"你可别饶了这个人。"她神经质地抓住坐在身旁的戈卢布的胳膊。

戈卢布愀然作色，站起身来，一脚踢开面前的椅子，三大步就跨到帕夫柳克跟前，站在他面前。他立刻认出了帕夫柳克。戈卢布同这个争夺一县政权的对手有一笔账还没算清楚呢。

一个星期前，帕夫柳克用最卑劣的手段，暗中坑害过上校老爷。

当时，戈卢布的队伍正在同红军部队酣战，这支红军部队曾不止一次把他打得落花流水。帕夫柳克本应从背后袭击布尔什维克，可他趁机闯进一座小镇，击溃几个人数不多的红军哨卡，布置了自己的守卫队，便在镇上肆无忌惮地抢劫。当然，作为货真价实的彼得留拉匪帮，他们照例发疯似的蹂躏犹太居民。

与此同时，红军歼灭了戈卢布部队的右翼，随即撤走了。

而现在，这个厚颜无耻的骑兵大尉又闯到这里，竟敢当着他上校老爷的面，揍他的乐队指挥。不，他决不能听之任之。戈卢布明白，此刻如果不制止这个狂妄自大的小头目，那么他在部队中的威信将荡然无存。

他们大眼瞪小眼，默默地对峙了几秒钟。

戈卢布一只手紧握着马刀柄，另一只手去摸衣袋里的手枪。他厉声喝问："混账东西，你竟敢打我的人？"

帕夫柳克的一只手也慢慢地靠近毛瑟枪的皮套子。

"冷静点，戈卢布大人，冷静点，否则会栽跟头。不要触到别人的痛处，我也会发大火的。"

这实在让人忍无可忍。

"把他们抓起来，拖出剧院，每人二十五鞭！"戈卢布咆哮道。

他手下的军官如同一群猎狗，朝帕夫柳克那伙人猛扑过去。

乓！有人放了一枪，犹如灯泡摔到地上。于是，整个剧场里大打出手，鬼哭狼嚎，仿佛两群野狗在撕咬。在混乱中，双方用马刀乱砍，有揪头发的，也有掐脖子的。女人们吓得要命，像猪崽似的尖叫着，从斗殴者的身旁逃走。

几分钟以后，帕夫柳克这伙人被解除了武装。他们一路挨着拳脚，被拖到院子里，扔到大街上。

帕夫柳克在厮打中帽子也丢了，脸上也挂花了，武器也被夺走了。他火冒八丈，带着部下，跳上马背，一路疾驰而去。

晚会被搅了。这样大打一场以后，谁也没有心思再寻欢作乐。女人们断然拒绝跳舞，要求送她们回家。但是，戈卢布偏不答应。

"谁也不准离开剧场，派哨兵守住门！"他下令。

帕利亚内查赶紧执行命令。

不满的声浪四起，戈卢布却固执地说："尊敬的女士们、先生们,咱们要跳到天亮。我本人带头跳第一圈华尔兹舞。"

乐曲重新奏响,但是大家欢乐不起来了。

上校和神父的女儿还没有跳完第一圈,哨兵就闯进门来大嚷:"剧场被帕夫柳克的人包围了!"

舞台旁临街的窗户被乒乒乓乓地打得粉碎。机枪仿佛一张猪嘴,伸进了残破的窗框。它蠢笨地转动着,搜索着奔逃的人群。人们像躲避恶鬼似的躲避它,全都朝剧场中央拥去。

帕利亚内查瞄准天棚上的一千瓦的大灯泡开了一枪。砰!灯泡像炸弹似的爆炸了,碎玻璃像雨点似的落在大家身上。

顿时一团漆黑。大街上传来吼叫声:"通通滚出来!"接着是凶狠的咒骂。

女人们发出歇斯底里的狂叫;戈卢布满场奔跑,厉声下令,竭力要把惊慌失措的军官们集合起来;院子里又是枪声,又是喊声——所有这一切汇成一片极度混乱的嘈杂。谁也没有发觉,帕利亚内查像泥鳅似的溜出后门,来到空荡荡的邻街上,撒腿朝戈卢布的指挥部飞奔而去。

半小时后,城里打响了一场真正的战斗。连续不断的步枪手枪射击声,密集的机枪声,震破了黑夜的寂静。小市民们吓得晕头转向,从热被窝里跳起来,紧贴着窗户张望。[2]

城内的枪声停息了,只有城边的机枪像狂犬似的断断续续地吠叫。

战斗渐渐停止了。天渐渐亮了。

将要虐犹的消息在小城里悄悄流传。消息也传进了犹太人搭建在肮脏的河岸上的低矮简陋、窗户歪斜的小屋。穷苦的犹太人就在这些火柴盒般的陋室里栖身,拥挤的程度简直难以想象。

谢廖扎·布鲁扎克已经在印刷厂干了一年多。厂里的排字工和其他一些工人是犹太人,谢廖扎跟他们相处得亲密无间。他们像亲兄弟似的团结一致,共同对付那个脑满肠肥、盛气凌人的老板布卢姆施泰因。在印刷厂里,老板和工人之间的斗争接连不断。布卢姆施泰因想方设法多榨取利润,少支付工钱。在这种情况下,印刷工人不止一次闹罢工,厂门一关就是两三个星期。全厂十四名工人,谢廖扎最年轻。他摇印刷机的轮子,一干便是十二个小时。

今天,谢廖扎发觉工友们神色焦虑。最近几个月局势动荡,印刷厂订货脱节,常在印些"大头目"的告示。

患肺病的排字工门德尔把谢廖扎叫到一个角落,目光忧郁地凝视着他,说:"小城里要发生虐犹事件,你可知道?"

谢廖扎惊异地瞧瞧他。

"不,不知道。"

门德尔伸出枯黄的手,搁在谢廖扎的肩上,用父辈的口吻信赖地说:"暴行会发生的,不可避免。犹太人将遭到屠杀。我问问你,在这场灾难中,你可愿意帮助自己的伙伴?"

"只要帮得上,我当然愿意。门德尔,你说吧。"

排字工们都仔细倾听着他俩的谈话。

"谢廖扎,你是个棒小伙子,我们对你信得过。毕竟你爸爸也是工人。你赶紧跑回家去,问问你爸爸,是不是同意让几个老人和妇女藏到你们家去。至于谁去你们家,到时候咱们再商量。你再问问家里人,还有谁家可以藏人。这帮匪徒暂时不会骚扰俄罗斯人。谢廖扎,快去吧,时间紧迫了。"

"好的,门德尔,你放心。我立刻去找保夫卡和克利姆卡,他们家肯定会同意藏人。"

"等一下，"门德尔不放心，拦住要走的谢廖扎，"保夫卡和克利姆卡是什么人？你对他们很了解吗？"

谢廖扎把握十足地点点头。

"嗨，当然，我们是好朋友。保夫卡·柯察金的哥哥是钳工。"

"哦，阿尔乔姆·柯察金，"门德尔放心了，"我认识，跟他在一个屋子里住过。这个人靠得住。去吧，谢廖扎，快些带个准信回来。"

谢廖扎跑到大街上。

帕夫柳克和戈卢布的队伍发生战斗后的第三天，虐杀犹太人的行动开始了。

那天帕夫柳克吃了败仗，被撵出本城。一场夜战使他损失了二十多人，逃离该城后占领了邻近的一座小镇。戈卢布也损失了这么多人。

死者被匆忙地运到墓地，当天就草草掩埋，因为这种事情没什么可炫耀的。两个头目像两条野狗似的互咬一通，再大办丧事也没什么体面。帕利亚内查原想把葬礼搞得热热闹闹的，同时宣布帕夫柳克是赤匪，但是以瓦西里神父为首的社会革命党委员会反对这样做。

那场夜间冲突，在戈卢布的部队里引发了不满情绪，尤其是警卫连，因为这个连损失最大。为了消除这种不满和提高士气，帕利亚内查建议戈卢布让大家"消遣一下"——这是他对虐犹暴行的戏称。他凿凿有据地告诉戈卢布，非如此不足以平息部队中的不满情绪。上校本来不愿意在他和酒店老板的女儿举行婚礼之前破坏城里的平静，但帕利亚内查说得那么严重，也就同意了。

是的，上校老爷加入了社会革命党，部下采取这种行动，会使他有点尴尬。对手又会制造反对他的舆论，说戈卢布上校是虐犹狂，而且肯定还会到"总头目"面前去说他的坏话。好在目前戈卢布并不怎么依赖"总头目"，他的队伍是自筹粮草的。何况，"总头目"本人心里也完全清楚，他手下的弟兄是些什么人物。他自己也曾多次要求他们缴纳所谓征收到的钱财。至于说戈卢布是个虐犹狂，那么他原本在这方面就颇有名气，再干上一次，也不过如此。

一大清早，劫掠就开始了。

小城笼罩在破晓前灰蒙蒙的薄雾中。犹太居民区的街道空荡荡的。这些街道如同湿漉漉的麻布条，把凌乱搭建的棚屋陋房杂乱无章地缠连在一起，显得毫无生气。小窗户都挂着帘子，上了护窗板，不透光亮。

从外面看，似乎屋子里的人正做着黎明前的好梦，其实他们都不在睡觉。全家老小，穿好衣服，挤在一间小屋里，准备应付迫在眉睫的灾祸。只有什么也不懂的婴孩，无忧无虑地在妈妈的臂弯里安睡着。

这天早晨，戈卢布的卫队长萨洛梅加久久没能叫醒副官帕利亚内查。萨洛梅加黑乎乎的，长着一张茨冈人的脸，面颊上有一条暗紫色的刀疤。

副官睡得死死的。他做着噩梦，怎么也醒不过来。有个龇牙咧嘴的驼背恶鬼，一直用爪子搔他的喉咙，他一整夜都没能挣脱。最后，他终于抬起疼痛欲裂的脑袋，这才知道萨洛梅加在叫他。

"起来呀，瘟神。"萨洛梅加摇着他的肩膀，"已经晚了，该动手了。你该再多喝点呀。"

帕利亚内查完全清醒了,坐起身来,由于胃部灼热疼痛而嘴歪眼斜,他吐了一口苦水。

"动什么手?"他两眼茫然地瞪着萨洛梅加。

"什么动什么手?宰犹太人。你不知道?"

帕利亚内查记起来:哎哟,是呀,他全给忘了,昨天上校老爷带着未婚妻和一伙酒鬼,钻到田庄里,大家喝得烂醉如泥。

在虐杀犹太人的时候,戈卢布离城回避是上策。事后他可以推脱,说那是他不在时发生的一场误会。他帕利亚内查呢,尽可随心所欲,从容地大干。嘿,这个帕利亚内查搞"消遣活动"可是大行家!

他往头上浇了一桶冷水,脑子重新管用了。他在指挥部里跑来跑去,下达各种命令。

警卫连已经上马待发。奸猾的帕利亚内查为了避免可能发生的麻烦,命令设置岗哨,切断工人居住点和车站通向城区的路。

列辛斯基家的宅院里架起了机枪,监视着大路。

如果工人来干涉,就会遭到弹雨的迎击。

一切准备完毕,副官和萨洛梅加才跃上马背。

已经出发了,帕利亚内查忽然想起一件事情:"等一等,刚才忘了。带上两辆大车,咱们设法给戈卢布搞点礼物。哈——哈——哈……按老规矩,搞到第一批东西孝敬长官,第一个娘儿们呢,嗨——嗨——嗨,归我这个副官。傻瓜,懂不懂?"最后一句话他是冲着萨洛梅加说的。

萨洛梅加朝他翻了翻淡黄的眼珠。

"钱财和娘儿们有的是,大家都会满足的。"

队伍沿着公路进发。副官和萨洛梅加走在前头,后面是乱哄哄的警卫连。

晨雾消散了。帕利亚内查在一幢两层楼房旁边勒住了缰绳。生锈的招牌上写的是：福克斯日用百货店。

他那匹灰色的细腿母马烦躁地用蹄子跺着石头。

"好吧，上帝保佑，咱们就从这儿开始。"帕利亚内查说着，跳到了地上。

"哎，弟兄们，下马！"他转身对围在四周的警卫连士兵们说。"好戏开场了。"他说得更明确，"弟兄们，先别敲碎谁的脑壳，有的是时间嘛，至于搞娘儿们，你们也别着急，除非欲火难熬，还是等到晚上吧。"

有个卫兵龇着大门牙抬杠："少尉老爷，话不能这么说，如果两相情愿呢？"

周围一阵哄笑。帕利亚内查大为赞赏地看看说话的人。

"哦，当然，只要两相情愿，那就干吧。这样的事儿，谁也无权禁止。"

帕利亚内查走到紧闭着的店门前，使劲地踢了一脚，可牢固的橡木门纹丝不动。

真不该从这里开始。副官手握军刀拐过墙角，朝福克斯住宅的门口走去。萨洛梅加跟在他后面。

屋子里的人早就听见了路上的马蹄声。当马蹄声在商店旁边停息下来，墙外响起人声的时候，他们胆战心惊，全身都发僵了。屋子里共有三个人。

财主福克斯昨天就带着妻子和女儿们逃离小城，留下女仆丽娃看守房产。这是个文静而胆小的十九岁女孩。福克斯怕她独自待在空落落的住宅里害怕，就让她把父母亲接来，三个人住在一起，直到主人回来。

狡猾的商人见丽娃有些不愿意,就安慰她,说虐犹行动多半不会发生,何况穷人有什么东西怕他们抢呢?主人他一回来,就会送钱给她买连衣裙。

这一家三口绝望中存着一线希望,侧耳倾听着:或许这些人马只是路过这里;也许他们听错了,那伙人并非停留在他们的门口,也许,这不过是幻觉而已。然而,似乎故意要粉碎他们的希望似的,外面响起了低沉的砸门声。

白发苍苍的老汉佩萨赫,孩子般地瞪着惊恐的蓝眼睛,站在通往店铺的门旁,喃喃地祈祷着。他怀着一个虔诚教徒的全部热情,向无所不能的耶和华祈祷,求耶和华让他们全家躲过灾难。他念念有词,因而站在身边的老太婆没有立刻听出正在逼近的脚步声。

丽娃跑到最里面的一间屋子里,躲到橡木大餐橱后边。

一声猛烈而粗暴的砸门声吓得两位老人浑身发抖。

"开门!"砸得更凶狠了,还有暴徒的咒骂声。

可老人已经瘫软得没有力气抬手摘掉门钩。

外面,枪托连连猛击。上着闩的门震跳着,终于哗啦一声裂开了。

屋子里当即挤满了武装的匪兵,他们搜索着每个角落。通往店铺的门,也被枪托砸开。匪兵们拥进去,拔掉了大门的门闩。

洗劫开始了。

两辆大车已经堆满了布料、鞋子和其他物品,萨洛梅加便押着车,送往戈卢布的住处。等他回到这里刚进屋,就听到凄厉的叫声。

帕利亚内查让手下的士兵去抢劫店铺,自己走进了里屋。他那猞猁一般绿莹莹的眼睛把三个人扫视了一遍,然后对两个老人喝道:"滚出去!"

但年老的父母,谁也不动弹。

帕利亚内查逼近一步,慢慢地从刀鞘里抽出军刀。

"妈妈!"女儿令人心碎地大叫一声。

萨洛梅加听见的,就是这一声惨叫。

帕利亚内查一转身,冲着闻声赶来的同伙简捷地吩咐:"把他们拖出去。"他指指两个老人。当老两口被推出门之后,他对走到跟前的萨洛梅加说:"你在门外站一会,我跟这个小姑娘说说话。"

佩萨赫老汉听到里屋传出喊叫声,便冲向门内。老人当胸挨了重重的一拳,身体撞在墙上,疼得喘不上气来了,而一向不声不响的老妇人托伊芭,此刻却跟母狼似的紧紧揪住了萨洛梅加。

"哦,放了她吧,你们要干什么呀?"

她挣扎着要冲进门去,干枯的手指死死揪住萨洛梅加的上衣,萨洛梅加竟摆脱不掉。

佩萨赫缓过一口气,扑过去帮她。

"放了她吧,放了她吧!……哦,我的女儿!"

老两口奋力把萨洛梅加从门口推开。他凶神恶煞似的从腰里拔出手枪,举起铁的枪柄,朝老汉白发苍苍的头上猛击一下。佩萨赫一声没吭,倒了下去。

里屋依旧传出丽娃的呼喊声。

疯子似的托伊芭被拖到外面大街上,顿时满街震响着她那撕心裂肺的呼号声、求救声。

屋子里的惨叫突然停息。

帕利亚内查从里屋走出来,没对已经抓住门把手的萨洛梅加瞧一眼,就叫住他:"别进去了,她断气了。我用枕头压得她太紧了点。"说着,跨过佩萨赫的尸体,一脚踩在暗红色、黏糊糊的血泊中。

"开头就不怎么顺利。"他嘟哝着,朝街上走去。

手下的人默默地跟着他往外走。他们的脚在地板上、在台阶上留下一个个血印。

城里已经大乱。匪徒之间为分赃不均而发生一阵阵短促、凶残的争斗。各处不时看见挥舞的军刀。几乎到处都在扭打。

一个个装有十维德罗①啤酒的橡木酒桶被他们推着滚出酒馆。

后来他们又挨家挨户地搜刮。

没有人起来反抗。匪兵们闯进各家各户,在角角落落里乱翻乱寻,临走时手提肩扛,身后留下一堆堆破烂衣物和枕头、褥垫被扯破后散落的绒毛。头一个白天只有两个牺牲者:丽娃和她的父亲,接踵而至的黑夜却带来了无法逃避的杀戮。

傍晚,成群的豺狼都喝得酩酊大醉,彼得留拉匪兵一个个迷迷糊糊的,只盼着黑夜来临。

黑夜使他们可以放开手脚,更无顾忌。夜色深沉,他们杀起人来更痛快。连豺狼也喜欢黑夜,因为豺狼也是袭击无辜的无助者的。

这可怕的三天两夜,许多人永难忘却。多少生灵遭摧残、被消灭。在这鲜血迸溅的时刻,多少亲人泪如雨,多少青年白了头。谁又能说,活下来的人比死者幸运呢?他们的心被掏空,他们的亲人被永远地夺走,难以洗雪的奇耻大辱和无法言喻的哀思,使他们痛不欲生。受折磨被糟蹋的少女们陈尸小巷,躯体蜷缩,双手怪异地向后伸着,对一切都无所谓了。

只是在紧靠河岸的小屋里,豺狼扑向铁匠纳乌姆年轻的妻子萨

---

① 俄国液量名,1维德罗等于12.3公升。

拉的时候,遭到拼命的反击。这个二十四岁的大力士铁匠血气方刚,抡铁锤练就了一身强壮的肌肉,他绝不愿让自己的妻子受辱。

小屋里的搏斗凶猛而短促。两个彼得留拉匪兵的脑袋被砸得像烂西瓜一样。铁匠义愤填膺,狂怒地护卫着两条生命。戈卢布的士兵发觉这边遇到顽抗,便蜂拥而来。于是,河边响起密集而经久不息的枪声。纳乌姆的子弹快要打完,他用最后一颗打死了妻子,自己端着刺刀冲出去拼命。刚跨下第一级台阶,就被密集的枪弹击中,他那沉重的躯体訇然倒地。

邻近各村有实力的农民,赶着肥壮的马匹进城,把瞧上的东西装满大车,让他们在戈卢布部队里当兵的儿子或亲戚护送着运回村去。他们匆匆忙忙,来来回回,这样运上两三趟。

谢廖扎·布鲁扎克和父亲一起,把印刷厂的一半工友藏在地窖里和阁楼上,然后穿过菜园走向庭院。忽然,他看见有个人顺着公路奔跑。那是个犹太老人,穿着打满补丁的长外衣,没戴帽子,吓得面无人色,边跑边喘粗气,还挥舞着双手。后面是一个彼得留拉匪兵,骑着灰马,飞速地追赶。匪兵弯着腰,随时准备猛砍。老人听到背后马蹄声,不由得举起双手,像要护住脑袋似的。谢廖扎冲上大路,让过老人,扑到战马跟前。

"住手,土匪,狗东西!"

骑马的匪兵并不想收回往前砍的马刀,顺势用刀背朝这小伙子的浅发头颅削去。

附录:

[1] 在作者手稿中,本章开头有如下描述保夫卡与冬妮亚

（手稿中为伊拉）关系的文字：

  细密的雨点敲打着窗户。屋顶上的雨水刷刷刷地往下流。强劲的风吹得花园里的樱桃树朝窗户这边弯曲，枝条不停地敲击着窗玻璃。伊拉已经不止一次抬头倾听，以为谁在敲门。当她明白是风在捣乱的时候，不由得皱起了双眉。一阵懊丧袭上心头，她写不下去了。面前的桌子上堆着几页写满的信纸。她写完最后一句，随即把围巾裹得紧一些，重新念一遍刚写好的信。

亲爱的塔尼娅：

  趁父亲的助手偶然去基辅之便，我请他将这封信带给你。

  原谅我好久没写信。

  目前这种兵荒马乱的日子，一切都乱糟糟的，思想无法集中。何况，邮路不通，即使写信，也没有人捎去。

  你已经知道，父亲不同意我返回基辅。我将在本地的中学念完七年级。

  我想念朋友们，特别是你。在这里的同学中，我一个朋友也没有。周围大多是些俗不可耐的男孩和又土又傻的小姐。

  在前几封信里，我跟你谈到保夫卢沙。原以为自己对这个小锅炉工的感情无非是年轻人的心血来潮。在我们的生活中，这种昙花一现的恋情并不少见。但是我错了，塔尼娅。的确，我们两个年龄都还很小，加起来才三十三岁，然而我们的感情是比较认真的。我不知道该叫什么，但这不是心血来潮。

  眼前，时值深秋，淫雨连绵不断，到处一片泥泞。在这寂寞无聊的小城里，我对这个脏伙夫突然产生的感情，占据了我的全部身心，连整个儿灰暗的生活也因而显出了亮色。

我本是个活泼好动的小女孩，有时还任性得很。总是在生活中寻觅着新奇卓越。我从这样的一个小女孩成长起来，从一大堆读过的长篇小说中成长起来。这类小说每每使人异想天开，渴求一种辉煌、丰富的生活，而不是眼前这种令人腻烦和厌恶的、千篇一律的、和我属于同一阶层的绝大部分女子所过的灰暗生活。由于追求新奇卓越，我萌生了对保尔的感情。我看，在自己熟悉的小伙子当中，没有一个具备他那样的坚强意志、他那样的对生活明确而独到的见解。我和他的友谊本身也非比寻常。这不，我如此热衷于寻觅新奇卓越，又如此任性地要"考验"他。有一回险些儿让小青年丢了命。我此刻回忆起来还觉得不好意思呢。

那是在夏末。我和保夫卢沙一起来到湖边的悬崖上。这是我喜欢的地方。正是那种异想天开像个魔鬼似的驱使我再一次考验保尔。好高的悬崖，你是知道的，我去年夏天带你到过那里，有五俄丈高呢。唉，我真是疯了，竟对他说："你不会从这儿跳下去的，你害怕。"

他朝下看看冰面，摇摇头说："哎哟，活见鬼！我是不要命了还是怎么着？谁活得不耐烦，就让谁跳吧。"

他以为我的挑逗是开玩笑。可我呢，虽然多次亲眼看到过他的勇敢行动，有时候甚至是不顾一切的冒险行动，这时候却觉得他不可能冒着生命危险，作出真正大无畏的壮举来；他顶多也不过打一架，或者冒险偷支枪什么的。

当时发生的事情实在糟糕，使我从今往后永远不会再如此任性胡来了。我对他说，自己不大相信他真那么勇敢，所以仅仅是想试试他有没有纵身一跃的胆量，并非硬要他当真这样做。当时，我觉得这么玩玩挺有意思，为了进一步激他，又提出这样的条件：如果他确实勇敢无畏，而且希望获得我的爱，那就跳下去；跳了，就能得到我。

塔尼娅，我现在深刻地意识到，这太出格了。他盯着我瞧了几秒钟，为我提的条件感到震惊。我还没来得及站起来。他已经甩掉脚上的鞋子，从悬崖上跳了下去。

我吓得惊叫起来，但为时已晚，一个挺直的身躯朝水面飞落。三秒钟仿佛长得漫无尽头。直到水面上腾起高大的水柱，一瞬间遮住了他的身体，我才感到极度恐惧，冒着掉下悬崖的危险，焦急万分、失魂落魄地俯视扩散着的一圈圈涟漪。在似乎是长得没有尽头的等待之后，水面上终于露出了可亲可爱的、黑黑的头。我禁不住大哭起来，赶紧奔向直通湖边的小路。

我知道，他纵身跳下，并不是为了得到我，那个许诺我至今也没有兑现，他是希望一劳永逸地结束这类考验。

树枝敲击着窗户，不让我往下写。塔尼娅，我今天心境十分郁闷。周围的一切暗淡无光，这也影响了我的情绪。

车站上，列车来来往往、连续不断。德国人在撤退。他们从各方汇集到这里，一批批地上车离去。据说，在离这儿二十俄里的地方，起义者和撤退的德国人在交火。你一定知道，德国本土也发生了革命，所以他们急着回国。车站上的工人在不断地跑掉。我不知道往后会出什么事，心里很惊慌。等着你的回信。

爱你的伊拉
一九一八年十一月二十九日

[2] 在作者手稿中，此处有一个描述小市民误将匪徒交火当作红军进攻而产生的感受情节：

阿夫托诺姆·彼得罗维奇抬起头倾听。对，他没有弄错，是在打枪。于是他急忙跳下床，鼻子紧贴在窗玻璃上，就这样站了一会儿。毫无疑问——城里在进行战斗。

必须赶快把谢甫琴科[①]肖像底下的小旗扯掉。让红军看到彼得留拉的小旗，准会出事。谢甫琴科的肖像只管挂着好了，他是双方都尊敬的。塔拉斯·谢甫琴科是个好人，挂他的肖像用不着提心吊胆，谁来了都不会挑刺儿。旗子却是容易惹麻烦的东西。他，阿夫托诺姆·彼得罗维奇不是傻瓜，不是像格拉西姆·列昂季耶维奇那样的糊涂虫。既然有两边不得罪的方法，何必冒险挂出列宁的肖像呢？

他逐一扯下小旗。不料一枚钉子钉得太紧，他用力一扯，身体失去平衡，扑通一声跌倒在地上。老婆被响声惊醒，一骨碌爬了起来……

"你怎么搞的？老傻瓜，疯了还是怎么的？"

阿夫托诺姆·彼得罗维奇骶骨猛撞在地板上，疼得龇牙咧嘴的，冲着老婆大嚷："你光知道睡觉。要上天国也会让你睡过头而给耽误的。城里天翻地覆，你却只顾睡觉。我又要挂旗子，又要扯掉旗子，你倒好，啥也不管。"

他的唾沫星子喷到老婆脸上。老婆拉过被子，把头蒙住。阿夫托诺姆·彼得罗维奇听见她闷声闷气地嘟哝："白痴！"

枪声逐渐稀疏，回音犹如锤子敲击着窗户。城边上的蒸汽机磨坊附近，有一挺机枪跟狗似的时断时续地叫着。

天已经亮了。

---

① 塔拉斯·谢甫琴科（1814—1861），乌克兰诗人、画家。

第五章

红军步步紧逼,向"总头目"彼得留拉的部队连续发动进攻。戈卢布团被调往前线。小城里只留下少量后方警卫分队和警备队队部。

人们开始走动了。犹太居民利用这暂时的平静,掩埋遇害者。犹太居民区的陋屋棚户里又出现了生机。

寂静的夜晚,枪炮声隐约可闻。战斗正在不太远的地方进行。

铁路工人纷纷离开车站,到四乡去找活干。

中学关门了。

城里宣布戒严了。

夜色迷蒙,阴森森的。[3]

在这样的夜晚,纵然两眼圆睁,也看不透夜幕,人们只好像盲人似的,摸索着走路,冒着随时跌下壕沟、摔破脑袋的危险。

小市民知道,这种时候要待在家里,也别开灯。灯光可能引来不速之客。黑乎乎才好,这样比较太平。但是,总有一些人不安分,那就让他们出去吧,这跟小市民没关系。小市民可不往外跑。放心吧,决不往外跑的。

但是,正是在这样的一个夜晚,有一个人在行动。

他走到柯察金家的小屋前,小心翼翼地敲敲窗框,没有人应声,于是又敲,敲得更响、更坚决。

保夫卡正在做梦。他梦见一个似人非人的怪物用机枪瞄准他;他竭力想逃走,却无处可逃,而机枪发出了刺耳的响声。

窗外执拗的敲击震得玻璃叮当作响。

保尔跳下床,走到窗前,想弄清楚是谁在敲。但是窗外只有一个模糊不清的人影,根本看不清。

他独自在家。母亲到姐姐家去了。姐夫是一家制糖厂开机器的。阿尔乔姆在邻近的村子里当铁匠,靠抡大锤吃饭。

只有阿尔乔姆可能来敲窗。

保尔决定开窗。

"外面是谁?"他在黑暗中问。

窗外的人影晃了一下,用压低了的粗嗓音回答:"是我,朱赫来。"

他双手按在窗台上,和保尔脸对脸一般高。

"我上你家借宿来了,小兄弟,同意吗?"他低声问。

"当然同意,"保尔友善地回答,"这还用问吗?你就从窗口爬进来吧。"

朱赫来粗壮的身躯挤进了窗户。

他掩上窗子,并未马上离开窗边。

他站在那里侧耳倾听着。等到月亮从云团中钻出来照亮大路,他仔细察看过大路,才转身问保尔:"咱们不会吵醒大妈吧?她大概正睡着?"

保尔告诉朱赫来,家里除了他没别人。水兵这才放下心来,嗓门提高些说："小兄弟，那帮吃人的野兽跟我干上了。为了车站最近发生的事件，他们要找我算账。如果大伙儿团结得更紧密些，在虐犹暴行期间我们是可以狠狠地教训一下'灰狗子'的。可是跟你说说吧，大家还没有上刀山下火海的决心。事情没有搞成功。现在我被盯上了。两次设下埋伏要抓我。今天险些儿让他们抓住。是这样的，我走近了住处，当然是从后院进去，到了板棚旁边一瞧，院子里有个人，紧贴着大树，可露出了刺刀。我自然拔腿就跑。这就跑到了你家。小兄弟，我要在这儿抛锚，停泊几天，你不拒绝吧？哦，那就好。"

朱赫来吭哧吭哧的，扒下沾满污泥的靴子。

朱赫来来了，保尔很高兴。最近发电厂停工，保尔独自待在空落落的家里，感到寂寞无聊。

他们躺下。保尔立刻睡着了，费奥多尔·朱赫来却久久地抽着烟。后来，他从床上起来，光着脚走到窗前。他朝外面看了好一会儿，才回到床上。一阵倦意袭来，他也睡着了。他的一只手伸到枕头底下，按在沉甸甸的手枪上，体温把枪焐暖了。

朱赫来深夜突然到来，并且和他一同住了八天，这件事情对于保尔具有重大的意义。他从水兵嘴里头一次听到这么多重要而新鲜的、激动人心的道理。这段日子对于年轻锅炉工的成长具有决定性的意义。

水兵已经两次遭到伏击。他像受困的猛兽蛰居在这里。他对蹂躏乌克兰大地的"黄蓝军队"充满愤怒，恨之入骨，正好利用这段被迫闲着的时间，把这满腔的怒与恨都传给如饥似渴地听他讲述的保尔。

朱赫来语言朴实，讲得浅显易懂，鲜明生动。他什么都深思熟虑过了。水兵对自己走的道路深信不疑。保尔开始明白，那一大堆名称漂亮的党派，什么社会革命党、社会民主党、波兰社会党，其实都是工人的凶恶敌人；只有一个政党是不屈不挠地同所有财主进行斗争的革命党，这就是布尔什维克党。

以前，保尔被那一大堆名称搞得晕头转向。

费奥多尔·朱赫来，这个高大强健、久经风浪的波罗的海舰队水兵，这个一九一五年就加入俄国社会民主工党（布）的、坚定的布尔什维克，对保尔讲述着严酷的生活真理。年轻的锅炉工着迷似的、目不转睛地望着他。

"小兄弟，我小时候也像你这样，"他说，"养成了倔强刚烈的性格，可不知道力气该往哪儿使。过的是穷日子。平时看见那帮吃得好、穿得好的小少爷就气不打一处来。我常常狠狠地揍他们。可这没一丁点儿用处，还少不了挨爸爸痛打。单枪匹马地闹，改变不了世道。保夫卢沙，你完全可以成为一名为工人的事业战斗的好战士。你具备了一切条件，就是年龄还小点儿，阶级斗争的知识还少点儿。小兄弟，我告诉你一条正确的路，因为我认定你会有出息。我讨厌那种逆来顺受和趋炎附势的家伙。如今，大地上到处都燃起了烈火。奴隶造反了，要把旧世界翻个底朝天。然而干这样的事，需要大无畏的弟兄，而不是娇生惯养的宝贝疙瘩；需要能舍生忘死地战斗的刚强战士，而不是像怕光的蟑螂似的，要打仗了就往墙缝里钻的懦夫。"

朱赫来使劲地往桌上捶了一拳。

他站起身来，双手插进口袋，皱眉蹙额，开始在屋子里来回踱步。

朱赫来闲得太难受了。他非常后悔留在这个小城里。他认为继续留在这儿已经毫无意义,因此毅然决定,要穿过火线去找红军部队。

城里留有由九名党员组成的小组继续开展工作。

"我走了,他们照样可以干。我再也不能闲待着。已经浪费了十个月,够了。"朱赫来恼火地想道。

"费奥多尔,你是干什么的?"有一天保尔问他。

朱赫来站起来,双手插进口袋。他一时没明白对方的问话。

"难道你还不知道我是干什么的?"

"我想你是布尔什维克,或者是共产党。"保尔低声回答。

朱赫来放声大笑,逗乐似的拍了一下被蓝白条水手衫紧箍着的宽胸脯。

"小兄弟,这是明摆着的嘛。这就跟布尔什维克就是共产党一样明白。"接着,他口气一转,郑重其事地说,"既然你知道了,就要记住:如果你不希望我被杀害,那么无论在什么地方,无论对什么人,都不能把这事儿说出去。明白吗?"

"明白。"保尔斩钉截铁地回答。

院子里传来说话声,没敲门,门就打开了。朱赫来的一只手迅速地伸进衣袋,但立刻又抽了出来。走进屋子的是谢廖扎·布鲁扎克,头上缠着绷带,消瘦了,脸色很苍白。跟在他后面进屋的是瓦莉娅和克利姆卡。

"你好,小鬼,"谢廖扎笑着把手伸给保夫卡,"我们三个一块儿来你家。瓦莉娅不让我一个人来,不放心。克利姆卡又不让瓦莉娅一个人来,也是不放心。他虽然满头红毛,脑袋倒还好使唤,知道让一个人独自出门有危险。"

瓦莉娅打趣地伸手捂住弟弟的嘴。

"瞎扯什么呀，"瓦莉娅扑哧一笑，"他今天尽欺负克利姆卡。"

克利姆卡宽厚地笑了，露出一口白牙。

"对病人有什么办法呢？脑袋挨刀，嘴巴唠叨。"

大家都笑了。

谢廖扎挨了一刀背，还没有完全复原，靠在保夫卡的床上。不一会儿，朋友们就谈得很活跃了。向来有说有笑、兴高采烈的谢廖扎，这时候却显得沉静而矜持。他对朱赫来讲了被彼得留拉匪兵打伤的经过。

朱赫来熟悉这几个来看保尔的小青年。他不止一次去过布鲁扎克家。他喜欢他们。在斗争的旋涡中，他们虽然还没有找准该走的道路，但是已经鲜明地表现出了本阶级的意识。朱赫来仔细听这些小青年讲述他们各自怎样帮助老老小小的犹太人，把他们藏在自己家里，使他们躲过虐犹的暴行。这天晚上，朱赫来谈得很多，谈布尔什维克，谈列宁，帮助他们每一个人理解种种现象。

天很晚了，保尔才送走这些客人。

朱赫来每天傍晚出去，深夜才回来。他在离开之前忙着和留下的同志商量工作。

这天朱赫来一夜未归。保尔早上醒来发现床铺空着。

保尔·柯察金模糊地预感到出事了，赶紧穿好衣服，走出屋子。他锁好门，把钥匙放在约定的地方。保尔上克利姆卡家去，希望从他那儿打听到朱赫来的消息。克利姆卡的母亲矮矮胖胖，阔脸盘上有几颗小麻子，正在洗衣服。柯察金问她可知道费奥多尔在哪里，她没好气地回答："怎么，我是专门给你看费奥多尔的吗？佐祖利哈家正是受这个家伙的连累，被翻了个底朝天。你干吗要找他？你们凑在一起算是什么？真是好搭档：克利姆卡、你……"她一边说，一边狠狠地搓衣服。

克利姆卡的母亲是个碎嘴子，喜欢唠叨。

保尔离开克利姆卡家，又去找谢廖扎。他讲了自己担心的事情。瓦莉娅插嘴说："你担什么心呢？也许他在熟人家里住下了。"不过她的语气并不自信。

保尔在布鲁扎克家里坐不住。虽然瓦莉娅姐弟俩要留他吃饭，他还是走了。[4]

快到家的时候，他真希望能看见朱赫来。

门依然锁着。他站住了，心情很沉重，不想进这空荡荡的家。

他神思不定地在院子里站了几分钟，终于在一种模糊不清的愿望驱使下走进了板棚。他拨开蜘蛛网，来到棚顶底下，从秘密的角落里掏出破布包着的、沉甸甸的手枪。

他出了板棚，朝车站走去，触摸到袋里那支沉甸甸的手枪，不免感到紧张。

在车站上也没有打听到朱赫来的消息。他往回走，从林务官家那熟悉的花园旁边经过，不由放慢了脚步。他怀着连自己也不清楚的希望，瞧瞧屋子的窗户，可是花园和屋子里都没有人影。走过宅院之后，他又回头看看，只见花园的小径上铺满了去年的枯叶，整座花园显得荒凉而寂寥。显然，爱护花草的主人已经不再侍弄。古老的大宅院里呈现出一派冷落凄清的景象，使保尔愈发心情忧郁。

他和冬妮亚最后一次吵嘴，比以往任何一次都要激烈。这是将近一个月前突然发生的。

保尔两手深深地插进衣袋，慢腾腾地朝城里走去，同时回忆着当时是怎样吵起来的。

那一次在路上偶然相遇，冬妮亚邀他到家里去玩。

"我爸爸妈妈要到博利尚斯基家去参加命名日宴会。家里就我一个人。保夫卢沙，你来吧，咱们一块儿读列昂尼德·安德烈耶夫①的《萨什卡·日古廖夫》，那是一本很有意思的书。我已经看过，但很愿意和你一起再看一遍。晚上你来，咱们会过得非常开心的。你来吗？"

小白帽紧扣着浓密的栗色头发，帽子下面一双大眼睛望着保尔，流露出期盼。

"我一定来。"

于是他们分手了。

保尔匆匆地去上班。想到就要和冬妮亚一块儿度过整整一个晚上，他觉得眼前炉火燃烧得格外明亮，木柴的爆裂声也更加欢快。

当天晚上，他叩响宽阔的正门。冬妮亚来开门，略显窘迫地说："我有客人。我没想到他们会来。不过，保夫卢沙，你可不许走。"

柯察金转身要退出大门，冬妮亚一把拉住他的袖子。

"咱们进去。让他们跟你认识认识也有好处。"说着，冬妮亚一手把他挽住，带他穿过餐厅，前往自己的房间。进了房间，她面对几个在座的年轻人，微笑着说："你们不认识吧？这是我的朋友保尔·柯察金。"

房间正中的小桌旁坐着三个人：一个是丽莎·苏哈里科，是个肤色黝黑、人挺漂亮的女中学生，长着一张任性的小嘴，梳的发式

---

① 列·尼·安德烈耶夫（1871—1919），俄国作家。《萨什卡·日古廖夫》是他所著的一部小说。

飘逸迷人；另一个是保尔没见过的男青年，细高个子，穿着整洁的黑上衣，油光光的头发梳得服服帖帖，灰色的眼睛流露出寂寞无聊；第三个坐在两人之间，身穿时髦的学生装，正是维克托·列辛斯基。冬妮亚刚推开门，保尔首先看到的就是他。

列辛斯基也立刻认出了保尔·柯察金。他那两条尖细的眉毛怪异地往上一扬。

保尔在门口默默地站了几秒钟，充满敌意的目光逼视着维克托。冬妮亚急于打破这种难堪的沉默，一边请保尔进来，一边对丽莎说："我来介绍一下。"

丽莎·苏哈里科好奇地端详着来人，欠了欠身子。

保尔猛地一转身，快步穿过半明半暗的餐厅，朝大门口走去。冬妮亚追到门廊上才追上他。她抓住保尔的双肩，激动地说："你为什么走了？我是特意让他们跟你见见面的。"

但是，保尔把她的手从肩上掰开，生硬地说："用不着把我推到这些笨蛋面前展览。我同这伙人坐不到一块儿。在你心中，也许他们很可爱，我却恨他们。我不知道你跟他们是朋友，否则决不会上你家来。"

冬妮亚压住怒气，打断他的话头："谁给你权利这样对我说话的？我从不问你跟谁交朋友，也不问谁常上你家去。"

保尔下了台阶，走进花园，同时不客气地说："让他们上你家来好了，反正我再也不来了。"说完，就朝篱笆门跑去。

打那以后，他和冬妮亚再没见过面。在虐犹暴行期间，保尔和电工一起，忙于在发电厂掩护几家犹太人，把跟冬妮亚的口角忘掉了。可今天，保尔又很想和冬妮亚会面。

朱赫来失踪，保尔独自待在家里，感到郁郁不乐。春天化冻后的泥泞还没有干，车辙里满是褐色的泥浆，公路宛如灰色带子朝右边拐去。

一座陋屋荒唐地突兀在公路中央，墙皮剥落，仿佛长满疥疮似的。公路拐过这座屋子，分成了两条岔道。

在十字路口，有一座废弃的售货亭，门已经毁坏，招牌倒挂着，上面写的是"出售矿泉水"。售货亭旁边，维克托·列辛斯基正在和丽莎告别。

他握住丽莎的手不放，情意绵绵地望着姑娘的眼睛："您会来的吧？不骗我吧？"

丽莎娇媚地回答："我来，一定来，您等着吧。"

临走，她那棕色的眼睛又含情脉脉，表示允诺地冲着维克托一笑。

丽莎刚走了十来步，看见两个人从公路拐弯处走过来。走在前面的是个工人，身材矮壮，胸脯宽阔，上衣敞开，露出里面的水手衫，黑色的帽子压在额头，眼角有一块青紫的淤血斑。

他双腿微微弯曲，穿着短筒黄皮靴，脚步沉稳有力。

在他后面三步远，走着一个彼得留拉匪兵，身穿灰色军装，腰带上挂着两盒子弹，刺刀尖几乎抵着前面那人的脊背。

匪兵头戴毛茸茸的皮帽，一双眯缝着的眼睛警觉地盯着被捕者的后脑勺，被马合烟熏黄的小胡子，朝两边翘着。

丽莎稍稍放慢脚步，走到公路的另一边。保尔在她之后上了公路。

他往右一拐，正要回家去，这时也看到了那两个人。

他的双脚像生根似的挪不动了，因为他认出了走在前面的那个是朱赫来。

"怪不得他没回来!"

朱赫来渐渐走近。保尔·柯察金的心猛跳起来,脑子里思绪如潮,抓不住,理不清。时间过于紧迫,难以作出决定。有一点是明摆着的:朱赫来活不成了。

眼看朱赫来他们越走越近,保尔心乱如麻,茫然失措。

"怎么办?"

最后他才想起自己口袋里有一支手枪。等他们从身旁走过,立刻朝这个端着枪的匪兵的后背开一枪,费奥多尔·朱赫来就能获得自由。一瞬间作出了决定,他便不再犹豫不决。他使劲地咬着牙,咬得生疼。就在昨天,费奥多尔对他说过:"干这样的事,需要大无畏的弟兄……"

保尔回头匆匆扫了一眼。通城区的大路上空荡荡的,连个人影儿也没有。前面,有个穿着春季短大衣的女人在匆匆赶路。她不会碍事。十字路口侧面那条岔道,他不可能看见。只是在远处通向车站的路上,有几个人影。

保尔走到公路边。等到相距几步远的时候,朱赫来也看见了保尔。

朱赫来偷偷瞧瞧他。两道浓眉微微颤动一下。他认出了保尔,感到意外,不由得放慢脚步。刺刀尖碰到了他的脊背。

"喂,快走,要不我用枪托揍你。"押送兵尖着嗓门刺耳地吆喝。

朱赫来放大步子。他本想对保尔说什么,但克制住了,仅仅挥了挥手,仿佛打个招呼。

保尔怕引起黄胡子匪兵的注意,把脸转向一边,让朱赫来从身旁走过去，装作对周围发生的事情毫不在意。

其实他脑子里正紧张地转着念头："我朝他开枪，万一偏了，只怕子弹会打到朱赫来身上……"

彼得留拉匪兵已经到了身旁，难道还能多想吗？

于是发生了这样的情况：黄胡子押送兵走到了保尔紧跟前，保尔出其不意朝他扑去，抓住步枪，狠命地往下一压。

当的一声，刺刀撞在石头路面上。

彼得留拉匪兵没有想到会遭到袭击，不禁一愣，但随即用尽全力往回夺枪。保尔把整个身子压在步枪上，就是不松手。突然一声枪响，子弹打在石头上，呼啸着蹦起来，掉进路边的壕沟。

枪声响起时，朱赫来往旁边一闪，同时回过头去。押送兵怒不可遏，从保尔的手里夺着枪。他转动着枪，扭绞着少年的双手，但保尔依旧抓住步枪不放。于是，彼得留拉匪兵发疯似的，一个凶狠的动作，把保尔摔倒在地。然而即使这样，他还是没有夺回步枪。保尔跌倒的时候，借着这股势头，把押送兵也拖倒了。此时此刻，根本没有任何力量可以迫使保尔松手放开武器。

朱赫来一个箭步就冲到了近旁。他抡起铁拳，猛击押送兵的头部。转瞬间，刚从倒地的保尔手中挣脱出来的彼得留拉匪兵脸上又连挨了猛烈的两拳，他像一只沉重的口袋，滚下壕沟。

仍是那双强劲有力的手，把保尔从地上扶起，让他站稳。

维克托离开十字路口，已经走出一百多步。他一边走，一边用口哨吹着《美人心善变》的曲调。同丽莎见面，而且丽莎答应明天去废弃的砖厂那儿与他相会，使他到这时候依然陶醉。

一帮热衷于追逐女性的中学生在议论丽莎·苏哈里科的时候，

说她在男女私情问题上是一个大胆开放的姑娘。

不知羞耻、自鸣得意的谢苗·扎利瓦诺夫有一次告诉维克托，说他已经占有了丽莎。维克托虽然将信将疑，然而丽莎毕竟是个颇有魅力的尤物，因此他拿定主意，要在明天证实一下扎利瓦诺夫说的是真是假。

"只要她一来，我就果断行事。据说她是不在乎人家吻她的。如果谢苗没有瞎吹……"他的思路被打断了。他躲闪到一边，让两个彼得留拉匪兵从身旁走过。一个匪兵骑着短尾巴马，手里晃荡着帆布水桶，看样子是去饮马的；另一个身穿紧腰长外套和肥大的蓝裤子，一只手按在骑马人的膝盖上，喜眉笑眼地讲述着什么。

维克托让他们过去以后，正要继续往前走，公路上传来一声枪响，使他停住了脚步。他回头一瞧，只见骑马的士兵一抖缰绳，朝枪响的地方疾驰而去，另一个提着军刀，跟在他后面奔跑。

维克托·列辛斯基也跟着他们奔跑，跑近公路的时候，又听到一声枪响。骑马的士兵从拐角那边冲来，惊慌失措，险些把维克托撞倒。他又用脚踢，又用帆布水桶打，催马快跑，冲向兵营，进了大门，扯开嗓门冲着院子里的人大嚷："弟兄们，快拿枪，那边打死了咱们的人！"

才一会儿，就有几个人咔咔地扳弄着枪机冲出院子。

维克托被他们抓起来了。

好几个人被驱赶到公路上集中。其中有维克托，还有被作为目击者扣留的丽莎。

刚才，当朱赫来和保尔从丽莎身旁跑过的时候，她吓得在原地挪不动腿了。她认出袭击押送兵的竟是冬妮亚曾想介绍她认识的那个青年，不由得大吃一惊。

朱赫来和保尔相继翻过一户人家的栅栏，这时候，已经有一个骑马的匪兵冲上公路。这个匪兵发现带着步枪逃跑的朱赫来，又看到正竭力要从地上爬起来的押送兵，便策马朝栅栏这边追去。

朱赫来回身端起步枪，朝他射击。骑马的匪兵慌忙掉头就跑。

押送兵抖动着两片破碎的嘴唇，叙述事情的经过。

"你这个蠢货，怎么搞的，竟让犯人从眼皮底下跑了！这下你的屁股准得挨上二十五下通条。"

押送兵恶狠狠地反驳对方："你好像很聪明。我让犯人从眼皮底下跑了？谁想到会突然冒出个野小子，像疯了一样扑到我身上？"

丽莎也受到了盘问。她说的和押送兵一样，但是没讲出自己认识袭击者。所有抓到的人，都被押往警备队队部。

直到晚上，警备队长才下令释放他们。

警备队长甚至要亲自送丽莎回家。不过她谢绝了。警备队长酒气熏人，这样献殷勤，使丽莎觉得肯定没安好心。

结果是维克托陪丽莎回家。

到火车站去的这段路很长，维克托挽起丽莎的手走着。发生了这么一件事情，他心里暗暗高兴。

快到家的时候，丽莎问："您可知道救走犯人的是谁？"

"不知道，我哪能知道呢？"

"有一天晚上，冬妮亚要给咱们介绍一个小伙子，您记得吗？"

维克托停下脚步。

"是保尔·柯察金？"他惊讶地问。

"对，好像他是姓柯察金。这人挺古怪，转身就走了，您记得吗？没错，正是他。"

维克托站在那儿呆若木鸡。

"您没有认错吧?"他问丽莎。

"没有,他的面貌我记得很清楚。"

"那您为什么不告诉警备队长呢?"

丽莎愠怒地诘问:"您以为我会干这样的卑鄙勾当?"

"您认为什么叫卑鄙?说出谁袭击押送兵,在您看来就是卑鄙?"

"那么在您看来这是高尚?您忘了他们的所作所为。您不知道学校里有多少犹太孤儿,因此要我去向他们告发保尔·柯察金?谢谢您,真是没想到。"

列辛斯基没料到她会这样说。他不打算跟丽莎吵架,所以尽量把话题扯开:"丽莎,您别生气,我是开玩笑。没想到您这么一本正经。"

"您这个玩笑开得太没分寸。"丽莎冷冰冰地说。

在丽莎家门口分手的时候,维克托问她:"丽莎,您明天来吗?"

他听到的是丽莎模棱两可的答复:"说不定。"

在回城区途中,维克托暗自琢磨:"哼,小姐,如果您认为是卑鄙,那么我对这种事情的观点截然不同。当然,是谁救了谁,我都无所谓。"

他,维克托·列辛斯基,作为波兰的一个世袭小贵族,对冲突双方都憎恶。反正波兰军团很快就会开来,到那时才会出现一个真正的政权——波兰贵族政权。不过,眼前是个机会,可以干掉柯察金这个坏蛋。他们准保会拧下他的脑袋。

维克托是独自留在小城里的。他在姨母家寄居,姨父是制糖厂副厂长。他的父母和妹妹涅莉早已在华沙定居,父亲西吉兹蒙德·

列辛斯基在那里有显赫的地位。

维克托来到警备队队部,走进敞开的大门。

过了一会儿,他带着四个彼得留拉匪兵朝柯察金家走去。

他指着透出灯光的窗户低声说:"就是这儿。"然后问站在身旁的哥萨克少尉,"我可以走了吗?"

"您请便。我们自己来对付。谢谢您帮忙。"

维克托沿着人行道快步离开。

保尔背上又挨了一拳,被推进黑洞洞的牢房,往前伸的双手撞在墙上。他摸到像是木板床的地方,便坐下。他受尽了折磨和拷打,心情十分沮丧。

他在毫无提防的情况下被捕。"彼得留拉匪徒怎么会知道我呢?当时根本没有人看到我呀。往后会怎样?朱赫来在哪儿?"

保尔是在克利姆卡家里跟水兵分手的。他去看谢廖扎,而朱赫来留下,等天黑后再设法混出城去。

"幸亏我把手枪藏在乌鸦窝里,"他暗想,"否则被他们搜出来,我肯定完蛋。可他们怎么知道是我呢?"他百思不得其解。

彼得留拉匪徒在柯察金家里没有抄到什么有用的东西。哥哥把衣服和手风琴拿到乡下去了。妈妈带走了她的小箱子。彼得留拉匪徒翻遍了角角落落,捞到的东西少得可怜。

但是从家里到警备队队部这一路上吃的苦头保尔怎么也忘不了。夜,黑漆漆的,伸手不见五指。天空乌云密布。匪徒们从背后和两侧凶狠地对他拳打脚踢,他几乎失去知觉,昏昏沉沉地走着。

门外有说话声。警备队队部的卫兵就住在隔壁的屋子里。房门底下透进一条亮光。保尔站起身来,扶着墙壁,摸索着在屋子里走了一圈。在板床对面,他摸到了装有坚固的齿状铁栏杆的窗户。用手扳扳铁栏杆,纹丝不动。估计这里以前是座仓库。

他又摸到门边,站住听听动静。然后,轻轻地推了一下门把手,门刺耳地嘎吱一响。

"妈的,活见鬼了!"保尔骂了一句。

通过窄窄的门缝,他看见床沿上有两只脚,长着硬茧,又开十只脚指头。他又轻轻推一下门把手,门又毫不留情地嘎吱作响。有个睡眼惺忪、头发蓬乱的匪兵从木板床上坐起来。他伸开五指拼命搔着长虱子的脑袋,唠唠叨叨地骂了起来。懒洋洋的、单调的骂声停止后,他摸摸搁在床头的步枪,萎靡不振地吆喝:"把门关上,再敢朝我瞧一眼,叫你吃耳光……"

保尔掩上门。隔壁的屋子里响起一阵哄笑声。

这一夜,保尔翻来覆去想了许多事情。他柯察金头一回参加斗争,结果却这么不顺利。才迈出头一步,就被逮住关起来,像只笼子里的老鼠。

他坐在那里,心烦意乱,似睡非睡。这时候,脑海中浮现出母亲的形象,面容瘦削,满脸皱纹,那双熟悉的眼睛是那样的慈祥。保尔想:"幸亏妈妈没在家,可以少一点悲伤忧虑。"

亮光从窗口透进来,地上映出一个灰色的方块。

黑暗渐渐消退。天渐渐亮了。

附录:

[3] 此后三段在手稿中内容略有不同,传达动荡年代的气氛更详尽:

夜色迷蒙，阴森森的。

一团团浓黑的乌云，在蓝黑色的天空中缓缓飘动，像是从远处某个火灾现场飘来的滚滚浓烟。乌云遇上一座教堂，把它遮掩起来。教堂变得模糊不清，仿佛涂上了一层污泥。不断进逼的乌云还在给它涂涂抹抹，越涂越浓。昏黄的月亮发出微微颤抖的光，也陷入云团中，恰似掉进墨水瓶。

在这样的时刻，纵然圆睁两眼，也难以穿越夜幕。于是，人们只得像瞎子一样用手摸索、伸脚试探着走路，还冒着随时跌下沟渠摔破脑袋的危险。

这种时候，一个人如果鬼迷心窍跨出家门，跑上大街，常常会摔得头破血流。再说，在一九一九年四月这种时候，头上或身上被飞来的子弹钻个窟窿，牙齿让枪托敲掉几颗，也不足为怪。

小市民知道，在这种时候还是待在家中为好，也别起劲地开灯，灯光可能会招来麻烦。说不定会招来不速之客，灾难也就无法避免。最好还是在黑暗中待着，这样比较太平。这种时候，谁愿意跑就让他跑吧。总有一些人是不安分的。好吧，那就让他们出去逛吧。这跟小市民没有关系。小市民可不往外跑。放心吧，决不往外跑的。

这不，正是在这样的夜晚，一个人影在大街中央匆匆走着，脚不时陷入泥泞里，走到特别危险的地方，嘴里还低声冒出一两个字。

[4] 此段在手稿上是这样写的：
柯察金打算走了。瓦莉娅知道他最近几天饿着肚子——他们家里能卖的都已卖掉，换了吃的，再也没什么可卖了，所以硬要留他吃饭，并且威胁说，不吃就不跟他好了。他也确实饿得很，便留下津津有味地喝起粥来。

第六章

古老而高大的住宅里只有一个挂着帘子的窗户映出灯光。院子里，特列佐尔这条用铁链拴着的狗忽然低吼起来。

蒙眬中冬妮亚听见母亲在轻轻地说："没有，冬妮亚还没有睡。丽莎，请进来吧。"

女友轻盈的脚步声、亲切而热烈的拥抱，驱散了她残存的睡意。

冬妮亚露出疲倦的微笑。

"丽莎，你来得太好了。我家有件高兴事儿——我爸爸昨天脱离了危险，今天安静地睡了一整天。我和妈妈度过了好几个不眠之夜，现在也缓过劲来了。丽莎，有什么新闻，都给我说说吧。"冬妮亚把女友拉到沙发上坐下。

"哦，新闻多得很！不过有一些呀，我只能对你一个人说。"丽莎笑着调皮地望望冬妮亚的母亲叶卡捷琳娜·米哈伊洛夫娜。

冬妮亚的母亲也笑了。这是一位娴雅大方的太太，虽然已经三十六岁，但举止轻捷，宛若年轻的姑娘。她有一对善解人意的灰色眼睛，面貌并不漂亮，但容光焕发，和蔼可亲。

"待会儿我很愿意回避，让你们俩说悄悄话，现在您先说说可以公开的新闻吧。"她一面把椅子挪近沙发,一面诙谐地说。

"头条新闻——我们再也不用上学了。校务会已经决定发毕业证书给七年级学生。我好开心呵,"丽莎眉飞色舞地说,"什么几何呀、代数哇,我可讨厌透了!学这些东西有什么用呢?男生也许还能继续上学,不过到哪儿上学,他们自己也不知道。到处是战场,枪林弹雨,真可怕!……我们总要出嫁的,做妻子的用不着懂什么代数。"丽莎说到这儿,格格大笑起来。

叶卡捷琳娜·米哈伊洛夫娜陪两个姑娘坐了一会儿就回自己房间去了。

丽莎往冬妮亚跟前挪了挪,搂着她,低声讲述了十字路口的那场搏斗。

"托涅奇卡,我认出了那个逃跑的人。你想象一下,当时我多么惊奇……你猜那是谁?"

冬妮亚正饶有兴味地听着。她不知道丽莎葫芦里卖的什么药,便耸了耸肩膀。

"是柯察金!"丽莎脱口而出。

冬妮亚打了个寒噤,身体仿佛痛苦得蜷缩起来。

"柯察金?"

一番话产生了效果,丽莎挺得意,接着便描述自己怎样和维克托吵嘴。

丽莎讲得起劲,没有注意到图马诺娃已经脸色惨白,纤细的手指神经质地揪着蓝上衣。丽莎并不知道冬妮亚的心正惊恐地揪紧了,也不知道冬妮亚那对明眸的浓密睫毛为什么在骇然颤动。

丽莎接着说起那个醉醺醺的警备队长,冬妮亚却早已听而不闻。她心中只有一个念头:"维克托·列辛斯基知道是谁袭击了押送兵。丽莎为什么要告诉他呢?"她不知不觉把这句话说出了口。

"我告诉什么了?"丽莎摸不着头脑。

"你为什么把保夫卢沙,我是说,把柯察金的事告诉维克托呢?维克托会出卖他的……"

丽莎不以为然:"哦,不!我想他不至于。说到底,他犯得着这样做吗?"

冬妮亚陡然坐直了身子,双手使劲抓住膝盖,抓得生疼了。

"丽莎,你一点也不明白,他和柯察金是冤家,后来又有一个情况……你把保夫卢沙的事告诉维克托,那就铸成大错了。"

丽莎这时才发觉冬妮亚忧心如焚。冬妮亚刚才脱口说出"保夫卢沙"这个昵称,使丽莎恍然大悟,自己猜测的那件事竟是真的。

丽莎无奈地意识到自己的过错,窘迫地沉默着。

"原来真有这种事。"她暗自思量,"怪了,冬妮亚居然会产生这样的恋情,跟谁?一个普通工人……"她真想谈谈这个话题,然而怕失礼,终于忍住了。她很希望多少弥补一下自己的过失,便拉住冬妮亚的双手,说:"托涅奇卡,你非常担忧吧?"

冬妮亚心不在焉地回答:"不,也许维克托比我想象的要正直一些。"

不一会儿,她们的同班同学杰米亚诺夫来了。这是个憨厚而笨拙的小伙子。

在杰米亚诺夫到来之前,两个女孩的交谈已经别别扭扭了。

冬妮亚送走两个同学,独自久久地站在门口。她倚着栅栏门,望着那条伸向城区的、灰蒙蒙的大路。永不停息的风扑面而来,带来潮湿的寒气和春天的霉味儿。远处是城里的住房,那些窗户像眼睛似的,闪烁着不祥的暗红色灯光。那就是她感到陌生的小城。城中一个屋顶下，住着她那个不安分的朋友，他还不知道就要大祸临头呢。大概，他已经把她给忘了。自从上次见面以后，一晃过了多少天？那一次是他不对，但是她早已不记在心里了。只要明天一见到他，准能恢复激动人心的美好友情。会和好如初的，冬妮亚坚信这一点。但愿一夜平安无事。然而黑夜给人一种不祥之感，俨如恶兽隐伏着、窥伺着……好冷哪。

冬妮亚朝大路上瞥了最后一眼，回到屋子里。她躺在床上，裹着被子，临睡前还在暗暗祝祷：黑夜，可千万别出卖他！……

大清早，家里人都还在睡梦中，冬妮亚已经醒来，匆匆穿好衣服。为了不惊醒任何人，她蹑手蹑脚走到院子里，给长毛大狗特列佐尔解开链子，带着它朝市区走去。她在柯察金家对面犹豫不决地站了一会儿。然后，她推开篱笆门，走进院子。特列佐尔跑到前面，摇着尾巴……

也正是在这天的大清早，阿尔乔姆从乡下回到了家。他是和铁匠一块儿坐大车回来的，这些日子他就在这个铁匠家干活。他把挣来的一袋面粉扛上肩头，走进院子。铁匠拿着其他东西，跟在他后面。阿尔乔姆走到敞着的房门口，放下肩上的面粉袋，喊道："保夫卡！"

可是没有人答应。

"搬到屋里去吧，待在门口干吗？"铁匠上前说。

阿尔乔姆把东西送到厨房里，回头进屋一瞧，不由得惊呆了。到处都翻得乱七八糟，满地都散落着破破烂烂的东西。

"真见鬼！"阿尔乔姆困惑不解地嘟囔，朝铁匠转过身去。

"就是呀，乱七八糟。"

"这小家伙跑到哪儿去了？"阿尔乔姆发火了。

屋子里空空的，要打听也找不到个人。

铁匠告辞后赶着大车离去了。

阿尔乔姆走到院子里，四下察看。

"真不明白是怎么回事儿！门开着，保夫卡却不在。"

背后响起脚步声。阿尔乔姆转过身来。一条大狗竖着耳朵站在他面前。一个陌生的姑娘进了篱笆门，朝屋子走来。

"我找保尔·柯察金。"她打量着阿尔乔姆，低声说。

"我也在找他。鬼知道他跑到哪儿去了！我刚回来，门开着，却不见他的人。您找他有什么事？"他问姑娘。

姑娘不回答，反而问他："您是保尔·柯察金的哥哥阿尔乔姆吧？"

"是的，有什么事吗？"

姑娘还是不回答，只是焦虑地望着敞开的门。"我为什么昨天不来呢？难道，难道……"她的心头更沉重了。

"您回来就看到门开着，保尔却不在吗？"她问凝视着她的阿尔乔姆。

"可您找保尔到底有什么事？"

冬妮亚走近他，四下看了看，急促地说："我也说不清，不过，既然保尔不在家里，那他准是被抓走了。"

"为什么？"阿尔乔姆惊愕地一哆嗦。

"进屋谈吧。"冬妮亚说。

阿尔乔姆默默地听她说。等冬妮亚把自己所知道的说完，他绝望了。

"唉，倒霉透顶！真是活见鬼……"他沮丧地嘀咕，"家里怎么会这样乱七八糟，这下全明白了。这孩子干出这种事来，胆子大得不要命……现在到哪儿去找他呢？唔，那么您是哪家的小姐？"

"我是林务官图马诺夫的女儿。我认识保尔。"

"哦……"阿尔乔姆含含糊糊地应着，"是这样，我给弟弟送面粉来，谁料到出了事……"

冬妮亚和阿尔乔姆互相望着，默默无言。

"我走了。您多半会找到他的，"冬妮亚临别轻轻地说，"晚上我再来您这儿听消息。"

阿尔乔姆默默地点点头。

一只从冬眠中醒来的干瘪的苍蝇在窗子的一角嗡嗡地叫着。一个农村姑娘胳膊按着膝盖，坐在破旧沙发边沿上，茫然的目光痴痴地注视着肮脏的地板。

警备队长嘴角上叼着香烟，龙飞凤舞地写完一张纸，在"舍佩托夫卡警备队长哥萨克少尉"的头衔后面得意地签了名，花哨的签名末尾还甩了个钩。门口传来马刺的响声。警备队长抬起头来。

一只胳膊缠着绷带的萨洛梅加正站在他面前。

"哪阵风把你吹来的？"警备队长欢迎说。

"风倒是一阵好风，可胳膊被博贡团①打伤了骨头。"

萨洛梅加不顾有妇女在场，脏话连篇地骂起来。

"那你是来这儿养伤的不成？"

"下辈子再养伤吧。前线吃紧，我们也被压得喘不过气儿来了。"

---

① 以乌克兰农民起义领袖伊万·博贡（？—1664）的名字命名的一个乌克兰红军团。

警备队长朝姑娘那边扬了扬头,示意他住口。

"咱们以后谈吧。"

萨洛梅加重重地坐在凳子上,摘下缀有三叉戟珐琅质帽徽的军帽。三叉戟是乌克兰人民共和国①的国徽。

"是戈卢布派我来的。"他放低声音说,"西乔夫狙击师不久便要转移到这一带。这一带免不了要热闹一场。所以,我得来整顿一下秩序。总头目可能会来,跟他同行的还有一位洋大人。因此这儿谁也不准提起'消遣'事件。哎,你在写什么?"

警备队长把香烟叼到另一边的嘴角上。

"我这儿关着一个小坏蛋。你知道,煽动铁路工人反对咱们的那个朱赫来在车站上落网了。"

"咦,怎么了?"萨洛梅加颇感兴趣,朝前凑了凑。

"喏,你知道,车站警备队长奥梅利琴科这个蠢货,只派了一个哥萨克往我们这儿押送朱赫来;现在关在我这儿的这个小子居然大白天把人劫走了。他们两个夺了哥萨克的枪,打掉了他几颗牙,撒腿跑啦。朱赫来踪影全无,那小子却给逮住了。这就是材料,你看看吧。"他把一份写好的公文推到萨洛梅加面前。

萨洛梅加用没有受伤的左手翻着公文,粗粗看了一遍。看完,他凝视着警备队长问:"你从他嘴里什么也没掏出来吗?"

警备队长神经质地扯扯帽檐。

"我整了他五天。他不招认,光是说:'我什么也不知道,我没救走过人。'真是硬得出奇的土匪坯。跟你说吧,押送兵来这里认出了这个小坏蛋,差点儿当场把他掐死。我费了好大劲儿,才把他

---

① 1917年至1919年乌克兰及白俄罗斯的反革命中央机关。

拉开。由于跑掉了犯人,奥梅利琴科在车站上揍了押送兵二十五通条,所以他在这儿狠狠地打了小坏蛋一顿。现在,再关着也没用了,我写了呈文,提议把这小坏蛋毙了拉倒。"

萨洛梅加轻蔑地啐了一口唾沫。

"他要是落在我的手里,早就张口招认了。要说拷问,你这个小神父根本不行。神学院毕业的,哪能当警备队长呢?你用通条抽过他吗?"

警备队长恼火了:"你实在太放肆。这些嘲笑的话,还是留给自己吧。这儿我是警备队长,请你不要干涉。"

萨洛梅加朝好斗的公鸡似的警备队长瞟了一眼,放声大笑起来:"哈哈!……小神父,别生气,要不肚子会气破的。我才不管你的闲事呢。你还是说说哪儿能搞到两瓶好酒!"

警备队长冷冷地一笑。

"这我有办法。"

"至于这个小子,"萨洛梅加指了指公文,"如果你想送他的命,那就把他的年龄由'16'改为'18'。这儿加个钩就行了嘛。要不,只怕批不下来。"

仓库里关着三个人。一个是大胡子老头儿,穿着破长袍,侧身躺在板床上,肥大的麻布裤子里两条瘦腿蜷曲着。他被抓进来,是因为住在他家的彼得留拉匪兵拴在板棚里的一匹马不见了。另一个是上了年纪的妇女,贼眉鼠眼尖下巴,是酿私酒的,她被抓来是因为有人告她偷了表和其他贵重物品。第三个便是保尔·柯察金,脑袋枕着皱巴巴的帽子,躺在窗子底下的角落里,处在半昏迷状态。

有个姑娘被押进了仓库。头上按农妇的方式扎着花头巾,一双大大的眼睛流露出惊骇的神色。她站了一会儿，然后走到酿私酒的老婆子身旁坐下。

酿私酒的妇女用探询的目光打量新来的姑娘，快嘴快舌地低声问："姑娘，你也来坐牢？"

没有得到回答，她接着又问："你是为了啥事儿给抓来的？八成也是酿私酒吧？"

农村姑娘站起身来，瞧瞧惹人烦的老婆子，低声回答："不。我被抓来，是为了哥哥的事儿。"

"你哥哥怎么了？"老婆子缠住不放。

老头儿插嘴说："你何必惹她伤心呢？人家心里可能正乱成一团麻，你却盯着问个没完。"

"轮得着你来教训我吗？我是跟你说话吗？"

老头儿吐了一口唾沫。

"我是说，别缠着人家。"

仓库里安静下来了。姑娘把大头巾铺开，躺下去，头枕着一只胳膊。

酿私酒的老太婆开始吃东西。老头儿双脚垂到地上，慢条斯理地卷了一支烟，抽起来。仓库里飘起一团团难闻的烟雾。

老太婆鼓鼓的嘴巴吧嗒吧嗒地嚼着，一边抱怨说："也不让人舒舒坦坦吃点东西，臭烘烘的，抽起来没个完。"

老头儿嘻嘻一笑，挖苦说："你怕饿瘦了？快要连门都挤不出去喽。光顾着自己吃，你给那个小后生吃点嘛。"

老太婆受了委屈似的把手一摆："我一直劝他：吃吧吃吧，可人家不想吃。你别冲着我吹胡子瞪眼，我不是吃你的。"

姑娘朝酿私酒的老太婆转过身来，向柯察金那边扬了扬头，问:"您可知道他为什么坐牢?"

老太婆见有人跟她搭话,很高兴,起劲地说:"这后生是本地人,厨娘柯察金娜的小儿子。"

她弯下腰,凑到姑娘耳边悄声说:"他救了一个布尔什维克。那是个水兵,单身汉,就借住在我的邻居佐祖利哈家。"

姑娘想起了听到过的话:"我写了呈文,提议把这小坏蛋毙了拉倒……"

军车一列接着一列开来,塞满了车站。西乔夫狙击师的一个个分队(营)乱纷纷地从军车上往下挤。由四节钉着钢板的车厢组成的"扎波罗什人"号装甲列车正沿着铁路缓缓爬行。大炮从平板车上卸下。马匹从货车车厢里牵出。骑兵们当即整鞍上马,挤过队形混乱的步兵,在车站广场上集合整队。

军官们来回奔跑,喊着各自分队的番号。

车站上一片喧嚣,仿佛大群黄蜂在嗡嗡叫。乱七八糟的人群渐渐形成一个个以排为单位的方队。然后,这股武装的人流便朝着城区涌去。直到傍晚,西乔夫师的辎重马车和后勤人员沿着公路仍在慢慢腾腾地开往城区。走在最后的是内勤连,这一百二十个人边走边吼:

为什么喧哗?
为什么呐喊?
因为彼得留拉
来到了乌克兰……

保尔站起来，走到小窗前。薄暮之中他听见街上辚辚的车轮声、凌乱的脚步声和嘈杂的歌声。

背后有人轻轻地说："显然是军队进城。"

柯察金转过身来。

说话的是昨天关进来的姑娘。

他听姑娘讲过自身的遭遇。酿私酒的老太婆也如愿以偿地听到了。姑娘叫赫里斯京娜，住在离城七俄里的一个村子里。她的哥哥叫格里茨科，是个红色游击队员，在苏维埃政权时期领导过贫农委员会。

红军撤退时，格里茨科腰缠机枪子弹带跟着走了。现在，家里日子没法过。原本有一匹马，也被抢走了。父亲被抓到城里，关进大牢，备受折磨。村长挨过她哥哥的斗，如今趁机报复，总是把各式各样的人安排到她家去住。她家穷得叮当响了。前天，警备队长到村子里抓人。村长把他带到她家里。警备队长看中了这个姑娘，第二天一早就带她回城，说是要审问。

柯察金睡不着，心静不下来，一个烦人的念头挥之不去，老在脑海里翻腾："以后会怎么样呢？"

遭到毒打的身体一阵阵痛得钻心。押送兵兽性大发，狠命毒打了他。

为了摆脱一个个恼人的想法，他开始静听旁边两个女人的轻声交谈。

姑娘把嗓音压得极低，讲述警备队长怎样纠缠她，怎样威逼利诱，遭到拒绝后，怎样凶相毕露。他说："我把你关进地牢，叫你永生永世出不去。"

黑暗漫向牢房的各个角落。令人窒息的、骚动不安的黑夜又要来临。思绪又转向吉凶难料的明天。虽是第七夜，却觉得好像过了好几个月，躺在硬邦邦的地上，疼痛从未消停。仓库里现在只有三个人。老大爷躺在板床上打呼噜，就跟睡在自家的热炕头似的。老大爷随遇而安，夜夜睡得很熟。酿私酒的老太婆被哥萨克少尉放出去弄伏特加了。赫里斯京娜和保尔躺在地上，离得很近。昨天，保尔从窗口看到了谢廖日卡。谢廖日卡在街上久久站立，焦虑地望着这座屋子的窗户。

"看来，他知道我关在这里。"

一连三天，有人递进来发酸的黑面包。没说是谁送的。这两天，警备队长连续审问，使他不得安宁。这可能预示着什么呢？

在受审的时候，他什么也不吐露，一概不回答。为什么拒不开口，他自己也不清楚。他希望做个勇敢的人，做个坚毅的人，就像在书里读到的那些人物。那天夜里，他被押着从高大的机器磨坊旁边走过，有一个匪兵说："少尉老爷，把他押回去干什么？从背后赏他一颗子弹就完事了。"他听见这话，心里就害怕。是的，十六岁就死是可怕的！人死不能复生哪。

赫里斯京娜也在想心事。她比这小伙子多知道一些情况。小伙子大概还不知道……她却听到了。

保尔睡不着，接连几夜，辗转反侧。赫里斯京娜同情保尔，唉，太同情了，然而她自己也有苦难。她忘不了警备队长的威胁："我明天找你算账。你再不依从，就把你交给卫兵队。那些哥萨克是求之不得。你自己选择吧。"

"哦，多么痛苦，而且谁也不怜悯我！格里茨科参加红军，怎么把罪名扣到妹妹头上呢？哦，活在世上多么艰难！"

难言的苦楚哽住了喉咙，绝望和恐惧充溢在心头，赫里斯京娜唯有吞声饮泣。

由于愁肠百结和孤立无援,她那年轻的身躯在战栗。

墙角边的身影微微动了一下。

"你这是怎么了?"

赫里斯京娜异常激动地低语起来,她向身旁沉默寡言的难友倾诉满腹愁苦。保尔听着,一声不响,只是把一只手放到赫里斯京娜的手上。

"那伙该死的丘八一定会糟蹋我的,"赫里斯京娜吞咽着泪水,怀着下意识的恐惧低声说,"我完了,他们有权有势。"

他保尔能对这个姑娘说什么呢?找不到合适的话语。什么也说不出。这世道像铁环一样,把人卡得透不过气来。

"明天跟他们拼,不让他们带走她?他们准会打得我死去活来,甚至用军刀劈脑袋,那么我也完了。"为了给这个满腔哀怨的姑娘一点点安慰,保尔轻柔地抚摸着她的手。姑娘停止了哭泣。大门口的哨兵隔一会儿便照例冲着行人喝问:"什么人?"过后又是一片寂静。老大爷睡得很熟。时间在无声无息地慢慢流逝。当一双手紧紧搂住保尔,把他往身边拉的时候,他还不明白是怎么回事。

"亲爱的,你听我说,"两片炽热的嘴唇发出低语,"我反正完了:不是那个当官的,就是那些当兵的,一定会糟蹋我。你要了我吧,亲爱的小伙子,我不能让那狗东西来破坏我处女的身子。"

"赫里斯京娜,你在说什么呀?"

但是,那双紧搂着他的手并没有松开。两片嘴唇炽热、滋润,使他难以逃避。姑娘的话既明确又温柔。他完全理解这番话的含意。

霎时间,近日的一切都烟消云散了。牢门上的锁、红头发的哥萨克、警备队长、凶残的拷打、七个憋闷的不眠之夜，都置诸脑后了。此时此刻，剩下的只有炽热的双唇和泪湿的脸。

蓦地，他想起了冬妮亚。

"怎么可以把她忘了呢？……那一双秀美可爱的眼睛。"

他有了足够的自制力来摆脱。他像喝醉酒似的站起身来，伸手抓住窗栅。赫里斯京娜的两只手摸到了他。

"你怎么了？"

这问话中蕴含着多少情意啊！他向她俯下身去，紧握住她的双手，说："我不能，赫里斯京娜，你……真好。"他还说了一些连自己也不明白的话。

为了打破难堪的寂静，他直起身来走到板床跟前，坐到床沿上，推醒老头儿："老大爷，给我抽口烟吧。"

在屋子的一角，姑娘裹着围巾在失声痛哭。

第二天，警备队长来了，让几个哥萨克押走了赫里斯京娜。她用眼睛向保尔告别，目光中流露着责备。牢门在姑娘身后砰地关上之后，保尔的心头变得更加沉重、更加郁闷。

直到天黑，老大爷也没能让这小伙子开口说一句话。岗哨换了，警备队队部的值班人员也换了。傍晚又关进一个新的难友。保尔认出他是制糖厂的木匠多林尼克。他身板结结实实，矮墩墩的，破旧的上衣里面露出褪了色的黄衬衫。他以审慎的目光匆匆地环视了一下小仓库。

保尔在一九一七年的二月看到过他，当时革命的浪潮也涌入了这座小城。在多次喧闹的示威游行中，他只听到过一个布尔什维克的演说，这就是多林尼克。他爬到大路边的围墙上，向士兵们发表演说。记得他最后是这样说的："士兵们，支持布尔什维克吧，布尔什维克决不会出卖你们!"

打那以后,保尔再也没有见过这个木匠。

来了个新难友,老头儿挺高兴。显然,整天不说话干坐着,他觉得很难受。多林尼克坐到老头儿身边的板床上,跟他一块儿抽烟,东拉西扯地问长问短。

后来他又坐到保尔身旁。

"你有什么好消息吗?"他问保尔,"怎么进来的?"

保尔的回答极其简短。多林尼克觉得对方不信任他,所以才这样不肯开口。但是,木匠得知保尔被扣上怎样的罪名以后,就抬起机敏的眼睛,诧异地凝视这个小青年。他再次挨着保尔坐下。

"那么是你搭救了朱赫来?原来是这样。我还不知道你被捕了。"

保尔感到突然,用胳膊支起身子。

"哪个朱赫来?我什么也不知道。他们把什么罪名都让我顶着。"

多林尼克笑了,凑得更近些说:"算了,小兄弟,在我面前别说假话。我知道的情况比你多。"

接着,为了不让老头儿听见,他压低嗓门说:"是我亲自送走朱赫来的。如今他多半已经到了目的地。费奥多尔把这件事情的经过都告诉我了。"

他沉默片刻,若有所思,然后继续说:"小伙子,看来你还真行。不过,你关在这儿,事情的经过他们又都知道——这就太麻烦了,可以说是糟糕透顶。"

他脱下上衣铺在地上,背靠着墙坐下,又动手卷烟。

多林尼克最后的这番话等于向保尔交了底。毫无疑问,多林尼克是自己人。既然是他送走了朱赫来，可见……

傍晚，他又知道了多林尼克被捕是因为在彼得留拉的哥萨克中间进行鼓动。当时他正在散发省革命委员会号召他们弃暗投明、参加红军的传单，被当场抓获。

谨慎的多林尼克没给保尔多讲什么。

"谁知道呢，"他暗想，"会用通条抽这小家伙的。他还太年轻。"

深夜，躺下睡觉的时候，他用笼统简短的话说出了心中的忧虑："柯察金，咱俩的处境可以说是危险到极点。瞧着吧，不知道结果会怎么样。"

第二天，仓库里又来了个新的囚犯。这是全城出名的大耳朵、细脖子的理发师什列马·泽尔策尔。他十分激动，比比画画地对多林尼克说："喏，是这样的，富克斯、布卢夫施泰因、特拉赫滕贝格准备捧着面包和盐去欢迎他。我说：你们要去就去吧。可是谁委托他们代表全体犹太居民呢？对不起，根本没有人。他们有他们的打算。富克斯开商店，特拉赫滕贝格有磨坊，可我有什么呢？别的穷汉有什么呢？这些穷汉一无所有。喏，我有一条长舌头。今天我替一个哥萨克军官刮胡子，他是刚调来的。我对他说：'您说说看，总头目彼得留拉知不知道虐犹事件？他会接见这个犹太人请愿团吗？'唉，多少次了，我这条长舌头总是惹出麻烦！这个军官哪，等我替他刮完胡子，扑好香粉，一切都按一流水平弄妥以后，您猜怎么着？他站起来，不给钱，反倒把我抓起来，说我进行煽动，反对当局。"

泽尔策尔捶胸顿足了："怎么是煽动呢？我哪儿讲过煽动的话？我只不过问问他……就凭这点把我抓来坐牢……"

泽尔策尔十分激动，扭着多林尼克的衬衫纽扣，过后一会儿拉住他的左胳膊，一会儿拉住他的右胳膊。

什列马·泽尔策尔讲得激愤不已。多林尼克听着，禁不住微微一笑，等他讲完，才认真地说："哎呀，什列马，你是个聪明的小伙子，却干了蠢事。也不看看什么时候，就乱嚼舌头。我可不主张你到这里来。"

泽尔策尔若有所悟地望望他，然后颓丧地摆了摆手。

门开了，保尔认得的那个酿私酒的老太婆被推进了仓库。她恶狠狠地咒骂押送她的哥萨克："你和你们的队长该遭雷劈！他喝了我的酒就不得好死！"

卫兵在她身后砰地关上门，接着传来了上锁的声音。

老太婆坐到板床上，老头儿打趣地说："碎嘴子老太婆，怎么又回到咱们这儿来啦？对了，这次你是客人，请坐。"

老太婆憎恶地瞪了老头儿一眼，抓起小包袱，坐到多林尼克旁边的地上。

人家从她手里拿到几瓶私酒以后，又把她关起来。

门外的守卫室里响起吆喝声和走动声。有个尖嗓子在发号施令。仓库里所有的囚犯都朝牢门转过脸去。

一座残破的旧教堂，有着式样古老的钟楼。教堂旁的广场上，正在进行本城罕见的活动。西乔夫狙击师全副武装的部队列成一个个方阵，从三面围住了广场。

前面，从教堂大门口开始，三个步兵团排成棋盘状的队形，一直延伸到学校的围墙跟前。

彼得留拉"政府"最精锐的师团的士兵们站在那里，灰蒙蒙，脏乎乎的一大片。他们都把步枪贴着大腿，头上戴着像半个南瓜似的难看的俄国钢盔，身上挂满子弹。

这个师算是着装整齐的，被服军靴都是前沙皇军队的储备物资。该师大部分官兵是顽固反对苏维埃的富农分子。他们调到小城来，是为了固守这个战略意义重大的铁路枢纽站。

舍佩托夫卡有五条亮闪闪的铁路伸向四面八方。对于彼得留拉来说，丢掉这个据点意味着丧失一切。"政府"如今只剩下巴掌大的一块地盘了。文尼察这座不起眼的小城居然成了彼得留拉一伙的京都。

总头目决定亲自来检阅部队。欢迎他的一切准备工作皆已就绪。

广场后边最不引人注目的角落里安插着一团新兵，他们全都光着脚，身上的衣着五颜六色。这些年轻的庄稼汉，有的是半夜从炉炕上被拖来的，有的是在街头巷尾被抓来的，没有一个愿意打仗。

"傻瓜才愿意打仗。"他们说。

彼得留拉的军官们最大的本事也不过是把这些新兵押进城，编成连，营，并发给武器。

可是第二天，抓来的人就有三分之一开了小差，此后人数还在一天天减少。

如果发靴子给他们，实在太愚蠢，何况也没那么多的靴子。于是下了一道命令，应征入伍者必须自备鞋袜。此令一下，效果惊人。不知道他们从哪儿弄来这么些破烂的鞋子，全是靠铁丝或麻绳帮忙才绑在脚上。

结果，他们就光着脚参加阅兵式。

步兵后面排列着戈卢布的骑兵团。

骑兵挡住了密密麻麻的人群，他们都怀着好奇，想看看阅兵式。

总头目本人就要来了！在小城里这种事情难得遇上，所以谁也不愿意错过免费参观的机会。

教堂的台阶上站着校官、尉官、神父的两个女儿、几名乌克兰教师、一群"自由"哥萨克和背有点驼的市长。总之，全都是经过挑选的"社会贤达"的代表。步兵总监身穿切尔克斯长袍，也站在他们中间。他是阅兵式指挥。

教堂里，瓦西里神父穿起了复活节才穿的法衣。

欢迎彼得留拉的仪式准备得十分隆重。蓝黄旗也取来挂起来了。新兵要面对它宣誓效忠。

师长坐上油漆剥落、痨病鬼似的"福特"汽车，到火车站去迎接彼得留拉。

步兵总监把切尔尼亚克叫到跟前。这个上校身材匀称，蓄着两撇漂亮卷曲的小胡子。

"你带人去检查一下警备队队部和后勤部，让各处都弄得干干净净、有条不紊。如果有犯人，你查问一下，把无关紧要的废物撵走。"

切尔尼亚克鞋后跟一碰，敬了个礼，拉上身边的哥萨克大尉，一块儿骑马走了。

总监彬彬有礼地问神父的大女儿："宴会你们准备得如何？一切都安排妥当了吧？"

"哦，是的，警备队长在那儿操办。"神父的大女儿回答，同时不错眼珠地凝视着漂亮的总监。

忽然，人群一阵骚动。有个骑兵伏在马背上，沿着公路飞驰而至。他挥着手高喊:"来啦!"

"各就各——位!"总监大声吆喝。

军官们纷纷跑向各自的队列。

"福特"汽车喘息着来到教堂大门门。这时候,乐队奏起了《乌克兰永存不亡》的乐曲。

"总头目彼得留拉阁下"在师长之后笨拙地钻出汽车。此人中等身材,棱角分明的脑袋紧紧按在紫红色的脖子上。他身穿高档蓝色近卫军呢料的乌克兰上衣;腰里扎着一根黄皮带,别着精巧的勃朗宁手枪,套子是麂皮的;头戴"克伦斯基"军帽,帽上缀有三叉戟珐琅质帽徽。

西蒙·彼得留拉毫无军人风度。他看上去完全不像一个军人。

他听完总监的简短报告,一副不大满意的样子。接着,市长向他致欢迎词。

彼得留拉心不在焉地听着,目光越过市长头顶望着那些队列。

"开始检阅吧。"他对总监点点头。

彼得留拉登上旗杆旁边不大的检阅台,向士兵发表了十分钟的演说。

演说词平淡乏味。彼得留拉讲得有气无力,显然是旅途劳累了。演说结束,士兵们刻板地呼喊:"万岁!万岁!"他走下检阅台,用手帕擦去额头的汗水。然后,他在总监和师长陪同下检阅部队。

走过新兵队列的时候,他轻蔑地眯缝起两眼,神经质地咬着嘴唇。

检阅接近尾声。一排排新兵零乱地朝旗子走去,瓦西里神父手捧福音书站在旗杆旁边。新兵先吻一下福音书,再去吻旗子的一角。正在这时候发生了意外情况。

不知怎么搞的,有个请愿团挤进广场,来到了彼得留拉跟前。经营木材的富商布卢夫施泰因手捧面包和盐走在前面,跟在他后面的是日用百货店老板富克斯和另外三个殷实商人。

布卢夫施泰因奴颜婢膝地把托盘举到彼得留拉面前。一名站在旁边的军官接了过去。

"犹太居民向您,国家元首阁下,表示衷心的感激和崇敬。这是一篇贺词,请过目。"

"好的。"彼得留拉含糊地说,草草地看了看贺词。

这时候,富克斯开口了。

"我们是卑微的小民,恳请阁下允许我们开门营业,保护我们免遭虐杀。"富克斯吃力地说出这个字眼。

彼得留拉恼怒地紧皱双眉。

"我的军队从不虐杀犹太人。这一点你们应该记住。"

富克斯无奈地两手一摊。

彼得留拉烦躁地耸了耸肩膀。请愿团来得真不是时候,使他十分震怒。他转过身去。戈卢布正站在他身后咬着黑胡子。

彼得留拉对他说:"上校先生,他们控告您的哥萨克。请您查清事实,作出处理。"接着,他转身吩咐总监:"阅兵式开始吧。"

倒霉的请愿团怎么也没料到会碰上戈卢布,所以急着要溜之大吉。

所有观众的注意力都被分列式的准备活动所吸引。刺耳的口令声此起彼伏。

戈卢布走到布卢夫施泰因面前,脸上装得平静,压低嗓门,字字清楚地说:"异教徒们,滚蛋吧,否则我把你们剁成肉酱。"

军乐轰响起来，第一批部队开始通过广场。士兵们经过彼得留拉身旁的时候，机械地呼喊"万岁"，然后沿着公路转到侧面的街道上。军官们身穿崭新的浅褐绿色军装，信步走在本连前头，一边像在散步似的挥动着手杖。这种军官挥手杖、士兵持通条的行进方式，是西乔夫师首创的。

走在最后面的是新兵。他们步伐不齐，队形零乱，互相磕磕碰碰地走着。

一双双光脚踩不出响亮的步伐。军官们竭力维持秩序，但是办不到。第二连通过检阅台的时候，右侧排头有个穿麻布衬衫的小伙子惊异地张大嘴巴，打量着"总头目"，不料一脚踩进坑里，扑通一声摔倒在公路上。

脱手的步枪在石子路面上摔得乒乒乱响。小伙子挣扎着要站起来，可立刻又被后面过来的人撞倒了。

观众们哄然大笑。队伍乱成一堆，闹闹嚷嚷地通过广场。出丑的小伙子捡起步枪，去追自己的队伍。

彼得留拉把脸扭到一边，不看这种乱糟糟的场面，而且不等队伍走完，就朝汽车走去。总监跟随着他，小心翼翼地探问："长官阁下，不留下用餐吗？"

"不了。"彼得留拉断然回答。

教堂的高围墙旁边人头攒动，谢廖扎·布鲁扎克、瓦莉娅和克利姆卡也挤在这群观众里观看阅兵式。

谢廖扎两手抓住栏杆，充满仇恨的目光盯着站在下面检阅的人群。

"瓦莉娅，走吧，小铺子要关门了。"他挑衅似的扯着嗓子喊，让大家都能听见，随即松开栏杆。人们惊诧地朝他转过头来。

他毫不理会任何人,径自走向围墙门。姐姐和克利姆卡跟在他后面。

切尔尼亚克上校带着一名哥萨克大尉来到警备队队部门前飞身下马。他们把马匹交给勤务兵,快步跑进警卫室。

"警备队长在哪儿?"切尔尼亚克厉声问一个勤务兵。

"我不知道。"对方懒洋洋地说,"他出去了。"

切尔尼亚克环顾又脏又乱的警卫室。警备队队部的几个哥萨克横七竖八地躺在凌乱不堪的床铺上。长官进门,他们根本没想到要站起来。

"怎么成了个猪圈?"切尔尼亚克咆哮了,"你们怎么像猪崽子一样乱七八糟地躺着?"他冲躺在床铺上的人斥责。

有个哥萨克坐起来,打了个饱嗝,恶声恶气地吼道:"你嚷嚷啥呀?我们自有嚷嚷的人。"

"你说什么?"切尔尼亚克冲到这个哥萨克面前,"畜生,你在跟谁说话?我是切尔尼亚克上校!狗崽子,你听说过吗?起来,马上都起来,否则我用通条抽你们,一个都不饶!"上校怒气冲冲,满屋子跑来跑去。

"立刻把垃圾打扫干净,整理好床铺,把你们的狗脸也收拾出个人样来。你们像什么东西?不像哥萨克,简直像一伙拦路抢劫的土匪。"

他怒不可遏,疯了似的一脚踢翻挡路的脏水桶。

哥萨克大尉也不比他逊色,一迭连声地骂娘,恶狠狠地挥动马鞭子,把那些懒鬼赶下床铺。

"总头目正在检阅,可能会上这儿看看。快点收拾!"

哥萨克们见事态变得严重，弄得不好真会挨通条抽，他们全知道切尔尼亚克的威名，因此都认真地干了起来。

他们干得挺卖力。

"得去查看一下囚犯，"大尉提议，"谁知道他们这儿关了些什么人？要是总头目瞧见，那就糟了！"

"钥匙在谁那儿？"切尔尼亚克问卫兵，"马上把门打开！"

警卫班长慌忙跑过来开了锁。

"警备队长到哪儿去了？怎么，要我老等着他吗？赶快去把他找来。"切尔尼亚克吩咐，"警卫班到院子里去，整队集合……步枪为什么不上刺刀？"

"我们是昨天刚接班的。"警卫班长辩解着。

他赶紧跑出去找警备队长。

大尉一脚踢开仓库的门。有几个人从地上坐了起来，其余的人依旧躺着不动。

"把门敞开，"切尔尼亚克吩咐，"这儿太暗了。"

他审视着犯人们的脸。

"你为什么坐牢？"他粗暴地问坐在板床上的老头儿。

老头儿欠起身来，提了提裤子。他被厉声喝问吓得有些结巴，含混不清地回答："我自己也不知道。他们把我抓来，我就坐牢了。院子里有一匹马丢了，可那不是我的过错。"

"谁的马？"大尉打断他。

"官家的呀。住在我家的老总把马换酒喝了，却赖到我头上。"

切尔尼亚克把老头儿从头到脚迅速地打量了一下，不耐烦地耸耸肩膀。

"收拾起你的破烂，马上滚蛋！"他吼了一句，然后朝酿私酒的老太婆转过身去。老头儿一下子还不敢相信自己会被释放，所以眨着半瞎的眼睛问大尉："这就是说，放我走了？"

大尉点点头："滚吧，快些滚。"

老头儿赶紧从板床上解下布口袋，侧着身子跑出门去。

"你又为什么关进来呢？"切尔尼亚克盘问酿私酒的老太婆。

老太婆咽下嘴里的馅饼，急忙说："长官老爷，我被关进来可是冤枉的。我是个寡妇，他们喝了我酿的酒，然后又把我关起来。"

"你怎么，做私酒生意？"切尔尼亚克问。

"哎哟，哪儿扯得上什么生意呵。"老太婆一脸委屈地说，"他，就是那个警备队长，拿走了四瓶酒，一个子儿也不给。他们总是这样喝了酒不给钱。这算什么做生意？"

"别烦了，赶快滚，见鬼去吧。"

老太婆用不着对方说第二遍，抓起小筐，一面鞠躬表示感谢，一面倒退着往门口走去。

"长官老爷，上帝保佑您永远健康。"

多林尼克瞪大眼睛看着这出滑稽戏。关押着的人谁也弄不清是怎么回事。有一点是明摆着的：来人是什么大官，有权处置囚犯。

"你是怎么回事？"切尔尼亚克问多林尼克。

"你面前是上校大人，站起来！"哥萨克大尉吆喝。

多林尼克慢慢地、费劲地从地上站起来。

"我是问你为什么坐牢？"切尔尼亚克又问。

有几秒钟时间，多林尼克端详着上校往上翘的胡子和刮得光溜溜的脸，端详着他那缀有珐琅质帽徽的新的"克伦斯基"帽的帽檐。随即，多林尼克脑子里闪出令人兴奋的念头："有希望放出去吧？"

"我被抓起来,是因为过了八点钟在外面走动。"他灵机一动,随口回答。

他浑身紧张,等候着反应。

"你深更半夜跑来跑去干什么?"

"不是深更半夜,十一点还不到呢。"

他这样回答,已经不相信还能侥幸脱险。

"走吧!"

短促的一声吆喝,使他禁不住两腿哆嗦了一下。

多林尼克忘了拿上衣,一步跨到门口,这时候大尉已经在问下一个了。

保尔是最后一个。他坐在地上,眼前的一切把他搞得稀里糊涂。他一时弄不懂,怎么多林尼克也被放掉了。他无法明白是怎么回事。这些人都放走了,可是多林尼克,多林尼克他……他说是因为夜里走路才被捕的……保尔终于明白了。

上校开始问骨瘦如柴的泽尔策尔,依旧是那句话:"你为什么坐牢?"

理发师脸色发白,心头乱跳,急促地回答:"他们说我煽动,可是我闹不清,我煽动什么呀。"

切尔尼亚克顿时警觉起来:"什么?煽动?煽动什么?"

泽尔策尔不解地摊开双手说:"我不知道。我只是说,有人在征集签名,要以犹太居民的名义向总头目递交请愿书。"

"什么请愿书?"哥萨克大尉和切尔尼亚克都朝泽尔策尔逼近一步。

"请求禁止虐杀犹太人。你们该知道,我们这儿发生过可怕的虐犹事件。犹太居民都害怕着呢。"

"明白了。"切尔尼亚克截住了他的话头，"犹太佬，我们会给你写请愿书的。"他转身吩咐大尉，"这个家伙必须牢牢看管。把他押到司令部去。我要在那儿亲自问问他。咱们得弄清楚，是谁要请愿。"

泽尔策尔竭力要分辩，但是大尉猛地一扬手，朝他背上抽了一鞭子。

"住嘴，畜生！"

泽尔策尔疼得嘴都歪了，往墙角边躲闪。他嘴唇颤动着，好容易才忍住没有失声痛哭。

这时候，保尔站了起来。仓库里的囚犯只剩下他和泽尔策尔。

切尔尼亚克站在这个小伙子面前，一双黑眼睛打量着他。

"喂，你是怎么到这儿来的？"

上校这样一问，立刻听到了回答："我从马鞍上割下一小块皮子做了鞋掌。"

"什么马鞍？"上校没听清楚。

"有两个哥萨克住在我们家里，我从一个旧马鞍上割下一小块皮子做了鞋掌。为了这点事儿，哥萨克就把我带到这里来了。"保尔怀着对自由的强烈渴望接着又说，"我要是知道不准许……"

上校轻蔑地瞧瞧保尔。

"这个警备队长搞什么名堂，鬼知道他把一些什么样的人抓来了！"上校说，接着扭头朝门口示意，嘴里喊着，"你可以回家了，告诉你老子，让他狠狠揍你一顿！好了，快滚吧！"

保尔真不敢相信是真的，胸膛里的心简直要往外蹦。他从地上抓起多林尼克的外衣，朝门口冲去。他穿过警卫室，从刚出门的切尔尼亚克身后一溜烟地蹿进院子，随即打那儿出了篱笆门，跑到大街上。

仓库里只剩下倒霉的泽尔策尔一个人。他愁肠百结地四下环顾，下意识地朝门口挪了几步。然而，有个卫兵走进警卫室，关上仓库门，上了锁，在门外的板凳上坐了下来。

在台阶上，切尔尼亚克得意洋洋地对哥萨克大尉说："幸亏咱们上这儿看看。你瞧，这儿挤满了废物，咱们该把警备队长关上两个星期。哎，怎么样，走吧？"

在院子里，警卫班长集合好了队伍。他一看到上校，就跑过来报告："上校老爷，一切准备完毕。"

切尔尼亚克把一只脚伸进马镫，飞身跨上马鞍。哥萨克大尉正对付着脾气倔强的坐骑。切尔尼亚克勒住缰绳，对警卫班长说："告诉警备队长，他塞在这儿的一堆废物，我全给放了。你转告他，我要关他两个星期禁闭，因为他在这儿瞎闹一气。至于还关在这儿的那个家伙，尽快押解到司令部来。小心看管！"

"是，上校老爷。"警卫班长举手敬礼。

上校和哥萨克大尉用马刺催着坐骑，朝广场疾驰而去。那里的阅兵式即将结束了。

保尔一气跑过第七道栅栏，停住了脚步。他没有力气再跑了。

他在憋闷的小仓库里关了这些天，天天饿肚子，所以浑身无力。现在他有家回不得，去找谢廖扎·布鲁扎克也不行——万一有人发现，就会害了他们全家。上哪儿去呢？

他不知道怎么办，只能继续跑，跑过一个个菜园和住宅的后院。直到迎面撞上一道栅栏，他才清醒过来。抬眼一瞧，他愣住了：高高的木栅栏里面是林务官家的花园。两条疲软的腿竟然把自己带到了这里。难道是他想跑到这里来吗？不。

那么，他怎么会恰恰来到林务官家的住宅旁边呢？

这个问题他无法回答。

必须找个地方歇一歇，然后考虑下一步怎么办。他知道花园里有座木头凉亭，在那里谁也发现不了他。

保尔纵身一跳，伸手抓住一根板条的边沿，爬上栅栏，翻进了花园。他望望树丛后边隐约可见的房舍，朝凉亭走去。这个亭子几乎四面都没遮没拦。夏天爬满凉亭的野葡萄蔓，这会儿只剩下光秃秃的藤子。

他一转身想回到栅栏那边去，可是来不及了：他听见背后响起狗的狂叫声。一条硕大的狗从房舍那边沿着铺满枯叶的小径朝他猛蹿过来。狗吠声震荡着整座花园。

保尔做好了自卫的准备。

大狗第一次进攻被他一脚踢开。狗要再度进攻了，真不知道这场争斗如何结局，幸亏这时传来了保尔熟悉的吆喝声："特列佐尔，回来！"

冬妮亚沿着小径跑来。她抓住特列佐尔脖颈上的皮圈，对站在栅栏旁的保尔说："您怎么跑到这儿来了？狗会把您咬伤的。幸亏我……"

她愣住了，她的两眼睁得大大的。这个不知怎么溜到这儿来的小青年，多么像柯察金啊！

栅栏旁的人动了一下，轻声说："你……您认得我吗？"

冬妮亚惊叫一声，猛地朝保尔跟前跨了一步。

"保夫卢沙，是你？"

特列佐尔把冬妮亚的惊叫理解为进攻的信号，便凶猛地往前扑。

它被冬妮亚踢了几脚,委屈地夹起尾巴,慢腾腾地朝房舍那边走去。

冬妮亚紧紧握住柯察金的手,问:"你给放出来了?"

"你已经知道了?"

冬妮亚抑制不住内心的激动,急促地回答:"我全都知道。丽莎跟我讲了。可你怎么会在这儿呢?他们把你放了?"

柯察金浑身瘫软地答道:"他们是错放我。我跑了出来。现在多半又在搜捕我了。我无意中来到了这里,想到凉亭里歇一歇。"接着又抱歉似的补充说,"我太累了。"

冬妮亚惊喜交加,内心充溢着深切的怜悯和炽烈的情意。她注视了保尔一会儿,紧握他的双手说:"保夫卢沙,亲爱的,亲爱的保夫卡,我的亲人、好人……我爱你……听见了吗?……你呀,倔强的男孩儿,上次你为什么走掉呢?现在你到我们家来,到我身边来吧。我无论如何不放你走。我们家很安静,你愿意住多久都行。"

柯察金不以为然地摇摇头。

"要是在你们家里搜出了我,那可怎么办?我不能进你们家。"

冬妮亚的睫毛在颤抖,眼里闪着泪光,双手把保尔的手指捏得更紧了。

"你要是不进去,那就永远别再见我。阿尔乔姆也不在家,他被抓去开火车了。铁路工人都被征调走了。你能到什么地方去呢?"

柯察金理解她的焦灼心情,但是怕喜爱的姑娘受到牵连,所以不敢答应。可他受尽折磨,心力交瘁,很想歇息,肚子又饿得难受。他终于让步了。

他坐在冬妮亚房间里的沙发上,厨房里母女俩正在交谈。

"听我说,妈妈。柯察金这会儿正坐在我的房间里,你还记得他吗?我在辅导他读书。我什么也不瞒你。他因为救了一个布尔什维克水兵而被逮捕。他逃了出来,现在没有地方藏身。"冬妮亚的嗓音发颤了,"妈妈,我求你同意,让他先在我们家待一阵。"[5]

女儿以恳求的眼神望着母亲。

母亲审视着冬妮亚。

"好吧,我不反对。那你把他安顿在哪儿呢?"

冬妮亚满脸通红,又激奋又害羞地说:"我把他安顿在自己房间里的沙发上。对爸爸可以暂时别提起。"

母亲直视着冬妮亚的眼睛。

"这就是你近几天流泪的原因吧?"

"是的。"

"他还完全是个孩子。"

冬妮亚焦躁地扯着短上衣的袖子。

"是啊。可他要不是逃出来,一定会被当作成年人枪毙的。"[6]

柯察金的到来使叶卡捷琳娜·米哈伊洛夫娜很是不安。他曾经被捕,冬妮亚对这个男孩子明显不过的好感,都使她焦灼不安,何况她对他的确不了解。

冬妮亚却像个主人,热情地张罗起来了。

"妈妈,他得洗个澡。我马上就准备。他脏得像是真正的伙夫。他好些天没洗脸了。"

她跑东跑西,忙这忙那,又是烧洗澡水,又是翻寻衣服。然后,什么也不解释,一把抓住保尔的手,拉进洗澡间。

"你得把衣服全脱掉。这儿有一套衣服。你的衣服得洗了。穿这一套吧。"她指着椅子说。椅子上整整齐齐地放着领子带白条的蓝色水兵服和肥腿裤子。

保尔惊讶地望着。冬妮亚笑了。

"这是我在化装舞会上穿的衣服。你穿起来准合身。哦，我走了，你要像在自己家一样，别拘束。趁你洗澡的时候，我去准备吃的。"

她砰的一声关上了门。柯察金没办法了，赶紧脱掉衣服，跨进澡盆。

一小时以后，母亲、女儿和保尔一块儿在厨房里吃饭了。

保尔饿坏了，不知不觉吃光了三盘。起先，他在叶卡捷琳娜·米哈伊洛夫娜面前觉得很不好意思，后来见她态度和蔼可亲，也就不再拘谨。

饭后，他们一起坐在冬妮亚的房间里。叶卡捷琳娜·米哈伊洛夫娜要保尔讲讲自己遭受的磨难，他便叙述了一遍。

"那您打算以后怎么办呢？"叶卡捷琳娜·米哈伊洛夫娜问。

保尔踌躇了一会儿。

"我希望先见阿尔乔姆一面，然后就离开这儿。"

"去哪儿呢？"

"我想到乌曼或者基辅去。我自己也没拿定主意，不过一定得离开这儿。"

保尔真不敢相信，一切会变化得如此迅速。早晨还是一个囚犯，这会儿却坐在冬妮亚身旁，穿着干干净净的衣服，更主要的是获得了自由。

生活呀，有时候就是这样变幻莫测。忽而天昏地暗，忽而又阳光灿烂。若不是面临着再度被捕的危险，这会儿他简直是个幸福的小伙子了。

然而，正是此刻，在这宽敞而宁静的屋子里，他随时可能被捕。

必须离开，到哪儿去都行，就是不能留在这里。

但是他实在不想离开，真见鬼！以前读描写英雄加里波第的书，可入迷了！他多么羡慕加里波第，这位英雄的一生何等艰辛，被迫在世界上到处奔波。可他保尔呢，痛苦的磨难总共才受了七天，却像过了一年似的。

看样子，他保夫卡成不了什么杰出的英雄。

"你在想什么？"冬妮亚俯下身子问他。保尔觉得她这双蓝幽幽的眼睛深邃无底。

"冬妮亚，我给你说说赫里斯京娜的事情，想听吗？"

"说呀。"她兴味浓浓地说。

"……就这样，她再也没有回来。"他心情沉重地讲完最后这句话。

房间里，只听见时钟节奏分明的嘀嗒声。冬妮亚垂下头，牙齿咬得嘴唇生疼，就差没失声痛哭。

保尔看看她。

"我今天就得离开这儿。"他拿定主意说。

"不，不，你今天哪儿也不能去！"

她那纤细而温暖的手指伸到保尔不驯服的头发里，轻柔地抚摩着……

"冬妮亚，你得帮助我。到机车库去打听阿尔乔姆在哪里，再给谢廖扎捎一张纸条去。我的手枪藏在乌鸦窝里。我不能去，让谢廖扎去拿。你能替我办这些事吗？"

冬妮亚站起身来。

"我这就去找丽莎·苏哈里科,跟她一块儿到机车库去。你写纸条吧,我去送给谢廖扎。他住在哪儿?如果他想见你,要告诉他你在哪儿吗?"

保尔沉思片刻,说:"让他今晚亲自把枪送到花园里来吧。"

冬妮亚回到家里很晚了。保尔睡得正香,冬妮亚的手一碰,他就醒了。冬妮亚喜气洋洋地笑着说:"阿尔乔姆马上就来。他刚出车回来。有丽莎父亲的担保,准许他出来一个小时。火车头停在机车库里。我没告诉他你在这儿。我只是说,有件非常重要的东西得转交他。瞧,他来了。"

冬妮亚跑去开门。阿尔乔姆不敢相信自己的眼睛,站在门口发愣。冬妮亚让他进来后,便把门关上,以免患伤寒病后躺在书房里的父亲听见。

阿尔乔姆双手紧紧抱住保尔,弄得他的骨节格格发响。

"好弟弟!保夫卡!"

他们作出决定:保尔明天走;阿尔乔姆把他安排到布鲁扎克的机车上,布鲁扎克正要到卡扎京去。

阿尔乔姆一向很刚强,可是弟弟下落不明,使他非常担忧,所以近日心绪不宁。此刻,他高兴到了极点。

"就这样,明天早晨五点你到材料库来。机车在那儿上木柴,你乘上去好了。真想跟你多谈一会儿,可我得回去了。明天我去送你。我们铁路工人也被编成了一个营。干活有卫兵监视着,就跟德国人在这儿的时候一样。"

阿尔乔姆告辞走了。

夜幕很快降临。谢廖扎该到花园里来了。柯察金在黑乎乎的房间里踱来踱去，等候谢廖扎。冬妮亚和母亲一起待在父亲图马诺夫的房间里。

保尔和谢廖扎在昏暗中见了面，两人互相紧紧握手。跟谢廖扎一起来的还有瓦莉娅。他们低声地交谈着。

"手枪我没拿来。你家院子里尽是彼得留拉匪兵。停着几辆大车，还生起了火。根本没办法爬上树去。唉，这么不顺利。"谢廖扎解释着。

"算了，"保尔安慰他，"也许这样更好。要是在路上被搜出来，那就会砍脑袋。不过以后你一定要把枪取走。"

瓦莉娅往保尔跟前凑了凑。

"你什么时候走？"

"明天，瓦莉娅，天一亮就走。"

"可你是怎么脱身的，说说好吗？"

保尔匆匆地把自己的遭遇叙述了一遍。

他们亲切地告别。谢廖扎心情很激动，没说一句玩笑话。

"保尔，一路平安。别忘了我们。"瓦莉娅费力地说。

他们走了，转眼消融在黑暗中。

房间里静悄悄的。只有时钟发出清晰的嘀嘀嗒嗒的声音。两个人谁也没有睡意。再过六个小时，他们就得分手，也许从此再也不会相见。两个人都思绪万千，都有千言万语聚在心头，但在这短短的时间里，怎能倾吐得尽！

青春啊，无限美妙的青春！此时情欲尚未萌动，仅仅在猛烈的心跳中蒙蒙眬眬有所感觉，偶尔触及女友胸脯的手会惊慌地战栗，急速地移开，而青春的友谊守护着不让迈出这最后的一步。此时此刻，还有什么能比心上人那紧紧搂住你脖子的手更可亲！亲吻是如此炽热，仿佛如同电击！

他们建立友谊以来，这是第二次接吻。除了母亲，保尔没有得到过任何人的爱抚，挨打倒是经常的。因此，他对这种爱抚的感觉尤为强烈。

在屈辱、残酷的生活中，他不知道还会有这样的欢乐。在人生道路上遇到这样一位姑娘，真是莫大的幸福。[7]

他闻到了她的发香，似乎也看见了她的明眸。

"冬妮亚，我太爱你了。我不知道怎样向你表达这种感情，我不善于表达。"

他的思路被打断了。姑娘柔软的身体百依百顺啊！……但是，青春的友谊高于一切。

"冬妮亚，等到时局平定以后，我一定能当上电工。只要你不嫌弃我，只要你是真心爱我，而不是闹着玩，那么我一定会做你的好丈夫。我绝对不会打你，如果我欺负你，就让我不得好死。"

他们怕搂着睡着了被母亲看到会有想法，所以分开了。

两个人山盟海誓，永不相忘。等他们睡着的时候，已是曙光初露。

清早，叶卡捷琳娜·米哈伊洛夫娜叫醒了保尔。

他急忙起身。

在洗澡间里，他换上自己的衣服、靴子，穿上多林尼克的外衣。这时候，母亲叫醒了冬妮亚。

他们在潮湿的晨雾中匆匆走向车站；绕了一圈，来到了堆木柴的仓库。在装好木柴的机车旁边，阿尔乔姆正焦急地等候他们。

外号"狗鱼"的大功率机车缓缓驶近，扑哧扑哧地喷吐出来的团团蒸汽笼罩着机车。

布鲁扎克正从驾驶室的窗口朝外探望。

他们匆忙地道别。保尔一把抓住机车扶梯的铁把手爬了上去,然后回过身来。岔道口上并排站立着两个熟悉的身影:高大的阿尔乔姆和苗条娇小的冬妮亚。

风猛吹着冬妮亚上装的衣领和栗色的鬈发。她在挥手。

阿尔乔姆斜眼望望强忍着没有失声痛哭的冬妮亚,不由得暗暗叹息:"要么我是个大笨蛋,要么这两个年轻人犯了傻。嗨,保夫卡呀!你还是个小不点儿呢。"

列车拐弯不见了,阿尔乔姆转身对冬妮亚说:"嗨,怎么样,咱们算是朋友了吧?"于是,冬妮亚的小手握在他的大手里了。

远处传来正在加速的火车的轰鸣声。

附录:

[5] 在手稿上,此处后边还有以下数句:

"也许只待几天。他饿着肚子,又受尽了折磨。好妈妈,你如果爱我,就不要反对。我恳求你。"

[6] 在手稿中,此后还有一段揭示冬妮亚母亲性格的文字:

母女俩彼此没有再说一句话。叶卡捷琳娜·米哈伊洛夫娜一生饱尝辛酸,因为冬妮亚的外婆是个守旧、严厉的妇人。叶卡捷琳娜·米哈伊洛夫娜还记得,母亲怎样管教严格,向她灌输虚伪的"礼仪"、"教养",毒害了她的青春年华。因此,她对女儿的教育确是摒弃了市侩阶层的许多偏见陋习,采取的是十分开明的态度。

与此同时,她一直关注着女儿的成长,有时还为她担忧,不动声色地帮助她摆脱种种困境。

现在她也为柯察金的到来而担忧。

[7] 在手稿中,此后另有几行说明保尔生性纯洁高尚的文字:

最后几个小时,他们是紧挨在一起度过的。

"你还记得我在悬崖上的许诺吧?"她的声音轻得几乎听不见。

保尔闻到她的发香,似乎也看见了她的双眸。当然,他记得她的许诺。

"可我怎么能让你兑现这种许诺呢?伊拉(冬妮亚),我是多么尊重你啊。这一点,我不知道怎样对你说,我表达不好。我明白,那会儿你是脱口而出。"

他无法再说下去了。已经体验过的、火一般炽热的双唇封住了他的嘴。柔软的娇躯如同弹簧,如此百依百顺⋯⋯然而,青春的友谊高于一切,比火焰更炽烈艳丽。吸引力是这么难以抵挡,但只要性格刚强、友谊真诚,就一定能克制住自己。

第七章

小城舍佩托夫卡周围，遍地是战壕，到处是纵横交叉的铁丝网。整整一个星期，小城都是在隆隆的炮声和嗒嗒的枪声中醒来和睡去。只有深夜才沉寂下来。偶尔，一阵慌乱的枪声打破寂静，那是潜伏哨在互相试探。破晓时分，车站口的炮位旁边人影又开始晃动。乌黑的炮口发出凶猛而可怖的吼叫。人们急忙给大炮填进新的炮弹。炮手一拉发火栓，大地便颤抖起来。城外三俄里处，红军占领着的村庄上空，炮弹咝咝地尖叫着飞过，发出震耳欲聋的落地爆炸声，将大块大块的泥土抛上天空。

村庄中心的小山上，有一座古老的波兰修道院。红军的一个炮兵连就驻扎在这座修道院的院子里。

炮兵连的政委扎莫斯京同志一跃而起。他原先枕着炮架在睡觉。他紧了紧挂着沉甸甸的毛瑟枪的腰带，倾听着炮弹的呼啸声，等待它爆炸。院子里响起了他的大嗓门："同志们，明天再接着睡个够吧。快——起——来！"

炮手们就睡在大炮旁边。他们像政委那样急忙跳起身来。只有西多尔丘克磨磨蹭蹭，睡眼惺忪，不情愿地抬起头来。

"这帮畜生，天刚亮就瞎咋呼，真是浑蛋！"

扎莫斯京哈哈大笑："西多尔丘克，敌人真不识相，也不考虑一下你还没有睡够。"

西多尔丘克爬起来，嘴里还在嘀嘀咕咕地发牢骚。

几分钟后，这儿院子里的大炮开始轰鸣。炮弹在市区爆炸。制糖厂高高的烟囱上搭着瞭望台，上面有一名彼得留拉军官和一名电话兵。

他们是顺着烟囱里面的铁梯爬上去的。

整座小城历历在目。他们从这里指挥炮兵射击。红军围城部队一举一动，他们都能看见。今天，布尔什维克们很活跃。通过"蔡司"望远镜，看得见红军各部队的运动情况。装甲列车一面不断地打炮，一面沿着铁轨慢慢地驶向波多尔斯克车站。后面是步兵散兵线。红军屡次发起进攻，试图夺取小城，但是西乔夫师的士兵据守各处要冲，隐蔽在战壕里负隅顽抗。战壕里喷发出烈焰。周围轰响着激烈疯狂的枪声。进攻最激烈的时候，枪炮的轰鸣声汇成一片怒吼。布尔什维克的部队冒着弹雨进攻，血肉之躯难以支持了，后退了，战场上留下不再动弹的躯体。

今天，对小城的进攻越来越猛烈、越来越频繁。炮声隆隆，空气也因而震颤不止。从制糖厂的烟囱上面俯视，能看到布尔什维克的战士们时而匍匐在地，时而跌倒爬起，在不可阻挡地向前推进。他们几乎要拿下车站了。西乔夫师把所有的预备队都投入战斗，但也无法堵住车站上已经形成的突破口。无所畏惧的布尔什维克战士冲入车站附近的街巷。守卫车站的西乔夫师第三团的匪兵们遭到短促而猛烈的攻击，从最后的防线——城郊的花园和菜地撤退，溃不成军地往市区逃窜。红军部队不让他们喘息，不让他们停留，用刺刀开路，逐一扫除敌军的阻击哨，占领了一条条街道。

谢廖扎·布鲁扎克一家和他们的近邻，都躲在地窖里，但现在，他说什么也待不住了。他渴望到上面去。尽管母亲再三阻拦，他还是从阴冷的地窖里跑了出来。一辆"萨盖达奇内"型装甲车轰轰隆隆地响着，从他家旁边急速地驰过，一边朝四周胡乱打枪。一群丧魂失魄的彼得留拉匪兵七零八落地跟在装甲车后面逃跑。有个匪兵闯进谢廖扎家的院子。他惊恐万状地扔掉子弹带、钢盔和步枪，翻过栅栏，消失在菜园里。谢廖扎决定到街上去看看。在通往西南车站的大路上，有一伙彼得留拉匪兵在逃跑。一辆装甲车在掩护他们退却。通市区的公路空荡荡的。突然，有个红军战士跃上了公路。他卧倒在地，顺着路面开了一枪。继他之后又出现了第二个、第三个……谢廖扎看见他们弯着腰，边跑边开枪。有个皮肤黝黑、两眼红肿的中国人，上身只穿一件衬衣，腰里缠着机枪子弹带，两只手都攥着手榴弹，不顾一切地在追赶。飞跑在最前面的是个非常年轻的红军战士，他手上端着一挺轻机枪。这是攻进城区的第一支红军队伍。谢廖扎打心眼里往外乐。他跑上公路，竭尽全力高喊："同志们万岁！"

中国人猝不及防，差点儿把他撞倒。中国人正要朝谢廖扎猛扑，但这年轻人欢天喜地的模样使他收住了脚。

"彼得留拉往哪儿逃了？"中国人喘着粗气，冲着他喊道。

但是，谢廖扎顾不上听他说，飞快地跑进院子，抓起西乔夫师的逃兵扔下的子弹带和步枪，撒腿追赶红军队伍去了。这支队伍冲进了西南车站，才发觉多了个他。他们截获了几列满载着弹药和军需品的火车，把敌人逼进树林，然后停下休息，整顿队伍。年轻的机枪手走到谢廖扎面前，惊奇地问："同志，你是打哪儿来的？"

"我是本地人，一直盼着你们来。"

红军战士围住了谢廖扎。

"我的认识他，"那个中国人喜眉笑眼，用不纯正的俄语说，"他喊：'同志们万岁！'他的是布尔什维克——我们的人、年轻人、好人。"中国人拍着谢廖扎的肩膀，赞不绝口。

谢廖扎的心欢跳着。他马上便被当作自己人了。他和他们一块儿拼刺刀，拿下了车站。

小城活跃了。受尽苦难的居民从地下室和地窖里走出来，涌到大门口，观看开进城区的红军队伍。安东尼娜·瓦西里耶夫娜和瓦莉娅在红军战士的行列里发现了正和大家一同走着的谢廖扎。他头上没戴帽子，腰里扎着子弹带，肩上扛着步枪。

安东尼娜·瓦西里耶夫娜气呼呼地举起两手拍了一下。

谢廖扎，她的儿子，也跟着打仗了。哦，这可不能由着他。真不得了，他扛着枪，当着全城的人大摇大摆地走着！以后会怎么样呢？

安东尼娜·瓦西里耶夫娜就这样焦虑地想着，终于忍不住喊叫起来："谢廖日卡，快回家，马上回家去！我饶不了你，小浑蛋。你要打仗，回去跟我打！"说着，她朝儿子跑去，想拦住他。

但是，谢廖扎，她不止一次揪过耳朵的谢廖扎，却冷冷地瞪了她一眼。他又羞又恼，满脸通红，硬声硬气地说："别嚷嚷！我绝不会离开队伍。"他脚步不停地从母亲面前走过去了。

安东尼娜·瓦西里耶夫娜火冒三丈："啊，你竟然这样对妈妈说话！往后看你还敢回家。"

"我不回家了！"谢廖扎头也不回，高声答道。

安东尼娜·瓦西里耶夫娜站在路上不知所措，眼望着一队队晒得黝黑、满身灰尘的战士从她面前走过。

"大娘,你别哭!我们选你的宝贝儿子当政委吧。"有人亮开大嗓门逗她。

队伍里扬起一阵快乐的哄笑。连队前面传来刚强和谐的歌声:

> 同志们,勇敢地前进,
> 斗争中百炼成钢,
> 我们为争取那自由,
> 挺起胸膛向前方。①

整个连队都唱起来了,在这雄浑有力的合唱声中,也有谢廖扎脆亮的嗓音。他找到了新的家。他,谢廖扎,成了这个战斗大家庭中的一员。

在列辛斯基宅院的大门上,出现了一块白色的牌子,上面简单地写着:革委会。

旁边有一幅红彤彤的宣传画。画上的红军战士双目炯炯,食指直指看画者的胸膛。下面有一行文字:

你参加红军了吗?

夜间,师政治部的工作人员四处张贴了这种无声的"动员令"。同时也贴出了革委会第一份告舍佩托夫卡城全体劳动者书。

---

① 这是俄国革命者拉金在监狱里写的、十月革命前流传的歌曲《同志们,勇敢地前进》中的第一段歌词。

同志们：

无产阶级的军队已经占领全城。苏维埃政权业已恢复。我们号召居民保持安定。血腥虐杀犹太居民的匪徒已经溃逃。为了不让他们卷土重来，为了把他们彻底歼灭，大家参加红军吧。希望大家全力支持劳动人民的政权。本城的军权属于警备司令员，政权属于革命委员会。

革委会主席多林尼克

列辛斯基家的宅院里来了一批新人。"同志"这个称呼昨天还要为之付出生命，今天已经到处可以听到。"同志"这个称呼使人无比激奋！

多林尼克现在忙得废寝忘食。

这个木匠正忙于筹建革命政权。

宅院的一间小屋子的门上贴着小纸条，上面用铅笔写着：党委会。沉着冷静的伊格纳季耶娃同志在这儿办公。师政治部委派她和多林尼克负责筹建苏维埃政权机构。

才过了一天，工作人员已经坐到桌旁办公，打字机嗒嗒地响着。粮食委员会成立了。粮食委员瓦茨拉夫·特日茨基是个说话做事风风火火的人，以前他是制糖厂的助理技师，在苏维埃政权建立初期，他以波兰人的顽强精神，开始揭露工厂高层管理人员中那些内心仇恨布尔什维克的贵族分子。

在全厂大会上，特日茨基愤怒地用拳头敲击讲台的栏板，操着一口波兰语，向围着他的工人们发表情绪激烈、言词尖锐的演说。

"当然，"他说，"旧世道一去不复返了。咱们的父辈和咱们自己，一生一世给波托茨基伯爵做牛马已经做够啦。咱们为他们建造宫殿，而这个高贵的伯爵回报咱们的只是让咱们不至于在工地上饿死。

"波托茨基伯爵和桑古什卡公爵们骑在咱们头上作威作福多少年了？跟俄罗斯人和乌克兰人一样，我们波兰人被波托茨基当牲口使的难道还少吗？可是，伯爵的狗腿子们却在波兰工人中间散布谣言，说什么苏维埃政权要用铁拳来对付波兰人。

"同志们，这是无耻的诽谤。各民族的工人还从来没有获得过像现在这样的自由。

"所有的无产者都是兄弟，可是对那帮贵族老爷，我们就是要狠狠地收拾，请大家相信这一点。"

特日茨基的手画了一个弧形，再次敲击讲台的栏板。

"是谁在我们中间挑起民族仇恨呢？是谁迫使我们自相残杀、血流成河呢？是国王和贵族。自古以来，他们一再驱使波兰农民去打土耳其人，这种一个民族进攻和屠杀另一个民族的惨剧不断发生，多少人就这样丢了命！这是谁的需要呢？难道是我们吗？不过，这一切很快就要结束了。那些毒蛇的末日来临了。布尔什维克向全世界喊出了令资产阶级丧魂失魄的口号：'全世界无产者，联合起来！'工人和工人要亲如兄弟，这样咱们才能得救，才有希望过上幸福的生活。同志们，参加共产党吧！

"波兰也会建立共和国，但那是苏维埃共和国，连根铲除了波托茨基这类家伙的共和国。苏维埃波兰将由咱们自己当家做主。你们谁不认识布罗尼克·普塔申斯基？革命委员会已经任命他当咱们厂的委员了。'不要说我们一无所有，我们要做天下的主人。'同志们，千万别轻信那些暗藏的蛇蝎，咱们一定会拥有自己的节日，只要咱们工人信念坚定，那就能把全世界各族人民都团结起来！"

瓦茨拉夫·特日茨基从一个普通工人的内心深处说出了这样一番崭新的道理。

当他走下讲台的时候，年轻人都由衷地向他欢呼。不过年纪大的没敢表态。谁说得准呢？或许明天布尔什维克就撤走，那时候就得为自己讲的每一句话付出代价。即使不上绞架，也难免被撵出工厂。

教育委员由切尔诺佩斯基担任，他是一位清瘦但身材匀称的中学教师。目前在当地的教育界中，他是唯一忠于布尔什维克的人。革委会对面驻扎着一个特务连。这个连的战士负责革委会的警卫。每天夜晚，院子里，面对着大门架起一挺连着子弹带的"马克沁"机枪，旁边站着两名手持步枪的战士。

伊格纳季耶娃同志朝着革委会走来。她发现一名红军战士年纪特别轻，便问："同志，您几岁了？"

"快十七了。"

"是当地人吧？"

红军战士面露微笑。

"对。我是前天打仗的时候才参加部队的。"

伊格纳季耶娃端详着他。

"您父亲是干什么的？"

"火车副司机。"

多林尼克和一个军人一块儿走进篱笆门。伊格纳季耶娃转身对他说："您瞧，我给共青团区委物色到了一个头儿。他是当地人。"

多林尼克迅速打量了谢廖扎一眼。

"谁家的孩子？"

"布鲁扎克家……"

"哦，扎哈尔的儿子！行哪，干吧，把伙伴们拧成一股绳。"

谢廖扎惊讶地瞧瞧他们。

"那么连里的事呢？"

多林尼克已经跑上台阶，甩下一句："这我们会安排好的。"

第二天傍晚，本城的乌克兰共产主义青年团委员会就建立起来了。

新的生活来得如此突然而迅速，它占据了谢廖扎的整个身心，把他卷进了生活的旋涡。小伙子把家也给忘了，虽然这个家近在咫尺。

他，谢廖扎·布鲁扎克，现在是布尔什维克了。他多次从口袋里掏出乌克兰共产党（布）委员会发的白纸证件，上面写着谢廖扎是共青团员、团区委书记。如果还有人将信将疑，那就请看挂在他军便服皮带上的、装在帆布套子里的曼利赫尔手枪，这是好朋友保夫卡送的礼物。这相当于最具说服力的证件。唉，可惜保夫卢什卡不在这儿！

谢廖扎整天奔忙，执行着革命委员会交办的各种任务。这会儿，伊格纳季耶娃又在等他。两个人得去火车站为革委会领取书报。谢廖扎快步往外跑。政治部的工作人员准备好汽车，在大门口等候着他们。

去车站有一段很长的路。苏维埃乌克兰第一师的参谋部和政治部设在车站的列车上。伊格纳季耶娃利用乘车的时间和谢廖扎谈工作："你那一摊子办成了哪些事？组织建立起来了吗？你应该把自己的朋友、把那些工人子弟发动起来。要尽快组织一个共产主义青年小组。明天我们起草一份共青团的宣言，打印出来。然后把青年召集到剧院里，开个大会。到师政治部后，我还要介绍你跟乌斯季诺维奇认识。她看样子是抓青年工作的。"

丽塔·乌斯季诺维奇原来是个十八岁的姑娘，一头乌黑的短发，身穿浅褐绿色的新制服，腰里扎着窄皮带。谢廖扎从她那里学到许多新东西，她还答应帮着开展工作。分手的时候，丽塔·乌斯季诺维奇交给他一大捆书籍，还特意送给他一本小册子——《共青团纲领和章程》。

伊格纳季耶娃和谢廖扎回到革委会，天色已经很晚了。瓦莉娅正在花园里等着谢廖扎。她劈头盖脸地数落弟弟："你怎么不害臊！怎么，你把家完全扔了吗？为了你，妈妈天天哭，爸爸发脾气。这样下去，会闹出大事来的。"

"瓦莉娅，出不了事的。我是忙得没工夫回家。说实在的，是没工夫。今天也不能回去。现在我得跟你谈谈。到我屋里去吧。"

瓦莉娅简直认不出弟弟了。他完全变了样。仿佛有谁给他充了电似的。谢廖扎让姐姐坐到椅子上，直截了当地说："是这么回事。你参加共青团吧。不明白吗？共产主义青年团。我就是团的书记。不相信吗？喏，你看看这个！"

瓦莉娅看过证件，窘迫地望望弟弟。

"我在共青团里能干什么呢？"

谢廖扎两手一摊。

"什么？怕没事干？亲爱的姐姐！我可忙得夜里也不能睡觉。必须把群众发动起来。伊格纳季耶娃说了，得把大家召集到剧院里，给他们详细谈谈苏维埃政权问题，还说我也得发表讲话。我想这可不行，因为我心里明白，不知道该说什么，准会出洋相。哦，好了，你说吧：入团的事怎么样？"

"我不知道。要那样，妈妈会气疯的。"

"你别管妈妈，瓦莉娅，"谢廖扎不以为然，"她不懂这些事情。她希望子女都在她身边。她压根儿不会反对苏维埃政权。相反，她是拥护的。可是，她只希望别人上前线打仗，她的孩子别去。可这公平吗？你可记得朱赫来怎么跟咱们说的？瞧瞧保夫卡吧，人家就不管他妈妈怎么想。现在咱们已经获得了挺直腰杆生活的权利。怎么样，瓦莉娅，难道你会拒绝？你入了团那才好呢！你把姑娘们发动起来，我做小伙子们的工作。克利姆卡那个红毛熊，我今天就把他拉进来。瓦莉娅，你到底参加不参加我们的组织？喏，我这儿有一本小册子，就是讲这事儿的。"

他从口袋里掏出小册子，递给姐姐。瓦莉娅眼睛一直望着弟弟，低声地问："要是彼得留拉匪兵又来了，那怎么办？"

谢廖扎第一次认真地琢磨起这个问题。

"我嘛，当然跟大家一块儿撤走。可你怎么办呢？妈妈会伤心得不得了。"他不作声了。

"你替我写上名字吧。这样，谢廖扎，别让妈妈知道，也别告诉任何人，你知我知就行。我在各方面协助你，这样比较妥当。"

"可以，瓦莉娅。"

伊格纳季耶娃走进屋子。

"伊格纳季耶娃同志，这是我的姐姐瓦莉娅。我在跟她谈入团的事。她是完全合适的，不过我们母亲那一关很难通过。吸收她入团，同时不告诉任何人，行不行？万一咱们得撤退，那我当然扛起枪就走，可她舍不得扔下母亲。"

伊格纳季耶娃坐在桌子边上，仔细地听他说。

"行。这样比较妥当。"

剧院里挤满了叽叽喳喳的年轻人，都是被全城张贴的群众大会海报吸引来的。制糖厂的工人管乐队在演奏。到会的大都是学生——男女中学生和高级小学的男生。

他们到这里来，与其说是为了开大会，不如说是为了看节目。

幕布终于拉开了。刚从县里赶来的县委书记拉津同志出现在台上。

他身材瘦小，长着个尖鼻子，他的出现引起了全场的注意。大家兴致勃勃地听他演讲。他谈到席卷全国的斗争，号召青年们团结在共产党的周围。他出言吐语俨然是位演说家，过多地使用了"正统的马克思主义者"、"社会沙文主义"这类字眼，听众显然听不懂。等他讲完，全场报以热烈的掌声。他让谢廖扎接着讲。自己先走了。

谢廖扎担心的事情果然发生了。他说不出话来。"说什么？怎么说？"他搜寻着合适的话语，却找不到，不由得窘在那里。

伊格纳季耶娃帮了他忙，从桌后小声提醒他："谈谈组织支部的事情。"

谢廖扎立即谈具体的步骤："同志们，你们已经都听到了，现在咱们必须成立一个支部。你们当中谁表示赞成？"

全场寂静无声。

丽塔·乌斯季诺维奇过来帮忙。她给大家讲述莫斯科青年建立组织的情况。谢廖扎站在旁边，一脸尴尬。

大家对组织支部的态度这么冷淡，使他心里挺不痛快，他禁不住向场内投去不友好的目光。人们并没有认真地听丽塔讲话。扎利瓦诺夫两眼鄙夷地望望丽塔，悄悄地跟丽莎·苏哈里科说着什么。前排鼻子上扑着粉的几个高年级女中学生一边交头接耳，一边眼珠滴溜溜地朝各处打量。靠近舞台入口处的角落里坐着一伙年轻的红军战士。谢廖扎发现自己认识的那个青年机枪手也在其中。他正坐在脚灯挡板的边上,焦灼不安地用仇恨的眼光看着打扮入时的丽莎·苏哈里科和安娜·阿德莫夫斯卡娅。她们毫无顾忌地跟献殷勤的男生们说着话。

丽塔发觉没有人听她,就赶快结束讲话,让伊格纳季耶娃接着说。伊格纳季耶娃讲得沉着从容,听众们终于安静下来。

"青年同志们,"她说,"你们每个人都不妨认真想想在这儿听到的话。我相信,你们当中有一些同志会以积极的态度参加革命,而不是当旁观者。大门为你们敞开着,就看你们本人往不往里走。希望你们自己也来谈谈。想发言的就请讲吧。"

全场又是一阵沉默。但是,后排有人喊了起来:"我想说说!"

两眼微斜、像头小熊的米什卡·列夫丘科夫朝台前挤去。

"既然是要帮布尔什维克的忙,这种事情我决不会拒绝。谢廖扎了解我,我报名参加共青团。"

谢廖扎高兴地笑了。

"同志们,这下看到了吧!"他立刻冲到台中央,"我说过了,这个米什卡是自己人,他的父亲是个扳道工,被火车压死了,米什卡因此失学了。他虽然没念完中学,但是很快就理解了我们的事业。"

场内七嘴八舌,吵吵嚷嚷。中学生奥库舍夫要求发言。这个药房老板的儿子,留着梳理精细的耸起一绺的"飞机头"。他拉了拉学生制服,开始说:"同志们,我表示抱歉。我不明白,究竟要我们干什么。要我们搞政治吗?那我们什么时候读书呢?我们得念完中学呀。如果成立一个体育组织、办个俱乐部什么的,让我们碰碰头、读点书,那是另一回事。至于搞政治,搞到后来会给绞死的。对不起,我想没人乐意干这个。"

会场里响起了笑声。奥库舍夫跳下台,回到座位上。在他后面发言的是那个年轻的机枪手。他激愤地把军帽拉到前额上,含怒的目光将一排排座位扫视了一遍,使劲地喝问:"坏蛋,你们笑什么?"

他的眼睛像两块烧红的煤炭。他深深地吸了一口气,恼火得浑身发抖,说:"我叫伊万·扎尔基。我没爹没娘,无依无靠,蹲在墙根底下要饭。我忍饥挨饿,无处安身。日子过得不如一条狗,跟你们这些娇生惯养的少爷小姐不一样。苏维埃政权来了,红军收留了我。全排都把我当成亲生儿子,给我衣服,给我鞋袜,教我识字,最重要的是让我懂得了人生的意义。由于他们的启发,我成了布尔什维克,而且到死也不会变心。我清楚地知道在为什么斗争:为我们,为穷人,为工人阶级的政权。可瞧瞧你们,像一群公马在这儿叫个不停。你们根本不知道有两百个同志牺牲在城郊,永远离开了人间……"扎尔基的声音如同绷紧的琴弦那样响亮有力,"为了我们的幸福,为了我们的事业,他们毫不犹豫地献出了生命……现在全国各地,在所有的战场上,都有人在牺牲,这种时候,你们却在这儿起哄逗乐。而你们呢,同志们,"他突然转身冲着主席台说,"却把他们找来,"他指指台下,"找这些人来开会。难道他们能理解吗?不可能!饱汉不知饿汉饥。刚才只有一个人站出来,因为他是穷人,是孤儿。"接着他对着台下怒喊,"没有你们,我们照样干。我们不会求你们的。这种人我们根本不需要!你们只配吃机枪子弹!"他气呼呼地喊出最后这句话,跑下台来,对谁也不瞧一眼,径直朝门口走去。

主席台上的人没有一个留下来参加晚会。在返回革委会的路上，谢廖扎沮丧地说："简直一团糟！扎尔基说得有道理。咱们找这帮中学生，搞不出名堂来的。只会惹一肚子气。"

"这没有什么奇怪的，"伊格纳季耶娃截住他的话头，"他们当中几乎没有无产阶级的青年。绝大部分是小资产阶级，或者是城市知识分子、小市民。必须在工人中间做工作。你要特别注意锯木厂和制糖厂。不过群众大会还是有积极作用的。学生中间也有优秀的同志。"

丽塔·乌斯季诺维奇支持伊格纳季耶娃的观点："谢廖扎，我们的任务，就是不断地把我们的思想、我们的口号灌输到每一个人的头脑中去。党要所有的劳动者都来关心每一个新发生的事件。我们将召开一系列群众大会、讨论会和代表大会。师政治部要在车站开办夏季露天剧场。宣传列车近日就要到达，我们就能把工作全面铺开了。要记住列宁说过的话：如果我们不能吸引千百万劳苦大众参加斗争，我们就不能取得胜利。"

深夜，谢廖扎送丽塔回车站。临别，谢廖扎紧紧握住她的手，好一会儿才放开。丽塔几乎难以察觉地微微一笑。

谢廖扎返回市区，顺路回家一趟。

任凭母亲怎样责骂，他都不做声，不反驳。但是父亲刚开口训斥，他就立即反攻，把父亲驳得体无完肤："爸爸，你听我说，德国人在这儿的时候，你们闹过罢工，还在机车上打死押车的德国兵，那会儿你想到家吗？想到的。但你还是干了，因为工人的良心使你非这样干不可。我也想到家的。我知道，万一我们撤退，那么你们会因为我而遭受迫害。可要是我们胜利了呢，那就翻身了。我不可能待在家里。这一点，爸爸，你是完全能够理解的。为什么还要吵吵闹闹呢？我是在做正当的事情，你应该支持我、帮助我，可你却拖后腿。爸爸，咱们讲和吧，这样，妈妈也不会冲着我大喊大叫了。"他那双纯净的蓝眼睛望着父亲，脸上露出亲切的笑容，他相信自己是正确的。

扎哈尔·瓦西里耶维奇坐在凳子上，感到局促不安。透过浓密的胡须，他微笑着，露出了黄牙。

"小滑头，你来启发我的觉悟？你以为挎上了手枪，我就不能用皮带抽你了？"

不过，他的话中并没有威吓的口气。他窘迫地犹豫片刻，果断地把粗糙的大手伸给儿子，并且说："谢廖日卡，开足马力吧。既然你正在上坡，我决不会让你刹车的。只是别抛下我们不管，常来看看。"

夜晚。门半掩着，透出一道亮光，落在台阶上。大房间里摆放着柔软的长毛绒蒙面的沙发和律师用的宽大的办公桌。桌边坐着五个人。革委会正在开会。他们是多林尼克，伊格纳季耶娃，戴着哥萨克羊皮帽、像个吉尔吉斯人的肃反委员会主席季莫申科和另外两个革委会委员——身材魁梧的铁路工人舒季克，鼻子扁平的机车库工人奥斯塔普丘克。

多林尼克俯在桌子上，固执的目光盯着伊格纳季耶娃，嘶哑的嗓音一字一顿地说："前线需要给养。工人需要吃饭。咱们刚到这儿，投机商和小贩就哄抬物价。他们不接受苏维埃纸币。买卖东西，要么用沙皇尼古拉的旧币，要么用临时政府发行的'克伦斯基'票子。今天咱们就规定出一些固定的价格。咱们心里很明白，没有一个投机商会按照固定的价钱出售。他们会把货藏起来。那时候咱们就进行搜查，征收吸血鬼们的全部货物。干这事儿绝对不能手软。咱们可不能再让工人挨饿了。伊格纳季耶娃警告我们别干得太过火。我说呢，这正是她的知识分子软弱性。你别生气，伊格纳季耶娃同志，我说的是事实。而且，问题不在那些小商贩身上。我今天就得到一个消息，饭馆老板鲍里斯·索恩家里有个秘密地窖。早在彼得留拉匪徒到来之前，有些大商人就把大批货物堆放在这个地窖里。"他露出讥讽的微笑，意味深长地瞧瞧季莫申科。

"你打哪儿知道的？"季莫申科惊慌地问。他感到懊丧，因为这类情报应该是他季莫申科最先得到，可总是被多林尼克抢先一步。

"嗨嗨！"多林尼克笑了，"老弟，我眼睛尖着呢。不但知道地窖的事情，"他继续说，"我还知道，昨天你和师长的司机一块儿喝了半瓶私酒。"

季莫申科在椅子上坐不住了，他那发黄的脸涨红了。

"你真是个机灵鬼！"他不得不表示钦佩，但一眼瞥见伊格纳季耶娃皱着眉头，就不吭声了。"这个鬼木匠！他有着自己的'契卡'①。"季莫申科望着革委会主席，心里嘀咕。

"我是听谢尔盖·布鲁扎克说的。"多林尼克接着说，"他有个朋友，好像在车站食堂干过活。这个朋友听厨师们说起，以前食堂里需要的东西，全由索恩供应，要什么有什么，要多少有多少。昨天，谢廖扎搞到了可靠的情报：地窖肯定有，不过不知道具体的位置。季莫申科，你带上几个小伙子，跟谢廖扎一块儿去吧。一定要在今天搞个水落石出！只要旗开得胜，咱们就有物资供应工人和支援部队了。"

---

① 契卡，肃反委员会简称的音译。

半小时以后，八个武装人员走进了饭馆老板的家，两个留在外面守住大门。

老板矮矮胖胖，活像一个能装十维德罗的大酒桶，棕红色的胡子硬撅撅的，一条木头假腿橐橐地响着，他低头哈腰走到来人面前，用低沉的喉音问："同志们，有何贵干？为什么这么晚了才来？"

索恩的背后站着他的女儿们，一个个披着睡衣，被季莫申科的电筒光照得眯缝着眼睛。隔壁房间里，满身肥肉的老板娘在一边穿衣，一边叹气。

季莫申科只说了两个字："搜查。"

每一块地板都检查过了。堆满木柴的大板棚，几个储藏室和厨房，还有一个大面积的地窖，都仔细地搜遍了，但是没有发现秘密地窖的痕迹。

厨房旁边一个小房间里，饭馆老板家的一个女佣人正在酣睡。她睡得那么熟，有人进屋也没听见。谢廖扎小心地叫醒了她。

"你是这儿的佣人吧？"他问睡眼惺忪的姑娘。

她拉起被子盖住肩膀，又用手挡住手电筒光，不明白是怎么回事，惊疑地回答："是佣人。你们是干什么的？"

谢廖扎说明来意就退出去，让她穿好衣服。

宽敞的饭厅里，季莫申科正在盘问一家之主。老板气喘吁吁，喷着唾沫星子激动地说："你们要找什么？我没别的地窖。你们在浪费时间。相信我吧，这是浪费时间。我开过饭馆，可如今是个穷人了。彼得留拉匪兵抢光了我的财产，还差点儿把我打死。我非常拥护苏维埃政权，但是我家里只有这么些东西，你们都看到了。"他说话时一再摊开又短又肥的双手。布满血丝的眼睛从肃反委员会主席的脸上溜到谢廖扎身上,又从谢廖扎身上溜到墙角或天花板上。

季莫申科焦躁地咬着嘴唇。

"看样子你是想隐瞒下去?我最后一次劝你,还是说出地窖在哪儿吧。"

"哎哟,军官同志,您说什么呀?"老板娘插嘴了,"我们自己也在饿肚子呢!我们家的东西全给抢光了。"她很想哭一场,然而挤不出眼泪。

"饿着肚子,却雇着佣人。"谢廖扎插嘴说。

"哦,哪儿是什么佣人呵!不过是个住在我们家的穷姑娘。她没地方安身。让赫里斯京卡自己对你们说吧。"

"得了,"季莫申科不耐烦地大声喊,"咱们继续搜!"

天色已经大亮,饭馆老板家里的搜查工作仍在进行。十三个小时的搜查竟然一无所获,季莫申科浑身冒火,已经打算停止搜查了。但是,在女佣人住的小房间里,谢廖扎正要离去,忽然听见那姑娘压低声音说:"多半在厨房里,在炉子里。"

十分钟后,俄式大火炉被拆开,露出了地窖的铁盖板。一小时后,两吨卡车满载着一桶桶、一袋袋物品,穿过围观的人群,驶离了饭馆老板的家。

炎热的白天,玛丽娅·雅科夫列夫娜挎着个小包袱,从车站回到家里。阿尔乔姆讲了保夫卡的事,她一边听,一边伤心地哭着。她的日子过得艰辛异常。玛丽娅·雅科夫列夫娜无以为生,只得帮红军战士洗衣服,那些战士就为她弄一份口粮。

有一天傍晚,阿尔乔姆迈着比平时快的步子从窗外走过,才推开门,人还没进屋就忙不迭地说:"保夫卡来信了。"

信上是这样写的:

亲爱的哥哥阿尔乔姆:

告诉你,亲爱的哥哥,我还活着,虽然并不十分健康。一颗子弹打中了我的大腿,不过我正在复原;医生说没伤着骨头。不要为我担心,会完全康复的。我可能能得到假期,所以出院后将回家一趟。妈妈那儿我没去成,告诉你一件事:我当上了红军,现在是科托夫斯基骑兵旅的一名战士。旅长科托夫斯基英勇善战,你们一定也听到过他的名字。像我们旅长这样的人,我还从来没见过,所以我非常敬佩他。妈妈回来没有?如果她在家,就说小儿子向她热烈问候。让你们担惊受怕,还请原谅。

你的弟弟

阿尔乔姆,你到林务官家去一趟,转告这封信的内容。

——又及

玛丽娅·雅科夫列夫娜泪流满面。小儿子真粗心,连医院的地址也没写。

谢廖扎常去车站,上那节挂着"师政治部宣传鼓动科"的牌子的绿色客车车厢。丽塔和梅德韦杰娃在车上的一个包厢里办公。梅德韦杰娃总是叼着一支烟,嘴角露出调皮的微笑。

共青团区委书记谢廖扎在不知不觉中和丽塔亲近起来。他每次离开车站,除了一捆捆书报,还带着一份由短暂的会面所激起的朦胧的欣喜。

师政治部的露天剧场天天挤满了工人和红军战士。第十二集团军的宣传列车停在铁道上,车身贴满了色彩鲜明的宣传画。宣传列车里白天黑夜都是一派热火朝天的景象:这里有个印刷厂,不断地印制出报纸、传单、布告。前线就在附近。这天傍晚,谢廖扎偶然来到露天剧场。他在红军战士中间发现了丽塔。

深夜,他送丽塔回车站,师政治部工作人员都住在车站上。谢廖扎连自己也觉得突兀地问:"丽塔同志,我怎么老是希望看到你呢?"接着又说:"跟你在一起真好!每次见面以后,劲头更足了,只想不停息地工作。"

丽塔站定了。

"布鲁扎克同志,这样吧,咱们说好,今后你别作抒情诗了。我不喜欢这样。"

谢廖扎顿时脸涨得通红,像个受到训斥的小学生。

"我把你当知心朋友才说的,"他说,"而你却对我……难道我说了反革命的话?丽塔·乌斯季诺维奇同志,我往后当然决不会再说!"

他匆匆握了一下丽塔的手,逃也似的跑回城区去了。

接连几天,谢廖扎没有到车站上去过。每当伊格纳季耶娃叫他去的时候,他都推脱掉,说工作太忙。实际上呢,他工作也的确很忙。

一天夜里,革委会委员舒季克回家途中,有人在大街上朝他打黑枪,那一带住的都是制糖厂的高级职员、波兰人。为此进行了几次搜查。搜出了毕苏斯基[①]分子组织"狙击手"的武器和文件。

[①] 毕苏斯基(1867—1935),波兰政治家,20世纪波兰复国运动的主要人物。

丽塔·乌斯季诺维奇到革委会来参加会议。她把谢廖扎拉到一边，心平气和地问："你怎么了，小市民的自尊心发作了吧？你想让私人的交谈影响工作吗？同志，这可不行啊。"

于是，谢廖扎一有机会又跑到绿色车厢里去。

后来，谢廖扎去参加一个县的代表大会。热烈的争论进行了两天。第三天，他和全体代表一起带上武器，到河对岸的树林里追剿漏网的以彼得留拉军官扎鲁德内为首的匪帮，追了整整一昼夜。回来后，他在伊格纳季耶娃那儿遇到了丽塔。他送她回车站。临别，谢廖扎紧紧握住她的手。

丽塔生气地把手抽回。又是很长一段时间，谢廖扎不到宣传鼓动科的车厢里去。他故意不同丽塔见面，甚至有事需要面谈，他也避开。后来，丽塔坚持要他为自己的做法解释，他就恼火地说："我跟你有什么可谈的呢？你又要扣帽子，说我有小市民习气，或者说我背叛工人阶级。"

高加索红旗师的列车抵达车站。三个肤色黝黑的指挥员驱车来到革委会。扎着武装带的瘦高个儿冲着多林尼克吆喝："你什么也别跟我解释。给一百大车草料。战马快饿死了。"[8]

谢廖扎和另外两名红军战士奉命去征集草料。他们在一个村子里碰上了富农组成的匪帮。两名战士被解除武装，揍得半死。谢廖扎由于年龄小，人家才稍稍留情。贫农委员会的人把他们三个送回城里。

一队战士奉命前往那个村子。第二天征集到了草料。

谢廖扎不愿意让家里知道了担忧，所以躺在伊格纳季耶娃的房间里养伤。丽塔来了。在这个晚上，谢廖扎头一次感觉到丽塔握他的手是那么亲切、那么有力,他可不敢这样握。

一个炎热的中午,谢廖扎跑进车厢,把柯察金的来信念给丽塔听,还讲述了这个好朋友的经历。临走,他脱口而出:"我要去树林,到湖里洗个澡。"

丽塔·乌斯季诺维奇放下手头的工作,叫住他:"等一等,一块儿去。"

他们来到水平如镜的湖边,停下脚步。湖水温暖,清澈,诱人。

"你到路口去等一会儿。我要洗个澡。"丽塔吩咐。

谢廖扎在小桥边的石头上坐下,脸朝着太阳。

背后传来溅水声。

透过树丛,他看见冬妮亚·图马诺娃和宣传列车的政委丘扎宁正在大路上走着。丘扎宁很漂亮,身穿考究的军装,系着军官武装带,脚蹬吱吱响的软皮靴。他挽着冬妮亚的胳膊,边走边谈。

谢廖扎认出了冬妮亚。上次替保夫卢沙送纸条来的就是她,冬妮亚也盯着谢廖扎看——显然她也认出他来了。谢廖扎等他们走到身旁的时候,从口袋里掏出信,叫住冬妮亚。

"同志,请等一下。我这儿有封信,跟您也有点关系。"

他把一张写得满满的信纸递过去。冬妮亚抽出手来,接过信来看。信纸在她手里微微颤动。冬妮亚把信还给谢廖扎,问:"除了信上写的,您还知道别的什么情况吗?"

"不知道。"谢廖扎回答。

后面,丽塔正朝他们走来,脚下有块碎石响了一下。丘扎宁看到丽塔,就低声对冬妮亚说:"咱们走吧。"

丽塔用鄙夷、讥讽的口气叫住他:"丘扎宁同志,列车上的人找了您一整天了。"

丘扎宁不满地斜了她一眼。

"没关系。我不在,工作照样进行。"

丽塔望着冬妮亚和军官的背影说:"总有一天会把这个骗子撵走的!"

树林在喧响,一棵棵橡树晃动着巨大的树冠。湖中碧波粼粼,令人神往。谢廖扎情不自禁也想洗个澡。

洗完澡以后,谢廖扎在离林间小道不远处找着了丽塔,她正坐在伐倒的橡树上。

他俩边走边谈,进入树林深处。他们走到一块不大的林中空地,见这儿碧草茂盛,决定休息一会儿。林子里静悄悄,只有橡树在窃窃私语。丽塔在柔软的草地上躺了下来,曲起一条胳膊枕在头底下。她那两条修长匀称的腿,连同一双补了又补的旧皮鞋,隐没在高高的草丛中。谢廖扎无意间朝她的脚上瞥了一眼,看到她皮鞋上那些整整齐齐的补丁,再瞧瞧自己的靴子,张着个大窟窿,露出了脚指头,不由得笑出声来。

"你笑什么?"

谢廖扎指指靴子:"咱们穿着这样的靴子,以后怎么打仗?"

丽塔没有回答。她轻轻嚼着草茎,另有所思。

"丘扎宁是个坏党员。"她终于开口说,"我们所有的政工人员都穿得破破烂烂,他却只关心自己。他是混在咱们党里的……这阵子,前线的情况确实严重。咱们国家得长期经受激烈战斗的考验。"她沉默片刻,又接着说,"谢尔盖,咱们不但要用嘴宣传,而且要拿起枪战斗。你可知道中央已经作出决定,要动员四分之一的共青团员上前线？照我的估计，谢尔盖，咱们在这儿不会待很久了。"

谢廖扎听她说着，惊讶地在她的嗓音里捕捉到一些异乎寻常的语调。丽塔那一双水汪汪的黑眼睛一直凝视着他。

谢廖扎几乎忘情地想对她说，她的眼睛宛如镜子，从中能看到一切，不过他及时克制住了自己的感情。

丽塔用胳膊肘支着欠起身子。

"你的手枪呢？"

谢廖扎懊丧地摸摸一无所有的皮带。

"被村子里那帮富农抢去了。"

丽塔把手伸进制服口袋，掏出一支亮闪闪的勃朗宁手枪。

"谢尔盖，看见那棵橡树吧？"她用枪口指指二十五步开外那布满裂纹的树干，随即将枪举到眼前，几乎没有瞄准便射击了。被打碎的树皮纷纷撒落。

"看见没有？"她颇为得意地说，接着又开了一枪。树皮再次簌簌地往下掉。

"给，"她把手枪递给谢廖扎，讥讽地说，"看看你的枪法吧。"

谢廖扎开了三枪，有一枪偏了。丽塔露出微笑。

"你的枪法比我想象的好。"

丽塔把枪放到地上，在草丛中躺下，制服下面突现着她那富有弹性的胸脯。

"谢尔盖，到这儿来，"她轻声招呼。

谢廖扎挪近她。

"看到天空了吧？天空碧蓝。你的眼睛也是碧蓝的。这不好。你的眼睛应该是灰色的，像钢铁的颜色。碧蓝色似乎过于温柔。"

丽塔突然紧紧搂住谢廖扎头发淡黄的脑袋，不容反抗地吻他的双唇。[9]

两个月过去了。秋天到了。

夜幕悄悄降下,给树林裹上一层黑纱。师司令部的报务员俯身在嘀嗒响着的电报机上,收取纸带。狭长的纸带从他的手指间蜿蜒地滑过。

由点和短线所表示的字句很快写到了电文纸上:

第一师师参谋长并抄送舍佩托夫卡市革委会主席:

我命令:接此电后十小时内撤出该市一切机关。留一个营,归本战区指挥员N团团长指挥。师司令部、政治部及所有军事机关,均撤至巴兰切夫车站。执行情况请上报。

师长(签名)

十分钟后,一辆亮着电石灯的摩托车沿着寂静的街道飞驰。它突突突地喘息着,停在革委会的大门口。骑摩托车的通信员把电报交给了革委会主席多林尼克。于是,大家奔忙起来了。特务连在集合整队。过了一小时,几辆满载着革委会物品的马车驶过市区。波多尔斯克车站上,人们忙着把物品装进车厢。

谢廖扎听了电报的内容即去追赶通信员。

"同志,能带我上车站吗?"他问驾驶摩托车的通信员。

"坐在后面吧,可得抓牢。"

宣传鼓动科的车厢已经挂到列车上,谢廖扎在离车厢十步远的地方抓住了丽塔的双肩。他有一种失去无价之宝的感觉,喃喃地说:"丽塔,再见,我亲爱的同志!我们还会见面的,你千万别忘了我。"他真怕自己马上就要失声痛哭。必须走了。他再也说不出话,只是紧握着丽塔的手,握得她生疼。

第二天早晨,小城和车站变得冷冷清清、空空荡荡。最后一列列车要离开了,机车鸣响汽笛,仿佛是在告别。在车站后面的铁道两侧,留守本城的那个营布置了警戒线。

枯黄的树叶凋落了,树木光秃秃的。风卷起落叶,在大路上静悄悄地打转。

谢廖扎穿着军大衣,身上束着帆布子弹带,同十个红军战士一起据守在制糖厂附近的十字路口。他们等待着波兰军队进犯。

阿夫托诺姆·彼得罗维奇敲敲邻居盖拉西姆·列昂季耶维奇家的门。这个邻居还没有穿好衣服,从敲开的门里探出头来。

"出什么事了?"

阿夫托诺姆·彼得罗维奇指指扛着枪行进的红军战士,向朋友使了个眼色:"撤走了。"

格拉西姆·列昂季耶维奇忧心忡忡地瞧瞧他:"波兰人的旗子是什么样的,您可知道?"

"好像有只独头鹰。"

"哪儿弄得到呢?"

阿夫托诺姆·彼得罗维奇恶狠狠地搔了搔后脑勺。

"他们倒轻松,"他琢磨了一会儿,说,"占领了,又撤退了。咱们却要为讨好新政权而大伤脑筋。"

机枪哒哒哒的射击声打破了寂静。车站附近突然响起机车的汽笛声,同时从那边传来沉闷的炮声。重炮弹呼啸着划破长空,落在工厂后边的大路上。顿时,暗蓝色的硝烟遮蔽了路旁的灌木丛。一排排眉头紧锁的红军战士默默地沿着街道撤退,不时回头张望。

谢廖扎脸上淌着凉丝丝的泪珠,他慌忙擦干泪痕,扭头看看同志们。还好,没有人看见。

锯木厂工人、瘦高个儿的安捷克·克洛波托夫斯基和谢廖扎并肩走着。他的手指放在步枪扳机上。安捷克紧皱双眉,心事重重。他和谢廖扎的目光相遇了,便诉说起内心的忧虑:"咱们的亲属要遭到迫害了,特别是我家。他们会说:'是个波兰人,却跟波兰大军对抗。'他们会把我的老父亲撵出锯木厂,还会鞭打他。我劝老父亲跟咱们一道走,可他舍不得丢下这个家。唉,这帮该死的东西,恨不得快些碰上他们!"安捷克焦躁地把遮住眼睛的军帽往上推了推。

……再见了,亲爱的故乡,并不整洁美观的小城,连同你那些简陋的房舍和坑坑洼洼的公路!再见了。亲人们!再见了,瓦莉娅!再见了,转入地下的同志们!凶恶的异族侵略者、残酷无情的波兰白军逼近了。

穿着油污的衬衫的机车库的工人们以忧愁的目光送别红军战士。

"同志们,我们还会回来的。"谢廖扎激动地喊道。

附录:

[8] 在手稿中,此后尚有几段描述当时情况复杂的文字:

"没办法跟白匪打仗啦!要是不给,我把你们通通砍了。"

多林尼克气呼呼地摊开双手,说:"同志,半天时间,我上哪儿去给你弄一百车草料呢?草料是要到村子里去弄的。两天也拉不回来。"

瘦高个儿两眼冒火星。

"我告诉你，要是到晚上还没有干草，通通砍脑袋。你这是反革命行为。"他一拳头砸在桌子上。

多林尼克被激怒了："你别吓唬我！我也会摆弄马刀。最快也得明天才有干草。明白吗？"

"今天晚上就要！"高加索人甩下这句话，走了。

谢廖扎和另外两名红军战士奉命去征集草料。在村子里碰上了富农组成的匪帮。两名战士被解除武装，揍得半死。谢廖扎由于年龄小，人家才稍稍留情。贫农委员会的人把他们三个送回城里。

当天晚上，由于没有得到干草，一队高加索士兵包围了革命委员会，逮捕了所有的人，连一名女清洁工和一名饲养员也不放过。他们把抓到的人押往波多尔斯克车站，沿路还偶尔赏他们几下马鞭，然后关进货车车厢。一支高加索巡逻队占住了革命委员会的院子。幸亏师政委克罗赫马尔同志进行有力的干预，否则革命委员会的那些人还要多吃苦头。克罗赫马尔是拉脱维亚人，他下了死命令，那些人才获释。

[9] 在手稿中，此后还有几段描述革命时期恋人之间复杂关系的文字：

这个举动突如其来，谢廖扎实在太感意外。即使面对枪口，他也未必会如此惊慌失措。他恍恍惚惚，只知道丽塔在吻他。这个丽塔，他连握她的手超过一秒钟也不敢。

"谢尔盖，"丽塔稍稍推开他那迷迷糊糊的头，"我现在就把自己交给你，因为你充满青春活力，朝气蓬勃，感情像你的眼睛一样纯真，因为在即将来临的日子里，我们可能牺牲生命。正是这个原因，我们要抓紧这些可以自由支配的时刻，相恋相爱。在我的生活中，你是第二个……"

谢尔盖打断了她的话，向她探过身去，克服羞涩，如痴如醉，抓住了她的手。

丽塔，曾是何等捉摸不透的丽塔，如今变得这么亲近，成了他谢廖扎的爱人。对丽塔的深沉而热烈的爱恋之情，闯入他的生活，攫住了他那颗渴求火热斗争的心。于是开头几天小伙子的生活常规完全被打乱，但是繁忙而紧张的工作不等人，他又投身其中了。

直到夏尽秋来，生活只让他们相会了三四次，每一次相会都如痴如醉，刻骨铭心。

第八章

大河在黎明前的薄雾中隐隐约约地闪光,水波冲击着岸边的鹅卵石,发出轻微的哗哗声。两岸附近的河水平平静静,水面似乎凝滞不动,泛出一片银白色。河中央,深黑色的河水在翻腾,肉眼也看得出,它正急急朝下游奔流。大河美丽而庄严。果戈理正是为了赞美它而撰写了佳作《第聂伯河无限美……》。右岸峭壁高耸,俯视水面,宛如一座行进中的山峰,在宽阔的大河面前倏然止步。左岸低处是一片光秃秃的沙滩。这是第聂伯河春汛泛滥之后淤积而成的。

大河边,五个战士隐蔽在狭窄的战壕里。他们各就各位,趴在一挺圆鼻子的马克沁机枪旁边。这是第七步兵师的前沿潜伏哨。谢廖扎·布鲁扎克脸朝大河、侧身卧在机枪旁边。

这支部队由于连续不断地战斗,已经疲乏不堪,昨天在遭到波军疯狂的炮击后,终于放弃了基辅。他们转移到第聂伯河左岸,构筑工事固守。

然而,撤退加上伤亡重大,而且最终弃守基辅,严重地影响了士气。第七师曾经英勇地突破重围,穿越森林,插到马林车站附近的铁道线上,又猛打猛冲,横扫盘踞在车站上的波军,把他们赶进森林，打开了通向基辅的道路。

现在，美丽的城市失陷了，红军战士们都郁郁不乐。

波兰白军迫使红军撤出达尔尼察后，在离铁路桥不远的左岸占领了一个不大的桥头堡。

不过，尽管他们竭尽全力，却无法继续推进，因为遇到了猛烈的反击。

谢廖扎望着奔流的河水，不由回忆起昨日的情景。

昨天中午，大家同仇敌忾，向波兰白军发起反冲锋。正是在昨天的这场战斗中，他头一次和一个光下巴的波兰兵拼刺刀。对方端着上了长如马刀的法国刺刀的步枪，哇啦哇啦地喊着什么，像兔子那样蹦着朝他猛扑过来。霎时间，谢廖扎看到了他那双睁得溜圆、闪露凶光的眼睛。说时迟那时快，谢廖扎用刺刀尖猛击波兰兵的刺刀。闪亮的法国刺刀被拨向一边。

波兰兵倒了下去。

谢廖扎的手没有发抖。他知道自己还将杀人。他，能够那样温柔地爱、那样坚贞地珍惜友谊的谢尔盖，还将杀人。他这个小伙子并不凶狠，更不残忍，但是他知道，那些被世界上的剥削阶级驱使的士兵，受了欺骗和毒害，是怀着野兽般的仇恨来进攻他亲爱的祖国的。

而他谢尔盖杀人，是为了让地球上的人们不再互相残杀的日子尽快到来。

帕拉莫诺夫拍拍他的肩膀："谢尔盖，咱们走吧。敌人很快会发现咱们的。"

保尔·柯察金转战祖国各地已有一年。他乘着载运机枪的马车，乘着炮车，骑着那匹被砍掉一只耳朵的灰马驰骋疆场。他已经长大，变得身强力壮。他在艰难困苦中长大成人了。

被沉甸甸的子弹带磨出血的皮肤已经愈合，而被步枪皮带磨出来的硬茧却不再消退。

这一年来，保尔目睹了许多惊心动魄的事情。他和成千上万像他一样衣服破旧、但胸中燃烧着永不熄灭的火焰的战友一起，为了保卫本阶级的政权而在祖国的土地上来回征战。只有两次被迫暂离硝烟弥漫的战场。

第一次是由于大腿受伤，第二次是在一九二○年二月，患了伤寒，高烧不退。

斑疹伤寒比波兰白军的机枪还要厉害，使得第十二集团军的各个师团大量减员。这个集团军战区广阔，几乎守卫着乌克兰的整个北方地区，阻挡着波兰白军的进一步推进。保尔身体刚刚复原就归队了。

现在，他所在的团正据守在卡扎京至乌曼支线上的弗龙托夫卡车站附近的阵地上。

车站位于树林之中。站房不大，旁边有一些被居民遗弃的破败陋屋。这一带根本无法居住。近三年来，忽而平静，忽而又燃起战火。在此期间，弗龙托夫卡什么样的队伍都遇上过了！

新的风暴又即将酝酿成熟。正当第十二集团军大量减员，一部分部队甚至瓦解，在波军猛烈进攻下，正朝基辅方向撤退的时候，无产阶级的共和国却已经在调兵遣将，要给被胜利冲昏头脑的波兰白军以毁灭性的打击。

久经战火考验的第一骑兵集团军所属各师正从遥远的北高加索向乌克兰调动。这是军事历史上前所未有的一次远征。第四、第

六、第十一和第十四这四个骑兵师，相继朝着乌曼地区靠拢，在离我军前线不远的后方集结。在奔赴决战战场的途中，他们还顺路消灭了马赫诺匪帮。这是一万六千五百把马刀，这是一万六千五百名在草原的烈日下磨练出来的勇士！

红军最高统帅部和西南战线指挥部竭尽全力不让毕苏斯基分子事先觉察这个正在准备中的决定性打击。共和国和各战线的司令部都谨慎地掩蔽着这些骑兵部队的大规模集结。

乌曼地区各种积极的军事行动均已停止。从莫斯科直达哈尔科夫前线司令部的通信专线，接连不断地传送着电报，然后又从那里转发到第十四和第十二集团军司令部。狭长的电报纸带上打出用莫尔斯电码表示的一道道密码命令："切莫让波军注意到骑兵集团军的集结。"所以，偶尔发生攻势战斗也只是在波兰白军的推进有可能把布琼尼的骑兵部队卷入战斗的地域。[10]

篝火那暗红色的火舌在抖动。褐色的烟柱在盘旋上升。成群的蚊蚋躲避着浓烟，惊慌不安地急急飞舞。离火堆稍远处，战士们围成半圆形坐着。篝火把他们的脸抹成紫铜色。

蓝幽幽的炭灰里埋着几只军用饭盒。饭盒里的水在冒泡。燃烧着的木头底下贼溜溜地蹿出一条火舌，舔了一下旁边一个人正低着头的乱蓬蓬的头发。他脑袋一闪，不满地嘀咕："呸，真见鬼！"

周围的人都笑了。

一个身穿呢上衣，留着一撮小胡子，已过中年的红军战士刚对着火光检查完步枪的枪筒，瓮声瓮气地说："瞧这小伙子，看书入了迷，火舌蹿过来也不知道。"

"柯察金，你读了些啥，讲给我们听听好吗？"

青年战士摸摸那绺被烧焦的头发，笑眯眯地说："安德罗休克同志，这确实是本好书，拿起来一读就放不下了。"

柯察金身旁坐着一个鼻子微翘的小伙子，正在专心地修理子弹盒上的皮带，他用牙咬着一根粗线，好奇地问："书里写的是什么人物？"他把针插到军帽上，再把剩下的线绕在针上，接着又说，"如果是描写爱情的，那我会很感兴趣。"

周围响起一阵哄笑。马特维丘克抬起剪成平头的脑袋，调皮地睁一眼闭一眼，怪模怪样地冲着小伙子说："哦，谢列达，爱情是好东西。你是漂亮的小伙子，简直像画出来的！无论你走到哪儿，姑娘们都围着你打转。你只有一点美中不足，就是鼻子太翘了。不过这可以补救的。只要鼻尖上挂个十磅重的诺维茨基手榴弹①，过一夜鼻子就冲下啦。"

一阵哄笑把拴在载运机枪的马车上的马匹惊得直打响鼻。

谢列达慢慢腾腾地转过身来。

"问题不在于长得漂亮不漂亮，而在于脑子灵不灵。"他怪模怪样地拍拍自己的额头，"你这家伙舌头带刺，出口伤人，可惜呆头呆脑，连耳朵也是凉的。"

班长塔塔里诺夫赶紧把两个眼看要吵起来的战友劝开。

"算了算了，伙伴们，干吗老吵架？还是让柯察金挑段精彩的念念吧。"

"来一段，保夫卢什卡，来一段！"周围都在喊。

保尔把马鞍挪近火堆，坐在上面，把厚厚的小书摊在膝盖上。

---

① 诺维茨基手榴弹，重约4公斤，用于爆破铁丝网。——原注

"同志们,这本书叫《牛虻》①。我从营政委那儿借来的。这本书深深打动了我。只要大家安静地坐着,我就念。"

"快念吧!别说了!没人会打岔的。"

团长普济列夫斯基同志陪同政委一起骑马悄悄地朝篝火这边走来,只见十一双眼睛正一动不动地凝视着念书的人。

普济列夫斯基指着这群战士回头对政委说:"瞧,我团的侦察员,一半在这儿了。其中有四个共青团员,年纪特别轻,个个都是好战士。瞧,这个正在念书的,还有那个,喏,看见了吧?两只眼睛跟小狼似的。他们一个叫柯察金,一个叫扎尔基,是一对好朋友,不过在暗暗地较劲。以前,柯察金是我团的最佳侦察员,如今他遇上了挺厉害的对手。你瞧,这会儿他们正在悄悄地做政治思想工作,影响相当大。有人送他们一个美称,叫'青年近卫军'。"

"念书的那个是政治指导员吗?"政委问。

"不,政治指导员是克拉默。"

普济列夫斯基催马上前。

"同志们,你们好!"他高声招呼。

大家转过头来。团长从马背上一跃而下,走到坐着的战士们跟前。

"朋友们,咱们一块儿烤烤火好吗?"他笑容满面地问,长着像蒙古人那样的小眼睛的刚毅的脸不再显得严肃了。

战士们亲热地欢迎团长,就像欢迎一位好伙伴。政委并没有下马,他要到别处去。普济列夫斯基把带套的毛瑟枪往背后一推,在

---

① 《牛虻》系英国女作家伏尼契(1864—1960)所著的长篇小说,描写19世纪30年代意大利的民族民主革命斗争。主人公"牛虻"历经艰险,成为坚强的革命者,最后从容就义。

保尔的马鞍旁边坐下，说："抽根烟，怎么样？我这儿有点好烟叶。"

他卷好一支烟点着，转脸对政委说："多罗宁，你去吧，我就待在这儿了。司令部有什么事，来叫我一下。"

多罗宁走了。普济列夫斯基转身对保尔说："往下念，我也听听。"

保尔念完了最后几页，把书放在膝盖上，沉思地望着篝火。

有几分钟谁也不作声。大家都沉浸在对牛虻牺牲的悲哀中。

普济列夫斯基抽着烟，等待着大家谈体会。

"悲壮的故事，"谢列达打破沉默，"可见世界上是有这样的人。一个人哪能受得了这份苦难？然而为了追求理想，他就能坚毅到这种程度。"

他说话时的神情很激动。书给了他非常强烈的印象。

以前在"白教堂"那个地方给鞋匠打下手的安德留沙·福米切夫这时候气呼呼地高喊："那个硬把十字架往牛虻嘴边送的该死的神父如果让我碰上，我非立刻结果他性命不可！"

安德罗休克用小棍儿把饭盒推近火焰，坚信不疑地说："一个人如果知道为什么而死，情况就大不相同。这样的人会有一股力量。只要认识到真理在你这边，就一定会死得从容不迫。这样就会显示出英雄气概。我知道有个小伙子叫波赖卡。在敖德萨，白匪把他包围了，他愤怒地朝着整整一个排的匪兵直扑过去。没等对方的刺刀碰到他，他就把手榴弹拉响了。手榴弹在他脚边爆炸。他自己虽然粉身碎骨，可他周围的白匪倒下了一大片。这个人，从外表看极其普通，也没有人为他写本书，其实是值得写一写的。在咱们的伙伴当中，了不起的人多着呢。"

他用匙子在饭盒里搅动几下,撮起双唇,尝了尝匙子里的茶水,然后又说:"但是,也有人死得像条狗。那是一种卑劣的死、耻辱的死。有一次我们在伊贾斯拉夫尔城郊作战。那是戈伦河边一座古老的城市,早在基辅大公统治时期就建立了。那里有座波兰天主教堂,像堡垒似的,无路可入。那天我们还是攻入了城内。我们列成散兵线,沿着几条小巷步步推进。我们的右翼是拉脱维亚人。是这样,我们跑上公路,一瞧,有户人家的院子旁边的板墙上拴着三匹马,全备着鞍子。

"嗨,我们当然认为能抓住这伙波兰匪兵啦。我们十来个人往那个小院猛扑过去。拉脱维亚籍的连长握着毛瑟枪,冲在最前面。

"到了房子跟前,看到门开着,我们就往里冲。原以为里面是波兰兵,结果出人意料,是我们的三个侦察员在胡作非为。他们比我们先到。我们看见这儿发生着不堪入目的事情,目睹他们正在欺辱一个妇女。这儿是一名波兰军官的家。唉,他们已经把那个军官的老婆按倒在地上。拉脱维亚连长看到这种情形,操着本民族的语言大喝一声。三个家伙全被抓住,拖到了院子里。在场的俄罗斯人,连我只有两个,其余的全是拉脱维亚人。连长姓布雷迪斯。虽然我听不懂他们的话,但看到那架势就完全明白了:他们要干掉那三个家伙。这些拉脱维亚人具有剽悍的民族性格。他们把三个家伙拖到石头马厩跟前。我心想,完了,这下死定了。其中一个年纪轻轻的,满脸横肉,一身蛮力,倒在地上还不服,拼命挣扎。他说不该为了一个娘们就崩了他!另外两个也在哀求饶命。

"目睹这种场面,我浑身直打寒颤。我跑到布雷迪斯身旁说:'连长同志,把他们送交军事法庭吧。何必让他们的血弄脏你的手呢?城里战斗还没有结束,咱们别为了处理这些家伙而在这儿耽搁时间。'他猛地冲我转过身来,那神情使我立刻就后悔说了这番话。他的两眼简直像老虎。毛瑟枪直逼着我的嘴。我打了七年仗,这会儿竟感到紧张、害怕。可别不问青红皂白,把我一枪打死呵。他用俄语对我大声喊叫。我好容易才听出他的意思:'军旗是烈士的鲜血染红的。这帮坏蛋却给全军抹黑。不能让败类活着。'

"我吓得冲出院子,跑到街上,背后就响起了枪声。我心想,完事儿了。当我们重新向前行进的时候,城市已经属于我们了。这就是那件事情的经过。三个家伙死得像狗一样。他们是在梅利托波尔附近参加咱们队伍的。以前这三个流氓在土匪头子马赫诺手下干过。"

安德罗休克把饭盒搁在脚边,解开装着面包的背囊。

"就是有这样的坏蛋混在咱们队伍里。你没办法一下子看清所有的人。他们好像也在干革命。这些家伙是害群之马。看见这种情形,心头挺沉重的。直到现在还忘不了。"他说完这番话,喝起茶来。

直到深夜,骑兵侦察员们才睡觉。熟睡中的谢列达呼噜打得好响。普济列夫斯基头枕着马鞍,也睡着了。指导员克拉默在往笔记本里记着什么。

第二天,保尔侦察回来,把马拴在树上。克拉默刚喝完茶,保尔把他叫到跟前:"指导员,你听我说,我打算换个地方,转到骑兵第一集团军去,你的意见怎么样?他们肯定就要打大仗恶仗,轰轰烈烈。那么多人聚在一起,决不会是闹着玩的。可咱们呢,老是在这儿待着。"

克拉默吃惊地瞧瞧他。

"什么叫换个地方?你以为红军是什么——是电影院?这像话

吗？如果我们大家都自作主张，从一个部队转到另一个部队，那可太热闹啦！"

"在哪儿也是打仗，有什么不一样？"保尔打断克拉默的话头，"可以在这儿，也可以上那儿嘛。我又不是开小差溜到后方去。"

克拉默断然反对："照你这么讲，还要不要纪律了？你呀，什么都不错，就是有点无政府主义。想干什么就干什么。共产党和共青团是建立在铁的纪律上面的。党高于一切。每个人应当待在需要他待的地方，而不是待在他自己想待的地方。普济列夫斯基已经拒绝你的调动要求了吧？那这事儿就别再提了。"

又高又瘦、脸色微黄的克拉默激动得又开始咳嗽了。印刷厂的铅尘已经牢牢地粘在他的肺叶上，他的两颊常常现出病态的红晕。

等克拉默呼吸平静下来，保尔嗓门不高但口气坚决地说："这些道理全是对的，不过我还是要转到布琼尼①的骑兵部队去——去定了。"

第二天晚上，篝火边已经看不到保尔了。

在邻近的小村庄里，在学校旁边的土丘上，一群骑兵聚在一起，围成一个大圈子。在载运机枪的大车的尾部，坐着布琼尼部队一个健壮的骑兵。他把军帽往后脑勺一推，拉起了手风琴。手风琴不合节拍、断断续续地轰响。一个穿着肥大的红色马裤的英武骑兵在圆圈里跳着狂热的戈巴克舞，他的步法也是错乱的。

村里的姑娘和小伙子们爬上大车，攀上篱笆墙，兴致勃勃地看战士们欢快地跳舞。这些战士全是刚刚开进村的骑兵旅的。

---

① 布琼尼（1883—1973），苏联元帅，苏联英雄。国内战争期间曾任骑兵军长和骑兵第一集团军司令（1919—1921）。

"托普塔洛,使劲跳哇!使劲蹬地。喂,大兄弟,加把劲儿!手风琴手,拉得热烈点儿呀!"

但是,手风琴手那粗大的手指能够扳弯马蹄铁,按起琴键来却不大灵活。

"可惜库利亚布科·阿法纳西被马赫诺匪帮砍死了,"一个晒得黝黑的战士惋惜地说,"那才叫第一流的手风琴手呢。他是我们骑兵连的排头兵。小伙子死得让人心疼。是个好战士,也是个优秀的手风琴手。"

保尔正站在人圈里。听到最后这句话,他就挤到大车跟前,把手放在手风琴的风箱上。手风琴哑了。

"你干什么?"手风琴手瞟了保尔一眼。

托普塔洛站住不跳了。周围传来不满的喊声:"怎么啦?干吗不让拉?"

保尔伸手去拿手风琴的皮带:"给我,我试一下。"

拉手风琴的布琼尼骑兵不信任地望望这个陌生的红军战士,迟疑地把皮带从肩上解下。

保尔以习惯的姿势把手风琴搁到膝盖上。然后,他使劲儿一拉,波浪式的风箱跟扇子似的张开,手指在琴键上灵活地滑过,立刻奏出了欢快的舞曲。

嗨,小苹果,
你要滚向哪里?
让省"契卡"逮住,
你可就再也回不去。

托普塔洛随着熟悉的旋律跳了起来。如同飞鸟展翅，他扬起双手，绕着圈子，做出各种花哨的动作，豪放地拍打皮靴筒、膝盖、后脑勺、前额，又用手掌把靴底拍得震天响，最后，是拍打大张着的嘴巴。

手风琴以起伏不断的声浪为他鼓劲，以热情奔放的旋律催促他。于是，托普塔洛顺着圆圈，跟陀螺似的飞快旋转起来，双腿交替着伸直缩回，同时气喘吁吁地吆喝。

"嗨，哈！嗨，哈！"

一九二〇年六月五日，在几次短促的激战之后，布琼尼骑兵第一集团军突破波兰第三和第四集团军结合部的防线，击溃了挡道的萨维茨基将军的骑兵旅，随即朝着鲁任方向挺进。

波军司令部慌忙组成一支突击部队，企图堵住这个缺口。五辆坦克刚刚在波格列比谢车站卸下火车，立即赶往作战地点。

然而，骑兵第一集团军绕过了敌方准备据以迎击的扎鲁德尼齐，突然出现在波军后方。

波军派出科尔尼茨基将军的骑兵师，一路跟踪布琼尼的骑兵第一集团军。这个骑兵师受命从背后袭击骑兵第一集团军，因为波军司令部判断，骑兵第一集团军必定要攻击波军后方战略重镇卡扎京。但是，波兰白军这样做，并没有改善它的处境。虽然他们在第二天就堵上了被突破的缺口，在第一骑兵集团军的后面把战线重新连接起来，但是强大的第一骑兵集团军已经插入敌后，摧毁了他们的一些后方基地，准备猛攻波军的基辅军队集群。各个骑兵师在运动过程中摧毁了几处铁道线和铁路桥，以便截断波军的退路。

骑兵第一集团军司令从俘虏口供里获悉，波军的一个集团军司令部设在日托米尔。实际上,战线的司令部也设在那里。因此,司令决定拿下两个重要的铁路枢纽和行政中心——日托米尔和别尔季切夫。六月七日拂晓,骑兵第四师已经向着日托米尔疾速地进发了。

保尔·柯察金替代牺牲了的库利亚布科,在一个骑兵连的右翼策马飞跑。他被编入这个连队,是因为战士们舍不得放走一个出色的手风琴手,集体提出了接受他的要求。

骑兵在日托米尔城边成扇形队形展开,催动烈马向前,银色的马刀在阳光下闪闪发光。

大地在呻吟,战马喘着粗气,战士们踏在马镫上欠起身来。

马蹄下的土地急速地向后闪去。一座有着许多花园的大城市迎着骑兵师扑来。他们驰过城郊的一些花园,冲入市中心。像死神一样可怖的"杀呀!杀呀!"的喊声在空中震荡。

波军惊慌失措,几乎没有进行抵抗。该城的警备部队立刻土崩瓦解。

保尔伏在马背上飞速前进。托普塔洛身骑细腿黑马,和他并肩疾驰。

就在保尔的眼前,这个勇猛的战士毫不手软地挥刀劈死了一个来不及举枪瞄准的敌兵。

马蹄和石头路面相碰,响声连成一片。蓦地,十字路口的中央冒出一挺机枪。三个身穿蓝军装、头戴四角帽的波兰兵弯着腰守在机枪旁边。第四个是军官,衣领上绣着蛇形金饰,发现骑兵冲来,便举起了毛瑟枪。

托普塔洛也好,保尔也好,都不可能勒住战马。他们舍生忘死,径直向机枪猛冲。军官朝保尔开了一枪……偏了……子弹像麻雀一样嗖的一声从他的脸旁擦过。战马的胸脯把那个军官撞飞了，他脑袋碰在石头上，仰面朝天倒下了。

与此同时，机枪慌乱地发出狂暴的大叫。托普塔洛仿佛被十几只大黄蜂蜇着一样，连人带马摔倒了。

保尔的战马腾起前蹄，吃惊地打着响鼻，驮着他越过尸体，直冲机枪旁的人堆。于是马刀划了一道闪闪发亮的弧形，砍进了一顶蓝色的四角军帽。

马刀又高高举起，就要砍下另一个脑袋。可是，烈马已经蹿到旁边去了。

骑兵连的人马如同山洪暴发，冲到十字路口，几十把战刀在空中闪烁。

监狱的几条狭长的走廊上，回荡着呼喊声。

挤得满满的牢房里，受尽折磨、面容憔悴的人们骚动起来了。城里在进行巷战——难道自己的队伍突然又打回来了？真的就要恢复自由了？

枪声已经在监狱的院子里响起。走廊上传来奔跑声。突然，一个亲切的、无比亲切的声音在喊："同志们，出来吧！"

保尔跑到紧锁着的牢门跟前，几十双眼睛从小窗里向外张望。他用枪托猛砸牢门上的铁锁，砸了一下又一下。

"等一等，我来炸开它。"米罗诺夫拦住保尔，从衣袋里掏出一颗手榴弹。

"快住手，疯子！你怎么搞的，疯了吗？钥匙马上就拿来。砸不开，可以用钥匙开嘛。"

这时候，人们用手枪逼着，把狱卒押过来了。走廊里挤满了衣衫褴褛、蓬头垢面、欣喜欲狂的人群。

保尔打开又高又大的牢门,跑进牢房。

"同志们,你们自由了!我们是布琼尼的队伍。我们师把这个城市拿下了。"

一个妇女眼泪汪汪地扑到保尔身上,仿佛见到亲生儿子,抱住他大哭起来。

波兰白军在这座石头监狱里囚禁着五千零七十一名布尔什维克,全是要枪毙或绞死的,同时还关押着两千名红军政治工作人员。对于骑兵师的战士们来说,这些得救的人比任何战利品,比任何胜仗都要宝贵。对于这七千多名革命者来说,沉沉的黑夜顿时变成了七月的艳阳天。

一个脸色黄得像柠檬的被囚者,喜出望外地跑到保尔跟前。他是保尔的同乡,是舍佩托夫卡印刷厂的排字工,叫萨穆伊尔·列赫尔。

保尔听着萨穆伊尔的叙述。他的脸蒙上了一层灰暗的阴影。萨穆伊尔讲到故乡发生的悲壮的流血事件,他的话像熔化了的铁水,滴落在保尔的心上。

"那天夜里,我们一下子都被逮捕了。是无耻的奸细出卖的。我们全部落入了宪兵队的魔爪。保尔,他们残酷地拷打我们。我比别人少吃些苦头,因为刚打了几下,我已经晕了过去。我们没什么要隐瞒的。宪兵队知道得比我们自己还清楚。我们的每一个行动,他们都掌握了。

"我们中间混进了奸细,他们还有什么不了解的!那些日子的事情,我简直不想说。保尔,有好些人你是认识的:瓦莉娅·布鲁扎克，县城里的萝莎·格里茨曼，还是个小女孩呢，才十七岁，多好的姑娘，一双眼睛总是那么信赖地瞧着别人。还有萨沙·本沙夫特，你记得吧，他也是我们厂的排字工。小伙子是个乐天派，爱把老板画成漫画取乐。另外还有两个中学生：诺沃谢利斯基和图日茨。这些人你全认识，其余的都是从县城和镇上抓来的。总共二十九个，其中六个女的。大伙都受尽了惨无人道的折磨。瓦莉娅和萝莎当天就遭到强奸。那帮畜生随心所欲，无恶不作，两个女孩被折磨得半死，才拖进牢房。打这以后，萝莎说起胡话来，没几天就完全疯了。

"那帮畜生不相信她真疯，说她假装，每次提审都打她一顿。后来拉出去枪毙的时候，她的模样真吓人。脸被打成了紫黑色，两眼发直，完全像个老太婆。

"瓦莉娅·布鲁扎克直到最后一分钟，依旧坚强不屈。她们死得都像真正的战士。我不知道她们打哪儿来的那股力量。保尔，她们就义的场面悲壮得没法用言语形容……瓦莉娅案情最严重。她跟波军司令部的报务员联系，还经常到县里做联络工作。抓她的时候，搜出了两颗手榴弹和一支手枪。手榴弹就是那个奸细给她的。事先做好了圈套，要诬陷她蓄谋炸毁波军司令部。

"唉，保尔，最后那些天的情形我真不愿意说。你一定要我说，我就说一下吧。战地法庭判处瓦莉娅和另外两个同志绞刑，其他同志全部枪决。

"我们做过策反工作的波兰士兵比我们早两天受到审判。

"一个年轻的军士，叫斯涅古尔科，是个报务员，战前在罗兹当过电工，他被判处枪决，罪名是叛国和在士兵中进行共产主义宣传。他没有求饶，判决后二十四小时，就给枪杀了。

"瓦莉娅被法庭传去作证。她回来跟我们说,斯涅古尔科承认自己进行共产主义宣传,但是断然否认背叛祖国。他说:'我的祖国是波兰苏维埃社会主义共和国。是的,我是波兰共产党党员。我当兵是被迫的。我帮助那些跟我一样被你们赶到前线的士兵擦亮眼睛。你们可以为这个绞死我,但是我从来没有背叛祖国,而且永远都不会背叛。只是我的祖国跟你们的不同。你们的祖国是地主贵族的,我的祖国是工人农民的!在我坚信将要建立的祖国,决不会有人说我是叛徒。'

"判决以后,我们被关在一起,处死之前又被转到另一个监狱。夜里,他们在监狱对面的医院旁边,竖起了绞架。不远处,靠近树林,就在大道边的陡坡上,又选了一块地方作为执行枪决的刑场,还在那儿给我们挖了一个大坑。

"判决书张贴在城里,让人人都知道。波兰白军决定在大白天当众处决我们,让每个人看了都害怕。第二天,一早就把城里的老百姓赶到绞架跟前。有的人是好奇,虽然害怕,但还是来了。绞架旁边围满了人。一眼望去都是人头。你知道的,监狱四周围着木头栅栏。绞架就离监狱不远,我们听得到外面人声嘈杂。后面的街上架起了机枪。周围地区的宪兵队,包括骑兵和步兵,都调来了。整整一个营的兵力封锁了大街小巷。还特地为判处绞刑的人挖了一个坑,就在绞架旁边。我们默默地等待着最后的时刻,只是偶尔有人说一两句话。所有的话头一天都说了,连诀别的话也说过了。只有萝莎蜷缩在牢房的墙角喃喃自语。瓦莉娅被强奸后又遭毒打,已经不能走动,大部分时间都躺着。有两个从镇上抓来的共产党员,是一对亲姐妹,互相拥抱着诀别,忍不住放声大哭。斯捷潘诺夫是从县里抓来的年轻小伙子,强壮得像个摔跤运动员,被捕的时候出手反抗，打伤了两个宪兵。他一再对两姐妹说：'同志，你们别流泪。要哭就在这儿哭，到了那儿可别哭。决不能让那群血腥的恶狗得意。反正他们是不会放过咱们的。既然免不了一死，那就要死得从容。咱们谁也不能下跪。同志，咱们要记住，死要死得正气凛然。'

"这时候，来提我们了。侦缉处长施瓦尔科夫斯墓走在头里，他是个性虐待狂，一条疯狗。他要是自己不强奸，就让宪兵施暴，他瞧着取乐。从监狱穿过马路直到绞架跟前，宪兵排成两道人墙，都是大刀出鞘。他们肩上都搭着黄色穗带，所以大家叫他们'黄脖子狗'。

"他们用枪托把我们赶到监狱的院子里，站成四个一排，然后打开大门，把我们押出去。他们让我们面对绞架站好，为的是要我们目睹难友被绞死，接着再枪毙我们。绞架很高，是用几根粗大的原木钉成的。绞架上吊着由粗绳结成的三个绞索。带梯子的小平台下面用一根随时可以抽掉的木桩支撑着。人头攒动，隐约听得见他们在低语。所有的眼睛都注视着我们。我们认出了自己的亲属。

"在稍远些的台阶上，聚集着一群手拿望远镜的波兰小贵族，还有一些军官挤在他们中间。这帮家伙是来欣赏布尔什维克怎样被绞死的。

"脚下的雪软绵绵的，树木仿佛撒上一层棉絮，整个树林成了白茫茫一片；雪花飞舞，慢慢飘落，飘到我们灼热的脸上就融化了。平台上也积了一层雪。我们几乎都被剥光了衣服，但是谁也不感到寒冷。斯捷潘诺夫甚至没有注意到自己脚上光穿着袜子。

"军事检察官和高级军官都站在绞架旁边。最后，终于把瓦莉娅和另外两个判处绞刑的同志押出了监狱。他们三个互相挽着胳膊，瓦莉娅在中间。她已经没有力气走路，那两个同志搀扶着她。

不过，她记住斯捷潘诺夫的话，'死要死得正气凛然'，还是竭力想自己走。她没有穿大衣，只穿一件绒线衣。

"他们挽着胳膊走，侦缉处长施瓦尔科夫斯基显然看不顺眼，于是推了他们一下。瓦莉娅说了句什么，一个骑马的宪兵立即扬起马鞭，朝她脸上狠狠地抽去。

"这时候，人群中有一个妇女惨叫了一声，不顾一切地挣扎着、哭喊着要挤过警戒线，冲到三个人跟前。但宪兵抓住她，把她拖走了。大概这就是瓦莉娅的母亲。瓦莉娅走近绞架的时候，唱了起来。我还从来没有听见过这样的歌声——只有视死如归的人才会如此慷慨激昂地歌唱。她唱的是《华沙工人歌》，那两个同志也随着她一起唱。宪兵用马鞭疯狂地抽打他们，但他们都好像没有什么感觉。宪兵把他们打倒在地，像拖口袋一样拖到绞架跟前，草草念完判决书，就把绞索套在他们的脖子上。这时候，我们唱起了《国际歌》：

起来！饥寒交迫的奴隶……

"他们从四面八方向我们扑过来，我只看见一个匪兵用枪托把支着平台的木桩撞倒，咱们的三个同志都悬在绞索上抽搐……

"我们站在墙边准备挨枪子儿了，这时他们宣读了判决书，说将军大人开恩，把我们当中九个人的死刑改为二十年苦役。其余十七个同志还是被枪毙了。"

说到这里，萨穆伊尔猛地一拉衬衣领子，好像领子勒得他喘不过气来。

"三位同志的尸体整整吊了三天，匪兵在绞架旁日夜看守着。

后来我们监狱里又关进几个犯人。据他们说，第四天，托博利金同志的绞索断了，因为他身体最重，他们这才把另外两具尸体也解下来，就地掩埋掉。

"但是绞架一直竖在那儿。我们被押解到这里来的时候，看到绞索还悬在半空，等待着新的牺牲者。"

萨穆伊尔不作声了，呆滞的目光凝视着远方。保尔没有意识到他已经讲完。

保尔的眼前清晰地呈现着三个人的躯体。他们面容扭曲，脑袋歪在一边，在绞架下无声地摆动着。

街上传来震耳的集合号声，惊醒了保尔。他用低得几乎听不见的声音说："萨穆伊尔，咱们出去吧。"

骑兵押着波兰俘虏兵沿着大街走过。团政委站在监狱大门旁边，在军用记事本上写了一道命令。

"给您，安季波夫同志。"他把纸条交给矮壮的骑兵连长，"派一个班，把俘虏全部押往沃伦斯基新城。受伤的给包扎好，用大车送，也往那个方向。送到离城二十俄里，就让他们滚蛋吧。咱们没时间管他们。您得注意，不许打骂俘虏。"

保尔跨上战马，回头对萨穆伊尔说："你听见没有？他们绞死咱们的同志，咱们倒要送他们回自己人那儿去，还不许打骂！怎么忍得下这口气？"

团长回过头来盯了他一眼。保尔听见团长好像在自言自语，但口气却十分严峻："虐待解除了武装的俘虏是要枪毙的，我们不是白军。"

保尔骑着马离开监狱大门的时候，想起了在全团宣读过的革命军事委员会命令的最后几句[11]："工农国家热爱自己的红军。国家以拥有红军而自豪。红军的旗帜决不能沾染一个污点。"

"决不能沾染一个污点。"保尔低声自语。

在第四骑兵师攻下日托米尔的时候,戈利科夫同志率领的突击部队的一部分——第七步兵师第二十旅,在奥库尼诺沃村附近强渡了第聂伯河。

第二十五步兵师和巴什基尔骑兵旅组成一支部队,奉命渡过第聂伯河,在伊尔沙车站附近切断基辅至科罗斯坚的铁道线。此次行动的目的是截断波军逃离基辅的唯一通路。舍佩托夫卡共青团组织的一个团员米沙·列夫丘科夫在这次渡河战斗中牺牲了。

当时,大家在晃荡的浮桥上跑步前进,一颗炮弹从山背后飞来,在头顶上刺耳地呼啸而过,落到水中爆炸,激起一股水柱。正是在这一瞬间,米沙突然跌到搭浮桥的小船底下。河水吞没了他,再也没有浮上来,只有头发淡黄、戴着掉了檐的破军帽的战友亚基缅科看到。他惊呼起来:"哎呀,糟啦,米什卡掉到水底下去了,小伙子没影儿了,咋办哪!"他停下脚步,惊骇地盯着黑沉沉的河水,但是后面跑来的人撞到他身上,推着他说:"傻瓜,你张着嘴看什么?快往前跑!"

几支兄弟部队已经占领右岸,他们这个旅已经落后了,这时候根本顾不上寻找一名战士。

米沙牺牲的消息,谢廖扎是四天后知道的。这时他们这个旅攻占了布恰车站,转而面向基辅,阻挡企图向科罗斯坚突围的波军的一次次凶猛的进攻。

亚基缅科伏在谢廖扎身旁。他停止猛烈射击,费劲地拉开发烫的枪机,然后脑袋贴着地面,朝谢廖扎转过脸来,说:"步枪也要喘口气,烫得像火啦!"

在震耳的枪炮声中,谢廖扎勉强听出他的话。枪炮声稍稍稀落的时候,亚基缅科随口告诉他:"你的那个老乡在第聂伯河里淹死了。我没看清他是怎么掉下水的。"说完,他伸手摸了摸枪机,从子弹盒里拿出一个弹夹,专心致志地压进弹仓。

攻打别尔季切夫的第十一师在城里遇到了波兰白军的顽强抵抗。

大街上正在进行血战。敌人用密集的机枪子弹阻挡红军骑兵。但是,这个城市还是被红军占领了。残余波兰军队狼狈逃窜。车站上,一列列军车被截获。对波军来说,最可怕的打击还是军火库爆炸,波军军火基地的上百万发炮弹一下子全都爆炸了。全城的玻璃被震得粉碎,房屋好像是纸糊的,在爆炸声中摇摇晃晃。

红军攻克日托米尔和别尔季切夫以后,波军腹背受敌,只得兵分两路,仓皇逃离基辅,企图冲出钢铁包围圈。

保尔已经完全忘记了自己。这些日子,每天都有激战。保尔已经溶化在集体里了。他和所有战士一样,已经忘记了"我",脑子里只有"我们":我们团、我们骑兵连、我们旅。

战事的发展如暴风骤雨般迅猛,天天捷报频传。

布琼尼的骑兵以排山倒海之势不停顿地进攻,连连重创敌人,摧毁了波军的整个后方,各骑兵师怀着胜利的喜悦,急急奔向沃伦斯基新城,准备对这一波军后方的心脏发起攻击。

他们如同巨浪冲击陡岸,冲上去,退回来,而后高喊着:"冲啊!"再次冲上去。

无论是密布的铁丝网,还是警备部队的拼命顽抗,都挽回不了波军的败局。六月二十七日早晨，布琼尼的骑兵渡过斯卢奇河，冲进沃伦斯基新城，接着又沿科列茨镇方向追击波军。与此同时，亚基尔的第四十五师在新米罗波利附近渡过了斯卢奇河，科托夫斯基骑兵旅也扑向了柳巴尔镇。

第一骑兵集团军的无线电台接到命令，战线司令命令他们全军出动，拿下罗夫诺。

这天，旅长派保尔把公文送到停在车站上的装甲列车上去，在那里他喜出望外地遇见了一个人。马冲上路基，到了列车前头一节灰色车厢跟前，保尔勒住了马。装甲列车威风凛凛地停在那里，藏在炮塔里的大炮露出黑洞洞的炮口。列车旁有几个满身油污的人，正在揭开一块保护车轮的厚重的钢甲。

"请问装甲列车的指挥员在哪儿？"保尔问一个穿着皮上衣、提着一桶水的红军战士。

"就在那儿。"红军战士朝火车头那边一挥手说。

保尔跑到火车头跟前，又问："哪位是指挥员？"

一个脸上长着麻子、一身皮装的人转过身来，说："我就是。"

保尔从口袋里掏出公文，交给了他。

"这是旅长的命令，请在公文袋上签个字。"

指挥员把公文袋放在膝盖上，动手签字。在火车头中间那个车轮旁边，有个人提着油壶在干活，保尔只能看到他宽阔的后背和露在皮裤口袋外面的手枪柄。

"签好了，拿去吧。"指挥员把公文袋还给保尔。

保尔抖抖缰绳，正要离开，在火车头旁边干活的那个人忽然挺直身子，转过脸来。就在这时候，保尔像被风刮倒似的飞身下马："阿尔乔姆，哥哥！"

满身油污的火车司机立即放下油壶,像大熊一样,抱住年轻的红军战士。

"保夫卡,坏蛋!原来是你呀!"阿尔乔姆喊道,简直不敢相信自己的眼睛。

装甲列车指挥员用惊奇的目光看着这个场面,车上的炮兵战士都笑了。

"瞧,兄弟相会了。"

八月十九日,在利沃夫地区的一次战斗中,保尔被打飞了军帽。他勒住马,但是有几个骑兵连已经冲入前方波军的散兵线。杰米多夫在洼地上的灌木丛中飞驰,他冲向河岸,一路上高喊:"师长牺牲了!"

保尔猛地一震。列图诺夫,他们英勇的师长,一位大胆无畏的同志,牺牲了。保尔怒不可遏,发狂了一般。

他使劲用马刀背拍了一下已经十分疲惫、嚼子沾血的枣红马,冲向战斗最激烈的地方。

"砍死这帮畜生!砍死他们!砍死这帮波兰贵族!他们杀死了列图诺夫!"他怒目圆睁,扬起马刀,看也不看,向一个穿绿军服的人劈下去。

全连战士个个满腔怒火,誓为师长复仇,把一个排的波军全砍死了。

他们追击逃敌,进入一片开阔地。这时候,波军的大炮向他们开火了。榴霰弹在空中爆炸,向四周散布着死亡。

一团绿火像镁光一样在保尔眼前一闪,耳边响起一声巨雷,烧红的铁片灼伤了他的头。顿时,大地可怕地、不可思议地旋转起来，并开始侧向翻转。

保尔像稻草似的被甩离了马鞍，越过马头，重重地摔在地上。

刹那间，周围一片漆黑。

附录：

[10] 在手稿中，此后还有一份反映了作战时间、地点及指挥员姓名的作战命令：

司令部总的战略意图，反映在这道扼要的命令中：

第 358 号令（绝密 89 号）

革命军事委员会主席托洛茨基
革命军事委员会委员拉科夫斯基
第十二、第十四集团军、骑兵集团军总司令兼集团军群参谋长亚基尔同志：

乌克兰境内之波军，现有两大集群：基辅集群和敖德萨集群。其部分兵力部署在第聂伯河左岸，主要兵力，包括科尔尼茨基将军（原外阿穆尔骑兵团团长）所辖十个骑兵团组成的混成骑兵突击师和正陆续抵达的波兹南军，则集结在白采尔科维、沃罗达尔卡、塔拉夏、拉基特诺地区。敖德萨集群之主力，在日梅林卡—敖德萨铁路和布格河之间、我第十四集团军正面活动。在上述两大集群之间，即大致在拉沙、捷季耶夫、布拉茨拉夫一线，分散配置着第一波兹南师的部队。罗马尼亚人继续持观望态度。我西部方面军各集团军，在突破敌方防线后，正向莫洛杰奇诺、明斯克顺利推进。西南方面军各集团军的主要任务是歼灭乌克兰境内之波军。

鉴于敌上述集群兵力分散，并考虑到敌主力部署在基辅地区，造成重大政治影响，现决定对敌基辅集群实施主要突击。

现命令：

一、第十二集团军的基本任务，是占领铁路枢纽站科罗斯坚，主力部队在基辅城北一带强渡第聂伯河，尽快切断博罗江卡站至捷捷列夫站之间的铁道线，阻止敌军北撤。

其余各部应以果断行动牵制敌人，并抓住战机突入基辅。战役发起日期定为五月二十六日。

二、亚基尔同志的集群，应于五月二十六日拂晓向白采尔科维、法斯托夫方向发起全线进攻，目的是吸引尽可能多的敌基辅集群之兵力参战，从而与左翼的骑兵集团军连接。

三、骑兵集团军的基本任务，是歼灭敌基辅集群之有生力量，夺取技术装备。五月二十七日拂晓，向卡扎京方向发起进攻，切断敌基辅集群和敖德萨集群之间的联系。坚决、彻底消灭沿途阻挡的敌人，至迟于六月一日占领卡扎京、别尔季切夫地区，并在确保旧康斯坦丁诺夫卡和舍佩托夫卡方向无误的前提下，挺进敌军后方。

四、第十四集团军应保证主力突击群战斗的胜利。为此应将本集团军主力集结在右翼，发动猛攻，至迟于六月一日占领文尼察—日梅林卡地区。战役开始日期定为五月二十六日。

五、各部队活动分界线见第348号令（绝密）。

六、收到此命令，即回电。

西南方面军司令员　叶戈洛夫

革命军事委员会委员　别尔津

西南方面军参谋长　佩　京

一九二〇年五月二十三日于克列缅丘格

[11] 在手稿中，此处并非只有命令的最后几句话，而是命令的全文：

……现命令：

一、以口头和书面的形式，向红军部队、特别是向新组建的部队，反复宣传说明：波兰士兵是被迫参战的，是波兰和英法资产阶级的牺牲品。因此，我们的责任要求我们把波兰俘虏当作受蒙骗而误入歧途的兄弟看待，今后将把他们作为醒悟了的兄弟遣送回解放后的波兰祖国。

二、对于一切有关虐待波兰战俘以及欺凌当地居民的传闻、消息，不论来自何处，必须严肃追查。

三、各部队指挥员和政工人员应牢记本身职责，严格执行此项命令。

工农国家热爱自己的红军。国家以拥有红军而自豪。红军的旗帜决不能沾染一个污点。

第九章

一只圆鼓鼓、有猫头大小、周围深红中间绿的章鱼眼睛在闪闪烁烁地发亮。章鱼伸出几十条腕足,像一团蛇在蠕动,上面的鳞片沙沙作响,令人讨厌。保尔看见章鱼近得几乎碰到自己的双眼,腕足在他身上攀爬,凉冰冰的,像荨麻一样刺人。章鱼伸出尖刺,刺入他的脑袋,像水蛭似的一伸一缩,吮吸着他的鲜血。他感到自己体内的血液流走了,那章鱼便渐渐膨胀起来。章鱼的毒刺不停地吸着,他头上被刺的地方疼得刺骨钻心。

从很远很远的地方传来了说话声。

"现在他的脉搏怎么样?"

有个女人声音更轻地回答:"脉搏一百三十八,体温三十九度五。一直在说胡话。"

章鱼消失了,但被刺过的地方依然疼痛。他觉得谁的手指在触摸他的手腕。他想睁开眼睛,但是眼皮沉重得怎么也抬不起来。怎么这样热?大概是妈妈把炉子烧得太旺。又有人在说话:"这会儿脉搏一百二十二。"

他竭力想睁开眼睛。他心里像一团火,热得很难受。

多么想喝水呀!他恨不得马上爬起来喝个痛快。可怎么起不来呢？他想动一下，立刻觉得身体不是自己的，根本不听使唤。妈妈马上会拿水来的。他要告诉她："我要喝水。"什么东西在他旁边蠕动。是章鱼又来了吗？正是它，它眼睛的红光……

远处又传来轻轻的说话声："弗罗霞，拿水来！"

"这是谁的名字？"保尔使劲儿回想，但是一用脑子，便又跌进了黑暗的深渊。他从那深渊里浮上来，又想起："我要喝水。"

再次传来说话声："他好像在苏醒。"

接着，那柔和的声音显得更清晰、更近了。

"伤员同志，您想喝水吧？"

"怎么我是伤员？也许不是跟我说的吧？对了，我得了伤寒：怪不得叫我伤员呢！"于是，他第三次试着抬起眼皮，终于成功了。从睁开的窄缝里，他最先看到的是面前一个红色的球，然而这个球又让一团黑影挡住了。这团黑影向他俯下来，于是，他的嘴唇接触到了硬硬的玻璃杯口和沁人心脾的液体，心头的火逐渐熄灭了。

他满足地低声说："现在好舒服。"

"伤员同志，您看得见我吗？"

这是他上方的那团黑影在问。这当儿，他又昏昏欲睡，不过还来得及回答："看不见，可听得见……"

"谁想到他能活过来呢？可您看，他居然摆脱了死亡。生命力顽强得惊人。尼娜·弗拉基米罗夫娜，您真可以自豪。他全靠您精心护理啊！"

一个女人的声音激动地回答："哦，我太高兴了！"

昏迷十三天之后，保尔终于苏醒了。

他那年轻的身体不愿死亡，体力在慢慢地恢复。这是他第二次获得生命，一切都显得新鲜，不平常。只是他那沉重的头固定在石膏箱里，丝毫动弹不得。不过身体的感觉已经恢复了，手指也能屈能伸了。

正方形的小房间里，陆军医院的见习医生尼娜·弗拉基米罗夫娜正坐在小桌子后边翻看她那本厚厚的、淡紫色封面的笔记本。这是她用秀丽的斜体字写的简短的日记。

一九二〇年八月二十六日

今天，卫生列车送来一批重伤员。一个头部受重伤的红军战士被安置在病室靠窗的床位上。他只有十七岁。一个纸口袋交到了我手里。纸口袋里有病历，还有从他衣袋里找出来的一小包证件。他叫保尔·安德烈耶维奇·柯察金。证件有：破损的乌克兰共产主义青年团967号团证[12]，残破的红军战士证，还有摘录的团部嘉奖令。上面写着：嘉奖英勇完成侦察任务的红军战士保尔·柯察金。此外，还有一张显然是他亲笔写的纸条：如果我牺牲了，请同志们通知我的亲属：舍佩托夫卡城，铁路机车库钳工阿尔乔姆·柯察金。

这个伤员从八月十九日被弹片打伤以后，一直昏迷不醒。明天阿纳托利·斯捷潘诺维奇医生将替他做检查。

八月二十七日

今天检查了柯察金的伤势。伤口很深，颅骨击穿，造成头部右侧麻痹。右眼出血，眼球肿胀。

阿纳托利·斯捷潘诺维奇打算摘除他的右眼，以免发炎。不过我劝他，如果还有希望消肿，就先别做这个手术。他同意了。

我这样做完全出于美感。如果小伙子能活下来，那为什么要摘除右眼使他破相呢？

他一直说胡话，折腾得很厉害。必须一直有人守护在他身边。我为他花了很多时间。他这么年轻，我很怜惜他。只要还有一线希望，我就要把他从死神手里夺过来。

昨天下班后，我在病房里又待了几个小时。他的伤势最重。我注意听他在昏迷中说的胡话，有时候他像在讲故事。我从中知道了他的许多经历。不过，有时候他乱骂人，骂得很粗野。我听着他的骂人话，不知为什么感到很难过。阿纳托利·斯捷潘诺维奇说他醒不过来了。这老头生气地嘟哝："我不懂，他几乎还是个孩子，部队怎么能接受他呢？真让人生气。"

八月三十日

柯察金仍然没有恢复知觉。现在他躺在专门病室里，那里都是一些危重病人。护理员弗罗霞守在他身旁，几乎寸步不离。原来她认识他，以前他们一起做过工。她对这个伤员特别体贴入微！现在连我也觉得，他已经没有希望了。

九月二日

现在是夜里十一点。今天我特别高兴。我护理的伤员柯察金清醒了。他活过来了。危险期过去了。这两天我一直没有回家。

又有一个伤员救活了，我的愉快心情是难以表达的。我们病房里又可以少死一个人。在我繁忙的工作中，最愉快的就是看到病人恢复健康。他们总是像孩子似的依恋着我。

我和他们的友谊真诚而纯朴，所以分别的时候，有时我甚至会掉眼泪。这有点可笑，然而确实如此。

九月十日

今天我替柯察金写了第一封家信。他说他受了轻伤，很快就痊愈，然后要回家一趟。其实他大量失血，脸色白得像棉花，身体还非常虚弱。

九月十四日

柯察金第一次微笑了。他的笑容很可爱。平时他却严肃得跟年龄不相称。他的身体在复原，速度快得惊人。他和弗罗霞是老朋友。我常常看见弗罗霞在他的病床旁边。看来，她把我的情况都讲给他听了，当然，是过分地夸奖了我。所以我每次进去，他总是对我微微一笑。昨天他问我："医生，您手上怎么青一块紫一块的？"

我没有说，这是他在昏迷中狠命抓住我的手留下的伤痕。

九月十七日

柯察金额上的伤口看样子好多了。换药的时候，他那种非凡的忍受力使我们这些医生都吃惊。

在类似情况下，伤员一般都要不断地呻吟、发脾气，他却一声不吭。给他伤口抹碘酒，他把身子挺得像绷紧了的弦。他常常疼得晕过去，但是从来没有呻吟过。

大家都已经知道：要是柯察金也哼哼起来，那就是他失去知觉了。他怎么能如此刚毅呢？我不知道。

九月二十一日

今天，柯察金头一次坐着轮椅，被推到医院的大阳台上。他那么兴奋地望着花园，那么贪婪地呼吸新鲜空气！他的脸上缠着绷带，只露出一只眼睛。这只眼睛炯炯有神，转动灵活，它观察着一切，俨如头一次看到这个世界。

九月二十六日

今天有人叫我到楼下的接待室去，我见到两个姑娘等着我，其中一个非常漂亮。她们要见柯察金。她们的名字是冬妮亚·图马诺娃和塔季扬娜·布拉诺夫斯卡娅。冬妮亚这个名字我知道，柯察金说胡话的时候一再呼唤过。我允许她们探视。

十月八日

柯察金第一次不需要搀扶就能在花园里散步了。他老问我什么时候可以出院。我说快了。每逢探视的日子，那两个姑娘总来看他。现在我才明白，他为什么没有呻吟过，而且决不肯呻吟。他是这样回答我的："您读一读《牛虻》就明白了。"

十月十四日

柯察金出院了。我们互相亲热地道别。他眼睛上的绷带已经去掉，额头还包扎着。一只眼睛失明了，不过从外表上看，跟正常的一样。跟这么好的同志分手，我心里很难过。

事情总是这样：伤员痊愈了，就离开我们走了，而且希望不再回来见我们。临别的时候，柯察金说："还不如瞎了左眼，现在我怎么打枪呢？"

他还想上前线。

保尔出院之后，开头就住在冬妮亚寄居的塔季扬娜家里。

他立刻试着吸引冬妮亚参加社会活动。共青团召开大会，保尔请冬妮亚也去参加，冬妮亚同意了。但是，等她换好衣服走出房间，保尔却紧咬着嘴唇。她打扮得那么高雅、那么别出心裁，使保尔不敢带她去见自己的伙伴们。

于是，出现了第一次冲突。保尔问她为什么要这样穿戴，她满脸不高兴。

"我从来不喜欢跟别人一样打扮。要是你不便带我去，我就留下。"

那天在俱乐部里，大家都穿着褪色的制服或短上衣。唯独冬妮亚打扮得花枝招展。保尔看在眼里，觉得很尴尬。伙伴们都把冬妮亚视为外人。她也觉察到了，因此故意用轻蔑、挑衅的目光看着人家。

货运码头的共青团书记潘克拉托夫，一个宽肩膀、穿粗帆布衬衣的装卸工，把保尔叫到旁边，不客气地看了看他，又斜眼瞧瞧冬妮亚，问："那位漂亮小姐是你带来的吧？"

"是我。"保尔生硬地回答。

"哦……"潘克拉托夫拉长声音说，"她那副打扮咱们瞧着刺眼，像资产阶级。怎么能让她进来？"

保尔的太阳穴突突地跳动。

"她是我的朋友，所以我带她来。懂吗？她并不是跟咱们敌对的。要说穿戴，确实是个问题，不过，总不能单凭穿戴判断一个人吧。同志，什么人能带到这儿来，我也懂，用不着你来挑刺儿。"

他本来还想说几句难听的，但是忍住了，因为他知道潘克拉托夫所说的是大家的意见。这样一来，他就把所有的怨气都转到冬妮亚身上。

"我早就跟她说了！干吗要摆这个威风？"

这天晚上，友情开始出现裂痕。保尔怀着痛苦和惊讶的心情看到，那一向似乎是很牢固的情谊在渐渐破裂。

又过了几天，其间的每一次会面、每一次交谈，都使他们更加疏远、更加不愉快。保尔越来越不能容忍冬妮亚的那种庸俗的个人主义。

两个人都清楚，感情的最后破裂已经不可避免。

这一天，他们来到枯叶满地的库佩切斯基花园里，准备作最后一次谈话。他们站在陡岸上的栏杆旁边,第聂伯河在面前滚滚流过,闪着灰暗的光。一艘拖轮拖着两条宽大的驳船,从高大的桥下逆流缓缓航行,明轮的翼板懒洋洋地拍打着河水。夕阳给特鲁哈诺夫岛涂上一层金黄色,将房子的窗玻璃染成明亮的火红色。

冬妮亚眼望金黄色的落日余晖,带着深深的伤感说:"难道咱们的友情真的要像这落日那样完了吗?"

保尔目不转睛地望着她,紧皱着眉头低声回答:"冬妮亚,这个咱们已经谈过了。你该知道,我原来是爱你的,现在,我对你的爱情也可以恢复,不过你必须跟我们站在一起。我已经不是从前的那个保夫卢沙了。[13]如果你认为,我首先应该属于你,其次才属于党,那么我决不会成为你的好丈夫。我首先属于党,其次才能属于你和其他亲人。"

冬妮亚哀怨地凝视着蓝色的河水,两眼噙满泪水。

保尔望着她那熟悉的侧影和浓密的栗色柔发,对这个曾是那样亲近可爱的姑娘涌起一股怜惜之情。

他小心地把手搭在她的肩上。

"把扯你后腿的那些东西通通抛开,到我们这边来吧。咱们一道去消灭财主老爷。我们队伍里有许多优秀的姑娘,她们和我们一起肩负着残酷斗争的千斤重担,跟我们一起忍受着万般艰苦。她们也许没有你那样的文化水平,但是你到底为什么不愿意跟我们站在一起呢?你说,丘扎宁曾经想用暴力污辱你,但他是红军的败类,不是一个战士。你又说,我的同志们对你不友好,可你那天为什么要打扮得像去参加资本家的舞会呢?你说你不愿意随大溜,穿肮脏的军便服。这是虚荣心害了你。你有勇气爱上一个工人,却不能爱工人阶级的思想。跟你分手,我感到遗憾,但愿在我的记忆中,你的形象永远美好。"

他沉默了。

第二天,保尔在街上看见一张布告,下面的签名是省肃反委员会主席朱赫来,他不由得心里一震。他好不容易才找到朱赫来的办公处,但是卫兵不让他进去见当年的水兵。他软磨硬缠,弄得卫兵要把他抓起来。最后他总算如愿以偿。

他们见了面,彼此都很惊喜。朱赫来的一只胳膊已被炮弹炸掉了。他们马上就把工作谈妥。朱赫来说:"你既然上不了前线,就在这儿跟我一起搞肃反工作吧。明天你就来上班。"

同波兰白军的战争结束了。红军几乎打到华沙城下,只是因为远离基地,得不到人力和物力的补充,没能攻破波军的最后防线,就撤了回来。红军撤离华沙被波兰人称为"维斯瓦河上的奇迹"。这样一来,地主老爷的白色波兰又得以存在。建立波兰苏维埃共和国的理想暂时未能实现。

血迹斑斑的国家需要休养生息。

保尔没能回乡探亲,因为舍佩托夫卡又被波兰白军占领了,成了临时分界线。和平谈判正在进行。保尔日日夜夜都在肃反委员会工作,执行各种任务。他就住在朱赫来的房间里。听说舍佩托夫卡又被波兰人占领,他闷闷不乐。

"费奥多尔,要是就这样停战了,我母亲不就划到外国去了吗?"

朱赫来安慰他说:"边界肯定会沿戈伦河划分,那么舍佩托夫卡会留在咱们这一边。很快就会知道结果的。"

许多师团都从波兰前线调往南方。这是因为当苏维埃共和国把全部力量集中在波兰前线的时候，弗兰格尔①乘机从克里木半岛的巢穴爬了出来，沿第聂伯河北上，逼近叶卡捷琳诺斯拉夫省。

现在同波兰的战争已经结束，国家便把军队调往克里木半岛，去捣毁这个最后的反革命巢穴。

军用列车满载着士兵、车辆、行军灶和大炮，经过基辅驶向南方。铁路肃反委员会的工作忙得不可开交。列车连续不断地涌来，经常造成堵塞。各个车站都挤得水泄不通。因为腾不出线路，整个交通便常常中断。收报机不断收到最后通牒式的电报，命令给某某师让路。打满电码的小纸带没完没了地从收报机里爬出来，电文一律都是："十万火急……根据战斗命令……立即腾出路轨……"而且，几乎每封电报都警告说，违令者交革命军事法庭审判。

负责处理这种"堵塞"的机构正是铁路肃反委员会。

各个部队的指挥员都闯进来，挥动着手枪，要求根据集团军司令员的某某号电令，立即发走他们的列车。

告诉他们这是办不到的吧，他们谁都不愿意听，都说："不管怎么着，你也得先把我的车发走！"然后叫骂连天。遇到特别棘手的情况，就赶紧让朱赫来出面。于是，火冒三丈、眼看要开枪动武的双方，就平静下来了。

朱赫来那魁梧的身躯、沉着冷静的态度、不容反驳的口气，总能迫使他们把已经拔出的手枪插回枪套。

保尔经常头疼得像针扎，但是还得到站台上去。肃反委员会的工作损害着他的神经。

有一天，保尔突然看见谢廖扎·布鲁扎克在一节满载着弹药箱

---

① 弗兰格尔（1878—1928），白匪首领。

的敞车上。谢廖扎立刻跳下车来,扑向保尔,差点儿把他撞倒。谢廖扎紧紧抱住保尔,说:"保夫卡,你这鬼家伙!我一下子就认出你了。"

两个朋友都不知道互相该问些什么,说些什么。分别以来,经历过多少事情啊!他们彼此询问着,不等对方回答,自己又说开了。他们连汽笛声都没有听见。直到列车慢慢开动,他们才松开紧紧搂着的胳膊。

有什么办法呢?刚刚相见,又得分别。火车在加速。谢廖扎怕误了车,最后向他的朋友喊了一句什么,就沿着站台跑去。一节车厢的门开着,他一把抓住门把手,马上有几只手拽住他,把他拉了进去。保尔站在那里目送着,直到这时他才想起,谢廖扎还不知道姐姐瓦莉娅牺牲的消息。谢廖扎一直没有回过故乡,而保尔在意外见面的惊喜中,竟忘了把这件事告诉他。

"他不知道也好,这一路上可以心境平静。"保尔这样想。他没有料到,这是他和朋友的最后一次见面。此刻谢廖扎站在车顶上,挺起胸膛迎着秋风。他也没有想到,死神正在向他逼近。

"谢廖扎,坐下吧。"军大衣背上烧了个窟窿的战友多罗申科劝他。

"没关系,我跟风是好朋友,吹吹才凉快。"谢廖扎笑着回答。

一星期后,第一次投入战斗,他就在秋天的乌克兰原野上牺牲了。

一颗流弹从远处飞来。

他被击中,哆嗦了一下。他向前跨了一步,胸口疼得火辣辣的,仿佛被撕裂。他身子晃动了一下,没有喊叫,张开两臂又合抱起来,紧紧捂住胸口,然后弯下腰,仿佛要一跃而起,随即僵硬的身体便摔倒在地上了。他那蓝色的眼睛定定地凝视着无边无际的原野。

　　肃反委员会的繁重工作使保尔原本就没有完全复原的身体又恶化了。受伤后留下的头疼病经常发作。他连熬了两个通宵之后终于晕倒了。

　　于是，他去找朱赫来。

　　"费奥多尔，我想换个工作，你看可以吗？我希望去铁路工厂干老本行。我总觉得这儿的工作我干不了。医务委员会说我不适合在部队工作，可是这儿比前线更紧张。这两天搜捕苏特里匪帮的工作简直把我累垮了。我得暂时脱离这个工作，休息一下。费奥多尔，你知道，我现在站都站不稳，干不好肃反工作。"

　　朱赫来关切地看看保尔："是呀，你的面色很不好，早就该解除你的工作了，都怪我关心不够。"

　　这次谈话以后，保尔带着介绍信来到团省委。介绍信上说，请团省委另行分配工作。

　　一个故意把鸭舌帽拉到鼻梁上的调皮小伙子看了看介绍信，笑眯眯地向保尔挤挤眼睛，说："从肃反委员会来的吗？那可是个吸引人的机构。好吧，我们马上就给你安排个工作。我们正缺人呢。把你分配到哪儿去呢？省粮食委员会愿意去吗？不去？不应该。那么，码头上的宣传站去不去？也不去？哟，那你可就错了。那是个好去处，头等口粮……"

　　保尔打断这个小伙子："我想到铁路上去，进铁路工厂。"

　　那个小伙子惊异地看看他："进铁路工厂？嗯……那儿并不需要人。这么着吧，你去找丽塔·乌斯季诺维奇，让她给你安排一下。"

保尔同这个皮肤黝黑的姑娘一谈就妥了,让他到铁路工厂当不脱产的共青团书记。

这时候,在克里木的大门口,在这个半岛通往大陆的狭小的咽喉上,也就是从前克里木鞑靼人和扎波罗什哥萨克分界的彼列科普地峡上,白匪军重建了碉堡林立、戒备森严的要塞。

注定要灭亡的旧世界的残渣余孽,从全国各地逃到克里木半岛。他们以为躲在彼列科普要塞后面就绝对安全,所以过着花天酒地、醉生梦死的日子。

一个阴雨连绵的秋夜,数万名劳动人民的子弟兵跳进了冰冷的海水,要涉过锡瓦什湾,从背后袭击龟缩在坚固工事里的敌人。[14]扎尔基·伊万就是这些子弟兵中的一个。他小心翼翼地把机枪顶在头上,蹚水前进。

天刚亮,彼列科普要塞里一片惊慌,乱成一团。几千名红军战士越过层层障碍,从正面猛攻。与此同时,在白匪后方,渡过了锡瓦什湾的红军先头部队也在利托夫斯基半岛登陆了。爬上石岸的首批战士中就有扎尔基。

空前激烈的血战开始。白军的骑兵像一群狂暴的野兽扑向正在登陆的红军战士。扎尔基的机枪一刻不停地喷射着死亡,敌人和马匹在密集的弹雨中成堆倒下。扎尔基飞快地换着子弹盘。

几百门大炮在彼列科普要塞上轰鸣。大地仿佛崩塌了,沉入无底深渊。成千颗炮弹刺耳地呼啸着在空中飞舞,爆裂成碎片,散布着死亡。大地被炸开了花,泥土飞上半空,黑色的烟柱遮天蔽日。

毒蛇的脑袋终于被砸烂。红色的怒潮涌进了克里木。第一骑兵集团军的各个师在这最后一次的进攻中,打得敌军失魂落魄。白匪军胆战心惊,争先恐后地挤上解缆离岸的轮船。

苏维埃共和国颁发了金质的红旗勋章,战士们把勋章佩戴在褴褛的制服上,佩戴在心脏跳动的地方。机枪手、共青团员扎尔基·伊万也荣获了这样一枚勋章。

与波兰的和约签订了,正像朱赫来所预料的那样,小城舍佩托夫卡依旧属于苏维埃乌克兰。离城三十五公里的戈伦河成了界河。一九二〇年十二月,在一个值得纪念的早晨,保尔乘火车回到了他熟悉的故乡。

他踏上积雪的站台,瞥了一眼"舍佩托夫卡一站"的牌子,立刻向左拐,朝机车库走去。他打听阿尔乔姆,不料这个钳工不在。他裹紧军大衣,快步穿过树林,朝城区走去。

玛丽娅·雅科夫列夫娜听到敲门声,转过身来,说了声"请进"。一个满身雪花的人走进门来。她认出了亲爱的小儿子的脸,当即两手捂住心口,高兴得连话都说不出了。

她那瘦小的身体紧贴在儿子胸前,无数次地吻他的脸,幸福得热泪直流。

保尔拥抱着母亲,望着她那满是皱纹、由于担忧和等待瘦了许多的脸。他什么也没说,等着她平静下来。

这位受苦受难的妇女眼睛里又闪出了幸福的光芒。她没有想到小儿子能回来,这些天,她说也说不完,看也看不够。过了三天,半夜里,大儿子阿尔乔姆也背着行军袋走进了这间小屋。这时候,这位母亲真是高兴得合不拢嘴了。

合家团聚。兄弟俩经历了千辛万苦、九死一生,都平安归来了……

"往后，你们俩打算怎么办呢？"玛丽娅·雅科夫列夫娜问。

"妈妈，我还是干我的钳工。"阿尔乔姆回答。

保尔呢，在家里住了两个星期，又回基辅去了。那儿的工作正等着他。[15]

附录：

[12] 在手稿中，本句文字略有不同：

破损的共产主义青年团 9671 号团证。上面记载着入团年份：一九一九年。

[13] 在手稿中，此后尚有几行充分揭示主人公性格的文字：

我回想起来就感到脸红，当时竟会为了你的眼睛而从悬崖上跳下去。现在无论如何也不会跳了。拿生命来冒险，必须是为了别的，为了伟大的事业，而不是为了姑娘的眼睛。

[14] 在手稿中，此处尚有以下一段文字：

是英名永存的科托夫斯基和布柳赫尔同志率领着他们。这数万名战士跟随两位将领，无所畏惧地前进，要去砸烂最后一条毒蛇的脑袋。这条毒蛇盘踞在克里木半岛，把沾满毒液的舌头伸到了琼加尔附近。

[15] 在手稿中，此处还有以下有关保尔·柯察金政治动摇的大段叙述，舍此则无法理解此后手稿中的多处删节。

共青团铁路区委来了一位新书记——伊万·扎尔基。保尔在书记办公室里见到他,最先映入眼帘的是一枚勋章。乍一会面,保尔弄不清是一种什么滋味,反正内心深处总有那么点儿忌妒。扎尔基是红军的英雄。正是他,在乌曼城下奋勇杀敌,完成战斗任务,一举成为响当当的人物。现在,扎尔基成了区委书记、保尔的"顶头上司"。

扎尔基友好地接待保尔,把他看成老朋友。保尔为自己心里闪过一丝妒意而感到惭愧,于是上前热情地问候。

他们协力同心地工作,成了大家都知道的挚友。在共青团省代表会议上,铁路区委中当选为省委委员的有两个人:保尔·柯察金和伊万·扎尔基。厂方拨了一小间屋子给保尔。四个人搬了进来:保尔、扎尔基,还有厂团支部宣传鼓动员斯塔罗沃伊和团支部委员兹瓦宁。四个朋友形成一个公社。他们整天忙于工作,直到深夜才回来。

党的新经济政策方面的消息,最初在共青团省委里传开,不过那仅仅是零零碎碎、模模糊糊的。但几天以后,在第一次政策研讨会上,分歧出现了。保尔不大理解政策的实质,离开会议室的时候,带着一肚子怀疑。在铸造车间,遇到了杜达尔科夫。这是个矮墩墩的工长、共产党员。他脸朝亮光,翻着白眼,叫住保尔:"这究竟是怎么搞的?要让资产阶级卷土重来吗?听说要开店,买卖可以做得挺大。瞧瞧,打来打去,结果呢,对不起,一切照旧。"

保尔没有答理他,可心里的疑团越来越多。

他在不知不觉中参与了反党的活动,而一旦卷入,就表现得非常冲动。在共青团省委全会上,他的第一次发言就引起激烈的辩论,当即形成了少数派和多数派。接下来便是心烦意乱的日日夜夜。各级党组织、团组织都参与激烈的辩论、争执。保尔及其同伴们毫不妥协地坚持自己的立场，在团省委内制造了一种令人难以容忍的氛围。

共青团省委书记亚基姆（即阿基姆），身体健壮，额头高高，精力充沛，政治上也很成熟。他和丽塔·乌斯季诺维奇一起试着找保尔、找和他观点相同的人个别谈心，做他们的工作，然而没有收到任何效果。保尔愣头愣脑，直言不讳："你回答我吧，亚基姆，资产阶级是否又得到生存的权利？我弄不懂高深的理论，但有一点我明白：新经济政策是对我们事业的背叛。我们过去扛枪打仗，可不是为了让资产阶级死灰复燃。我们工人不同意这样做，所以要竭尽全力，进行斗争，反对这种做法。你们呢，大概乐于当资产阶级的奴才吧？那就悉听尊便。"

亚基姆被激怒了。

"保尔，你知道你都说了些什么？你在侮辱整个党。你在诽谤党。你得了狂热病，还固执己见，不愿意弄懂普通的道理——如果继续奉行战时共产主义政策，我们就会葬送革命，我们就会使反革命分子有可能煽动农民来反对我们。你不愿意弄懂这个道理。既然你不打算用布尔什维克的方式解决问题，反而以斗争相威胁，那我们只有应战。这么看来，我们在你们身上花费大量时间，是完全徒劳了。"

他们分手的时候，已经反目成仇。

在全区党员大会上，一伙来自中央的工人反对派代表登台演说，遭到大多数人的痛斥；随后，保尔也在会上指责党背叛了革命事业，言词尖刻得令人不能容忍。

第二天，团省委紧急会议决定，免去保尔和另外四名同志的省委委员职务。保尔跟扎尔基不说话了。他们分庭抗礼，壁垒分明。

在团支部里，保尔得到多数的支持，在会上狠狠地整了扎尔基。斗争深入发展，结果保尔被清除出区委会，还被撤销了支部书记的职务。这一处分引来气势汹汹的抗议，有二十几名团员交出了各自的团证。最后，保尔及其同伙被开除团籍。

保尔日子难过了。这是他有生以来最暗淡无光的一段时间。

扎尔基离开了公社。保尔的生活脱离了常轨，胸中郁郁不乐。他站在车站的天桥上，望着下面来往奔驰的列车，却视而不见。

谁在他肩上拍了一下。这是共青团员奥列什尼科夫，砖瓦厂的支部书记。此人满脸雀斑，疙疙瘩瘩，既善于钻营，又自命不凡。保尔一向讨厌这个家伙。

"怎么搞的，他们开除你了？"他问，一双泛白的小眼珠子在保尔身上转来转去。

"是的。"保尔简单地回答。

"我一直说，"奥列什尼科夫迫不及待地表白，"你图个什么呀？到处都是犹太佬。他们无孔不入，颐指气使。只有他们才要开店赚大钱。当初你上前线打仗，他们闲坐在家，如今你却被开除了。"他厌恶地哼了一声。

保尔瞧瞧对方，目光里充满着憎恨。他控制不住自己，预感到要出点事了。这不，保尔伸手揪住奥列什尼科夫的胸脯，怒气冲冲地把他摇来晃去。

"你这个白匪的鬼魂、下贱的娼妓，你说什么？阴魂不散的富农，你在对谁说这些话？坏蛋！当初我们城里被白匪枪杀的布尔什维克一多半是犹太工人，这你知道吗？哼，你这家伙！在跟谁说话？连你也钻进了反对派？这伙浑蛋应当枪毙。"

奥列什尼科夫挣脱了身子，拼命沿着梯级往下跑。保尔竖眉瞪眼,望着他的背影。"唉,赞同我们的,竟是些什么样的人!"

歌剧院里人头济济。人群如同一条条小溪涌进各个入口处,坐满了大厅和各个楼层。这是全市党团组织的联席会议,将对党内斗争进行总结。

在剧院的休息室里,在大厅的过道上,人们议论着,今天将有一批工人反对派的成员重返革命队伍。朱赫来、丽塔和扎尔基坐在前排,也正谈着这个话题。丽塔在回答扎尔基的问话:"他们会回来的。朱赫来说,转机已经出现。省委决定,只要他们检讨自己的错误,愿意回来,就欢迎所有的人归队,营造一种同心同德的气氛;为了表示对归队同志的真诚态度深信不疑,在即将召开的省代表大会上,还将恢复柯察金省委委员职务。我非常激动地等待着这个好的开端。"

会议主席久久地摇铃,会场才静下来。

"省党委已经作了报告,现在由共青团内反对派的代表们发言。首先请柯察金同志发言。"

后排站起来一个人,身穿保护色军便服,顺着台阶快步登上讲台。他把头往后一仰,走到护栏跟前,伸手摸摸额头,仿佛在回忆什么,随即毅然地甩一下长着鬈发的脑袋,两手牢牢地搭住护栏。

保尔看见会场里坐满了人,感觉到几千双眼睛在注视着他。剧院宽敞的大厅里、五个楼层上,人们都屏息静气地等待他发言。

他默默地站了几秒钟,努力控制激动的情绪。他思潮汹涌,一时间竟开不了口。

离讲台不远的前排,巨石似的省"契卡"主席朱赫来坐在丽塔·乌斯季诺维奇旁边的椅子上。他以殷切的目光望着保尔，忽然露出微笑，既严峻，又含着鼓励。他是那么魁梧，一只衣袖却空空的，由于没什么用处而塞进了口袋。这样子让人看了心头沉重。他那上衣的左口袋上方，佩戴着一枚四边深红色的闪闪发亮的红旗勋章。

保尔把目光从前排移开，怎么着也得说话了，大家等着他呢。于是，俨如骑兵临战，他鼓足全身的劲儿，响亮地对全场的人们说："同志们！"才一开口，他心头便升腾起一股激情，只觉得浑身热烘烘的，仿佛大厅里亮起千百盏吊灯，光焰烧灼着他的身体。昂奋的话语犹如战场上的呐喊，在大厅里震荡，数千人听到他的话，无不为之动容。这响亮的声音充满着青春的活力，洋溢着不灭的热情，迸发出万点火花。这些火花一直飞向靠近圆屋顶的各个楼层的最远的座位。

"我今天得说说以往的岁月。你们期待着我发言，那我就说说。我知道，我的发言会使人惊慌。这可不是什么政治宣传，这是心里话，我的心里话，我所代表的所有人的心里话。我要说说我们的生活，说说我们心中燃烧的烈火。这烈火如同点燃巨大炉膛中的煤一样，点燃了我们的心。靠着这烈火，我们的国家生存着；靠着这烈火，我们共和国胜利了；靠着这烈火，我们甘洒热血，摧枯拉朽地歼灭了敌人。我们年轻人，在这烈火鼓舞下，与你们这些阅历丰富的老同志一起，开辟了新天地。我们在伟大的、坚强如钢的党的旗帜指引下出生入死地战斗。我们两代人，曾一同浴血沙场，现在又聚集在这里。你们把希望寄托在我们身上，而我们这些共同战斗过的人却制造动乱，反对本阶级，反对自己的党，破坏党的钢铁纪律，犯下大罪。结果怎么样？党把我们逐出了战斗队伍，使我们远离沸腾的生活，置身于偏远的荒漠。

"同志们，我们经受过革命烈火的考验，却几乎背叛了革命——这样的事怎么发生的？怎么可能发生的呢？我们和你们——党内多数派的斗争过程，你们是一清二楚的。我们这些人，在共和国最艰难的日子里，也没有离开你们，如今却掀起这场动乱，究竟是怎么回事呢？

"对资产阶级要满怀仇恨——我们接受过这样的教育，因此认为新经济政策是反对革命的政策。党实施新经济政策，这个转折仅仅意味着无产阶级对资产阶级的斗争采取了新的形式，转换了阵地；我们却把这个转折看成是对本阶级利益的背叛。这场斗争之所以变得不可调和，是因为在老一辈布尔什维克近卫军中，也有一些同志兴风作浪，反对党的决议。我们年轻人知道他们干了多年的革命工作，认定他们是真正革命的布尔什维克，就跟着他们走。看来，单有热情、单有对革命的忠诚是不够的，要善于理解大规模斗争极其复杂的策略和战略。必须理解。而我们却直到此刻才理解，并非任何时候正面进攻都是正确的。有时候，这样的进攻恰恰是对革命的背叛，我们的领袖列宁同志引导国家转入一条新的道路，可连他的名字也没能使我们停止敌对活动，可见我们盲目到什么程度。我们被花里胡哨的东西所蒙蔽，投向工人反对派，似乎在为真正的革命进行正义的斗争。我们在共青团内部大肆活动，鼓动大家，纠集人马，反对党的路线。你们都知道，我们几个团省委委员，在进行激烈的较量之后，被清除出了省委。接着，我们又转到各个区，继续活动。团区委斗争得更艰苦，但也把我们给击败了。于是，我们又回到了各自的支部，稳住阵脚，把一些青年拉过来支持我们。我当书记的那个支部特别顽固。我们在最后几个据点的反抗注定就要失败的时候,我们的顽抗达到了最激烈的程度。

"是的,同志们,对我们来说,那些日子是沉闷阴郁的。问题想不通,脑子里晕晕乎乎,同时又是反对自己的党,心头异常沉重。因此,常常会产生这样的念头:你在跟谁斗?搞这种党内斗争,腹背受敌,会落个怎样的结果?我回想起一次谈话,感到十分羞愧。大概朱赫来同志还记得那次谈话。他在街上遇见我,叫我上他的车。我被斗争冲昏了头脑,便脱口而出:'既然有人出卖革命,我们就要斗争,只要需要,就走武装斗争的道路。'朱赫来回答很干脆:'那就把你们当作反革命枪毙。保尔,你要注意,你已经站在最后一级台阶上了。再跨一步,就到街垒那边去了。'说这话的,是我心目中最亲近的人,是我的启蒙老师,他以英勇无畏和坚定不移的精神赢得我的深深敬重,他还是我在契卡工作时的老首长。他的这番话,我是忘不了的。当我们这些死硬派被开除出组织的时候,每个人都明白什么叫政治上的死亡。对,那是一种死亡。因为离开了党,我们无法生活下去。于是我们回来了,以工人的朴实态度,公开而直率地提出:'还给我们生命吧。'我们明白了几个月来自己所犯的错误。离开了党,我们虽生犹死。这一点,我们每个人都体会到了。最大的幸福,莫过于当一名战士;最大的自豪,莫过于意识到自己是革命队伍中的一员。因此,我们永远不会再离开奋起的无产阶级的战斗行列。没有什么宝贵的东西,是我们不能献给党的。生命、家庭、个人幸福——所有的一切,都能献给我们伟大的党。党也对我们敞开了大门,于是我们又回到了你们中间,回到了我们共同的、强大的家庭里。我们要和你们一起共同重建这个千疮百孔、血迹斑斑、贫穷饥饿的国家,重建这个用我们战友和同志的鲜血培养抚育的国家。至于已经成为过去的事件,但愿它是对我们革命坚定性的最后一次考验。

"让生活充满活力吧。我们的双手和千万双手一起,明天就开始重建满目疮痍的家园。让生活充满活力吧,同志们!我们要重建一个新世界!满怀雄心壮志的人无坚不摧!我们一定胜利!"

保尔激动得说不下去了,浑身颤抖着,走下了讲台。掌声如雷,大厅仿佛在抖动,又如墙根断裂,四壁倒向大厅。呼喊的声浪,在圆形的屋顶下回荡,千万只手在挥舞,全场沸腾了。

保尔往下走,要从侧门出去,但眼前模糊,看不清台阶。血涌向头部,他抓住侧面厚重的天鹅绒帷幕,以免摔倒。一双手扶住了他。他感觉到有人把他紧紧搂住。一个熟悉的声音在他耳畔轻轻响起:"保夫卢沙,朋友,把手伸给我,同志!我们的友谊是牢固的,从此再也不会破裂。"

保尔头疼得厉害,几乎要失去知觉,他竭力打起精神,回答扎尔基:"伊万,我们还会住在一起的。大踏步并肩向前吧。"

他们的手紧紧握着,任何力量都不能将它们掰开。他们的心紧密相连,靠的并不仅仅是友谊……

第二部

第一章

午夜，最后一辆电车早已拖着破旧的车厢回车库了。月亮发出柔和的光，照在窗台上。这月光也照到床上，宛如铺了一块浅蓝色的被单。房间里照不到月光的地方也变得半明不暗的。墙角那儿的桌子上，台灯投下一圈亮光。

丽塔低着头，在厚厚的笔记本上写日记。她那尖细的铅笔写道：

五月二十四日

我又想把一些印象记下来。前面又是一大段空白。一个半月了，没有写过一个字。只好让它空着。

哪儿找得出时间写日记呢？此刻夜深了，我才动笔写。毫无睡意。谢加尔同志即将到中央委员会去工作。大家知道后，都依依不舍。拉扎尔·亚历山德罗维奇真是我们的好同志。现在我才明白，他和大家的友谊何等珍贵。谢加尔这一走，辩证唯物主义学习小组就要散伙了。昨天，我们在他那里一直待到半夜，检查了我们这些"辅导对象"的学习成绩。共青团省委书记阿基姆来了，讨厌的登记分配处处长图夫塔也来了。我很讨厌这个自以为博学的人！谢加尔兴奋得容光焕发。他的学生柯察金在党史方面驳倒了图夫塔。这两个月的时间确实没有白费。学习效果这么好,可见花些力气是值得的。听说朱赫来要调到军区特勤处工作。为什么调动,我不知道。

拉扎尔·亚历山德罗维奇把他的学生交给了我。

他说:"您把开了头的事情继续进行下去吧。别半途而废。丽塔,您和他都有值得互相学习的地方。这个小伙子还没有摆脱盲目性。他还是凭着沸腾的感情生活。这些旋风式的感情往往使他多走弯路。根据我对您的了解,丽塔,您能够成为他最合适的指导员。我祝您成功。我到了莫斯科以后,您别忘了给我来信。"

今天,团中央新委派的索洛缅卡区委书记扎尔基来了。我在部队里就认识他。

明天德米特里·杜巴瓦要带柯察金来学习。我描写一下杜巴瓦。中等身材,体格强健,肌肉发达。一九一八年入团,一九二〇年入党。他是由于加入"工人反对派"而被开除出共青团省委的三个委员之一。辅导他学习很不轻松。每天他都打乱计划,提出一些不着边际的问题。他和我的另一个学生奥莉加·尤列涅娃经常争吵。那天晚上,第一次学习,他就从头到脚将奥莉加打量了一遍,说:"我的老婆婆哟,你的军装不齐全,还缺马裤、马刺、布琼尼帽和马刀。这副样子,不三不四!"

奥莉加也不是好惹的。我不得不做和事佬。杜巴瓦好像是柯察金的朋友。

今天就此打住。该睡了。

赤日炎炎,烤得大地昏昏欲睡。车站天桥的铁栏杆被晒得发

烫。人们热得提不起精神,慢腾腾地爬上天桥。这些人不是旅客,大都是从铁路工厂厂区到城里去的。

保尔站在天桥最高一级台阶上,他看见了丽塔。她比保尔先到,正仰望着天桥上往下走的人群。

保尔朝丽塔走去,在她侧面两三步远的地方停下脚步。丽塔没有发觉。保尔怀着奇怪的好奇心,从旁观察丽塔。丽塔身穿条纹衬衫、蓝布短裙,肩上搭着一件柔软的皮夹克。她头发蓬松,脸蛋晒得黑黝黝的。她站在那儿,微仰着头,强烈的阳光照得她两眼眯缝起来。保尔头一回以这样的目光审视这位朋友和老师,也头一回意识到丽塔不仅是团省委的委员,而且……不过他立刻发觉自己的"邪念",深深自责,赶紧招呼丽塔:"我看了你一个钟头,你却没有看到我。走吧,火车已经进站了。"

两人走向通往站台的入口处。

昨天,省委决定派丽塔代表省委出席一个县的团代表大会,并让保尔随行协助她。他们必须今天就乘车赶去,可这相当不容易。由于车次太少,发车的时候,车站由掌握全权的一个五人小组控制。任何人都必须持有这个小组发的通行证,才能进入站台。这个小组派出值勤队,守住所有的进出口。列车上挤得水泄不通,只能带走十分之一的急于乘车的人。可是谁都不肯等下一趟车,因为弄得不巧,一等就是好几天。数千名旅客涌向检票口,都想挤上不易挤上的绿色车厢。这些日子,车站被人们里三层外三层地围住,事情常常闹到扭打的地步。

保尔和丽塔使劲儿挤着,可还是进不了站台。

保尔熟悉这儿的每一个出入通道。他带着丽塔穿过行李房,进了站台。他们好不容易才挤到四号车厢跟前,只见一大堆人拥在车门口,有个肃反工作人员满头大汗,拦住人群,唇焦舌敝地劝导:"我告诉你们,车厢里挤满了。车厢之间的连接处和车顶上是不准站人的。这是命令。"

人们发疯一般朝他挤去,把五人小组发的四号车厢乘车证伸到他鼻子跟前。每节车厢的门前人们都在咒骂、叫喊、挤撞。保尔看出,按照常规办事,休想乘上这趟车。但他们又非上去不可,要不然,团代会就开不成了。

保尔把丽塔叫到一旁,把自己的行动计划告诉她:由他先挤进车厢,打开车窗,再从窗口把丽塔拉进去。现在这是唯一的办法。

"你把皮夹克给我,这会儿它比任何证件还管用。"

保尔接过她的皮夹克穿上,又把手枪插在皮夹克的口袋里,故意让系着穗儿的枪柄露在外面。他把装食品的旅行袋放在丽塔脚边,独自朝车厢走去。他毫不客气地推开旅客,伸手抓住了车门把手。

"喂,同志,你干什么?"

保尔转头瞧瞧矮壮的肃反工作人员。

"我是军区特勤处的。现在要检查一下上了车的人是不是都持有五人小组发的乘车证。"保尔回答,那口气让人决不会怀疑他的权力。

工作人员朝他的口袋瞥了一眼,用袖口擦擦额头上的汗水,用无所谓的口吻说:"好吧,你挤得上,就检查好了。"

保尔用胳膊、肩膀,甚至不得不用拳头开路,竭力往里面挤。他有时抓住上层的铺位,身子悬空,再从别人的肩头踩过去。他挨了数不清的骂,总算挤到了车厢的中间。

保尔从上面往下踩的时候,一只脚踩到一个胖女人的膝盖上。

胖女人冲着他破口大骂:"你这个杀千刀的,脚往哪儿踩呀?"这个身体足有七普特重的胖女人勉强挤在下铺的边沿,两腿之间还夹着一只装黄油的铁桶。这类铁桶、板箱、布袋、竹筐塞满了所有的铺位。车厢里面闷热得让人气都喘不过来。

保尔只当没听见胖女人的脏话,问她:"公民,请出示乘车证。"

"啥东西?"胖女人横眉竖眼地反问这个突然冒出来的检票员。

另一个贼头贼脑的女人从上铺探出头来,扯开粗嗓门喊道:"瓦西卡,这臭小子是从哪儿钻出来的?叫他滚远点!"

有一个人应声出现在保尔的头顶上方。自然这便是瓦西卡。这家伙身高体壮,满胸脯的毛,两只牛眼睛瞪着保尔。

"你盯住人家妇女干吗?查什么票?"

旁边的铺位上有八条腿伸了下来。这些腿的主人勾肩搭背坐在上面,起劲地嗑着葵花子儿。显而易见,这是一伙见过世面、在铁路上来来往往倒腾粮食的投机商。保尔顾不上查究他们,必须先把丽塔接进车厢。

"这是谁的箱子?"他指着车窗边的小板箱,问一个上了年纪的铁路工人。

"这个女人的。"工人指指两条穿着褐色长袜的粗腿说。

一定要开窗。小板箱碍事,可又没有地方挪。于是保尔把小板箱捧起来,递给坐在上铺的主人。

"公民,请先拿一下,我要开窗。"

"你干吗乱动别人的东西?"塌鼻子女人见保尔把小板箱放到她的膝盖上,立刻尖叫起来。

"莫季卡,这个人在胡闹,你看到了吗?"她扭头向身旁的人求助。那个坐在上铺的人并不下来,用凉鞋朝保尔的背上踢了一脚。

"喂,你这个浑蛋,快滚开!要不然,我在你身上留个洞!"

保尔挨了一脚,没吭声。他咬紧嘴唇,把车窗打开了。

"同志,请你稍微让开一点。"他请求那位铁路工人。

保尔把一只不知是谁的铁桶移开一些,腾出地方,站到车窗跟前。丽塔正在车窗外边,这时赶忙把旅行袋递给他。保尔把旅行袋往夹着铁桶的胖女人膝盖上一搁,探出身子,抓住丽塔的双手,把她拉上来。有个值勤的红军战士发现了这一违章行为,还没来得及制止,丽塔已经爬进了车厢。那战士慢了一步,没有办法,只好骂了一声,离开车窗了事。丽塔一进车厢,投机商们叫嚷得更厉害,弄得她很尴尬,心中很是不安。她连下脚的地方也没有,只得抓紧上铺的把手,站在下铺的边沿上。周围是一片谩骂声。上铺的那个粗嗓门骂得更难听:"这个浑蛋,自己爬上来不算,还拉上来一个婊子!"

上头又响起一个不见其人的尖嗓子:"莫季卡,把他的鼻梁揍扁!"

塌鼻子女人也想乘机把小板箱压在保尔的头上。周围的人流气十足,充满敌意。保尔后悔把丽塔拉到这节车厢里。事已至此,总得设法替她找个地方吧。保尔对那个叫莫季卡的人说:"公民,把你的口袋从过道上挪开,让这位同志落脚站一站。"不料,那家伙非但不动弹,反倒骂了一句极其下流的话,气得保尔心头怒火直冒,右眉上边像针扎似的频频作疼。

"下流坯,你等着,回头我找你算账!"保尔勉强压住怒火,对那个流氓说。可是他的头上立即又挨了一脚。

"瓦西卡,再教训教训他!"周围的人像催促恶狗咬人似的怂恿着。

保尔强压了好一阵子的怒火终于爆发了。这种时候，他出手照例又快又狠。

"怎么，你们这伙坏蛋、奸商，想欺侮人？"保尔犹如蹬着弹簧似的，双手用力一撑，蹿上中铺，挥拳猛揍莫季卡那张蛮横的丑脸。这一拳劲儿真大，那家伙一下子栽下来，跌落到过道里几个人的头上。

"浑蛋！你们通通给我滚下来！要不然，我把你们这些狗东西都给毙了！"保尔在上铺四个人的鼻子跟前挥舞着手枪，厉声呵斥。

这么一来，局面完全扭转了。丽塔全神贯注，只要谁敢碰一下保尔，她就准备开枪。上铺立刻腾了出来，那个贼头贼脑的女人赶忙躲到隔壁的铺位上去了。

保尔把丽塔安顿在空出来的位子上，低声对她说："你在这儿坐着，我去跟他们算账。"

丽塔拦住他："你还要去打架？"

"不是。我去去就来。"他安慰丽塔说。

保尔再次把车窗打开，跳到站台上。几分钟后，他已经走进铁路运输肃反委员会，站在老上级布尔迈斯特的办公桌前了。布尔迈斯特是拉脱维亚人。他听保尔谈完情况，就下令让四号车厢的全体旅客下车，检查证件。

"我早就说过，每次还没放人进站上车，车厢里已经坐满了投机商。"布尔迈斯特抱怨说。

十名肃反人员组成检查组，对整节车厢进行彻底检查。保尔按照老习惯，从头至尾帮着查。他虽然离开了肃反委员会，跟那里的朋友却依旧保持着联系。自从他担任共青团书记后，还向铁路运输肃反委员会输送过不少优秀团员。检查结束后,保尔又回到丽塔这儿。车厢里已经坐满了新的旅客——出差的干部和红军战士。

铺位上堆满了一捆捆的报纸,保尔在上铺的一角给丽塔找了个座位。

"可以了,咱们凑合着坐吧。"丽塔说。

列车启动了。

车窗外面,那个胖女人高高地坐在一大堆口袋上,向后退去。

"曼卡,我的油桶呢?"传来她的喊声。

丽塔和保尔挤在跟邻铺隔着大捆大捆报纸的狭小的空间里,兴奋地回忆着刚才那场不太愉快的插曲,一边啃着面包和苹果,腮帮子一鼓一鼓的。

列车缓缓地爬行。这些摇摇晃晃、超载的车厢发出吱嘎吱嘎的响声,每到钢轨接头处都会震跳一下。傍晚,车厢里渐渐暗下来了,接着,夜幕遮住了敞开的窗子,整个车厢便黑沉沉的了。

丽塔很累,头枕着旅行袋打起盹来。保尔坐在铺边上,耷拉下两条腿,抽着烟。他也十分疲倦,但没有地方可以躺下。凉爽的夜风吹进车窗。车身猛地一震,丽塔惊醒了。她看见保尔烟头的火光。"他会这样坐到天亮的。显然,他不愿意挤我,怕我不好意思。"她暗想。

丽塔打趣地说:"柯察金同志,请抛开资产阶级的那套虚伪礼节,躺下休息吧。"

保尔在她身边躺了下来,舒适地伸直了两条发麻的腿。

"明天还有许多工作要做呢。睡吧,你这个爱打架的家伙。"她坦然地搂住旅伴。保尔感到丽塔的头发碰着了他的脸。

在保尔心目中,丽塔是神圣不可侵犯的。丽塔是他的战友和同志，是他政治上的指导者，但她终究是个女性。这一点他是在天桥上的时候才第一次意识到，正因为这样，丽塔的拥抱使他很激动。保尔感觉出她那均匀的呼吸，她的双唇离得好近，近得使他产生了要找那嘴唇的渴望。他用顽强的意志克制住了这种渴望。

丽塔似乎猜到保尔的感情，她在黑暗中微微地笑了。她已经尝过热恋的欢乐和失恋的痛苦。她先后把自己的爱献给两个布尔什维克。白匪军的子弹相继夺走了她的这两个亲人：一个是旅长——顶天立地的巨人；另一个是眼睛亮闪闪的小伙子。

车轮声使保尔很快就睡着了。直到第二天早上，汽笛一声吼叫，才把他唤醒。

近来，丽塔很晚才回到自己的房间。她的笔记本难得打开，只写过几则非常简短的日记。

八月十一日

省代表大会闭幕了。阿基姆、米哈伊拉和另外几个同志都去哈尔科夫参加全乌克兰代表大会。日常工作全都压到我的肩上。杜巴瓦和保尔都收到了到团省委任职的证件。杜巴瓦担任佩乔拉区团委书记以后，晚上就不再来学习。他工作太忙。保尔希望继续学习。不过，有时候我抽不出空，有时候他到外地出差。由于铁路线上情况日益紧张，他们经常处于动员状态。昨天，扎尔基来找我。我们调走他那儿的人，他很不满意，说这些人他也非常需要。

八月二十三日

今天我经过走廊，看到潘克拉托夫、柯察金和一个我不认识的人站在行政处门口。我走近些，听见保尔正在讲一件什么事："那边的几个家伙，简直应该吃枪子儿。他们竟然说：'你们无权插手我们的事情。这儿，铁路林业委员会说了算，共青团管不着。'瞧他们那神气样儿……寄生虫在那里做窝啦……"接着，我听到一句不堪入耳的骂人话。潘克拉托夫瞧见我，捅了保尔一下。保尔回头一瞧是我，脸都白了。他没敢再看我一眼，赶紧溜走了。这下，他准会很长一段时间不到我这里来。他知道，无论谁骂人，我都不会原谅。

八月二十七日

委员会开了内部会议。情势正日趋复杂。现在我不能写下全部情况，因为那是不允许的。阿基姆从县里来，一脸愁云。昨天，又有一列运粮专车在捷捷列夫附近被颠覆。看样子，我得放弃写日记了。老是写得断断续续的。我等着柯察金来学习。今天我看到过他，他和扎尔基等五个人在建立一个公社。

这天中午，保尔在铁路工厂里接到一个电话。是丽塔打的，说今晚有空，叫他去学习，继续研究上回没有结束的专题：巴黎公社失败的原因。

晚上，保尔来到大学环路那幢房子的门口。他抬头望望，丽塔的窗户亮着灯。他顺着梯子跑上楼，用拳头敲了一下房门，没等里面应声，就走了进去。

在丽塔那张小伙子们不敢坐一坐的床上，此刻躺着一个穿军装的男人。桌子上放着他的手枪、行军背包和红星军帽。丽塔坐在他的身旁，紧紧地拥抱着他。两人正眉飞色舞地谈着什么……丽塔朝保尔转过身来，脸上喜气洋洋。

那个军人推开拥抱着他的丽塔，站起身来。

"我来介绍一下,"丽塔对保尔说,"这是……"

"达维德·乌斯季诺维奇。"军人没等丽塔介绍,就很大方地自报姓名,并且紧握保尔的手。

"他突然来了,从天而降似的。"丽塔含笑说。

保尔握手时很冷淡,莫名的委屈在他眼中短促地一闪。他瞥见达维德的衣袖上戴着四个方形组成的军衔标志。

丽塔刚要说什么,保尔抢先表明:"我是跑来跟你说一下,今天我要去码头上卸木柴,你别等我……正巧你有客人。就这样吧,我走了,伙伴们在楼底下等着呢。"

保尔突然进门来,又倏地退出去了。楼梯上传来他急促的脚步声。楼底下,大门砰的一声关上了,再没有任何声响。

"他好像不大对头。"丽塔迎着达维德那困惑的目光,猜想着说。

……天桥底下一台机车吐出长长的一口气,从强劲的胸腔里喷吐出大团金色的火星。这团奇异的火星向上飞迸,消隐在烟雾之中。

保尔倚着天桥的栏杆,望着道岔上各色信号灯的闪光。他两眼眯缝起来。

"莫明其妙!柯察金同志,为什么一发现丽塔有丈夫,你就那么痛苦呢?难道她曾说过没有丈夫?即使说过又怎样呢?你干吗酸溜溜的?亲爱的同志,你一向认为,除了高尚的友谊,没有别的任何关系……你怎么会把这一点疏忽了呢?嗯?"保尔讥讽地责问自己,"再说,如果那不是她的丈夫呢?达维德·乌斯季诺维奇或许是她的哥哥或者叔叔呢……那你不分青红皂白让人难堪,也太荒唐了。显然,你也跟其他男人一样,是小人。是不是哥哥,一问就知道。如果确实是哥哥或叔叔,你怎样跟她解释自己的失态?算了,往后你再也别去见她了。"

汽笛声打断了保尔的思路。

"天很晚了,该回家了,别再胡思乱想啦!"

在索洛缅卡(这是铁路工人住宅区的名称),有五个人组成了一个小小的公社。他们是扎尔基、保尔、头发浅黄而性格开朗的捷克人克拉维切克、机车库共青团书记尼古拉·奥库涅夫和铁路肃反委员会委员斯乔帕·阿尔秋欣。不久前,斯乔帕·阿尔秋欣还是修理厂的锅炉工。

他们找到了一间屋子,接连三天下了班就去打扫、擦洗、粉刷、油漆。他们提着水桶跑来跑去,邻居差点儿以为着火了。他们搭了床,从公园里弄来好多槭树叶,塞进大口袋里做成床垫。到了第四天,雪白的墙壁上又挂上了彼得罗夫斯基①的肖像和一幅大地图,整个房间焕然一新。

两个窗户之间的搁板上放着一堆书。两只木箱蒙上硬板纸,便算是方凳。另一只大一些的木箱当作柜子。一张挺大的台球桌放在屋子中央,台球桌的呢面已经脱落。这是他们从公用事业局扛来的,白天当桌子,夜里是克拉维切克的床。大家搬来了各自的东西。克拉维切克善于当家理财,他把公社的全部财产列了一份清单,并且想钉在墙上,由于大家一致反对才作罢。屋子里的一切都成了集体财产。工资、口粮以及偶尔收到的包裹,一律平均分配。

---

① 格·伊·彼得罗夫斯基(1878—1958),苏联国务活动家,曾在彼得格勒参加十月革命,1919年任全乌克兰革命委员会主席。1919年至1938年任全乌克兰中央执行委员会主席。

只有武器仍旧归各自所有。社员们一致决定：公社成员如果违反取消私有财产的规定，辜负同志的信任，就开除出社。奥库涅夫和克拉维切克还坚持加上一条：从屋子里驱逐出去。

本区的共青团活动积极分子都来参加公社的成立典礼。公社社员在邻家的院子里借了一个大茶炊，拿出所有的糖精沏茶。大家喝完茶，齐声高唱：

> 泪水洒遍了海角天涯，
> 我们一辈子做牛做马，
> 但那一天必将到来……

烟厂女工塔莉娅·拉古京娜在指挥。她的红布头巾稍稍歪在一边，眼睛挺像调皮的男孩。至今还没有人能就近仔细观察这双眼睛。塔莉娅很有感染力地笑着。这个十八岁的糊烟盒女工青春焕发地看着世界。她单子朝上一扬，大家便放声齐唱，跟铜号一样嘹亮：

> 我们的歌声飞遍四方，
> 我们的旗帜在全世界飘扬，
> 旗帜明亮，如同火焰，
> 那是我们的热血在闪光。①

---

① 这是苏联歌曲《红旗》中的部分歌词。《红旗》原系波兰革命歌曲，后来由克尔·日托诺夫斯基填词，十月革命时开始流传。

直到深夜，大家才散去。说笑声惊醒了沉睡的街道。

团区委书记扎尔基伸手去接电话。

"轻点，同志们，我什么也听不清了！"他朝挤在办公室里的共青团员们喊，他们都在哇啦哇啦地交谈。

说话声轻了一些。

"我在听。哦，是你呀！对，对，这就开会。讨论内容吗？还是那个老问题：到码头上搬木柴。什么？没有，没有派他出去。他在这儿。要他听吗？行。"

扎尔基向保尔招招手："乌斯季诺维奇同志找你。"说着，他把听筒递给保尔。

"我以为你不在呢。今天晚上我正巧有空。你来吧，我哥哥乘车路过这儿，来看看我，我们两年没见面了。"

是哥哥！

保尔没有听到丽塔接着讲的话。他回想起那天晚上的情景，回想起那天夜里在天桥上作的决定。对，今天应该去见她，把联系着双方的那条线掐断。爱情给人带来多少烦恼和痛苦，难道现在是谈情说爱的时候吗？

听筒里传来丽塔的声音："你怎么了？没听见我的话吗？"

"不，不，我听着。好的，开完会就来。"

他搁下了听筒。

保尔抓住橡木桌子的边沿，直视着丽塔的眼睛，说："我恐怕不能再到你这儿来了。"

他说完，只见丽塔那浓密的睫毛向上颤动了一下。丽塔手里的铅笔正在纸上迅速写着什么，这时候突然停住，一动不动地搁在打开的笔记本上。

"为什么？"

"越来越抽不出时间。你也知道，我们现在每天够紧张的。很可惜，但是只能过些时候再说……"

他听着自己说的最后一句话，觉得口气还不坚决。

"何必拖泥带水呢？这么说，你缺乏斩钉截铁的勇气！"

于是，保尔口气坚决地接着说："另外，我早就想告诉你，你讲的内容，我理解不了。我跟谢加尔学习的时候，脑子里什么都记得住，跟你学习却一点也记不住。每次在你这儿学完，我都去找托卡列夫补课。我的脑袋不好使。你还是教一个聪明些的学生吧。"

丽塔凝视着他，他避开了丽塔的目光。

为了不给自己留一点回旋的余地，保尔又硬着头皮说："所以，咱们用不着再浪费时间了。"

保尔站起身来，小心翼翼地用脚稍稍推开椅子，朝下看看丽塔垂着的头，看看她在灯光中显得更加苍白的脸。保尔戴上帽子，说："那么，丽塔同志，再见了！真对不起，这么多日子一直没有对你说实话。应该一开头就说的。这都怪我。"

丽塔机械地把手伸给保尔。小伙子突然变得如此冷淡，使她感到惊愕，她只能勉强地说："保尔，我不怪你。既然我没能使你满意，没能使你理解，那么今天这样的结果，是我自己造成的。"

保尔迈着沉重的脚步走出房间，悄无声息地把门掩上。到了大门口，他站住了——现在还可以回去，解释清楚……可是何必呢？难道回去让她当面贬斥一顿，然后重新回到大门口来吗？不！

破烂的车厢和熄了火的机车在铁路的死岔线上越积越多。风卷着锯末在空荡荡的木柴场上到处飞舞。

奥尔利克匪帮像凶猛的猞猁,在城市周围的林间小路上和幽深的山谷里频繁出没。白天他们隐蔽在郊外的村庄里和树林中的大养蜂场里,到了深夜,就爬到铁路上,伸出锐利的脚爪,大肆破坏。干完坏事,又爬回巢穴。

这样一来,铁马般的列车经常出轨。车厢摔得粉碎,睡梦中的旅客被压成肉饼,宝贵的粮食跟鲜血和泥土掺和在一起。

匪徒们不时偷袭宁静的乡镇。母鸡惊慌地咯咯叫着满街乱跑。枪声一响,乡苏维埃的白房子附近便发生为时不长的对射,枪声清脆得好像踩断干树枝。匪徒们骑着肥壮的马,在村庄里横冲直撞,砍杀被抓住的村民。他们把马刀挥得呼呼响,砍人如同劈柴。为了节省子弹,他们不大用枪杀人。

匪徒来去飘忽不定。到处都有他们的耳目。在神父家的院子里,在富农家牢固的宅院里,都有人窥视着乡苏维埃白色小房子里的动静。一条条无形的线伸进密林深处。弹药、鲜猪肉、青灰色的上等美酒源源不断地送往那里。还有各种情报,先是咬着耳朵悄悄告诉小头目,再通过复杂的联络网,一直送到奥尔利克本人手中。

这个匪帮总共只有两三百名暴徒,可就是一直没能剿灭。他们化整为零,在两三个县里同时活动,无法把他们一网打尽。他们夜里是匪徒,白天却装成老实的庄稼汉,在自家院子里转来转去,给马喂草料,或者站在大门口,嘴里带着讪笑,吸着烟袋,闪烁的目光打量着过往的红军骑兵侦察队。

亚历山大·普济列夫斯基团长率领全团人马,在这三个县里清剿匪徒。他们不知疲劳,夜以继日,顽强地跟踪追击,有时也能踩住匪帮的尾巴。

一个月以后,奥尔利克从两个县里撤走了喽罗。他们只能在一个狭小的圈子里东躲西藏了。

城里的生活一如既往。嘈杂的人群在五个集市上熙来攘往。有两种愿望在这里起支配作用:一种是漫天要价,一种是就地还钱。形形色色的骗子在这里各显神通。数百个精明的商人像跳蚤似的钻来钻去。他们的眼神里什么都有,唯独没有天良。这里犹如一个大粪堆,聚集着全城的蛆虫。他们的目的都是坑骗缺乏经验的新手。班次很少的列车从肚子里排泄出一堆堆背着口袋的人。这些人全都涌向各个集市。

晚上,集市上空荡荡的。白天生意繁忙的小巷,一排排黑洞洞的空货架和摊位,都变得狰狞可怕。

入夜,在这死气沉沉的街区,每个小亭子后面都隐藏着危险。即使胆大的人也不敢冒险到这里来。经常发生这样的事:突然响起一声像铁锤敲击铁皮似的枪声,于是有人饮弹而亡,倒在血泊里。等到附近几个岗亭的民警结伙赶来(都不敢独自来),除了一具蜷缩的尸体之外,已经找不到别的人了。凶手早就逃离了作案现场,而集市所在街区的居民却被搅得一夜不得安宁。集市对面就是"俄里翁①"电影院,那儿马路和人行道上灯火通明,人来人往。

电影院里,放映机咝咝地响着,争风吃醋的情敌在银幕上厮杀。片子一断,观众就怪叫起哄。看来,市区和城郊的生活似乎都没有离开常轨,就连革命政权的中枢——党的省委会里,工作也按部就班地进行着。其实,这只是表面上的平静。

---

① 俄里翁,希腊神话中健美的猎人。

城市里正酝酿着风暴。

不少人知道这场风暴即将来临。这些人笨拙地把步枪藏在乡民常穿的长袍里面，从各地潜入这座城市。有的装成投机商，坐在火车顶上赶来。他们不去市场，而是凭着记忆，把东西带往约定的街道和住宅。

这些人都是知情人，而城里的工人群众，甚至布尔什维克，却不知道风暴快要袭来。

全城只有五个布尔什维克了解敌人的全部准备活动。

被红军赶到白色波兰境内的彼得留拉匪帮的残部，同驻华沙的一些外国使团狼狈为奸，准备组织一次暴动。

彼得留拉残部秘密地拼凑了一支突击队。

中央暴动委员会在舍佩托夫卡也有自己的组织。参加这个组织的有四十七个人，其中大部分过去就是活动猖獗的反革命分子。当地肃反委员会的轻信使他们得以逍遥法外。

这个组织的头子是瓦西里神父、温尼克准尉和彼得留拉军官库兹缅科。神父的两个女儿、温尼克的弟弟和父亲，还有钻进市执行委员会当了办事员的萨莫特亚等人，负责刺探情报。

他们决定在夜间发动暴乱，用手榴弹炸毁边防特勤处，放出犯人，如果顺利，就占领火车站。

在作为这次暴动中心的一座大城市里，一群白匪军官正在鬼鬼祟祟地集中，各路匪帮则到城郊的树林里集结。一些经过审查的"忠诚分子"，从这里前往罗马尼亚，去见彼得留拉本人。

在军区特勤处里，朱赫来已经连续六昼夜没有睡觉，他是掌握全部情况的五个布尔什维克之一。费奥多尔·朱赫来觉得自己现在像个猎人，正监视着即将猛扑过来的野兽。

不能叫喊，不能打草惊蛇。只有把这嗜血成性的野兽击毙，人们才能安心地劳动，用不着时刻留意着每个树丛后面的动静。把野兽吓跑是不行的。在这场殊死的搏斗中，斗士必须心不慌、手不软才能获胜。

关键时刻迫在眉睫了。

就在城里的某个角落，在进行阴谋活动的秘窟里，敌人决定：明天夜里动手。

五个掌握敌情的布尔什维克决定抢先一步：不能拖，今夜就行动。

晚上，装甲列车不拉汽笛，悄悄地开出车库，接着，车库也悄悄地关上大门。

直达线路急速地传递着密码电报。凡是收到电报的地方，共和国的保卫者们顾不上睡觉，立即行动，去捣毁匪巢。

扎尔基接到了阿基姆的电话："各支部的会议都布置好了是吗？好。你跟区党委书记马上来开会。木柴问题比我们想象的更严重。你们来了再谈吧。"扎尔基听见阿基姆坚定而急促的声音。

"唉，木柴问题快把我们急疯了。"他埋怨着，放下了听筒。

利特克开着汽车，风驰电掣地把两位书记送到目的地。他们下了车，登上二楼，立刻就明白了：决不是让他们来研究木柴问题。

一挺马克沁机枪架在办公室主任的桌子上，特勤部队的几个机枪手在它旁边忙碌着。走廊上有本市的党团员积极分子在站岗，他们都默不作声。省委书记办公室宽大的门里面，省党委常委紧急会议就要开完了。

外面有电线通过气窗伸进来，接在两部军用电话机上。

人们说话都压低了声音。扎尔基在房间里见到了阿基姆、丽塔和米哈伊拉。米哈伊拉·什科连科穿着长军大衣,扎着武装带,腰间挂着手枪,使得扎尔基没能一眼认出来。丽塔的装束,跟当连指导员时一样:头戴红军的盔形帽,身穿草绿色的短裙和皮夹克,挎着沉甸甸的毛瑟枪。

"怎么回事呀?"扎尔基惊奇地问丽塔。

"这是演习紧急集合,万尼亚。我们马上到你们区去,在第五步兵学校紧急集合。各支部的小伙子开完会就直接去那儿。最重要的是这个行动不要让人察觉。"丽塔对扎尔基说。

步兵学校周围的树林里寂静无声。

高耸的橡树如同默默伫立的百岁巨人。池塘在牛蒡和水草的覆盖下沉睡着。宽阔的林荫道上渺无人迹。在树林中间,高高的白色围墙里面是从前士官武备学堂的楼房。现在这里是红军第五步兵军官学校。夜色正浓,楼上没有灯光。从表面上看,这里一切平静。过路人准以为里面的人全睡了。但是,那扇大铁门为什么敞开着?门旁那两只像特大蛤蟆似的东西又是什么?不过,从铁路工人区的各个角落到这里来集合的人都知道,既然下了紧急集合令,军校里的人不可能在睡觉。参加支部会的人听到简短的通知,就直接到这里来了,有独自来的,有两个一起来的,最多不超过三个人。谁也不说话。每个人的衣袋里都藏着证件,上边印有"共产党(布尔什维克)"或"乌克兰共产主义青年团"的字样。只有出示了这样的证件,才能进入大铁门。

礼堂里已经有很多人。这里灯火通明,四周的窗户都用帆布帐幕遮挡着。集合在这里的布尔什维克都安静地抽着自己卷的烟,对这种演习性的紧急集合都不当一回事,谁也不感到紧张。不过是集合一次,让大家体会一下特勤部队的纪律罢了。但是,有过战斗经验的，一进校门，就感到气氛异样，不太像演习。这里的一切静得出奇：口令轻声发出，军校学员静悄悄地整队。机枪是用双手抱出来的。楼房里不往外透一点亮光。

"米佳伊，有什么重大事情吧？"保尔走到杜巴瓦跟前，低声问。

杜巴瓦正跟一个保尔不认识的姑娘并肩坐在窗台上，前天保尔在扎尔基那儿见过她一面。

杜巴瓦打趣地拍拍保尔的肩膀说："怎么，吓得灵魂出窍了吧？没关系，我们会教会你们打仗的。你跟她不认识吗？"杜巴瓦指了指姑娘问，"她叫安娜，姓什么我也不知道。官衔是宣传站站长。"

那个姑娘一边听杜巴瓦戏谑的介绍，一边端详着保尔。她理了理从淡紫色头巾下滑出来的一缕头发。

她和保尔四目相遇，各不相让地对视了几秒钟。她那两只黑眼睛挑战似的闪着光。睫毛又长又密。保尔把目光转向杜巴瓦。他觉得脸上发热，不高兴地皱起眉头。

"你们两个究竟谁为谁宣传呢？"保尔勉强笑着问。

礼堂里一阵喧哗。米哈伊拉站到椅子上大喊："第一中队在这里集合！同志们！快一点！"

朱赫来、省委书记和阿基姆一起走进礼堂，他们刚刚赶到。

礼堂里站满了排好队的人。

省委书记登上教练机枪的平台，扬起一只手，说："同志们，我们召集你们到这里来，是为了一项重大而艰巨的任务。现在要告诉你们一个情况，那是昨天还不允许说的，因为是重大的军事秘密。明天夜里，在本市，就像在全乌克兰的其他城市一样，将要发生反革命暴乱。咱们城里已经潜伏着许多反动军官。四郊也集结了好几股土匪。有些阴谋分子甚至混进了我们的装甲车营,当上了驾驶员。但是,肃反委员会察觉了这个阴谋,所以我们现在要把整个党团组织都武装起来。第一和第二共产主义大队要配合肃反工作人员和军校学员,和这两支有战斗经验的队伍一起行动。军校的队伍已经出发。同志们,现在该你们出发了。十五分钟内领取武器,整理好队伍。这次行动由朱赫来同志指挥。他会给指挥员们下达具体的指示。我认为当前局势的严重性已经十分清楚,没有必要再向共产主义大队的同志们作解释了。我们必须先发制人,在今天就制止明天将要发生的暴乱。"

一刻钟后,全副武装的队伍在校园里集合完毕。

朱赫来扫视了一遍肃立的行列。

在队列前边三步远的地方,并肩站着两个扎皮带的人:大队长梅尼亚伊洛和政委阿基姆。梅尼亚伊洛这个彪形大汉是乌拉尔的铸工。左面是第一中队的队伍,队列前边两步处站着两个人——中队长米哈伊拉·什科连科和指导员丽塔·乌斯季诺维奇。他们的后面是毫无声响的共产主义大队的三百名战士。

朱赫来一声令下:"出发!"

三百个人走在没有行人的街道上。

城市酣睡着。

来到荒凉街对面的利沃夫大街,队伍停下了。行动将从这里开始。

他们悄悄包围了整个街区。指挥部就设在一家商店的台阶上。

一辆汽车亮着前灯,从市中心沿利沃夫大街急驰而来,在指挥部旁边刹住了车。

这一次，古戈·利特克送来了自己的父亲——本市的警备司令扬·利特克。司令跳下车来，对儿子匆忙地说了几句拉脱维亚话。汽车猛然向前一冲，转眼就消失在德米特里大街的拐弯处。古戈·利特克目不转睛地望着前方，两只手仿佛粘在方向盘上似的，忽而左打，忽而右转。

哈哈，这回可用上了他开飞车的本领！这下没有人会想到因为他发疯似的急转弯而关他两天禁闭了。

古戈开着车，流星似的在街上疾驰。

转眼间，他把朱赫来从城市的这头送到了那头。朱赫来不由得夸赞他："古戈，像你今天这么开法，要是不撞人，明天就奖给你一块金表。"

古戈得意洋洋地说："我还以为这样急转弯要关我十天禁闭呢……"

阴谋分子的司令部最先遭到打击。第一批俘虏和缴获的文件马上送到了特勤处。

荒凉街上有一条胡同，也叫这个古怪的名字。根据肃反委员会掌握的情报，住在荒凉胡同十一号的秋贝特，在这次反革命阴谋中扮演着一个不小的角色。他那里藏有一份要在波多拉区行动的军官团的名单。

警备司令扬·利特克亲自到荒凉街来逮捕他。秋贝特住的房子有几个窗户朝着花园。花园的高墙那边，从前是座修道院。在这所房子里没有找到秋贝特。据邻居说，他今天没回来过。在他屋里搜出了一箱手榴弹，还有一些名单和地址。老利特克布置了伏兵，自己在桌旁翻看搜到的材料。

花园里的哨兵是个年轻的军校学员，他能看到亮着灯光的窗户。一个人站在角落里真没劲儿,他有点害怕。他奉命监视高墙,可这儿离那个能壮人胆的明亮窗户挺远。而月亮又很少露面。黑暗中,灌木丛像在抖动。他用刺刀向四周探了探——什么也没有。

"干吗派我到这儿来呢?墙这么高,谁也爬不上去,到窗子跟前瞧瞧怎么样?"年轻学员这样想。他再一次看看墙头,就离开了散发着霉味的墙角。他在窗前停住了脚步。老利特克正匆匆收拾文件,准备离开。就在这当口,一个人影在墙头上出现了。这人看见了窗外的哨兵和屋子里的老利特克。人影像猫一样敏捷地从墙头攀到树上,溜到地面,又像猫一样悄悄地接近哨兵,把手一扬,哨兵就倒下了。一把海军短剑深深地刺进哨兵的脖子,只有剑柄露在外面。

花园里一声枪响,包围这个地段的人们就像触了电似的。

六个人皮靴咚咚响着冲向这所房子。

扬·利特克已经死了。他坐在圈椅上,头贴着桌子,满脸鲜血。窗户的玻璃已被打得粉碎,但是敌人没来得及抢走文件。

修道院的墙边响起了密集的枪声。凶手跳到街上,拼命朝卢基扬诺夫空地跑去,边跑边向后开枪。他没有逃脱:一颗子弹追上了他。

通宵进行了挨户搜查。几百个没报户口的、证件可疑的、藏着武器的人被押到肃反委员会进行甄审。

有几个地方遇到了阴谋分子的武力反抗。在日良大街,安托沙·列别杰夫在搜查一户人家时被冷枪打死了。

这天夜里,索洛缅卡大队损失了五个人。肃反委员会牺牲了一位老布尔什维克——共和国的忠实保卫者扬·利特克。

暴乱被制止了。

同一天夜里,在舍佩托夫卡,瓦西里神父、他的两个女儿以及他们的全部同伙,通通落网了。

风暴平息了。

然而,新的敌人又在威胁着城市——铁路运输即将瘫痪,随之而来的将是饥饿和寒冷。

粮食和木柴成了关键问题。

第二章

朱赫来思索着,从嘴边取下短短的烟斗,小心地用指头拨弄隆起的烟灰。烟斗已经灭了。

屋子里有十几个人在吸烟,灰色的烟雾状如浮云,在天花板上的毛玻璃灯罩底下盘旋,在省委书记椅子上方缭绕。坐在桌子后边角落里的人们,看上去宛若笼罩在轻烟薄雾中。

托卡列夫老头胸口贴着桌子,坐在省委书记旁边。他气呼呼地揪着胡子,偶尔斜眼瞅一下秃顶的矮个子。后者尖着嗓门在继续东拉西扯地说着不着边际的空洞废话。

阿基姆看到这个老钳工斜视的目光,不由得回想起童年。那时候他们家有一只好斗的公鸡,叫"斜白眼",每次进攻前,也是这样斜眼打量对方的。

省党委的会议已经开了一个多小时。秃顶是铁路林业委员会的主席。

他用灵巧的手指翻着文件,振振有词地说:"……正是由于诸如此类的客观原因,省委和铁路管理局的决议才没有落实的可能。我再说一遍,即使再过一个月,我们能提供的木柴也不会超过四百立方米。至于完成十八万立方米的任务,那简直是……"秃顶在挑选字眼,"乌托邦①。"说完,小嘴巴一闭,受了冤枉似的噘着双唇。

接着是久久的沉默。

朱赫来用指甲弹着烟斗,想把烟灰磕出来。老钳工托卡列夫浑厚的喉音打破了沉默。

"用不着磨嘴皮子。铁路林业委员会过去没有木柴,现在没有,将来也不会有……是这样吧?"

秃顶耸耸肩膀。

"对不起,同志,木柴我们是准备好了,可惜没有马车往外运……"秃顶噎住了。他掏出方格手帕擦擦光秃秃的脑袋,擦完后,手怎么也找不到袋口,就焦躁地把手帕往皮包底下塞。

"您采取了什么措施运送木柴呢?原先领导这项工作的那些行家因参与阴谋活动被逮捕已经过了好些日子了呀。"坐在角落里的杰涅科说。

秃顶朝他转过身来:"我已经三次向铁路管理局打报告,说没有运输工具就不可能……"

托卡列夫打断了他的话:"这我们早就听说了。"老钳工鄙夷地说,狠狠地瞪了秃顶一眼。

"怎么,您以为我们是傻瓜?"

这一问,吓得秃顶背上一阵发麻。

"对反革命分子的活动,我可不能负责。"秃顶回答的声音已经低了下来。

"但是,他们在远离铁路的地方伐木,这事您可知道?"阿基

---

① 乌托邦,英语 utopia 的音译,意为空想。

姆问。

"听说过,不过这种不正常的情况出现在别人管的地段,我不能在上级面前说三道四。"

"您手下有多少工作人员?"工会理事会主席问。

"两百个左右。"

"这些酒囊饭袋每人一年只砍一立方米!"托卡列夫气得使劲啐了一口。

"铁路林业委员会全体人员都领头等口粮,那是让城里的工人从嘴里省下来的。可你们在干什么?我们拨给工人的那两车皮面粉,你们弄到哪儿去了?"工会理事会主席继续追问。

人们纷纷向秃顶提出各种各样尖锐的问题,他却一味支吾搪塞,就跟对付紧逼的债主似的。

这家伙滑得像黄鳝,根本不正面回答问题,两只眼睛不住地东张西望,本能地感觉到危险逼近了。他又心虚,又紧张,此刻只有一个愿望——赶快离开这儿,家里已经准备好了丰盛的晚餐,他那还不算老的妻子正在读着法国作家保罗·德·科克的小说,等他回去。

朱赫来一面注意听秃顶的回答,一面在笔记本上写着:"我认为此人应进一步审查。看来不是简单的工作能力低的问题。我已经掌握了他的一些材料……不必再跟他扯下去,让他滚开,咱们好谈正事。"

省委书记看了递给他的纸条,向朱赫来点点头。

朱赫来站起来,走到外屋去打电话。他回来的时候,省委书记已经念到决议的结尾:"鉴于铁路林业委员会领导人公然消极怠工,故撤销其职务。此事交侦查机关进一步审处。"

秃顶本来以为结果还要糟些。不错，指责他消极怠工，撤了职，怀疑他不可靠，但这些没什么大不了的。至于博亚尔卡车站的事情，他用不着担心，那不是他管的地段。"呸，活见鬼，我还以为他们抓住什么把柄了呢……"

他差不多完全放心了，一边往皮包里收拾文件，一边说："好吧，我是一个党外专家，你们有权不信任我，但是我问心无愧。要是工作没做好，那是因为心有余而力不足。"

没有谁答理他。秃顶走出房间，匆匆下楼，轻松地舒了一口气，拉开临街的大门。

"公民，您贵姓？"一个穿军大衣的人问他。秃顶吓得心惊肉跳，结结巴巴地说："切尔……温斯基……"

外人出去以后，省委书记办公室里那十三个人全都紧紧地围到大桌子边。

"大家看……"朱赫来用手指按着摊开的地图说，"这是博亚尔卡站。离车站七俄里是伐木场，这儿堆积着二十一万立方米木柴。一支伐木大军在这儿干了八个月，付出巨大的劳动。结果呢，咱们被出卖了，铁路和城市还是得不到木柴。木柴要从六俄里以外的地方运到车站。这至少要用五千辆大车，整整运一个月，还得每天运两趟。最近的一个村庄远在十五俄里以外。而且，奥尔利克匪帮就在这个地区出没……这意味着什么，你们心中明白吗？……瞧，按原计划，伐木应该从这儿开始，然后向车站方向推进，谁知这帮坏蛋反而向森林深处推进。他们老谋深算，知道咱们无法把伐倒的木头运到铁路沿线。事实上咱们连一百辆大车也搞不到。他们就是这样整咱们……这跟搞暴动一样厉害。"

朱赫来紧握着的拳头沉重地落在涂了蜡的地图上。

恐怖在日益逼近，虽然朱赫来没有明说，但十三个人心里都十分清楚。冬天眼看就要到了，医院、学校、机关和几十万居民都将遭受严寒的侵害。车站上人头攒动，像一窝蚂蚁，火车却每星期只开一次。

每个人都在苦苦思索。

朱赫来松开了拳头。

"同志们，出路只有一条：在三个月内，从车站到伐木场修筑一条轻便铁路，全长七俄里。这样打算是为了在一个半月以后铁路能修到伐木场的边缘。这件事我已经琢磨了一个星期。要完成这项工程，"朱赫来嗓子发干，声音沙哑了，"需要三百五十名工人和两个工程师。普夏-沃基察有铁轨和七个火车头，是共青团员们在那儿的仓库里找到的。战前就有这样的打算，想从那儿铺一条轻便铁路到城里来。不过，工人在博亚尔卡没有地方住。那里只有一所破房子，是以前的林区小学。工人只能分批派去，两个星期轮换一次，时间再长会挺不住。阿基姆，咱们把共青团员调上去怎么样？"他没等回答，接着又说，"共青团要把能派的人都派去，第一批先派索洛缅卡区和一部分城区团组织的团员。任务异常艰巨，但是只要跟同志们讲清楚，这是为了拯救全城和铁路，他们一定会干好。"

铁路局长怀疑地摇了摇头，有气无力地说："这未必会有什么结果。在这么荒僻的地方铺七俄里长的铁路，现在又是秋季，多雨，而且很快就要上冻。"

朱赫来没有朝他回过头去，语气尖锐地说："安德烈·瓦西里耶维奇，你本来应该多长个心眼儿，管好伐木工作。现在铁路支线一定要建成。总不能束手待毙。"[1]

最后几箱工具搬上了火车，乘务员各就各位了。小雨淅淅沥沥地下着。丽塔的皮夹克湿得发亮，雨珠跟小玻璃球似的往下滚。

丽塔来送行，她紧紧握住托卡列夫的手，低声说："祝你们成功。"

老人的两眼从灰白的眉毛底下慈祥地望着她。

"没错儿，他们存心给咱们找麻烦。"他嘟哝了一句，实际上是顺着自己的思路在说，"你们在这儿多留点神儿。要是谁使坏作梗，你们就给点压力。这帮废物办事总是拖拖拉拉的。哦，闺女，我该上车了。"

托卡列夫裹紧了短外衣。就在他临下车前，丽塔像是随口问道："柯察金怎么不跟你们一块儿去？没见他在小伙子们中间。"

"他昨天和技术员一块儿乘检道车为我们打前站去了。"

扎尔基和杜巴瓦沿着站台匆匆地朝这边走来，同他们在一起的还有安娜·博哈特。她很随便地披着短外套，纤细的手指夹着熄了火的香烟。

丽塔注视着渐渐走近的三个人，又向托卡列夫提了一个问题。

"柯察金在你那儿学习得怎么样？"

托卡列夫诧异地看了她一眼："什么学习？那小伙子不是你在辅导吗？他常跟我提到你，夸个没完。"

丽塔听着，有点不敢相信老人的话。

"托卡列夫同志，真是这样吗？他说他跟我学了之后，都要上你那儿补课的。"

老人哈哈大笑。

"上我那儿？……我根本没见他上门。"

汽笛响了。克拉维切克在车厢里喊："乌斯季诺维奇同志，你放我们的大伯上车吧。这样不行啊!没有他我们怎么办呢?"

这个捷克人还想说些什么,但是看见三个人走近,就不吭声了。他一看到安娜明亮而活泼的眼睛,发现她对杜巴瓦露出惜别的微笑,便感到一阵苦涩,急忙离开了车窗。

秋雨打着人们的脸。一团团深灰色的积雨云在低空缓缓移动。深秋,大片大片的林木都已经光秃了。老榆树郁郁不乐,满身的皱纹都藏在褐色的苔藓下面。无情的秋风剥去了它们的盛装。它们站在那里,光秃秃、病恹恹的。

小车站孤零零地隐在森林中间。一条新修的路基从车站的石砌货运站台伸向森林。路基两旁满是密密麻麻的人群。

黏糊糊的泥巴在靴子底下吧唧吧唧地响着,令人讨厌。路基两旁的人们在使劲挖土。铁钎发出沉闷的叮当声;铁锹碰在石头上,铿然作响。

细密的雨点像是从筛子上洒下来似的。冰冷的雨水渗进了衣服。雨水也冲走了劳动成果。泥浆像稠粥一样从路基上往下流淌。

衣服湿透了,变得沉重冰冷,但是人们每天干到天完全黑了才收工。修筑的路基一天天向密林深处延伸。

离车站不远处,立着一座破败不堪的石头建筑物的空架子。那里面,凡是能卸下、拆掉、砸断的东西,早就被人弄走了。门窗成了大洞小洞,炉门成了黑窟窿。房顶的破洞里露着桁架和椽子。

只有四个宽大的房间的水泥地未遭劫难。每天夜里,四百个穿着沾满泥浆的湿衣服的人就躺在水泥地上睡觉。大家在门口拧衣服,拧出一股股脏水。面对恶劣的雨天和遍地的泥泞,他们粗野地咒骂着。水泥地面上薄薄地铺了一层干草,大家紧挨着睡,互相用体温取暖。衣服冒着气,但是从来没干过。雨水渗过遮挡窗洞的麻袋,滴落到地上。雨点像密集的榴霰弹,敲击着屋顶上残存的铁皮。风从破门的缝隙里往里灌。

破旧的板棚算是厨房。早晨,大家在这里喝茶吃东西,然后上工地。午饭是单调得要命的素扁豆汤和一磅半黑得像煤块的面包。

城里能供应的只有这些。

工程师瓦列里安·尼科季莫维奇·波托什金是个干瘦的高个子老头,脸上有两道很深的皱纹。技术员瓦库连科身材矮壮,粗糙的脸上长着个肥厚的鼻子。他俩住在火车站站长家里。

托卡列夫住在车站肃反工作人员霍利亚瓦的小屋子里。霍利亚瓦长着两条短腿,好动得像水银。

筑路工程队以顽强的毅力经受着各种艰难困苦。

路基一天天向森林的深处延伸。

工程队里已经有九个人开了小差。过了几天,又跑了五个。

开工后第二个星期,筑路工地遭到第一次打击——这天晚上,火车没有从城里运面包来。

杜巴瓦叫醒托卡列夫,报告了这件事。

工程队党组织书记托卡列夫把两条毛茸茸的腿垂到地板上,狠狠地搔着胳肢窝。

"开始玩花样了!"他一边嘀咕,一边匆匆穿衣服。

霍利亚瓦像个圆球似的滚进屋子。

"快去挂电话,要特勤处。"托卡列夫吩咐他,接着他又叮咛杜巴瓦,"面包的事,你要守口如瓶。"

倔强的霍利亚瓦跟电话接线员吵了半个钟头,总算接通了特勤处副处长朱赫来的电话。托卡列夫听他跟接线员争吵,不耐烦地直跺脚。

"什么？面包没送到？我这就去了解，是谁干的好事。"听筒里震响着朱赫来的怒吼声。

"你告诉我，明天我们拿什么给大伙吃？"托卡列夫气恼地冲着话筒喊道。

朱赫来显然在考虑怎么办。过了好一会儿，托卡列夫才听到他这样说："面包我们连夜送去。我派利特克开汽车送去，他认识路。天亮前一定送到你们那儿。"

天刚亮，一辆沾满泥浆的汽车开到了火车站，车上装着一袋袋面包。小利特克疲乏地从车上爬下来。他一夜没合眼，脸色都苍白了。

为修筑铁路而进行的斗争越来越艰苦。铁路管理局来了通知，说枕木没有了，城里也找不到车辆，无法把铁轨和火车头运到工地上来，而且发现那些火车头还需要大修。第一批筑路人员即将到期，可下一批人员还没有着落。让这些已经筋疲力尽的人留下再干，是不可能的。

旧板棚里，积极分子围着一盏油灯商量到深夜。

第二天早晨，托卡列夫、杜巴瓦和克拉维切克到城里去了。他们带着六个人去检修火车头和运铁轨。克拉维切克是面包工人出身，他到供应部门去当监督员。其他人前往普夏-沃基察。

雨还在下个不停。

保尔·柯察金好不容易才把脚从黏糊糊的泥里拔出来。他感到脚底下冰冷刺骨，知道那只破靴底整个儿掉了。从来到这儿的第一天起，他就吃这双破靴子的苦头。靴子总是湿漉漉的，里面的泥浆咕唧咕唧响个不停。这下倒好，一只靴底干脆掉了，他只得光着脚板泡在冰冷刺骨的烂泥里。这只靴子使他干不成活。他从烂泥里捡起破靴底，无可奈何地看了看。他已经发过誓不再骂人，但这时候憋不住了。他提着破靴子走进板棚，在行军灶旁边坐下，解开沾满污泥的包脚布，把那只冻得麻木的脚伸到炉子旁边。

奥达尔卡在案板上切甜菜。她是巡道工的妻子，在这里给厨师打下手。大自然对巡道工这个毫无老态的妻子很慷慨，使她生得肩膀宽阔，胸脯高高，大腿粗壮。她切起菜来，刀功高超，一会儿切好的蔬菜便在案板上堆成小山。

奥达尔卡轻蔑地瞥了保尔一眼，挖苦地问："怎么回事儿？等饭吃了？还早了点儿吧。小伙子，你八成儿是偷懒溜过来的吧？你把脚伸到哪儿？这儿是厨房，不是澡堂子！"她训斥着保尔。

一个上了年纪的厨师走进来。

"靴子全烂了。"保尔解释了他来厨房的原因。

厨师看了看破靴子，朝奥达尔卡那边点点头，说："她丈夫是半个鞋匠，帮得上您忙的。没鞋穿，弄得不好，性命也难保。"

奥达尔卡听了厨师的话，再仔细看看保尔，有点不好意思了。

"我把您当成懒汉了。"她抱歉似的说。

保尔温厚地笑笑。奥达尔卡用行家的眼光仔细看了看那只靴子。

"我那口子才不补它呢——根本不能穿了。我家阁楼上有一只旧套鞋，我给您拿来，可别冻坏了脚。唉，受这种罪，哪儿见过呵！明后天就要上冻，您会冻坏的。"奥达尔卡同情地说。她放下菜刀，走了出去。

不一会儿，她拿着一只长筒套鞋和一块亚麻布回来了。保尔用布包好脚，烤得热乎乎的，穿上了暖和的套鞋。他默默地以感激的眼神望望巡道工的妻子。

托卡列夫怒气冲冲地从城里回来了。他把积极分子召集到霍利亚瓦的房间里，向他们讲了不愉快的消息。

"到处都在怠工。不管你到哪儿，虽然看到车轮都没停，可就是光在原地打转。看来，兴风作浪的反革命分子，咱们还是抓得太少，所以老是碰上。同志们，我跟你们明说了吧：情况糟糕透顶。第二批的人还没凑齐，能派来多少还不得而知。转眼就要上冻，豁出命去也要抢在上冻以前把路铺过那片沼地。不然，以后用牙啃也啃不动。情况就是这样。小伙子们，城里那帮捣鬼的家伙，一个也逃不脱惩罚。咱们必须在这儿加油干，抢速度，只要还剩一口气，就要修筑好这条铁路。要不，咱们还叫什么布尔什维克呢？成了草包啦！"托卡列夫斩钉截铁地说，完全不是平时那种沙哑的低音。紧锁着的双眉底下那两只眼睛炯炯有神，表明他铁了心。

"今天咱们召开党团员会议，给大家讲清楚，明天都照常上工。非党非团的同志，明天早晨就可以回去，党团员都留下。这是团省委的决议。"说着，托卡列夫把一张叠成四折的纸交给潘克拉托夫。

保尔隔着潘克拉托夫肩头看过去，只见上边写着：

团省委认为，全体共青团员必须继续留在工地，等第一批木柴运出以后再换班。

团省委书记
丽塔·乌斯季诺维奇（代签）

板棚里挤得水泄不通，一百二十个人都挤在这里。有的靠板壁站着,有的爬上桌子,连灶台上也站着人。

潘克拉托夫宣布开会。托卡列夫话不多,但是最后一句话却使大家惊呆了。

"明天共产党员和共青团员都不能回城。"

老人的手在空中挥了一下,强调决定是不可改变的。这个手势把大家摆脱污泥、回城同家人团聚的希望一扫而光。一开始,会场里闹哄哄的,什么也听不清。人们晃动着,暗淡的灯光也跟着摇曳不定。黑暗遮住了人们脸上的表情。吵嚷声越来越大,有些人表示渴望"家庭的舒适",有些人气恼地叫喊,说累坏了。许多人默不作声。只有角落里的一个人声明要离队。他愤怒地连喊带骂:"见他妈的鬼了!我在这儿一天也待不住了。让人去服苦役,也得是犯了罪呀。可凭什么罚我们?硬让我们干了两星期,该够了吧。再也没有那么多傻瓜。谁决定的,让谁来干。谁乐意在烂泥里打滚,就让他打滚吧。我可只有一条命。我明天就走。"

这个叫嚷的人就站在奥库涅夫背后。奥库涅夫划着火柴,想看看这个逃兵。火柴点燃的一瞬间,照亮了他那扭曲的脸和张大的嘴。奥库涅夫认出他是省粮食委员会会计的儿子。

"你瞧什么?我不躲不藏。我不是小偷。"

火柴熄灭了。潘克拉托夫站起来,挺直了身子。

"谁在这儿胡说八道?谁说党交给的任务是服苦役?"他瓮声瓮气地说,严厉的目光环视着周围的人,"弟兄们,咱们无论如何也不能回城去,咱们的岗位在这儿。要是咱们从这儿溜走,许多人会冻死的。弟兄们,咱们早点干完,就可以早点回去。当逃兵溜走,像这个可怜虫想的那样,是咱们的思想和纪律所不容许的。"

这个码头工人不喜欢发表长篇大论,但是,就这么短短的几句,也被刚才那个人的声音打断了:"那么非党非团的人可以走吗?"

"可以。"潘克拉托夫明确无疑地说。

那个身穿城里流行的短大衣的年轻人,朝桌子跟前挤来。他扔出一张小小的证件,这证件跟蝙蝠似的在桌子上方翻了个跟斗,撞到潘克拉托夫的胸口,弹回来,竖在桌子上。

"这是团证,收回去吧。我可不为这么一张硬纸片卖命!"

他的后半句话淹没在全场爆发出来的斥责声中。

"你扔掉的是什么?"

"呸,你这个出卖灵魂的东西!"

"钻进共青团,图的是升官发财!"

"轰他出去!"

"传播伤寒的虱子,恨不得把你揍扁!"

扔掉团证的人缩着脑袋朝门口挤。大家像躲避鼠疫患者一样避开他。门在他身后砰的一声关上了。

潘克拉托夫捡起扔下的团证,凑近小油灯的火苗。硬纸片烧着了,卷起来,变成焦黑的纸筒。

森林里响了一枪。一人一骑从板棚这儿迅速逃离,钻进了黑幽幽的林子。人们从破校舍和板棚里跑出来。有人无意中碰到了一块插在门缝里的胶合板。人们划着火柴,用衣服下摆挡住风,借着火光,看见胶合板上写着:

通通滚出车站!从哪里来的,滚回哪里去。谁敢留下,叫他脑袋开花。我们要把你们斩尽杀绝,一个不饶。限明天晚上以前滚蛋。

下面的署名是：大头目切斯诺克。

切斯诺克是属于奥尔利克匪帮的。

在丽塔房间里的桌子上摊开着一本日记。

十二月二日

早晨下了第一场雪。天冷得厉害。在楼梯上遇见维亚切斯拉夫·奥利申斯基。于是我们一起走。

"我一向爱欣赏初雪。哦。一派严冬景象！何等赏心悦目，对不对？"奥利申斯基说。

我想起了博亚尔卡工地上的人们，就回答他说，我对严冬和这场雪一点也不欣赏，相反，只觉得心烦。我把原因告诉了他。

"这是主观片面的。如果依此类推，那就应该认为，比方说在战时，笑声和一切乐观的表现都是不允许的。但是生活中并非如此。悲剧发生在前线。在那里，常常会有死神近在咫尺的感觉。然而即便在前线，也依然有笑声。至于远离前线的地方，生活一如往常：有笑声也有泪水，有痛苦也有欢乐，有对眼福和口福的追求，有惆怅失意，也有爱情……"

从奥利申斯基的话中，很难听出哪些是说着玩的。他是外交人民委员会的特派员。一九一七年入党。他的衣着是西欧式的，胡子刮得溜光，身上洒香水。他就住在我们这幢楼中谢加尔的那套房间里，晚上常来看我。同他聊天倒挺有意思，他曾在巴黎久住，知道西方的许多事情。但是我觉得和他不可能成为挚友。因为他首先把我看作一个女人，然后才是党内的同志。的确，他并不掩饰自己的意图和想法，说实话，他很有勇气，而且，他的追求也并不粗野。他善于表现得情意绵绵，然而我不喜欢他。

朱赫来那种略带粗犷的朴实跟奥利申斯基的翩翩风度相比，我倒觉得前者要亲切得多。

我们从筑路工地收到了一些简短的报告。每天铺路一百俄丈。他们把枕木直接铺在冻土上，放在刨出来的凹槽里。那里总共只有两百四十个人。第二批人员已经逃跑了一半。条件确实艰苦。在冰天雪地中，往后他们怎么工作呢？……杜巴瓦他们去检修火车头已经一个星期了。在普夏-沃基察的八个火车头，他们只修好五个，其余的没有零件修配了。

电车公司控告杜巴瓦，说他带着一批人，强行扣留了从普夏-沃基察往城区开的全部电车。他把乘客赶下车，把铺支线用的铁轨装到车上，然后沿着城里的电车线路，把十九辆车统统开到火车站。电车工人全力支援他们。

在火车站，索洛缅卡区的一群共青团员连夜把铁轨装上火车。杜巴瓦他们把铁轨运到了博亚尔卡筑路工地。

阿基姆拒绝把杜巴瓦的问题提到常委会上讨论。德米特里·杜巴瓦向我们反映，电车公司的官僚主义和拖拉作风极其严重，他们顶多只肯拨给两辆车。图夫塔教训杜巴瓦："该改掉游击习气了。现在这么干，要坐牢的。跟他们好好商量嘛，何必硬抢呢？"

我从没见过杜巴瓦这样怒不可遏。

"你这个死抠条文的家伙，自己干吗不去跟他们好好商量呢？坐在这儿，喝饱了墨水，净耍嘴皮子。我不把铁轨送到筑路工地，就得挨骂。我看得把你送到工地上去，让托卡列夫管教管教，省得在这儿碍手碍脚！"杜巴瓦暴跳如雷，惊动了整个省委大楼。

图夫塔写了一份报告，要求处分杜巴瓦。阿基姆让我走开一下。他和图夫塔谈了十来分钟。图夫塔从阿基姆房间出来的时候，脸色通红，怒气冲冲。

十二月三日

省委又收到了新的控告信，是铁路肃反委员会送来的。潘克拉托夫、奥库涅夫和另外几个同志，在莫托维洛夫卡车站拆走了一些空房子的门窗。他们把拆下的东西往工程车上搬，站上的一个肃反工作人员要扣留他们，他们反而缴了他的枪。直到火车开动，才把退空了子弹的手枪还给他。门窗都运走了。另外，铁路局物资处控告托卡列夫擅自从博亚尔卡仓库提走二十普特钉子，作为报酬发给农民，让他们帮着从伐木场运出做枕木用的长木头。

我跟朱赫来同志谈了这两件事。他笑着说："这些控告咱们都给顶回去吧。"

工地上的情况万分紧张。每一天都很宝贵。为了一些鸡毛蒜皮的小事，有时也不得不施加点压力。我们常常把捣乱分子拖到省委来。工地上的小伙子们不按常规办事的情况越来越多。

奥利申斯基给我送来一个小巧的电炉。我和奥莉娅·尤列涅娃用它来烘手。房间里可并没有因此而暖和多少。那么在森林里，人们又是怎样挨过这样的夜晚呢？奥莉娅说医院里很冷，病人都不敢钻出被窝。那里每隔两天才生一次火。

你说得不对，奥利申斯基同志，前线和后方是休戚与共的！

十二月四日

大雪下了整整一夜。有报告说，博亚尔卡筑路工地全给大雪封住了。工程停了下来。大家在清除路上的积雪。今天省委决定：第一期筑路工程一定要在一九二二年一月一日前完成，把路铺到伐木场边缘。据说，这个决定传达到博亚尔卡工地，托卡列夫这样回答："只要我们还有一口气，一定按期完成。"

柯察金一点消息也没有。他居然没像潘克拉托夫那样受到"控告"，倒很奇怪。我直到现在也不知道，他为什么不愿意跟我见面。

十二月五日

昨天，匪徒们袭击了筑路工地。

马匹在松软的雪地上小心地迈着步子。有时候，马蹄踩在雪下的枯枝上，树枝折断，发出脆响，那时马就打个响鼻，闪到一边去。但是，贴伏着的耳朵挨了一枪托，它又急忙往前赶了。

十来个骑马的人翻过一片高低起伏的丘陵地，前面便是一长条没有被雪覆盖的黑色地面。

他们在这里勒住了马。马镫相碰，发出当的一声。领头的那匹公马使劲抖了一下身体。长途跋涉使它浑身直冒热气。

"他们的人，还真他妈的多得很，"领头的匪徒说，"得把他们全吓走。大头目吩咐，一定要叫这些臭工人明天通通滚蛋，否则他们真会得到木柴……"

匪徒们一个跟一个，沿着轻便铁路朝车站走去，渐渐接近早年林区小学旁的一片空地。他们隐藏在树背后，并不到空地上去。

一阵枪声打破了黑夜的寂静。雪团活像松鼠，从被月光照成银白色的桦树枝上滚落。树木之间，短筒枪喷出火光。子弹打得墙上泥灰迸溅，潘克拉托夫他们运来的玻璃窗也被击得粉碎，发出哀怨的叮当声。

枪声惊醒了睡在水泥地上的人。他们猛地跳起来，可房子里枪弹乱飞，迫使他们又卧倒。

有人压到了别人身上。

"你要上哪儿？"杜巴瓦一把抓住保尔的军大衣问。

"去外面。"

"傻瓜！趴下！你一露头，就会被撂倒。"杜巴瓦急促地低声说。

他俩紧挨着躲在大门旁。杜巴瓦伏在地上，握枪的手伸向门口。保尔蹲着，手指紧张地摸着转轮手枪的弹槽，里面有五颗子弹。他摸到空槽，便把转轮拨过去。

枪声突然停止了。接着是令人惊奇的沉寂。

"同志们，有枪的过来。"杜巴瓦低声指挥那些伏在地上的人。

保尔小心地打开了门。空地上没有一个人影。只有雪花飞旋着，慢慢地飘落到地面。

十个人抽打着马匹，隐入了森林。

吃午饭的时候，城里飞快地驶来一辆检道车。朱赫来和阿基姆走下车来，托卡列夫和霍利亚瓦上前迎接。一挺机枪、几箱机枪子弹和二十支步枪，从车上卸下，堆在站台上。

他们匆匆地向施工现场走去。朱赫来的大衣下摆在雪地上划出不规则的曲线。他的步子像熊一样左右摇晃。他还是老习惯，两条腿像圆规一样叉开，仿佛脚下仍然是晃动的甲板。高个子的阿基姆跟得上朱赫来，托卡列夫常常得跑几步才能追上他们。

"匪徒袭击，没什么大不了的。眼前有个山包挡道，给我们添了大麻烦。必须挖很多土方才行。"

托卡列夫站住了。他背过身子，两个巴掌稍稍弯曲着挡住风，点着烟，赶紧抽了两口，又去追前边的人。阿基姆停下来等他。朱赫来没有放慢脚步，继续往前走。

阿基姆问托卡列夫："这条支线你们能如期修成吗？"

托卡列夫没有立即回答，过了一会儿才说："你要知道，老弟，一般说来是根本无法如期完成的，但是非完成不可呀。事情就是这样。"

他们赶上朱赫来，并排走着。托卡列夫很激动地接着说："问题就是这个'但是'。工地上只有我和工程师帕托什金两个人明白：条件这样恶劣，人力和设备又不足，如期完工是办不到的。好在全体筑路人员都知道，不如期完工是绝对不行的。所以我上回才说：'只要还有一口气，就一定要修好这条铁路。'你们亲眼看看吧！我们在这儿挖土已经快两个月了。第四批眼看又要到期，可是基本成员一直没换过班，没喘过一口气，全凭青春热情支撑着。但有一半人已经着凉受寒了。看看这些小伙子，心里像刀割似的。他们是无价之宝……只怕不止一个人的命会断送在这个鬼地方。"

从车站开始，已经铺设好了一公里的轻便铁路。

往前是一公里半平整好的路基。路基上挖好的凹槽里铺着一排长木头，看上去很像被大风刮倒的栅栏。这算是枕木。再往前，一直到小山包跟前，是一条刚平整出来的路面。

在这里干活的是潘克拉托夫的第一筑路队。四十个人在铺枕木。一个穿着新树皮鞋的红胡子的农民，不慌不忙地把木头从雪橇上卸下，扔到路基上。稍远处，还有几架这样的雪橇。地上摆着两根长铁棍。这是用来代替路轨的，以便把枕木铺得一样平。为了把路基夯实，斧头、铁棍、铁锹全都用上了。

铺枕木是不能图快的细致活儿。必须铺得既牢固又平稳，让所有的枕木均匀地承受铁轨的压力。

只有筑路工长拉古京一个人懂得铺路技术。这老汉已经五十四岁了，留着油光发亮的八字胡，却没有一根白发。他自愿留下，接连干到第四批了。他跟年轻人一起忍受一切艰难困苦，在筑路队里受到普遍的尊敬。他是一位非党同志（他是塔莉娅的父亲），党组织开会总是请他出席，坐荣誉席。他为此感到自豪，发誓决不离开工地。

"你们说说看，我怎么能扔下你们不管呢？我一走，你们会搞乱的。这儿需要我的一双眼睛，需要实践经验。我在俄罗斯铺了一辈子枕木……"每到换班的时候，他都笑呵呵地这样说，于是就一次次地留了下来。

工程师帕托什金对他充分信任，很少到他这个工段来检查。这时候，大家正在干活儿，朱赫来等三人走到了他们跟前。潘克拉托夫正挥动斧子砍着安放枕木用的凹槽，他满脸通红，满头是汗。

阿基姆好不容易才认出了这个码头工人。他瘦多了，高颧骨更加突出，脸也没有好好洗过，又黑又憔悴。

"啊，省里的领导来了！"说着，他把热乎乎、湿漉漉的手伸给阿基姆。

铁锹声停了下来。阿基姆看见周围的人脸色都很苍白。脱下的大衣和皮袄全堆在旁边的雪地上。

托卡列夫跟拉古京交代了几句，就拉上潘克拉托夫陪同刚来的朱赫来和阿基姆走向小山包。潘克拉托夫和朱赫来并肩走着。

"潘克拉托夫，你说说，你们跟莫托维洛夫卡车站的肃反工作人员发生了什么事？把人家的枪都缴了，你不认为干得有点过火吗？"朱赫来严肃地问这个不爱说话的码头装卸工。

潘克拉托夫不好意思地微微一笑。

"我们跟他商量好了才缴他的枪。是他自己主动提出的。这小伙子跟我们谈得拢。我们把实际困难跟他一摆，他就说：'同志们，我没有权力让你们卸走门窗。捷尔任斯基下的命令，严禁盗窃铁路财产。这儿的站长跟我是冤家对头。这个坏蛋偷东西，我总是干涉他。我让你们把门窗拿走，他准会上告，那我就得到革命法庭受审。你们先缴了我的枪，再把东西赶快运走。站长不上告，事情就算过去了。'所以，我们就这么干了。我们可不是把门窗往自己家里搬。"

潘克拉托夫看到朱赫来眼睛里闪过一丝笑意，又接着说："朱赫来同志，要处分就处分我们吧，您可别难为那个小伙子。"

"这事儿到此为止。往后再这样干可不行——这是破坏纪律。我们有足够的力量通过组织手段粉碎官僚主义。好了，现在谈谈更重要的问题吧。"于是朱赫来询问起匪徒袭击的详情。

在离车站四公里半的地方，大家在挥动铁锹，猛攻坚硬的冻土。他们要劈开挡道的小山包。

工地周围，有七个人担任警戒。他们带着霍利亚瓦的马枪和保尔、潘克拉托夫、杜巴瓦、霍穆托夫的手枪。这是筑路队的全部武器了。

帕托什金坐在斜坡上，往本子里记着数字。工地上只剩下他一个工程技术人员。瓦库连科怕被土匪的子弹打死，宁可让法庭以临阵脱逃罪判死刑，也要离开这里，因此，今天一早就开小差回城了。

"挖开这个山包,要半个月,因为地冻住了。"帕托什金低声对站在面前的霍穆托夫说。霍穆托夫是个老皱着眉头、动作迟缓、不喜欢多说话的人。

"总共只给我们二十五天,光挖山包您就用十五天,这不行!"霍穆托夫说,气呼呼地用嘴咬着胡子梢。

"这个期限也许定得不切合实际。我这辈子从来没有在这样的条件下、同这样的集体一起筑过路。我也可能估计错误,因为以前就错过两次。"帕托什金说。

这时候,朱赫来、阿基姆和潘克拉托夫走近了小山包。斜坡上的人们看到了。

"瞧!谁来了?"铁路工厂的吊眼旋工彼得卡·特罗非莫夫用露在破绒线衣外面的胳膊肘捅了保尔一下,指指山坡下面说。保尔连铁锹也没扔,赶紧往山坡下跑。他的两只眼睛在帽檐下热情地微笑着。朱赫来紧紧地握住他的手,时间比谁都长。

"你好哇,保尔!瞧你这身乱七八糟的装束,简直认不出了。"

潘克拉托夫苦笑了一下。

"他那五个脚趾行动一致,全露在外面。而且开小差的还偷走了他的大衣。幸亏跟他同一公社的奥库涅夫把破上衣给了他。不过没关系,保尔血气方刚,还可以在水泥地上烤一个星期,不铺干草也行,然后进棺材。"码头装卸工苦笑着对阿基姆说。

眉毛黑黑、鼻子微翘的奥库涅夫调皮地眯起眼睛说:"我们才不让保夫卢什卡完蛋呢。我们可以推举他到厨房去,给奥达尔卡当后备火头军。只要他不是傻瓜,那儿吃也吃得饱,睡也睡得暖和——挨着炉子也行,挨着奥达尔卡也行。"

一阵善意的哄笑淹没了奥库涅夫的话。

这是他们今天头一回大笑。

朱赫来察看了小山包,然后同托卡列夫、帕托什金坐雪橇到伐木场去了一趟,接着又转回来。斜坡上的人仍在顽强地挖土不止。朱赫来望着飞舞的铁锹,望着弯腰拼命干活的人群,低声对阿基姆说:"用不着开群众大会,这儿没有人需要宣传鼓动。托卡列夫,你说得对,他们是无价之宝,钢铁就是这样炼成的!"

朱赫来望着这些挖土的人,两眼流露出敬佩、疼爱和自豪的神情。就在不久以前,在反革命叛乱的前夜,他们当中的一部分人曾经扛起钢枪战斗。现在,他们又怀着共同目标奋战,要让钢铁动脉一直延伸到宝贵的木柴的堆放地去。这些木柴是温暖和生命的源泉啊。

帕托什金既彬彬有礼又凿凿有据地向朱赫来证明:要在这个小山包上开出一条路,少于两个星期是不可能的。朱赫来一面听他计算,一面心里打主意。

"您把斜坡上的人撤下来,调到前面去修路。咱们另想办法对付这个小山包。"

在车站的电话机旁,朱赫来待了很长时间。霍利亚瓦站在门外警卫。他听见屋里朱赫来在粗声粗气地说:"立即以我的名义给军区参谋长挂电话,请他尽快把普济列夫斯基团调到筑路工地附近来。一定要肃清这个地区的匪帮。请从基地调一辆装甲车和几名爆破手来。其他事情由我自己安排。我夜里回去。让利特克在十二点以前把车开到车站。"

板棚里，在阿基姆的简短讲话以后，朱赫来接着发言。在亲切的交谈中，一个小时不知不觉地过去了。朱赫来告诉筑路工人，原定的工程期限不可能改变，工程必须在一月一日之前完成。

"我们要把建筑工程转入战时状态。全体党员编成一个特勤中队，杜巴瓦同志任中队长。六个筑路小队都有硬性任务。尚未完成的工程平均分成六段，每队承包一段。全部工程必须在一月一日以前结束。提前完工的小队可以回城休息。另外，省执行委员会主席团还要向全乌克兰中央执行委员会呈报，给这个小队的优秀工人颁发红旗勋章。"

各小队的队长已经派定：第一小队是潘克拉托夫同志，第二小队是杜巴瓦同志，第三小队是霍穆托夫同志，第四小队是拉古京同志，第五小队是柯察金同志，第六小队是奥库涅夫同志。

"筑路工程队长、思想和组织工作的总负责人，"朱赫来在发言结束时宣布，"仍然由不换班的安东·尼基福罗维奇·托卡列夫担任。"

仿佛群鸟振翅起飞，响起一片掌声。一张张绷紧的脸都露出了笑容。朱赫来一向很严肃，最后这句话却说得亲切而诙谐，使长时间凝神细听的人们爆发出一片笑声。

二十几个人簇拥着阿基姆和朱赫来，一直把他们送到检道车旁边。

朱赫来同保尔话别，望着他那只灌满雪的套鞋，低声说："我给你捎双靴子来，你的两只脚还没冻坏吧？"

"好像有点冻坏，已经肿起来了。"保尔回答。他想起很久以来心中就有的要求，便抓住朱赫来的袖子，说："能给我几发手枪子弹吗？我这儿有效的只有三发了。"

朱赫来抱歉地摇了摇头。但是他看到保尔失望的眼神，就毅然解下自己的毛瑟枪。

"这是我送给你的礼物。"

保尔开头简直不敢相信，他会得到这盼望已久的礼物，但是朱赫来已把枪带挂到他的肩膀上了。

"拿着吧，拿着吧！我知道你早就眼红了。不过要多加小心，可别误伤自己人。还有满满三夹子弹，也给你啦。"

一道道异常羡慕的目光射向保尔。有人喊："帕夫卡，咱俩换换。我给你一双靴子，外加一件短大衣。"

潘克拉托夫在保尔背上推了一下，逗趣地说："小鬼，换毡靴吧。再穿着那只套鞋，你别想活到圣诞节。"

这时候，朱赫来一只脚踩在检道车的踏板上，正在给保尔开持枪许可证。

大清早，一列装甲列车哐当哐当响着驶过道岔，开进车站。一团团乳白色的蒸汽像天鹅绒毛似的喷发出来，又立即消融在寒冷而清新的空气中。从装甲车厢里下来几个穿皮衣的人。几个小时后，装甲车送来的三名爆破手在斜坡上深深地埋下两个暗蓝色的大南瓜，接上长长的导火线，然后发出一发信号弹。人们纷纷离开现在已经变成险地的小山包，四下隐蔽。火柴点燃了导火线，发出如同磷火似的火光。

刹那间，几百个人心都紧缩起来。难挨的一分钟，两分钟——终于……大地猛地一抖，一股可怕的力量炸开了小山包，把巨大的土块抛上天空。接着，第二次爆炸比第一次更猛烈。震耳欲聋的巨响震撼着密林，山包炸裂的隆隆声在林间回荡。

小山包不见了，出现了一个深坑。方圆数十米内，在白糖一样的雪地上，撒满了飞溅出来的碎土。

人们拿着镐和锹，冲向炸开的深坑。

朱赫来走后，工地上掀起了异常激烈的竞赛，大家都想争第一。

离天亮还早着，保尔谁也不惊动，悄悄爬起来，在冰冷的地上艰难地挪动冻僵了的双脚，前往厨房。他烧开一桶喝早茶用的开水，回去叫醒本小队的同伴。

等到本队的人都醒来，天已经亮了。

在板棚吃早点的时候，潘克拉托夫挤到杜巴瓦及其兵工厂伙伴的桌子跟前，激动地说："米佳伊，看见没有？天不亮，保夫卡就把他那伙人叫起来了，现在他们恐怕已经铺了十俄丈。听大伙说，他们铁路工厂的人，全让他给鼓动得雄心勃勃，要在二十五日以前铺完自己的地段。他想把咱们都给比下去。对不起，还得走着瞧呢！"

米佳伊苦笑了一下。铁路工厂那一队的行动为什么使这个货运码头的共青团书记忐忑不安，他心里一清二楚。就连他杜巴瓦，也受到好朋友保夫卢什卡的鞭策：这个保尔什么话也没说，就向各队挑战。

"朋友归朋友，各自显身手。这是关系到谁输谁赢的问题。"潘克拉托夫说。

将近中午，柯察金小队正干得热火朝天，突然一声枪响，打断了他们的工作。站在架在一起的步枪架旁的哨兵，发现树林里出现了一队骑兵，便鸣枪示警。

"快拿枪，弟兄们，匪帮来了！"保尔喊道。他扔下铁锹，朝大树跑去。他的毛瑟枪就挂在树枝上。

全队都拿起了武器，卧倒在路基旁的雪地上。

前面的几个骑兵挥着帽子，其中一个高喊："别开枪，同志们！自己人！"

五十多个骑兵顺着大路跑近了，他们都戴着缀有红星的布琼尼帽。

原来这是普济列夫斯基团的一个排前来看望筑路人员。排长的坐骑少一只耳朵，引起了保尔的注意。那是一匹漂亮的灰骠马，额上有一块白斑。它躁动不安，在排长胯下"跳着舞"。保尔跑到它跟前，一把抓住嚼子旁边的缰绳，吓得它直往后退。

"小秃斑，小调皮，咱俩在这儿见面啦！你还没让子弹打死呀，我的独耳朵美人。"

他亲热地搂住战马的细长脖子，抚摸它那翕动的鼻子。排长仔细打量保尔，到底认出来了。他惊喜地喊道："哦，柯察金！是你呀！你认出了马，我谢列达你反倒没认出来。你好啊，兄弟！"

全城总动员，支援筑路工地，加速了工程进度。扎尔基把留在城里的人都调往博亚尔卡工地，团区委成了一个空架子。整个索洛缅卡区只剩下一些女团员。扎尔基又到铁路专科学校动员了一批学生去支援工地。

他向阿基姆汇报这些情况，半开玩笑地说："现在只剩下我和女无产者了。如果让拉古京娜代替我，门口换上'妇女部'的牌子，我就可以上筑路工地了。我一个男子汉在娘子军里转，还真不自在。姑娘们都用怀疑的目光瞧着我。这群喜鹊准在背后叽叽喳喳说我：'把别人都撵走了，自己却留在城里，这个大滑头。'没准儿还有更让我感到委屈的话呢。求你了,让我也去吧。"

阿基姆笑着拒绝了。

人们陆续来到博亚尔卡工地。铁路专科学校的六十名学生也来了。

朱赫来设法让铁路管理局调出四节客车车厢,开到博亚尔卡,给新到的工人当宿舍。

杜巴瓦小队撤出了工地。他们被派往普夏-沃基察,任务是把轻便铁路专用的小火车头和六十五节平板车运回工地。这项工作算作他们在工地上的任务。

杜巴瓦临走向托卡列夫建议,把克拉维切克调回来,让他领导新成立的一个小队。托卡列夫采纳了他的建议,丝毫没有怀疑他的真实动机。杜巴瓦想起克拉维切克这个捷克人,是因为收到了安娜托索洛缅卡区的人捎来的便条。便条上写着:

德米特里:

我和克拉维切克为你们挑了一大堆书报。我们向你、向博亚尔卡工地的全体突击手致以热烈的敬礼。你们全是了不起的人!愿你们身体强健、精神焕发。昨天,各木柴场的最后一批存货都配售完了。克拉维切克要我向你们转达问候。他是一个人品极好的小伙子。他亲自动手为你们烤面包。他信不过面包房里的那些人。他亲自筛面粉,亲自开机器和面。他想办法弄到优质面粉,烤出来的面包真好,和我平时领到的根本没法比。晚上,我这儿常聚集着咱们的人:拉古京娜、阿尔秋欣、克拉维切克,有时候还有扎尔基。我们也进行一些学习,但主要是谈谈各种人和事,谈得最多的是你们。姑娘们由于托卡列夫不让她们去筑路工地而生他的气。她们再三保证，能跟你们一样经受磨炼。拉古京娜说："我穿上一身老爸的衣服去找老爸，他不见得能把我撵走。"

八成儿她真会这么干。代我问候黑眼睛的朋友。

安娜

暴风雪突然袭来。一团团灰色的阴云布满天空，低低地飘动着。大雪纷纷扬扬。晚上刮起了狂风，烟筒呜呜直响。狂风追逐着在林木间飞旋、躲闪的雪花，凄厉地呼啸着，使整座森林惊慌不安。

一整夜，暴风雪都在怒吼、肆虐。车站上那间破房子关不住热气，虽然通宵生着火炉，大家还是觉得寒气砭骨。

第二天清晨上工，脚陷入深深的积雪，树梢上却挂着一轮火红的太阳。天空碧蓝，万里无云。

柯察金小队在自己地段上清除积雪。到这时候保尔才体会到严寒造成的痛苦确实难熬。奥库涅夫给的旧上衣一点也不保暖，旧套鞋灌满了雪，好几次陷在雪里找不到。另一只脚上穿的靴子随时有掉底的危险。由于睡水泥地，他脖子上长了两个大毒疮。托卡列夫把自己的毛巾送给他当围巾。

保尔骨瘦如柴，两眼发红。他拼命地挥动大木锹铲雪。

这时，一列客车爬进了车站。火车头喘着气，勉强把它拖到这里。煤水车上一块木柴也没有，炉膛里的余火马上要熄灭了。

"给些木柴，我这就开走；不给的话，趁它还能动弹，让我停到备用线上去！"司机向站长大喊。

列车开到备用线上去了。停车的原因告诉了沮丧的旅客。车厢里挤得满满的人在叹息，在咒骂。

"你们去跟那个老头商量商量,就是在站台上走着的那个。他是工地负责人。工地上有当枕木用的木头,他可以下令用雪橇送一些过来。"站长给乘务员们出主意。他们立刻朝托卡列夫走去。

"木头有,但是不能白给。这是我们的筑路材料。现在工地让雪封住了。车上有六七百个乘客。妇女、小孩可以留在车里,其他人都得拿起铁锹来铲雪,干到晚上,就给你们木头。不愿意干,就让他们等到过年吧。"托卡列夫对乘务员们说。

"瞧!小伙子们,来了这么多人!哦,还有女的呢!"保尔背后有人惊奇地说。

保尔回过头去。

托卡列夫走过来说:"给你一百个人,分配他们干活吧。看着点,别让他们待着不动弹。"

保尔给这些新来的人派了活。有个身材高大的男子,身穿皮领子的大衣,头戴羔皮帽,在跟身旁的一个青年妇女说着话。那青年妇女戴着一顶海狗皮帽,顶上还有个绒球。男子悻悻地转动着手里的铁锹,抗议般地说:"我不铲雪,谁也没有权力强迫我。要是向我这个铁路工程师提出请求,我可以负责指挥。你我都不必铲雪,没这条规矩。那个老头儿违法乱纪,我要追究他的责任。谁是这儿的工长?"他问身边的一个工人。

保尔走上前去:"公民,您为什么不干活?"

男子用蔑视的目光把保尔从头到脚打量了一番。

"您是什么人?"

"我是工人。"

"那我跟您没什么可谈的。把工长给我叫来,或者别的负责人……"

保尔皱起眉头，瞪了他一眼，说："不想干活可不行。火车票上没我们的签字，您就上不了车。这是工程队长的命令。"

"您呢，女公民，也拒绝干活吗？"保尔转过身来问那个女人。霎时间，他呆住了：站在他面前的是冬妮亚·图马诺娃。

冬妮亚好容易才认出这个衣衫褴褛的人是柯察金。眼前的保尔身上穿着破衣烂衫，脚上穿着两只稀奇古怪的鞋子，脖子上扎着脏毛巾，脸好久没洗了。只有那一双眼睛，还跟从前一样炯炯有神。是他的眼睛。正是这个衣衫褴褛、像个流浪汉的人，不久以前却是她所爱的。一切变得多快啊。

冬妮亚最近结了婚，现在随同丈夫到一座大城市去。她丈夫在那里的铁路管理局担任要职。偏偏在这种情况下，她遇见了少年时代的恋人。她甚至觉得不便同柯察金握手。她的瓦西里会怎么想呢？柯察金如此潦倒，真叫人心里难过。显然这个伙夫一直没有转机，只能来挖土。

她犹豫不决地站着，窘得满脸通红。那个铁路工程师气坏了。一个穷小子竟敢目不转睛地盯着他的妻子，他觉得实在太无礼。他把铁锹往地上一扔，走到冬妮亚跟前。

"走吧，冬妮亚。这个拉查隆尼①，我瞧着就生气。"

保尔读过《朱塞佩·加里波第》这部小说，知道拉查隆尼在意大利语中的意思。

"如果我是拉查隆尼，那你就是漏网的资本家。"他粗声粗气地回敬，然后把目光转向冬妮亚，冷冰冰地对她说，"图马诺娃同志，

---

① 拉查隆尼，意大利南方的穷汉、叫花子。

拿上铁锹,站到队伍里去吧。别学这个胖水牛的样。对不起,我不知道他是您的什么人。"

保尔看着冬妮亚那双长筒皮靴,冷笑了一下,又随口添了一句:"我劝你们别留在这儿,前两天土匪刚刚光顾过。"

他转过身,拖着那只套鞋,啪哒啪哒地回自己小队里去了。

最后这句话对工程师起了作用。

冬妮亚说服他一起去铲雪了。

傍晚收工后,人们都向车站走去。冬妮亚的丈夫抢在前面,到车厢里去占位子。冬妮亚站住脚,让工人们先过去。走在最后的是保尔。他挂着铁锹已经疲乏不堪。冬妮亚等他过来,和他并排走着,说:"你好,保夫卢沙!坦白地说,看到你这种样子,我感到很意外。难道你不能在政府里弄个比挖土好些的差事吗?我还以为你早就当上了委员或者相当于委员的首长呢。你的生活怎么这样不顺利呀……"

保尔站住,用惊奇的目光瞧了瞧冬妮亚。

"我也觉得很意外,竟会看到你变得这么……酸臭。"保尔总算找到了这个比较温和的字眼。

冬妮亚的脸一直红到耳根。

"你还是这么粗鲁!"

保尔把铁锹往肩上一扛,迈步向前走。走了几步,他才回答说:"图马诺娃同志,坦率地说,我的粗鲁比您的彬彬有礼好得多。我的生活没什么可担心的,一切都很正常。但是您的生活,却比我想象的还要糟糕。两年前你还好一些,跟工人握手还不感到害羞。可现在呢,你浑身都是樟脑丸的味儿。说心里话,我跟你已经没什么可谈了。"

保尔收到阿尔乔姆的来信。哥哥说他快要结婚了，让弟弟无论如何回去一趟。

风吹走了保尔手中的白色信纸，它像鸽子一样朝上飞。保尔不可能去参加婚礼，现在怎么能离开工地？昨天，潘克拉托夫这头大熊已经超过了他们小队的进度，他们推进的速度简直让人惊呆了。这个码头装卸工在拼命争第一。他已经失去了惯有的沉着，不断鼓动来自码头的伙伴们拼命地干活。

帕托什金观察着这些顽强地埋头苦干的筑路工人。他惊异地搔着头皮问自己："这是些什么样的人？这种不可思议的力量是从哪儿来的？天气再晴上七八天，我们就可以铺到伐木场了。俗话说得好：活到老，学到老，到老懂得还太少。这些人的工作打破了一切常规和定额。"

克拉维切克带着他亲手烤的最后一批面包从城里来了。他见过托卡列夫后，在工地上找到保尔。他俩亲热地互相问好。接着，克拉维切克笑嘻嘻地从麻袋里拿出一件精制的瑞典毛皮短大衣，拍拍那富有弹性的黄色皮面，说："这是给你的。不知道是谁送的吧？……咳！小伙子，你可真傻呀？是乌斯季诺维奇同志让带来的，怕你这个傻瓜冻死。这件大衣是奥利申斯基同志送给她的，她刚接过来就交给我，说给柯察金捎去吧。阿基姆曾对她说过，你穿着单衣在冰天雪地中干活。奥利申斯基微微撇了撇嘴说：'我可以给那位同志另捎一件军大衣去嘛。'可丽塔笑着说：'不用了，穿短的干活更方便。'拿去吧！"

保尔惊讶地拿着这件珍贵的短大衣，犹犹豫豫地穿到冻得冰凉的身上。才一会儿，柔软的毛皮就使他的双肩和前胸都感到暖烘烘的。

丽塔在日记里写道：

十二月二十日

暴风雪刮个不停。今天仍是风雪交加。博亚尔卡工地上的人们眼看就要把路铺到目的地，不料由于遇到严寒和暴风雪而受阻了。他们陷在雪中了。挖掘冻土是很难的。总共只剩下四分之三公里了，但这是最艰难的一段。

托卡列夫报告说，工地上发现了伤寒，已经有三个人病倒。

十二月二十二日

共青团省委召开全体会议。博亚尔卡工地没有人来参加。在离博亚尔卡十七公里处，匪徒弄翻了一列运粮火车。遵照粮食人民委员会全权代表的命令，工程队全体人员已奔赴出事地点。

十二月二十三日

又有七个伤寒病人从博亚尔卡工地送回城里。奥库涅夫也在其中。我到车站去了。哈尔科夫开来一列火车，从车厢连接板上抬下几具冻僵的尸体。医院里都不供暖。可恶的暴风雪！它什么时候才会停呢？

十二月二十四日

刚从朱赫来那里回来。消息证实了：昨夜奥尔利克匪帮倾巢而出，袭击博亚尔卡工地。双方交战两个小时。他们切断了电话线，所以直到今天早晨朱赫来才得到确切消息。匪徒被击退了。托卡列夫受伤，胸部被打穿，今天将把他送回来。弗朗茨·克拉维切克被砍死了。他昨天夜里正好担任警卫组长。是他发现匪徒，鸣枪报警的。他一边往回跑，一边还击进攻的敌人，但是没来得及跑到旧校舍，就被砍死了。工程队有十一个人负伤。现在工地上驻有一列装甲列车和两个骑兵中队。

潘克拉托夫现在担任工程队队长。今天，普济列夫斯基团追上了一部分匪徒，把他们一个不留地砍死了。一部分非党非团干部，没等火车来，就顺着铁路线步行离去了。

十二月二十五日

托卡列夫和其他伤员都已被送回，安置在医院里。医生们保证把托卡列夫救活。他处于昏迷状态。其他人已没有生命危险。

省党委和我们都收到了筑路工地的来电："为了回击匪徒，我们，所有参加今天群众大会的轻便铁路建设者，同'保卫苏维埃政权号'装甲列车上的人员和骑兵团的红军战士一起，向你们保证，我们将排除万难，在一月一日以前把木柴运到城里。我们将全力以赴完成任务。派遣我们的共产党万岁！大会主席柯察金。书记员别尔津。"

我们以军队的仪式在索洛缅卡安葬了克拉维切克。

久盼的木柴已经近在眼前。但是筑路进度特别缓慢，伤寒每天都要夺去几十双有用的手。

这一天，保尔两腿发软，像喝醉了酒，摇摇晃晃地走回车站。他发烧已经好几天了，今天觉得热度比以往更高。

使工程队大量减员的肠伤寒也悄悄地向保尔进攻，但是他那健壮的身体仍在抵抗着。接连五天，他都强打精神，奋力从铺着干草的水泥地上爬起来，和大家一块儿去上工。他有暖和的皮大衣，冻坏的双脚又穿着朱赫来送的毡靴，可是这些东西也帮不上他了。

每走一步,胸部都像有什么东西猛刺一下。他浑身发冷,上下牙直打架,两眼模糊,只觉得树木围着他团团打转。

他好容易才走到车站。异常的喧哗声使他吃了一惊。仔细看去,站台旁边停着一列跟站台一样长的平板列车,上面装着火车头、铁轨和枕木,随车同来的人们正在往下卸。他又向前走了几步,便失去了平衡。他迷迷糊糊地感觉到脑袋撞在地上,积雪贴着灼热的面颊,很舒服。

几小时后,才有人偶然发现他,把他抬进板棚。保尔呼吸困难,已经认不得周围的人。从装甲列车上请来的医生说:"肠伤寒,并发大叶性肺炎。体温四十一点五度。关节炎和脖子上的毒疮不值一提,都算小病。肺炎加伤寒就足以把他送往另一个世界。"

潘克拉托夫和刚回来的杜巴瓦尽一切可能抢救保尔。

他们托保尔的同乡阿廖沙·科汉斯基护送保尔回家乡。

多亏柯察金小队全体出动,更主要的是霍利亚瓦施加了压力,潘克拉托夫和杜巴瓦才把昏迷不醒的保尔及阿廖沙硬塞进挤得水泄不通的车厢。车上的人怕传染上斑疹伤寒,怎么也不肯让他们上车。有人还威胁说,车开动后,就要把病人扔下去。

霍利亚瓦掏出手枪,指着那些人的鼻子怒喊:"这个病人不传染!就是把你们通通撵下车,也得让他走!自私自利的家伙,你们记住,我马上通知沿线各站,要是谁敢碰他一指头,就把你们全撵下车扣押起来。给你,阿廖沙,这是保尔的手枪。谁敢碰他,你就对准谁开枪。"霍利亚瓦为了镇住那些人,又加上这么一句。

火车开走了。在空空的站台上,潘克拉托夫走到杜巴瓦跟前说:"你说,他能活吗?"

没有得到回答。

"走吧,米佳伊,只能听其自然了。现在全部担子都得由咱俩挑起来。今天连夜把机车卸下,明天早上就试车。"

霍利亚瓦给沿线各站搞肃反工作的朋友打电话,反复请求他们不要让乘客把保尔抬下车。直到每个同志都答应绝对办到后,他才去睡觉。

在一个铁路枢纽站上,从一列客车的车厢里抬出了一个浅色头发的年轻人的尸体。他是谁,怎么死的——谁也不知道。站上的肃反工作人员想起霍利亚瓦的嘱托,跑到车厢跟前阻止,但是看到这个年轻人确实已经死亡,只得叫人把尸体抬到收容站的停尸房里去。

他们立刻打电话到博亚尔卡工地,通知霍利亚瓦,说他十分关心的那个同志已经去世了。

博亚尔卡工地发了一份简短的电报给省委,报告了柯察金的死讯。

阿廖沙·科汉斯基把重病的保尔送到了家。接着,他自己也得了伤寒躺倒了。

以下是丽塔的又一篇日记。

一月九日

我为什么这样难过?在坐下提笔以前我就哭了。谁能想到丽塔会失声痛哭,而且哭得这样伤心?难道眼泪一定是意志薄弱的表现吗?今天流泪是因为悲痛难忍。怎么会悲从中来呢?今天本是喜庆的日子。可怕的严寒已经被战胜、铁路各站堆满了宝贵的木柴,我也刚开完祝捷会回来。那是市苏维埃为表彰筑路英雄而召开的扩大会议。为什么恰恰在这个时候,悲痛突然涌上心头呢?确实胜利了,但是有两个人为此献出了生命:克拉维切克和柯察金。

保尔的死使我明白了真情:他对于我,比我原先想象的更珍贵。

日记就写到这里,不知道哪天才会写下一篇。明天我要写信到哈尔科夫,告诉他们我同意去乌克兰共青团中央委员会工作。

附录:

[1] 在手稿中,此后还有以下几页文字:

丽塔的笔记本上,出现了新写的满满两页文字:

为了组织人力去修筑轻便铁路,我们的动员工作已经进行到第三天了。索洛缅卡区的团组织几乎派出了所有的团员。团省委的三个委员——杜巴瓦、潘克拉托夫和柯察金,都到那里去了,可见这项工程有多么重要。这三个人是朱赫来选派的。我和阿基姆曾两次去他那儿,商量了很长时间。他说这项工程异常艰难,万一失败,就要大难临头。后天,会有一列专车运送工人去工地。昨天,在即将奔赴工地的党团员会议上,托卡列夫发表了精彩演说。省党委让这个老人去领导这项工程,真是选得好。总共去四百人,其中共青团员一百名、共产党员二十名,工程师一名,技术员一名。今天,扎尔基和柯察金到交通专科学校去动员学生。是的,正是柯察金。若不是他跟图夫塔发生一场令人气愤的争执,我还真不知道他就是谢廖扎谈得很多的那个保夫卡。图夫塔由于无理取闹,在省委会上受到严厉批评。即使在省委会上,他也继续指责保尔。他是在积极分子会议上发难的。

当时正在挑选去工地的人员。图夫塔突然对委派保尔提出异议。图夫塔说保尔同资产阶级分子有联系,而且以前参加过反对派,因此决不能派他担任小队长。

我看看保尔。他的目光由惊讶变为愤怒,因为在大家的要求下,图夫塔讲了如下一件事情,来证明他指责有理。

在粉碎反革命暴动的时候,图夫塔和保尔编在同一个小组。他们到一个教授家里去进行搜查。教授的女儿竟然是保尔的熟人。图夫塔偷听到,她问保尔:"柯察金同志,难道正是您带人到我们家来搜查?果真如此的话,可太让我寒心了。您对我们的家庭好像是相当了解的。"保尔对她说,只要在她们家里搜查不到什么可疑分子,小组会离开的。图夫塔要求保尔解释清楚,他怎么会跟资产阶级小姐这样熟悉。

柯察金表现得很好。他控制住了自己的激愤情绪,这在他是不容易做到的。他回敬图夫塔:"伙伴们,如果是你们当中的任何一个人这样说,我都会感到十分委屈,但图夫塔这样说,我倒不在乎了。当我们大伙儿都忙得不可开交的时候,这位同志不是和大家一起干,却像条狗似的乱咬人。天知道他为什么这样。自然,当时是怎么回事,我会解释清楚的,但不是向他,而是向你们,向朋友们。一九二〇年,我在这个教授家里寄居过一段日子,所以互相认识了。那是个安分守己的家庭。至于我以前的政治错误,我一直牢记着。没有哪个同志翻这笔老账,图夫塔在这里攻击我,那是错误的。到了工地上,我们会有可能证明这一点。"

大家打断了保尔的话,没让他再往下说。图夫塔受到了批评。

我想在保尔去博亚尔卡之前跟他见一次面。

交通专科学校的两层大楼里人声鼎沸——各班班长在召集同学们去开大会。有人拉了一下保尔的袖子。

"你好，保夫卢沙，什么风把你给吹来的？"跟他打招呼的是个小伙子，目光严肃，头戴专科学校的制帽，帽子底下露出一绺鬈发。

这是阿廖沙·科汉斯基，跟保尔同龄又同乡。阿廖沙的哥哥也在机车库当钳工，和阿尔乔姆是同事。科汉斯基全家节衣缩食，供他上学。这小伙子一边读书一边打工，念完高级小学又到基辅来深造。阿廖沙匆匆忙忙地对保尔讲述自己曲折的经历。

"咱们小城里有六个人到这里来。你大概全认识的。舒拉·苏哈里科、扎利瓦诺夫、沙拉蓬，就是那个独眼龙、小滑头，记得吗？还有萨什卡·切博塔里和万卡·尤林。我们乘的是一趟车。他们五个，家里都给准备了许多路上吃的，又是果酱，又是香肠，又是烙饼；我带了一盒子黑面包干，别的啥也没有。这些七年制学校毕业生，一路上对我冷嘲热讽。我气坏了，恨不得把这些欺负人的坏蛋狠狠揍一顿。我暗想，哼，虽然他们是五个狗崽子，我寡不敌众，可只要揍扁他一个，也算出了口气。他们竟说：'可怜的龟孙子，你往哪儿钻哪？傻瓜蛋，待在家里刨土豆吧。'我简直受不了啦，转念一想，唉，算了吧。来到基辅，他们带着一堆介绍信，都找头头脑脑去了。我呢，直奔军区司令部。我希望进航校学习，将来当飞行员。我做梦都开着飞机上天打转转。"

保尔笑了。

"地上容不下你了吗？"他打趣地问阿廖沙·科汉斯基。

阿廖沙露出洁白的牙齿笑着说："司令部的人也这样对我说：'你干吗要穿云破雾呢？地上更保险哪。'他们跟我打哈哈。我带着县团委的介绍信，信上要求他们帮助我进航校。有个搞军需的政委，叫安德烈耶夫，在我家住过。他大笔一挥，在介绍信背面写了些字。我逐字逐句背给你听：'我认为科汉斯基同志觉悟高，是百里挑一的小伙子。工人家庭出身，头脑灵活。他渴望当飞行员，希让他学习，以便支援世界革命。'底下的署名是：'第一三〇博贡师供给旅政委安德烈耶夫。'"

保尔听得打心眼儿里往外乐。阿廖沙更是笑得前仰后合，引来一些同学围住了他们。阿廖沙笑着继续说："是的，跟空军没沾上边。司令部里的人跟我解释，目前没有飞机让我开，先学点技术也不错，还说要飞上天，晚些没关系。我到这里来，交了入学申请书。说要通过考试，择优录取。那五个也在这里。考试是两个星期以后进行。我一瞧——情况不妙。八个当中取一个，他们多数是大城市来的人。有的去找教授补习，有的呢，像跟我同来的这几个，都已经念完了七年制中学。我翻翻旧课本，进行温习。同时还得打工，卸一车皮木材，挣的钱够吃上两天。后来没有木材可卸，只好干待着。那五个活宝呢，总是往剧院跑，深更半夜才回宿舍。宿舍原本是空落落的——学生差不多全度暑假去了，可只要这帮人一回来，我就别想温习功课：喊声笑声，不绝于耳。扎利瓦诺夫带他们到轻歌剧院去，介绍他们认识了一些女演员，才三天，他们的钱通通花在了女演员身上。身无分文，没东西填饱肚子，这伙下流东西就偷了一个外地考生的四十只鸡蛋，趁我不在，一下子吃光了我剩下的面包干。

"考试的日子终于到了。先考几何，试卷发下来，全是盖了大印的，要求三十五分钟答完考题。我朝黑板上一看，那些试题我全有把握；那伙七年制学校毕业生呢，我发现他们全急出了一头汗。他们满脸尴尬，龇牙咧嘴，仿佛热锅上的蚂蚁。沙拉蓬头上的汗珠有黄豆那么大。一张丑脸傻呵呵的，独眼忽闪忽闪。我心想，哼，狗崽子，这可不像你拧女孩子的小腿肚那么轻松舒畅。"

阿廖沙笑得喘不过气来，过后又接着说："我解完了题，站起来，要去交给教授，苏哈里科和扎利瓦诺夫却压低嗓门对我说：'递给我答案。'

"我只当没听见，径直朝讲台走去。经过切博塔里身旁，他冲着我低声骂脏话。两天下来，他们各得了四个两分，退出了考试。我不慌不忙继续考。他们又怎么使坏呢？苏哈里科凑到我跟前说：'别在这儿白费时间。我们悄悄地从教师那儿打听到：你得了两个两分。怎么也不会录取了。趁早跟我们一同去考建筑专科学校吧，那儿容易考上。'我差点儿信以为真，但是没有放弃考试。反正只剩下两门了，考完就能见分晓。结果表明，他们在糊弄我。我通过了考试，他们这伙难兄难弟却进了专科学校附设的二年制技校。这样他们就可骗骗家里人。技校只要求有二年级的文化水平，所以他们没有考试就被录取，发了免票证、粮食卡。他们马上就在各条铁路线上来来回回跑单帮，贩卖粮食。他们搞投机倒把，口袋里装满了钱，大吃大喝，经常醉醺醺的，在城里已经搬了三次家。他们到哪儿都酗酒闹事，搅得四邻不安，一再被撵走。万卡·尤林觉得不太合得来，跟他们分道扬镳，进了建筑专科学校。"

走廊上越来越挤。大教室里坐满了年轻的学生。保尔和阿廖沙也朝那边走去。正走着，阿廖沙想起一件事，又笑出声来："前些天，尤林顺路去看过他们一次。他们正在打牌赌钱。他也凑上去玩，还碰巧赢了他们的钱。你猜结果怎么样？他们抢走了尤林的钱不算，还揍得他鼻青脸肿，被撵了出来。他也真叫自讨苦吃。"

在宽绰的大教室里，为了争取多数人的支持，会议一直开到深夜。扎尔基连讲了三次。到工地上去修筑铁路的动员报告，许多学生听也不想听。他们穿着校服，戴着锤子领章，大喊大叫，两次搅乱了投票。在这里，扎尔基缺少依靠对象。两个团员面对五百个学生，其中三分之二又都是"家里的心肝宝贝"。阿廖沙担任班长的一年级，民主空气最浓。机械系一年级的班长叫达尼洛夫，小伙子长着一对充满幻想的眼睛。这两个班级多数人投了赞成票。第二天早晨，学校团支部同意派出四十名学生，去支援铁路建设。

第三章

青春获得了胜利。伤寒没能夺走保尔的生命。他第四次死而复生。卧床一个月之后,保尔终于又站起来了。他消瘦而苍白,两腿颤巍巍的,但是开始手扶墙壁,试着在房间里走动。他让母亲搀扶着走到窗前,久久地凝望着大路。雪水汇成的一个个小水洼在闪烁。外面已是冰雪消融的早春天气。

紧靠窗户的樱桃树枝上,神气活现地站着一只灰胸脯的麻雀,它那机敏的小眼睛不安地望着保尔。

"嗨,冬天咱们算是熬过来了吧?"保尔手指头敲敲窗户,轻轻说。

母亲惊恐地看看他。

"你在跟谁说话呀?"

"我跟麻雀……飞走了,这机灵的小东西。"保尔无力地笑了笑。

花红柳绿,春意盎然。保尔·柯察金开始考虑回城市。他已经康复到可以走路,不过体内总还潜伏着别的什么病。那天他在园子里散步,突然脊椎骨一阵剧痛,使他摔倒在地上。他艰难地站起来,慢慢回到屋里。第二天,医生为他作了仔细检查,在脊柱上摸到一个深坑,不由得惊叫:"您这儿怎么有个坑?"

"医生,这是让公路上的石头给砸的。在罗大诺城下,我背后的三英寸口径的野炮将公路上的石头炸飞了……"

"那您怎么走路的?难道没有妨碍吗?"

"没有。当时我躺了两个钟头左右,就骑上马走了。直到现在才第一次发作。"

医生皱着双眉,认真检查那个坑。

"唔,亲爱的,这东西非常讨厌。脊柱是经不起这种震动的。但愿它以后不再发作。柯察金同志,穿上衣服吧。"

医生带着掩饰不住的忧虑,同情地看看病人。

阿尔乔姆住在老婆斯乔莎家里。斯乔莎年龄不大,相貌却丑陋。这是一个穷苦的农民家庭。那天,保尔顺路去看望哥哥。肮脏的小院子里,一个满身污泥的斜眼小男孩在跑来跑去。他看到了保尔,一边神情专注地挖鼻孔,一边瞪着小眼睛很不礼貌地问:"你要干什么?来偷东西吧?你快走吧,要不然,我娘会发火的!"

破旧的矮木房,有一扇小窗开着,阿尔乔姆在屋里招呼:"保夫卢沙,进来吧!"

一个老太婆正拿着炉叉在炉子旁边忙碌着,她的脸色黄得跟羊皮纸似的。老太婆冷冷地白了保尔一眼,让他过去,然后把锅勺敲得叮当乱响。

两个留着短辫子的大女孩赶紧爬上炉炕,带着野蛮人的好奇神情,探头探脑地打量着客人。

阿尔乔姆坐在桌边,脸色有点儿尴尬。母亲和弟弟都不赞成他的婚事。石匠的女儿加利娅挺漂亮,她是服装厂女工。阿尔乔姆这个血统无产者，跟她交往了三年，不知为什么竟然断绝了关系，反而跟难看的斯乔莎结婚，到这个没有男劳动力的五口之家，当了上门女婿。在这儿，他从机车库下班以后就用全部精力侍弄田地，重整衰败的家业。

阿尔乔姆知道保尔不赞成他倒退，曾说他退入了"小资产阶级自发势力"，所以这会儿，他在观察弟弟对他这儿的整个环境有什么反应。

兄弟两个坐着，说些通常见面时说的没什么意思的客气话。一会儿，保尔就要走了。阿尔乔姆挽留他："等一下，跟我们一块儿吃东西。斯乔莎这就端牛奶来。这么说你明天就要走？保夫卡，你还很虚弱呀。"

斯乔莎走进屋，跟保尔打了个招呼，就叫阿尔乔姆到打谷场上去帮她搬东西。保尔留在小屋子里，独自面对不想答理人的老太婆。窗外传来教堂的钟声。老太婆放下炉叉，不满地嘀咕着："我主耶稣，我忙死忙活，连祷告也没工夫！"说着，从脖子上取下围巾，斜眼看着客人，走到屋子的一角，那儿挂着年久发黑、显得愁眉不展的圣像。她撮起三个瘦削的指头，开始画十字。

"我们在天上的父，愿所有的人都尊你的名为圣名……"她那干瘪的嘴唇抖动着，低声说。

院子里，小男孩冷不防骑到耷拉耳朵的黑猪身上。他双手揪住猪鬃，两只光脚猛踢猪肚，冲着团团打转、叫唤的猪吆喝。

"驾！驾！走，撒开四蹄跑！吁！别调皮！"

猪驮着小男孩满院子乱跑，竭力要把他甩下，可斜眼的捣蛋鬼骑在猪身上挺稳当。

老太婆停止祷告，头探出窗外。

"我叫你骑，让你摔死！快从猪背上下来，你这讨厌鬼！你这个小疯子，快给我滚开！"

猪终于把小骑手甩了下来。老太婆如愿以偿，又转身对着圣像。她一脸虔诚，继续祈祷："愿你的天国降临……"

满脸泪痕的小男孩出现在门口。他用衣袖擦着摔伤的鼻子，疼得哭哭啼啼的，嚷嚷着："娘……我要吃甜馅饺子！"

老太婆狠狠地转过身来。

"斜眼鬼，闹得我做不成祷告。狗崽子，我这就把你喂个饱！……"说着，她从凳子上抓起鞭子。小男孩一溜烟儿逃得没了影子。两个女孩子在炉灶后面偷偷地笑出了声。

老太婆第三次开始做祷告。

保尔没等哥哥回来，站起身来走了。他关篱笆门的时候，瞥见老太婆从墙边的小窗口探出头来。她监视着客人。

"阿尔乔姆怎么会鬼迷心窍，跑到这儿来的？这下他到死也摆脱不开了。斯乔莎每年都会生一个孩子。他像甲虫掉在粪堆里，越陷越深。弄得不好，连机车库的那份工作也会丢掉。"保尔走在空寂无人的街道上，闷闷不乐地想，"可我原本还想吸引他参加政治活动呢。"

想到明天就要前往一座大城市，那里有他的朋友和意气相投的人们，他心情欢畅了。大城市气象宏伟，朝气蓬勃，行人川流不息、熙熙攘攘，电车叮叮当当，汽车喇叭鸣响——这些都使他心向往之。而最吸引他的，是巨大的石头厂房，熏黑的车间，一排排机器，微微发响的滑轮。他向往飞轮高速运转、散发着机油味儿的地方，向往自己已经习惯了的场所。而在这里，在沉寂的小城里，保尔走在街头，会产生一种压抑感。怪不得小城在他眼里显得陌生和无聊了，连白天出去散散步，也觉得毫无意趣。有时候，保尔从那些坐在台阶上的长舌妇跟前走过，会听到她们叽叽喳喳地闲扯：

"姐妹们，瞧瞧，这个丑八怪打哪儿来的呀？"

"看得出，这人是个痨病鬼。"

"身上的皮上衣倒挺值钱，没错儿——是偷来的……"

诸如此类令人讨厌的事情多得很。

他与这个小城的种种联系早已彻底中断。大城市显得更亲近，更可爱。那里有他意志坚强、生气勃勃的朋友，那里有他的工作。

保尔·柯察金不知不觉走到了松林跟前，在岔路口停下脚步。右面隔着一道高高的尖头木栅栏，是阴森森的旧监狱，监狱后面露出医院的白色楼房。

正是在这里，在这个空旷的广场上，瓦莉娅和她的同志们被绞死了。保尔在曾经竖绞架的地方默默伫立片刻，然后朝陡坡走去。他沿着陡坡往下走，来到了烈士墓地。

坟墓周围，好心的人们摆上了云杉枝编成的花环，宛如替小小的墓地修了一道绿色的篱笆。陡坡上劲松挺立，峡谷的斜坡上嫩草如茵。

这儿是小城的边缘。一派静谧而肃穆的景象。松林在沉吟。大地回春，空气中弥漫着潮湿的泥土气息。同志们就是在这里英勇就义的。他们献出生命，是为了让出世即受穷、降生便为奴的人们过上美好的生活。

保尔慢慢地摘下帽子。悲痛，深切的悲痛，充满了心间。

人最宝贵的是生命。生命给予人只有一次。应当这样度过人生：回首往事，不会因虚度年华而悔恨，也不会因碌碌无为而羞愧；临终的时候能够说：我的整个生命和全部精力，都已献给世界上最壮丽的事业——为人类的解放而斗争。必须抓紧时间生活。一场暴病，或者一次横祸，都可能使生命终止。

保尔这样思索着，离开了烈士墓地。

家里，心情忧郁的母亲在为儿子收拾行装。保尔望着母亲，发现她在偷偷落泪。

"保夫卢沙，你留下好吗？我老了，孤零零地过日子多么悲凉。不管有几个孩子，一长大就都各自飞走了。那个城市里有什么吸引着你呢？这儿也可以过日子呀。也许看中了哪只短尾巴的雌鹌鹑了吧？在我这老太婆面前，你们什么都不说。阿尔乔姆没吭一声就结了婚。你呢，更不会说了。只有在你们病病歪歪的时候，我才看得到你们。"母亲喃喃地诉说着，把简单的衣物放进干净的布袋。

保尔搂住母亲的肩膀，把她拉到胸前。

"好妈妈，根本没有雌鹌鹑！鸟儿是找同类做伴的，这你老人家会不知道吗？要照你这么说，我不成了公鹌鹑了？"

他把母亲逗笑了。

"妈妈，我自己发过誓，在把全世界的资产阶级消灭以前，不跟女孩子谈情说爱。什么，你说那要等很久？不，妈妈，资产阶级支撑不了多久……一个属于人民大众的共和国会建立起来。你们这些干了一辈子活的老头老太太，都送到意大利去，那地方靠着海边，暖洋洋的。妈妈，那儿根本不存在冬天。把你们安顿在资本家的宫殿里，在温暖的阳光底下晒晒老骨头。我们呢，到美洲去消灭资产阶级。"

"儿子啊，你说的那种神话般的日子，我是活不到了……你爷爷也是这样满脑子怪念头。他是水兵，经常出海航行。真像个江洋大盗，上帝原谅我这么说！当年他到塞瓦斯托波尔去打仗，丢了一只胳膊一条腿才回家。他胸前戴着两枚十字奖章，丝绦下挂着两个五十戈比的银币，可老人还是死于可怕的穷困。他脾气可倔了，曾经用拐棍打一个官老爷的脑袋，结果坐了将近一年牢。十字奖章不管用，人家照样把他关起来。我看你跟你爷爷是一个样。"

"妈妈，我们干吗要把分别弄得这样不愉快呢？给我手风琴吧，我好久没拉了。"

他低下头，俯在那排珠母色的琴键之上。他奏出崭新的曲调，使母亲感到惊讶。

他的演奏跟以前不同了。没有浮躁和飘忽不定的音调，没有花哨而狂放不羁的音调，也没有曾使他闻名全城的那种令人如痴如醉的亢奋旋律。如今，他的琴声是那么和谐有力，显得深沉多了。

保尔独自来到了车站。

他说服母亲留在家里，因为不想让她再流一次离别的眼泪。

人们争先恐后地往车厢里挤。保尔占了一个上铺，居高临下望着激动的旅客在过道上大叫大嚷。

大家全都扛着布袋，使劲儿将布袋往铺位底下塞。

列车开动后，大家安静下来了，这时候人们照例狼吞虎咽地吃东西。

保尔很快就进入了梦乡。

保尔想去的第一所房子位于市中心的克列夏季克大街。他慢慢地拾级而上，登上天桥。周围的一切都很熟悉，没有什么改变。他在天桥上走着，一只手抚摸着光滑的栏杆。快到要往下走的地方了。他停住脚步，天桥上看不到一个人影。夜空无限深邃，恢宏壮观，赏心悦目。夜色给苍穹遮上了黑天鹅绒，无数的星星在闪烁，宛如磷火点点，发亮生辉。下面，在那天地隐约相交的地方，黑暗中显现着城市的万家灯火……

有几个人，迎着保尔·柯察金拾级而上。他们激烈争论的声音打破了夜间的寂静。于是，保尔不再观看城市的灯光，抬脚往下走去。

柯察金来到克列夏季克大街，走进军区特勤处的警卫室。值班警卫长告诉他，朱赫来早已不在本市了。

警卫长提出许多问题，久久地盘问保尔，直到确信这小伙子跟朱赫来挺熟，才说出朱赫来已在两个月前调往塔什干，在土耳其斯坦前线工作。保尔大失所望，他甚至没有再详细询问，就转身退了出来。他感到浑身疲倦，只得在大门外的台阶上坐一会儿。

一辆电车驶过，一路发出隆隆的轰鸣。人行道上，人流不断。真是一座繁华的城市。忽而响起女人的欢声笑语，忽而传来男子浑厚嗓音的只言片语；忽而飘过小伙子的高谈阔论，忽而又是老年人沙哑的咳嗽。电车里灯光明亮，汽车前灯射出刺眼的光。近旁，电影院的广告周围，电灯亮得如同白日。街上到处是人，熙熙攘攘，脚步匆匆，说笑声不绝于耳。这就是大都市的夜晚。

街市的喧闹和繁忙景象，使得保尔强烈的失望情绪平缓下来。可上哪儿去呢？往回走，到朋友们居住的索洛缅卡区去吧，但是太远。大学环路倒离这儿不远，保尔的脑海里浮现出那里的一幢楼房。没错儿，他应该马上到那儿去。除了朱赫来，他急于看望的同志，不就是丽塔吗？到了那儿，他可以在阿基姆或米哈伊拉的房间里过夜。

还在远处,保尔就看到了高处楼角窗户上的灯光。他尽量平静下来,拉开了橡木大门。他在楼梯平台上站了几秒钟。隔着门,他听见丽塔房间里有说话声,还有人在弹吉他。

"哦!看来连吉他也允许弹了?政策放宽了。"保尔猜测着,握拳轻轻敲门。他感到心潮起伏,便咬紧了嘴唇。

开门的是个不认识的年轻女子,两鬓垂着鬈发。她疑惑地打量着保尔:"您找谁?"

她没有关上门,保尔匆匆扫视了一下房内陌生的陈设,心里已经明白了几分。

"我能见见乌斯季诺维奇吗?"

"她不住这儿了。早在一月份就去了哈尔科夫,听说又从哈尔科夫去了莫斯科。"

"那么阿基姆同志还住在这幢楼房里吗?他没搬走吧?"

"阿基姆同志也搬走了。他现在是敖德萨省团委书记。"

保尔不得不转身离去。回到这座城市的喜悦心情消失了。

现在得好好想想上哪儿过夜。

"这样一家家地去找朋友,只怕跑断腿也找不到一个。"保尔克制着沮丧情绪,忧郁地嘟囔着。不过,他还是拿定主意,再去碰碰运气——去找潘克拉托夫。这个码头装卸工就住在码头附近,上他家总比去索洛缅卡要近些。

他终于来到潘克拉托夫家门口,这时他已疲乏不堪了。他一边敲那曾经漆成红褐色的门,一边心里盘算:"要是这个也碰不上,我再也不瞎跑了。钻到小船舱里睡一夜吧。"

一个老太太开了门,她扎着一条素色的头巾,在下巴底下打了个结。这是潘克拉托夫的母亲。

"大娘,伊格纳特在家吗?"

"他刚回来。您找他吗?"

老太太没有认出保尔,回头喊潘克拉托夫的小名:"根卡,有人找你!"

保尔随着她进屋,把布袋放到地上。潘克拉托夫咬了一口面包,从桌边转过身来:"既然是找我,你坐下谈吧。让我把这碗汤灌下去。从早上到这会儿只喝了点白开水。"潘克拉托夫说着拿起一把木头大勺子。

保尔在他旁边的破椅子上坐下,脱了帽子,习惯地擦擦额头。

"难道我变得这么厉害,连根卡也认不出我了?"保尔暗想。

潘克拉托夫喝了两勺汤,没听见来人答话,便转过头来:"哎,说吧,你有什么事儿?"

他一只手拿着面包,正要往嘴里送,突然停住了。他不知所措地眨巴着眼睛:"唉……等一下……你别开玩笑!"

保尔见他紧张得满脸通红,忍不住哈哈大笑起来。

"保夫卡!我们只当你死了呢!……等等,你究竟是谁?"

潘克拉托夫的母亲和姐姐正在隔壁房间里,听见他的喊声,也跑了过来。三个人终于同时认出面前的人确实是柯察金。

家里的人早已睡了,潘克拉托夫还在给保尔讲述四个月来发生的各种事情。

"早在去年冬天,扎尔基、米佳伊和米哈伊拉去了哈尔科夫。这三个家伙不是去别处,而是直奔共产主义大学。万卡和米佳伊进的是预科。米哈伊拉读一年级。我们总共十五个人参加考试。我是心血来潮才报了名。我想自己脑子里空空的,需要充实一下。可谁知道，考试委员会把我扔在沙滩上，搁浅了。"

潘克拉托夫气恼地哼了一声，继续说："开头我还挺顺利。一切条件都具备：有党证，团龄也够了，经历和出身更是过硬。但是一到政治考试，我遇上了麻烦。

"我是被考试委员会的一个同志卡住的。他向我提了这么个问题：'潘克拉托夫同志，请谈谈您对哲学有什么认识？'你知道的，我对哲学什么认识也没有。可当时我忽然想起，我们那儿曾经有个装卸工，念过中学，是个流浪汉。他当装卸工是做做样子的。有一次他告诉我们：鬼知道那是什么时候，希腊有一伙学者，自以为满肚子学问，人家管他们叫哲学家。其中有个老兄，名字我记不起了，好像叫伊杰奥根①，他一辈子住在木桶里，还有别的怪毛病……在那伙人当中，数他本事最大，能够用四十种方法证明，黑的就是白的，白的就是黑的。总而言之，他们全是吹牛大王。这不，我想起了那个中学生讲的故事，心里琢磨：'这个委员打算从右翼包抄我。'他正狡猾地瞧着我呢。好吧，我当即张口就来。我说：'哲学就是空话连篇，吹得神乎其神。同志们，让我学这种乱七八糟的东西，我可没有一丁点儿兴趣。党史才是我打心眼儿里喜欢学的。'他们听了，还刨根问底，要我谈谈对哲学的这些新见解是从哪儿来的。我当场把中学生的话添枝加叶地说了一遍，惹得全体考试委员哈哈大笑。我火冒八丈，说：'怎么着，你们全把我当傻瓜吗？'我抓起帽子就回家啦。

"后来，在省委，那个考试委员遇到我，跟我谈了三个小时。

---

① 伊杰奥根，约指第欧根尼（锡诺帕的）（约前404—约前323年），古希腊哲学家。

原来,那个中学生是胡扯。实际上,哲学是一门充满智慧的大学问。

"杜巴瓦和扎尔基通过了考试。没错,杜巴瓦是念过不少书,扎尔基可比我强不了多少。这个万卡准是沾了勋章的光。一句话,我是一场空欢喜。他们派我到这码头上抓业务。我当了代理货运主任。以前为了青年的各种事情我常常跟头头们发生冲突,如今自己管业务了。有时候,碰上懒鬼或马大哈,我就以主任和书记的双重身份制伏他。对不起,别想在我面前耍花招。我自己的情况,就先谈这些吧。还有哪些新闻没告诉你呢?阿基姆的情况你知道了。团省委的老熟人当中,只有图夫塔还蹲在老地方。托卡列夫到索洛缅卡区担任党委书记,你们那个公社的社员奥库涅夫在团区委会。塔莉娅主管着政治教育部。茨韦塔耶夫在铁路工厂里做着你原先的工作。我不大了解他的情况。在省委碰到过,好像是个挺聪明的小伙子,不过有点自负。你还记得安娜·博哈特吧,她也在索洛缅卡,是区党委的妇女部长。其他人的情况,我已经告诉过你。是的,保夫卢沙,党把许多人送去学习了。原先的骨干全都在省党政干部学校进修。他们答应明年也把我送去。"

直到后半夜,他们才睡觉。早晨,保尔醒来时,潘克拉托夫已经不在家,他上码头去了。他的姐姐杜霞是个健壮的姑娘,面貌很像弟弟。她一面招待保尔吃早点,一面兴冲冲地对他讲各种琐事。潘克拉托夫的父亲是轮机长,出航了,不在家。

保尔打算出去了,杜霞叮嘱他:"别忘了,我们等您吃午饭。"

团省委大楼里热热闹闹,跟从前一样。门一会儿开,一会儿关。走廊上,房间里,全是人。办公室里,不断传出打字机的嗒嗒声。

保尔在走廊上站了一会儿，看看能不能碰到熟人。一个熟人也没碰到，他便走进书记办公室。

团省委书记穿着领扣在侧面的竖领蓝衬衫，坐在大写字台后面。他瞥了保尔一眼，没有抬头，继续写着什么。

保尔在他对面坐下，仔细观察阿基姆的继任者。

"有什么事儿？"穿蓝衬衫的书记写完一页纸，打上句号，然后问保尔。

保尔把自己的情形讲了一遍。

"同志，我需要恢复团籍，再回铁路工厂。请指示下面办一办。"

现任书记往椅背上一靠，斟酌着回答："团籍当然要恢复，这是用不着研究的。只是派你回铁路工厂，不大好办。茨韦塔耶夫已经在那里工作，他是本届团省委委员。我们派你到别的地方去吧。"

保尔眯了眯眼睛。

"我去铁路工厂，不是去妨碍茨韦塔耶夫工作。我到车间去干本行，不是要当共青团书记。别派我担任别的职务，因为我的体质还很弱。"

书记同意了。他在一张纸上匆匆写了几个字。

"把这个交给图夫塔同志，他都会办妥的。"

在登记分配处，图夫塔正在斥责一名负责团员登记的助手。保尔听了一会儿，看出他们一时半会儿还吵不完，就打断了脸红脖子粗的登记分配处处长。

"图夫塔，你待会儿再接着跟他吵，这是书记给你的条子，给我办一办证件吧。"

图夫塔一会儿看看字条，一会儿瞧瞧保尔，好长时间才明白过来。

"哎哟！这么说，你没死？这下怎么办呢？你已经被除名了，是我亲自把卡片寄给团中央的。后来呢，你又错过了全俄团员登记。根据团中央的文件规定，凡是没有重新登记的，一律取消团籍。因此，你只有一个办法——重新履行入团手续。"图夫塔说，口吻是不容辩驳的。

保尔皱紧眉头："你还是老样子？年纪轻轻，却比档案库里的老耗子还坏。沃洛奇卡，你什么时候才能懂点事儿？"

图夫塔跳了起来，仿佛被跳蚤咬了一口。

"我对工作负责，你别来教训我。文件发下来，就得照办，不能违抗。你骂我耗子，我要控告你。"

图夫塔说到最后，这样威吓保尔，同时取过一堆没有拆开的信件，那副神气表示：谈话到此结束。

保尔不慌不忙地朝门口走去。他突然想起来，又回到桌旁，从图夫塔面前取回了书记写的字条。登记分配处处长注视着保尔。这时候，这个长着两只大招风耳的怒气冲冲的年轻小老头，显得既讨厌，又可笑。

"好吧！"保尔用嘲讽的口气冷冷地说，"你可以给我扣上一顶'破坏统计工作'的帽子。不过我倒要问，如果有人没有事先向你提出申请，自己突然死了，你有什么高招对付他呢？人嘛，难免说病就病了，说死就死了。规定必须事先申请的文件，大概是没有的。"

"哈哈哈！"图夫塔的助手再也无法保持中立，忍不住大笑起来。

图夫塔手里铅笔的笔尖一下子折断了。他把铅笔往地上一摔，但是没有来得及回击保尔。这时候，好几个人大声说笑着涌进了房间，尼古拉·奥库涅夫也在其中。大家又惊又喜，问长问短，说不完的话。过了几分钟，又进来了一群年轻人，其中有一个是奥莉加·尤列涅娃。她高兴得简直不知怎么才好，喜滋滋地久久握着保尔的手不放。

保尔不得不把自己的情况重新说一遍。同志们由衷的喜悦，诚挚的友谊和同情、热烈的握手、亲昵的拍肩打背，使他暂时把图夫塔抛到脑后了。

保尔说到末了，把自己和图夫塔谈话的情形告诉了同志们。围着他的年轻人气愤地嚷成一片。奥莉加狠狠地瞪了图夫塔一眼，便朝书记办公室走去。

"咱们去找涅日丹诺夫！他会叫图夫塔脑子清醒的。"奥库涅夫说着，一把搂住保尔的肩膀。两人和大伙儿一起，跟在奥莉加后面走去。

"应该把图夫塔撤职，送到潘克拉托夫的码头上去，让他当一年装卸工。他是个死抠条文的官僚主义嘛！"奥莉加激愤地说。

奥库涅夫、奥莉加和其他同志向团省委书记提出撤换图夫塔的要求。团省委书记宽厚地笑着听他们说。

"恢复柯察金的团籍是毫无疑问的。马上就发团证给他。"涅日丹诺夫安慰奥莉加。他接着又说："我也同意你们的看法，图夫塔是个形式主义者，这是他的主要缺点。不过也得承认，他那个部门的工作还是搞得不错的。在我工作过的一些团委机关里，统计工作是乱糟糟的，没有一个数字靠得住。而咱们的登记分配处，统计的数字清清楚楚。你们也知道，图夫塔有时在办公室里干到深更半夜。所以我这样考虑：他的职务随时都可以撤，不过如果换上一个办事干脆的小伙子，可对统计工作一窍不通，那么官僚主义是没有了，然而统计工作也没有了。还是让图夫塔干下去吧。我好好洗洗他的脑子，这能让他清醒一段日子，以后看情况再定。"

"行，这次先不管他！"奥库涅夫同意了，"保夫卢沙，咱们走，到索洛缅卡去。今天我们在俱乐部开积极分子大会。没有谁知道你还活着，我要突然宣布：'请保尔·柯察金讲话！'保夫卢沙没死，真棒！如果真的死了，还怎么为无产阶级谋利益呢？"奥库涅夫打趣地结束了这番话。他搂住保尔，推着他来到走廊上。

"奥莉加，你来吗？"

"一定来。"

潘克拉托夫一家等保尔·柯察金来吃午饭，他直到夜里也没回去。奥库涅夫把保尔带回了自己的住所。在苏维埃大楼里，他有一间独用的屋子。他把能吃的东西都拿出来款待保尔，然后取出一堆报纸和两本厚厚的共青团区委会会议记录，放到保尔面前的桌子上，说："你把这些东西全都翻翻吧。一场伤寒使你耽误了许多时间，这儿有了不少变化。你看一看，了解一下过去和现在的情况。我傍晚回来，咱们一同到俱乐部去。你累了就躺下歇会儿。"

奥库涅夫把一叠文件、证明、公函分别塞到几个衣袋里（公文包这位团委书记基本不用，它被扔在床底下），临走又在房里转了一圈，这才出去了。

傍晚，他回来的时候，屋里满地都是打开的报纸，床底下的一大堆书也被拖出来了，其中一部分就堆在桌子上。保尔坐在床头，读着中央委员会最近的几封指示信。这些信是他在枕头下面找到的。

"你这个强盗，把我的屋子搞成什么样啦！"奥库涅夫装作生气的模样，大喊起来，"哎哟，等一下，等一下。同志，你在看的可是机密文件！哦，我这是引狼入室啦！"

保尔微笑着把信放到一边。

"这恰恰不是机密文件。瞧，那张当灯罩用的纸才是不得外传的密件呢，纸边儿都烤焦了。你看到了吧？"

奥库涅夫取下那张烤焦了边儿的纸，看了看标题，拍了一下自己的前额。

"我找了三天，连影子也没有，好像飞走了似的！这会儿想起来了，是沃伦采夫三天前拿它做了灯罩，后来他自己也找得满头大汗。"奥库涅夫小心翼翼地把这张纸叠起来，塞到床垫底下。"过些天全会收拾得井井有条的，"他自我安慰地说，"现在吃点东西就到俱乐部去。保夫卢沙，坐到这边来吧。"

奥库涅夫从衣袋里掏出一条长长的用报纸包着的里海拟鲤，又从另一个衣袋里掏出两块面包。他把桌子上的文件推到边上，腾出地方，铺了一张报纸，然后捏住鱼脑袋，在桌子上拍打。

乐天派的奥库涅夫坐在桌边，起劲地嚼着咬着，同时把最新的消息告诉保尔，还插进一些逗乐的话。

奥库涅夫带着柯察金通过后台的便门，进入俱乐部。在宽敞大厅的一角，在舞台右侧，塔莉娅·拉古京娜和安娜·博哈特坐在钢琴旁边，一群铁路上的共青团员紧紧地围着她们。机车库的团支部书记沃伦采夫坐在安娜对面的椅子上，悠然自得地微微摇晃着身子。他脸色红润，如同八月的苹果。原本是黑色的皮夹克，早已破旧不堪。沃伦采夫的头发是麦黄色的，眉毛也一样。

他的旁边坐着茨韦塔耶夫。这个漂亮的小伙子，头发深褐色，嘴唇线条分明。他敞着衬衫领子，很随意地把胳膊肘支在钢琴盖上。

　　奥库涅夫走近这群年轻人，正好听到安娜说的最后两句话："某些人希望把吸收新团员的工作搞得复杂化。茨韦塔耶夫就是这样。"

　　"共青团不是可以随便出入的院子。"茨韦塔耶夫用一种粗鲁而轻慢的口气，执拗地说。

　　塔莉娅看见尼古拉·奥库涅夫，就大喊起来："瞧哇，瞧哇！尼古拉今天容光焕发，活像一把擦得锃亮的铜茶炊！"

　　大家把奥库涅夫拉到人群里，七嘴八舌地问："你到哪儿去了？"

　　"快开会吧。"

　　奥库涅夫伸出一只手，摆了摆，让大家安静。

　　"伙伴们，别着急。托卡列夫马上要来，他一到咱们就开会。"

　　"瞧，他来了。"安娜说。

　　果然，区委书记托卡列夫正朝他们走来。奥库涅夫快步迎了过去。

　　"老爷子，来吧，到后台去，我让你看一个熟人。你准得大吃一惊。"

　　"又玩什么花样？"老人嘟哝了一声，使劲抽了口烟。奥库涅夫抓住他的手，拉着他就走。

　　……奥库涅夫把手里的铃摇得震天响，使那些最爱说话的饶舌鬼也赶紧住了嘴。

托卡列夫背后悬挂着《共产党宣言》的天才作者雄狮般的头像，周围装饰着用青松扎成的蓬松的框子。奥库涅夫宣布开会。这时候，他注视着站在后台过道上的柯察金。

"同志们，在讨论当前团的任务以前，这儿有位同志要求先发个言。托卡列夫和我都觉得应该让他说说。"

会场里响起赞成的喊声，奥库涅夫便宣布："请保夫卡·柯察金发言！"

会场里一百个人当中，起码有八十个是认识保尔的。所以，脸色苍白的保尔走到台上的脚灯旁边，刚一开口，大家就冲着这个熟悉的高个子青年欢呼，掌声如同暴风雨。

"亲爱的同志们！"保尔的声音是沉稳的，但掩盖不住内心的激动，"朋友们，我回到你们中间来了，我重返战斗岗位了。我感到很幸福。在这里我又看到许许多多朋友。在奥库涅夫那儿看了些材料。咱们索洛缅卡区，增加了三分之一的新团员。铁路工厂和机车库里，再也没有人偷偷地为自己做打火机了。一些报废的机车也从废车场拉去大修了。这都表明，咱们的国家正在复兴，正在强大起来。生活在这个世界上，是可以大显身手的。朋友们，在这种时候，我怎么能死呢！"保尔两眼炯炯发亮，闪耀着幸福的笑意。

在一片欢迎声中，保尔从台上下来，朝安娜和塔莉娅坐的地方走去。人们纷纷伸过手来，保尔很快握握他们的手。几个朋友挤了挤，腾出位子，他坐了下来。塔莉娅把手放到他的手上，紧紧地握着。

安娜两眼睁得大大的，睫毛微微颤动，目光表露出惊喜和敬佩。

日子过得飞快，每一天都不平常。天天都有新的内容。保尔清早安排好自己的时间，可总是为不够用而苦恼。预定要做的事，老是做不完。

保尔住在奥库涅夫这里。他在铁路工厂干活，当电工的助手。

保尔争论了好久，才把奥库涅夫说服，同意他暂不参与领导工作。

"咱们现在人手不够，你却想躲在车间里清闲清闲。在我面前你别拿生病来做挡箭牌。我也得过伤寒，后来有一个月，我是拄着棍子到团委会上班的。保夫卡，我太了解你了，问题不在这里。你对我打开天窗说亮话，说出真正的原因。"奥库涅夫追问保尔。

"科利亚，真正的原因是我想学习。"

奥库涅夫激动地大喊："啊！……原来是这样！你想学习，那么你以为我就不想吗？老兄，这叫利己主义。就是说，让我们忙得晕头转向，你却只管自己学习？亲爱的，这不行，明天你就到组织指导处上班。"

不过，争了半天，奥库涅夫还是退了一步。

"两个月内，我不来碰你。这你得感谢我的照顾。不过，你和茨韦塔耶夫一定合不来，他非常自高自大。"

保尔回厂，茨韦塔耶夫是怀着戒心的。他认定，保尔一来就会跟他争当领导。因此，这个自命不凡的人做好了反击的准备。然而没过几天，他发觉自己估计错了。保尔一听说团委会打算要他参加团委工作，就跑到书记办公室，说自己跟奥库涅夫谈妥了的，请团委会从议事日程上撤销这个议题。在车间团支部，保尔也只抓一个政治学习小组，并不想在支部里担任什么职务。不过，虽然保尔没有进入领导班子，他对团的各项工作的影响还是显而易见的。不止一次，他以友好的态度，悄悄地帮助茨韦塔耶夫摆脱困境。

有一次，茨韦塔耶夫走进车间，吃惊地发现，这个支部的全体团员和三十多个青年正在擦洗窗户和机器，刮掉多年的污垢，把废铜烂铁和垃圾往外运。保尔则握着大拖把在使劲地擦洗水泥地面的油污。

"你们干吗这样兴师动众？"茨韦塔耶夫摸不着头脑，这样问保尔。

"我们不愿意在肮脏的环境中干活。这儿已经二十年没大扫除了。我们要在一周内使车间面貌一新。"保尔简短地回答。

茨韦塔耶夫耸耸肩膀，走开了。

电气工人们干起来欲罢不能，接着又收拾院子。很久以来，这个大院子成了堆垃圾的场所。那儿什么东西都有！几百副轮轴，数不清的钢轨、缓冲器、轴箱和废铁，总之，几千吨的钢铁，在露天里生锈腐烂。不过，他们向垃圾开战的行动，后来被厂领导劝阻了："更重要的任务有的是，清理院子嘛，先放一放。"

于是，他们在本车间门外，用砖头铺成一小块平地，在那儿安了个刮鞋泥用的铁丝网垫，这才把车间以外的工作告一段落。然而，车间内部的大扫除每天傍晚下班以后继续进行。过了一个星期，总工程师斯特里日来车间，发现整个车间变得亮堂堂的。带有铁栏的大玻璃窗上，多年的油污清除掉了，阳光毫无阻挡地射进机房，柴油机上那些擦干净了的铜质部件闪闪发亮。机器的大部件都刷上了绿油漆，甚至在轮辐上还细心地画上黄色箭头。

"嗨……好……"总工程师斯特里日感到很意外。

在车间远处的一角，有几个人正在做扫尾工作。斯特里日朝那边走去。保尔迎面过来，手里提着满满一桶调好的油漆。

"亲爱的小伙子，请等一等，"总工程师叫住他，"我赞赏你们这样做。不过，油漆是谁给你们的呢？没有我的批准，油漆是不准动用的。这是紧缺物资。油漆机车的部件，比你们现在干的事情更重要。"

"可这是从扔掉的油漆桶里刮来的。忙了两天，刮了二十五磅左右。总工程师同志，这并不违反规章制度。"

总工程师又唔了一声。他有点发窘了。

"那么，当然，你们干吧。唔……挺有意思的……你们这种……怎么说呢……主动搞好车间卫生的积极性，该怎么解释呢？你们都是利用业余时间干的，对不对？"

保尔·柯察金从工程师的口吻中觉察到他确实不大理解。

"当然。那您又怎么想的呢？"

"是呀，不过……"

"斯特里日同志，您哪，问题就在这个'不过'上。谁跟您说过，布尔什维克会放着这些垃圾不管呢？您等着瞧吧，我们还要扩大这种工作的范围。到时候您见了还要吃惊呢。"

柯察金小心翼翼地从工程师身旁绕过，不让油漆沾到他身上，然后朝门口走去。

每天晚上，保尔都在公共图书馆里待到深夜。三个女图书馆员跟他非常熟了，他就展开宣传攻势，终于得到同意，能随便翻阅书籍。他把梯子搭在高大的书橱上，一连几个小时待在上面，一本又一本地翻看，寻找感兴趣的、有用的书。这儿大部分是旧书。为数不多的新书放在一个小书柜里。偶然进的国内战争时期的一些小册子都放在这里,还有马克思的《资本论》,杰克·伦敦①的《铁蹄》,以及其他一些书。在旧书中间,柯察金找到了长篇小说《斯巴达克思》②。他用两夜时间啃完这部小说。他把这本书放到另一个书橱里,放在高尔基的一些作品旁边。他总是这样把那些最有意义和性质接近的书摆在一起。

他这样调整,三个图书馆员并不干涉,她们觉得无所谓。

有一件事情,乍一看似乎无关紧要,但正是这件事情骤然打破了共青团组织里的单调和平静。中修车间的团支部委员科斯季卡·菲金,这个翘鼻子、满脸麻点、动作迟钝的小伙子,在铁板上钻孔,弄坏了一个昂贵的美国钻头。弄坏的原因,是他的极端不负责任。或许还要严重——几乎是故意弄坏的。事故发生在早上。中修车间的工长霍多罗夫让菲金在铁板上钻几个孔。开头菲金一口拒绝,在工长坚持下,他才动手钻孔。霍多罗夫由于要求过严,车间里有些人不喜欢他。他曾经是个孟什维克,从不参加任何社会活动,对有些团员很看不惯。但是他精通本行,工作认真负责。他发现菲金没往钻头上注油,在那里"干钻",就急忙跑过来,关了钻床。

"你怎么搞的,是瞎了,还是昨天刚来?"他冲着菲金嚷,因为他知道,这么干,钻头非损坏不可。

不料,菲金张口就骂工长,而且重新开动钻床。霍多罗夫去找

---

① 杰克·伦敦(1876—1916),美国作家,主要作品有《马丁·伊登》、《铁蹄》等。
② 《斯巴达克思》系意大利作家乔万尼奥里(1838—1915)著的一部长篇小说。

车间主任告状。菲金呢，没关钻床，跑去找注油器。他想赶在领导到来以前，把什么都弄得妥妥帖帖。可等他拿着注油器回到这儿，钻头已经损坏了。车间主任打了报告，要求开除菲金。团支部为菲金说话，指责工长霍多罗夫打击青年积极分子。车间领导坚持要开除菲金。于是，这件事情转到工厂的团委会上来讨论。这样，团委内部的争执也就开始了。

五个团委委员，有三个主张给予菲金警告处分，并调他去干别的工作。茨韦塔耶夫就是这三个中的一个。另外两个委员干脆认为菲金没有过错。

团委会是在茨韦塔耶夫的屋子里开的。这里摆着一张大桌子，桌上铺着红布。几条长凳和几只小方凳，是木工车间的小伙子自己动手做的。墙上挂着领袖像。一面团旗挂在桌子后面，占了整整一堵墙。

茨韦塔耶夫是"脱产干部"。他原本是锻工，由于近四个月表现出来的才干，他得到提拔，担任了共青团的领导工作。他还当上了团区委委员和团省委委员。以前他在机械厂干锻工活儿，最近才调到铁路工厂。他一上任，就独揽大权。他刚愎自用，挫伤了别人的积极性。他什么都一手包办，可又包办不了，于是对领导班子里的其他成员横加指责，说他们袖手旁观。

这间屋子，也是在他亲自监督下布置的。

这时候，茨韦塔耶夫在主持会议。他仰靠在唯一的一把从红色文化室搬来的软椅上。这是个内部会议。党小组长霍穆托夫正要发言，外面有人敲门。茨韦塔耶夫皱起眉头。这时外面再次敲门。女油漆工卡秋莎·泽列诺娃去开了门，见保尔站在外面，就让他进来了。

保尔已经朝一只空凳子走去，茨韦塔耶夫叫住了他："柯察金！我们现在开的是内部会议。"

保尔脸上一红，慢慢地朝桌子转过身来。

"这我知道。我想了解你们对科斯季卡事件的意见。我还想提一个有关的新问题。你反对我参加会议吗？"

"我不反对。不过你总该知道，团委内部会议只有团委委员才能参加。人多嘴杂，讨论就困难了。不过，你既然来了，就坐下吧。"

保尔头一次受到这样的侮辱，双眉之间出现了一道皱纹。

"何必来这套形式主义呢？……"霍穆托夫表示异议。但保尔做了个手势，让他别再往下说，自己坐到一只方凳上。

"我对这件事有话要说，"霍穆托夫又接着说，"不错，霍多罗夫这个人是不合群，但是咱们的劳动纪律也确实差劲儿。如果所有的团员都这样随随便便弄坏钻头，咱们也就没有干活的工具了。这对团外青年的影响将是多么恶劣。我认为，应当给小伙子一个警告处分。"

他话音没落，茨韦塔耶夫一改原态又开始反驳。保尔听了约莫十分钟，了解了团委所持的态度。快要进行表决的时候，他要求发言。茨韦塔耶夫克制住自己，让他发言。

"同志们，我想就科斯季卡的事情，跟你们谈谈自己的看法。"保尔的口气比他预想的要生硬。

"科斯季卡事件是个信号。主要的问题不在他身上。昨天我搜集了一些数字。"保尔从口袋里掏出记事本，"这些数字是考勤员提供的。请大家注意听一下：百分之二十三的共青团员每天上班迟到五到十五分钟，这已经是家常便饭。百分之十七的共青团员每月旷工一到两天，这也成了老规矩。团外青年呢，旷工的占百分之十四，数字比鞭子还要厉害。我还顺便记下了另外一些数字：党员每月旷工一天的，占百分之四，迟到的也是百分之四。党外成年工人，每月旷工一天的占百分之十一，迟到的占百分之十三。损坏工具的，百分之九十是青年工人，其中参加工作不久的占百分之七。由此可见，咱们团员干活，跟党员和成年工人相比，差得太远了。不过，情况并不是到处都一样。锻工车间非常好，电工车间也不错，其他车间就不相上下了。关于纪律问题，我觉得霍穆托夫只谈了四分之一。摆在我们面前的任务，就是要找差距，赶先进。我不想在这里高谈阔论，不过我们必须猛烈抨击那种不负责任和不守纪律的现状。老工人说得很直爽，从前替老板干活，替资本家干活倒还要好些、认真些，现在我们当家做主了，没有理由不好好干。要说过错，首先不是在科斯季卡或别的什么人身上，而是在咱们这些人身上，因为咱们不仅没有同这股不正之风进行坚决的斗争，反而常常找借口袒护像科斯季卡那样的人。

"刚才萨莫欣和布特利亚克发言，说菲金是自己人，就是所谓的'信得过的人'。他是积极分子，经常承担社会工作。就算弄坏了钻头吧，也没什么大不了的，谁没遇到过？反正小伙子是自己人，霍多罗夫是外人……可是呢，从来没有人去做他的工作……是的，这位工长爱挑刺儿，可他有三十年工龄！咱们且慢说他的政治立场，眼前这件事，他做得对。他这个外人在爱护国家财产，我们却任意损坏昂贵的进口工具。这种反常现象，该怎么解释呢？我认为，咱们应该立刻发起一次进攻，就从这儿突破。

"我建议把菲金开除出团，理由是他吊儿郎当，不负责任，破坏生产。他的情况，要写成文字，登在墙报上。刚才那些数字，要写到评论里，公开贴出来，不要怕任何议论。咱们是有力量的。咱们会得到支持。共青团的基本群众是优秀的工人。他们当中，有六十个人去过博亚尔卡筑路工地。那是一座最好的学校。有他们的帮助，有他们的参加，咱们一定能让后进赶上先进。不过，现在这种对事件的态度必须彻底摈弃。"

平时沉默寡言的保尔，这一番话说得激昂而尖锐。茨韦塔耶夫初次看到了这个电工的本色。他意识到保尔是正确的，然而戒备心理作怪，他不肯赞同保尔的意见。他觉得保尔尖锐的批评，是把矛头指向整个团的工作，企图动摇他茨韦塔耶夫的威信。因此，他决定进行反击。他指责保尔，头一条就是袒护孟什维克霍多罗夫。

激烈的辩论持续了三个小时。天很晚了，辩论才显示出结果：茨韦塔耶夫被大量确凿的事实击败，丧失了多数人的支持。这时候他又迈出错误的一步——压制民主：在最后表决之前，他要保尔离开会场。

"好的，茨韦塔耶夫，我走，不过这不能使你脸上增光。我得提醒你，如果你仍然固执己见，明天我要在全体大会上发言。而且我相信，你不可能得到多数人的支持。茨韦塔耶夫，你错了。霍穆托夫同志，我认为你有责任在全体团员大会之前，把这个问题提到党的会议上去讨论。"

茨韦塔耶夫疾言厉色地呵斥："你凭什么吓唬我？我知道该往哪儿走，用不着你来指方向。我们还要讨论讨论你的问题呢！既然你自己不工作，那就不要妨碍别人。"

保尔带上门，用手擦了擦发热的额头，穿过空无一人的办公室，朝门口走去。在大街上，他深深地吸了一口气。他点着了烟，走向巴特耶夫山上托卡列夫家的小屋。

保尔来到托卡列夫家,这个钳工出身的区委书记正在吃晚饭。托卡列夫招呼保尔在桌旁坐下。

"你们那儿有什么新情况,说说吧。达里娅,给他盛碗饭来。"

托卡列夫的妻子达里娅·福米尼什娜和丈夫相反,又高又胖。她把一盘黄米饭放到保尔面前,用白围裙擦擦湿润的嘴唇,和蔼可亲地说:"亲爱的,吃吧。"

以前,托卡列夫在铁路工厂上班的时候,保尔常到他家坐坐,每次很晚才走。这次回城以后,他这是第一次来看望老人。

老钳工仔细听保尔讲述。他自己什么也不说,嗯嗯地应着,同时忙着用匙子吃饭。他吃完饭,用手帕擦擦胡子,又清了清嗓子。

"当然,你是对的。这类事情,我们早就应该好好地抓。铁路工厂是本区的重点单位,理应从这个厂着手。这么说,你跟茨韦塔耶夫吵了一场?这不好。那个小伙子是有一股傲气,可你不是挺会做年轻人的工作吗?对了,你在厂里担任什么职务?"

"我在车间干活。这样的,就是说,稍微做点事儿。在团支部抓一个政治学习小组。"

"在团委担任什么职务呢?"

保尔结结巴巴了。

"前一阵身体有点虚弱,又想多看点书,学习学习,所以,我没正式参与领导工作。"

"瞧你,这哪儿成!"托卡列夫很不以为然地大声说,"孩子,只有身体虚弱这一条,可以使你免挨一顿剋。近来身体怎么样?是不是好一点了?"

"是的。"

"那么这样吧,扎扎实实地把工作抓起来。别再推三阻四了。你见过谁轻轻松松就把事情办成了,何况,人家会说你自己不挑担子,逃避责任,你呢,根本没办法辩解!明天你就要改正过来。那个奥库涅夫,我也得骂他一通。"托卡列夫带着不满的语气,结束了这番话。

"老爷子,你可别训他,"保尔为奥库涅夫开脱,"是我自己求他不要给我压担子的。"

托卡列夫嘲弄般地哼了一声:"你求他,他就一口答应了?真拿你们这帮共青团员没办法,嗨,算了……来,孩子,照老规矩,帮我念念报纸吧……我老眼昏花了。"

党委赞同团委多数人的意见。人人以身作则,遵守劳动纪律——这样一个重要而艰巨的任务,摆在了党团员的面前。会上,茨韦塔耶夫受到了严厉批评。起初他还像好斗的公鸡似的硬顶,但是党委书记洛帕欣把他驳得哑口无言。这位老同志由于患肺结核,面色白里泛黄。茨韦塔耶夫顶不住了,承认了一半错误。

第二天墙报上的几篇文章,引起了工人群众的注意。他们大声朗读,热烈讨论。晚上,参加团员大会的人特别多。这些文章成了讨论的中心。

菲金被开除出团。团委会增加了一名新委员,由他抓政治教育工作。这就是保尔·柯察金。

涅日丹诺夫讲了话,大家听得特别安静,特别认真。他谈到铁路工厂进入了新阶段,谈了工厂面临的新任务。

散会后,保尔在外面等候茨韦塔耶夫。

"一块儿走吧,咱们谈谈。"他走到茨韦塔耶夫跟前说。

"谈什么?"茨韦塔耶夫粗声粗气地问。

保尔挽住他的胳膊,和他并肩走了几步,在一条长凳旁边站住。

"坐一会儿。"保尔自己先坐下。

茨韦塔耶夫的香烟一忽儿亮一忽儿暗。

沉默了几分钟。

"茨韦塔耶夫,说说看,你为什么恨我?"

"原来你要谈这个,我还以为要谈工作呢!"茨韦塔耶夫故作惊讶,口气显得不自然。

保尔毅然伸出手来,放到茨韦塔耶夫的膝盖上。

"别演戏了。你有话直说吧,为什么总是看我不顺眼?"

茨韦塔耶夫不耐烦地扭动了一下。

"干吗缠着我?谁恨你了!当初是我提议让你出来工作的。那会儿你拒绝了,现在呢,倒好像我在排挤你。"

保尔在他声音里听不出一点诚意,他依旧将手按在他的膝盖上,激动地说:"你不想回答,那就我来说。你以为我挡着你的道,以为我做梦也在想坐你的书记位子,对不对?如果不是这样,你不至于为了菲金的事跟我大闹一场。这样相处,会使整个工作受到损失的。假如这仅仅影响咱们两个人的关系,那算不了什么,随便你怎么想都成。可咱们两个明天还要在一起工作,这会产生怎样的后果呢?所以,你听我说,咱们没有理由势不两立。你我都是青年工人,只要你认为咱们共同的事业高于一切,那就把手伸给我,从明天开始咱们就团结协作。如果你不把这种脏东西从脑子里清除出去,继续闹无原则的纠纷,那么,为了不给事业造成损害,我会寸步不让,坚决斗争。这是我伸给你的手。握住吧,现在这还是同志的手。"

保尔非常满意地感到,茨韦塔耶夫那骨节粗大的手已经放到他的手掌里了。

一个星期过去了。临近下班时间,区党委各个办公室都在渐渐静下来。但托卡列夫还没走。老人坐在圈椅里,全神贯注地在看一些新材料。这时候,有人敲门。

"进来!"托卡列夫说。

保尔走了进来,把两张填好的表格放到书记面前。

"这是什么?"

"老爷子,这是我要负起责任来的保证。我觉得是时候了。如果你赞同,请支持我。"

托卡列夫看看表格的名称,又望望年轻人。他默默地拿起钢笔,在保尔·安德烈耶维奇·柯察金的入党介绍人入党年份一栏里填上"1903",又在旁边签上并不花哨的姓名。

"好了,孩子。我相信,你永远不会让我这个白发老头子丢脸的。"

屋子里又热又闷。大家都在想:快点儿到靠近火车站的索洛缅卡林荫道上去,在栗子树底下乘乘凉吧。

"保夫卡,别学了,我热得快要晕过去啦。"茨韦塔耶夫汗流浃背,央求保尔。卡秋莎和另外几个人也都附和他。保尔合上了书。小组学习结束了。

大家正起身要走,墙上那架老式的"埃里克松"电话机焦躁地响了。茨韦塔耶夫提高嗓门,竭力压过屋子里的谈话声,同对方通话。

茨韦塔耶夫挂上电话，转身对保尔说："车站上停着两节专车，是波兰领事馆外交人员的。他们的电灯坏了。列车一小时后开出，得把电灯修好。保尔，你带上工具箱，去一趟吧。这是紧急任务。"

车站的一号站台上，停着两节豪华的国际列车的车厢。那节沙龙车厢的窗户很宽大，里边灯火通明。另一节车厢却一片漆黑。

保尔走到豪华的车厢跟前，抓住扶手，正打算走进车厢。

从站房那边急步跑来一个人，扳住他的肩膀。

"公民，您到哪儿去？"

声音挺熟悉。保尔回头一看。皮夹克，大檐帽，鼻子细长，鼻梁高高，一种戒备的眼神。

阿尔秋欣这时候才认出保尔，搭在保尔肩头的手放下了，脸上严肃表情消失了，但是目光依然疑惑地盯着工具箱。

"你上哪儿？"

保尔简短地说明了情况。车厢后面又走出一个人，说："我这就把他们的列车员叫来。"

保尔·柯察金跟随列车员走进沙龙车厢，里面坐着几个人，身上穿的是非常考究的旅行服装。桌上铺着绣有玫瑰图案的绸桌布，桌旁坐着一个女人，背朝门口。柯察金进来的时候，她正和站在对面的一个高个子军官谈话。电工进来，谈话就停止了。

柯察金迅速地检查了从最后一盏电灯通走廊的线路，发现这段线路一切正常，便走出沙龙车厢，继续查找毛病。列车员尾随着，寸步不离。此人肥头大耳，脖子粗得像拳击师，制服上钉着许多独头鹰图案的铜质大纽扣。

"这儿都没有损坏，蓄电池也正常，咱们到隔壁车厢里去吧。

估计毛病出在那儿。"

列车员转动一下钥匙，开了门，他们走到黑洞洞的走廊上。保尔用手电筒照着电线，一会儿就发现了短路的地方。几分钟后，第一盏灯亮了，淡幽幽的灯光照着走廊。

"这个包厢得打开，里面的灯泡烧坏了，要换掉。"保尔对跟着他的人说。

"那得请夫人来，钥匙在她那儿。"列车员不想让保尔独自留在这儿，就带着他一块儿去。

女人头一个走进包厢，保尔跟在她后面。列车员站在门口，身子堵住门。映入保尔眼帘的，是放在网架上的两个精致的皮箱、一件随意扔在沙发上的女式绸袍、摆在临窗小桌上的一瓶香水和一个小巧的翡翠色粉盒。女人在沙发的一角坐下，整理着亚麻色的头发，看电工干活。

"请夫人允许我走开一会儿，因为少校老爷要喝冰镇啤酒。"列车员费力地弯下他那牛脖子，鞠着躬，奴颜婢膝地说。

女人矫揉造作，唱歌般拉长声调说："去就是啦。"

他们操的是波兰语。

走廊里投进来一道狭长的灯光，落到女人的肩膀上。她身穿第一流的巴黎裁缝用最薄的里昂绸做的华丽的连衣裙，裸露着双肩和双臂。小巧的耳朵上缀着一颗圆润的钻石的耳环在微微晃动、闪闪发亮。她的脸在阴影里，保尔只看到她的肩膀和胳膊，仿佛是象牙雕刻出来的。保尔快捷地摆弄着螺丝刀，换好了车顶上的灯头插座，才一会儿，包厢里的灯就亮了。还需要检查另一盏灯，那盏灯在女人坐着的沙发上方。

"我得检查一下这盏灯。"保尔·柯察金走到她面前说。

"哎呀，我妨碍您干活了。"这个夫人操着地道的俄语说，随即轻灵地从沙发上站起来，几乎是和保尔·柯察金肩并肩。这时候，可以完全看清她了。又细又尖的眉毛和傲慢地紧闭着的嘴唇是那样熟悉。毫无疑问，站在他面前的是涅莉·列辛斯卡娅。律师的女儿不可能不注意到他那惊异的目光。然而，虽然保尔认出了她，她却没有认出这个电工就是那个不安分的邻居。相隔四年，他已经长大了。

涅莉轻慢地皱皱双眉，作为对保尔惊愕表情的回答，然后走到包厢门口，站在那儿，不耐烦地用漆皮便鞋的尖头叩击地板。保尔动手检查第二盏电灯。他把灯泡拧下，对着亮光细看，同时出乎自己的意料，更出乎列辛斯卡娅的意料，用波兰语问："维克托也在这里吗？"

保尔问这话的时候，并未转过身来。他看不见涅莉的脸，但久久的沉默表明，涅莉困惑不安了。

"难道您认识他？"

"岂止认识，还很熟呢。我们两家曾经是邻居。"保尔朝她转过身来。

"您是保尔，您母亲是……"涅莉语塞了。

"厨娘。"保尔替她说完。

"您长得真快！记得您那时候是个野孩子。"

涅莉放肆地将保尔从头到脚打量一番。

"您为什么对维克托感兴趣呢？据我所知，您和他并没有什么交情。"涅莉用女高音歌手般的嗓音说，希望这次不期而遇能给她解解闷。

螺丝刀迅速地把一颗小螺丝拧进壁板。

"维克托欠我一笔债还没还。您见到他,请转告一下,我还要讨回这笔债呢。"

"请告诉我,他欠您多少钱,我来替他还。"

保尔要讨还一笔什么"债",她心里是明白的。彼得留拉匪兵抓保尔的全过程,她一清二楚,但是她想逗弄这个"下等人",所以才故意这样说。

保尔·柯察金不答理。

"请告诉我:我家的宅院是否被抢劫一空,房子是否倒塌了?凉亭和花坛大概也被弄得一塌糊涂了吧?"涅莉忧郁地问。

"宅院现在是我们的,而不是你们的,所以我们不打算毁坏它。"

涅莉尖刻地冷笑一声。

"哦,看样子您也受过训了!但是,不妨提醒一下,这儿是波兰代表团的专列,在这个包厢里我是女主人,您却跟从前一样,仍旧是个奴才。这会儿您在干活,也恰恰是为了让我这儿有灯光,让我可以坐在这张沙发上舒舒服服地看书。以前,您母亲替我们洗衣服,您挑水。如今我们重新见面,彼此的地位依然不变。"

她说这番话的口气既得意又恶毒。保尔用小刀削着电线头,以不加掩饰的嘲讽目光看看波兰女人。

"女公民,如果是为了您,我连一颗锈钉也不会动手钉的。不过,既然资产阶级发明了外交官,我们也就以礼相待。我们不会砍他们的脑袋,甚至连粗鲁失礼的话也不说,不会像您这样。"

涅莉涨红了脸。

"如果你们成功地夺取了华沙,您会怎么处置我呢?是把我剁成肉饼呢,还是把我抓去当情妇?"

她站在门口,搔首弄姿,忸怩作态;吸惯了可卡因的鼻子挑逗地颤动着。沙发上方的灯亮了,保尔挺直了身子。

"谁要你们呢?用不着我们的军刀,可卡因就会使你们丢了命。你白给我当小老婆,我也不会要的——什么货色!"

他拿起工具箱,朝门口走了两步。涅莉赶紧闪让。保尔走到走廊尽头,才听见她恶狠狠地骂了一声:"该死的布尔什维克!"

第二天傍晚,保尔到图书馆去,在街上遇见卡秋莎·泽列诺娃。她紧紧拉住保尔工作服的袖口,开玩笑地拦住去路。

"政治家,教育家,你急急忙忙到哪儿去?"

"老大娘,我去图书馆,让让路吧。"保尔也用打趣的口吻说,轻轻地抓住她的肩膀,小心地往旁边推。

卡秋莎掰开保尔的手,跟他并排走着。

"保夫卢沙,听我说,别只顾学习了。咱们今天去参加晚会好吗?今天年轻人在济娜·格拉德什家里聚会。姑娘们早就央求我带你去了。你一个劲儿搞政治,难道不愿意玩一玩、乐一乐?算了,今天别看书了,让脑袋轻轻松松吧。"卡秋莎一个劲儿地劝说。

"是什么样的晚会?都干些什么呀?"

卡秋莎讥讽地模仿他的口气说:"都干些什么呀?反正不是向上帝祷告,无非快快活活玩一阵嘛。你不是会拉手风琴吗?我从来没听你拉过。嗨,你就让我饱饱耳福吧。济娜的叔叔有一架手风琴,可是他拉得很差。姑娘们愿意接近你,你却只顾啃书本,啃得人都瘦成皮包骨了。哪个文件写着,共青团员不准娱乐?走吧,趁我还没有劝得腻烦,要不然,我一个月不睬你。"

大眼睛的油漆工卡秋莎是个好同志,挺不错的共青团员。保尔不想惹她生气，所以虽然兴趣不大，有些别扭，还是答应了。

火车司机格拉德什家来了不少人，热热闹闹的。大人为了不妨碍这些小青年，都到另一个房间去了。十五六个姑娘和小伙子聚集在大房间里和朝小花园的凉台上。卡秋莎带着保尔穿过花园来到凉台上，那儿已经在玩一种叫做"喂鸽子"的游戏。凉台正中间，两把椅子背对背地放着。主持的女孩喊出名字，一个小伙子和一个姑娘就坐到椅子上。主持人再喊一声："喂鸽子！"背靠背坐着的两个年轻人便向后转过头去，嘴唇碰在一起，当众接吻。后来又玩"抛戒指"和"邮差送信"，哪种游戏都少不了接吻。特别是"邮差送信"，要躲到熄了灯的房间里去接吻，以避开大家的目光。如果谁感到不过瘾，那么角落里的小圆桌上还为他们准备了一副"花传情"纸牌。保尔旁边有个女孩名叫穆拉，十六岁模样，蓝蓝的眼睛含情脉脉，递给他一张纸牌，轻轻地说："紫罗兰。"

保尔几年前见到过这类晚会。虽然他自己不参加，但也没有觉得是不正当的娱乐。但如今，他和小城的小市民生活已经一刀两断，在他眼里，这种晚会就显得荒唐可笑了。

不管怎么说，一张"花传情"牌已经在他的手里。

他看见"紫罗兰"的背面写着："我很喜欢您。"

保尔瞧瞧姑娘。她迎着保尔的目光，并没有不好意思。

"为什么？"

问得有点儿让人难以回答，然而穆拉胸有成竹。

"蔷薇。"她递来第二张纸牌。

"蔷薇"的背面写着："您是我的意中人。"

保尔朝姑娘转过身来，语气尽量温和地问："你为什么要玩这种无聊的游戏呢？"

穆拉窘住，不知所措了。

"难道您不喜欢我的坦率吗？"她娇憨地噘起了嘴唇。

她的问题，保尔避而不答。但他想知道交谈者究竟是个什么样的人，所以他问了一些姑娘乐意回答的问题。几分钟后，他已经了解到穆拉在七年制学校读书，爸爸是车辆检查员；她早就认识保尔，并且有意和他结交。

"你姓什么？"保尔问。

"姓沃伦采娃，名字叫穆拉。"

"你哥哥是机车库的团支部书记吧？"

"对。"

这下保尔弄清楚了在跟谁打交道。沃伦采夫是区里最积极的共青团员之一，显然他太不关心自己的妹妹，以致这女孩变成了庸俗的小市民。最近一年来，她常常在女友家里参加这类接吻晚会，都入迷了。她在哥哥那儿多次见到过保尔。

此刻，穆拉感觉到，身旁的这个人不赞成她的行为，所以，当别人招呼她去"喂鸽子"的时候，她捕捉到保尔嘲笑的神情，便一口拒绝了。

又坐了几分钟，穆拉讲着自己的事情。卡秋莎走到他俩面前，说："手风琴拿来了，你拉吗？"她俏皮地眯起眼睛，瞧瞧穆拉，"怎么，你们已经熟悉了？"

保尔让卡秋莎在身旁坐下，在周围的一片笑闹声中对她说："我不拉了。我和穆拉马上要走。"

"哎哟，是玩腻了吧？"卡秋莎意味深长地拉长声调说。

"对，腻了。你说说，除了你和我，这里还有别的团员吗？还是只有咱们两个竟然来'喂鸽子'？"

卡秋莎自知不妥，说："无聊的游戏不玩了，这就开始跳舞。"
保尔站起身来。

"好，老大娘，你跳吧。我和穆拉还是马上要走的。"

有一天傍晚，安娜·博哈特来找奥库涅夫。保尔·柯察金正好一个人坐在屋子里。

"保尔，你挺忙吧？愿意跟我一块儿去参加市苏维埃全体会议吗？咱们两个结伴走会愉快些，要很晚才能回来呢。"

保尔一会儿就收拾停当了。床头上挂着他的毛瑟枪，可这支枪太重。他从桌子里取出奥库涅夫的勃朗宁手枪，放进口袋。他给奥库涅夫留了张字条，把钥匙藏在约定的地方。

在会场里，他们碰到了潘克拉托夫和奥莉加。大家坐在一起，会间休息的时候又一起到广场上散步。正如安娜所预料的，会开到深夜才散。

奥莉加向安娜提出："到我那儿去睡，好吗？天晚了，路又远。"

"不，我跟保尔约好了一起走的。"安娜谢绝了。

于是，潘克拉托夫和奥莉加沿着大街往下走，保尔和安娜则走的是上坡道。

闷热的夜晚黑沉沉的。城市入睡了。散会后人们沿着各条寂静的街道分头走了。他们的脚步声和说话声渐渐消失。保尔和安娜快步走过了市中心的街道。在空落落的集市上，巡逻队拦住他们，查看了证件才放行。他们穿过林荫道，走上一条通过一块空地的大街，街上没有灯火，也没有行人。往左一拐，就到了和铁路中心仓库平行的公路。中心仓库是一长排水泥建筑物，阴森森的，让人害怕。安娜不由得心里发毛。她用探询的目光盯着暗处,断断续续地跟保尔说话,而且答非所问。直到看清楚可疑的阴影不过是一根电线杆,安娜才大笑起来,把自己的惊恐心情告诉保尔。安娜挽住保尔的胳膊,肩膀紧靠着他的肩膀,这才感到踏实。

"我还没满二十三岁,可神经衰弱得像个老太婆。你会把我当成胆小鬼吧?其实不是这样。只是我今天特别紧张。现在好了,实实在在地感觉到你在身边,就不害怕了。刚才那么心惊胆战的,想想真不好意思。"

夜色浓重,空地荒凉,加上会场里听到昨天波多拉区发生凶杀案——凡此种种,都令安娜恐惧;而保尔的镇定自若,他那卷烟头上的亮光,被这亮光映照出的面容和眉宇间的阳刚之气,却将她的恐惧驱散了。

中心仓库留在后面了。过了河上的小桥。他们沿着车站前的公路,朝铁路线底下的隧道走去。这隧道连接着市区和铁路工厂区。

车站已经远远地落在右后方。隧道伸向机车库后方的封闭岔道线。这里已经可算是铁路工厂区了。

上面,在铁路线上,各种颜色的指示灯和信号灯在闪烁。机车库旁边,一辆调度机车疲乏地喘着气,驶回车库。

隧道入口处的上方,一盏路灯挂在生锈的铁钩上。微风吹来,路灯微微晃动,昏暗的灯光便在隧道两边的墙上来回滑动。

离隧道入口约十步远的地方,紧靠公路立着一座孤零零的小屋。两年前,一颗重炮弹击中了它,把它的内部全给炸毁了,也震塌了正面的墙。如今,它露出一个很大的窟窿,像个路边乞讨的叫花子,展示着自己的穷困残缺。可以看见,在隧道的上面,一列火车顺着路基奔驰而过。

"哦，咱们差不多到家了。"安娜松了口气说。

保尔想悄悄地把手抽回。快进隧道了，他不由自主地想抽回被女伴紧挽着的那只手。

然而，安娜没松手。

他们从被炸毁的小屋旁走过。

后面传来奔跑的脚步声。

保尔猛地将手往回抽，但是安娜吓坏了，紧紧抓着不放。等到保尔使劲抽回手，但为时已晚。他的脖子被铁钳似的手掐住了，紧接着，又被猛地一拧，他的脸就转过来，对着袭击他的人。此人用巴拉贝伦手枪对着保尔的牙齿敲了一下，一只手揪住他的衣领，勒住他的咽喉，然后把枪口对着他的脸，慢慢地画了个弧形。

保尔这个电工的两只眼珠仿佛中了魔法，十分惊骇地随着枪口转了一圈。死神从枪口里逼视着他。他没有力量，也缺乏勇气，让眼睛从枪口移开哪怕百分之一秒。他等着挨枪子儿，但是枪没有响，于是他那圆睁的两眼看到了匪徒的脸：大脑袋，方下巴，很久没刮的络腮胡子一团乌黑。匪徒的眼睛藏在大帽檐底下，让人看不真切。

保尔用眼角的余光，瞧见了安娜那张惨白的脸。这当儿，三个匪徒中的一个正在把她拉向破屋子。这个匪徒扭住她的双手，把她摔倒在地上。另一个匪徒也朝那边冲去，保尔是通过映在隧道墙壁上的影子看见的。身后，那破屋子里面，一场搏斗正在进行。安娜拼命反抗着，她的嘴被帽子堵住，喊声中断了。监视着保尔的大脑袋匪徒不愿意做兽行的旁观者，他也急于扑向猎物。他多半是个头儿，不喜欢这样当配角。这会儿他掌心中的年轻人，实在太嫩了，看来是机车库的徒工而已。这么个毛孩子决不会对他构成任何危险。"用枪戳两下他的额头,叫他滚到空地那边去,他准会没命地跑,一直跑向市区,头也不敢回。"大脑袋这么一想,就松开了手。

"滚你的蛋……哪儿来的,就滚到哪儿去。要敢喊一声,就叫你脑袋开花。"

大脑袋用枪柄敲了一下保尔的前额。

"滚吧!"他嘶哑地低吼了一声,把枪口朝下,免得保尔担心背后吃枪子儿。

保尔赶紧往后退,先侧着身子挪两步,眼睛盯着大脑袋。

匪徒以为他还在怕挨枪子儿,就转身朝破屋子走去。

保尔的手迅速地伸进口袋。"要快!要快!"他一个急转身,左臂向前平举,枪口立即瞄准大脑袋——砰的一声枪响。

匪徒懊悔已经晚了。他没来得及抬手举枪,一颗子弹就打进了他的腰部。

他中了这一枪,身子靠向隧道的墙壁,闷声闷气地哼了一声。他伸手去抓水泥墙壁,慢慢地倒在地上。破屋子豁口里闪出一个黑影,溜下了深沟。保尔朝这个黑影开了第二枪。又是一个黑影,猫着腰,连蹦带跳,朝黑咕隆咚的隧道逃去。保尔再发一枪,子弹击中水泥墙面,细碎的灰土撒了匪徒一身。这个黑影往旁边蹿去,在黑暗中消失不见了。保尔又朝那边连打三枪,枪声惊醒了沉沉的黑夜。那个大脑袋匪徒躺在墙根底下,像一条蛆虫似的扭动着,在作垂死挣扎。

安娜被突发事件吓得茫然失措。保尔将她从地上搀扶起来,她望着那不断抽搐的匪徒,不大相信自己已经脱险。

保尔用力搀着她避开灯光往暗处走。他们转身往市区方向跑,直奔车站。隧道旁边的路基上已有灯光闪烁,铁路线上传来一声沉闷的报警枪声。

他们终于回到了安娜的住所,这时候,巴特耶夫山上已有雄鸡报晓。安娜斜靠在床上。保尔坐在桌旁。他抽着烟,凝视着灰色的烟圈袅袅上升……在自己的一生中,刚才他杀死了第四个人。

永远以完美无缺的形态呈现出来的勇敢,究竟是不是存在呢?回忆着自己刚才的全部感受和体会,他暗自承认,最初的几秒钟,面对黑洞洞的枪口,他的心也凉了。后来让两个匪徒逃跑了,连一根毫毛也没伤着,这难道仅仅是由于一目失明和不得不用左手射击?不。几步远的距离,原本可以瞄得准些的,但由于紧张和匆忙才打偏了。而紧张和匆忙,无疑正是惊慌失措的表现。

台灯的光照亮他的头部。安娜观察着他,不放过他脸上肌肉的每一次活动。不过,他的眼神是镇定的,只有额头那条皱纹表明他正在紧张地思考。

"保尔,你在想什么?"

这一问,打断了他的思绪,他的思绪如同一缕烟,从半圆的灯影里飘散开了。他把刚出现在脑子里的一个念头说了出来:"我必须去一趟警备司令部。得向他们详细报告这件事情。"

于是,他不顾疲劳,勉强站起身来。

安娜真不愿意独自待着,她拉住保尔的手,好一会儿才放开。她把保尔送到门口,目送这个如今在她眼里变得如此亲近的人融入了夜色,才把门关上。

保尔·柯察金来到警备司令部,使得铁路警卫队无法解释的命案真相大白。死者的身份立即查清了:这是刑事侦查处里无人不晓的大脑壳菲姆卡——一名强盗和杀人惯犯。

第二天，大家都知道了发生在隧道附近的事件。这件事在保尔同茨韦塔耶夫之间引发了一次意外的冲突。

车间里工作正紧张的时候，茨韦塔耶夫进来找保尔，把他带到走廊上，在僻静的一角站定。茨韦塔耶夫很激动，不知道怎样启口，憋了一会儿才说："你说说昨天发生的事吧。"

"你已经知道了。"

茨韦塔耶夫焦灼不安地耸耸肩膀。保尔不知道，隧道附近发生的事件在茨韦塔耶夫心中引起的震动比别人强烈得多。他不知道，茨韦塔耶夫这个锻工虽然表面冷漠，其实已经钟情于安娜·博哈特。爱慕安娜的不止一个人，但茨韦塔耶夫的感情要复杂得多。他刚从拉古京娜嘴里听到隧道附近发生的事情，脑子里便浮起一个恼人的、无法解决的问题。他不便开门见山地问保尔，可又很想知道答案。他隐约地意识到，自己焦躁不安源自一种卑劣的自私想法，但是在内心的矛盾斗争中，这次仍是原始的、兽性的感情占了上风。

"柯察金，你听我说，"他压低嗓门说，"咱们两个人之间的谈话内容绝不外传。我明白，为了不使安娜痛苦，你不会说出真相的，不过你可以相信我。告诉我吧，当你被匪徒掐住的时候，另外两个匪徒强奸了安娜，对不对？"说到最后，茨韦塔耶夫不自在了，目光避开了。

保尔开始模模糊糊地明白他的意思。"如果在茨韦塔耶夫的心目中，安娜只是一般的朋友，那他不会这样激动。可如果他真心爱着安娜，那么……"保尔替安娜感到委屈。

"你为什么这样问？"

茨韦塔耶夫支支吾吾地说了些什么。他觉得自己的心思已经被对方看透，便恼羞成怒了。

"你躲闪什么？我让你回答，你反而盘问起我来了。"

"你爱安娜吗？"

一阵沉默。然后茨韦塔耶夫勉强说："是的。"

保尔好不容易才压住怒火，一转身，顺着走廊走了，连头也不回。

一天晚上，奥库涅夫腼腆地在保尔的床边踱来踱去，后来坐到床沿上，伸手捂住保尔正在读的书。

"保夫卢沙，是这样，有件事得跟你说说。从一方面看，好像是不值一提的小事，换个角度看呢，又决非如此。我和塔莉娅·拉古京娜闹了点误会。一开头，不知你看出来没有，我喜欢上她了。"奥库涅夫歉疚似的搔了搔头，但是看到朋友并没有笑话他，就鼓起勇气说，"后来塔莉娅也……也有那个意思。总而言之，我不跟你说这事儿的来龙去脉了，反正一切都明摆着。昨天，我们决定两个人一块儿生活，试着共创幸福。我二十二岁，我们俩都有权独立自主了。我想在平等的基础上跟塔莉娅开创新生活。这事儿你看怎么样？"

保尔沉思了一会儿。

"科利亚，我能说什么呢？你们俩全是我的朋友，你们一样的出身，其他情况也相似。塔莉娅这姑娘特别好……这事儿可算是水到渠成。"

第二天，保尔把自己的东西搬到机车库的集体宿舍去了。几天后，同志们在安娜那儿举行了一个并无吃喝的晚会，一个共产主义式的晚会，祝贺塔莉娅和尼古拉的结合。晚会上，大家回忆往事，朗诵感人作品的片断。一块儿唱歌,唱得又多又好。战斗的歌声传得很远。后来,卡秋莎·泽列诺娃和穆拉·沃伦采娃拿来了手风琴。于是,屋子里响起清亮悦耳的旋律和雄浑低沉的和声。这天晚上,保尔演奏得格外精彩。等到大高个的潘克拉托夫出人意料地跳起舞来,保尔更是忘却一切,手风琴也舍弃时髦的风格,如同烈火冲天一般,昂扬奔放地奏起来:

> 哎嘿,父老乡亲,
> 坏蛋邓尼金好不伤心,
> 因为西伯利亚的契卡,
> 让高尔察克送了命……

手风琴声描绘着往事,描绘着战火纷飞的岁月,又赞美今天的友谊、斗争和欢乐。但手风琴一转到沃伦采夫手里,这个钳工立刻奏起热烈的《小苹果》舞曲,于是有一个人随着乐曲,旋风般地跳起狂热的切乔特卡舞。这个人并非别人,正是保尔·柯察金。他跺着脚,跳得如痴如醉。这是他一生中第三次、也是最后一次狂舞。

第四章

国境线就是两根木桩。它们面对面地竖立着，默默地互相敌视，象征着两个世界。一根木桩刨得光溜溜，涂着黑白相间的油漆，如同警察岗亭。顶端牢牢地钉着一只独头鹰。这只爱吃野兽尸体的独头鹰，双翼展开，仿佛在用脚爪攫住漆着条纹的木桩，同时，钩嘴前伸，作势要啄，凶恶的目光逼视着对面的铁牌。对面六步开外处，竖立着另一根木桩，这是一根削去了皮的、粗大的圆形橡木，一头深埋在地里。木桩顶上有一块绘着锤子和镰刀图案的铁牌。虽然两根柱子都是竖立在平地上，但两个世界之间却像隔着一道深渊。谁也休想不冒生命危险就越过这六步宽的空间。

这里是国境线。

从黑海到极北地区，到北冰洋，绵延数千公里的国境线上，苏维埃社会主义共和国的这些无声的哨兵，顶着带有伟大的劳动标志的铁牌，排列成一条岿然不动的散兵线。苏维埃乌克兰与地主的波兰的分界线，就是从这根钉着猛禽的木桩开始的。不起眼的小镇别列兹多夫就坐落在这块偏远荒凉的地区。小镇到国境线有十公里，对面便是波兰的小镇科列茨。从斯拉武塔镇到阿纳波利镇，是边防军某营的防区。

一根根界桩在雪原上向前延展，穿越林中通道，伸下峡谷，又攀上山丘，直达河边，从高高的堤岸上凝视异邦那积雪的旷野。

天寒地冻。毡靴踩下去，积雪嘎吱嘎吱响。一个高大的战士，头戴英武的盔形帽，从带有锤子和镰刀的木桩那儿，迈开有力的步伐，巡视着自己负责的地段。这名高个子的红军战士，身穿缀有绿领章的灰色军大衣，脚蹬毡靴。大衣外面，还披着厚实的宽领羊皮外套，脑袋被呢子的盔形帽焐得暖暖的。双手戴着羊皮手套。羊皮外套很长，一直拖到脚跟，纵然风狂雪猛，有它遮护，还是暖暖和和的。身披羊皮外套的红军战士，肩头挎着步枪，沿着小路巡逻，外套的下摆划着地上的积雪。他津津有味地抽着自己卷的马合烟。这是一片开阔的原野，苏维埃边境线上哨兵之间的距离均为一公里，彼此可以望见。在波兰那一侧，哨兵之间相隔一至两公里。

一个波兰哨兵，沿着自己的巡逻路线，向红军战士迎面走来。他脚蹬粗劣的长筒皮靴，身穿灰绿色的军衣军裤，外罩一件黑色大衣，大衣上缀有两排亮闪闪的纽扣。他头上戴着一顶四角军帽，帽上缀有一只白色的鹰，呢子肩章上有鹰，领章上也有鹰，可惜这些鹰并不能使哨兵感到暖和一些。严寒刺骨。他搓着麻木的耳朵，两只脚后跟互相磕打着往前走；戴着薄手套的双手已经冻僵了。波兰兵一分钟也不能停下，生怕一停，全身的关节就会僵住。因此，他不停地走着，时而还跑上几步。两边的哨兵隔着分界线，迎面相遇。波兰兵转过身来，和红军战士并排走着。

边界上是禁止交谈的。然而，周围荒野一片，前面一公里开外才有人影，这种时候，谁知道这两个人是默不作声地走着，还是违背了国际法呢？

波兰兵想抽烟，可火柴忘在兵营里了，微风又仿佛故意把马合烟的诱人香味从苏维埃国家那边吹送过来。波兰兵不再搓揉冻坏的耳朵。他回头张望一下，因为班长或中尉老爷常常会和骑兵巡逻队一起来到边境线上，冷不防地从山丘后面冒出来查岗。不过这会儿四下里空无一人。阳光下，积雪耀眼地闪闪发亮。天上没有一片雪花。

"同志，借我火柴用用①。"波兰兵首先破坏了公法的神圣性。他把上了刺刀的法式连射步枪往背后一甩，冻僵的手指费劲地从大衣口袋里掏出一包廉价烟。

红军战士听见了波兰兵的请求，但是边防军条令禁止战士和境外的任何人交谈，而且他没有完全听懂波兰兵说的话，因此依旧迈着稳健的步伐，走自己的路。他脚上那双既暖和又柔软的毡靴踩着积雪，发出嘎吱嘎吱的响声。

"布尔什维克同志，让我点支烟，扔盒火柴过来吧。"波兰兵这次改用俄语说。

红军战士仔细看看和自己并排走着的波兰兵。"看样子，这位'老爷'冻得五脏六腑也要结冰了。虽然成了资产阶级的走卒，他还是活得怪可怜的。穿着一件破大衣，就被赶到冰天雪地里。瞧他跟兔子似的跳着的样子，不抽口烟简直受不了啦。"于是，红军战士并不转身，就把一小盒火柴扔过去。波兰兵接住飞来的火柴，划断了好几根，总算把烟点着。小火柴盒又以同样的方式越过边界，这时候红军战士无意中也破坏了公法："留着吧，我还有。"

但是边界那边的人说："不，谢谢。留下这一小盒火柴，我得坐两年牢。"

---

① 原文系波兰语。

红军战士瞧瞧小火柴盒。上面印着一架飞机。飞机头上，替代螺旋桨的是一只强有力的拳头，上边写着："最后通牒"。

"是的，没错儿，他收下会出事的。"

波兰兵依旧和红军战士朝着同一个方向走去。在这片空旷无人的野地里，他感到孤单寂寞。

马鞍吱吱作响，节奏分明；马匹的脚步平稳而轻快。在黑公马的脸上，在鼻孔周围的毛上，凝结着白霜；马喷出的白雾，在空中消融。营长胯下的花骝马优美地迈着步子，细长的脖子弯成弧形，玩着嚼头。两个骑马的人都穿着灰色军大衣，扎着武装带，袖子上都有三个方形的红色军衔标志。不过营长加夫里洛夫的领章是绿色的，他的同伴的领章却是红色的。加夫里洛夫是边防军人。他指挥的这个营的哨位就分布在七十公里的边境线上，他是这里的"主人"。他的同伴是来自别列兹多夫的客人——普及军训营政委保尔·柯察金。

昨夜下过雪。此刻，这片松软的雪地上，既没有马蹄印，也不见人的足迹。两个骑马的人从小树林出来，在原野上策马小跑。旁边，四十步开外，又出现一对界桩。

"吁——"

加夫里洛夫勒紧缰绳。柯察金拨转马头，看看营长为什么停下。加夫里洛夫从马鞍上俯下身子，仔细查看雪地上一串奇怪的痕迹——好像有谁用带齿的小轮子碾过似的。这是一只狡猾的小兽经过这儿，后脚踩在前脚的印痕上，还特意打转绕圈子，把自己的脚印搅乱。很难分辨清楚，这只小兽是从哪个方向走来的。然而，并不是小兽的脚印使营长勒住坐骑。在离这串小兽足迹两步远的地方，另外有一些脚印，已经盖上了一层薄薄的雪。这儿有人走过。此人并没有搅乱自己的脚印，他径直走向树林。脚印清楚地表明，他是从波兰那边过来的。营长策马前行，循着脚印来到了哨兵巡逻线。在波兰那边十步远的地方，也看得见这样的脚印。

"昨夜有人越境，"营长低声说，"又是在三排的防区出现疏忽，可他们早晨汇报的时候说没有任何可疑情况。莫名其妙！"加夫里洛夫呼出的热气冷却成白霜，花白的胡子仿佛被镀了银似的，冷峻地挂在嘴唇上方。

有两个人影正朝着他们走过来。一个很矮小，浑身一团黑，那把法国刺刀在阳光下闪烁；另一个是大高个儿，披着黄色的羊皮外套。花骒马感到主人两腿用力夹它，就跑起来，一会儿便到了大个子跟前。这个红军战士整了整肩上的枪皮带，把烟头吐到雪地上。

"同志，您好！您这一段有什么情况？"营长问，同时把手伸给他。由于这个红军战士身材高大，营长在马背上几乎用不着弯腰。大个子赶紧脱下一只手套。营长和哨兵互相握手问好。

波兰兵在那边注视着。两个红军军官（在布尔什维克的军队里，三个小方块是少校军衔）正和一个士兵握手问好，如同亲密的朋友。霎时间，他仿佛觉得，这是他在跟自己的扎克热夫斯基少校握手。这种念头太荒唐了，他不禁朝四下看看。

"营长同志，我刚刚接班。"红军战士报告。

"那边有脚印，您看见了吗？"

"没有，还没看见。"

"昨夜两点到六点是谁值班？"

"苏罗坚科，营长同志。"

"那好吧，要多注意观察。"

他准备离开了，又认真地提醒战士："尽量少跟他们并排走。"

边界和别列兹多夫之间有一条大路。当两匹马顺着这条大路小跑的时候，营长说："在边境线上，眼睛要擦得雪亮。稍有疏忽，就后悔莫及了。我们干的是睡不好觉的工作。大白天，越境不怎么容易，可三更半夜，我们就得竖起耳朵。柯察金同志，您想象一下，我的防区里有四个村庄是跨国界的。这些地方的工作难上加难。哨兵排成一行也不管用。每逢办喜事、过佳节，所有的亲戚就越界相聚。这是轻而易举的——两边的房屋相隔才二十步远，那条小溪呢，连母鸡也能蹚水过去。走私也难免。当然，那都是些小买卖。老太婆带过来两瓶四十度的波兰茅香露酒什么的。不过，大走私犯也不少，他们下大本钱，搞大动作。你知道波兰人在干什么？他们在所有靠近边界的村庄里开设百货商店，你想买什么都能买到。自然，这些店不是为他们本国的贫苦农民开的。"

保尔·柯察金饶有兴味地听营长讲述。守卫边界的生活，就像永不停顿的侦察工作。

"加夫里洛夫同志，您说说，边防工作仅仅是抓走私犯吗？"

营长紧绷着脸说："问题就复杂在这里啊！……"

别列兹多夫是个小镇。这个偏僻的角落曾经是犹太人指定居住地。两三百间简房陋屋杂乱无章地分布在这里。镇上有个挺大的集贸市场，市场中间开着二十来家小铺子。场地上肮脏不堪，到处是粪便。小镇周围，散布着一些农舍。在犹太人居住地中央，有一条大路通往屠宰场，路旁有座古老的犹太教堂。这幢破旧的建筑物呈现出一种凄凉的光景。是的，每逢礼拜六，教堂还不至于绝对无人光顾，但早已今不如昔，教堂的拉比①也根本过不上他向往的那种生活了。看来，一九一七年发生的事情非常糟糕，因为甚至在此地，在这穷乡僻壤，青年人对拉比也缺乏应有的尊敬了。是的，老人还没有"破戒"，然而那么多的小孩在吃亵渎神明的猪肉香肠！呸，连想想也恶心！一头猪正在起劲地拱着粪堆找吃的，拉比博鲁赫见了，心头火起，踢了它一脚。对了，别列兹多夫成了区中心，这也让他心里有点不痛快。鬼知道这些共产党员是从哪儿跑来的，他们闹个没完，一天一个新花样。昨天，他看见神父家的大门上挂出一块新牌子：

乌克兰共产主义青年团
别列兹多夫区委员会

挂出这块牌子，决不会是什么好兆头。拉比心事重重，走到他的教堂门口，意外地发现门上贴着一张不大的布告：

今天在俱乐部召开劳动青年群众大会。苏维埃执委会主席利西岑和区团委代理书记柯察金同志做报告。会后九年制学校学生演出歌舞。

拉比发疯似的从门上撕下布告。
"这不，干起来了！"
神父家的大花园，从两边围着镇上的正教小教堂。花园里有一

---

① 犹太教内负责执行教规、教律和主持宗教仪式的人。

幢古色古香的大房子。一间间屋子空荡荡的,毫无生气,散发着霉味。从前,神父和妻子就住在这儿,他们如同这房子一样,老朽而空虚,早已互相厌烦。新主人们进入这幢房子后,便把沉闷的气氛一扫而光。那个大客厅,早先虔诚的主人只有遇到宗教的节日才在那里接待宾客,如今总是挤满了人。神父的宅院成了别列兹多夫党委会的所在地。从正门进去,靠右边有间小屋子,门上用粉笔写着:共青团区委会。柯察金每天在这里度过一部分时间。他身兼二职,既是第二军训营政委,又担任着刚成立的共青团区委会的代理书记。

自从他们一伙朋友在安娜那儿举行了晚会以来,八个月过去了。好像这只是不久以前的事情。保尔把一大堆文件推到旁边,往椅背上一靠,陷入了沉思。

屋子里静悄悄的。深夜,党委会的人全走了。留在最后的区党委书记特罗菲莫夫刚刚也走了。现在这幢房子里只有柯察金一个人。窗户上结满了奇形怪状的霜花。桌上有一盏煤油灯,屋子里的炉子烧得很旺。柯察金回忆起不久前发生的事情。那是八月里,铁路工厂团委让他作为团组织的负责人,乘上抢修列车,前往叶卡捷琳诺斯拉夫,他们这一百五十人组成的抢修队,从一个车站到另一个车站,医治战争造成的创伤,清除残破不堪的车厢,一直忙到深秋。他们还曾经过西涅利尼科沃到波洛吉的那段路线。从前沙皇时代这是马赫诺匪帮盘踞的地方,所到之处满目疮痍。在古利亚伊波列地区,他们花了一个星期修复了石头水塔,用铁皮修补好炸坏的水箱。他这个电工不懂钳工技术,也没干过这种重体力活,但他手拿扳手,拧紧了不止一千个螺帽。

秋末,列车把他们送回原厂。各车间接回了这一百五十名工人……

在安娜那儿，经常可以看到电工保尔。他额头上的那条皱纹舒展开了，他还常常发出富有感染力的大笑声。

满身油污的弟兄们又在小组会上听他讲往日的战斗故事，讲衣衫褴褛、沦为奴隶而敢于造反的俄罗斯农民怎样试图推翻戴着皇冠的恶魔，讲斯捷潘·拉辛①和普加乔夫②的起义。

一天晚上，当许多年轻人聚集在安娜那儿的时候，电工保尔出人意料地戒掉了一种多年的不良嗜好。他几乎从小就抽烟，那天却毅然决然地宣布："我再也不抽烟了。"

这件事是突然发生的。有人提出看法，说习惯比人厉害，并举出抽烟这个例子。大家争论不休。电工保尔原本没有参加争论，但是塔莉娅点名要他谈谈。他怎么想就怎么说了："应该是人支配习惯，而不是习惯支配人。要不然，咱们会得出怎样的结论呢？"

茨韦塔耶夫在角落里喊了起来："说的比唱的还好听。柯察金就喜欢来这一套。只要当场拆穿他的把戏，结果会怎样？他自己抽烟吗？抽的。他不知道抽烟没有好处吗？知道。那就戒了吧——可惜没那么大能耐。不久前他还在小组会上'宣传文明'呢。"茨韦塔耶夫说到这里改用冷厉的讥笑口气紧逼，"让他回答我们，他那骂人的习惯改掉了没有？熟悉保夫卡的人都会证明：他不常骂人，可骂起来就很凶。说教容易做圣人难。"

一阵沉默。茨韦塔耶夫的尖刻语调，大家听了都觉得不舒服。保尔没有立即回答。他慢慢地从嘴上拿下烟卷，揉成一团，然后声

---

① 斯捷潘·拉辛（约1630—1671），1670年至1671年俄国农民起义的领袖。
② 普加乔夫（1740/42—1775），1773年至1775年俄国农民起义的领袖。

音不高地说:"我再也不抽烟了。"

稍停,又补充说:"我这样决定,是为了自己,捎带着也是对茨韦塔耶夫的答复。一个人如果不能改掉坏习惯,他就一钱不值。我还有个骂人的恶习。同志们,我还没有彻底战胜这个可耻的习惯。不过茨韦塔耶夫也承认,不常听到我骂人了。话是容易脱口而出的,比不得抽烟,所以我这会儿没说立刻和这种恶习一刀两断。但是我终究会把骂人的坏习惯彻底根除的。"

入冬以前,流放下来的木排堵住了河道。秋水泛滥,这些木排被冲散,顺着水流往下游漂去,眼看大批燃料要损失了。索洛缅卡又派出本区的共青团员,去抢救珍贵的木头。

保尔·柯察金不愿意落在大家后面,虽然正患着重感冒,也瞒过同志们,照样去劳动。一个星期以后,码头两岸木头堆积如山,他却发高烧了——冰冷的河水和秋季的潮湿唤醒了沉睡在他血液中的仇敌。急性的风湿病接连两个月折磨着他的身体;出院以后,他也只能"趴"在工作台上干活。工长见了直摇头。过了几天,一个毫无偏见的委员会确认他丧失了劳动能力,于是让他退休,并且给了他领取退休金的权利,但是他愤怒地拒绝了。

保尔怀着沉重的心情离开了心爱的工厂。他挂着拐棍,忍着剧痛,慢慢地挪动脚步。母亲曾不止一次来信,要他回家看看,此刻他想到了亲爱的老人家,想到了她在送别时说的话:"只有在你们病病歪歪的时候,我才看得到你们。"

在省委会里,他领到两份卷在一起的党团组织关系证明。为了不引起更大的痛苦,他几乎没有去同任何人告别,就乘车回去见母亲了。接连两个星期,老人家用草药熏,用手按摩,医治他那两条肿胀的腿。才过了一个月，他已经能扔开拐棍走路。胸中激荡着喜悦，黄昏又变成了黎明。列车把他送进省城。三天后，组织部开了一份介绍信，要他到省兵役委员会，让他到军训部门做政治工作。

又过了一个星期，他来到这个冰天雪地的小镇，担任第二军训营的政委。在共青团区委会里，他又接受了一项任务——把分散的团员召集起来，在新区建立团组织。瞧，生活就是这样变化着的。

外面烈日炎炎。一根樱桃树枝在敞开的窗户外，窥探着执委会主席的办公室。在执委会的对面，隔着街道有一座哥特式的波兰天主教教堂，它那钟楼上的镀金十字架被太阳照得熠熠生辉。窗前的小花园里，执委会看门人养的一群像周围嫩草一样绿莹莹、毛茸茸的小鹅正在活泼伶俐地觅食。

执委会主席读完刚收到的紧急电报。他的脸上掠过一道阴影。骨节粗大的手指插进松软而蓬乱的鬈发，停住不动了。

别列兹多夫执委会主席尼古拉·尼古拉耶维奇·利西岑其实才二十四岁，但是党内党外的同事都不知道这一点。他高大强健，不苟言笑，有时候甚至相当严厉，看上去倒有三十五岁。他肩阔腰圆，粗脖子，大脑袋，一对深褐色的眼睛凛若冰霜，明察秋毫，下巴颏儿轮廓分明。他穿着蓝色马裤和"饱经风霜"的灰色军装，左胸口袋上别着一枚红旗勋章。

十月革命以前，利西岑在图拉兵工厂里"指挥"旋床。他的祖父、父亲和他自己，差不多都是从童年时代起，就在同一家工厂切削钢铁。

但是在一个秋天的夜晚，原本只知道制造武器的利西岑，头一回拿起武器参加战斗了。从此，他卷入了大风暴。为了革命，为了党,他出生入死,赴汤蹈火。这个图拉兵工厂的工人,走过了光荣的征途,从红军战士成长为团长、团政委。

炮声和硝烟已经成为过去。现在尼古拉·利西岑在这个边境地区生活过得很安宁。他常常工作到深夜,研究一份份农作物收成报告。此刻,利西岑看完这份特急电报,仿佛突然回到不久前的战争环境。急电以简略的语言通知:

绝密

别列兹多夫执委会主席利西岑:国境线上发现大批波兰匪徒活动频繁,可能骚扰边地。希采取防范措施。财务处现金及贵重物品可转移至区里,勿留税款。

利西岑通过办公室的窗户能看到每一个走进区执委会的人。保尔·柯察金走上了台阶。不一会儿,响起了敲门声。

"坐下吧,咱们谈一谈。"利西岑握握保尔的手说。

整整一个小时,执委会主席没有让别的人进屋。

等保尔走出执委会主席办公室,天已正午了。利西岑的小妹妹纽拉从花园里跑出来。保尔一直叫她安纽特卡。小姑娘很怕羞,庄重得与年龄不相称。每次见到保尔总是很有礼貌地微微一笑。现在她将额上的一绺短发往边上一甩,以孩子那种怯生生的口气与保尔打招呼。

"科利亚那里没有旁人吧?玛丽娅·米哈伊洛夫娜早就等他回家吃饭了。"纽拉说。

"去吧,安纽特卡,屋里只有他一个人。"

第二天,离天亮还早,三辆大车套着膘肥体壮的马匹,驶到执委会门前。车上的人在低声交谈。几只封了口的麻袋，从财务处搬出来，装上大车。几分钟后，公路上便响起辚辚车声。由保尔带领的一个小队，在马车前后护送。从小镇到区中心有四十公里路程（其中二十五公里在森林中穿行）。他们顺利抵达了目的地，把钱款和贵重物品转移到了区财务处的保险柜里。

数天后，有个骑兵从边界那边朝别列兹多夫疾驰而来。爱看热闹的当地人都用困惑不解的目光盯着骑兵和浑身淌汗的战马。

到了执委会大门口，骑兵扑通一声跳下马，手持军刀走上台阶，沉重的马靴踩得咚咚直响。利西岑皱着眉头接过一包公文，拆开，随即在封袋上签了名。这个边防军人不等马喘口气，又跃上马鞍，毫不耽搁地沿着原路飞驰而去。

除了刚读过这包公文的执委会主席，谁也不知道公文的内容。不过，镇上的小市民的嗅觉像狗一样灵敏。这儿的小商贩，三个里面准有两个是小小的走私贩，这种行当使他们练就出一种预测危险的本能。

通往军训营营部的人行道上，有两个人脚步匆忙地走着。其中一个是保尔，当地的老百姓认识他：他总是带着武器。另一个是区党委书记特罗菲莫夫。这会儿他也扎着武装带，别着转轮手枪，可见情况不妙。

过了几分钟，十五个人冲出营部，端着上了刺刀的步枪，冲向十字路口的磨坊。在党委会里，其余的党团员也都武装起来了。执委会主席头戴平顶羊皮帽，腰间挂着常不离身的手枪，骑马赶去。很明显，出什么大事了！广场上，大街小巷里，顿时空无一人。一会儿工夫，小店铺都关门了，锁上了中世纪的大锁，护窗板也都关上了。只有勇敢的母鸡和热得懒洋洋的猪仍在垃圾堆里起劲地扒拉。

在小镇边的一些园子里设下了埋伏。从这儿再往外便是田野，看得见一条笔直的大路，向远方延伸。

利西岑签收的情报言简意赅：

昨夜，近百名骑匪，携轻机枪两挺，交战后在波杜别茨地区越过国境，侵犯苏维埃领土，并在斯拉武塔林区失踪。希采取措施。本日将有百名红军骑兵经别列兹多夫追击匪徒，特告。勿误会。

边防军独立营营长
加夫里洛夫

一小时后，一个骑马的人出现在通往别列兹多夫镇的大路上。后面一公里处，是一队骑兵。保尔聚精会神地凝视前方。骑马的人小心翼翼地来到了近处，却没有察觉那些园子里的伏兵。这是红军第七骑兵团的一个青年战士。他头一回执行侦察任务。园子里的人们出其不意冲上大路，把他团团包围。他看见大家的军便服上都戴着青年共产国际的徽章，不由得尴尬地笑了。在简短的交谈后，他勒转马头，迎着行进中的百名骑兵跑去。本地区的伏兵让红军骑兵通过以后，又回到园子里埋伏下来。

紧张不安的几天过去了。利西岑接到报告：匪徒企图进行破坏活动，但未能得逞。红军骑兵跟踪追击，迫使他们仓皇逃出了国境。

这儿的布尔什维克组织的人数非常少，才十九个人。他们在全区紧张地开展苏维埃的建设工作。最近才组建成的新区，一切都得从头做起。由于靠近边界线，大家的警惕性不能有丝毫松懈。

改选苏维埃、剿匪、开展文化活动、缉私和加强部队中的党团工作——凡此种种,使得利西岑、特罗菲莫夫、柯察金及其周围的少数积极分子常常从清晨忙碌到深夜。

保尔每天一下马,就走向办公桌,一离开办公桌,就赶往训练新兵的操场,还要去俱乐部,去学校,还要参加两三个会议。到了夜晚,他骑马挎枪,厉声喝问:"站住!什么人?"还得细听,有没有车轮声,是不是越境走私者的大车。这个军训营政委的白天和大多数黑夜,就是这样度过的。

别列兹多夫共青团区委会,由三个人组成:柯察金、莉达·波列维赫和任卡·拉兹瓦利欣。波列维赫是妇女部长,小眼睛,出生在伏尔加河流域。拉兹瓦利欣不久前还是个中学生,漂亮脸蛋高身材,"少年老成",酷爱惊心动魄的冒险小说,熟读歇洛克·福尔摩斯①侦探故事和路易·布塞纳②的作品。拉兹瓦利欣原先是区党委的行政干事。入团才四个月,却爱在其他团员面前摆出一副"老布尔什维克"的架势。由于派不出人,地区党委再三考虑,才让他到别列兹多夫来,负责政治教育工作。

太阳接近天顶了。最隐蔽的角角落落也热烘烘的。各种动物都躲到阴凉的处所,狗也爬到粮仓的墙根底下趴着,热得迷迷糊糊,懒得动弹。在井边的水坑里,只有一头猪满身泥浆,怡然自得地哼哼着。

保尔解开缰绳,咬紧嘴唇,忍住膝盖的疼痛,跨上了马鞍。女

---

① 歇洛克·福尔摩斯系英国作家柯南道尔(1858—1930)侦探小说中的主人公。
② 路易·布塞纳(1847—1910),法国作家,以写科幻惊险小说闻名。

教师拉基京娜站在校门口的台阶上，伸手挡住刺眼的阳光。

"政委同志，再见。"她微笑着说。

马烦躁地跺了一下蹄子，伸伸脖子，绷紧了缰绳。

"再见，拉基京娜同志。就这样决定啦，明天您来上头一课。"

马感觉到缰绳放松，立刻小跑起来。蓦地，一阵凄厉的呼喊传进保尔的耳朵，只有村里失火，妇女们才会这样呼喊。保尔猛拉缰绳，让马急转身。于是，他在马背上看到，一个年轻的农妇气急败坏地从村外跑来。拉基京娜走到路当中，把她拦住。旁边农舍里也有人跑到门口张望，大多是老头子老太婆。年轻力壮的全下地去了。

"哎哟！乡亲们，那边出大事儿啦！哎哟，不得了啦，不得了啦！"

保尔策马跑到她跟前，这时候已经有一群人围住农妇。大家拉扯着她那白衬衫的袖子，惊慌地提出一大堆问题。可她前言不搭后语，根本听不懂她在说什么。她一个劲儿喊叫："打死人啦！他们往死里砍哪！"一个胡子乱蓬蓬的老头儿，一手提着粗布裤子，很不雅观地跳着过来，冲着年轻女人喊道："别嚷嚷了，像个疯婆子！在哪儿打？为啥打？不要乱叫！哼，活见鬼！"

"咱们村跟波杜别茨村的人打起来了……是为了地界！他们把咱们的人往死里打呀！"

大家这才弄明白遇上了什么样的灾祸。街上，妇女们尖声嚷嚷，老头们也火冒三丈地吼叫起来。消息像警报似的传遍全村，传进家家户户："波杜别茨村的人为了地界，用镰刀砍咱们的人！"只要是能走动的村民，全都冲出家门，抓起耙子、斧头，或者干脆从栅栏上拔一根木桩，冲向村外，冲向正在血战的田野。两个村子为了地界纠纷，每年都在那儿发生械斗。

保尔猛踢坐骑，黑公马立刻疾驰起来。保尔吆喝着催马飞跑，赶过狂奔的人群，利箭一般向前猛冲。黑公马两耳紧贴头部，四蹄腾空而起，不断加快速度。土丘上，一架风车向四面张开风翼，似乎要挡住去路。风车右边的小河旁有一片低洼的草场。左边则是黑麦田，顺着山坡起伏绵延，一望无际。风宛若用手抚摩似的，在成熟的黑麦上掠过。路旁的罂粟花开了，鲜红耀眼。这里静静的，热得让人受不了。远处的小河如同一条银蛇，在阳光下闪烁。正是从那边的低洼处传来喊叫声。

黑公马朝着草场发疯似的冲下去。保尔脑子里闪过一个念头："万一马蹄绊一下，连人带马全得完蛋。"不过马已经勒不住了，他只能紧贴着马脖子，听凭风在耳边呼啸。

黑公马狂奔到了草场上。这儿的人们暴怒得失去理智，野兽般地扭打成一团。有几个人倒在地上，满身都是血。

有个大胡子举着刀柄断了一截的大镰刀，猛追一个满脸是血的小伙子。保尔的坐骑胸脯一挺，把这大胡子撞倒了。另一个脸色黑苍苍、身板结实的农民，恶狠狠地用厚实的靴子猛踩倒在地上的对手，要送他"归天"。

保尔冲进人群，借助于马的力量，一鼓作气把斗殴的村民驱散。保尔不等他们回过神来，又疯狂地催动坐骑，朝着野蛮的人们横冲直撞。他意识到，只有以同样蛮不讲理的方式，才能把迷了心窍的人们分开。他狂怒地吆喝："畜生，散开！我枪毙你们这帮强盗！"

接着，他从皮套里拔出手枪，在一个杀气腾腾的人的头顶上方挥动。那马一跃，枪响了。那人抛下镰刀，转身逃走了。就这样，保尔单人独骑,在草场上一面狂奔,一面开枪,终于达到目的。人们四下逃散,离开了草场。他们害怕承担责任,同时也为了躲开这个从天而降的凶神和那支不断射击的"瘟枪"。

不久,区法院的人赶到了波杜别茨村。人民法官花了很长时间传讯目击者,但怎么也找不出罪魁祸首。这次械斗没有人丧命,受伤的也都复原了。法官苦口婆心,向阴沉着脸站在面前的农民说明,这种斗殴是多么野蛮,是违法的。

"全怪地界,法官同志,我们的地界给搞乱了!所以每年都打起来。"

个别人还是受到了惩罚。

过了一个星期,丈量队来草场丈量,在引起争执的地方钉下木桩。一个年老的丈量员由于走了很多路,加上天气炎热,累得汗流浃背。他一边卷着软尺,一边对保尔说:"丈量土地这行当,我干了三十年,到处都是地界引发的纠纷。您瞧瞧这些草地的分界线,乱成了什么样子!就是醉鬼走路,也没这么扭过来拐过去的。那些耕地又怎么样呢?一块不过三步宽,全是花插着,要想分清楚,会把你累疯了。这样的草场这样的耕地,还得一年年分下去。老子跟儿子分开过了,一块地又分成两小块。我敢跟您说,再过二十年,土地上准保全是密密麻麻的地界,没处下种。即使现在,也已经有十分之一的耕地成了地界。"

保尔·柯察金笑了。

"丈量员同志,二十年后,咱们一条地界也没有了。"

老头宽厚地瞅瞅对方。

"您这是在说共产主义社会吧?唉,您知道,这还是遥遥无期的事儿。"

"您听说过布达诺夫卡集体农庄吗?"

"哦,您指的是这个呀!"

"对。"

"布达诺夫卡我去过……不过,柯察金同志,那是个别情况。"

丈量队在工作。两个小伙子在钉木桩。草地上,旧地界还隐约可见,不过仅仅是一些朽烂的木头了。农民站在草场两边,睁大眼睛盯着,希望木桩钉在原先的地界上。

赶车老汉爱闲聊,他用鞭子抽了一下瘦弱的辕马,转身对坐车的两个人说:"谁知道怎么搞的,咱们这儿也闹起共青团来了。早先可不兴这个。看样子,这些事情全是那个女老师搞出来的。她姓拉基京娜,你们八成儿也认识。年纪还挺轻,可兴风作浪的本事不小。她把村里的娘儿们全给鼓动起来,把她们召集到一块儿,出了一大堆点子。结果呢,日子过不安生啦。先前,一发火,抽老婆一个耳光,那是家常便饭,老婆不揍哪儿行!她们呢,那会儿只是揉揉脸,不敢吭一声。如今,你还没碰着她,她已经大喊大叫,竟然说要上人民法院告你。年轻些的还会提出离婚,把法律条文全背给你听。我的老婆甘卡,原本是个不声不响的女人,如今连她也当上什么代表了。大概就是娘儿们当中的头儿吧。全村的人都来找她。起先,我恨不得拿马缰绳抽她,可后来一想,不管她啦。随她们瞎闹腾去吧!再怎么说,我老婆还是挺能干的,家务安排得不错。"

赶车人的麻布衬衫敞开着,露出毛茸茸的胸脯。他伸手搔了几下,习惯地往辕马的肚子上抽一鞭。车上坐的是拉兹瓦利欣和莉达。他们一同到波杜别茨村去,各有各的任务:莉达要召开妇女代表会,拉兹瓦利欣是布置团支部的工作。

"您难道讨厌共青团员？"莉达开玩笑地问赶车人。

那老汉摸摸胡子，不慌不忙地回答："不，我不在乎……趁着年轻，可以玩玩，演演戏呀什么的。我自己就爱看喜剧，不过要演得精彩。刚开头，我们以为小青年只晓得瞎胡闹，其实事情完全不是这样。听人说，他们倒是不准喝酒，不准耍流氓，还管得挺严呢。他们多半是在学习。可就是一点，他们跟上帝过不去，老想把教堂改成俱乐部。这就不应该了。为这事儿，老辈人都斜着眼睛瞅那帮团员，对他们有一肚子意见。还有什么来着？有一桩事儿他们办得不怎么样：他们光收那些穷得叮当响的，光收那些当长工的、租田来种的。有地有房人家的孩子不收。"

马车下了山坡，驶近了学校。

女校工见来了两个客人，就把他们安顿在她的屋子里，自己到干草棚里去睡觉。会拖得很长，莉达和拉兹瓦利欣很晚才回来，屋子里黑咕隆咚的。莉达脱掉皮鞋上了床，一会儿就睡着了。不料，拉兹瓦利欣的手粗鲁地碰到她身上，显然没安好心。莉达惊醒了。

"你干什么？"

"小声点，莉德卡，你嚷嚷什么？我一个人这么躺着，太寂寞了，真见鬼！你难道想不出比睡大觉更有趣的事吗？"

"把手拿开，快给我滚下床去！"莉达一把推开他。莉达原本就厌恶他那淫邪的笑脸，此刻真想痛骂他、挖苦他，但是一阵睡意袭来，她又闭上了眼睛。

"你干吗扭扭捏捏的？别以为这样才像知识分子的模样。你总不是贵族女子学校毕业的吧？你以为这样我就会相信你吗？别装傻了。如果你是个聪明人，那么先满足我的要求，随后你要睡多久都由你。"

他觉得没有必要多费口舌，再次从长凳上站起来，坐到床沿上，肆无忌惮地伸手去扳莉达的肩膀。

"滚开！"她立刻惊醒了，"我说到做到，明天一定告诉柯察金。"

拉兹瓦利欣抓住她的胳膊，恼怒地低声说："我才不把你那个柯察金放在眼里呢。你别固执了，反正我要定你了。"

两个人进行了一场短促的搏斗。静静的屋子里响起清脆的耳光声，一下，又一下……拉兹瓦利欣往旁边一闪，莉达摸黑冲到门边，推开门，跑到院子里。她站在月光下，快气疯了。

"进屋，你这傻瓜！"拉兹瓦利欣凶狠地喊道。

他不得不把自己的铺盖搬到屋檐底下，在外面过夜。莉达插上门，上了床，蜷缩成一团。

第二天早晨，上车往回赶路。拉兹瓦利欣坐在赶车的老汉旁边，一支接一支地抽烟。"这个碰不得的小妞，恐怕真会到柯察金跟前告我一状的。真是个傻乎乎的木头娃娃！外表挺漂亮，可一点也不解人意。得让她消消气，要不然，我可倒霉了，柯察金本来就瞧我不顺眼。"

拉兹瓦利欣挪到莉达身边坐下。他装得很难为情，眼神甚至有点悲愁。他编出一些不能自圆其说的理由为自己辩护，表示已经后悔了。

拉兹瓦利欣达到目的了：快到镇口的时候，莉达答应不对任何人提起昨夜的事情。

在边境地区的各个村子里，共青团的支部雨后春笋般地建立起来了。团区委的干部为了培育这第一批共产主义运动的幼芽，付出大量心血。保尔和莉达整日整夜地在这些村子里开展工作。

拉兹瓦利欣不喜欢到村子里去。他无法接近农村小伙子，难以得到他们的信任，而只会帮倒忙。莉达和保尔做起来却很容易、很自然。莉达把姑娘们团结在身旁，交了一些知心朋友，同她们保持着联系。她因势利导，使姑娘们对共青团的生活和工作产生兴趣。全区的年轻人都认识保尔。有一千六百名青年即将达到应征入伍的年龄，第二军训营负责对他们进行军训。在各村的晚会上，在街头巷尾，手风琴起到了空前未有的宣传作用。手风琴使保尔成了大伙儿的"自家人"。不少农村小伙子正是在美妙琴声的引导下，走上了入团的道路。保尔的手风琴时而奏出快速的进行曲，热烈而扣人心弦，时而奏出优美的乌克兰民歌，柔和而情深意切。大家听着琴声，也听着手风琴手的讲话——他过去是工人，如今成了军训营政委和共青团书记。年轻政委的话音与琴声，和谐地回荡在人们的心头。各个村子里，听得见新的歌曲了。各家的农舍里，除了祷告用的赞美诗集和圆梦的小册子，也出现了别的书籍。

走私贩的日子越来越难过了。他们必须留意的已经不仅仅是边防军人，因为苏维埃政权周围涌现出大批年轻朋友和热心助手。在边境的各个村子里，团支部的同志们热血沸腾，急于亲手捕获敌人，有时候采取过激的行动，保尔只好出面解围。波杜别茨村的团支部书记是格里舒特卡·霍罗沃季科。这个蓝眼睛的小伙子办事风风火火，喜欢辩论，不信教。有一回，他通过自己的特殊途径得到消息：当夜将有一批走私货物运来交给本村的磨坊老板。于是他让整个支部一齐上阵。当夜，他率领全体同志，带着一支教练步枪和两把刺刀，小心翼翼地包围了磨坊，等候野兽落网。国家政治保安局的边防哨所也获悉这次走私的情况，因此布置好了埋伏。夜里双方发生了误会。在冲突中，幸亏边防战士沉着冷静，共青团员才没有伤亡。小伙子们只是被解除了武装，押送到四公里外的邻村，关了起来。

当时，保尔正在加夫里洛夫营长那里。第二天早晨，营长一接到报告，就把情况告诉他。于是他这个团委书记立即骑上马，赶去救那群小伙子。

政治保安局的特派员萨哈罗夫笑着谈了昨夜的一场误会。

"柯察金同志，咱们这么办吧。这些小伙子都挺棒，咱们不会去告他们。不过，为了使他们今后不再越权代替我们采取行动，你去给他们泼泼冷水。"

卫兵把板棚的门打开，十一个小伙子从地上站起来。他们很不好意思，两只脚倒换着站在那儿。

"你瞧瞧他们，"萨哈罗夫摊开两手，一副痛心的样子，"大祸已经闯下了，我只好把他们送到地区去。"

这一下，格里舒特卡激动不安地说："萨哈罗夫同志，我们干了什么啦？我们是要为苏维埃政权尽量多出力呀。我们早就盯住这个富农了。你们反倒把我们当作强盗关起来！"说着，他恼火地转过身去。

保尔和萨哈罗夫好不容易才板起脸，互相进行严肃的交涉，这才停止"泼冷水"。

"除非你担保他们再也不到边界上活动，而以其他方式协助我们工作，我才可以客客气气地放他们走。"萨哈罗夫对保尔说。

"行，我替他们担保。相信他们不会再让我为难。"

这个支部的团员们，唱着歌返回波杜别茨。这件事没有张扬出去。不久，那磨坊老板终于落网了。这次是依法逮捕的。

一些庄园坐落在迈丹韦拉一带的森林里。每座富农的庄园相距约摸半公里。房屋结实坚固,加上各种附属设施,一座庄园俨如一座小小的堡垒。德国移民住在这些庄园里,过着优裕的生活。安东纽克匪帮就躲藏在这片树林里。安东纽克过去在沙皇军队里当司务长,后来呼朋引类,拼凑成一个"七人帮",在周围的各条大路上持枪抢劫。他们心狠手辣,既不轻饶投机商人,也不放过苏维埃政府干部。安东纽克出没无常。他今天在这里干掉两个农村合作社的干部,第二天已经在二十公里外的地方解除邮政人员的武装,把钱款抢得精光。安东纽克和另一个土匪头子戈尔季竞赛似的干坏事,一个比一个残忍。地区警察局和国家政治保安局花费了不少时间来对付他们。安东纽克在别列兹多夫附近活动,进城的路上就很不安全。要捕获这个匪首很不容易:他发觉情况不妙,就窜出国境线,销声匿迹,风头一过又重新露面。利西岑每次得知这头恶兽行凶伤人,都急躁不安地咬紧嘴唇。

"这条毒蛇咬人还要咬到什么时候?等着吧,我会亲手收拾他。"利西岑咬牙切齿地说。这个执委会主席曾两次得悉土匪头子的最新行踪,带上保尔和另外三名共产党员去追捕,可安东纽克却溜掉了。

地区派出一支剿匪小分队,前往别列兹多夫。队长菲拉托夫是个爱打扮的小伙子,骄傲自大,像只小公鸡。按照边防条例规定,他应该先向区执委会主席报到,可他觉得没有必要。他把队伍带到邻近的谢马基村。他们夜间进村,就在村口的一所屋子里住下。这些全副武装、行动诡秘的陌生人引起了隔壁一位共青团员的注意,他立即跑去向村苏维埃主席报告。村苏维埃主席一点也不知道有支剿匪小分队要来，便将他们当作土匪，让这个团员骑上快马，赶往区里报信。菲拉托夫干的蠢事险些让许多人丢了命。利西岺当夜得到"匪情"报告，立刻召集民警，带着十多个人驰往谢马基村。他们来到村口跳下马，翻过栅栏，朝那所屋子直扑过去。门口的哨兵头上挨了一枪托，像口袋似的倒下了。利西岺猛跑几步，用肩膀使劲儿撞开屋门，大家便也一拥而入。屋子里的天花板下面挂着一盏灯，室内光线暗淡。利西岺一只手举起手榴弹，作势要扔，另一只手握着枪。他大喝一声，震得玻璃发响："投降吧！要不，我把你们炸个稀巴烂！"

若是稍稍慢一点，冲进屋子的人们就要朝着睡眼惺忪的人开枪了。幸亏这些从地板上爬起来的人，看到利西岺要扔手榴弹的可怕模样，全都把手举了起来。过了一会儿，一小队光穿着内衣的俘虏被赶到院子里。这时候，菲拉托夫看见利西岺戴着的勋章，他的舌头才恢复了功能。

利西岺气坏了，极其轻蔑地骂了一句："脓包！"

德国革命的消息传到区里。汉堡巷战的枪声传过来了。边境上的人激奋不已。人们怀着迫不及待的心情阅读报纸。十月革命的狂飙也在西方刮起来了。自愿参加红军的申请书像雪片似的飞向团区委会。保尔苦口婆心地劝说来自各个支部的代表。他一再解释，苏维埃国家的政策是和平政策，现在苏维埃国家不想和任何邻国打仗。但是，这种劝说收效不大。每个星期天，各支部的团员都来到镇上，在神父家的大花园里举行全区团员大会。

有一天中午，波杜别茨村团支部的全体团员排着队，步伐整齐地开进了区委大院。保尔从窗口看见他们，就跑到台阶上。以格里沙为首的十一个小伙子，脚登高筒靴，肩背大口袋，在门口停住了脚步。

"格里沙，怎么回事？"保尔吃惊地问。

格里沙对他使了个眼色，同他一起进了屋。这时候，莉达、拉兹瓦利欣和另外两个共青团员也闻声过来了。格里沙把门关上，皱起淡淡的双眉，郑重其事地说："同志们，我这是在试试我们的战斗力。今天早上，我向本支部的团员们宣布：区里来了电报，当然是绝密的。咱们跟德国资本家打起来了，跟波兰地主马上也要打。所以莫斯科来了命令，所有的团员都得上前线。不过，谁害怕的话，只要写份申请书，就可以留在家里。我吩咐，打仗的事儿不准对别人提一个字，每人带一个面包和一块腌猪油，没有腌猪油的带些大蒜或葱头也行，过一个小时到村后秘密集合——先到区里，再到地区，在那儿领取武器。我这番话，使得小伙子们来了劲儿，他们七嘴八舌，问个没完。我说，不用多问，执行吧！谁不愿意，写张纸条来。出发上阵是要自愿的。这些小伙子刚走，我心里就七上八下的：万一谁也不来可怎么办？真那样的话，我只好解散支部，自己远走他乡。我坐在村后瞧着，他们一个个来了。有的明明哭过，却装着没事儿。十个人到齐了，没一个逃兵。怎么样，这就是咱们波杜别茨的团支部！"格里舒特卡眉飞色舞地说完话，神气地拍了一下胸脯。

波列维赫听了很生气，责备他添乱。他以茫然不解的目光瞧瞧对方。

"你怎么怪我？这是最好的考验嘛！这样能够看清每一个人，一点儿错不了。原本我想把队伍拉到地区去，使他们更感到像真的一样。可小伙子们全累了，让他们回家吧。但是，柯察金，你一定要给他们讲讲话，要不，这算怎么回事儿呢？非讲讲话不可……你就说，动员令已经撤消，不过他们表现出来的英雄主义应该受到表扬！"

保尔不大到地区中心去。往返一次，要花费几天时间，而区里的工作他一天都脱不开身。拉兹瓦利欣却一有机会就往城里跑。他总是从头到脚武装起来，暗暗地把自己想象成是库珀①小说中的主人公，得意洋洋地去地区中心。在林子里，他常常开枪打乌鸦或机灵的松鼠；他还装作侦查员，煞有介事地拦住单身行人盘问：什么人，从哪里来，到哪里去。离城不远了，他便收起武器，步枪塞进干草堆，手枪藏到衣袋里，恢复自己平时的装束，走进地区团委会。

"哎，你们别列兹多夫最近情况怎么样？"地区团委书记费多托夫问。

费多托夫的办公室里总是挤满了人。大家争先恐后地说话。在这样的环境里工作，必须能同时听四个人说话，回答第五个人的问题，手里还写着东西。费多托夫非常年轻，可早在一九一九年就持有党证了。只有在动荡不安时期，才有可能十五岁就入党。

拉兹瓦利欣大大咧咧地回答费多托夫的问题："新情况一下子也说不完。从清早到深夜，我忙得晕头转向。任何地方出了娄子都得我去解决。那是个空白地区嘛，事事都得亲自动手。又建成了两个新支部。叫我来有什么事儿吗？"他一本正经地往圈椅上一坐。

经济处处长克雷姆斯基暂时从一大堆公文上收回目光，回头望

---

① 库珀（1789—1851），美国作家，善写革命历史小说、边疆冒险小说和海上冒险小说。

了一眼。

"我们是叫柯察金来,并没有叫你。"

拉兹瓦利欣嘴里喷出一团浓烟。

"柯察金不愿意到这儿来,只好由我代劳了……有些当书记的什么事儿也不干,轻松得很,净拿我这样的人当驴使唤。柯察金一去边境就是两三个星期见不到他的人影,我只得把整个担子挑起来。"

显而易见,拉兹瓦利欣要让人明白,正是他才适合当团区委书记。

拉兹瓦利欣离开以后,费多托夫对地区团委会的其他成员直率地说:"我总不大喜欢这个耍嘴皮子的。"

拉兹瓦利欣的鬼把戏后来无意中被拆穿了。有一天,利西岑顺便到费多托夫那儿去取邮件。无论谁到区里去,都要替大家把信件带回来。费多托夫和利西岑作了一次长谈,拉兹瓦利欣便原形毕露了。

临别的时候,费多托夫说:"不过,你还是让柯察金来一趟。我们这儿的人跟他还很不熟悉呢。"

"好吧,可我有言在先,你们别想把他调走。我们绝对不会同意的。"

这一年,边境地区的十月革命的庆祝活动搞得空前热烈。保尔当选为边境各村的十月革命节纪念活动委员会主席。三个村子的五千多男女农民,在波杜别茨村开完庆祝大会就开始游行。长达半公里的队伍以军训营和铜管乐队为前导,高举鲜艳的红旗,出了村子,向边境行进。他们秩序井然,纪律严明,沿着界桩在苏维埃的国土上游行,前往几个横跨国境线的村庄。波兰边民从未见过这样的场面。边防军营长加夫里洛夫和军训营政委柯察金,骑着马走在最前面。铜管乐声、红旗迎风飘动的猎猎声,还有一阵阵的歌声,此起彼伏,响成一片。青年农民都穿着节日的盛装。少女们银铃般的笑声传得很远。成年人表情端庄,老年人神态凝重。举目望去,人流浩浩荡荡奔向远方,这条长河的河岸便是国界。人们寸步不离苏维埃的疆土,没有一只脚跨出不可逾越的国境线。柯察金让人流从身旁涌过。耳边响着共青团员的歌声:

> 从西伯利亚森林到不列颠海滨,
> 红军强大无比,战胜一切敌人!

接着是女声齐唱:

> 哦,那边山上妇女收割忙……

苏维埃哨兵笑容满面地迎接游行队伍,波兰哨兵面对这支队伍,则是一副尴尬得不知所措的表情。要在边界一侧游行,是事先通知了波军指挥部的,但此刻仍然引起了那一侧的惊慌。他们的哨兵增加了四倍,还出动了战地宪兵,骑着马匆匆地四处巡逻。山谷中,潜伏着应付突发事件的后备队。实际上,游行队伍一直走在本国的土地上,队伍中笑语喧哗,歌声荡漾。

一个波兰哨兵站在小土丘上。游行队伍迈着整齐的步伐过来了,进行曲的头一段旋律响起。波兰哨兵从肩上卸下步枪,紧贴脚边,行注目礼。保尔听见一句波兰话:"公社万岁!"

哨兵的眼神表明，这话是他说的。保尔目不转睛地望着他。

是朋友！军大衣里面的那颗心和游行群众的心，跳动的节奏是相同的。因此，保尔用波兰话低声回答："同志，你好！"

游行队伍经过的时候，波兰哨兵始终保持着持枪立正的姿势。队伍过去了。保尔一再回头去看那个瘦小的黑色身影。

前面又是一个波兰兵。花白的小胡子，四角帽镶着镍边，帽檐下的眼睛呆滞而暗淡。保尔由于刚才听到一个波兰哨兵的话，这会儿仍很激动。所以先开口，自语般地用波兰话说："同志，你好！"

可是没有反应。

加夫里洛夫微微一笑。原来，他全听到了。

"你期望过高了，"他说，"这儿除了普通步兵，还有宪兵。你没看见他衣袖上的标志吗？这是个宪兵。"

游行队伍的排头已经从小坡上下来，朝村里走去。这是一个横跨国界的村子。属于苏维埃的这半边，做好了隆重欢迎客人的准备。人们站在界河上小桥的一侧。姑娘和小伙子们在路的两旁排成长队。在属于波兰的那半边，农舍和板棚顶上站满了人，全神贯注地观看界河对岸的盛况。农舍门前，栅栏旁边，也有一群群农民。游行队伍走到夹道欢迎的人群面前的时候，乐队奏起了《国际歌》。年轻小伙子和白发老人纷纷走上装饰着青枝绿叶的临时讲台，激动地发表演说。保尔也操着亲切的乌克兰语讲了话。他的声音飞越界河，传到对岸人们的耳朵里。那边为了不让这种声音激起人们心里的热情，决定采取措施。于是，宪兵队在村子里策马奔跑，挥舞鞭子，把老百姓赶回家去。他们还朝屋顶上打枪。

街上空荡荡了。站在屋顶上的年轻人也被枪弹驱走了。苏维埃这边的人们站在河岸上看得清清楚楚，不由得皱起眉头。一个牧羊老汉由小伙子们搀扶着登上讲台。他怒不可遏,激愤地说:"孩子们,好好瞧瞧吧!早先,我们也是这样挨打的。如今咱们这儿,用皮鞭抽农民的事儿谁也见不着啦。地主老爷垮台了,咱们背上再也不挨鞭子了。孩子们,要把政权牢牢地掌握在手里。我老了,不会讲话,可真想多说说。当初,在沙皇统治底下,我们受穷受苦,活像拉车的牛……看看对岸的老百姓,我好难受啊!……"老汉那干瘦的手朝河对面挥了一下,失声痛哭了。只有小孩和老人才会这样哭。

在老汉之后,是格里沙发言。营长加夫里洛夫听着他慷慨激昂的话语,勒转马头,仔细观察,对岸是否有人在记录。可是,那河岸上空落落的,连桥头的哨兵也撤走了。

"看样子,不会向我们的外交人民委员会发照会抗议了。"他诙谐地说。

十一月底,一个阴雨绵绵的秋夜,安东纽克连同他的"七人帮",终于恶贯满盈了。这群豺狼出现在迈丹韦拉一个富裕移民的婚礼上,被赫罗林的党团员当场抓住。

妇女们在闲聊中泄露了这伙人将要参加婚礼的消息。赫罗林的十二名党团员迅速集合起来,带上现有的武器,坐马车直奔迈丹韦拉的那座庄园,同时派人骑着马驰往别列兹多夫报信。半道上,报信人在谢马基村碰到了菲拉托夫的剿匪小分队。菲拉托夫立即率领全队火速骑马赶去。那边,党团员已经围住了庄园,在同安东纽克一伙对射。安东纽克一伙躲在小厢房里,见谁一露头,就瞄准射击。他们硬往外冲,但是没得逞,反而被党团员们撂倒了"七人帮"中的一个,被迫退回厢房。安东纽克陷入类似的困境已不止一次，每次都仗着扔手榴弹，靠黑夜掩护，逃之夭夭。这一次差点儿又让他溜掉。赫罗林支部在交火中已经牺牲了两个人，幸而菲拉托夫赶到。安东纽克心里清楚，自己成了瓮中之鳖，这次没有活路了。他整夜从厢房的各个窗口向外打枪，但到天亮时，终于被生擒活捉。"七人帮"里，没有一个投降。为了消灭这群豺狼，四个人献出了生命，其中有三个是成立不久的赫罗林支部的共青团员。

保尔·柯察金所在的军训营接到命令，要参加民兵部队的秋季演习。民兵师的驻地在四十公里以外。全营清晨出发，冒着瓢泼大雨，一直走到深夜才抵达。这次行军，营长古谢夫和政委保尔是骑马的。八百名即将应征入伍的青年刚进营房就倒头睡觉。师部给这个营的调集令下达得晚了些。他们刚到，第二天早晨就得接受检阅，并立即开始演习。

全营在场地上排好了队，才一会儿，师部就来了几个骑马的人。这个军训营已经领到服装和步枪，面貌焕然一新。营长和政委为这支队伍倾注了大量心血，花费了许多时间，因此心中有底，不慌不忙。全营在队列操练中表现出良好的素质。等到检阅完毕，一个脸蛋漂亮但皮肉松弛的军官声色俱厉地问保尔："您为什么骑马？我们普及军训部队的营长和政委不应该骑马。我命令您，把马送进马棚，徒步参加演习。"

保尔知道，自己离了马背，就无法参加演习。这两条腿连一公里也走不了。可是能对眼前这个身上有十来条各种肩带、绶带的、吆五喝六的漂亮军官说吗？

"我不骑马就不能参加演习。"

"为什么？"

保尔明白，如果不说出实情，便无法解释清楚，所以低声回答："我两腿肿胀，无法接连一星期又走又跑。同志，对不起，我还不知道您是谁。"

"我是你们团的参谋长，这是一。第二，我再次命令您下马。如果您是个残废，那么我并没有叫您在部队里工作，不能怪我。"

保尔就像被猛抽了一鞭。他使劲儿一抖缰绳，但是古谢夫伸出粗壮的手，阻止了他。发作和忍耐这两种想法在保尔心中搏斗了好一阵。如今的保尔·柯察金毕竟不是从前那个擅自从一个部队跳到另一个部队的战士了。他是营政委，全营战士就站在他身后。在遵守军纪方面，他的举动会给全营树立什么样的榜样呢？况且，他训练全营战士又不是为了这个花花公子。这么一想，他双脚脱出马镫跳下马，忍着关节的剧痛，朝队伍的右翼走去。

接连数日天气特别晴朗。演习接近了尾声。第五天，他们在舍佩托夫卡城进行演习。这座小城，也就是演习活动的终点。保尔这个营接受了从克里缅托维奇村方向攻占车站的任务。

保尔对这一带的地形了如指掌。他把所有的路径都告诉了营长古谢夫。全营分为两队，避开"敌军"的耳目，深入迂回到后方，高喊着"乌拉"冲进车站。演习仲裁们认定：这一仗打得非常漂亮。车站让他们拿下了，防守车站的那个营被判定"丧失"一半兵员，退进了树林。

保尔负责指挥半个营。他正站在街心，和三连的连长、指导员一起布置散兵线。

一名战士气喘吁吁地跑到他跟前说："政委同志，营长问，各个道口是不是都已经架设了机枪。仲裁小组马上就到。"

保尔和几位连长朝一个道口走去。

团部的军官都聚集在那儿了。他们祝贺古谢夫打了胜仗。战败的那个营也有代表在场。他们不安地倒着脚,窘得甚至不想辩解。

"这不是我的功劳。柯察金正巧是本地人,是他为我们指明了路线。"

参谋长骑马来到保尔跟前,冷嘲热讽地说:"同志,原来您是能够健步如飞的。您要骑马,显然是为了出风头吧?"

他还想说什么,但是被保尔的目光镇住,话到嘴边又咽了回去。等团部的人走后,保尔轻轻地问古谢夫: "你可知道他姓什么?"

古谢夫在他肩头拍了一下:"算了,别去睬这个滑头。他叫丘扎宁,革命前好像是个准尉。"

这一天,保尔几次竭力回想,在哪儿听到过这个人,可是怎么也想不起来。

演习结束。这个军训营成绩优良,获得好评,返回了别列兹多夫,但是,保尔的身体几乎彻底累垮了。他回到母亲身边住了两天。马拴在哥哥阿尔乔姆那里。这两天,保尔每天睡二十个小时。第三天,他到机车库去探望哥哥。在这儿熏黑了的厂房里,保尔有一种亲切感。他使劲地吸了一下带煤烟味儿的空气。这儿的氛围对他具有强烈的吸引力,因为他从小就熟悉,在其中长大,实在太亲切了。好几个月没听到火车头的吼叫声,他仿佛丢了什么宝贵的东西似的。好比一个水手,每次久别以后重新看到蔚蓝色的无边无际的大海,总会激动不已。保尔此刻正是这样:亲切的氛围吸引着这个昔日的伙夫和电工。他心潮起伏,久久不能平静。他和哥哥没说多少话。他发现哥哥额头上又添了一道皱纹。阿尔乔姆在移动式锻工炉前干活。他有了第二个孩子。看来,日子过得很艰难。阿尔乔姆没说，可这是想象得出的。

保尔和哥哥一块儿干了近两个小时的活儿。他们分手了。保尔在道口上勒住了马，对车站凝望许久，这才抽了马一鞭。黑公马沿着林间小路疾驰而去。

如今，穿越林间小路是安全的。布尔什维克肃清了大大小小的匪帮，烧毁了他们的巢穴。所以本区各个村庄里的生活比较安宁了。

将近正午，保尔回到了别列兹多夫。莉达高兴地在区委会门前的台阶上迎接他。

"你总算回来了！你不在，我们太寂寞了。"莉达把手搭在他的肩膀上，一块儿走进屋里。

"拉兹瓦利欣在哪儿？"保尔一面脱大衣，一面问她。

莉达吞吞吐吐地回答："不知道他在哪儿。哦，想起来了！他早晨说过，要到学校里去，代替你上社会政治课。他说'这是我的职责，不是柯察金的'。"

这个意外的情况使保尔感到不太高兴。拉兹瓦利欣给他的印象一直不好。"这家伙到学校里去搞什么名堂呢？"保尔不满地想。

"嗯，好吧。说说看，这儿有什么好消息。你去过格鲁舍夫卡了吗？那儿的小青年干得怎么样？"

莉达将所有情况对他说了一遍。他坐在沙发上休息，一边揉着疲乏的双腿。

"前天接受拉基京娜为预备党员。这样我们波杜别茨党支部的力量就更强了。拉基京娜是个好姑娘，我挺喜欢她。瞧，教师中间出现了大变化，有些人完全站到咱们一边了。"

利西岑、保尔和新任区党委书记雷奇科夫三个人，常常在利西岑家的大桌子旁边从傍晚坐到深夜。

卧室的门关着。安纽特卡和利西岑的妻子已经睡下了。他们三个人却围坐在桌前，埋头读着波克罗夫斯基①著的那本不厚的《俄国历史》。利西岑只有夜间才能挤出时间读书。有时候保尔从村里回来，傍晚到利西岑家参加学习，发现他们两个学到前面去了，总是很着急。

有一天，从波杜别茨传来消息：团支部书记格里舒特卡·霍罗沃季科昨夜被人杀害了。保尔一听到噩耗，顾不得腿疼，几分钟就跑到执委会的马棚，以疯狂的速度备好马，飞身跃上，扬起皮鞭，左右抽打，朝着边界方向疾驰。

在村苏维埃宽敞的屋子里，格里沙的尸体停放在桌子上，周围饰有青枝绿叶，身上覆盖着红旗。屋门口，一名边防战士和一名共青团员在站岗，上级领导到来之前，不放任何人入内。保尔进屋，走到桌子跟前，掀开了红旗。

格里沙脸色煞白，双目圆睁，保持着临死前的痛苦表情。他躺在那儿，头歪向一边，被锐器击碎的后脑勺已用云杉枝叶遮掩着。

是谁下毒手杀害了这个青年呢？他是独生子，他的母亲是寡妇，父亲是磨坊老板的雇工，后来成了村贫民委员会的委员，为革命献出了生命。

老母亲听到儿子的死讯，立刻昏倒了。邻居们正在救护这位神志模糊的老人，她的儿子默默地躺在那里，再也不能告诉人们自己死亡的秘密。

---

① 波克罗夫斯基（1868—1932），苏联历史学家，著有《俄国历史概要》等书。

格里沙的死，震动了全村。他是年轻的团支部书记，贫苦农民的捍卫者。在村子里，他的朋友比敌人多得多。

拉基京娜为格里沙的牺牲感到无比悲痛。她在自己的房间里泣不成声。保尔进来，她连头也没抬一下。

"拉基京娜，你看他是被谁杀害的？"保尔沉重地跌坐在椅子上，嗓音沙哑地问。

"还会是谁，准是磨坊老板那一伙人。因为格里沙卡住了这些走私贩的脖子呀！"

格里沙的葬礼，两个村子的群众都参加了。保尔带来了军训营。全体团员都来向这位同志作最后的告别。在村苏维埃前面的广场上，加夫里洛夫安排两百五十名边防军战士列队肃立。悲壮的哀乐声响起，人们抬出覆盖着红旗的灵柩，停放在挖好墓穴的广场上。旁边的一些坟墓里，长眠着国内战争中牺牲的布尔什维克游击队员。

格里沙流洒的鲜血使他生前始终为之奋斗的人们更加团结。现在年轻的雇工和贫苦的村民全都表示要坚决支持团支部的工作。致悼词的人无不义愤填膺，要求处死凶手，要求抓住他们，就在这里，在广场上，在烈士墓前公审，让大家都看清敌人的真面目。

排枪三次响起，新坟上盖上了针叶树枝。当天晚上，团支部选出新的书记——拉基京娜。国家政治保安局的边境哨卡通知保尔，说他们那儿发现了凶手的线索。

一星期以后，区苏维埃第二次代表大会在当地的剧院里开幕了。利西岑庄严地向大会作报告："同志们，我非常高兴地向大会报告，一年来我们共同努力，取得很大成绩。我们大大地巩固了本区的苏维埃政权，彻底肃清了土匪，并且狠狠地打击了走私活动。各村都建立了稳固的贫农组织，共青团壮大了十倍，党的组织也在发展。前不久，在波杜别茨村，富农暗杀了我们的霍罗沃季科同志。现已查明，凶手就是磨坊主和他的女婿。他们已被逮捕，不久，省法院巡回法庭将进行审判。大会主席团接到各村代表团提交的建议，他们都要求大会作出决议，请求法院判处杀人凶犯极刑……"

大厅里喊声四起："赞成！处死苏维埃政权的敌人！"

莉达出现在大厅侧门门口。她招手叫保尔出来。

在走廊上，莉达交给他一封公函，外面写着"急件"。他拆开了看。

共青团别列兹多夫区委会。抄送区党委会。

省委决定，从你区调回柯察金同志，另行委派重要的共青团工作。

保尔向工作了一年的区委告别了。在最后一次党委会上，讨论了两个问题：第一，批准柯察金同志转为正式党员；第二，解除他的团区委书记职务，并通过他的鉴定。

利西岑和莉达紧紧握住保尔的手，并亲切拥抱。

保尔骑着马从大院出来，上了大道。这时候，十多名战士为他鸣枪送行。

第五章

电车沿着丰杜克列耶夫大街朝上爬,电动机紧张地鸣叫着。电车行驶到歌剧院门前停下,一群年轻人下了车,电车又向上爬去。

潘克拉托夫连声催促落在后面的人:"伙伴们,走吧。咱们要迟到了。"

奥库涅夫在歌剧院门口赶上他。

"根卡,你还记得吧,三年前咱们也是这样到这儿来开会。当时,杜巴瓦和一伙'工人反对派'回到了咱们的队伍里。[2]那天晚上的大会开得很成功。今天我们又得跟杜巴瓦较量较量。"

他们在门口向检查组出示证件,走进了会场。这时候,潘克拉托夫才回答:"对,杜巴瓦要在老地方重新表演一番。"

有人嘘了一声,要他们别作声,两个人只好就近找了位子坐下。晚上的大会已经开始,有个女同志在台上发言。

"来得巧啦,快听听你爱人在说什么。"潘克拉托夫用胳膊肘捅了一下奥库涅夫,轻轻地说。

在发言的正是塔莉娅·拉古京娜。

"……不错,这场辩论使我们花费了许多精力。但是,参加辩论的青年学到了许多东西。我们非常满意地指出这样一个事实:我们组织里的托洛茨基的信徒们已经被打垮。他们不能抱怨我们不让他们发言,不让他们充分表明观点。事实恰恰相反,他们利用我们给予的行动自由,干了很多严重破坏党纪的事情。"

塔莉娅情绪激动。一绺头发垂到脸上,妨碍她说话。她使劲儿把头往后一甩,继续说:"在这里,我们听了各个区的许多同志的发言。他们都谈到托洛茨基分子采用的种种手法。在这里,在这个大会上,托洛茨基派的代表有相当多的人数。各区特意发代表证给他们,以便大家在这里,在市党代会上,再次听听他们的主张。他们很少发言,这可不能怪我们。他们在各个区、各个支部的全面失败使他们多少得到了些教训。现在他们不大敢上这个讲台上表演,再来老调重弹。"

在会场的右角,有人发出刺耳的喊声,打断了塔莉娅。

"我们还会说话的。"

塔莉娅·拉古京娜朝那边转过身去。

"好,杜巴瓦,那你就上来说,我们倒要听听。"她说。

杜巴瓦恶狠狠地盯着她,神经质地撇撇嘴。

"时机一到,我们当然会说!"他大声说,同时想起昨天自己在大家认识他的索洛缅卡区遭到的惨败。

会场上响起一片不满的声浪。潘克拉托夫按捺不住了:"怎么着,还想动摇我们的党吗?"

杜巴瓦听出了潘克拉托夫的声音,但是他连头也不回,只是把嘴唇咬得紧紧的,垂下头去。

塔莉娅接着说:"杜巴瓦就是托洛茨基分子破坏党纪的突出典型。他当了多年的团干部,许多人认识他,尤其是兵工厂的人。现在,杜巴瓦是哈尔科夫共产主义大学的学生。然而我们都知道,他和米哈伊拉·什科连科一起，已经在这儿待了三个星期。大学里的学习十分紧张，他们为什么跑到这儿来呢？全市的每一个区，他们都去演讲。是的，最近几天，米哈伊拉开始醒悟了。谁派他们到这里来的？除了他俩，我们这儿还有一大帮来自各地的托洛茨基分子。他们曾经在这儿工作过，现在赶来是为了在党内煽风点火。他们所在的党组织知道他们现在在什么地方吗？当然不知道。"[3]

塔莉娅试图拉他们一把，让他们承认错误，因此不像在讲台上发言，倒像是在进行同志式的谈心："记得吧，三年前，也是在这个剧院里，杜巴瓦和一批'工人反对派'的成员回到了咱们的队伍里。大家记得他说过这样的话：'党的旗帜永远不会从我们手中丢掉。'然而，还没到三年，杜巴瓦已经把党的旗帜丢掉了。是的，我说他丢掉了。他刚才喊：'我们还会说话的。'这恰恰表明，他和他的同伙还要继续走下去。"

后排传来喊声："让图夫塔谈谈晴雨表吧，他是他们那伙的气象学家。"

会场上响起激动的喊声："别开玩笑！"

"让他们回答：是不是还要继续搞反党活动？"

"让他们交代：那篇反党宣言是谁写的！"

群情激愤，执行主席久久地摇铃。

激愤的喊声淹没了塔莉娅的声音，不过这场风暴一会儿就平息了，塔莉娅·拉古京娜的发言又听得清楚了：[4]

"边远地区也有同志来信，他们和我们站在一起。这使我们受到鼓舞。请允许我读一封信的片断。这是奥莉加·尤列涅娃写来的。在座的有很多人认识她。现在她是共青团地区委员会的组织处处长。"

塔莉娅从一叠信纸中抽出一张，匆匆看了看读道："日常工作停顿了。托洛茨基分子挑起一场空前激烈的斗争，所有的党委委员们都到下面各个区里去，已经四天了。昨天出现的情景，使各个支部的党员感到愤慨。反对派在全市的所有支部都得不到多数的支持，就决定集中力量，在地区兵役局的党支部里发动一场进攻。这个支部包括地区计划处和工人教育处的党员，共有四十人，托洛茨基分子却通通集中到了这里。他们在这个会议上发表的反党言论，是我们从来没听到过的。兵役局的一个人跳出来，赤裸裸地叫嚷：[5]'如果党的机关不投降，我们就用武力把它砸烂！'反对派对这样的叫嚣报以掌声。这时候，柯察金站起来发言：'你们身为党员，怎么能给这个法西斯分子鼓掌呢？'那帮人敲打着椅子，大叫大嚷，不让柯察金往下说。这个支部的党员被流氓行为激怒了，要求听完保尔的发言。不料保尔一开口，又遭到围攻。保尔高声对他们说：'你们的民主真是妙极了！我非讲不可！'这时候，有几个人上来揪住保尔，竭力想把他拖下讲台。结果出现了野蛮的一幕。保尔一边挣扎，一边继续讲，但是那伙人把他拖到后台，打开侧门，把他推到梯子上。有个坏蛋还打得他血流满面。这个支部的党员几乎全都退出了会场。[6]这件事擦亮了许多人的眼睛……"

塔莉娅走下了讲台。

谢加尔在省党委会担任宣传鼓动处处长已经有两个月。这时候，他坐在主席台上，紧挨着托卡列夫。他们都在仔细听市党代会代表的发言。到现在为止，发言的全是年轻人，不久前还只是团员。

"这几年，他们成长得多快啊！"谢加尔心里想。

他对托卡列夫说:"反对派已经焦头烂额了。咱们的重炮还没有投入战斗呢:年轻人在揭露托洛茨基分子。"

图夫塔跳上了台。会场上响起对他表示不满的嘘声,还有短暂的哄笑。图夫塔转身面对主席团,想提出抗议,但是全场已经安静下来了。

"刚才有人管我叫气象学家。哼,布尔什维克同志们,你们竟然这样嘲笑我的政治观点!"他连珠炮似的说。

一阵哄堂大笑盖住了他的声音。他恼怒地向主席团指了指台下。

"不管你们怎么嘲笑,我还要说一遍:青年是晴雨表。列宁不止一次这样写过。"

全场立即安静下来。

"列宁是怎么写的?"会场上有人问。

图夫塔来了劲儿。

"准备十月起义的时候,列宁下令召集最坚定的青年工人,发给他们武器,将他们和水兵派往最关键的地方。要我给你们读读这一段吗?原文我都抄在卡片上。"说着,图夫塔把手伸进了公文包。

"这个我们知道!"

"那么关于团结,列宁写过什么?"

"关于党的纪律呢?"

"列宁在什么地方把青年和老一代近卫军对立起来呢?"

图夫塔难以应付,便换了话题:"刚才拉古京娜读了尤列涅娃的信。我们可不能为辩论中的某些反常现象负责。"[7]

茨韦塔耶夫气坏了,对坐在身旁的什科连科悄悄地说:"让傻瓜去向上帝祈祷,他会把自己的脑门子也磕破!"

什科连科同样也悄悄地回答:"就是呀!这个笨蛋要把咱们彻底拖垮。"

图夫塔那又尖又细的嗓音仍在刺激耳膜:"既然你们组织了多数派,我们就有权组织少数派。"[8]

会场上掀起一阵风暴。

愤怒的吼声几乎将图夫塔的耳朵震聋。

"怎么?又想分成布尔什维克和孟什维克?"

"俄国共产党不是议会!"

"他们在为所有的孟什维克卖力气——从米亚斯尼科夫到马尔托夫①!"

图夫塔游泳似的挥动着双手,激动地越讲越快:"对,就是要有组织集团的自由。要不然,我们持不同政见者,怎么能捍卫自己的主张,同有组织、有纪律、团结一致的布尔什维克作斗争呢?"

会场上,喧闹声越来越大。潘克拉托夫站起来高喊:"让他说完,听听大有好处。图夫塔道出了某些人不敢说的话!"

会场静了下来。图夫塔自知说过了头。说这些话,现在恐怕还不是时候。他脑子一转,赶紧收场,一口气说:"你们当然可以开除我们,把我们逼到角落里。你们已经开始这样做了。我就是被省团委排挤出来的。没关系,谁对谁错,很快就会见分晓。"说完,他赶紧下了讲台。[9]

杜巴瓦接过茨韦塔耶夫的字条:"米佳伊,马上去发言。自然,这不可能挽回败局。咱们在这里大势已去。但必须纠正图夫塔的话。这个笨蛋胡说八道。"

---

① 两者皆为孟什维克。

杜巴瓦要求发言，他立刻得到允许。

他朝台上走去的时候，全场笼罩着一片警觉的寂静。每次发言前，会场里往往都会出现一段时间的寂静，但此刻正是这种沉寂，使杜巴瓦感到了疏远的冷漠。他已经丧失了在各支部发言时的那股冲劲。他的热情在一天天降低。如今，他活像一堆被水浇灭的篝火，在冒着呛人的烟气。这团团烟气便是他那病态的自尊和不愿认错的倔强，而他的自尊已被明显的失败和老朋友们的无情反击所刺伤了。他决定不顾一切地走下去，尽管他心里也清楚，这样干只会使自己和大多数同志离得更远。他声音低沉，但说得很明确："我要求别打断我，别插话反驳。我想完整地阐述我们的观点，虽然我预先就知道这是徒劳的，因为你们是多数。"[10]

当他结束发言的时候，会场里仿佛炸响了一颗手榴弹。声浪如同狂风骤雨朝杜巴瓦袭来。愤怒的吼声像鞭子一样抽打着杜巴瓦的脸。

"可耻！"

"打倒分裂者！"

"够了！别再造谣诽谤！"

在一片响亮的嘲笑声中，德米特里·杜巴瓦走下台来。这种笑声把他摧垮了。如果大家暴跳如雷，倒会使他产生满足感。然而，人家偏偏是嘲笑他，犹如嘲笑一个荒腔走板的演员。

"现在请什科连科发言。"执行主席说。

米哈伊拉·什科连科站起来说："我不发言了。"

后排响起潘克拉托夫浑厚的嗓音："我要求说几句！"

杜巴瓦一听口气，就知道他的情绪。码头装卸工只有受到别人极大侮辱的时候，才这样说话。杜巴瓦目光阴郁地望着身材高大、脊背微驼的潘克拉托夫快步走向主席台，心中感到压抑和恐慌。他知道潘克拉托夫会说些什么。他想起了昨天在索洛缅卡区和老朋友们的聚会，大家在友好的谈心中试图劝他脱离反对派。当时和他在一起的有茨韦塔耶夫和什科连科。聚会的地点就在托卡列夫家里。来了潘克拉托夫、奥库涅夫、塔莉娅、沃伦采夫、泽列诺娃、斯塔罗韦罗夫、阿尔秋欣。他们表示希望重新团结一致，杜巴瓦却装聋作哑。在谈得最热烈的时候，他和茨韦塔耶夫离开了，以这种一走了之的方式，表明不愿意承认自己观点的错误。什科连科当时留下了，刚才他又拒绝发言。"软弱的知识分子！准是被他们争取过去了。"杜巴瓦悻悻地想。在这场你死我活的斗争中，他失去了所有的朋友。在共产主义大学里，他和扎尔基多年的友谊也破裂了，因为扎尔基在会上激烈反对《四十六人声明》。后来分歧越发严重，他就不再跟扎尔基说话。他几次在自己家里看到扎尔基上门来找安娜。安娜一年前就成了他杜巴瓦的妻子，两人各有各的房间。安娜不赞同杜巴瓦的观点，夫妻关系变得紧张，而且正在日益恶化。杜巴瓦认定，扎尔基成了安娜那儿的常客，这是他们夫妻关系恶化的一个原因。这里扯不上吃醋。杜巴瓦跟扎尔基不说话了，安娜却和扎尔基保持着友谊，这使杜巴瓦很生气。他把这一点告诉安娜。两人大吵了一场，彼此的关系更为紧张。这次，杜巴瓦没跟安娜说一声，就到这儿来了。

潘克拉托夫开始发言，打断了杜巴瓦的滚滚思绪。

"同志们！"潘克拉托夫坚定有力地说。他上了台，就站在脚灯挡板跟前。[11]"同志们！反对派的发言我们已经听了九天。我直话直说：他们出言吐语不像战友，不像革命战士，不像我们并肩战斗的阶级弟兄。他们的发言是充满敌意的、嚣张的、恶毒的、诽谤性的。是的,同志们,那是诽谤性的!他们把我们布尔什维克说成是党内专横制度的卫护者,说成是出卖阶级利益和革命利益的人。我们党拥有一批光荣的、优秀的、久经考验的老布尔什维克战士,是他们培育和锻炼了俄国共产党,是他们在沙皇的监牢里受尽折磨,是他们在列宁同志领导下,和国际上的孟什维主义、同托洛茨基进行无情斗争——正是这样的老战士,现在被污蔑为党的官僚主义的化身。[12]除了敌人,谁会说出这样的话来呢?难道党和党的机关不是一个整体?请问,这像什么人的口吻?如果在部队被敌人包围的时候,有人出来挑唆年轻的红军战士去反对指挥员、政委,去反对司令部,我们管这种人叫什么呢?如果我今天当钳工,按照托洛茨基分子的观点,我还可以算是个'正派人',而如果我明天当了党委书记,那我就是'官僚',就是'机关老爷'。这讲得通吗?!同志们,反对派里有像图夫塔、茨韦塔耶夫和阿法纳西耶夫这样的人。图夫塔是由于官僚主义问题不久前被撤职的;茨韦塔耶夫由于搞他的所谓'民主',在索洛缅卡区尽人皆知;阿法纳西耶夫则是由于在波多拉区唯我独尊和压制民主,被省委三次撤职。反对派高喊反对官僚主义,宣称要争取民主,同时却搜罗了这样的人,岂非咄咄怪事?实际情况就是这样:被党处分过的人纠合在一起,向党发起进攻了。托洛茨基的'布尔什维主义'是什么货色,这要让老布尔什维克来谈。现在,既然这个名字被用来和党相对抗,那就必须让年轻人了解托洛茨基进行反党活动的全部历史,了解他怎样反复无常,从一个营垒跳到另一个营垒。同反对派的斗争,使我们的队伍更加团结,使青年一代在思想上更加坚定。在反对各种小资产阶级思潮的斗争中,布尔什维克党和共青团得到了锻炼。反对派当中的某些人歇斯底里、危言耸听地预言,我们将遭受经济上和政治上的全面失败。我们的明天将会证明这种预言有多大价值。他们要求派我们的老同志,例如托卡列夫和谢加尔同志,去开车床,而让杜巴瓦之流取而代之,去占据老同志的位置,可这个杜巴瓦是一支失灵的晴雨表,他把反党活动当作某种英雄的壮举。不,同志们,我们绝不同意这样做。老同志是需要接班人,但决不能让一遇风浪就向党的路线猖狂进攻的人来接他们的班。我们伟大的党的团结,决不允许破坏。老一代和青年一代的近卫军永远不会分裂。我们在列宁的旗帜引导下,在同各种小资产阶级思潮进行不调和的斗争中,一定能走向胜利!"

潘克拉托夫从台上走下来。大家热情洋溢地为他鼓掌。

第二天,十来个人聚集在图夫塔那儿。杜巴瓦说:"我和什科连科今天就回哈尔科夫。在这儿,我们搞不出什么名堂了。你们尽可能不要散伙。咱们只能等待时局出现转机。显然,全俄党代表会议将会批判咱们,但我认为不见得马上会进行迫害。多数派决定在工作中再次考验咱们。现在,特别是在这次大会以后,继续进行公开斗争,看来是会被开除出党的,这就不利于咱们的行动计划了。将来如何,难以预料。别的,好像也没什么可说的了。"杜巴瓦站起来准备离开。

嘴唇薄薄的瘦子斯塔罗韦罗夫也站起来。

"米佳伊,"他口齿不清、结结巴巴地说,"我不明白你的意思。是不是说咱们不一定要服从大会的决议?"

茨韦塔耶夫生硬地打断他:"形式上要服从,否则会丢了党证。咱们得瞧瞧刮什么风嘛。现在散会吧。"

图夫塔坐在椅子上,烦躁地动了一下身子。什科连科双眉紧锁,脸色苍白,由于几夜失眠,眼圈发黑。他坐在窗户旁边,啃着指甲。听到茨韦塔耶夫最后的两句话,他不再苦苦地啃指甲,朝聚会的人们转过身来。

"我反对搞这些花样。"他突然发起火来,粗声粗气地说,"我个人认为,我们应该服从大会的决议。我们亮出了自己的观点,但大会的决议必须服从。"

斯塔罗韦罗夫赞许地望望他。

"这也正是我想说的话。"他含糊不清地说。

杜巴瓦两眼盯着什科连科,带着毫不掩饰的嘲弄神情漫不经心地说:"谁也管不了你。你还可以到省党代会上去'低头认罪'嘛。"

什科连科跳起来。

"德米特里,你这是什么腔调?我坦率地告诉你,你的话令我反感,迫使我重新考虑昨天的立场。"

杜巴瓦对他挥挥手:"你也只能这样了。去认罪吧,现在还为时不晚。"

杜巴瓦和图夫塔等人一一握手告别。

他走后,什科连科和斯塔罗韦罗夫也立刻离去了。

一九二四年在冰雪严寒中到来。一月刚开头,严寒在积雪的大地上肆虐;进入中旬后,更是狂风怒吼,雪片狂舞不止。

西南的铁路线全被白雪覆盖。人们在和严酷的大自然作斗争。除雪车的钢铁螺旋钻进一座座高大的雪堆,为列车开路。天寒地冻,风狂雪大,结了冰的电报线都绷断了。十二条线路中畅通的只有三条:印欧线和另外两条直线。

在舍佩托夫卡火车站的报房里，三架莫尔斯电报机不断地响着，只有内行人的耳朵才听得懂这没完没了的谈话。

女报务员都很年轻。她们从开始工作到现在，收发的电报纸带不会超过两万米。她们的同事，那个年老的男报务员，却已经突破二十万米。他收报的时候，用不着像女报务员那样皱着眉头将一个个很难辨别的字母拼成句子。他听着机器的嗒嗒声，就能把一个个单词写在电报纸上。这时候，老报务员正在边听边记："同文发往各站！同文发往各站！同文发往各站！"

老报务员手里写着，心中暗想："多半又是一份清除积雪的通知。"窗外风雪满天。寒风卷起一团团雪，敲打着窗玻璃。老报务员似乎觉得有谁在敲窗。他转过脸去，不由自主地欣赏起窗玻璃上美丽的霜花。没有一个人的手，能雕刻出这样纤细精致、茎叶千奇百怪的版画。

他被这画面迷住，忘了听电报机的嗒嗒声。等他的目光离开窗户的时候，已经漏了一段电文。他托起纸条念："一月二十一日晚六点五十分……"

老报务员迅速抄下一段电文，然后放下纸带，一手支着头，重新开始细听："在哥尔克村逝世……"

他慢慢地记录着。这辈子，他收听过多少喜讯和噩耗，总是头一个得知别人的痛苦和幸福。那些断断续续不完整的简略词句的含义，他早就不去细细琢磨。他只是辨听着嗒嗒声，机械地往电报纸上记录着，并不注意什么内容。

就说这会儿吧，有人去世了，正要把消息通知一个什么人。老报务员忘了电文的开头是："同文发往各站！同文发往各站！同文发往各站！"机器继续嗒嗒响着，老报务员逐字译出来："弗……

拉……基……米……尔……伊……里……奇……"他平静地坐着，感到有点儿累。某个地方，有个叫弗拉基米尔·伊里奇的人死了。他今天正在把这个噩耗抄下来，某人收到后会伤心地痛哭。不过这跟他毫无关系，他只是旁观者而已。机器接着打出几点、一横，又是几点、又是一横。他已经把这些熟悉的声音译成第一个字母，写到纸上，这是个"Л"。紧接着写出第二个字母"E"，然后又工整地写出"H"，那两竖之间的一横，还多描了一次。随即接上个"И"。末尾的字母，他一听就机械地写出"H"。

机器打出了间隔，老报务员用十分之一秒的时间瞥了一眼刚抄收下来的五个字母：ЛЕНИН（列宁）。

机器在继续嗒嗒响着。可老报务员刚才不经意地瞥见的名字好熟悉，他不由自主地回想一下，再次看看最后那个单词："列宁。"什么？列宁？他双眼盯着电报纸，愣了一会儿，工作了三十二年的老报务员头一次不相信自己亲手抄录的电文。

他把电文连看三遍。这几个字固执地映入眼帘：弗拉基米尔·伊里奇·列宁逝世。老报务员从座位上直跳起来，抓住卷曲的纸带，呆呆地看。他无法相信的消息还是被这两米长的电报纸带证实了！他脸色变得煞白，转身冲着女同事们惊呼："列宁逝世了！"

伟人逝世的噩耗飞出报房敞开的门，以疾如狂风的速度传遍车站，又冲进暴风雪中，沿着铁路线和道岔口盘旋飞舞，然后随着冰冷的寒风，钻进机车库那半开的大铁门。

机车库里，有一台机车停在一号修车地沟上，正由小修队修理着。老司机波利托夫斯基亲自下地沟，钻到自己这台机车底下，给钳工们指出损坏的部位。扎哈尔·布鲁扎克和阿尔乔姆在锤平压弯了的炉条。扎哈尔钳住炉箅子，放到砧子上，让阿尔乔姆一下下地锤打。

近几年，扎哈尔老了许多。种种经历，在他的额头上刻下深深的皱纹。两鬓已经斑白，背也驼了，眼窝深陷，浑浊无神。

机车库的门半开着，随着一道光亮一闪，忽然跑进一个人来。在傍晚的昏暗中，看不清这是谁。他的第一声叫喊淹没在铁锤敲击声中。于是，他跑到修理机车的人们跟前喊道："同志们！列宁去世了！"

阿尔乔姆已经把锤子举过肩头，还没往下打。听到这个消息，举着锤子的手慢慢地放下，锤子无声地落到水泥地上。

"你说什么？"阿尔乔姆伸出手，像钳子似的抓住了这个人的皮外套。带来噩耗的人满身是雪，急促地喘着气，嗓音低沉而嘶哑，重复说了一遍："是的，同志们，列宁去世了！"

因为那个人这次不是喊叫，阿尔乔姆听明白了这个震撼人心的消息，也看清了来人的脸——这是党组织的书记。

全球闻名的伟人逝世了。工人们从地沟里爬出来，默默无言地听着这个噩耗。

大门旁边，有一台机车吼叫起来，使大家都打了个寒战。紧接着，车站尽头的机车也拉响汽笛，一台接一台……在这片强劲有力而充满不安的吼声中，发电厂的汽笛也应和着响起，尖厉而惊心动魄，仿佛炮弹在空中呼啸。一列特快客车正要开往基辅，它那美观的C型机车上，敲响了铜钟。钟声洪亮而激越，盖过汽笛声。

舍佩托夫卡至华沙的直达快车的波兰机车上的司机，明白了汽笛声声的原因，倾听片刻之后也缓缓地举起手，抓住链子往下拉，打开了汽笛的阀门。事出意外，国家政治保安局的一个工作人员倒吃了一惊。波兰司机知道，自己是最后一次鸣笛，这份工作再也保不住了。然而，他的手没有松开链子。他的机车的吼叫声，吓着了包厢里的波兰信使和外交官。他们惊慌失措，从柔软的沙发上跳起来。

机车库里的人越来越多。人们从四扇大门进入车库。宽大的建筑物里挤得满满的。这时候，有人在悲痛肃穆的气氛中开始讲话。

讲话的是舍佩托夫卡地区党委书记、老布尔什维克沙拉布林。

"同志们！全世界无产阶级的领袖列宁逝世了。党遭受了无法弥补的损失，因为缔造了布尔什维克党，并且教导全党对敌人进行毫不妥协的斗争的人去世了。党和阶级的领袖之死是对无产阶级的优秀儿女参加我们队伍的号召……"

哀乐阵阵，几百个人脱下帽子。十五年来没有掉过眼泪的阿尔乔姆感到喉头哽塞，宽阔的肩膀颤抖了一下。

铁路俱乐部的四壁仿佛被开会的群众挤得支持不住了。外面，天寒地冻。大门旁，两棵枝条伸展的云杉覆盖着白雪和冰凌。大厅里却又闷又热，因为荷兰式火炉烧得很旺，也由于六百个人在呼吸——他们渴望参加党组织召开的追悼大会。

大厅里听不到往常的喧闹声。巨大的悲痛使人们嗓音沙哑了。人们说话声音都很轻，几百双眼睛里流露着哀痛和不安，仿佛是一群水手聚集在这儿，他们久经考验的领航员被滔天的海浪卷走了。

党委会的委员们默默地在主席台上就座。矮壮的西罗坚科缓缓地拿起铃，轻轻摇了一下，又放回桌上。这就够了。大厅里渐渐静了下来，静得令人心头憋闷。

党委书记西罗坚科致过悼词，再次从桌后站起来。他宣布的事情虽然通常不在追悼会上宣布，但任何人都不感到突兀。他这样说："一群工人要求大会讨论他们的申请书。在这份申请书上署名的共有三十七位同志。"

接着，他宣读了申请书：

致西南铁路舍佩托夫卡站布尔什维克共产党组织：

领袖的逝世就是要求我们加入布尔什维克队伍的号召。因此，我们请求在今天的大会上审查我们，并接受我们参加列宁的党。

在简洁的文字下面签着两排姓名。

西罗坚科逐个念着，每念一个就停几秒钟，让到会的人们记住熟悉的名字。

"斯坦尼斯拉夫·济格蒙多维奇·波利托夫斯基，火车司机，三十六年工龄。"

大厅里响起一片赞同的声音。

"阿尔乔姆·安德烈耶维奇·柯察金，钳工，十七年工龄。"

"扎哈尔·瓦西里耶维奇·布鲁扎克，火车司机，二十一年工龄。"

大厅里声音越来越大。党委书记继续念着名字。大家听到的都是一直和钢铁和机油打交道的产业工人的名字。

头一个签名的人走到桌边，大厅里顿时鸦雀无声。

老司机波利托夫斯基向大家讲述本人的经历，不由得心潮澎湃。

"同志们，我还能说什么呢？在旧时代，一个工人过着怎样的生活，大家都知道。一辈子当牛做马，年纪大了，像叫花子一样穷死饿死。我说实在话,革命刚闹起来的时候,我觉得自己已经老了,养家糊口的重担又压在肩上,就犹犹豫豫没提入党的事儿。虽说我决不帮敌人的忙,但也很少参加战斗。一九〇五年,我在华沙的工厂里参加过罢工委员会,跟布尔什维克一块儿干过。那会儿我还年轻,有一股火热的劲头。老掉牙的事儿就不提了吧!伊里奇的死,像刀扎在我的心窝。我们永远失去了自己的朋友和贴心人。我决不再提一个老字了!……我笨嘴笨舌的不会说,让讲得好的来发言吧。只有一点,我要强调一下:我跟布尔什维克走一条道,决不改变。"

白发苍苍的老司机毅然地扬一扬脑袋。白眉毛底下坚定的目光凝视着大厅,似乎在等待决定。

党委会请非党群众发表意见,没有一个人对这矮墩墩的白发老人提出异议。表决的时候,也没有谁反对他入党。

波利托夫斯基离开桌边的时候,已经是一名共产党员了。

大厅里的每个人都明白,现在正发生着非同寻常的事情。刚才老司机站过的地方,此刻出现了阿尔乔姆健壮的身影。这个钳工不知道两只大手该往哪儿放,就使劲儿捏着护耳帽。衣襟磨光了的羊皮短大衣敞开着,露出灰色的军便服,领口上整齐地扣着两颗铜纽扣,使这个钳工显得像过重大节日似的整洁。阿尔乔姆把脸转向大厅,突然看到一张熟悉的面孔。那是石匠的女儿加林娜,正坐在被服厂的女工们中间。她冲着阿尔乔姆宽容地微微一笑。她的微笑是赞许,嘴角上还隐约露出某种不可言传的感情。

"阿尔乔姆,谈谈自己的经历吧!"党委书记西罗坚科对他说。

阿尔乔姆不习惯在大会上发言,不知从何说起才好。这会儿他才感觉到,一生的经历和体会,没办法全部说出来。他找不准词儿,而且心情太激动,开不了口。他还从未有过类似的感受。他心里明明白白,自己的生活处在重大的转折点上,他阿尔乔姆正在迈出关键的一步。他的呆板而平庸的生活从此将变得火热而有意义。

"我母亲生下我们四个。"阿尔乔姆开始说。

静悄悄的大厅里,六百个人全神贯注地听这个身躯高大、鹰钩鼻、浓眉毛、眍眼睛的工人发言。

"母亲替大户人家当厨娘。父亲的模样,我不大记得了。他跟母亲合不来,他经常喝醉。我们是跟母亲过的。她千辛万苦,养大几个孩子。母亲天天起早摸黑地干活儿,累弯了腰,除了吃口饭,每月只挣四个卢布。我好歹上过两个冬季的小学,学会了读和写。到了九岁,母亲实在没有办法,只得送我进一家铁工厂当学徒。三年当中,没有工钱,只管饭……老板是个德国人,姓费斯特。他本来嫌我太小,不肯收,不过见我长得结实,母亲又替我多报了两岁,这才收下。我在他那儿干了三年。他不教手艺,尽让我干家务活儿,差我去买伏特加酒。他常常喝得烂醉……叫我买煤,叫我搬铁。老板娘也把我当佣人使唤,让我倒尿盆、削土豆皮。他们动不动就踢我一脚,常常是无缘无故的,因为这已经成了他们的习惯。老板经常喝得醉醺醺,老板娘看谁都不顺眼,一发火就抽我两三个嘴巴子。我从她那儿逃走,跑到街上,可是能到哪儿去呢?能向谁诉说苦衷呢?母亲远在四十俄里以外,何况她那里也没有我的容身之地……在厂里处境也并不好些。老板的弟弟掌管着厂里的一切。这个畜生就爱拿我取乐。铁匠炉安在屋角,他指指那边的地上说:'去,把那个铁垫圈给我拿来。'我过去伸手就拿。其实这铁垫圈是刚从炉子里夹出来锤打好的。看起来是黑色的,一拿,手指上的肉都被烫掉了。我疼得大喊大叫,他却笑得前仰后合。这样的折磨,我实在受不了，就逃去找母亲。可她没有地方安顿我，不得不把我再送回德国人那儿。她一面走，一面哭。直到第三年，才让我学一点钳工活儿，但还是打我的嘴巴子。我又逃走了。这回跑到旧康斯坦丁诺夫，进香肠作坊做工。我在那里整天洗肠子，过了一年半猪狗不如的生活。后来，老板赌钱，把作坊也输掉了。欠我们整整四个月的工钱没发，他就不见踪影了。这样，我离开了那个鬼地方。我搭上火车，乘到日梅林卡，下了车就去找工作。多亏有个机车库的工人同情我的遭遇。他听说我多少会干一些钳工活儿，就说我是他的侄子，求上司收下。他见我个子高，替我报了十七岁。这样，我就给钳工打下手了。后来，我到这儿干活。我在这里也干了八年多了。这就是我过去的经历。至于在这儿的情况，你们全都知道。"

阿尔乔姆用帽子擦擦额头，长长地舒了口气。还有一件最重要也最难解释的事情，应当自己说，不能等人家来问。他紧皱浓眉，接着说："人人都会问我，为什么革命烈火刚刚燃烧起来的时候，我没有成为布尔什维克？对这个问题，我该怎么回答呢？应当说，我离老年还远着。我是因为直到如今才找准了道路。我何必隐瞒呢？以前就是没有认清道路。其实早在一九一八年，举行反德大罢工那会儿，我就该走上这条路的。从前，有个水兵叫朱赫来，他跟我谈过多次。直到一九二○年，我才拿起枪来战斗。等到把白匪扔进黑海，打完仗，我们就回家了。于是成家，生孩子……一头扎进家庭的小圈子。现在，我们的列宁同志逝世了，党发出了号召。我回顾自己的生活，看清了这当中缺少了什么。保卫过政权，这是不够的。应该共同奋起，接替列宁，要让苏维埃政权像铁的山峰那样屹立着。我们应该成为布尔什维克——党是咱们自己的党哪。"

阿尔乔姆说得十分朴实，但态度极其真诚，似乎还为自己跟平时不同的言词感到不好意思。他结束发言,仿佛卸下了肩头的重担,挺直全身,等大家发问。

"也许谁要问些什么吧?"党委书记打破了沉默。

大厅里,一排排坐着的工人开始稍稍活动,不过还没有人应声提问。有个司炉工一下机车就直接赶来开会。他浑身黑得像甲虫,爽爽快快地喊道:"问什么?难道咱们还不了解他吗?把党证发给他就行啦!"

矮墩墩的锻工吉利亚卡,因为闷热和紧张,脸涨得通红。他正在感冒,哑着嗓子说:"这样的人是不会出轨的。他能成为一个刚强的同志。西罗坚科,表决吧!"

后面几排坐着共青团员。其中一个站了起来,由于半明半暗,看不清是谁。他说:"让柯察金同志说说看,他为什么被庄稼地吸引过去?农民意识是不是削弱他的无产阶级觉悟呢?"

会场上掠过一阵轻轻的、不以为然的喧哗。有人表示不同意见:"说话别绕圈子!这儿不是卖弄口才的地方……"

不过,阿尔乔姆已经在回答:"没关系,同志。这小伙子说得对,我是被庄稼地吸引过去。这没错儿,不过我并没有因此而丧失工人的良心。从今天起,这种情况就结束了。我要全家搬到机车库附近来,住在这儿会更踏实些。要不然,我真被那块地缠得喘不过气来了。"

阿尔乔姆看见举起的手臂密如树林,他的心再次颤抖了一下。他不再有沉重感,挺直腰板,走向自己的座位。他听到身后传来党委书记西罗坚科的声音:"一致通过。"

第三个走到桌边的是扎哈尔·布鲁扎克。他沉默寡言,给波利托夫斯基当过多年助手,如今自己早就当上了司机。他叙述了劳苦的一生以后，又谈了近几天的想法。声音轻轻的，但是大家听得很清楚。

"我的两个孩子都牺牲了。我应该完成他们没有完成的事业。我不能总躲在角落里伤心。我还没有拿出行动，弥补他们的死所造成的损失。领袖的逝世打开了我的眼界。大家别问我陈年旧事了，真正的生活，现在重新开始。"

头发斑白的扎哈尔回想起往事，心绪烦乱，皱眉蹙额，神色黯然。当大家没提什么问题就一致举手通过他入党的时候，他抬起头来，双眼也炯炯有神了。

会上继续审查着申请者，大会一直开到了深夜。被接受入党的全是大家知根知底的、以全部经历赢得信任的、最优秀的工人。

列宁逝世促使数十万工人成为布尔什维克。领袖的去世没有造成党的队伍涣散。好比一棵大树，强劲有力的根深深地扎在土壤中，即使被削去树梢，也决不会枯死。

附录：

[2] 在手稿中，此句略有不同。手稿中是这样写的：

当时，柯察金和杜巴瓦回到了咱们的队伍里。

[3] 在手稿中，此后还有以下数段内容：

台下传来舒姆斯基的喊声："我们迫不得已，跑东跑西打小工，因为没有地方办公。"

全场响起哄笑。舒姆斯基自己也在笑。

舒姆斯基的插科打诨，短时间里缓和了剑拔弩张的气氛。大家等待着托洛茨基分子出来发言，承认错误。出席市党代会的四百名代表和猛烈攻击多数派的那些同志，毕竟也曾同甘苦、共患难。但是，一些反对派的小团体抱着死硬的态度、恶毒诋毁党团的领导，于是双方的共同性才一天天消失。直到市党代会召开前夕，占绝对优势的多数派和分裂出去的少数派已经壁垒森严，势不两立。尽管如此，只要杜巴瓦、舒姆斯基和他们的那伙人这时候能真心诚意地悔过自新，和解还是可能的。可惜，这样的局面没有出现。

塔莉娅仍在想方设法，促使他们承认错误："同志们，大家总还记得，三年前，正是在这个剧场里，杜巴瓦同志和当时的一批工人反对派回到了咱们的队伍里。柯察金发了言，那也是杜巴瓦同志委托他讲的。当时他表示：'我们永远不会让党旗从手中掉落。'大家记得吧？然而，不到三年，杜巴瓦同志已经把党旗抛开了。他刚才扬言：'我们还会说话的。'这表明了他和他的同伙还打算走得更远。

"我回过头来谈谈杜巴瓦在佩乔拉区代表会议上的发言吧。他都说了些什么呵。我念一段会议速记记录：'年轻人进不了党的领导层。各处的党委会成员全是上级指派的。党的机关呢，僵化了，官僚化了。我们看到种种迹象，表明老干部已经蜕化变质。党的领导只能由一群职业化的管理者担任，这成了一种合法的特权。这种特权必须破除。我们应该把新鲜的血液、年轻人的血液输入党的机关正在衰老的肌体。但是，党的机关在拼命维护它控制一切的权力。党的机关竭力攻击托洛茨基同志，恰恰是因为他无所畏惧地宣称：青年是党的晴雨表。'"

会场上喧闹声更大了。

[4] 在手稿中，此处还有以下几段文字：

"托洛茨基分子总在抱怨，说他们受到无情的斥责，那么他们期待着什么呢？近几年来，党和团在思想上成熟了、坚强了。党的青年积极分子面对托洛茨基的进攻，绝大多数都能开展针锋相对的斗争。我们只能为此感到自豪。辩论深入到广大基层党团员中去的时候，托洛茨基分子就输得更惨。基层干部不容许他们摇唇鼓舌、煽风点火。杜巴瓦和舒姆斯基在自己众多的朋友中也找不到支持者，这是他们失道寡助，咎由自取。

"一九二一年，舒姆斯基曾和我们一起反对杜巴瓦。现在他们同流合污了。茨韦塔耶夫以前参加过'工人反对派'，现在仍然和我们为敌。斯塔罗韦罗夫摇摆不定。青年人的思想却成熟了。

"还有一个情况，我也得说一说。我们经常收到边远地区同志们的来信。他们和我们并肩作战，这使我们备受鼓舞。我们属于一个大家庭，失去哪一个同志都是令人痛心的。"

[5] 在手稿中，此后的文字是这样的：

"我们曾经跟随托洛茨基参加国内战争。如果需要，我们现在继续跟随他。有时候，为了健全肌体，非动外科手术不可。只要党的机关不投降，我们就用武力砸毁它。"

反对派的人听了这番话，一同鼓起掌来。这时候，柯察金挺身而出，义正词严地发言。我无法完整地转述他的讲话，但记得他揭露了竟敢对工人阶级的政党挥舞马刀的反对派的真面目。

"你们是布尔什维克党的成员，怎么能为这个法西斯分子鼓掌喝彩呢？"他冲着反对派当头猛喝。

那帮家伙不让柯察金往下说，他们敲打椅子，拼命喊叫："机关老爷！官僚！共青团贵族！"

党支部的一些成员见有那么多"外人"涌进他们的会场，非常愤慨，要求听完保尔的发言。不料保尔刚刚开口说话，又遭到围攻。

保尔冲着他们大喊："你们的民主真了不起。我怎么也得往下说，即使是为了那些中托洛茨基的毒还不深的人，我也得说。"

[6] 在手稿中，此后的文字如下：
"这件事使许多人对反对派产生反感。"

塔莉娅放下信纸，继续激动地说："我们谢加尔这个区的党团员，得知保尔·柯察金正和我们并肩战斗，感到十分高兴。"

会场上又响起一片喊声，从中只能分辨出几句："他们的民主就是挥舞拳头。"

"让他们说说，他们的最终目的是什么。"

塔莉娅的发言时间超过了，她离开了讲台。

大家等待着下一个人发言。主席团由十五个人组成，其中包括托卡列夫和谢加尔。

谢加尔担任省党委宣传鼓动处处长已经两个月了。他聚精会神地听取市党代表们的发言。到现在为止，发言的都是年轻人。

"三年前，他们还都是些'共青娃娃'，像细嫩的柳条。这三年来，成长得多么壮实。"他低声对身旁的老同志们说。

"反对派挖空心思，破坏新老近卫军的团结，可是遇到了如此有力的反击——这种场面，看着真叫舒坦，而且我们的重炮还没有投入战斗呢。"托卡列夫听见谢加尔在继续诙谐地说。

图夫塔连跑带跳地登上了讲台。

[7] 在手稿中，此后还有以下一段文字：

"至于柯察金被撵出门外，我表示欣赏。一九二一年，他也是个反对派，那会儿他并没有阻止他的人把党委代表们撵出门外，这些代表中就包括我本人。在工厂里，两个小伙子抓住我的胳膊，不顾我的抗议，把我撵出了大门。舒姆斯基当时在场，他可以作证。让柯察金也尝尝这有多舒服嘛。"

[8] 这句话在手稿上是这样表述的：

"你们在这里大声斥责我们瓦解党、分裂党。那我们就不能背水一战吗？既然党的多数派掌握着党的机关这样的武器，那么我们也必须掌握与之相抗衡的武器。"

[9] 这段话在手稿上是这样表述的：

"托洛茨基迫使中央全会承认党内生活不正常。也正是他，促使中央作出了关于党内民主的决定。你们当然可以开除我们，把我们逼得走投无路。这已经开始了：安东诺夫－奥夫谢延科已经被撤掉共和国革命军事委员会政治部主任的职务。可正是奥夫谢延科和托洛茨基一起，领导了十月革命。至于我，也被排挤出了省团委。究竟谁是谁非，很快就会见分晓的。你们一再指责我们破坏党内的和睦，我们并不害怕。孟什维克也这样指责过列宁。在莫斯科，有百分之三十的党组织支持我们，我们还要进行战斗。"说完，他快步走下了主席台。

[10] 在手稿中，此后还有以下数段旨在阐述分歧实质的话：

"我尽量简短。这十天来已经讲了不少。

"《四十六人声明》这个文件,你们都知道的。在这个文件里,托洛茨基同志和党内一批著名的领导干部,对中央的工业政策提出尖锐的批评。我们要求工业高度集中——这是第一。其次,财政改革和垄断性纸币切尔沃涅茨①的发行,会把我们引向危机。本该向农民、向小资产阶级自发势力施加压力,进而以无产阶级专政的全部威力迫使农民交出他们的财产,然而中央非但没有这样做,反而否决了提高工业品价格的提案。当然,国内确实存在着农民拒绝购买工业品的趋势。

"反对派建议用强制推销日用消费品的方法,来制止农民的拒购行动,即从国外进口全部日用消费品。中央拒绝向农民施加压力,同时吓唬我们,说会破坏和这个其实并不可靠的同盟军的联盟。我们则认为,必须制止自发势力,逼迫农民毫无保留地交出一切,然后把这些钱投入我们的社会主义工业建设。历史将证明我们是正确的。

"再其次,我们的分歧表现在党内问题上。刚才,拉古京娜读了我发言的部分速记记录,但我要申述。

"为什么党的机关猛烈攻击托洛茨基呢?因为托洛茨基进行斗争,反对党内的官僚主义。高校的年轻人全都支持托洛茨基。'青年是党最重要的晴雨表。'——他说的这句话是真理。

"真的,同志们,托洛茨基是一位可以信赖的人。他是十月革命的领袖。他不同于季诺维也夫和加米涅夫,面对起义没有畏葸不

---

① 切尔沃涅茨,苏联国家银行于 1922 至 1947 年发行的一种纸币,一切尔沃涅茨相当于十卢布。

前。他也不同于布哈林同志,没有在一九一八年布列斯特和谈期间破坏党的统一,而布哈林据说因为缔结对德和约,甚至打算逮捕列宁和其他赞成签订和约的一些同志。在一九〇三年,托洛茨基是第一个布尔什维克。托洛茨基引导红军走向胜利。他和列宁一样,是世界上声望最高的革命家。当然,如果不是中央压制托洛茨基,我们早已向国际上的反革命势力进攻了。为了实现真正的党内民主,必须让所有的集团和派别都有发言权,而不能只听多数派的。

"党的机关成了我们的不幸;领导层被老近卫军所独占,使党有蜕化的危险。托洛茨基曾正确地举出考茨基①和保罗·勒维②这两个活生生的例子。"

在一排排座位上,大家耐心地、默默地听他发言,只有人头不安的转动,显示着会议代表们的愤慨情绪。此刻,响起一片骚动声和怒喊声,这反而使杜巴瓦更加亢奋。

"这么说吧,同志们,权力能把一个人毁掉。所以,我们要奉劝各位把党的机关干部,尤其是那些头面人物,重新送回到机床旁边去。这个劝告也是正确的。"

茨韦塔耶夫在座位上幸灾乐祸地喊叫:"正确!让他们去闻闻汽油味,否则,办公室成了他们的安乐窝啦。"

没有人答理他的插话。大家等着,要听听杜巴瓦还会说些什么。

"我们再次声明,中央的政策会把国家引向毁灭。如果这种政策继续实施下去,那么就在最近,我们的财政和工业便要崩溃,农

---

① 考茨基(1854—1938),德国社会民主党和第二国际领袖与理论家之一。
② 保罗·勒维(1883—1930),德国社会民主党早期领导人之一。

民便要给予我们致命的打击。除此以外,中央和你们这些支持中央的人,正在把党引向分裂……"

大厅里如同炸响了一颗手榴弹。阵阵吼声如同风暴,朝着杜巴瓦袭来。愤怒的呐喊,皮鞭似的抽在杜巴瓦的脸上。

"可耻!"

"打倒分裂派!"

"够了,不准血口喷人!"

等喧闹平息下来,杜巴瓦最后这样说:"是的,必须是一个勇敢的人,才能说出这番话。我是指出真实的情况。当然,你们会跟我算账的,但是我什么也不怕。大不了让我再去当钳工。我上过战场——没有临阵脱逃,现在也休想把我吓倒。"

他拍拍胸部,决定要"扬长而去",便索性高喊:"十月革命的领袖托洛茨基万岁!打倒机关老爷和官僚!"

[11] 在手稿中,潘克拉托夫发言开头一段话是这样的:

"我们进行激烈的辩论,已经是第九天了。各个支部通宵达旦地开会。我们看到很多,也听到很多。现在,我们城里的辩论接近了尾声,这是我们的最后一次大会。我要撇开枝节问题,谈谈主要的问题。昨天,我们讨论了中央关于经济问题的决议。反对派的四十六名成员在去年九月向中央递交了他们的声明。这个臭名远扬的声明,成了一面反党的旗帜,在它底下麇集着从工人反对派残余到民主集中派的一切敌对集团和派别。所有这些形形色色的组织,都是托洛茨基及其门徒领导的。杜巴瓦显然熟读过这个文件。那么托洛茨基分子对我们说了些什么呢?原来党中央和多数派在把国家引向灭亡,他们则是被派来的救世主。"

[12] 在手稿中，此后的文字是这样的：

"……类似于'党内贵族'的独揽党权的特殊阶层。如果不是敌人，谁能说出这样的话？那么，托洛茨基分子要干什么呢？无非是揪、砸、砍。他们当中有人不小心说漏了嘴。尤列涅娃在信里谈到这种情况。这场斗争昭示我们，在我们的队伍中确实有那么一些人，他们时刻打算破坏党的统一，践踏党的纪律，党一遇到困难，他们便趁机捣乱，企图浑水摸鱼。让我们来揭露反对派的真面目吧。

"难道党中央在若干决议里没有指出，某些组织中存在着官僚主义和过度的集中？难道十二月五日没有作出关于工人民主权利的决定？都有过，而且托洛茨基也是投票赞成的。党内每一个布尔什维克都有机会表明自己的观点，提出改进工作的建议。因此，在我们统一的党的大家庭内部，大家只需要进行讨论，从而齐心协力，克服困难，继续前进。

"可托洛茨基是怎么干的呢？那个决议，他投票表示完全赞同，可是第二天，他便越过中央，向党员群众抛出了他那份令人愤怒的声明。接着，党内所有的反对派立刻紧随其后，向党中央猛烈开火。我们原本要正常讨论经济工作和党内生活中的缺点，结果却演变成一场党内战争。托洛茨基试图把年轻人武装起来，去反对老一辈革命家。他想破坏两代人坚如磐石的团结。他和他的追随者力图诽谤中央和老一辈革命家。这种反党的突然袭击是空前的，党内多数同志表示愤慨，并且向反对派展开了毫不留情的全面反击。于是，他们又颠倒黑白，反诬我们压制他们。但是谁会相信这种鬼话呢？

"在我们基辅，托派吹鼓手现在有四十多人。莫斯科来了一些，哈尔科夫来了一大帮，甚至从彼得格勒也来了两个。所有这些人，我们都让他们讲话。我可以肯定，每一个支部都有他们的人去大放厥词，造谣污蔑。老实说，根据党章规定，杜巴瓦、舒姆斯基，还有另外几个只是曾经在这里工作过的干部，他们来自外地，无权参加各区和市的代表会议，但我们还是发了代表证给他们。他们可以充分表达自己的观点。至于他们遭到大多数人尖锐、彻底的驳斥，那叫自食其果。

"请听听他们起的那个污蔑性绰号'机关老爷'吧。其中包含着深仇大恨！难道党和党的机关不是一个整体？他们怂恿年轻人：'瞧，党的机关就是你们的敌人。向它开火吧。'

"这像什么话？说得出这种话来的，决不是布尔什维克，而是颓废的无政府主义者。

"请大家说说吧，如果在部队陷入敌人包围的时候，有人挑唆年轻的红军战士去反对自己的指挥员、政委，去反对自己的司令部，我们管这种人叫什么呢？

"如果我今天是工人，那么按照托洛茨基的观点，我还算得上是个'正派人'，如果明天我当了党委书记，那我就是个'官僚'和'机关老爷'。这讲得通吗？

"托洛茨基分子这样造谣诽谤，结果会怎么样，大家心里都清楚吧？他们将不可避免地沦为无产阶级革命的敌人。

"我们的各级党委，过去是、将来仍然是我们的司令部。我们把最优秀的布尔什维克选派进去，并且决不允许任何人损害他们的威信。"

潘克拉托夫喘了口气，伸手擦掉额头上的汗珠。

"反对派要求得到建立小团体的自由,骨子里就是想在党内肆无忌惮地拉帮结伙——这意味着什么呢?意味着把我们的党变成争吵不休的俱乐部。也就是说,今天党作出一项决议,明天某个团伙就要求把它废除。接着又是一场争论。这样一来,我们的脑子都被搅乱了。

"我们的党是一个行动的党。一旦作出决议,全体党员都必须贯彻执行。不能各行其是。否则的话,我们就不再是一支坚不可摧的力量。布尔什维克决不会给他们拉帮结派的自由。

"还有一点需要指出,反对派笼络了哪些人呢?大部分是高校的青年。托洛茨基称他们为晴雨表、党的基石。但我们这儿,连小孩子也知道,党的基石是老一辈革命家,是机床旁边的工人。

"同志们,反对派里面有图夫塔、茨韦塔耶夫和阿法纳西耶夫这样的人,这不是很奇怪的事吗?图夫塔是由于官僚主义问题不久前被撤职的;茨韦塔耶夫由于搞他所谓'民主',在索洛缅卡区出了名;阿法纳西耶夫则是由于在波多拉区唯我独尊和压制民主,被省委三次撤职。

"不错,反对派里不是没有生产第一线的工人。然而事实明摆着:那是一些由于工作方法问题在党内受过批评处分的人,他们纠集在一起,向党发动进攻。于是,出现了怎样的情况呢?杜巴瓦和舒姆斯基带领着受他们蒙蔽的工人,从两侧冒出来的则是图夫塔这类人——他们昨天还是官僚主义者和形式主义者,今天却在猛烈地攻击官僚主义。谁会相信他们呢?

"托洛茨基成了反对派的旗帜。我们听到他们千万次地高呼:'托洛茨基是十月革命的领袖','他是打败了反革命势力的胜利者','他是我党最早的领袖'。

"我们不得不谈这个问题了,要一劳永逸地彻底弄清托洛茨基在我国革命中的作用。反对派在谈十月革命的时候极少提到列宁同志的名字,这决非偶然。他们也不提中央委员会。至于彼得格勒的布尔什维克,彼得格勒的革命工人、水兵和士兵,更不屑一提。他们眼里只有一个人——托洛茨基。

"反对派企图抬出一九一七年才加入多数派的托洛茨基,偷偷地取代全世界无产阶级最伟大的领袖列宁,取代我们的党。他们这样干,目的何在?无非是为了派别斗争的利益,为了把不了解我党历史的人拉过去。为了达到这些目的,他们不择手段。

"反对派认为,在国内战争中,列宁不存在,党不存在,为苏维埃政权英勇战斗的千百万战士也不存在。他们眼里只有一个人——托洛茨基。这也决非偶然。但是我们亲身参加过斗争,是活着的见证人。我们知道谁是胜利的领袖。是我们的党、是党的领袖列宁、是光荣的布尔什维克中央委员会,率领无产阶级取得了胜利。是我们红军战士和指挥员取得了胜利。是劳动人民的儿女流血牺牲,才取得了这个伟大的胜利。不是某一个人的功劳。"潘克拉托夫声若洪钟,高昂激越。说到这里,他停了一下。

他的话赢得全场暴风雨般的掌声。这掌声犹如拍岸的惊涛,雷霆万钧,一泻千里,势不可挡。

杜巴瓦不止一次听到这种惊涛的咆哮。这些日子,他参加支部会和区代表会议,总是遭到这种惊涛的冲击。他领教过狂涛巨浪的威力。昔日,当他和大家齐步前进的时候,他的心、他的身子,也是这汹涌洪涛中的一滴水。如今,他和一小撮同伙逆潮流而动。曾引起他内心共鸣的东西,如今向他猛扑过来,把他抛到浅滩。潘克拉托夫说的话,字字句句在他心头激起病态的反应。他恨不能慷慨陈词的是他杜巴瓦,而不是这个第聂伯河畔的码头装卸工。这个潘克拉托夫身心强健,表里如一,不像他杜巴瓦,色厉内荏,正在丧失立足之地。

潘克拉托夫继续说:"在十月革命前,托洛茨基的布尔什维主义是什么货色,还得请老布尔什维克来谈。年轻人知之甚少。现在,既然他的名字被用来和党相抗衡,那么我们就必须了解托洛茨基反对布尔什维克的全部历史,了解他怎样反复无常,从一个营垒跳到另一个营垒。党必须弄清楚,是谁纠集各个少数派,拼凑成八月联盟,来反对列宁和布尔什维克。这些情况有必要写出来,印成书。托洛茨基成了分裂活动的组织者,因此我们一定得剥去他华丽的伪装,使他露出昨日和今天的真面目。

"在十月革命的斗争中,托洛茨基表现得不错,因此党委以重任。党树立他的威望。党对他高度信任。如果说此人曾经是个英雄,那也是在他和我们步伐一致的时候。十月革命以前,托洛茨基不是布尔什维克;十月革命以后,他摇摆不定,无论是在布列斯特和谈期间,还是在有关工会问题的辩论之时,无不如此。现在他终于发展到组织这场矛头指向党的、规模空前的进攻。

"同反对派的斗争,使我们的队伍更加团结,也使年轻人思想上更加坚定。在反对各种小资产阶级思潮的斗争中,布尔什维克党和共青团得到了锻炼,反对派中间那些歇斯底里的恐慌症患者预言,明天我们的政治和经济将彻底崩溃。明天会向我们证明这种预言有什么价值。

"他们要求把我们的老同志,比如托卡列夫和谢加尔同志,派去开机床,而让像杜巴瓦这样的东西——这种失灵的晴雨表、这个把反党活动视为英雄行为的家伙,去接替老同志的岗位。不,同志们，我们不会这样做。老布尔什维克是需要接班人的，但是决不能换上那些一有风吹草动就向党疯狂进攻的人。我们伟大的党的团结，不允许任何人来破坏。新老两代近卫军永远不会分裂。他们是一个整体，就像人的肌体一样。我们的力量、我们的坚定性，就存在于这种团结之中。前进吧，同志们，披荆斩棘，奔向我们的目标！在列宁的旗帜指引下，我们在同各种小资产阶级思潮进行不可调和的斗争中必定胜利！"

潘克拉托夫走下讲台。会场上，许多人站了起来，情不自禁地唱起无产阶级的战歌——庄严的《国际歌》。

第六章

饭店的音乐厅门口站着两个人。其中一个戴着夹鼻眼镜,高高的个子,胳膊上戴着印有"警卫长"字样的红袖章。

"乌克兰代表团是在这儿开会吗?"丽塔问。

高个子一本正经地回答:"是的!有什么事?"

"请让我进去。"

高个子堵住了半边门。他打量着丽塔,问:"您有证件吗?只有正式代表和列席代表才能进去。"

丽塔从手提包里取出烫金的代表证,高个子念出几个字:"中央委员会委员。"他那官腔马上收起,变得很热情,跟"老熟人"似的。

"请吧,请进,左边有空位子。"

丽塔从一排排椅子中间走过去,看到一个空座位,就坐了下来。看样子,代表会议快要结束了。丽塔注意地听会议主席的讲话。她觉得声音很熟悉。

"同志们,出席全俄代表大会各代表团首席代表会议的代表,以及出席代表团会议的代表,已经选举完毕。还有两个小时,大会就要开始。请允许我再一次核对已经报到的代表名单。"

丽塔认出这是阿基姆。他正匆忙地念着名字。

他叫到谁,谁就举一下手,手里拿着红色或白色的代表证。

丽塔聚精会神地听着。

忽然,听见一个熟悉的名字:"潘克拉托夫。"

丽塔回头朝举手的人那边望去。隔着一排排代表,看不到码头装卸工那熟悉的面庞。名字念得很快,又听到一个熟人——"奥库涅夫",紧接着又是一个——"扎尔基"。

丽塔看到了扎尔基。他就坐在侧面不远处。这是他的侧影……错不了,是扎尔基。丽塔几年没看见他了。

名字在一个个念着。突然,一个名字使丽塔打了个寒战。

"柯察金。"

前面很远的地方,一只手举起又放下。说也奇怪,丽塔·乌斯季诺维奇很想见见这个和自己的亡友同姓的人。她目不斜视地盯着刚才举手的地方,偏偏所有的后脑勺看上去全是一个样。丽塔站起来,沿着靠墙的过道,朝前排走去。阿基姆念完了名单。会场上响起一片挪动椅子的声音。代表们大声说起话来,回荡着年轻人的笑声。阿基姆在喧闹声中大声叮嘱:"大家别迟到!……大剧院……七点钟!……"

大厅出口处,人们挤成一堆。

丽塔明白,在这股人流中,她要找出一个名单上念到的老朋友很困难。只有盯住阿基姆,再通过他,找到其他人。她让最后一群代表从身边过去,自己走向阿基姆。突然,她听见后面有人在说:"怎么样,柯察金,老朋友,咱们也走吧!"

接着,一个熟悉得令人难忘的声音在回答:"走吧。"

丽塔赶紧回头看。面前站着一个年轻人,身材颀长,脸色微黑,穿着浅褐绿色军便服,腰间系着窄皮带,下面是蓝色马裤。

丽塔望着他,两眼睁得圆圆的。直到一双手热情地抱住她,颤抖的声音轻轻唤一声"丽塔",她才恍然大悟,这确实是保尔·柯察金。

"你还活着?"

这句问话等于把一切都告诉了保尔:丽塔一直不知道他死去的消息是误传。

大厅里空荡荡了。通衢要道——特维尔大街上的喧闹声从敞开的窗户涌入。时钟洪亮地敲了六下,可他俩都觉得,会面才几分钟。钟声催促他们到大剧院去。两个人沿着宽阔的台阶走向门口。她又一次看看保尔。如今保尔高出她半个头,依然是从前的模样,只是显得更刚毅、更沉稳了。

"瞧,我竟然还没有问你在哪儿工作。"

"我现在是地区团委书记,或者像杜巴瓦所说的,成了'机关老爷'了。"保尔说着,微微一笑。

"你碰到过杜巴瓦吗?"

"是的,碰到过。只是那次见面留下了很不愉快的印象。"

他们来到大街上。这儿,车水马龙,喇叭轰响,人声鼎沸。两个人几乎没有交谈,心里想着同一件事,就这样走到了大剧院。剧院周围,人山人海。大家兴奋而执拗,竭力涌向剧院石砌的大厦,企望挤进红军战士守卫着的大门。然而卫兵铁面无私,只放代表进入。代表们自豪地亮出证件,穿过警戒线。

剧院周围的人海里全是共青团员。他们没有拿到列席证,却都千方百计想进去参加开幕式。有些小伙子机智灵活,混在一群代表中间,举着冒充代表证的红纸片,有时候居然也挤到了大门边。有几个甚至溜进了大门。为贵宾和代表们引座的值班中央委员或警卫长发现他们后，便立刻把他们赶出来。这使大门外的那些"无证代表"特别开心。

希望参加开幕式的人很多，剧院连二十分之一也容纳不下。

丽塔和保尔好不容易才挤到大门口。乘坐电车、汽车来的代表全都抵达会场。大门口挤得水泄不通。也是共青团员的红军战士渐渐挡不住了。他们被挤得紧靠着墙壁。大门口喊声震耳。

"挤呀！鲍曼学院的小伙子们，挤呀！"

"叫恰普林[①]和萨沙·科萨列夫[②]出来，他们准会让我们进去！"

"老弟，往前挤呀，咱们快胜利了！"

"加——油！加——油！"

有个小伙子，佩戴着青年共产国际徽章，像泥鳅一样灵活，随着保尔和丽塔闪进大门。他躲过警卫长，一溜烟跑进休息室，钻到一群代表中间，转眼就不见踪影。

他俩进入了正厅，丽塔指着圈椅后边的座位说："就坐这儿吧。"

两个人在角落里坐下。[13]

"我有个问题，希望得到答案，"丽塔说，"虽然这已经成为往事，但我想你会告诉我的：当初你为什么突然中断咱们的学习和友谊呢？"

虽然保尔和丽塔一见面，就知道对方会提出这个问题，但此刻

[①] 恰普林（1902—1938），苏联共青团活动家，1924年至1928年任共青团中央第一书记、总书记。

[②] 科萨列夫（1903—1939），苏联共青团活动家，1927年至1938年任共青团中央书记、总书记。

他还是感到尴尬。他们四目相对,保尔明白了:丽塔是知道原因的。

"丽塔,我想你完全清楚。这事情发生在三年前,现在我只能为这个责备保夫卡。总的来说,柯察金一生中犯过大大小小的错误,你问的就是其中的一个。"

丽塔微微一笑。

"这是很好的开场白。但我等待回答。"

保尔轻轻地说:"在这件事情上,有错的不仅仅是我,'牛虻'和他的革命浪漫主义也要负一部分责任。有的书,塑造出革命者光彩夺目的形象。他们性格刚强、意志坚定、无私无畏、献身于事业,给我留下难忘的印象,使我产生了要做他们这样的人的愿望。所以,我正是学'牛虻'的样子,处理对你的感情问题。现在我觉得这挺可笑,但更多的是遗憾。"

"这样看来,你对'牛虻'的评价已经改变了?"

"不,丽塔,基本上没有改变!我只是抛弃了那种以自我折磨来考验意志的不必要的悲剧成分。然而我赞同他的主要方面——他的勇敢精神、非凡毅力。我钦佩这种类型的人,他们能忍受痛苦,不在任何人面前叫屈。我喜欢这种革命者的典型。在他们心目中,个人的事情绝对不能和集体的事业相提并论。"

"保尔,这番话三年前就该说的,你现在才说出来,只能留下遗憾了。"丽塔面带若有所思的微笑说。

"丽塔,你说遗憾,是不是因为我始终只能是你的同志,而不可能更进一步?"

"不,保尔,你原本是可以更进一步的。"

"这能够补救。"

"晚了一点儿,牛虻同志。"

丽塔这样戏称保尔,自己也不由得微微一笑,然后作了解释:"我已经有了个小女孩。她的爸爸和我情投意合。我们三个生活得很和美。如今是三位一体,密不可分。"

她用手指碰了一下保尔的手。不过她立刻明白,这个表示关切的动作是多余的。没错,这三年来,他并非仅仅在体格方面成长了。丽塔从保尔的眼睛里看出,他此刻心里很懊恼,但他毫不做作、真诚地说:"无论如何,我得到的,还是比失去的要多得多。"

保尔和丽塔站起身来。该坐到前面去,离主席台近一些。他们朝乌克兰代表团的席位走去。

乐队奏响乐曲。一条条巨大的横幅标语鲜红似火,亮闪闪的大字仿佛在呼喊:"未来属于我们。"包厢、楼座和正厅的数千个位子已经坐满。数千人形成一个强大的变压器,形成一股永不枯竭的原动力。在宽敞恢宏的剧院里,伟大工人阶级的青年近卫军中的最优秀分子相聚一堂。几千双放光的眼睛反映出在厚重帷幕上方闪闪发亮的大字——"未来属于我们"。

人流仍在涌入会场。再过几分钟,厚重的天鹅绒帷幕将徐徐拉开。全俄共青团中央委员会书记恰普林,在这极为庄严的时刻,将克制不住起伏的心潮而激动地宣布:"全俄共产主义青年团第六次代表大会,现在开幕。"

革命的伟大和威力,柯察金是空前强烈、空前深切地感受到了。他这个保卫者和建设者,是生活送他到这里,参加布尔什维主义青年近卫军的胜利大会,他感到有说不出的自豪和前所未有的欢乐。

大会的议程排得满满的,与会者从清早到深夜都没有一点空闲。直到最后一次会议,保尔才又见到丽塔。他看见丽塔和一群乌克兰代表在一起。[14]

"明天,大会闭幕以后,我马上就要赶回去,"丽塔说,"不知道我们能不能在临别时再谈一次。所以,我今天准备交给你两本旧日记,还有一封短信。你看完后,把日记寄还给我。我没有告诉你的事情,你看了日记就全知道了。"

保尔握握她的手,又凝视了一会儿,仿佛要把她的容貌铭刻在心中。

第二天,他俩如约在大门口见面。丽塔把一个小包和一封信交给他。周围全是人,因此他俩告别时都很拘谨。保尔只是在她那湿润的两眼里看出浓浓的情意和淡淡的伤感。

一天以后,他们分别乘上列车,各奔东西。

乌克兰代表分坐几节车厢。柯察金和基辅小组在一起。晚上,大家都睡下了,奥库涅夫在旁边的铺位上发出鼾声。保尔凑近灯光,拆开了信。

保夫卢沙,亲爱的:

这些话,我本可以当面告诉你,不过这样写下来更好些。我只有一点希望:别让我们在大会前谈的那件事给你的生活带来痛苦。我知道你很坚强,所以相信你说的话。我看待生活,并不拘泥于形式。有时候,当然是在非常特殊的情况下,私人关系方面可以有例外,只要那是出于强烈而深沉的感情。你是可以得到这种例外的。然而,偿还我们青春宿债的念头刚刚萌生,我便打消了。我觉得,这并不能给我们带来很大的欢悦。保尔,你对自己不要太苛求。在我们的生活里,不光有斗争,还有美好感情带来的欢乐。

至于你生活的其他方面,也就是说,对你生活的主要内容,我是一点也不担心的。紧握你的手。

丽塔

保尔沉思默想着,把信撕碎,然后两手伸出车窗,让碎纸片随风飘散。

第二天早晨,他包扎好两本已经看完的日记。在哈尔科夫,一部分乌克兰代表,包括奥库涅夫、潘克拉托夫和保尔,都下车了。奥库涅夫要到基辅去接留在安娜家的塔莉娅。潘克拉托夫已经当选为乌克兰共青团中央委员,也要去办事。保尔决定顺便去看看扎尔基和安娜,于是和他们一同前往基辅。他去邮局给丽塔寄日记本,耽搁了片刻,回到站台,朋友们已经全走了。

电车把他送到安娜和杜巴瓦的住所。保尔走上二楼,敲敲左面的门,那是安娜的房间。没人应声。大清早,安娜不可能这么早去上班。保尔想:"大概还在睡觉。"这时候,旁边的门打开了。睡眼蒙眬的杜巴瓦从门里出来,走到楼梯台上。他脸色灰暗,眼圈发黑,身上散发出刺鼻的洋葱味道。保尔嗅觉灵敏,立刻闻到一股酒气。透过半开的房门,保尔瞥见床上躺着一个胖女人,准确地说,是瞥见女人的肩膀和一只光脚。

杜巴瓦注意到了他的目光,一脚把房门踢上。

"你怎么,来找安娜同志吧?"他眼望墙角,嗓音沙哑地问,"她已经不在这儿了。你难道不知道?"

保尔皱起眉头,探究地打量着他。

"我不知道。她搬到哪儿去了？"

杜巴瓦突然怒容满面。

"这我可懒得管。"他打了个嗝儿，恶毒地说，"你来安慰她吗？好啊，正是时候。位子现在空出来了，行动吧。她不会拒绝你。她在我跟前不止一次说过，她挺喜欢你，或者，娘儿们还有一种说法。抓住机会吧，你们马上可以灵与肉都结合起来。"

保尔感到两颊发烧。他克制着自己，声音不高地问："米佳伊，你居然走到了这一步？没想到会看见你变成这样的下流东西。你曾经是个挺不错的小伙子，干吗要自甘堕落呢？"

杜巴瓦往墙上一靠。看来，光脚站在水泥地上，他感到冷，所以身子蜷缩着。门敞开了，一个睡眼惺忪、面颊浮肿的女人探头张望。

"小猫咪，进来呀，站在这儿干什么？……"

杜巴瓦没让她说完，砰地把门关上，用身体顶住。

"真是个好的开头……"保尔说，"你让什么人待在身边？这会落个什么结果？"

杜巴瓦显然不想再谈下去，提高嗓门喊道："连我该跟什么人上床，你们也要发指示吗？我听厌了这些说教！你从哪儿来，就滚回哪儿去吧！你去告诉大家，杜巴瓦又喝酒，又嫖女人。"

保尔走到他跟前，激动地说："米佳伊，把这个女人赶走，我要跟你最后谈一次……"

杜巴瓦的脸色阴郁了。他一转身，走进房间。

"咳，坏蛋！"保尔压低嗓门骂了一声，慢慢地走下楼去。

两年过去了。时光不紧不慢地流逝着，一天又一天，一月又一月。丰富多彩的生活在急速变化着，总是让看来单调的日子充满崭新的内容。一亿六千万伟大的人民，在世界上首次成了辽阔疆土和无穷宝藏的主人。他们紧张地、英勇地劳动，恢复被战争破坏了的国民经济。国家在巩固，国力在增强。那些被废弃的工厂，不久前还毫无生气，满目凄凉，如今已经看得见烟囱在冒烟。

保尔觉得，这两年过得飞快，简直像一晃而过。他不会慢条斯理地过日子，不会懒洋洋地打着哈欠迎接晨光，也不会在十点钟准时上床睡觉。他自己抓紧分分秒秒，也催促别人。

他舍不得多花时间睡觉，常常可以看见他的窗户在深夜还透出灯光。屋子里有几个人埋头读书。他们是在学习。两年当中，他们学完了《资本论》第三卷，弄懂了资本主义剥削制度的精巧结构。

拉兹瓦利欣突然出现在保尔工作的地区。省委派他前来，并建议让他担任一个区的团委书记。当时，保尔出差去了。委员会在他缺席的情况下，把拉兹瓦利欣派到一个区里任职。保尔回来后知道了这件事，但没说什么。

过了一个月，保尔突然到拉兹瓦利欣所在的区视察。他发现的问题不算很多，但已经有这样一些事实：拉兹瓦利欣酗酒，拉拢一帮拍马奉承的人，而且排挤正派的年轻干部。保尔在会上介绍了这些情况，大家一致主张给拉兹瓦利欣严重警告处分，不料保尔突然提出："开除他，不准再入团。"

这使大家吃了一惊，觉得处分过重。保尔重申："开除这个坏蛋。此人原是学生中的败类。给他重新做人的机会，可他混在革命队伍里为非作歹。"保尔讲了他在别列兹多夫的劣迹。

"我强烈抗议柯察金的指摘。这是公报私仇，想陷害我的人多的是。让柯察金拿出证据来，得有真凭实据。我也可以无中生有，说他搞过走私活动，那是不是就应该开除他呢？不行，让他拿出证据来！"拉兹瓦利欣大叫大嚷。

"等着吧，会提出证据的。"保尔说。

拉兹瓦利欣出去了。半小时后，保尔使委员会通过了决议："开除异己分子拉兹瓦利欣出团。"

夏天，朋友们一个接一个地去休假。体质差些的去了海滨。这个季节，谁都盼着轮到自己休假。保尔替伙伴们争取到疗养证和补助费，让他们去休养。他们出发的时候，面色苍白、神态疲惫，但心情很愉快。他们的工作压在了保尔肩上。于是他埋头苦干，犹如一匹驯顺的马，拉着大车爬坡。一批同志回来了，晒得黑黑的，神采飞扬，精力充沛。接着，又走了另一批。整个夏天，一直有人离开，工作却不能停顿。这样，保尔就得守在岗位上，一天也不休息。

夏天就这样过去了。

保尔不喜欢秋天和冬天，这两个季节会给他的肉体带来许多痛苦。

今年，他盼望夏季快到，心情格外迫切。他感到特别难受，甚至不得不暗自承认，精力一年比一年差了。出路只有两条：要么承认自己是个残废，无法胜任繁重紧张的工作；要么坚守岗位，直到完全不能工作。他选择了后者。

地区卫生处处长巴尔捷利克是位老医生，做过地下工作。有一天，在地区党委会上，老医生凑到保尔跟前说："柯察金，你的气色不好。去医务委员会检查过没有？健康情况怎么样？八成儿没去过吧？我有点记不清了。朋友，你应当检查一下。星期四来吧，下午来。"

保尔太忙，没去医务委员会。可巴尔捷利克没有忘记，好说歹说把他拉了去。那儿的医生为保尔作了认真全面的检查（巴尔捷利克以神经病理学家的身份参与检查）。检查的结论是：医务委员会认为，必须立即停止工作，去克里木长期疗养，并进一步认真治疗，否则必将产生严重后果。

在这个结论前面，还写着一长串病名，是用拉丁文写的。保尔从中只了解一点：他的主要问题不在腿上，而在于中枢神经系统严重受损。

巴尔捷利克把医务委员会的决定提到党委会上讨论，没有任何人反对保尔立即停止工作。不过，保尔自己提议，等共青团地区委员会组织处处长斯比特涅夫休假回来后，他再离去。他担心团委的工作瘫痪下来。对这一点，虽然巴尔捷利克反对，大家还是同意了。

只有三个星期了，保尔就要得到一生中的头一次休假。去叶夫帕托利亚疗养的疗养证已经放在他的办公桌抽屉里了。

这些日子，保尔加紧工作。他召开地区团委会全体会议，并且不顾劳累，把一切安排妥帖，以便走得安心。

保尔要去休养了，要去看看至今从没见过的大海了。恰恰在临行前夕，他意外地遇上一件既荒唐又可恨的事。

下班后，保尔来到党委宣传鼓动处的办公室，坐在书柜后面敞着窗户的窗台上，等着开宣传工作会议。他进来的时候，办公室里一个人也没有。不一会儿，有几个人进来了。保尔坐在书柜后面，看不见他们，不过听出了一个人的声音。那是法伊洛，地区国民经济处处长，高个子，很漂亮，有一种军人的气派。保尔多次听人说，此人爱酗酒，见了漂亮女孩子就盯住不放。

法伊洛曾经打过游击，一有机会就眉飞色舞地描述自己怎样砍马赫诺匪徒的脑袋，每天能砍十来颗。保尔很瞧不起他。有一次，一个女团员找到保尔，哭得跟泪人儿似的，诉说法伊洛答应和她结婚，不料同居了一星期之后，再也不理睬她了。在监察委员会里，法伊洛赖得干干净净。那女孩子没有证据，但是保尔相信她说的是真话。这时候，走进办公室的人并不知道保尔在里面。保尔听见其中一个人在问："喂，法伊洛，你的事情怎么样？又有什么新花招了吧？"

发问的是格里博夫，他跟法伊洛是朋友，是一丘之貉。格里博夫不知怎么当上了宣传员，其实他极其浅薄，庸俗不堪，是个大傻瓜。不管什么场合，他都要亮出头衔来，向人家夸耀一番。

"你可以祝贺我：昨天我把科罗塔耶娃搞到手了。你还说这美事儿成不了呢。不，哥儿们，只要我盯上谁，你就放心吧，准能……"接着，法伊洛说了一句下流话。

保尔感到神经一阵震颤，这是他怒不可遏的征兆。科罗塔耶娃是地区党委的妇女处处长，是和保尔同时调到这儿来的。他们一块儿工作，成了好朋友。每一个来求她保护或出点子的妇女，她都热情接待，亲切关怀。在同事们中间，她是很受尊敬的。科罗塔耶娃还没有结婚。法伊洛说的，无疑就是她。

"法伊洛，你没吹牛吧？她可不像那种……"

"我吹牛？你太小看人了吧？再好的鲜花我也采到过。只要有本事嘛。对付不同的人得用不同的手腕。有的第二天就投怀送抱，不过说实话，那是便宜货。有的得追上一个月。掌握心理是关键。一把钥匙开一把锁嘛。老弟，这是一门学问，我在这个领域可算得上是个教授喽。哈哈哈……"

法伊洛自鸣得意,笑得喘不过气来。一小群听众怂恿他说下去。他们急不可耐地要听细节。

保尔站起来,攥紧了拳头,只觉得心在怦怦地猛跳。

"想不费吹灰之力,靠上帝保佑,就把科罗塔耶娃搞到手,那是根本办不到的;可放过她吧,我又不甘心,何况我还跟格里博夫打了一箱葡萄酒的赌呢。嗨,我就开始运用智谋了。我去找她,找了一次又一次。可她对我没好脸色。原因很清楚,外面传播着关于我的流言蜚语,多半她也听到了……一句话,侧面进攻失败了。于是我来个迂回,迂回包抄,哈哈!……告诉你吧,我跟她说,自己打过不少仗,杀过不少人,到过许多地方,吃过许多苦头,但直到如今没遇上一个知心的女人,生活得像一条孤零零的狗,得不到一点关爱,得不到一点柔情……诸如此类的话,我编了一套又一套。总而言之,反复攻她的弱点。我在她身上下的功夫可大了。有一阵子心里琢磨,见他妈的鬼,不再装模作样地演戏了。然而这事关信念,为了信念,我不能放过她……最后总算得手。我的忍耐得到了回报——我到手的不是个婆娘,而是处女。哈哈哈!……真滑稽!"

法伊洛还在继续讲下流的故事。

保尔后来回想不起,自己是怎样突然冲到了法伊洛面前。

"畜生!"保尔怒喝。

"我是畜生?你偷听别人说话,才是畜生!"

保尔大概又说了一句什么,法伊洛一把揪住他的胸脯:"你敢这样侮辱我?!"

说着,法伊洛打了保尔一拳。原来他是喝醉了的。

保尔抓起一把橡木凳子,一下子就把法伊洛击倒在地上。幸亏保尔衣袋里没有枪，法伊洛才保住了性命。

于是，意外的情况发生了：就在预定前往克里木的那天，保尔出席了党的法庭。

党组织的全体成员都集中在市剧院里。宣传鼓动处里发生的事件使大家感到震惊。审判发展成一场生活道德方面的激烈辩论。日常生活准则、人与人的关系、党的伦理道德——这些问题的辩论，倒使审案成了次要的内容。案件变为一个信号。在法庭上，法伊洛态度嚣张，断然拒绝回答问题。他面带无耻的冷笑，声称人民法院会审理此案，柯察金打破他的头，理应判处强制劳动。

"怎么，你们想借题发挥，攻击我吗？你们想硬加给我什么罪名都行，我不在乎。至于一帮娘们在这儿对我大发脾气，那是因为我对她们从来不屑一顾。那件事情嘛，鸡毛蒜皮，不值一提。要是在一九一八年，我会按自己的办法找柯察金这个疯子算账。现在这里的事缺了我也可以解决。"说完，他就离开了。

主席要保尔谈谈冲突的情况。保尔说得很平静，不过人们能感觉到，他是在竭力克制自己。

"这里议论的事情之所以会发生，是因为我当时沉不住气。我做工作，曾经拳头用得多，脑子用得少，但那是好几年以前。这次又出了岔子，直到法伊洛脑袋上挨了一下，我才清醒过来。近几年来，这是我唯一一次表现出游击习气。虽然他挨打是活该，但我仍然责备自己的举动。法伊洛干的勾当，是我们共产党内生活中的一种丑恶现象。我不明白，一个革命者、共产党员，怎么能够同时又是一个无耻的畜生和恶棍。我永远不会对这种现象视若无睹。这次事件迫使我们讨论生活道德问题，这也就是整个事件中唯一的积极方面。"

党员们以压倒的多数通过决议，把法伊洛开除出党。格里博夫由于提供假证词，受到严重警告处分。参加那次谈话的另外几个人承认了错误，接受了批评。

巴尔捷利克谈了保尔神经系统的状况。党的检察员建议给予保尔警告处分，全场哗然，一致反对。检察员撤回了这个建议。保尔被宣布无罪。

几天后，保尔乘上火车，前往哈尔科夫。经过保尔的再三请求，地区党委同意把他的组织关系转到乌克兰共青团中央委员会，另行委派工作。他得到了一份相当不错的鉴定，就上车了。阿基姆是团中央书记之一。保尔去找他，汇报了全部情况。

阿基姆看了鉴定，只见在"对党无限忠诚"这句话后面写着："具备党员应有的坚毅精神，只是在极少数的情况下容易发怒，不能自制，其原因是神经系统严重受损。"

"保夫卢沙，在这份很好的鉴定上到底还是给你写了这一条。你别不痛快。有时候，神经十分正常的人也会出这种岔子。到南方去，把精力恢复一下吧。等你回来，咱们再谈你的工作安排。"

说着，阿基姆紧紧握住保尔的手。

保尔来到中央委员会的"公社战士"疗养院。花园里有一个个玫瑰花坛，喷水池中波光潋滟，一幢幢楼房爬满了葡萄藤。疗养员身穿白色疗养服或游泳衣。年轻的女医生登记下保尔的姓名。他住进位于角落上的一幢建筑物的宽敞的房间里。床单洁白耀眼，房间里一尘不染，一片寂静。保尔洗过澡，换了衣服，神清气爽，径直跑向海边。

放眼望去，深蓝色的大海宛如光滑的大理石，壮丽而宁静，浩浩茫茫，消融在远方淡蓝色的轻烟中。仿佛熔化了的朝阳在海面上撒下一片火焰似的金光。透过晨雾，远处山峦的轮廓依稀可见。保尔迎着清新的海风，深深地呼吸着，双眼久久地凝视着辽阔而静谧的蓝色海面。

懒洋洋的微波细浪，舐着海边金黄的沙滩，亲昵地、悄悄地爬到脚下。

附录：

[13] **在手稿中，此后还有以下许多文字：**

丽塔看看手表。

"离开会还有四十分钟时间，给我说说杜巴瓦和安娜的情况吧。"她稍感局促，因为保尔目不转睛地望着她。

"前不久，我乘参加全乌克兰代表会议之便，去看望过他们。跟安娜见了几次面，跟杜巴瓦只碰到一次，而且还是不见面的好。"

"为什么？"

保尔不吭声。他右眼的眉梢微微一颤。丽塔知道，这向来是他内心激动的表露。

"告诉我吧，我确实一无所知。"

"丽塔，我原本不想现在谈这件事情，你一再要我说，那就遵命吧。他们彻底断绝关系的时候，我在场。我觉得，安娜是别无选择。他们积累了那么多的矛盾，一刀两断是唯一的出路。在党内问题上的分歧，是他们决裂的根源。杜巴瓦一直是个反对派。他和舒姆斯基一同到基辅活动，四处发言。我在哈尔科夫听说了他的发言内容。"

"啊？难道舒姆斯基是托洛茨基分子？"

"对，他曾经是的，不过已经脱离了。我和扎尔基跟他作了长谈。现在他和我们站在一起，杜巴瓦则完全不同。他越走越远，难以回头。咱们还是说说安娜吧。她把什么都告诉了我。杜巴瓦一头扎进反党活动的泥坑，无法自拔。安娜受了不少委屈。比方说，杜巴瓦这样讥笑她：'你是党的一匹小灰马，主人指向哪里，你就往哪里奔。'还有更难听的话呢。两个人一再冲突，关系就疏远了。安娜提出分手，杜巴瓦显然不愿意失去安娜，所以保证今后再也不制造摩擦，求安娜别扔下他，帮助他渡过难关。安娜同意了，而且一度觉得情况在好转。她再也没听到杜巴瓦恶语伤人，她正面讲道理，杜巴瓦不声不响。因此安娜相信，他正在认真地检讨自己过去的立场。

"她从扎尔基那里得悉，在共产主义大学里，杜巴瓦不再兴风作浪，跟扎尔基的个人关系也有所改善。安娜已经怀孕。不久前的一天，她正在上班，感到身子不太舒服，就回家休息。她关了门，躺到床上。她和杜巴瓦住的是套间，中间有门相通，不过两人有协议，把门钉死了。

"不一会儿，杜巴瓦带着一大帮人回来，于是安娜无意中成了一个托派小组开会的见证人。她听见了一大堆做梦都想不到的话。不仅如此，他们还趁着全乌克兰共青团代表会议召开在即，印刷了一份类似宣言的东西，偷偷地塞给代表们。安娜这才恍然大悟：杜巴瓦一直在耍手腕。

"等到那帮人散去，安娜把杜巴瓦叫到自己房间，要求他解释刚才发生的一切。

"我正是在那一天抵达哈尔科夫，参加代表会议，在中央委员会遇到了一群基辅代表。

"塔莉娅把安娜的地址给了我。原来她住在附近,我就决定在午饭前去探望一下,因为她在党中央妇女部担任指导员,可我们去那儿没找到她。

"塔莉娅和另外几个同志也说要去看她的。你瞧,我上他们家,正好赶上这档子事儿。"

柯察金苦笑了一下。

丽塔听着,双眉微皱,胳膊肘支在座位的天鹅绒扶手上。保尔沉默了,眼望丽塔,他回忆起她当年在基辅时的模样,并将其与眼前的她作比较,再次意识到,丽塔已经长成一个丰满健美、优雅迷人的年轻女子。朴素但缝制精巧的连衣裙,取代了那身常年不变的军便服。她用握着保尔手的手指轻轻碰碰他,让他往下说。

"保尔,我听着。"

保尔握住丽塔的手指不放,继续讲述。

"安娜见了我,露出由衷喜悦的笑容,杜巴瓦却凛若冰霜。原来,他已经听说我跟反对派斗争的情形。

"这次碰头,场面奇特。我得充当类似法官的角色。安娜说个不停,杜巴瓦在房间里踱来踱去,一支接一支地抽烟,显然他烦躁不安,满肚子的火。

"'你瞧,保夫卢沙,他不但欺骗我,而且欺骗党。他在组织一些地下小团体,继续兴风作浪,对我却说是洗手不干了。在共产主义大学里,他当众承认代表会议的决议是正确的。他标榜自己是老实人,与此同时,却在不知羞耻地欺骗别人。当然我与他没有任何关系了。今天的事,我要写信报告省监察委员会。'安娜气愤地对我说。

"杜巴瓦阴阳怪气地说:'去呀,去报告吧,有什么大不了的。

这个党里面，连老婆也当特务，偷听谈话，你以为我非要做这种党的党员不成！'

"这番话，连安娜听了也觉得太过分。她禁不住冲着杜巴瓦猛喝一声，要他走开。杜巴瓦出去以后，我告诉安娜，自己想找他谈谈。安娜认为那是没用的，不过我还是去了。我和米佳伊毕竟曾经是好朋友。我想，总可以让他悬崖勒马的。

"我走进他的房间。他躺在床上，立刻警告说：'对不起，千万别来说服教育。对这一套，我厌烦透了。'

"可我得讲。

"我回忆起了往事，这样说：'我们以前就犯过错误，难道你没有从中吸取任何教训？德米特里，你还记得小资产阶级意识是怎样驱使我们搞反党活动的吗？'

"他却这样回答我：'保尔，咱俩当初都是工人，想到什么说什么，没有顾虑，而我们想的并不错。在实行新经济政策以前，那是真正的革命，如今变成了一种半资产阶级革命。靠新经济政策发财的人，大腹便便，绫罗满身，而国内的失业者多得数也数不清。我们政府和党的高层人士也在靠新经济政策致富，有的还娶了女资本家做妻子。整个政策正滑向发展资本主义。对于无产阶级专政，总好像躲躲闪闪，欲言又止；对农民则采取自由放任态度，纵容富农发家，他们很快就会在乡村里作威作福。你们瞧着吧，不出五六年，苏维埃政权就会被人悄悄埋葬，跟法国热月政变后的状况一样。在新的资产阶级共和国里，那些新经济政策的暴发户们将当上部长。你我这样的人，要是敢多嘴多舌，就会人头落地。总而言之，用不了多久，咱们就要陷入绝境。'

"你瞧，丽塔，杜巴瓦翻不出什么新花样。还是托洛茨基派的那一套，老调重弹。

"我明白了，跟他争辩已经毫无意义。依我看，我们不可能使杜巴瓦迷途知返。为了他，我开会也迟到了。分手的时候，看来他是存心'抬举'我，竟说：'我知道的，保夫卡，你还没有僵化，也没有变成由于害怕丢了职位而唯唯诺诺的官僚。不过你是属于那种红旗障目不见万物的人。'

"当天晚上，基辅的代表都在安娜这儿聚会，扎尔基和舒姆斯基也来了。安娜已经去过省监察委员会，我们都认为她的行为是正确的。我在哈尔科夫逗留了八天，和安娜在中央委员会见过几次面。她换了住处。听塔莉娅说，她要做人流手术。看样子，安娜和米佳伊决裂已成定局。塔莉娅在哈尔科夫多待了几天，帮她解决这件事情。

"我们要动身去莫斯科的那天，扎尔基得悉，党的三人领导小组给予杜巴瓦严厉警告处分。共产主义大学党委支持这个决定。这样，杜巴瓦当时总算没被开除。"

会场里越来越挤，人群还在涌入。四下里，人们在交谈，在欢笑。

宽阔的大剧场接纳着这汹涌澎湃、气势空前的人流。这些年轻的布尔什维克热情洋溢、朝气蓬勃、龙腾虎跃，恰似山上的激流，一泻千里。

喧哗声越来越大。保尔似乎觉得，丽塔没在听他说，但他刚一住嘴，丽塔就开口说："我想，今天我们别再说杜巴瓦的事。何必把剩下的时间全花在他身上呢！这儿灯火多么辉煌，有那么多生龙活虎的……"

丽塔朝他这边挪了挪。现在他们坐得很近，四周的喧闹声更响了。为了可以把嗓音放低，丽塔往他这边侧过头来。

[14] **在手稿中，此后尚有一段文字描述共青团员们在丽塔的哥哥家聚会的情形。丽塔在聚会时说：**

"我深信，朋友们，就在近几年里，共青团会从自己的队伍中推出几位大作家。他们将塑造一些艺术形象，来描绘我们英勇的往昔和同样光荣的现在。谁知道呢，可能在座的朋友们中间就有这样的一位，他将用犀利的文笔把咱们勾画出来……"

第七章

中央委员会"公社战士"疗养院旁边有一座属于中心医院的大花园。疗养员从海滨回来，总是经过这座花园。在花园的一堵高高的米色石墙附近，长着一些枝繁叶茂的法国梧桐。保尔喜欢在梧桐树荫下休息。这个地方不大有人来。从这儿可以看见在花园林荫道和小径上来回走动的人群；晚间可以听听音乐，远离大疗养区恼人的喧闹。

这不，今天保尔又躲到这里来了。经过海水浴和日光浴之后，他感到疲乏，现在舒舒服服地躺在藤摇椅上打起了盹儿。旁边的摇椅上，搁着一条厚毛巾和一本没看完的富尔曼诺夫的小说《叛乱》①。来疗养院的头几天，他依然神经紧张，头痛不止。教授们一直在研究他这种罕见的复杂病症。没完没了的叩诊、听诊使保尔感到厌倦。住院医生是个和蔼可亲的女党员，有一个很怪异的姓：耶路撒冷奇克。她总是费很大的劲儿才找到这个病人，耐心地劝说，让他跟她去见这位或那位专家。

---

① 富尔曼诺夫（1891—1926），俄罗斯作家，代表作为《夏伯阳》，《叛乱》是其取材于国内战争的一部长篇小说。

"说实话,这一切让我烦透了。"保尔说,"总是那么几个问题,每天得回答五次。您的祖母是不是疯子?您的曾祖父有没有得过风湿病?鬼才知道他得过什么病,我连见也没见过他!不仅如此,他们每个人都试图劝说我承认得过淋病,或者别的某种更糟糕的病。坦率地说,为了这个我恨不得敲他们的秃脑袋。让我安安静静歇会儿吧!要是一个半月尽是这样翻来覆去地研究我,那我简直会成为危害社会的人。"

耶路撒冷奇克笑眯眯的,净说些打趣的话来回答保尔。过不了几分钟,她已经挽起保尔的胳膊,一边走,一边说着有趣的事情,把他带到外科医生那儿去。

今天看样子不用检查了。离吃午饭还有一个小时。保尔睡意蒙眬,好像听见了脚步声。他没有睁眼。"来人以为我睡着了,就会走开的。"可是希望落空了,摇椅嘎吱一响,那人坐下了。一股淡淡的香水味说明是个女的坐在旁边。保尔睁开眼睛,首先看到耀眼的白色连衣裙、晒黑的小腿和羊皮便鞋,然后是头发剪得像男孩似的脑袋、两只大大的眼睛、一排细密的牙齿。她不好意思地笑着。

"对不起,也许我打搅您了吧?"

保尔一声不吭。这不太礼貌。不过,他还在盼着坐在旁边的人会走开。

"这是您的书吗?"她翻翻小说,问。

"嗯,我的……"

又沉默了一会儿。

"同志,请问您是'公社战士'疗养院的吧?"

保尔不耐烦地动了动身子,暗想:"她是打哪儿冒出来的?我休息不好了,八成儿马上要问我得什么病。我走开吧。"这么一想,保尔口气生硬地回答:"不是。"

"可我好像在哪儿看到过您。"

保尔已经站起身来要走,忽然后面响起另一个女人低沉洪亮的声音:"多拉,你怎么躲到这儿来了?"

这是个浅黄色头发的女人,长得丰满,晒得黝黑,穿着疗养院的浴衣,坐在摇椅边沿上。她瞥了保尔一眼。

"同志,我在哪儿见过您。您是不是在哈尔科夫工作?"

"是的,在哈尔科夫。"

"做什么工作?"

保尔决定刹住这冗长的攀谈。

"开大粪车的。"

两个女人哈哈大笑,倒使保尔哆嗦了一下。

"同志,不能说您很有礼貌吧?"

他们的友谊就这样开始了。多拉·罗德金娜是哈尔科夫市的党委常委,她后来一再回忆起初次相识的可笑情景。

午后,保尔在"塔拉萨"疗养院的花园里观看歌舞演出,同扎尔基不期而遇。

要说也真奇怪,竟是一场狐步舞使他们相见的。

一个肥胖的歌女,打着轻狂的手势,唱了一首《一夜销魂》。她唱完以后,一男一女跳上了舞台。男的半裸着身子,头戴红色圆筒高帽,大腿周围晃荡着彩色扣环,上身却穿着白得刺眼的胸衣,还戴着领带。一句话,装扮野蛮人,实际上不伦不类。那女的长得并不难看,可全身飘着许多布带。疗养员的圈椅和铁床后面,站着一群新经济政策的暴发户。他们伸长牛脖子,大呼小叫,喝彩捧场。这对男女在他们的喝彩哄笑声中扭摆着屁股,跳起了狐步舞。丑恶的场面简直让人无法想象。戴着傻瓜圆筒帽的胖子和女人紧贴在一起,摇来摆去,做出种种猥亵的姿势。保尔后面一个肥头大耳的人看得呼哧呼哧地喘粗气。保尔转身刚要走开,紧靠舞台的前排,有人站起来气愤地大喝:"别再卖淫了!滚开吧!"

保尔认出是扎尔基。

弹钢琴的不弹了,小提琴尖叫了一下,也没声音了。台上的一对男女停止了扭动。站在椅子后面的暴发户们发出恨恨的嘘声,冲着扎尔基叫骂:"浑蛋透顶!打断了好戏!"

"全欧洲都在跳!"

"他妈的可恨!"

这时候,来自"公社战士"疗养院的观众、切列波维茨县的团委书记谢廖扎·日巴诺夫像江湖侠客似的将四个手指伸到嘴里,吹出尖厉的口哨,别的疗养员群起响应。于是,台上的两个家伙,仿佛被风刮下了台。报幕的小丑,像个见风转舵的堂倌,向观众宣布,他们这个歌舞班立刻就走。

"像那小香肠,快沿大街滚!对你爷爷说,你去莫斯科!"在众人的哄笑声中,一个穿着疗养服的小伙子用顺口溜把小丑送下台。

保尔在前排找到了扎尔基。他俩到保尔的房间里坐了很长时间。

扎尔基目前领导着一个地区党委会的宣传鼓动处。

"你还不知道,我已经有了爱人,而且很快就要有女儿或儿子了。"扎尔基说。

"嚯!那你爱人是谁呀?"保尔感到突然。

扎尔基从上衣口袋里掏出一张小相片,给保尔看。

"你认得出吗?"

照片上是他和安娜·博哈特。

"那么杜巴瓦去哪儿了?"保尔更惊奇了。

"他在莫斯科。他被开除出党后,离开了共产主义大学,目前在莫斯科高等技校学习。听说他恢复了党籍。没用的!这个人不可救药……你知道潘克拉托夫在哪儿吗?他如今当上了造船厂的副厂长。其他人的情况,我不大清楚。大家分散在全国各地,能够聚在一起叙叙旧,该有多高兴。"

多拉走进保尔的房间,跟她一起进来的还有几个人,来自坦波夫地区的高个子检察员把门关上。多拉对扎尔基胸前的勋章看了一眼,问保尔:"你的这位同志是党员吗?他在哪儿工作?"

保尔不明白是怎么回事,就把扎尔基的情况简略地介绍了一下。

"那就让他留下吧。刚才从莫斯科来了几位同志。他们要给我们谈谈党内最近的情况。我们决定在你这儿开个会,也算是内部会议吧。"多拉解释。

除了保尔和扎尔基,参加会议的差不多全是老布尔什维克。莫斯科市监委委员巴尔塔舍夫谈了以托洛茨基、季诺维也夫和加米涅夫为首的新反对派的情况。[15]

"在这样紧要的关头,我们必须坚守各自的岗位。"巴尔塔舍夫最后说,"我明天就动身。"

在保尔的房间里开会之后过了三天,疗养员都提前离去,保尔也是疗养期没满就走了。

他在团中央没多耽搁,就被派往一个工业区,担任共青团地区团委书记。才过了一个星期,城里的团员积极分子已经听到了他的

第一次讲话。

到了深秋，那天保尔带着两名工作人员，乘坐地区党委会的汽车，前往离城很远的一个区。汽车掉进路旁的壕沟，翻车了。

车上的人都伤得不轻。保尔的右膝盖压坏了。几天后，他被送进哈尔科夫外科医院。医生对他进行会诊，检查过他肿胀的膝盖，看了X光片，主张立即动手术。

保尔表示同意。

"那就明天早上做吧。"主持会诊的胖教授决定，接着就起身走了。其他医生也随着他离去。

小小的单人病房，光线明亮，纤尘不染，散发着保尔早已淡忘的医院特有的气味。保尔四下环顾：一个铺着洁白桌布的床头柜，一张白色的凳子，便是全部的家具。

护理员送来晚饭。

保尔不想吃。他半躺在床上写信。伤腿疼痛，影响思索，胃口也倒了。

他写完第四封信，病房的门被轻轻推开，一个白衣白帽的年轻女医生来到床前。

在薄暮中，保尔看出她眉毛描得很细，大眼睛似乎是黑色的。她一手提着皮包，一手拿着纸和铅笔。

"我是您的责任医生，"她说，"今天我值班。现在我提些问题。无论愿意不愿意，您要把全部情况说出来。"

女医生亲切地一笑。这笑容使得"审问"不那么讨厌了。保尔讲了整整一个小时，不仅讲自己，还讲了祖宗三代。

手术室里有几个戴着大口罩的人。

镀镍的手术器械闪闪发亮，狭长的手术台底下摆着一个大盆。保尔躺到手术台上，教授快要洗完手了。手术前的准备工作在保尔的后面迅速地进行着。他回头望一眼。护士在安放手术刀和镊子。病房责任医生巴扎诺娃给他解下腿上的绷带。

"柯察金同志，您别看，这会刺激神经的。"她低声嘱咐。

"医生，您说的是谁的神经？"保尔不服气地一笑。

几分钟后，厚实的面罩遮住了保尔的脸。教授说："别紧张。这就做氯仿麻醉。您用鼻子深呼吸，同时数数吧。"

面罩下面传出低沉而平静的声音："好的。我也许会说出难听的话来，所以提前道个歉。"

教授忍不住笑了。

最初几滴氯仿麻醉液散发出一股难闻而令人窒息的气味。

保尔深深地吸了一口气，开始数数，尽量吐字清晰。就这样，他进入了个人悲剧的第一幕。

阿尔乔姆差点儿把信封撕成两半。展开信纸的时候，他不知怎的，心头怦怦乱跳。眼光接触到头几行字，他就飞快地往下念：

阿尔乔姆：

咱俩很少通信。一年才一两次吧。不过，次数多少有什么关系呢？你说你已经搬到卡扎京的机车库，全家都离开了舍佩托夫卡，以便斩断老根。我理解你所说的老根，是指斯乔莎和她一家那种小私有者的落后心理，以及诸如此类的东西。像斯乔莎这种类型的人，要改造过来谈何容易，我担心你未必能成功。你说"年龄不饶人，学习很困难"，其实你学习得不错。让你脱产当市苏维埃主席，你一口拒绝，这就不对了。你为夺取政权战斗过吧？那就该掌握政权。明天就接手市苏维埃的工作，干起来！

现在谈谈我自己。我的情况不大妙。我经常住院，开过两次刀，流了不少血，消耗了不少精力，而且谁都回答不出，这要拖到何年何月。

我不上班了，给自己找了份新工作——当病号。我忍受着种种痛苦，结果却是右膝不能动弹了，身上添了几处线缝，医生最近还发现：七年前，我的脊椎骨受过的暗伤，据说可能要我付出极高的代价。只要能够归队，我准备忍受一切。

我觉得生活当中掉队是最可怕的事情。我甚至不敢多想。正因为这样，我才什么都不拒绝，然而没有好转。相反，乌云越积越厚。做过第一次手术，我刚能走路，就恢复工作，不料很快又被送回医院。现在我拿到了迈纳克疗养院入院证，明天就要动身去叶夫帕托里亚。阿尔乔姆，你别担心。要送掉我的命，可没那么容易。我的生命力完全可以一个顶仨。咱们还得干点事儿呢。哥哥！你要保重身体，别一下子干得太猛。要不然，以后党得花大钱给你修理。岁月给我们经验，学习给我们知识，可不是为了让我们到一个个医院去做客。握你的手。

保尔·柯察金

正当阿尔乔姆皱着浓眉看弟弟来信的时候，保尔正在医院里和巴扎诺娃道别。女医生一面把手伸给保尔，一面问："明天您就动身去克里木吗？那今天待在哪儿？"

保尔回答："罗德金娜同志马上会来。今天和今晚我都待在她家里，明天早晨她送我去火车站。"

巴扎诺娃认识多拉，因为她常常来看望保尔。

"柯察金同志，咱们说过，您临走前要跟我父亲见见面，没忘记吧？您的病情，我已经详细告诉他了。我想让他为您检查一下。今晚就可以去。"

保尔立刻同意了。

当晚，巴扎诺娃带着保尔，来到她父亲宽敞的工作室。

这位著名的外科专家给保尔作了详细检查。巴扎诺娃也在场。她从医院带来了保尔的 X 光片和全部化验单。专家用拉丁语讲了好长一段话，回答女儿的问题。巴扎诺娃听了以后，顿时脸色惨白。这是保尔不可能不察觉的。保尔望着教授谢了顶的大脑袋，竭力想从他敏锐的目光中看出个究竟。然而，巴扎诺夫教授不露声色。

保尔穿好衣服。教授客气地和他告别，说自己要去参加一个会议，让女儿转告检查结果。

巴扎诺娃的房间陈设雅致，品味不俗。保尔靠在长沙发上，等着她开口。但女医生不知该怎样启齿，该说些什么。她感到非常为难。父亲对她说，柯察金体内的致命炎症正在发展，而目前的医学还无法加以遏止。教授反对再做外科手术。"这个年轻人面临着瘫痪的悲剧，我们却没有力量阻止。"

巴扎诺娃作为医生和朋友，觉得不宜如实说出一切。她谨慎地挑选着字眼，向保尔透露一小部分真情。

"柯察金同志，我相信，叶夫帕托里亚的泥疗会使您的身体出现转机，秋天您就可以恢复工作。"

她这样说着，却忘了对方锐利的眼睛始终注视着她。

"从您的话里，或者确切些说，从您没有说出口的话里，我已经完全明白了病情的严重性。您该记得，我请求过您，千万要对我有一说一、有二说二。用不着隐瞒什么，我不会晕倒，也不会抹脖子的。不过我真想知道，自己往后会怎么样。"保尔说。

巴扎诺娃说笑着，把话题引开。

当晚，保尔始终没有了解到实情，不知道明天究竟会怎样。临别，巴扎诺娃轻声说："柯察金同志，别忘了我对您的友谊。您的生活中，什么情况都可能发生。如果需要我的帮助或建议，您就来信。我会竭尽全力的。"

她从窗口望着保尔高大的背影，目送身穿皮上衣的保尔费劲地拄着手杖，离开大门口，走向一辆出租轻便马车。

又来到叶夫帕托里亚。南方天气酷热。人们戴着绣金的小圆帽，晒得黑黝黝，说话大嗓门。旅客乘上汽车，十多分钟就到了"迈纳克"疗养院。这是一幢用石灰石砌成的二层楼房。

值班医生把刚来的人带到各个房间。

"同志，您持有哪个单位的疗养证？"他在十一号房间门口站住，问保尔。

"乌克兰共产党中央委员会。"

"那就安排您住这儿，跟埃布纳同志一起。他是德国人，要求给他找个俄罗斯人同住。"医生解释说，并上前敲门。

房间里传出一句不地道的俄语。

"请进。"

保尔走进房间，放下手提箱，转过身来。只见床上躺着一个满头金发的男子，两只漂亮的蓝眼睛炯炯有神，富于表情。他面对保尔，露出和善的笑容。

"古腾莫根，格诺塞①。对不起，我是想说：你好。"他纠正说，并且把手伸给保尔。他的手没有血色，指头长长的。

几分钟以后，保尔坐在德国人床边，两个人用那种"国际通用的语言"兴致勃勃地交谈着，此时词语只起次要作用，主要靠似懂非懂的语句加上猜测、手势和面部表情，总之是用上了约定俗成的世界语中的一切手段。

保尔已经知道，埃布纳是个德国工人。在一九二三年的汉堡起义中，他大腿中了子弹。这回是旧伤复发，迫使他卧床。尽管很痛苦，他却保持着昂扬的情绪。这一点，马上博得了保尔的尊敬。

同住的病友这么好，保尔喜出望外。这种人不会从早到晚，唉声叹气，诉说病痛。相反，和他在一起，你会连自己的痛苦也忘掉。

"美中不足的是，我一点也不懂德语。"保尔暗想。

花园的一角，放着几把摇椅、一张竹桌和两辆轮椅。有五个人在每天治疗之后，就到这儿来度过一整天。病友们称他们为"共产国际执委会"。

埃布纳半躺半坐在轮椅上，保尔也坐着轮椅，因为他被禁止步行。其余三个人，一个是身体沉重的魏曼，爱沙尼亚人，克里木共和国贸易人民委员部的工作人员；一个是深棕色眼睛的年轻妇女玛尔塔·劳琳，拉脱维亚人，看上去像十八岁的少女；还有一个是膀大腰圆的列杰尼奥夫，西伯利亚人，两鬓斑白了。的确，这里有五个民族：德意志人、爱沙尼亚人、拉脱维亚人、俄罗斯人和乌克兰

---

① 德语音译：同志，你好。

人。玛尔塔和魏曼懂德语，埃布纳让他们当翻译。保尔和埃布纳是同室病友；玛尔塔、魏曼和埃布纳由于语言相通而亲近，列杰尼奥夫和保尔则是通过下国际象棋而熟悉的。

因诺肯季·帕夫洛维奇·列杰尼奥夫到来之前，保尔是疗养院里的国际象棋"冠军"。他是经过激烈的冠军争夺战，才从魏曼那儿夺得这个称号。魏曼吃了败仗，这个平时蔫乎乎的爱沙尼亚人心理上失去了平衡。保尔赢了他，他一直耿耿于怀。然而没多久，院里来了个魁梧的老头儿，五十开外，看上去却要年轻得多。他邀请保尔对弈。保尔没有戒备，平静地开了一个后翼弃卒局。列杰尼奥夫以挺进中卒相应。保尔身为"冠军"，必须迎战每一个新来的棋手。观棋的人照例很多。走到第九步，保尔已经发觉，对方的小卒在稳步推进，咄咄逼人。保尔心里明白：遇上了强敌，他不该对这场比赛这样漫不经心。

激战了三个小时，保尔虽然竭尽全力，但还是不得不认输。他在所有观棋的人之前看出自己败局已定。保尔瞧瞧对手。列杰尼奥夫慈祥和蔼地笑笑。显然，他也看出保尔必败无疑。魏曼难以掩饰地盼望保尔吃败仗，他紧张地观战，不过什么也没有察觉。

"我总是坚持战斗，直到最后一卒的。"保尔说。

只有列杰尼奥夫听得懂这句话。他赞许地点点头。

五天当中，保尔同列杰尼奥夫下了十盘棋，结果七负二胜一和。

魏曼眉飞色舞地说："哦，列杰尼奥夫同志，谢谢啦！您到底把他打得落花流水了！他这是活该！我们这帮老棋手全成了他的手下败将，可他终究栽在一员老将手里。哈哈哈！……"

"怎么样，吃败仗的滋味不好受吧？"他转而挖苦败在他人手下的保尔。

保尔失去了"冠军"称号。但他在失去这份棋坛荣誉的同时，结识了列杰尼奥夫。后来列杰尼奥夫成了他的挚友和尊敬的人。保尔棋赛失利也并不是偶然的。他对象棋战术仅仅略知皮毛而已，遇到精通棋艺的行家，自然非败不可。

保尔和列杰尼奥夫之间有一个巧合：保尔出生和列杰尼奥夫入党是在同一年。他们是布尔什维克近卫军老一代和年轻一代的典型代表。一个具有丰富的生活经验和政治经验，搞过多年地下工作，蹲过沙皇的监狱，后来在政府中担任要职；另一个拥有火热的青春，虽然只有八年的战斗历程，却抵得上好几个人的一生。这一老一少两个人，都有一颗火热的心，都是一身伤残。

晚上，埃布纳和保尔的房间便成了俱乐部。所有的政治新闻都是从这里传出来的。每天晚上，十一号病房里热热闹闹。魏曼老想讲个黄色笑话，他对这类东西兴趣很大。不过，现在他会遭到玛尔塔和保尔的夹击。玛尔塔善于用巧妙而辛辣的讽刺堵住他的嘴；如果这还不奏效，保尔就出面干涉。

"魏曼，你总该先问问——也许你的'俏皮话'一点也不合我们的口味……我真不明白，你这样的同志怎么会说出……"保尔用不满意的口吻开始说道。

魏曼噘起厚嘴唇，眯缝着两只小眼睛，嘲弄似的扫视一下大家的脸。

"应该在政治教育委员会下面设立道德督察处，并且推举柯察金当督察长。玛尔塔我倒还能理解，女同志是当然的反对派嘛；但是柯察金想装成天真无邪的小男孩，好像是个共青团里的乖宝宝……何况，我就是不喜欢鸡蛋教训母鸡。"

经过这样一场涉及共产主义伦理的激烈争论之后，黄色笑话问题被提到原则高度来讨论了。玛尔塔把不同的观点翻译给埃布纳听。

"黄色笑话不大好，我和保夫卢沙观点一致。"埃布纳说。

魏曼只得退却。他尽量用开玩笑来掩饰，后来再也不讲那种笑话了。

保尔以为玛尔塔是个共青团员。看看模样，保尔估计她只有十九岁。有一次，保尔和她交谈，结果大感意外。没想到她已经三十一岁，一九一七年就入党，而且是拉脱维亚共产党一名积极的工作人员。一九一八年，她已经被白匪判处枪决，后来苏维埃政府用白匪俘虏将她和其他几个同志一起交换回来。如今她在《真理报》工作，同时还念完了大学。保尔没留意，他们是怎样开始接近起来的。不过，这个常来看望埃布纳的、娇小的拉脱维亚女子，确已成了"五人小组"不可缺少的一员。

地下工作者埃格利特也是拉脱维亚人。他嬉皮笑脸地逗玛尔塔："玛尔托奇卡，你可怜的奥佐尔在莫斯科怎么过日子？这样可不行！"

每天早晨在起床铃响之前一分钟，疗养院里总能听到响亮的鸡啼声。埃布纳学鸡叫的本领真是绝了。院里的工作人员找这只不知道怎么钻进来的公鸡，怎么也找不到。这使埃布纳得意非凡。

到月底，保尔病情恶化。医生让他全天卧床。这使埃布纳心里很难过。埃布纳喜欢这个年轻的布尔什维克——他乐观开朗，从不愁眉苦脸；他充满朝气，却又这样过早地丧失健康。玛尔塔告诉埃布纳，说医生预料保尔的未来很不幸，埃布纳听了异常焦急。

此后直到离开疗养院，医生也没允许保尔下床走动。

保尔能够对周围的人们隐瞒自己的痛苦。只有玛尔塔，看到他脸色苍白得异乎寻常，有所察觉。出院前的一个星期，保尔接到乌克兰共青团中央的信，通知他假期延长两个月，还说根据疗养院的诊断结论，在他目前的健康状况下，不可能让他恢复工作。随信还汇来了一笔钱。

保尔经受住了这第一次打击，就像当年跟朱赫来学拳术，经受住第一拳一样。那时候，他也倒下了，但是立刻站了起来。

他意外地收到母亲的一封信。老人家说，她有一个十五年没见面的老朋友，名叫阿尔宾娜·屈察姆，住在离叶夫帕托里亚不远的一个港口。所以，母亲要儿子一定到那儿去看看。这封偶然的来信，对保尔此后的生活影响很大。

一星期后，疗养院的病友们热情地把保尔送到码头。临别，埃布纳像对亲弟弟一样，热烈地拥抱和亲吻保尔。玛尔塔却没有露面，保尔没跟她告别就离去。

第二天早晨，敞篷马车载着保尔离开码头，来到一座带小花园的小屋跟前。保尔让陪送他的人去问问，这儿是不是住着屈察姆一家。

屈察姆家有五口人。母亲阿尔宾娜·屈察姆已过中年，胖胖的，黑眼睛，目光凝滞而抑郁，衰老的脸上还残留着昔日的风韵。两个女儿名叫廖利娅和塔娅；还有廖利娅年幼的儿子；再就是胖得像猪的糟老头儿屈察姆。

老头子在合作社里工作。小女儿塔娅在外面干些粗活。大女儿廖利娅早先是打字员，前不久和既是醉鬼又是流氓的丈夫离了婚，眼下没有工作，在家里带带孩子，帮母亲做做家务。

除了这两个女儿，还有个儿子叫乔治，不过目前在列宁格勒。

屈察姆一家热情地接待保尔。只有老头子用冷淡戒备的目光打量客人。

保尔对阿尔宾娜耐心地叙述了自己所知道的家里的情况，也顺便问问她家的情况。

廖利娅二十二岁。这个淳厚的女子一头褐色短发，大脸盘，心里想些什么，仿佛都写在脸上。她和保尔一见如故，连家里的秘事也主动地和盘托出。保尔从她那儿了解到，老头儿在家里专横暴虐，不给家人丝毫的自主和自由。他心胸狭窄，目光短浅，吹毛求疵，使家里始终笼罩着惶恐不安的气氛。因此，两个女儿对他厌恶透顶，老婆更是恨得要命，二十五年来一直在反对他的专制。女儿总是站在母亲一边。家里争吵不断，气氛恶劣。成天都为大大小小的事情怄气，没完没了，天天如此。

这家的第二个祸害是乔治。据廖利娅说，他是地道的浪荡公子，自以为了不起，爱吹牛，吃要考究，穿要阔气，还爱喝酒。他是母亲的心肝宝贝，中学毕业后，就开口向母亲要钱，说要到首都去。

"我去上大学。让廖利娅卖掉戒指，你也卖些东西。我需要钱，你们上哪儿弄钱，我才不管呢。"

乔治深知母亲对他有求必应，因此恬不知耻地利用她的弱点。他对两姐妹态度傲慢，居高临下，认定她们比他低一等。母亲变着法儿跟老头子要钱，再加上塔娅挣的工钱，一次次地全寄给儿子。可他呢，入学考试成绩一塌糊涂，榜上无名，便寄居在叔叔家里，日子过得挺舒服。他连连拍来电报，吓唬母亲，逼她寄钱。

小女儿塔娅，保尔直到黄昏才见到。母亲在过道里低声告诉塔娅，来客人了。她腼腆地跟保尔握手问好。面对这个年轻的陌生人，她的脸一直红到耳根。保尔没有立刻放开她那粗大的、起茧的手。

塔娅十八岁了。她算不上漂亮，但是，栗色的大眼睛、像蒙古画上画的细眉毛、端正的鼻子和线条分明的鲜丽嘴唇，使得她挺有魅力。干活穿的条纹上衣紧箍着富有弹性的胸脯。

姐妹俩分住着两个小房间。塔娅的房间里摆着一张小铁床和一个五斗橱，五斗橱上放着各式各样的小摆设，还竖着一面小镜子。墙上挂着三十多张照片和画片。窗台上摆着两盆花，深红的天竺葵和粉红的菊花。薄纱窗帘用浅蓝色带子拢在一旁。

"塔娅从来不让男的进她的房间。可您瞧，她为您破了例。"廖利娅拿妹妹开玩笑。

第二天晚上，大家在老人的房间里喝茶。塔娅在自己的小房间里听他们交谈。老头儿全神贯注地搅着茶杯里的白糖，不时从眼镜上方恶狠狠地瞧瞧坐在对面的客人。[16]

"如今，婚姻方面的新规矩，我实在看不惯。想结婚就结婚，想离婚就离婚，太自由了。"

老头子呛了一下，咳嗽了。他缓过劲儿，指着廖利娅说："这就是一个。也不问问，就跟那浑蛋结婚；也不商量，又离了。这下苦了我，得养活她，还拖着个野种。简直不像话！"

廖利娅难堪得涨红了脸，扭过头去，不让保尔看见她满眼泪水。

"那么，照您的意思，她应该跟那个寄生虫一块儿过下去？"保尔问，两道迸射火星的目光紧盯着他。

"应该看看清楚再嫁人。"

阿尔宾娜插嘴了。她强压怒气，断断续续地说："老头子呀，听我说。你干吗当着外人讲这些呢？可以聊聊别的嘛。"

老头子猛地朝她转过身来："我知道该说什么！从啥时候开始，竟敢对我指手画脚了？"[17]

当夜，保尔久久地思索着屈察姆一家的事情。他偶然来到这里，不由自主地卷进了家庭的悲剧。他琢磨着，怎样帮助她们母女挣脱这种束缚。他自己的生活进程突然停顿下来，面前是一系列尚未解决的问题，现在要采取果断行动，比任何时候都难。

只有一条出路，就是拆散这个家庭——让母女三人永远离开老头儿。然而，这件事并非轻而易举。他要发动这场家庭革命，也力不从心。过几天他就要离去，而且也许就再也碰不到这些人了。那么一切听其自然，不必在这低矮狭小的屋子里掀起一点细浪微波吗？可老头儿令人憎恶的模样使他无法平静。他设想了几个方案，又觉得都行不通。[18]

第二天是星期日。保尔从外面回来，见塔娅独自在家，其他人都走亲戚去了。保尔踏进她的房间，他挺累，就坐到椅子上。

"你怎么不出去玩玩，散散心？"

"我哪儿也不想去。"她低声回答。

保尔想起夜里设计的几个方案，决定试一试。

为了不受别人干扰，他说得很快，而且开门见山。

"塔娅，听我说。咱们互相称呼'你'吧，何必再讲虚礼客套呢？我就要走了。咱们见面，不巧是我处境尴尬的时候。要不然，咱们能够扭转局面的。如果在一年前，我可以带你们一同离开这儿。你和廖利娅都有一双勤劳的手，工作肯定找得到！应该跟老头儿一刀两断，他是说不通的。可现在，我不能这么干，我连自己将会怎样都还不知道。所以说，我是无能为力。那么如今怎么办？我要争取恢复工作。关于我的身体状况，天知道那些医生写了些什么，同志们竟要我无限期地治疗下去。这种情况一定能扭转过来的。我写信给母亲，商量一下。咱们瞧瞧，怎样来结束这种复杂混乱的局面。反正我决不会扔下你们不管。不过，塔尤莎，有一点很重要，你们的生活，特别是你的生活，一定要彻底改变。你有这样的愿望和力量吗？"

塔娅抬起低垂着的头，低声回答："愿望我有，有没有力量——我自己也不知道。"

她回答得这么不坚决，保尔能够理解。

"没关系，塔尤莎！有了愿望，咱们就能把事情办妥。告诉我，你很留恋这个家吗？"

塔娅没想到他会这样问，愣了一会儿才回答。

"我很可怜我母亲，"她终于说，"她一辈子受父亲的欺负，如今乔治又紧紧缠着她。我非常可怜她……虽然她更喜欢乔治……"

这一天他们说了许多话，家里人快要回来的时候，保尔打趣地说："奇怪，老头儿怎么没给你找个人，嫁出去？"

塔娅惊慌地摇手。

"我不出嫁。廖利娅的遭遇，我看够了。我绝对不结婚！"

保尔笑了。

"这么说，发誓一辈子不嫁人了？要是有个小伙子突然向你求婚，盯住不放，而且确实是个挺棒的小伙子，你又怎么办呢？"

"我不结婚！他们在窗外转来转去的时候，全是挺好的。"

保尔伸出一只手，放到塔娅肩上，用和解的口气说："行，不结婚也能过得不错。只是你对待小伙子心肠好硬。幸亏没有疑心我在向你求婚，要不然，我可下不来台了。"

保尔见塔娅满脸羞涩，便用冰凉的手亲切地在她的手上抚摩一下。

"像你这样的人，找对象不会找我们的。我们能帮得上什么呢？"塔娅低声说。

几天以后，保尔乘火车去哈尔科夫。到车站送行的有塔娅、廖利娅、阿尔宾娜，还有阿尔宾娜的妹妹萝莎。临别，阿尔宾娜从他的嘴里得到保证，决不会忘记廖利娅姐妹俩，要帮助她们挣脱牢笼。她们送他，完全跟送亲人一样。塔娅眼里泪水盈盈。保尔久久地从窗口望着廖利娅挥动的白手帕和塔娅的条纹上衣。

在哈尔科夫，保尔不愿意打扰多拉，所以在朋友彼佳·诺维科夫那儿落脚。休息了一下，就乘车前往中央委员会。他见着了阿基姆，等到只剩下他们两个人，他就要求马上分配工作。阿基姆摇头拒绝。

"保尔，不行哪！我们这儿有乌克兰共产党中央医务委员会的决定，写的是：'鉴于病情严重，应送神经病理学院治疗，不予恢复工作。'"

"阿基姆，随便他们怎么写！我求你了，给我工作机会吧！跑这家医院，转那家医院，没什么用的。"

阿基姆不同意。

"我们不能违反决定。保夫卢沙，你要理解，这样对你比较好。"

但是，保尔激动万分，反复坚决要求，弄得阿基姆也顶不住，最后只得答应。

第二天，保尔就到中央委员会书记处机要科上班了。他以为，只要一开始工作,精力就能恢复。可是上班第一天,他就发觉自己想错了。他在科里往往一坐就是八个小时,饭也不吃,因为没有力气走下三楼,到隔壁的食堂里去吃饭。经常是忽而这只手,忽而那只脚,感到麻木。有时候,全身动弹不得,还发烧。到了该上班的时间,他会突然浑身无力,起不了床。第一阵发作过后,他无可奈何地看到,已经迟了整整一个小时。由于经常迟到,他终于挨了批评。保尔心里明白,自己生活中最可怕的事情开始了——他要离队了。

阿基姆再次帮忙,为他调动工作。然而过了一个多月,不可避免的事情依旧发生:他病倒在床。这时候,保尔记起了巴扎诺娃临别时的叮嘱,便给她写了封信。她当天就赶来了。保尔从她那儿了解到一个最重要的情况:他不一定非住院不可。

"这就是说,我的情况好得不得了,已经根本用不着治了。"他想说句笑话,但双方都笑不出来。

保尔刚恢复一点体力,又来到中央委员会。这一回阿基姆不肯让步了。他态度坚决,要保尔去住院。保尔闷声闷气地回答:"我绝对不去。住院没什么用处,这是从权威人士那儿听来的。我只有一条路,那就是退休,领抚恤金。然而我决不走这条路。你们不能不让我工作。我才二十四岁,不能靠着残废证过完一辈子,明知毫无用处还东跑西颠地求医。你们应该给我一份工作——适合身体条件的工作。我可以在家里干,或者在机关里搭个铺……只是别让我当个只管登记发文编号的文书。给我的工作应该能使我心里充实,感到自己并没有离开大家。"

保尔越说越激动,声音越来越响亮。

阿基姆明白,这个不久前还像一团烈火似的年轻人,此刻满腹汹涌着怎样的感情。他理解保尔的痛苦。他懂得，保尔把年轻的生命献给了党，要他脱离斗争，隐退到遥远的后方，那是太可怕了。因此，阿基姆决定尽力为他争取。

"好吧，保尔，不要焦急。明天我们书记处开会，我把你的问题提出来。我一定竭尽全力。"

保尔费劲地站起来，把手伸给他。

"阿基姆，难道你认为生活能把我逼进死角，把我压成一张薄饼吗？只要我的心还在这里跳动，"他使劲儿拉过阿基姆的手，按到自己胸口。于是，阿基姆清楚地感觉到他微弱而急速的心跳。"只要心还在跳动，就别想使我离开党。只有死，才能把我拉出战斗的行列。你记住这一点吧，老大哥。"

阿基姆默默无言。他知道，这不是漂亮话，这是一名身负重伤的战士在呐喊。他明白，这样的人不可能有另一种感受，说另一种话。

两天后，阿基姆通知保尔，中央机关报的编辑部里有个重要的职务可以让他去担任，不过必须先考核一下，他是否具备在文学战线工作的能力。在编辑委员会，保尔受到亲切的接待。副总编辑是位女同志，老地下工作者，现在是乌克兰共产党中央监察委员会主席团成员。她向保尔提出几个问题："同志，请问您的学历？"

"小学三年级。"

"上过党校或政治学校吗？"

"没有。"

"哦，没关系，通过实践常常也能成为优秀的新闻工作者。您的情况，阿基姆同志跟我们谈过。我们可以给您一个工作，用不着到这儿来，就在家里做。总之，我们可以为您提供一些方便。不过,做这项工作需要有广博的知识,尤其是在文学和语言方面。"

这番话使保尔预感到不妙。半小时的交谈显露出他的知识不足;在他写的一篇文章里,女同志用红笔画出了三十多处语病及不少拼写错误。

"柯察金同志,您很有才气。只要下一番苦功,您将来可以成为文学工作者,但是目前您的文字还不太通顺。从这篇文章可以看出,您还没有掌握俄语。这不奇怪,因为您一直没有时间学习。不过很抱歉,我们不能聘用您。然而我再说一遍:您很有才气。您的这篇文章,只要在文字上稍稍加工,内容不必变动,就是佳作了。可惜,我们需要的是善于为别人的文章加工的人。"

保尔拄着手杖,站了起来。右眼的眉毛抽动着。

"好吧,我同意您的看法。我能成为什么文学家呢?我曾经是个好伙夫、不错的电工。我很会骑马,也会鼓动共青团员,可是,在你们这条战线上,我就是个不合格的兵了。"

他告别之后就走出房间。

在走廊的拐角处,他差点儿摔倒。一个夹着公文包的女同志扶住他。

"同志,您怎么了?您的脸色不好!"

过了几秒钟,保尔才回过神来。然后,他轻轻挣脱女同志的手,用力地拄着手杖朝前走去。

从这天起,保尔的情况越来越糟。上班是想也不用想了,卧床的日子越来越多。中央委员会解除了他的工作,并且请社会保险总局给他发抚恤金。他拿到抚恤金,同时领到了残疾证。中央委员会还发给他一笔钱,个人档案也交给他本人,让他可以到想去的任何地方。

这时候,玛尔塔来信,要保尔到她那儿去住一阵,休息一下。保尔原本就打算到莫斯科去。他还暗暗抱着希望,想到联共中央委员会碰碰运气,看看能否找到一份不用走路的工作。然而,到了莫斯科,大家也是劝他治病,并且答应把他安排进一所好医院。他谢绝了。

不知不觉,保尔在玛尔塔和她的女友娜佳·彼得松的寓所里住了十九天。他整天独自待在屋子里。玛尔塔和娜佳是早出晚归的。

玛尔塔有许多藏书,保尔拼命地读书。晚上,玛尔塔常有女伴登门,偶尔也有男同志来访。

港口来了几封信。屈察姆家的母女三个要他前去,她们的日子越来越不好过,期望着他的帮助。

一天早晨,保尔·柯察金离开了鹅舍胡同那安静的寓所。列车载着他奔向南方,奔向大海,躲开潮湿多雨的秋天,奔向克里木南部温暖的海滨。他望着车窗外,电线杆在往后疾飞。他紧锁双眉,黑黑的眼睛里蕴藏着顽强的毅力。

附录:

[15] **在手稿中,这句话是用以下几段文字表述的:**

莫斯科市监委委员巴尔塔舍夫身材不高但挺结实,五十岁左右,过去是乌拉尔地区的翻砂工人。他声音不高地说:"是的!事实俱在,我们的预感没错,出了'新反对派'。至于他们的领袖人物,那是季诺维也夫和加米涅夫,还有一个则是托洛茨基。他们三个互相勾结,狼狈为奸,于是,各式各样反对派所拼凑而成的大杂烩就粉墨登场了。"

来自坦波夫地区的检察员插嘴说:"还是在第十四次代表大会上,我就对同志们说过:'请你们记住我的话,季诺维也夫和加米涅夫迟早会与托洛茨基勾结起来。'当时,季诺维也夫带领一群列宁格勒代表,肆意攻击代表大会;托洛茨基仿佛含着一口水,不哼不哈,作壁上观,心里却在嘀咕:'你们这帮狗崽子,因为"十月革命的教训",一直跟我过不去,几乎弄得我身败名裂,如今可掉到同一个泥坑里来了。'有些人不同意我的看法,说季诺维也夫和加米涅夫多少年来一直跟托洛茨基主义进行斗争,在所有的转折关头,都指出托洛茨基主义是党内的异己派别,他们绝对不会背叛布尔什维主义,不会对与之斗争了多少年的人俯首听命。

"可结果怎样呢?昨天的敌人、思想上的对头,今天成了同伙。针对布尔什维克中央的猖狂进攻,促使他们勾结在一起,而不管对方是什么货色,所有的原则都可以抛弃,原先的立场也可以放弃。原则也罢,立场也罢,如今他们都视若敝屣了。同托洛茨基结盟,会给他们过去的布尔什维克称号蒙上耻辱,但他们哪里还顾得上这些呢?这个无原则的联盟,和一九一二年的八月联盟大同小异。都是托洛茨基在那里指挥的。季诺维也夫和加米涅夫的这次表演,其卑鄙无耻的程度绝不亚于他们十月起义前的丧魂落魄。这种……"坦波夫人瞥了多拉一眼,把一句粗话缩了回去。"呸,气得我差点儿骂娘!这种丑恶的行径,我还真没见过呢。"坦波夫人说。

"从一切迹象看来,反对派很快就要向党进攻。这些层出不穷的小集团,真不知道什么时候才能彻底解决掉。他们只干一件事——兴妖作怪,破坏党的统一。我们太有耐心了。依我看,应该把这些以捣乱为职业的反对派通通清除出党。为了跟这伙反党分子作斗争,我们浪费的精力和时间实在太多了。"多拉气呼呼地说。

年长的梅兹然默默地听完这些话。他说:"朋友们,我们不能耽误时间,必须赶紧准备上路。疗养院多住或少住几天无所谓。在这样的紧要关头,我们必须坚守在各自的岗位上。我明天动身。"

[16] 在手稿中,这句话是用以下数段文字表述的:

波尔菲里·科尔涅耶维奇·屈察姆旁若无人地搅着玻璃杯里的糖,从眼镜上方恶狠狠地打量着坐在对面的客人。

"还是个毛孩子,脑袋却已经开过花,准是惹是生非的刺儿头。住我的,吃我的,已经第二天了,倒像我欠他似的。他要在这儿跟我捣什么乱?全是阿尔宾娜干的勾当。得让他知道厉害,趁早滚蛋。合作社里的那些个党员就够我心烦的,什么事都插一手,好像主人不是我,倒是他们。这下家里又来了一个,鬼知道从哪儿冒出来的。"他脑子里滴溜溜转着,为了使客人更难受,他幸灾乐祸地说:"今天的报纸看过了吧?你们的领导人互相咬得不可开交。虽然他们是当高官的政治家,该比老百姓有教养,结果照样是互相往对方脸上抹黑,闹得一塌糊涂。真可笑。先是季诺维也夫和加米涅夫整托洛茨基;这两个降了职,又跟托洛茨基结成一伙,大肆攻击那个格鲁吉亚人,也就是斯大林。

"嗨嗨!古话说得对:'大老爷打仗,小百姓遭殃。'"

柯察金把没有喝空的茶杯挪到一边,火辣辣的目光盯着老头儿。

"你说的大老爷是指谁?"他字字有力地追问。

"随便说说而已。我这人不是党员,跟这些事情全不沾边儿。我年轻的时候愣头愣脑的。一九○五年,因为嘴快还蹲了三个月大牢呢。后来看穿了——人得为自己想想,犯不着替别人瞎操心。谁也不会供你白吃白喝。我现在就是这个观点。我给您干活,您给钱;谁让我得到更多的实惠,我就拥护谁。社会主义这类空话,对不起,去讲给傻瓜听吧。你给白痴自由,他稀里糊涂,根本不懂。我对现政府不满,那是因为我看不惯婚姻家庭方面的法规,还有那些只会引起腐化堕落和伤风败俗的东西。想结婚就结婚,想离婚就离婚。自由透顶。"

[17] **在手稿中,此后尚有以下数段文字:**
"眼下这年月,无论什么事说起来都惹人发火。

"这不,昨天听到了保尔·安德烈耶维奇的宏论,好像没听错,他在对我的两个女儿讲大道理,口若悬河,滔滔不绝,我甘拜下风。不过,高谈阔论总不能当饭吃。您这么起劲地召唤她们去过新生活,这两个傻丫头呢,听了什么都会往脑子里装。可瞧瞧吧,这新生活并没有给廖利娅一份工作。外面失业的人多得很。年轻人,请您先喂饱他们的肚皮,然后再来花言巧语。您告诉我的两个女儿,说决不能再这样生活下去,那您把她们带回去,养起来呀。不过,眼下她们住在这里,靠着我过日子,就让她们听从我的安排吧。"

阿尔宾娜预感到一场风暴正在逼近,就竭力想把它化解:"算了,波尔菲里,廖利娅很不幸,你就别再责怪她了。她以后会找到工作,会……"

老头子肥壮的脖子上青筋暴突,由着性子发泄怒气。

"干吗用以后来愚弄我?到处都听到以后以后。从前是神父甜言蜜语,向我们许愿,说以后能上天堂,如今却又冒出了另一种神父。去你妈的'以后'。'以后'关我屁事?以后我这个人都不在世上了!凭什么我得累死累活,让别人过得舒舒坦坦?还是每个人为自己操点心吧。我看就没有一个人为我出过力,让我舒坦舒坦。这不,倒是我应该为别人创造幸福。让你们的一大堆许诺见他妈的鬼去吧!想当年,每个人为自己干活,为自己攒钱,人家要啥有啥;如今呢,搞什么共产主义了,搞得彻底完蛋。"屈察姆抓起杯子,发狠似的喝了一口茶。

柯察金坐在对面,相距很近,肥头大耳、汗珠直冒的屈察姆使他产生一种生理上的厌恶。这老头子是地狱般的旧世界的缩影,在那个世界里,人跟人是仇敌。他那兽性的利己主义如同污水般横溢。保尔本想说的热情的规劝话到了嘴边又咽了回去。他只剩下一个愿望——来个当头棒喝,把这可恶的生物撵回刚从那儿跑出来的巢穴深处。于是,保尔胸口抵着桌子,松开紧咬着牙齿的嘴说:"波尔菲里·科尔涅耶维奇,您很坦率。请允许我直言相告。在我国有一种人,就像您这样的,如果问他们要不要建设社会主义,那是多此一举。我们的建设大军气势磅礴,浩浩荡荡。国际帝国主义手中的力量比你们大得多,但他们也无法阻挡这支大军史无前例的前进步伐。世界上没有任何力量能阻止这场变革。至于像您这样的人,不管是否情愿,都得强制他们去为建设新社会而劳动。"

屈察姆望望保尔,满脸是掩饰不住的仇恨。

"要是他们不服从呢?您一定知道,暴力是会激起反抗的。"

保尔把一只手紧紧地压在玻璃杯上。

"那就把他们……"保尔说着,抓住杯子,猛地一使劲。只听得咔嚓一声,薄薄的玻璃杯碎了,没喝完的茶水流到了盘子里。

"年轻人,这是玻璃的,您轻点儿。买一个杯子,得花八十六个戈比呢。"屈察姆发急了。

保尔慢慢地往椅背上一靠,对廖利娅说:"请您明天替我买十个玻璃杯,不过要厚一些的、带棱角的。"

[18] 在手稿中,此后尚有以下数段文字:

他在厨房里的床上翻来覆去睡不着,而隔壁房间里的塔娅思绪万千,心神不宁,也无法入睡。想起昨晚,在她的房间里,她、廖利娅和保尔一块儿谈到深夜。以前,每逢五一劳动节和十月革命节,那些坐在主席台上的人,她都只是从远处看到过而已,如今,其中的一个就近在眼前。这种情形,在她的一生中还是破天荒头一回。这个人仿佛来自另外一个世界。父亲立下森严的家规,使她们离群索居,待在狭小的家里,不接触社会生活。

塔娅在码头上缝补装粮食的麻袋,一下班就必须马上跑回家,一小时后又得赶到父亲工作的合作社去擦洗地板,打扫卫生,一直干到半夜。只有星期天,才有几个小时空闲,可以待在自己房间里,偶尔跟女伴们去看场电影。

她的时光宛如一条灰暗的带子在流逝。母亲只疼爱儿子。儿子长得酷似母亲。母亲对乔治的感情是盲目的偏爱。乔治成了一条懒虫,光知道吃最好的、穿最好的。母亲对待两个女儿的态度很冷漠。塔娅和廖利娅都弄不懂母亲为什么这样重男轻女,反正两个女孩都积了满肚子的委屈。塔娅尤其感到痛苦,因为认定她只配干粗活脏活的,不单单是乔治。天长日久形成了一种规矩——凡是别人不愿意干的脏活重活,都由她包下,而且成了天经地义的事情。只要她流露一点点不满情绪,乔治就会厚颜无耻地眯缝着右眼——这是他从加里·皮尔那儿学来的轻蔑表情——啧啧连声,讥笑塔娅:"这种人也学会争辩了,真没想到。"

如今冷不防来了这么个小伙子,带来了一股清新而强劲的风。她异常难堪地向保尔承认,两年来她没读过一份报纸,对共青团只有一个模模糊糊的印象,大多还是从父亲那儿听来的,父亲一有机会,便臭骂"放荡妞"——他管女共青团员叫"放荡妞"。

塔娅知道,保尔的到来使父亲极为不满,也知道由于父亲无理取闹,母亲已经发作过一次心脏病了。

"他大概明天就会走。今天跟父亲这样谈过一次以后,他不会再待着。他一走,我们家里一切都会恢复原样。我这个傻瓜老想着他干什么呢?一个人偶尔来了,又走了,再过一天,他把大家都忘了。"塔娅怀着说不清道不明的愁苦,思来想去,不知怎么的,心里痛苦难忍,一头扑到枕头上,号啕大哭。

第八章

在保尔脚下，海浪拍打着岸边的乱石堆。来自遥远的土耳其的干燥的海风吹拂着他的脸。弯弯曲曲的弧形港湾伸进陆地，一道钢骨水泥的防波堤挡住了大海。起伏的山峦在海边突然中断。向着远方伸展的山坡上散布着市郊的一些白色小房子，宛如儿童玩具。

古老的郊区公园里一片寂静。很久没有打扫的一条条小径上长满了野草。枯黄的槭树叶被秋风一吹，慢慢地飘落到小径上。

保尔乘坐年老的波斯马车夫的马车从城里来到这儿。马车夫把这个奇特的乘客扶下车，忍不住说："你来干啥呀？这儿没有闺女，也没有戏园子，倒有胡狼……我真弄不懂，你来干啥！同志先生，一块儿回去吧！"

保尔付了车钱，马车夫也就赶车走了。

公园里人影全无。保尔在海边找了条长凳坐下。太阳已经不太热。他把脸朝着阳光。

他坐马车来到这里，来到这个僻静的地方，是为了回顾一下生活历程，思考一下如何继续生活下去。应该进行总结，作出抉择了。

保尔第二次到来，使屈察姆一家的矛盾激化到极点。老头儿得知他来了,大发脾气,在家里大闹一场。母女三个起来反抗,保尔责无旁贷地当了他们的头儿。老头儿没料到,老婆女儿会对他迎头痛击。从保尔到达的这天起,这家人就分开过了,双方对峙,相互仇视。通向老人住房的过道钉死了。一间小厢房租给了保尔。房钱预付给老头儿。他倒好像很快就若无其事,因为两个女儿跟他闹翻,不会再向他要生活费了。

为了交涉的方便,阿尔宾娜依旧跟老头儿一起住。老头儿恨死了保尔,不愿意跟他见面,所以不到年轻人住的这边来。然而在院子里,他像火车头似的呼哧呼哧地喘气,表示他是这儿的主人。

老头儿会两门手艺——做过鞋匠和木匠。进了合作社以后,他把板棚改为工场,抽空挣点钱。现在为了跟房客捣乱,他把工作台搬到保尔的窗户底下,乒乒乓乓地猛敲钉子,心里直乐。他挺有把握:这样能妨碍保尔看书。

"走着瞧,我会把你撵跑的……"他哼哼唧唧地说。

在遥远得几乎是海天相连的地方,轮船喷出的黑烟像乌云一样弥散;一群海鸥刺耳地尖叫着,朝海面迅飞。

保尔双手抱头,苦苦思索。自己的一生,从童年到现在,在眼前一幕幕地闪过。他这二十四年,过得好还是不好?他逐年地回忆,细细审查生活历程,俨如铁面无私的法官。他肯定了这一生过得还不错,感到相当满意。当然错误也犯了不少,由于糊涂,由于年轻,多半则是由于无知。但有一点是最主要的,在如火如荼的岁月里,他没有睡大觉;在夺取政权的激战中,他找到了岗位;在鲜红的革命大旗上,也有他的几滴鲜血。[19]

在精疲力竭之前,他没有离开战斗的队伍。如今,他身体垮了,不能在前线坚持战斗,只能进后方医院。保尔想起在华沙城下的鏖战，有一名战士中弹落马。战友们匆忙地替他包扎好伤口，交给卫生员，他们又继续策马疾驰，去追击敌人。骑兵队伍并没有因为缺少一名战士而停止前进。在为了伟大事业而进行的战斗中，当时就是这样做的，而且也应该这样做。当然，例外也是有的。保尔就看到过，失去双脚的机枪手在载着机枪的大车上扫射。他们使敌人丧魂失魄，他们手中的机枪喷射出死亡和毁灭。他们意志如钢，目光似电，成为团队的骄傲。只是这样的同志并不多见。

现在，他的身体垮下来了，不存在重新归队的希望，他该怎样对待自己呢？他已经让巴扎诺娃医生吐露了真情，等待他的必将是更加不幸的未来。究竟怎么办才好呢？这道难题摆在他面前，恰如一个凶险的黑洞。

既然已经丧失了最宝贵的东西——战斗的能力，那么他活着还有什么用？在今天，在惨淡的明天，用什么来证明自己的生命价值呢？用什么来充实生命呢？仅仅是吃、喝和呼吸？只当一个毫无作用的旁观者，眼看着同志们战斗、前进吗？成为部队的累赘吗？[20]毁灭背叛了他的肉体怎么办？朝心口开一枪，一了百了！既然以前能够生活得不错，那么现在也应该能够适时地结束生命。谁能谴责一个不愿作垂死挣扎的战士呢？

他的手在衣袋里摸到了光滑的勃朗宁手枪，手指习惯地一把抓住枪柄，慢慢地掏了出来。

"谁能想到你会有这样的一天？"

枪口鄙夷地望着他的眼睛。他把手枪放到膝盖上，恶狠狠地骂起来："老弟，这不过是纸糊的英雄！每一个笨蛋任何时候都会冲着自己打一枪的。要摆脱困境，这是最怯懦、最省劲的方法。活得艰难，就啪的一枪。可你试过战胜这种生活吗？你是否已经竭尽全力去冲破铁环呢？当初，在沃伦斯基新城城下，一天发起十七次冲锋，硬是拿下了城市，这你竟然忘了吗？把手枪藏起来，可别对任何人提起这件事。纵然到了生活难以忍受的时候，也要设法活下去。你要让生命变得有价值。[21]"

保尔站起身来，朝大路走去。有个山里人，驾着四轮马车打这儿经过，把他带进城。到了城里，他在十字路口买了份当地的报纸，上面登着本市党组织在杰米扬·别德内俱乐部开会的通知。保尔直到深夜才返回住处。他在积极分子大会上发了言，自己也没想到，这是最后一次在大会上讲话了。

塔娅还没有睡。保尔这么长时间没回来，着实使她担忧。他怎么了？到哪儿去了呢？她发现保尔一向生动活泼的眼神，今天似乎显得严肃而冷峻。他不大说自己的情况，然而塔娅感觉到，他正承受着某种不幸。

母亲那边的时钟敲了两下，院子里传来开篱笆门的声音。塔娅披上短外衣去开门。廖利娅在自己的小房间里喃喃地说着梦话。

"我在替你担心呢。"塔娅见保尔回来，很高兴，等他走进过道，就轻轻地说。

"塔尤莎，我这辈子出不了什么意外的。廖利娅睡了吧？我呢，一点儿也不想睡。今天的事情，我要告诉你，到你房间里去吧。要不然，会吵醒廖利娅的。"保尔低声说。

塔娅犹豫了一下。深更半夜的，她跟他在一起谈话，这怎么成呢？母亲知道了，又会怎么想呢？可这一点不便对他说，只怕他会生气。何况，他要对她说什么呢？塔娅一边揣摩着，一边走向自己的房间。

两个人在黑咕隆咚的房间里面对面坐下。他们离得那么近,连他的气息,塔娅也感觉到。保尔压低嗓音说:"塔娅,事情是这样的。生活发生了这么大的变化,连我自己也觉得有点奇怪。这些日子我心烦意乱,真不知道该怎样在这个世界上生活下去。这辈子我从来没有像近几天这样忧郁过。好在今天我召开自己的'政治局会议',作出了重大的决定。我告诉你这些,你不要吃惊。"

保尔对她讲述了几个月来的经历和今天在郊区公园里的许多想法。

"情况就是这样。现在我谈主要的。你们家的麻烦事还刚刚开头。你应该摆脱出来,远离这个窝,去呼吸新鲜空气。必须重新开始生活。既然我已经卷入这场斗争,咱们就把它进行到底。无论是你还是我,目前的个人生活都不如意。我决心点一把火,让生活熊熊燃烧。你明白我的意思吗?你愿意做我的女友、做我的妻子吗?"

塔娅一直心情激动地听他说。听见最后这句话,她感到意外,不禁打了个寒战。

"塔娅,我并不要求你今天就答复。你好好地全面考虑一下吧。你在纳闷,这个人怎么不献一点殷勤就提出这种问题。空话连篇管什么用呢?我把手伸给你,小女孩儿,看到了吧。只要你此刻信任我,就决不会受骗。我有许多东西是你所需要的,反过来也一样。我已经想好,咱们的结合有一个目标,那就是你成长为一个真正的人,变成我们的同志。我可以帮你做到这一点,要不然,我可是一文不值了。在达到目标之前,咱们别破坏这个结合。你一旦成熟,就不再受任何约束,完全自由。谁知道呢,也许有一天我会全身瘫痪。你记住,在那种情况下,我决不拖累你。"

保尔停了几秒钟,又情深意切地往下说:"此时此刻,我请你接受友谊和爱情。"

他握住塔娅的手不放,神情是那么坦然,仿佛塔娅已经同意了似的。

"那你不会抛弃我吧?"

"塔娅,赌咒发誓没什么用的,你只要相信,像我这样的人,决不会背弃朋友……但愿朋友也不背弃我。"保尔鼻子发酸,结束了这番话。

"今天我什么都不对你说,这一切太突然了。"塔娅回答。

保尔站起身来。

"塔娅,睡吧,天快亮了。"

他回到自己房间,衣服也没脱就躺下,头刚碰到枕头便睡着了。

在保尔房间靠窗的桌子上,堆放着从党委图书馆借来的一大堆书和报纸,还有几本写得满满的笔记簿。一张床、两把椅子,是房东家的。通向塔娅房间的门上挂着一幅好大的中国地图,插着一些红的和黑的小旗子。当地党委同意他利用资料室的书刊,还让本市最大的港口图书馆的主任当他的读书指导。不久,他就借来一堆书籍。他从清早直到黄昏,读着写着,只有吃饭的时候才中断一会儿。廖利娅见他这样,感到很惊讶。每天晚上,保尔和姐妹俩都在廖利娅的房间里叙谈。保尔给她们讲述读到的内容。

后半夜,老头儿走进院子,常常看见不速之客房间的护窗板的缝隙里透出一线灯光。他踮起脚,悄悄地走到窗前,从窗缝里窥探,总是发现不受欢迎的房客仍在伏案读书。

"人家在睡觉,这位却整夜点着灯,神气活现,像主人似的。两个闺女也敢顶嘴了。"老头儿想想真不是味儿,走开了。

八年来，保尔·柯察金头一次什么职务也不担任，有了那么多的自由时间。他如同刚刚入门的求知者，如饥似渴地读书，一昼夜读十八个小时。照这样下去，谁知道他的健康会受到多大损害。幸而有一天，塔娅像是随口告诉他："我把五斗橱挪开了。通向你房间的门可以打开。你要跟我谈什么，可以直接过来，用不着穿过廖利娅的房间。"

保尔脸上露出光彩。塔娅欣喜地嫣然一笑——他俩的结合成功了。

半夜三更，老头儿再也看不到厢房的窗户里透出灯光。母亲发觉，塔娅眼睛里有掩饰不住的喜悦。她的两眼下面隐约现出微黑的阴影，那是不眠之夜留下的痕迹。由于内心之火在燃烧，她的眸子闪闪发亮。小小的宅子里，越来越经常地传出吉他声和塔娅的歌声。

塔娅在屋子里醒来，常常会惴惴不安，总觉得她的爱情仿佛是偷来的。每当听见响动，就以为是母亲的脚步声，不由得哆嗦一阵。塔娅在担心，万一别人问她，为什么每夜都把房门扣上，真不知该怎样回答。保尔见她这样，便安慰她，温存地说："你怕什么呢？只要认真想想，咱俩就是这儿的主人哪。安心睡觉吧。别人没有权利干涉我们的生活。"

塔娅搂着爱人，脸紧贴着他的胸膛，安心地睡着了。保尔久久地听着她的呼吸，一动也不动，唯恐把她从梦中惊醒。这个姑娘把一生托付给他了，他心中激荡着对姑娘的柔情蜜意。

塔娅的双眼闪烁着不灭的光亮，廖利娅头一个知道了原因。从那天起，姐妹俩反而显得生分了。母亲也知道了。确切地说，她是猜到的。她警觉起来。她没想到保尔会这样。她对廖利娅说:"塔尤莎跟他不般配。这事儿结果会怎么样呢?"

她忧心忡忡,却又犹犹豫豫,不敢找保尔谈。

本地的年轻人开始出现在保尔身边,有时候把狭小的房间挤得满满的,蜂群似的嗡嗡声传到老头儿那边。他们多次齐声唱着:

> 我们的大海真荒凉,
> 日日夜夜空喧响……

或者唱保尔喜爱的歌:

> 泪水洒遍无垠的世界……

这是工人党员积极分子的一个小组。保尔写信给党委,要求做点宣传工作,党委便让这个小组到这儿来活动。保尔这样过了一些日子。

保尔再次用双手把住了舵。生活经过几次重大的波折,又朝着新的目标前进。他渴望通过学习、通过文学重新归队。

然而,生活设置了一个又一个障碍。每当障碍在前,保尔总是焦虑地想,他正朝着目标前进,这下又要大大延迟。

突然,考不上大学的乔治带着老婆从莫斯科返回故里。他住在沙皇时代当过律师的岳父家中,经常回来刮母亲的钱。

乔治的返回,大大恶化了家庭关系。他毫不犹豫地站在父亲一边,而且和仇视苏维埃政权的岳父一家狼狈为奸,搞阴谋诡计,竭力要把保尔逼走,夺回塔娅。

乔治回来两个星期以后，廖利娅在邻区找到了一份工作。她带着母亲和儿子到那里去了，保尔和塔娅也搬到了很远的一座滨海小城。[22]

阿尔乔姆难得接到弟弟的来信。每当他在市苏维埃自己的办公桌上看见那浅灰色的信封，看见那有棱有角的熟悉字体，都会失去平日的沉静，一遍遍地读信。现在，他一面拆信封，一面满怀亲情地想："唉，保夫卢沙，保夫卢沙，咱俩住在一起就好了。弟弟，你给我出点子，准有用。"

保尔在信上写道：

阿尔乔姆：

我要跟你谈谈我的情况。除了你，我大概不会给任何人写这样的信。你了解我，理解我的每一句话。在为恢复健康而斗争的战场上，我继续受到攻击。

打击一个接着一个。一次打击过后，我刚站起来，又遭到新的打击，而且比上次更猛烈。最糟糕的是我没有力量反抗。左臂不听使唤了。这已经够伤脑筋的，不料紧接着两条腿也经常麻木了。我原本就只能在房间里勉强走动，现在从床边挪到桌子跟前也很困难。看来，这还不算完。今后会怎么样——很难说。

我已经走不出家门。只能从窗口看看大海的一角。一个人既有背叛了他的、不听使唤的躯体，同时又有一颗布尔什维克的心，有布尔什维克的意志，急迫地向往着劳动，向往着你们这支全线出击的大军，向往着铁流滚滚、波澜壮阔的地方——还有比这更可怕的悲剧吗？

我依然相信自己能够归队，相信在冲锋的队伍中也会闪亮着我的刺刀。我不能不相信,也没有权利不相信。十年来,党团组织教给我反抗的艺术。"没有布尔什维克攻不破的堡垒。"——领袖说的这句话,也适用于我。[23]

现在,我的生活就是学习。读书,读书,再读书。阿尔乔姆,我已经下了许多功夫。读过主要的古典文学作品,学完共产主义函授大学一年级课程,考试也及格了。晚上,我抓一个青年党员小组的学习。通过这些同志,我和党组织的实际工作有了联系。然后是塔尤莎,她的成长和进步,当然,还有她的爱情、她的温柔体贴。我俩生活得很和谐。我们的经济情况非常简单——我的三十二个卢布抚恤金和塔娅的工资。她正沿着我的道路,朝着党组织走来。她以前做佣人,如今是食堂洗碗女工(这座小城里没有工厂)。

前几天,塔娅喜气洋洋地给我看她第一次当选妇女部代表的证件。在她心目中,这不是普通硬纸片。我注视着她的新生,并尽力帮助她成长:总有一天,她会进入大工厂,会在工人集体中达到完全成熟。目前在我们这里,她只能沿着唯一可行的路往前走。

塔娅的母亲来过两次。她不自觉地在拖塔娅的后腿,要她回到充斥着琐事的生活中去,陷入狭隘而闭塞的圈子。我努力劝说阿尔宾娜,不要把自己往日生活的阴影投在女儿前进的道路上。看来,这一切努力徒劳无益。我觉得,塔娅的母亲总有一天会挡住女儿走向新生活的道路,因此和她的冲突只怕难以避免。

握手

你的保尔

老马采斯塔地区的第五疗养院,是一座石砌的三层楼房,坐落在悬崖上开辟出来的平地上。周围遍植林木,一条蜿蜒曲折的山路通往山下。房间的窗户都敞开着,阵阵微风送来下面硫磺温泉的气味。保尔独自在房间里。明天要来一批新同志,那他就会有个同室病友了。窗外传来几个人的脚步声和谈话声。其中有一个声音好熟。可在什么地方听到过这浑厚的男低音呢?保尔苦苦回想,终于从记忆深处搜索到了一位老同志的名字:因诺肯季·帕夫洛维奇·列杰尼奥夫。这是他,不会是别人。保尔坚信不疑,招呼了一声。过了一分钟,列杰尼奥夫已经坐在他身边,高兴地握住他的手。

"啊,你还活着呀?有什么事儿让我高兴高兴?你怎么搞的,打算一本正经大生其病吗?我可不赞成哟。你真得学学我。医生早就判定我必须退休,我却偏偏一直跟他们顶着干。"说完,列杰尼奥夫温厚地笑了。

保尔感觉到了隐藏在这诙谐后面的同情和忧虑。

他们兴致勃勃地交谈了两个小时。列杰尼奥夫讲述着莫斯科的各种新闻。从他这儿保尔头一次知道了党的重大决策——关于农业集体化和改造农村的决策。他如饥似渴地听着每一句话。

"我只当你活跃在你们乌克兰的什么地方呢。没想到这样糟。不过,没关系,我的病情一度比你更严重。那会儿我完全卧床不起,但现在,你瞧瞧,我精神挺足嘛。你记住,如今千万不能消沉。那样可就完了!我有时候也左思右想,产生过消极的念头:该歇一阵了吧,喘喘气也好。年龄不饶人,一天连着干十一二个小时,确实常常累得不行。嗨,有时我不仅这样想,甚至开始检查工作,准备卸掉一部分担子。不过每回结果都一样:卸担子,办移交,卸不掉,接着干,忙到夜里十二点还回不了家。机器开得越快,小齿轮也就越转越快。咱们哪天都在加速前进,我们这些老头儿只得跟年轻人一样生活。"

列杰尼奥夫用手摸摸自己高高的额头,以父辈的亲切语调说:"好,现在你谈谈自己的情况吧。"

保尔讲述着前一段时候的经历,感觉到列杰尼奥夫目光炯炯,赞许地注视着自己。

凉台的一角,有几个疗养员坐在浓密的树荫底下。切尔诺科佐夫紧皱着浓眉坐在桌旁看《真理报》。俄罗斯斜领黑衬衫、半旧的鸭舌帽、晒得黑黑的瘦脸、许久没刮的胡子、深陷的蓝眼睛——这一切都表明他是一个老矿工。十二年前,他就放下锄头,参加边疆地区的领导工作,但看上去,他就像刚从矿井里上来的。

切尔诺科佐夫是边疆区党委委员和政府委员。腿上的坏疽久治不愈,折磨着他,不断地消耗他的体力,迫使他卧床差不多已有半年。他恨透了这条病腿。

坐在他对面抽着烟沉思的,是亚历山德拉·阿列克谢耶夫娜·日吉廖娃。她三十七岁,入党倒有十九年了。她在彼得堡做过地下工作,当时大家叫她"金工姑娘小舒拉"。几乎还是个小女孩时,她就尝过流放西伯利亚的滋味。

坐在桌旁的第三个人是潘科夫。他低着古希腊雕像般美丽的头,在读德文杂志,不时扶一扶鼻梁上的角质大眼镜。这个三十岁的大力士很费劲地抬起他那条不听使唤的腿,使人看着简直不敢相信。米哈伊尔·瓦西里耶维奇·潘科夫是编辑、作家,是教育人民委员部的干部。他熟悉欧洲,通数国外语,学识渊博,连持重的切尔诺科佐夫也尊敬他。

"那就是你的同室病友吗?"日吉廖娃朝坐在轮椅上的保尔这边抬了抬头,轻轻地问切尔诺科佐夫。

切尔诺科佐夫放下报纸,脸色立即变得开朗了。

"对,那就是柯察金。您,舒拉,应该跟他认识一下。他被疾病害得动弹不得,否则,咱们把这小伙子派到工作难开展的地方去,准保顶用。他是第一代共青团员。总而言之,只要咱们大家帮他一把,他还能够工作,我是决定帮他的。"

潘科夫听着他们的交谈。

"他是什么病?"日吉廖娃仍然轻轻地问。

"一九二○年受伤留下病根。脊椎骨出了问题。我问过这儿的医生,他们担心暗伤会导致全身瘫痪。你瞧有多糟糕!"

"我这就去把他推到这边来。"舒拉说。

他们就这样认识了。保尔没有想到,其中的两个人——日吉廖娃和切尔诺科佐夫,日后都成为他的挚友,在病重的几年里,他们对他的支持极为重要。

生活一如既往。塔娅上班,保尔学习。他刚要抓一个小组的工作,新的不幸又偷偷袭来。双腿完全瘫痪了。现在只有右手还能活动。保尔想方设法,作出努力,全不见效。他知道从此不可能再走一步路,把嘴唇咬得出了血。塔娅感到绝望了,由于没有力量帮助他,更觉痛苦。但这种绝望,这种痛苦,她都坚毅地掩饰着。

保尔内疚地微笑着说:"塔尤莎,咱们该离婚了,好在并没有约定,这么倒霉了还要一块儿过。这件事,小姑娘,今天我得认真考虑一下。"

塔娅不让他往下说。她忍不住放声大哭,把保尔的头紧紧地搂在胸前。

阿尔乔姆得悉弟弟又遭到新的不幸,写了封信给母亲。玛丽娅·雅科夫列夫娜扔下一切，赶到小儿子这里。三个人住在一起。老太太跟媳妇和睦相处。

保尔继续学习着。

阴雨连绵的冬季。这天晚上，塔娅带回第一个喜讯——她当选为市苏维埃委员了。从那时候起，保尔就很少见到她。塔娅在一个疗养院的食堂里当洗碗女工，下班后，常常从单位直接去市苏维埃的妇女部，深更半夜才回家，满脸倦容，但脑子里全是新鲜事儿。吸收她为预备党员的日子临近了。她盼着这一天，心情好不激动。谁知偏偏又有新的不幸袭来：保尔的病情仍在恶化。右眼发炎，疼得火烧火燎，随即左眼也受感染发炎。保尔平生头一次懂得，什么叫失明——周围的一切都蒙上了黑纱。

难以克服的可怕的障碍毫无声响地横亘在道路上，阻止保尔前进。母亲和塔娅悲痛得肝肠寸断，他自己却冷静下来，暗暗决定："应该再等等。一旦确实再也没有可能前进，一旦为了恢复工作而作出的所有努力被失明一笔勾销，归队的希望绝对地成了泡影——那就必须了断。"

保尔写信给朋友们。大家纷纷回信鼓励他坚强起来，继续斗争。正是在保尔最艰难的日子里，塔娅兴高采烈地笑着告诉他："保夫卢沙，我是预备党员了。"

保尔一面听她叙述党支部怎样接纳她这个新同志，一面回想着自己入党前后的情形。

"柯察金娜同志，这样咱俩可以组成一个党小组了。"保尔紧紧握着她的手说。

第二天，保尔写信给区委书记，请他来面谈一次。傍晚，一辆沾满泥浆的汽车停在门外，区委书记沃利梅尔进来了。他是拉脱维亚人,年过半百,满脸络腮胡子。他握着保尔的手说:"哦,过得怎么样?你这是怎么搞的嘛?起来吧,我们马上派你下地干活儿去。"说完,自己大笑了起来。

区委书记在保尔家里待了两个小时,连夜间还有个会议也忘了。他在房间里踱来踱去,倾听保尔激动地讲述,最后说:"抓个小组的事,你就别提了。你需要休息。然后,把眼睛的事问个明白,未必就毫无办法。是不是到莫斯科去一趟?啊?你考虑考虑……"

保尔打断了他:"沃利梅尔同志,我需要的是人,活生生的人!我不能离群索居。现在我比任何时候都更需要接触人。派些青年来吧,年轻一些的。在农村里,小青年总想搞得左一点。搞集体农庄不满足,要搞公社。这些年轻的共青团员,你稍不注意,他们就想往前冲,冒进。我心里有数,因为自己以前也这样。"

沃利梅尔停下了脚步。

"你怎么知道的?这个情况也是今天才从区里报上来。"

保尔笑了。

"你或许还记得我的爱人吧?昨天她刚被吸收入党。是她说的。"

"啊,柯察金娜,洗碗女工?她是你的爱人?哈哈,我还不知道呢!"沃利梅尔考虑了一下,伸手拍拍前额,说:"那我们就让列夫·别尔谢涅夫来看看你吧。这个同志最合适。你们两个,连性格脾气也差不多。你们有点儿像两只高频变压器。你未必知道,我当过电工,所以这种名词、这种比方,张口就来。对了,别尔谢涅夫会帮你装个收音机。他可是无线电专家。我在他家里常常戴着耳机坐到半夜两点钟。连我妻子也疑神疑鬼,问我:你这老东西,黑灯瞎火的,跑到哪儿去啦?"

保尔笑着问他:"别尔谢涅夫是个什么人呢?"

沃利梅尔来回走累了,坐到椅子上,说:"他是咱们区的公证人。不过,他当公证人,就像我跳芭蕾舞一样,是大外行。不久前,他还是个大干部。一九一二年投身于革命运动,十月革命那会儿入党。国内战争时期担任军级干部,在第二骑兵集团军革命军事法庭工作。在高加索,他和日洛巴①一起消灭过白匪子。去过察里津,去过南方战线,在远东领导过一个共和国的最高军事法庭。他吃大苦耐大劳,年纪还轻,就被肺结核撂倒了。他从远东来到这儿。在高加索这儿,他当过省法院院长、边区法院副院长。终于,肺病严重起来,有生命危险了,才硬把他调到我们这个区。这个特殊的公证人来头不小吧,现在的职务挺清闲,所以还活着。来这里后,先是悄悄地交给他一个支部,接着把他拉进区委会,然后塞给他一所政治学校,又请他参加监察委员会。他是所有处理棘手问题的专门委员会的常任委员。此外,他喜欢打猎,还是个无线电迷。他虽然缺了一叶肺,但很难相信他是个病人。劲头儿足着呢。他即使死,恐怕也要倒在从区委到法院的路上……"

保尔打断他的话,提出尖锐的问题:"你们为什么压给他那么多任务?他在这儿比以前更忙了。"

沃利梅尔眯缝着眼睛,瞟了柯察金一下。

"喏,要是让你抓一个小组,再加点儿别的工作,那么别尔谢涅夫也会说:'你们为什么压给他那么多任务?'而对自己却这样说:'宁可轰轰烈烈干一年,也不窝窝囊囊拖五年。'看来,要到社

---

① 日洛巴(1887—1938),国内战争英雄,曾任骑兵师长、军长。

会主义建成以后，才能真正做到爱惜人才。"

"说得好。我也赞成干一年，反对拖五年。不过我们有时候确实在犯罪般地浪费精力。我现在才明白，这样做根本算不上英雄行为，而是自我失控和不负责任。我现在才开始明白，无权这样糟蹋自身的健康。原来这决不是什么英雄行为。我要是不那么蛮干，也许还能多坚持几年呢。总之，就我的情况而言，'左派幼稚病'是一个主要的危险。"

"这不过是说说而已，真要站得起来，准会不顾一切地猛干。"沃利梅尔心里想，但没作声。

第二天晚上，别尔谢涅夫来看望保尔，两个人一直谈到深夜才分手。别尔谢涅夫离开新朋友的时候，有一种感觉——他仿佛遇到了失散多年的弟弟。

早晨，几个人爬上屋顶架天线。别尔谢涅夫在房间里安装收音机，一边说着自己最有意思的经历。保尔看不见他，不过根据塔娅的描述，知道他长着一头浅黄头发、两只淡蓝眼睛，身材匀称，动作敏捷，也就是说，正是保尔跟他一见面便想象到的那种模样。

薄暮时分，三只"小灯"亮了。别尔谢涅夫郑重其事地把耳机交给保尔。太空中鸣响着杂乱的声音。港口的莫尔斯电报机像小鸟一样叽叽喳喳地叫唤，轮船上的无线电台正在某处（显然是在近海）发报。就在这片嘈杂的声音中，可变电感器的线圈捕捉到了一个沉稳而自信的嗓音："请注意，请注意，这是莫斯科广播电台在播音……"

小小的收音机，通过天线能收听世界各地六十个电台。重残切断了保尔同生活的联系，但此刻，生活通过耳机中铁的膜片冲了进来。保尔感触到了生活强劲的脉搏。

劳累的别尔谢涅夫看见保尔眉飞色舞，不由得笑了。

全家人都睡了。塔娅在不安地说着梦话。她总是很晚才回家，又累又冷。保尔不大遇到她了。她工作得越积极，空闲的晚上就越少。保尔不禁想起别尔谢涅夫的话："一个布尔什维克，如果爱人也是党员，两个人就难得碰面。这有两大好处：不会互相厌烦，没有时间吵架！"

他怎么能拖爱人的后腿呢？这正是原先所盼望的。过去塔娅把每个晚上都给了他。那时候有更多的温存体贴。可当时，塔娅仅仅是伴侣而已，现在呢，她已经是自己带领出来的学生和党内同志了。

他心里清楚，塔娅成长得越快，能陪伴他的时间就越少。他觉得这是理所当然的。

保尔接到任务，抓一个小组的学习。

每天晚上，家里又热热闹闹。和一群年轻人共同度过几个小时，保尔就像充了一次电，变得精神焕发。

其余的时间，保尔用来听广播。母亲要喂他吃饭，得费点劲儿才能摘下他的耳机。

失明夺走的东西，收音机又给了他，他可以学习了。于是，他凭着一往无前的精神如饥似渴地学习，忘记了全身不断的发热和剧痛，忘记了两眼火烧火燎的炎症，忘记了生活对他的严酷无情。

马格尼托戈尔斯克钢铁联合企业建筑工地上的年轻人从柯察金那一代共青团员手中接过青年共产国际的旗帜，建立了功勋——这个消息由电波传来，使保尔打心眼儿里感到幸福。

他的想象中出现了暴风雪——犹如狼群般凶猛的暴风雪，再加上乌拉尔的天寒地冻。在狂风怒号、大雪扑面的夜晚，第二代共青团员组成突击队在耀眼的弧光灯下、在高大的建筑物顶上安装玻璃。他们战胜冰雪严寒，挽救了大型联合企业刚建成的第一批车间。当年，基辅的第一代共青团员在筑路工地上勇斗暴风雪，那个工地和这个企业相比，显得很小很小。国家壮大了，人也成长了。

在第聂伯河上，汹涌的波涛冲破钢闸，淹没机器和人。又是共青团员们迎着天灾上，不睡觉，不休息，奋战两天两夜，终于把横冲直撞的大水赶进了闸门。在这场气势磅礴的斗争中，又是新一代的共青团员冲锋在前。在英雄人物的名单中，保尔欣喜地听到了一个亲切的名字——伊格纳特·潘克拉托夫。

附录：

[19] 在手稿中，此后还有以下几段文字：

> 我们的旗帜在全世界飘扬，
> 红旗闪耀，如同火焰，
> 那是我们的热血在闪光，
> ……

他轻声哼着心爱歌曲中的几句，自嘲地一笑。"老弟，你总是扔不开英雄浪漫主义。普普通通、简简单单的东西，你往往给涂抹上种种鲜艳夺目的色彩。至于辩证唯物主义的钢铁逻辑，老弟，那你可就知之甚少。生病嘛，再过五十年也不晚，现在正是学习的大好时机。眼下要想尽办法活下去，妈的，我怎么这么早就动弹不得了呢？"他痛苦绝望地想，五年来头一回气恼地吐出脏话。

他怎么料得到这么一场飞来横祸？他天生一副结实的身板，什么磨难都能忍受。回想孩提时代，跑起来像一阵风；爬起树来像只猴子；在树枝之间攀缘身轻似燕。动乱的年代要求超人的毅力和耐力。他毫不吝啬，毫无保留，全力以赴，投身于斗争，这个斗争也以不灭的光焰照亮他的生活。他付出了所有的一切。二十四岁，正值青春年华，胜利的浪潮把他推上了生活的峰巅，这种生活充满着进行创造的幸福。在体力没有完全丧失之前他没有离开战场。现在他被击倒了，无法坚守在前线，他只能住进后方医院。

[20] 在手稿中，此后还用以下文字叙述了现实生活中的一个例子：

他想起了基辅无产阶级的领袖博什·叶夫根尼娅·波格丹诺娃①。她是久经考验的地下工作者，身患肺结核，丧失了继续工作的可能性，不久前自杀了。她在简短的遗书中这样解释自己的做法："我不能接受生活的施舍。我成了党的累赘，觉得没有必要活下去了。"或许他也该把背叛了自己的肉体消灭掉？……

[21] 在手稿中，此段末句是这样表述的：

竭尽全力，使这生命变得有价值吧。

[22] 在手稿中，此后尚有以下数段文字：

一年半过去了。国家着手大规模的建设工程。社会主义已经近

---

① 博什·叶夫根尼娅·波格丹诺娃（1879—1925），俄国革命运动活动家，参加过1905年至1907年革命，在建立乌克兰苏维埃政权的斗争中，她是领导人之一。

在眼前。它正由理想变为人类智慧和双手创造的宏伟建筑。这座空前壮丽的大厦,已经奠定了钢筋混凝土的地基。

"钢、铁、煤。"国家在进行伟大的建设,一张张报纸上越来越频繁地出现这三个扣人心弦的字眼。

党通过领袖之口这样宣称:"要么我们跑完这段距离,赶上技术发达的资本主义国家,用最短的时间,建立起自己强大的工业,使我们在技术方面不依赖于资本主义世界;要么我们就被踩死,因为没有钢、铁、煤,不要说建成社会主义,就是保住正在进行社会主义建设的国家也不可能。"于是,为钢而战的热潮空前高涨,席卷全国。世界历史上从未见到过这样的冲天干劲。"速度"这个字眼也成了召唤人们行动的号召。

在遥远的古代,在扎波罗什营地上,一支支独立的哥萨克队伍曾策马驰骋,抵抗贵族波兰以及当时还强盛的土耳其,杀得敌人望风披靡;而今,在古战场上,在霍尔季察岛近旁,有另一支大军安营扎寨了。这是布尔什维克的大军,他们决定截断古老的第聂伯河,驾驭它那暴烈的原始力量,去推动钢铁的涡轮机,让古老的滔滔不绝的大河为社会主义工作。人类向自然界发动了进攻,在水急浪高处,为桀骜不驯的第聂伯河套上钢筋水泥的笼头。

在三万名制伏第聂伯河的大军中,在这支大军的指挥员中,有一个伊格纳特·潘克拉托夫——当年的基辅码头搬运工、如今的建筑工段长。大军兵分两路,从左右两岸夹击大河。从战斗打响的日子开始,两岸之间就展开了"社会主义竞赛",这是工人生活中的崭新事物。

身躯高大的潘克拉托夫在一块块跳板上,在一座座脚手架上,敏捷地跑来跑去。有时候,他在搅拌机旁向大工人师傅简明扼要地交代几句，一会儿又在纵横交错的土沟里消失了踪影，过后又突然出现在卸水泥和钢材的站台上。大清早，他那微弯的身躯已经出现在"告急的"工区，到了深夜，他那疲惫不堪的硕大身躯才放倒在行军床上。

有一天，他眼望着晨雾弥漫的河面，眼望着河岸上一望无际的建材，不由得回想起森林中小小的博亚尔卡工地。当时那个工程显得很大，可是跟眼前的景象一比，简直是儿童玩具了。

"伊格纳特老弟，咱们发展得多快。第聂伯河这匹烈马给套住了。老爷子们再也用不着在激流险滩上苦干苦熬。给一百万度电吧，不能少一点点！咱们真正的生活，这才仅仅是开始呢，伊格纳特老弟。"他仿佛痛饮了醇酒，胸中涌起一股浓烈的感情。"博亚尔卡的弟兄们如今在哪儿呢？把保夫卡还有扎尔基两人都叫到这里来，那才带劲呢。嗨，准能把左岸的人甩下一大截。"想到博亚尔卡，自然也就怀念起朋友们。

在博亚尔卡和他并肩大战冰雪的人，还有和他一同创建共青团组织的人，如今分散在祖国各地，从热火朝天的新建筑工地到广袤国家的偏僻角落，都在重建新生活。从前，他们这批早期的共青团员约有一万五千人，如今在茫茫人海中不期邂逅，备感亲切，犹如手足。如今，他们那小小的共青团长成了巨人。当初只有一个人的地方，如今涌现出整整一个营。

"眼前这些小鬼，真像当年的咱们。不久前，他们还在桌子底下钻来钻去。咱们上前线的时候，他们大概还在让妈妈撩起衣襟擦鼻涕。一眨眼工夫，他们长大了，千方百计要把我往后甩，让我丢脸出丑。对不起，别想得美。我们走着瞧。"潘克拉托夫深深地吸了一口河畔的清新空气。左岸第七工段的支部书记是安德留沙·托卡列夫，今晚潘克拉托夫一定要把这个工段"挂在自己拖轮后面的钩子上"。想到这里他感到十分痛快。

对了，他刚才回想到的朋友保夫卢沙·柯察金，如今栖身于遥远而偏僻的滨海小城，正在为重返战斗队伍进行着艰辛而顽强的斗争，品尝着失败的痛苦和胜利的喜悦。

[23] **在手稿中，此后还有以下数段文字：**

"阿尔乔姆，你会说我的信里有着很多像钢水一样滚烫的热情，其实我们的生活原本就不是靠蛤蟆的冷血点燃的。我要你和我一样相信，保夫卡仍将返回你们的身边。哥哥，我们仍将一块儿干呢。不可能不是这样。否则，当罪恶的旧世界已经倒在我们的马蹄下呻吟之时，国内战争的烈火怎么能使我们热血沸腾？如果面对坎坷的、有时甚至是严酷的生活，我们屈膝投降，自认失败，那我们工人的意志到哪里去了呢？

"阿尔乔姆，我发现，即使在我们的朋友当中，也有人听了我的这番话之后，露出十分惊讶的眼神。谁知道呢，或许某人以为，我只有理想，看不见现实。他们不理解我的希望是什么。

"下面谈谈别的事情。我的生活定格在一个小小的桥头堡上了。这就是我的学习——读书，读书，再读书。在这里，我读了很多，阿尔乔姆。在这里，我收获不小。我有一份不小的胜利清单。本国的和外国的文学，我都狼吞虎咽。"

第九章

　　保尔和塔娅来到莫斯科,在一个机关的档案库里待了几天。这个单位的领导帮助保尔住进一家专科医院。

　　直到现在,保尔才体会到,一个人拥有健壮的身体和青春的时候,做到坚韧不拔是比较容易的,而在被生活如同铁环一般紧紧箍住的时候,坚忍不拔才难能可贵。

　　从保尔在档案库度过的那个晚上算起,一年半过去了,这是痛苦得难以形容的十八个月。

　　在医院里,阿维尔巴赫教授坦率地告诉保尔,恢复视力是不可能的。如果将来炎症能够消失,不妨试试做个瞳孔手术。为了消除炎症,建议先进行外科手术治疗。

　　院方向保尔征求意见。保尔说,只要医生认为必要,怎么做他都同意。

　　保尔躺在手术台上。手术刀将他的颈部切开,切除了一侧的甲状旁腺。在这段时间里,死神的黑色翅膀曾经三次碰到他的身体。然而,保尔的生命力是顽强的。塔娅提心吊胆地等候了几个小时以后,发现丈夫尽管脸色如同死人般惨白,但毕竟活着,而且跟平时一样，安详而可亲。

"别担心，小女孩儿，要我进棺材，可没那么容易。我还要活下去，而且要干出名堂来，跟医学权威的结论唱唱对台戏。我的病情，他们诊断得完全正确，但是断定我百分之百地丧失了劳动能力，那可大错特错了。咱们还得走着瞧。"

保尔毅然选定了返回新生活建设者的队伍的道路。

冬天过去了，春天推开了紧闭着的窗户。失血过多的保尔经受住了最后一次手术，他意识到再也不能待在医院里。十多个月，周围的病员在受煎熬，垂死者在呻吟、哭诉，这种气氛比自身的痛苦更让人难受。

医生建议再做一次手术，他冷冷地断然拒绝："算了。我做够了。我的一部分鲜血已经献给科学，剩下的一些，我还有别的用处呢。"

保尔当天就写信给党中央委员会，要求帮助他在莫斯科定居下来，因为他的爱人在这儿工作，而且继续到处求医也毫无意义了。他头一次向党请求帮助。莫斯科市苏维埃接到他的信，就拨给他一个房间。于是，保尔从医院里出来了。他只求再也别进什么医院。

简陋的住房，是在克鲁泡特金大街一条僻静的胡同里。保尔觉得，这间房子豪华至极了。他夜里醒来，常常不相信自己已经远离医院。

塔娅已经转为正式党员。她顽强地工作着。虽然个人生活那么艰难辛酸，但是她没有落在其他突击手的后面。群众信任这个说话不多的女工。她被选为厂委会的委员。保尔由于爱人成了布尔什维克而感到自豪。这使他的痛苦有所减轻。

女医生巴扎诺娃出差到莫斯科,前来探望保尔。两个人谈了很长时间。保尔满怀激情,告诉她自己要走一条怎样的道路,在不久的将来返回战士们的行列。

巴扎诺娃发现保尔两鬓已经出现白发,不由得低声地说:"我看得出,您经受了不少磨难。但您依然没有丧失那不灭的热情。有什么比这更可贵呢?您准备了五年,现在决定动笔了,这很好。不过,您怎么写字呢?"

保尔淡淡一笑,让她放心。

"明天会给我送来一块挖出几条长格子的硬纸板。没有这东西我写不成,一行字会写到另一行上去。我琢磨了好久,才想出办法——在硬纸板上挖出一条条长格子,这样我的铅笔不会写到格子外面去。看不见写出来的字,写作是困难的,但并非不可能。我坚信这一点。在相当长的一段时间里,我怎么也写不好。可现在我写得慢,每个字母都写得很小心,结果相当不错。"

保尔着手写作了。

他打算写一部中篇小说,描述英勇的科托夫斯基骑兵师。书名不假思索就出来了:《暴风雨中诞生的》。

从这天开始,保尔全身心地投入小说的创作。他慢慢地写,写出一行又一行,写成一页又一页。他头脑里只有一个个英雄人物形象,别的一切全忘了。铭刻在心的鲜活情景,一幕幕在眼前重现,那么清晰,而他却无法把这些情景搬到纸上,一行行词句苍白无力,缺乏烈火和激情。这种时候,他才头一次体会到创作的艰辛。

凡是写好了的,他必须逐字逐句记住。否则,线索一断,工作就卡住。母亲看着他忙,心里忐忑不安。

在创作过程中,保尔每每需要凭着记忆背诵整页整页甚至整章整章的内容。母亲有时候觉得儿子好像疯了。儿子在写作的时候,母亲不敢走到他跟前,只是将落到地板上的稿纸一张张捡起来。母亲只有乘这种机会,怯生生地说:"保夫卢沙,你还是干点别的吧。哪儿见过像你这样没完没了地写的……"

母亲这样忧心忡忡,保尔会意地笑了,并且要老太太相信,他还没有完全"发疯"。

构思中的小说,已经写完了三章。保尔把稿子寄往敖德萨,向科托夫斯基师的老战友们征求意见。没多久,他收到了战友们的回信,大家都表示赞赏。不料,往回寄的手稿被邮局丢失了。六个月的劳动白费了。这对保尔是个沉重的打击。他真后悔,怎么没有复制一份,就把唯一的手稿寄出去。他把丢失稿件的事情告诉了列杰尼奥夫。

"你怎么这样粗心大意呢?别恼火了,现在骂人也无济于事。从头再来吧。"

"唉,因诺肯季·帕夫洛维奇!六个月心血的结晶,说丢就丢了。每天紧张地劳动八小时啊!我恨死了这帮寄生虫!"

列杰尼奥夫竭力劝慰他。

一切只得重新开始。列杰尼奥夫弄来一些纸,帮助他把写好的稿子打印一份。过了一个半月,第一章又脱稿了。

阿列克谢耶夫一家与保尔住在同一幢楼房里。大儿子亚历山大是本市一个区的团委书记。亚历山大有个十八岁的妹妹,叫加利娅,刚从技工学校毕业。这是个性格开朗的姑娘。保尔让母亲去跟她商量,是否愿意帮忙,当保尔的"秘书"。加利娅非常愉快地一口答应。她走进来,笑容可掬。听说保尔在写小说,她就表示:

"柯察金同志，我非常乐意帮助您。这跟我替爸爸写的那些保持住宅清洁的枯燥乏味的通知完全不同。"

从这天起，创作的速度提高了一倍。一个月写了那么多，连保尔也感到吃惊。加利娅满怀同情，积极参与，帮助保尔工作。她那铅笔在纸上沙沙地响着，遇到特别欣赏的段落，加利娅就反复念几遍，并且打心眼儿里为保尔的成功高兴。在这幢楼里，只有加利娅一个人相信保尔的工作，其他人都觉得这是在白费劲，认为保尔闲得无聊，在设法消磨时光。

列杰尼奥夫出差了一次，回到莫斯科，读了小说的头几章，就说："朋友，干下去！胜利属于我们。保尔同志，你会迎来胜利的捷报。我坚信用不了多久，你就能实现归队的理想。好孩子，不要失去信心。"

老人看到保尔斗志昂扬，非常满意地走了。

加利娅经常来。她那支铅笔在纸上沙沙地响着，于是出现了一行行描绘难忘旧事的字句。在保尔沉思默想、沉浸在回忆中的时候，加利娅观察他睫毛的颤抖、眼神的变化，可以估摸出他的思想活动。她不相信他会视而不见，因为他那对瞳孔清澈明亮，毫无斑痕，充满了生气。

工作告一段落，加利娅把当天所记录的内容念一遍。这时候，她看见保尔皱着眉头凝神细听。

"柯察金同志，您为什么皱眉头呢？写得挺好的呀！"

"不，加利娅，写得不好。"

他认为有几页写得不成功，就亲自动手重写。纸板上的狭长格子限制着他，有时候他忍受不了，扔开不写了。这时候，他对丧失了视力的生活极其痛恨，将一支支铅笔折断，嘴唇咬出血来。

几乎每个人都可以宣泄内心的忧伤，抒发种种热烈的或温柔的感情，保尔却没有这个权利。他以永不松懈的意志禁锢着这些感情。工作接近尾声，被禁锢的感情就更频繁地骚动，要挣脱意志的束缚。只要他屈服于这些感情中的任何一种，事业必将以惨败告终。

塔娅经常深夜才从工厂回家，跟保尔的母亲轻声说几句话，就去睡觉了。

最后一章写完。加利娅花了几天工夫，把整部小说念给保尔听。

明天，书稿就要寄往列宁格勒，寄给州委文化宣传部。他们如果给书稿开"出生证"，就送交出版社，那样的话……

心紧张得怦怦乱跳。那样的话……新的生活就要开始了。这是他数年来用顽强紧张的劳动争取到的啊。

书的命运决定着保尔的命运。万一书稿被彻底否定，那么他的一生也就完了。如果是局部失败，只要进一步修改还能挽救，他会立即发起新的进攻。

母亲把沉甸甸的书稿送到了邮局。紧张的等待开始了，一天又一天。保尔·柯察金平生从未像这些天那样焦躁地等待信件。他从早班信等到晚班信。可是列宁格勒没有消息传来。

出版社的沉默渐渐转化成一种威胁。失败的预感越来越强烈。保尔心里明白，书稿如果被断然拒绝，那就意味着他的毁灭。那样他就无法再活下去。活着没有意义了。

这时候，他又回想起郊外的海滨公园，并且一次次地扪心自问："为了冲破铁环，为了归队，为了让生命变得有价值，你是不是竭尽全力了呢?"

  回答总是:"对,看来是竭尽全力了。"

  过了许多日子,直到期待已经变得难以忍受的时候,和他同样激动的母亲跑进房间大喊:"列宁格勒来信了!!!"

  这是州委打来的电报。电报纸上只有寥寥数语:

  小说大受赞赏。即将出版。祝贺成功。

  保尔的心在欢跳。哦,萦回心头的梦想终于成真了!铁环已经冲破,他拿起新的武器,重返战斗队伍,开始了新的生活。

译 后 记

尼古拉·奥斯特洛夫斯基是俄罗斯人，出生地在乌克兰的维里亚村。父亲阿列克谢是葡萄酒厂的制曲工人，也曾在外村或城里打零工。母亲奥里加出身贫寒，小小年纪就不得不去给人家干活，放鹅、种菜、照看小孩。他们婚后生下六个子女，夭折了两个。奥斯特洛夫斯基最小，上面有两个姐姐（娜佳和卡佳）、一个哥哥（米佳）。婚后，奥里加除了做家务带孩子，还做针线、当女佣。尼古拉·奥斯特洛夫斯基十岁时，第一次世界大战爆发，为逃避战火，全家离散，先后辗转到达舍佩托夫卡定居。这时，日子过得更加艰难。

奥斯特洛夫斯基十一岁就进当地的火车站食堂当小伙计，十四岁进发电厂，给司炉、电工打下手，也干过锯木柴、卸煤等杂活。他从小具有极强的求知欲，渴望念书，但只断断续续地上过学，1921年毕业于七年制的统一劳动学校。在学校里，他不仅成绩优秀，而且十分活跃，是老师的好助手。他试写过童话、短篇小说和诗歌，在学生自编手写的"杂志"《少年之花》上发表习作；还喜欢演话剧，最爱登台扮演具有英雄气概的角色。他几度辍学，大都是由于贫穷，有一次则是因为触犯了教神学课的神父。于是，这孩子想尽办法借书，甚至把午饭让给报贩吃，换取报刊来看。十二岁，他便读过英国女作家伏尼契的代表作《牛虻》。从此，牛虻的形象深深地印在了他的心坎里。

现实生活的苦难与沉重，书中人物的坚毅与光辉，使男孩子懂事、早熟。他帮助布尔什维克地下组织张贴传单、刺探情报。十五岁，他走在街上，突然发现革命委员会的一位成员被一名全副武装的匪兵押着迎面过来。他不顾一切，猛地朝匪兵扑去。革命者意外获救，他却因此被捕。这个少年受到严刑拷打，但不吐露片言只字，硬是挺了过来。

由于他的这次行动，地下革委会对他既表示感谢，也给予批评（擅自行动）。少年在成熟，在成长。

1919年，红军和起义者击溃了匪军。同年7月，奥斯特洛夫斯基参加共青团，8月，志愿加入红军，随部队上前线，经受战争烈火的考验。

他当骑兵，当侦察员，转战各地。这个年轻人，不仅跃马挥刀，作战英勇，得到书面嘉奖，而且善于激励战友，显示出宣传鼓动的才能。次年8月，奥斯特洛夫斯基腹部和头部受重伤，在野战医院的病床上度过了经常处于昏迷状态的两个月。出院后，右眼只保留了五分之二的视力，于是转到地方。

他在铁路总厂当电工的助手，并被选为团支部书记，同时进电工技校学习。十七岁，带头参加修建窄轨铁路的艰巨工作。在工地上，不少人被恶劣的气候条件、疾病和匪帮的偷袭夺去生命。奥斯特洛夫斯基咬紧牙关、拼命干活。即将竣工时，他双膝红肿，步履艰难，并且感染了伤寒，昏迷不醒，被送回老家。母亲用土方子，用草药，悉心治疗，他勉强活了下来。重返工厂后，一边工作，一边再进技校学习。伤病之身，经不起过度的辛劳，健康状况越来越糟，被送进疗养院进行泥疗。病情稍有好转，又返回基辅，并和许多共青团员一起，在没膝深、刺骨冷的河水中抢救木材。他再次病倒，才十八岁，医疗鉴定委员会为他签发了一等残疾证明。

他藏起证明，要求安排工作。这以后，当过团区委书记、全民军训营政委、地区团委委员、团省委候补委员。二十岁入党，并一度担任团省委书记。不幸的是，他又遇上一场车祸，右膝受伤，引发痼疾，关节红肿胀痛，活动困难。二十三岁，他就瘫痪了，而且双目逐渐失去视力。

从此，他往返于各地医院，接受治疗，但病情不见好转。二十六岁，接受第九次手术，刀口缝合后，竟有一个棉球留在体内。虚弱的患者，如果再次施以麻醉，只怕会损伤心脏，危及生命。他主动提出不用麻醉，切开刀口，取出棉球。他没有发出一声呻吟，但术后高烧，八天不退。这以后，他断然拒绝任何手术，说："我已经为科学献出了一部分鲜血，剩下的，让我留着干点儿别的事吧。"

在各地的医院和疗养院，他结识了不少朋友，其中有些是老一辈的革命家。他在治病间隙，利用仅剩的视力，大量阅读优秀的文学著作，包括普希金、托尔斯泰、契诃夫、高尔基、肖洛霍夫、巴尔扎克、雨果、左拉、德莱塞等作家的名著。他参加函授大学的学习，同时写出一部反映战斗生活的中篇小说。可惜，小说唯一的手稿在外地战友阅后寄回途中丢失了。

二十六岁，他着手创作长篇小说《钢铁是怎样炼成的》。二十七岁完成第一部，次年得到发表和出版。三十岁，《钢铁是怎样炼成的》第二部问世。三十一岁荣获列宁勋章。三十二岁，也就是1936年的12月14日，完成了另一部长篇《暴风雨中诞生的》（第一部）的校订工作。八天后，即12月22日，尼古拉·阿列克谢耶维奇·奥斯特洛夫斯基与世长辞。

读者朋友，如果您刚刚首次读完《钢铁是怎样炼成的》，看到这里，十有八九会想：小说主人公保尔·柯察金和作者尼·奥斯特洛夫斯基的经历何其相似！是的，作家正是以本人的经历，以亲身的体悟，以目睹耳闻的种种事实为素材，进行创作的，而且做了长期而又多方面的准备。除了读函授大学，研究各国的名家名作外，早在到各地做团工作时，就有意识地给年轻人讲故事。有些就是他自己的事情，但更换了人物的名字，以便更自然地观察反应，听取意见。

进行创作之初，他家狭长的居室不满二十平方米，最多时挤住着九个人：奥斯特洛夫斯基夫妇、母亲和岳母、二姐和她的小女儿、妻舅两口子，还有一个是妻子的小外甥。几乎只有到了夜晚，别人安睡了，他才能开始写作。起初是自己摸索着在特制的硬纸板上写。后来，是在头脑中安排段落、想象细节、设计对话、塑造人物，然后逐字逐句口授。在进行创作（包括后来写《暴风雨中诞生的》）的整个过程中，当过他志愿秘书的，除了亲属，尚有许多热心人。例如：邻家女青年、书店出纳员、区执委会员工、大学生、家庭妇女、退休老太太等。一昼夜他往往工作十八至二十小时。而且，除了瘫痪和失明，还遭到多种疾病的轮番猛攻：肺结核、肾结石、胃炎、尿毒症、支气管炎和大量骨刺等。但只要症状减轻，高烧一退，他便又全力以赴，投入紧张的工作。

《钢铁是怎样炼成的》并非作者的自传，而是一部成功地运用社会主义现实主义方法创作的长篇小说。许多人物和事件在生活中确实存在，但已经过作者的精心提炼与艺术加工。也有不少是作者根据表现主题的需要而虚构的。

保尔少年时代的女友冬妮亚，原型不止一个，虚构的成分也很大。奥斯特洛夫斯基十四岁时，的确曾和一个女孩在池塘边的柳树旁邂逅，当时也的确有两个"少爷"嘲弄他，其中一个被他揍了一顿。奥斯特洛夫斯基也曾穿上用挣得的工钱买的衣服上女孩家去，还告诉她一个秘密——自己偷到了德国人的一支手枪。后因救助革命者被捕，逃出后，他还到女孩家的养蜂场里躲了两天。这个女孩也的确去给他的哥哥送过信。然而，女孩叫柳芭·鲍里索维奇，父亲不是林务官，而是铁路车站值班长。她和奥斯特洛夫斯基是同学，非常友好、亲密，从来没有发生过什么争执，当然，更未出现车站重逢的尴尬场面。当地确实有一位林务官，但他的女儿叫卡里娅。那么，冬妮亚是作者以这两个女孩为原型而重新塑造的人物吗？随着奥斯特洛夫斯基书信的陆续发现，人们据以得知，他十八岁时，偶遇过一位小他三岁的女孩柳茜。1922年8、9月份，奥斯特洛夫斯基去别尔姜斯克疗养院治病，遇见主任医生的女儿，即柳茜。她善良天真，活泼可爱，对这像大哥哥似的患者十分同情和关心。奥斯特洛夫斯基出院回去后，还曾写信给这"清纯可爱的小妹妹"。再后来，他创作《钢铁是怎样炼成的》之时，看来在冬妮亚的身上也融入了柳茜的姿容与笑声的某些特点。

《钢铁是怎样炼成的》发表后，受到全国乃至国外读者的热烈欢迎。1936年，作家逝世时，这部长篇小说已再版六十二次，印数达两百万册，保尔·柯察金成了人们尤其是年轻人心目中的英雄，在苏联时期，该书的总印数超过三千万册。第一位宇航员尤里·加加林高度评价奥斯特洛夫斯基："这样的人，人民是永远不会忘记的。"

值得一提的是,"二战"爆发,德军入侵,苏联人民奋起卫国。《钢铁是怎样炼成的》一书起到极大地鼓舞士气的作用,留下许多可歌可泣的事迹。一本文学作品能够如此,在世界范围内,不说独一无二,也堪称数一数二吧。

在中国,1937年,从日文转译的中文本便在上海的潮锋出版社出版,译者段洛夫、陈非璜。之后,1942年,梅益先生根据英译本译出的中文版由上海新知书店推出。中国有几代人从书中受到教益,汲取力量。尼·奥斯特洛夫斯基被视为与刘胡兰、董存瑞、黄继光、雷锋等英雄一样的学习楷模。保尔精神激励人们去克服困难,充满热情地学习和工作。1992年,上海文汇出版社出版了《当代保尔列传》,介绍四十多位残疾人的感人经历,其中有教授、将军、作家、科学家、企业家、革新能手、爱国侨眷、伤残人运动员和残疾人事业工作者等。这些肢残者或聋哑人的拼搏精神和奥斯特洛夫斯基一脉相传。

《钢铁是怎样炼成的》经历了半个多世纪的时间考验,依然闪耀着不灭的光辉。至今,该书以七十多种文字行销四十多个国家,总印数超过四千万册。这个数字并未凝固,并非终极。主人公保尔·柯察金的崇高理想、钢铁意志、无私奉献和生命不息奋斗不止的精神,已经成为全人类的宝贵财富。

沧海桑田,世事巨变。人们的理念、思考、憧憬、梦想,和以往已然有所不同。

《钢铁是怎样炼成的》经受着新的严峻考验。

在我们前进的道路上,仍然是机遇与挑战并存,激励与诱惑同在。要获得胜利和成就,必须有面对挫折、身处逆境而毫不动摇、顽强前行的充分思想准备。此书在这方面依旧在给人以启迪和激励。

《钢铁是怎样炼成的》犹如长卷绘画，艺术地呈示着一个特定时代的战斗烽烟、建设场景、思维方式、感情波澜、生活画面和社会风貌，因而具有独特的历史认识作用。由于苏联已成为一段抹也抹不去的历史，这种认知作用将无可替代，甚至日益凸显。

1988年，我翻译出版《活生生的保尔·柯察金》，这是尼·奥斯特洛夫斯基的同时代人写的回忆录与特写集；1994年，写过一本励志读物《不是神童也成才》，书中多次提到《钢铁是怎样炼成的》及其作者对我生活与工作的积极影响；1996年，译出少年版《钢铁是怎样炼成的》。而在《不是神童也成才》的基础上修改增扩的《钢铁情缘》（文汇纪实丛书之一，2003年），则对于《钢铁是怎样炼成的》一书的版本、内容和影响，开始有了些探索的意味。《还你一个真实的保尔——尼·奥斯特洛夫斯基评传》（上海人民出版社，2007年）虽然肤浅粗陋，但就我个人而言，是在研究尼·奥斯特洛夫斯基及其作品方面迈出的第一步。我正以病残之躯继续努力，要使这样的足迹向前延伸。

一部作品问世，即进入它自身独特的生命历程。《钢铁是怎样炼成的》最初在杂志上连载时，删节之处颇多，连后来作为名言的"人最宝贵的是生命……"这段话也被删去。后来出的各种版本，字句变动也不少。即使在1936年年末，作者逝世前签署付印的版本，和原稿相比，也有数万字的删节。原因看来是多种多样的。

1989年至1990年，青年近卫军出版社出版了三卷本的《尼古拉·奥斯特洛夫斯基文集》（作者的夫人拉依萨也是编委之一），针对以上缺憾作了弥补，在《钢铁是怎样炼成的》正文后，增添一份附录，首次披露未发表过的内容，其中涉及爱情、友谊、军事、经济、思想矛盾、社会状态等诸多方面。这是一种恰当的做法，既保持作者签署付印版本的样态，又使读者能看到作者最初创作的作品原貌。

现在这个译本，便是根据上述文集翻译的，原书的附录也择要译出，附于每章正文之后。

我的俄罗斯通信挚友——当代著名的科幻小说家季尔·布雷乔夫（1934—2003）生前热心地牵线搭桥，使我认识了俄罗斯国立尼·阿·奥斯特洛夫斯基"自强"中心人文博物馆馆长加林娜·伊万诺夫娜·赫拉布罗维茨卡娅博士，正是她赠我三卷本《尼古拉·奥斯特洛夫斯基文集》。我悲悼亡友季尔·布雷乔夫。我铭感加林娜·伊万诺夫娜·赫拉布罗维茨卡娅博士。

妻子郑懿，50多年来与我相濡以沫，同甘共苦。她是我的不谙俄文的合作者，承担了《钢铁是怎样炼成的》书稿的全部誊写工作。

本书译文很可能存在着错谬之处，敬希专家读者批评指正。

王志冲
1998年3月写就
2008年7月改定
2016年8月再改定

图书在版编目（CIP）数据

钢铁是怎样炼成的 /（苏）奥斯特洛夫斯基著； 王志冲译. --北京：华夏出版社，2016.12

（王志冲译尼古拉·奥斯特洛夫斯基全集）

ISBN 978-7-5080-8816-7

Ⅰ.①钢… Ⅱ.①奥… ②王… Ⅲ.①长篇小说－苏联 Ⅳ.①I512.45

中国版本图书馆 CIP 数据核字（2016）第 101581 号

钢铁是怎样炼成的

作　　者	［苏］尼古拉·奥斯特洛夫斯基
译　　者	王志冲
责任编辑	刘　晨
出版发行	华夏出版社
经　　销	新华书店
印　　装	三河市万龙印装有限公司
版　　次	2016 年 12 月北京第 1 版 2016 年 12 月北京第 1 次印刷
开　　本	880×1230　　1/32 开
印　　张	16
字　　数	360 千字
定　　价	39.00 元

华夏出版社　地址：北京市东直门外香河园北里 4 号　　邮编：100028
　　　　　　　网址：www.hxph.com.cn　电话：（010）64663331（转）

若发现本版图书有印装质量问题，请与我社营销中心联系调换。